U0896909

中国古典诗词名家名篇导读

ZHONGGUO GUDIAN SHICI MINGJIA MINGPIAN DAODU

主编　胡可先　仲　瑶

浙江大学中国古典学系列教材

浙江省普通本科高校『十四五』重点教材

中国教育出版传媒集团
高等教育出版社·北京

图书在版编目(CIP)数据

中国古典诗词名家名篇导读 / 胡可先，仲瑶主编
. -- 北京 ：高等教育出版社，2024.8
ISBN 978-7-04-061491-6

Ⅰ. ①中… Ⅱ. ①胡… ②仲… Ⅲ. ①古典诗歌—诗歌欣赏—中国—高等学校—教材 Ⅳ. ①I207.2

中国国家版本馆 CIP 数据核字(2024)第 005148 号

策划编辑 张晶晶 **责任编辑** 张晶晶 曹永泰 **封面设计** 张文豪 **责任印制** 高忠富

出版发行	高等教育出版社	**网　　址**	http://www.hep.edu.cn
社　　址	北京市西城区德外大街 4 号		http://www.hep.com.cn
邮政编码	100120	**网上订购**	http://www.hepmall.com.cn
印　　刷	浙江天地海印刷有限公司		http://www.hepmall.com
开　　本	787mm×1092mm 1/16		http://www.hepmall.cn
印　　张	20		
字　　数	501 千字	**版　　次**	2024 年 8 月第 1 版
购书热线	010-58581118	**印　　次**	2024 年 8 月第 1 次印刷
咨询电话	400-810-0598	**定　　价**	48.00 元

本书如有缺页、倒页、脱页等质量问题，请到所购图书销售部门联系调换

版权所有 侵权必究

物 料 号 61491-00

《中国古典诗词名家名篇导读》编委会

主　编：胡可先　仲　瑶

编　委：何哲涵　张忠杨　罗柯娇　邹　星

陈星宇　邵瑞敏　赵辛宜　俞　沁

诸佳怡　徐　焕

前　言

本书是专门为普通高等学校本科生编写的中国古代文学教材，入选浙江省普通本科高校“十四五”首批新工科、新医科、新农科、新文科重点教材立项项目。

中国古代文学凝聚着中华优秀传统文化的精髓，其所蕴涵的民族精神，超越时代的限制显示出永恒的魅力。从时间上说，即使从最早的诗歌总集《诗经》算起，也有三千余年的历史，《诗经》之前的文学渊源如神话传说、民间歌谣，还可以追溯得更远；从空间上说，有表现山川河海、日月星辰的自然空间，有表现名胜古迹、都城乡土的社会空间，有表现风月意境、哲理禅趣的艺术空间；从人物上说，中国古代文学史上产生了许多大家名家，诗人如爱国诗人屈原、隐逸诗人陶渊明、诗仙李白、诗圣杜甫等，散文家如贾谊、司马迁、韩愈、苏轼等，词人如欧阳修、柳永、李清照、辛弃疾等，小说家如罗贯中、吴承恩、蒲松龄、曹雪芹等。这些著名文学家创造了中国古代文学史上的经典作品，成为中华优秀传统文化的瑰宝。为了深刻把握文化自信，促进文化繁荣，中共中央办公厅、国务院办公厅于 2017 年印发了《关于实施中华优秀传统文化传承发展工程的意见》，《意见》指出：“中华文化源远流长、灿烂辉煌。在 5000 多年文明发展中孕育的中华优秀传统文化，积淀着中华民族最深沉的精神追求，代表着中华民族独特的精神标识，是中华民族生生不息、发展壮大的丰厚滋养，是中国特色社会主义植根的文化沃土，是当代中国发展的突出优势，对延续和发展中华文明、促进人类文明进步，发挥着重要作用。”2022 年 10 月，习近平总书记在党的二十大报告中特别指出：“中华优秀传统文化源远流长，博大精深，是中华文明的智慧结晶。”中国古代文学作为中华优秀传统文化的重要载体、核心元素和精华所在，从《诗经》《楚辞》到汉代辞赋，从六朝骈文到唐诗宋词，从金元戏曲到明清小说，文学经典的陶冶不断地丰富人们的精神世界。而在中国古代文学的各种体裁当中，诗词是更为雅正的文体，具有更高的文学意义和审美价值，因此我们选取古代诗词中最经典的部分，编写这部《中国古典诗词名家名篇导读》。

本书是在浩瀚的中国文学典籍当中，精选古典诗词名篇、名家进行集中的论述和解读，在编选与解读上大致有以下诸方面的思考：

编选方面

中国文学在长期的发展演变过程中产生了大量的作家和作品，在传播过程中通过流传、选择和淘汰，逐步经典化，名著与名篇从而进一步呈现，成为人们学习与接受的重要载体。

我们在编选方面注重三点：一是突出经典，二是集中名家，三是注重雅正。

中国文学特别是古代文学的创作丰富多彩，而要成为文学经典，则由多种因素决定。首先是作者高超的文学造诣加以主观上费尽心力而创作出优秀的作品；其次是作品当时的传布产生广泛的影响给成为后世经典奠定了坚实的基础；最后是时间的淘洗和传播的抉择促进了经典的形成和重塑。我们现在所称的"古典文学"，就是经过时间淘洗而流传于今天的具有代表性的文学作品。本书的首要任务就是在堪称经典的文学典籍中进一步选择具有代表性的名著和名篇。

经典的形成集中于名家的创造，源远流长的中国文学史上，出现了众多的名家，他们是文学经典的创造者。先秦时期的辞赋作家有屈原、宋玉，汉代的辞赋家有枚乘、司马相如、扬雄、班固、张衡，散文家有贾谊、晁错、司马迁，魏晋南北朝的诗人有三曹、建安七子、陶渊明、谢灵运、庾信，唐代诗人有李白、杜甫、王维、韩愈、白居易、李商隐，宋代词人有晏殊、欧阳修、柳永、苏轼、李清照、辛弃疾，明清小说家有罗贯中、吴承恩、曹雪芹、蒲松龄等。因此，本书的编纂，特别重视名家，先选择名家，再在名家的作品中选择名篇。这样就能够更体现出经典导读的特色。

名家所创造的文学作品，成为中国文学史上的经典篇章。这些名篇还有雅俗之分，就文体来看，诗、文、词、赋大体上属于雅文体，小说、戏曲、话本大体上属于俗文体。本书因为篇幅所限，侧重于选择雅文体，而又以诗、词为主，这样更能突出经典的文学性。

解读方面

本书的另一重点是在名著名篇的解读上，一方面进行提纲挈领的介绍，另一方面进行注释和分析。大要重视三个方面：一是概括精要，二是适当注释，三是深入分析。

就概括精要而言，对于每一章专设"本章概要"，每一篇作品设置"题解"。"本章概要"重点介绍作者、内容和版本。目的是使学生对于所选名著有着整体性把握，为其进一步阅读作出总体引导。"题解"介绍该作品的写作年代、写作背景、题旨内涵等内容。

就适当注释而言，重点注释作品中人名、地名、专称、典故，对生僻字词也进行简要的解释，必要时对词句略作串讲。对于作品中异文，一般选择较好的版本择善而从，不作烦琐的考异与辨证。

就深入分析而言，重点勾勒作品的时代背景、挖掘作品的内容意涵、阐述作品的艺术表现。清代桐城派作家于文章主张义理、考据、辞章三者结合，对于经典作品的分析也应该如此。诸如对名篇作者、写作年代、时代背景，以及诗歌用典用事的把握，重在考据；对名篇思想、内容及主旨等方面的探索，重在义理；对作品形式表现方面的分析，重在辞章。

本书各章节由胡可先、仲瑶设计，仲瑶通读全稿并统一体例。撰写分工如下：

第一章　仲瑶、俞沁

第二章　仲瑶、陈星宇

第三章　仲瑶

第四章　仲瑶

第五章　仲瑶、邹星

第六章　仲瑶、何哲涵

第七章　胡可先、罗柯娇

第八章　仲瑶

第九章　胡可先、诸佳怡

第十章　胡可先、诸佳怡

第十一章　胡可先、何哲涵

第十二章　胡可先、徐焕

第十三章　胡可先、赵辛宜

第十四章　胡可先、张忠杨

第十五章　胡可先、邵瑞敏

第十六章　胡可先、邵瑞敏

第十七章　仲瑶、诸佳怡、赵辛宜

第十八章　胡可先、俞沁、徐焕、罗柯娇、张忠杨

在本书编写过程中，各位老师和研究生做了大量的工作，在此深表谢忱！高等教育出版社的张晶晶、朱争争、曹永泰等编辑，他们付出了辛勤的劳动，帮助提高书稿质量，我谨代表编写组的全体同仁，表示诚挚的感谢！

胡可先

2024 年 7 月于浙江大学文学院

目　录

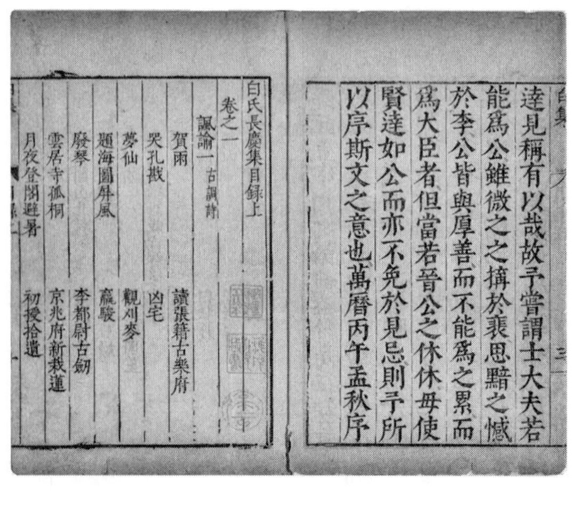
達見稱有以哉故予嘗謂士大夫若
能爲公雖微之之擿於褒思黯之憾
於李公皆與厚善而不能爲之累而
爲大臣者但當若晉公之休休毋使
賢達如公而亦不免於見忌則予所
以序斯文之意也萬曆丙午孟秋序

白氏長慶集目錄上
卷之一
諷諭一 古調詩
賀雨　讀張籍古樂府
哭孔戡　凶宅
夢仙　觀刈麥
題海圖屏風　羸駿
廢琴　李都尉古劍
雲居寺孤桐　京兆府新栽蓮
月夜登閣避暑　初授拾遺

酴醾春夢

第一章　诗　经

本 章 概 要

诗是中国古典文学中成熟得最早，也最为尊崇的体裁。这一地位的形成又是由《诗经》奠定的。作为古典诗歌的源头，《诗经》是“经学的”，也是“文学的”，并在精神品格、艺术体制、表现手法等方面对后世文学影响深远。后世以“风雅”为“诗”之代称。

一、《诗经》与诗经学史

“诗”在先秦时期是专有名词，特指“诗三百”，又称“三百篇”，汉代方称“经”。《诗经》的产生以西周末、东周初为中心，最迟至春秋中叶。其来源主要有行人采诗（《汉书 · 艺文志》）和公卿、列士献诗（如《大雅 · 崧高》“吉甫作诵”）。然后经由周太师比音入律，用于各种祭典。《诗经》中众多的祭祀、宴飨之篇即西周礼乐文化的最直接呈现，如《小雅》之《鹿鸣》《南有嘉鱼》《南山有台》《彤弓》，大雅之《凫鹥》《泂酌》等，与《仪礼》中的《乡饮酒礼》《乡射礼》《燕礼》《大射礼》等多可相参。春秋中期以后，礼崩乐坏，所谓“王者之迹熄而《诗》亡，《诗》亡然后春秋作”（《孟子 · 离娄下》）。一般认为，现存的篇目和编次经过孔子的论定。

“诗三百”是当时贵族教育的重要内容，春秋之世，朝聘宴飨场合多赋诗言志、观志之事，以别贤不肖、观盛衰。《左传》记载了大量例子，如昭公二年北宫文子赋《淇澳》；襄公二十七年郑伯享赵孟，子产等七子为赋诗等。故孔子说：“不学《诗》，无以言。”而且，春秋赋、引之诗中的“雅”“颂”之篇要远多于“风”。作为西周礼乐文化的重要载体，“诗三百”被赋予了鲜明的政教、伦理内涵，《左传 · 襄公二十九年》载季札入鲁观乐，已将诗、乐与王道和政教兴衰联系在一起。战国后期，《诗》与《书》《礼》《乐》等一并成为儒家经典。

汉代立五经博士，“诗”有鲁、齐、韩、毛四家，前三家为今文经学，毛诗为古文经学。魏晋以降，三家诗相继散亡，毛诗独存。汉儒说诗尤重“义”，即政教、伦理的发挥，《毛诗大序》所谓“风以动之，教以化之”“上以风化下，下以风刺上”“正得失，动天地，感鬼神，莫近于诗。先王以是经夫妇，成孝敬，厚人伦，美教化，移风俗”。又好以为美、刺说诗，且尤主刺，如《小雅 · 鸳鸯》“鸳鸯于飞，毕之罗之。君子万年，福禄宜之”，本颂美婚姻，《毛序》却说：“刺幽王也。思古明王交于万物有道，自奉养有节焉。”其中所蕴含的正是以诗补裨时政的苦心，王式自称“以三百五篇谏”（《汉书·儒林传》)。又以政治兴衰别风、雅之正变:“至于王道衰,礼义废,政教失,国异政,家殊俗,而变风、变雅作矣。”(《毛诗大序》)诗小序也好牵引史事,如《秦风·黄鸟》:“哀三良也。国人刺穆公以人从死而作是诗也。”又《卫风·燕燕》:“卫庄姜送归妾也。”《绿衣》:“卫庄姜伤己也。妾上僭,夫人失位而作是诗也。”多失于牵强附会,诗旨因此愈发隐晦。及朱熹《诗序辨说》就主张破除《毛序》的“凿空妄语”,提倡“以《诗》言《诗》”“以己意迎取作者之意”“通全章而论之”(《朱子语类》)。又认为,风诗“多出于里巷歌谣之作,所谓男女相与咏歌,各言其情者也”(《诗集传》)。然经学传统之下诗小序的巨大影响犹在。

五四之后,破弃旧学。1919 年,胡适在《新思潮的意义》一文中提出:“应该把诗三百还给西周、东周之间的无名诗人。”郑振铎《读毛诗序》也称“《诗经》是中国古代诗歌的总集”“《诗经》之说如不扫除,《诗经》之真面目,便永不得见”。闻一多《诗经的性欲观》更是直言:“《诗经》是一部淫诗。”今人读《诗经》既要豁清经学的牵强附会,同时也要看到经学之于《诗经》文本和诗义阐发的深层和延续性影响。

二、《诗经》的体制及主要内容

《诗经》共 305 篇(另有笙诗 6 篇,有目无辞),包括风、雅、颂三类。王国维《说周颂》:“窃谓风、雅、颂之别,当于声求之。”其中,“风”最多,共 160 篇,包括周南、召南、邶、鄘、卫、王、郑、齐、魏、唐、秦、陈、桧、曹、豳,共十五国风,大抵以黄河流域为中心,南及江、汉流域。朱熹《诗集传》说:“国者,诸侯所封之域,而风者,民俗歌谣之诗也。”《周南》《召南》(共 25 篇)较特殊,被视为“正始之道,王化之基”(《毛诗正义》)。其余十三国风乐调、风俗各不同,如《陈风·宛丘》“好巫觋祭祀歌舞”之遗风。又如《秦风·无衣》的尚武与秦国的“迫近戎狄”“修习战备,高尚气力”,以及《齐风·还》与齐地的剽勇矫捷等。其中,年代可考的最早作品是《豳风·破斧》(周成王时),最晚的是《陈风·株林》(春秋中陈灵公时)。

就内容而言,《诗经》多为“饥者歌其食,劳者歌其事”(何休《公羊传解诂》)之作,或讥聚敛,如《魏风》之《伐檀》《硕鼠》;或叹征役,如《王风·君子于役》《豳风·东山》等;或讥上层的荒淫越礼,如《邶风·新台》《齐风·南山》《陈风·株林》等。不乏尖锐的讽刺,如《鄘风·相鼠》:“相鼠有体,人而无礼。人而无礼,胡不遄死?”此外,还有相当数量的思慕、怨旷、伤悼之歌,如《王风·采葛》《邶风·静女》《卫风·木瓜》,以及《郑风》中的《溱洧》《野有蔓草》《狡童》《女曰鸡鸣》等。此类作品在情感上极热烈而大胆,如《郑风·褰裳》:“子惠思我,褰裳涉洧。子不我思,岂无他士?狂童之狂也且!”又《鄘风·柏舟》:“泛彼柏舟,在彼中河。髧彼两髦,实维我仪。之死矢靡它。母也,天只!不谅人只!”《荀子·大略》就说:“国风之好色也。”《郑风》《卫风》更因男女昵好之语特多而被视为“淫声”。

《雅》是周王朝国都附近的乐歌,共 105 篇。梁启超《释四诗名义》:“‘雅’与‘夏’古字通……雅音即夏音,犹言中原正声云尔。”(《小说月报》十七卷号外《中国文学研究》上册)其时代集中于宣、幽、平之世。“雅”又分《大雅》《小雅》。《小雅》74 篇,内容多样,其中与典礼有关的宴享、称福、戎猎、婚乐之诗,如《鹿鸣》“宴群臣嘉宾也”,《常棣》“燕兄弟也”等。风格典雅清华,如《庭燎》:“夜如何其?夜未央,庭燎之光。君子至止,鸾声将将。夜如何其?夜未艾,庭燎晣晣。君子至止,鸾声哕哕。夜如何其?夜乡晨,庭燎有辉。君子至止,言观其旂。”杜甫《春宿左省》:“不寝听金钥，因风想玉珂。明朝有封事，数问夜如何。”即从此出。此外，《小雅》中还有相当数量的“怨诽”之诗，作者多为士君子，如《四月》“君子作歌，维以告哀”，《节南山》“家父作诵，以究王讻”。《民劳》以下又称“变小雅”。其中，如《小旻》“谋臧不从，不臧覆用。我视谋犹，亦孔之邛。潝潝訿訿，亦孔之哀”，《正月》“念我独兮，忧心殷殷”“民今方殆，视天梦梦”等，大抵抒发士君子之忧思。此外，还有近乎风诗的言情之篇，如《谷风》《菁菁者莪》《采绿》等。这类作品多哀思，如《蓼莪》“蓼蓼者莪，匪莪伊蒿。哀哀父母，生我劬劳”，又《何草不黄》“何草不玄？何人不矜？哀我征夫，独为匪民”等，故《荀子·大略》说：“其言有文焉，其声有哀焉。”

《大雅》31 篇，多会朝之乐，如《文王有声》《既醉》《凫鹥》等，时限终于平王时代。形式上，多以整饬的四言写成，如《既醉》：“既醉以酒，既饱以德。君子万年，介尔景福。”内容上，多征伐之篇，如《大明》：“殷商之旅，其会如林。矢于牧野，维予侯兴。……维师尚父，时维鹰扬。凉彼武王，肆伐大商，会朝清明。”歌颂武王伐商。宣王之世尤多，如《江汉》写宣王命召虎领兵讨伐淮夷，《常武》写宣王命南仲征伐徐国，《六月》写尹吉甫奉宣王之命北伐猃狁等。此外，还有歌颂周人先祖的史诗，如《生民》《公刘》《绵》等。至于《抑》《云汉》《桑柔》《板》《荡》等警诫、丧乱之篇多作于厉王、幽王之世，孔颖达以为“皆王道衰乃作，非制礼所用”（《毛诗正义》）。这类作品体现出强烈的忧世思想和批判精神，如《板》：“上帝板板，下民卒瘅。出话不然，为犹不远。靡圣管管。不实于亶。犹之未远，是用大谏。”又《召旻》：“昔先王受命，有如召公，日辟国百里，今也日蹙国百里。於乎哀哉！维今之人，不尚有旧！”故刘熙载称：“大雅之变，具忧世之怀。”（《艺概·诗概》）

“颂”，是宗庙祭祀之乐，《毛诗大序》：“颂者，美盛德之形容，以其成功告于神明者也。”形态上，诗、乐、舞一体，《周颂·维清》小序说：“奏象舞也。”郑笺说：“象舞，象用兵时刺伐之舞。”就时代而言，周颂（31 篇）最早。鲁颂（4 篇）作于鲁僖公时，是鲁国的宗庙之乐。《商颂》（5 篇）作于春秋宋襄公时代，是宋国的宗庙之乐，如《殷武》颂宋襄公伐楚。形式上，《周颂》不分章（可能与乐坏有关），有的入韵，有的不入韵；《鲁颂》《商颂》用韵，分章，篇体整齐，近乎大、小雅。总体而言“颂”体虽地位尊崇，然对文学发展的影响却远不及风、雅。

三、赋比兴

赋、比、兴与风、雅、颂并称“六诗”“六义”，原本也指诗体，后逐渐成为三种表现手法。“赋”，朱熹《诗集传》说：“敷陈其事而直言之者也。”如《豳风·东山》：“我徂东山，慆慆不归。我来自东，零雨其蒙。我东曰归，我心西悲。制彼裳衣，勿士行枚。”此外，如《豳风·七月》《卫风·谷风》及《大雅》中的长篇多为“赋”。叙事之外，“赋”还有敷陈的特点，如《大雅·公刘》：“笃公刘，既溥既长。既景乃冈，相其阴阳，观其流泉。其军三单，度其隰原，彻田为粮。度其夕阳，豳居允荒。”敷写公刘之始创周业。

“比”，即附，朱熹说，“以彼物比此物”（《诗集传》）。或状形貌色，如《卫风·伯兮》“自伯之东，首如飞蓬”，《卫风·硕人》“手如柔荑，肤如凝脂。领如蝤蛴，齿如瓠犀。螓首蛾眉，巧笑倩兮”等。或“附理”，其要在于“切类以指事”，如《小雅·天保》：“如月之恒，如日之升。如南山之寿，不骞不崩。如松柏之茂，无不尔或承。”又如《周南·螽斯》以螽斯多子作比，祝福子嗣兴盛绵延。“比”还具有“畜愤以斥言”（《文心雕龙·比兴》）的鲜明特点，如《硕鼠》“硕鼠硕鼠，无食我黍！三岁贯女，莫我肯顾”，将聚敛者比作大鼠，以讽刺在上者的贪婪。又《邶风·新台》：“新台有泚，河水浼浼。燕婉之求，蘧篨不殄。鱼网之设，鸿则离之。燕婉之求，得此戚施。”毛诗认为是刺卫宣公劫夺儿媳宣姜的。

“兴”最复杂，朱熹说，“兴者，先言他物以引起所咏之词”，如《小雅·伐木》：“伐木丁丁，鸟鸣嘤嘤。出自幽谷，迁于乔木。嘤其鸣矣，求其友声。相彼鸟矣，犹求友声。矧伊人矣，不求友生？”由鸟鸣兴求友。“兴”还兼起情之用，挚虞《文章流别论》说：“兴者，有感之辞也。”如《桃夭》：“桃之夭夭，灼灼其华。之子于归，宜其室家。”由夭桃引起女子出嫁之情事。但所兴之情与所关之事较之“比”更隐晦，更具有象征意味，如《齐风·南山》：“析薪如之何，匪斧不克。取妻如之何，匪媒不得。”闻一多《诗经通义》以为“析薪”喻婚姻、求偶。故《文心雕龙·比兴》：“兴之托谕，婉而成章。”也因此，“兴”最近于“主文谲谏”“温柔敦厚”之旨，故毛公论诗，独标兴体。赋、比、兴并非截然可分的，一篇之中往往兼而用之。

四、《诗经》的艺术成就

《诗经》是西周、春秋时期诗歌艺术和语言美的最高体现。作为乐章之体，《诗经》尤其是“风”诗在篇体上的一个突出特征即重章叠调，如《陈风·月出》：“月出皎兮，佼人僚兮。舒窈纠兮，劳心悄兮。月出皓兮，佼人懰兮，舒忧受兮。劳心慅兮！月出照兮，佼人燎兮，舒夭绍兮。劳心惨兮！”三章层层递进，杳渺低回，思心苦极。又如《周南·汉广》三章的后半“汉之广矣，不可泳思。江之永矣，不可方思”三叠，不易一字，而有千回万转之致。至于《小雅》中的宴飨诗则与典礼场合的“重章以申殷勤”有关，孙诒让《诗·彤弓篇义》：“首章飨，即谓主人献宾；次章右，即谓宾酢主人；三章酬，即谓主人酬宾，以《诗》《礼》互证，参次甚明。”

《诗经》又善于用虚词以增声情绵渺之致，如《周南·汉广》：“南有乔木，不可休思。汉有游女，不可求思。汉之广矣，不可泳思。江之永矣，不可方思。”若省去“矣”“思”等虚词，声情之美便也失去了大半。不仅如此，句法、章法上也能兼声情之美，如《周南·关雎》：“求之不得，寤寐思服。悠哉悠哉，辗转反侧。”牛运震《诗志》说：“末二句笔势一扬一顿，一曲一直，唱叹深长，令人黯然销魂”，贺贻孙《诗触》也说：“此四句乃诗中波澜，无此四句，则不独全诗平叠直叙无复曲折，抑且音节短促急弦紧调，何以被诸管弦乎？”

相较之下，《小雅》《大雅》及三颂中的长篇则开始有意识地通过相似句式的交替使用形成诗行和节奏感（葛晓音《先秦汉魏六朝诗歌体式研究》），同时又借助排比、顶针句法进行铺排、叙事，衍为长篇，如《小雅·北山》：“或燕燕居息，或尽瘁事国；或息偃在床，或不已于行。或不知叫号，或惨惨劬劳；或栖迟偃仰，或王事鞅掌。或湛乐饮酒，或惨惨畏咎；或出入风议，或靡事不为。”姚际恒《诗经通论》说：“或字作十二叠，甚奇，末更无收结，尤奇。”又《大雅·公刘》首章：“笃公刘，匪居匪康。乃埸乃疆，乃积乃仓。乃裹糇粮，于橐于囊。思辑用光，弓矢斯张。干戈戚扬，爰方启行。”又《绵》七章：“乃立皋门，皋门有伉。乃立应门，应门将将。乃立冢土，戎丑攸行。”用排比、顶针手法，加之句句用韵，节奏短促有力，与百业维新的昂扬情调相得益彰。大雅中的《抑》《桑柔》《板》《荡》等长篇也多此种章句结构之法，对《楚辞》尤其是《离骚》《九章》等篇有着直接影响。

就体制而言，《诗经》以言志抒情为主。其中，“风”诗的抒情意味最浓，如《豳风·东山》：“之子于归，皇驳其马。亲结其缡，九十其仪。其新孔嘉，其旧如之何。”写出征夫久役近乡情怯的种种微妙心理。又《唐风·葛生》：“葛生蒙楚，蔹蔓于野。予美亡此，谁与？独处！葛生蒙棘，蔹蔓于域。予美亡此，谁与？独息！角枕粲兮，锦衾烂兮。予美亡此，谁与？独旦！夏之日，冬之夜。百岁之后，归于其居。冬之夜，夏之日。百岁之后，归于其室。”凄婉哀厉，千载之下，仍感人至深。可以说，读诗也正在于体察这种人情之美，朱熹《语类》说：“读《诗》正在于吟咏讽诵，观其委曲折旋之意，如吾自作此诗，自然足以感发善心。”

《诗经》又能将叙事融于抒情之中，如《邶风·谷风》六章以弃妇的口吻抒发不当遣而被遣的哀怨，由今日之遣及昔日之恩爱，章法杂沓，反复道之。其二章云：“行道迟迟，中心有违。不远伊迩，薄送我畿。谁谓荼苦？其甘如荠。宴尔新昏，如兄如弟。”牛运震《诗志》说：“陡接被遣、揭过，中间多少情节，后却缕缕补出。”或以对话展开情节，趣味横生，如《郑风·女曰鸡鸣》：“女曰：‘鸡鸣。’士曰：‘昧旦。’‘子兴视夜，明星有烂。’”一问一答，新婚夫妇的缱绻情好宛然如在目前。这种“对话体”和戏剧性也为汉乐府所承。

《诗经》之写景状物也颇令人称道，尤善用双声、联绵词，《文心雕龙·物色》说：“‘灼灼’状桃花之鲜，‘依依’尽杨柳之貌，‘杲杲’为出日之容，‘瀌瀌’拟雨雪之状，‘喈喈’逐黄鸟之声，‘喓喓’学草虫之韵；皎日、嘒星，一言穷理；‘参差’‘沃若’，两字穷形；并以少总多，情貌无遗矣。”此外，能融情于景，情景相生，如《小雅·采薇》：“昔我往矣，杨柳依依。今我来思，雨雪霏霏。行道迟迟，载渴载饥。我心伤悲，莫知我哀。”方玉润《诗经原始》说：“此诗之佳，全在末章，真情实景，感时伤事，别有深情。”此外，如《秦风·蒹葭》“蒹葭苍苍，白露为霜。所谓伊人，在水一方”，《郑风·风雨》“风雨如晦，鸡鸣不已。既见君子，云胡不喜”等皆能情景相生。

对于《诗经》这样一部先秦典籍，现代人阅读首先面临的是声、字、义的问题。自汉至清以来的注疏，如孔颖达《毛诗正义》、马瑞辰《毛诗传笺通释》等可为凭依。朱熹《诗集传》、方玉润《诗经原始》、姚际恒《诗经通论》等也有助于对诗旨的理解，以及对文辞之美的鉴赏。现代学者的注本，如程俊英、蒋见元《诗经注析》在声、义及鉴赏等方面都颇简要、精到，可为初学者入门之书。

名 篇 赏 析

周南·关雎

【题解】

《周南》居十五国风之首。“周”指周地，《禹贡》记载其地在雍州岐山之阳，汉代属扶风邑美阳县。《周南》与《召南》在十五国风中地位较特殊，被认为是周公、召公教化之遗泽，《论语·阳货》载孔子谓伯鱼:“人而不为《周南》《召南》,其犹正墙面而立也与!”《毛诗序》也称:“《周南》《召南》,正始之道,王化之基。”《关雎》又是《周南》的首篇,《毛诗序》:“《关雎》,后妃之德也。风之始也,所以风天下而正夫妇也。故用之乡人焉,用之邦国焉。”由此被赋予了夫妇之际、人伦之始的礼乐文化内涵,《史记·外戚世家》也称:“《易》基《乾》《坤》,《诗》始《关雎》……夫妇之际,人道之大伦也。”这是由于在传统社会结构和人伦关系中,婚姻和家庭的地位特别重要,所谓“妃匹之际,生民之始,万福之原”(《汉书·匡衡传》)。因此,朱熹《诗集传》虽恢复了“风诗”的民歌风貌,但关于《关雎》之旨则仍沿旧说。今日通行的男女恋歌之说反倒是五四新文化运动以来的新说。

关关雎鸠,在河之洲[1]。窈窕淑女,君子好逑[2]。
参差荇菜,左右流之[3]。窈窕淑女,寤寐求之[4]。
求之不得,寤寐思服[5]。悠哉悠哉,辗转反侧[6]。
参差荇菜,左右采之。窈窕淑女,琴瑟友之[7]。
参差荇菜,左右芼之[8]。窈窕淑女,钟鼓乐之[9]。

(朱熹《诗集传》卷一,中华书局,2017 年版)

【注释】

[1] 关关:拟声词,形容雎鸠和鸣之声。雎鸠:水鸟。相传这种水鸟忠贞专一,与常鸟不同。朱熹《诗集传》:“雎鸠,水鸟……生有定偶而不相乱,偶常并游而不相狎。”诗人以此起兴。洲:水中的陆地。“关关雎鸠,在河之洲”是起兴之语,诗人因水鸟“关关”和鸣,勾起君子对淑女的爱慕之情。

[2] 窈窕:叠韵词,美好貌。扬雄《方言》:“美心为窈。美状为窕。”君子:本是对当时贵族男子的称呼。后泛指男性。好逑:好的配偶。《毛传》:“逑,匹也。”

[3] 参差:双声词,不齐貌。荇菜:一种水生植物,可以吃。左右:或左或右,形容荇菜在水流中飘动的样子。流之:顺着水流采集荇菜。

[4] 寤:犹晤,清醒的状态。寐:犹昧,睡着的状态。是说君子无论黑夜,还是白天,都想念着淑女。

[5] 思:为语气助词,无意义。服:思念。《毛传》:“服,思之也。”一说“思服”,同义复词,即思念。

[6] 悠:长。悠哉悠哉:即悠悠,思念深长的样子。辗转反侧:翻来覆去不能成眠的样子。

[7] 琴瑟:琴、瑟,弦乐器之名,常合奏,《小雅·常棣》:“妻子好合,如鼓瑟琴。”友:亲近。《郑笺》:“同志为友。”此句言以琴瑟之乐表达同志之心,以亲近淑女。后世常以此喻夫妻和美。

[8] 芼:择取。

[9] 钟鼓:古代的礼乐器。《论语·阳货》:“子曰:‘礼云礼云,玉帛云乎哉?乐云乐云,钟鼓云乎哉?’”乐:快乐。

【分析】

首章以雎鸠“关关”的和鸣声起兴,引出“乐得淑女,以配君子”的联想。宋人李仲蒙说:“触物以起情谓之兴,物动情也。”(《困学纪闻》卷三)诗人用以起兴之物并非任意的,而必须能够引发诗人某种特定的情感、情绪、情意。以雎鸠起兴，是由于汉人认为雎鸠这种水鸟“雌雄情意至，然而有别”（郑笺），故后妃方德。

次章“参差荇菜”二句由女子采摘荇菜，联想到女子堪事宗庙主祭祀，遂进一步引起君子的恋慕，“寤寐求之”，爱情已萌动。“求之不得”一转，写君子无论清醒还是睡梦之中，都在思念着对方。这份思念是如此深长，以至于辗转反侧，难以入眠。三章又递进一层，乃君子的想象之辞。想象能以琴瑟之音与淑女亲近，以钟鼓之乐使淑女快乐，以此得到心灵上的安慰。

《关雎》一篇最能体现儒家“温柔敦厚”的诗教理想。诗中君子邂逅淑女的喜悦和求之不得的感伤都是发自内心的，而其想要亲近悦乐淑女的方法也是合于“礼”的，与郑、卫之风中的热烈、张扬、大胆毕竟不同。孔子也赞其“乐而不淫，哀而不伤”（《论语·八佾》），即情感真挚而不过于激烈而违礼。不仅如此，《关雎》之乐也颇合乐教，孔子赞叹说：“《关雎》之乱，洋洋乎！盈耳哉。”

豳风·七月

【题解】

《豳风》在“十五国风”中列序第十五，为风之末，雅之始。《周礼·春官·籥章》：“籥章掌土鼓、豳籥。中春昼击土鼓，吹《豳诗》以逆暑。中秋夜迎寒，亦如之。凡国祈年于田祖，吹《豳雅》，击土鼓，以乐田畯。国祭蜡，则吹《豳颂》，击土鼓，以息老物。”“豳”为后稷曾孙公刘之国，地处戎狄，在汉代属右扶风栒邑。

《七月》是《豳风》的代表，描述了豳地之民一年之中依照岁时进行的各种农事活动。《毛诗序》谓为周公有感于公刘居豳之时，忧心农事至苦，教导国民农桑，因此使国民丰衣足食，子孙成就王业的丰功伟绩而作，应当是一种附会。从诗中交替使用夏历与周历来看，则此诗必然经历了一个长期流传、层累成型的过程，部分为更古老的农事谣谚，部分为豳地民歌，在长期的传唱中融为一体。作为最早的一首农事诗，《七月》生动地展现了先秦农业社会的生活形态和风貌，具有丰富的史料价值。

七月流火，九月授衣[1]。一之日觱发，二之日栗烈[2]。无衣无褐[3]，何以卒岁。三之日于耜，四之日举趾[4]。同我妇子，馌彼南亩，田畯至喜[5]。

七月流火，九月授衣。春日载阳，有鸣仓庚[6]。女执懿筐，遵彼微行，爰求柔桑[7]。春日迟迟，采蘩祁祁[8]。女心伤悲，殆及公子同归[9]。

七月流火，八月萑苇[10]。蚕月条桑，取彼斧斨，以伐远扬，猗彼女桑[11]。七月鸣鵙，八月载绩[12]。载玄载黄，我朱孔阳[13]，为公子裳。

四月秀葽，五月鸣蜩[14]。八月其获，十月陨萚[15]。一之日于貉[16]，取彼狐狸，为公子裘。二之日其同，载缵武功[17]。言私其豵，献豜于公[18]。

五月斯螽动股，六月莎鸡振羽[19]。七月在野，八月在宇，九月在户，十月蟋蟀入我床下[20]。穹窒熏鼠，塞向墐户[21]。嗟我妇子，曰为改岁，入此室处[22]。

六月食郁及薁，七月亨葵及菽[23]。八月剥枣，十月获稻，为此春酒，以介眉寿[24]。七月食瓜，八月断壶，九月叔苴，采荼薪樗，食我农夫[25]。

九月筑场圃，十月纳禾稼[26]。黍稷重穋，禾麻菽麦。嗟我农夫，我稼既同，上入执宫功，昼尔于茅，宵尔索绹[27]。亟其乘屋，其始播百谷[28]。

二之日凿冰冲冲，三之日纳于凌阴[29]。四之日其蚤，献羔祭韭[30]。九月肃霜，十月涤场[31]。朋酒斯飨，曰杀羔羊[32]。跻彼公堂，称彼兕觥，万寿无疆[33]。

（朱熹《诗集传》卷八，中华书局，2017 年版）

【注释】

[1] 七月流火：七月，夏历七月。流火，流，星辰在天穹的位置逐渐向下移动。《毛传》："流，下也。"火，星辰名，心宿二，亦名大火星。大火星在夏季位置最高，夏历七月时节则逐渐向西下移。九月授衣：九月，夏历九月。授衣，将制作冬衣的工作交给妇女去完成，马瑞辰《毛诗传笺通释》："凡言'授'者，皆授使为之也。……盖九月妇功成，丝麻之事已毕，始可为衣。"此句描述的是先民们依据天时安排人事活动。

[2] 一之日：周历的正月。周建子，夏建寅，周历正月正当夏历的十一月。觱发：风寒冷状。《毛传》："觱发，风寒也。"二之日：周历的二月，正当夏历的十二月。栗烈：空气寒冷状。《毛传》："栗烈，寒气也。"

[3] 褐：粗布衣服。

[4] 三之日：周历的三月，正当夏历的正月。于耜：修理农具。耜，铲土的农具。四之日：周历的四月。举趾：举足。意为举足耕作。

[5] 馌：送饭。田畯至喜：田大夫见到农民辛勤劳作，因而十分欢喜。田畯，田大夫，监督农事的官员。

[6] 春日载阳：载，开始。阳，天气温暖。此句言春日气候回暖。有鸣仓庚：有，助词，词头，无义。仓庚，黄鹂鸟。以上二句言春日物候变化。

[7] 懿筐：深筐。懿，美，深为引申义。朱熹《诗集传》："懿，深美也。"遵彼微行：遵，循，沿着。微行，小径。句意为沿着小径行走。爰求柔桑：爰，于是。柔桑，嫩桑。于是去采集嫩桑叶。此二句承前句物候变化，安排养蚕的农事。

[8] 迟迟：舒缓。蘩：白蒿，可以生蚕。祁祁：众多貌。

[9] 女心伤悲：因春日节物而兴感嫁之思。《毛传》："春女悲，秋士悲，感其物化也。"《郑笺》："春女感阳气而思男，秋士感阴气而思女，是其物化，所以悲也。"殆，始。及，与。"同归"，历来多歧解。《毛传》："豳公子躬率其民，同时出，同时归也。"似非。《郑笺》沿"女心伤悲"之意，解为"始有与公子同归之志，欲嫁焉"。欲嫁而悲，正是古代女子的微妙心理。女子出嫁，远离父兄，且要面对未知的婚姻生活中的风雨，故伤悲。《诗经・邶风・燕燕》："燕燕于飞，差池其羽。之子于归，远送于野。瞻望弗及，泣涕如雨。"范处义《诗补传》认为是"女子感其所见，念当嫁娶之时，将远其父母，所以伤悲，谓不得久于家"。二句抒情极委曲。

[10] 八月萑苇：八月，夏历的八月。萑苇：荻草和芦苇。可以用来做蚕箔。

[11] 蚕月条桑：蚕月，养蚕的月份，即夏历三月。条桑：修剪下桑树的枝条采集它的叶子。斧：孔狭长的斧子。斨：方孔的斧子。远扬：过高过长的桑树枝条。猗彼女桑：猗，束。女桑，小桑。小桑树不砍下它的枝条，而是抓着它的枝条采集它的叶子。

[12] 鵙：伯劳。绩：纺织。此句意味伯劳鸣叫的物候出现时，开始从事纺织工作。

[13] 玄：黑中带红的颜色。此句意为为布料染上玄色、黄色。我朱孔阳：朱：深红色。孔，非常。阳，明亮。

[14] 秀葽：秀，不开花而结果。葽，葽草。蜩：蝉。此二句为夏季物候描写。

[15] 八月其获：其，将要。获，收获。八月农作物将要收获。陨萚：落叶。

[16] 于貉：取狐狸皮。

[17] 同：回合。载缵武功：缵，继续。武功，武力之事，即打猎。句意为继续打猎。

[18] 言私其豵：言，句首助词，无义。私，私人占有。豵，一岁的小猪。句意为一岁的小猪自己占有。献豜于公：豜，三岁的大猪。句意为三岁的大猪献给豳公。

[19] 五月斯螽动股：斯螽，蟋蟀。动股：古人以为蟋蟀摩擦腿部发声。句意为五月蟋蟀发出鸣叫。六月莎鸡振羽：莎鸡，蟋蟀。振羽：摩擦翅膀发声。句意为六月蟋蟀发出鸣叫。

[20] “七月在野”四句：描写对象都是蟋蟀，写蟋蟀从七月到十月的活动范围变化，从在田野上，到屋宇下，到室内，到床下，反映出天气逐渐转凉，蟋蟀应时而变的习性。

[21] 穹窒熏鼠：穹，穷尽。窒，堵塞。把老鼠洞都塞住，用烟熏走它们。塞向墐户：向，朝北的窗户。墐，用泥涂抹。户，房门。堵住朝北的窗户，用泥涂抹房门，都是为了冬季防寒的工作。

[22] 嗟：语气词。曰为改岁：曰，发语词。改岁，变更年岁，意为进入新的一年。夏历十月是周历年末，十一月是周历正月，因此以周历言，进入了新的一年。入此室处：进入这个屋子居住。

[23] 郁：棠棣。薁：蘡薁，亦为棠棣。孔颖达《毛诗正义》：“蘡薁者，亦是郁类而小别。”亨葵及菽：亨，烹，煮。葵，蔬菜名。菽，大豆。煮蔬菜及大豆食用。

[24] 剥：击打。以介眉寿：介，帮助。眉寿，长寿。人年老了眉毛变长，故称眉寿。古人认为酒能帮助人长寿。

[25] 断壶：断，采摘。壶，瓠，葫芦。叔苴：叔，拾取。苴，麻的果实。采荼薪樗：荼，苦菜。薪樗，以樗为新火。樗，臭椿，只能用来做柴火，故被称为恶木。

[26] 场圃：打谷场与田圃。纳禾稼：纳，藏。把粮食藏进仓库。

[27] 黍稷重穋：黍，谷子，即小米。稷，高粱。重穋，两种粮食。《毛传》：“后熟曰重，先熟曰穋。”我稼既同：同，聚集。收成已经集中起来。上入执宫功：进入都邑之宅，执行宫中事务。昼尔于茅：白日你们去取茅草。于：往。宵尔索綯：晚上你们编绳索。索：绞，搓。綯(táo)：绳索。

[28] 亟其乘屋：亟，急，赶紧。乘，升，登上。赶紧登上屋顶。其始：将要开始。此二句意为，赶紧登上屋顶修理房屋，因为到了春天就要开始播种各种谷物，没有空闲的时间了。

[29] 冲冲：拟声词，凿冰的声音。凌阴：藏冰的冰室。

[30] 蚤：早。献羔祭韭：献上小羊、韭菜的祭祀仪式。

[31] 肃霜：肃，缩。霜降而万物收缩。涤场：涤，清扫。清扫打谷场。

[32] 朋酒：两樽酒。斯飨：飨礼，农民自己饮酒犒赏自己。曰杀羔羊：乡人饮酒只杀狗，但是如果有大夫参与，就加上羔羊。

[33] 跻：登上。公堂：学校。称：举起。兕觥：犀牛角做的酒杯。

【分析】

《七月》文字质朴、悠远、庄重，兼以鸟兽虫鱼、草荣木实，带来清新的田野之风，带给读者较为沉浸式的关于先秦时代的农业社会生活经验。先民们因天时定农事，五章以前，在提及月份的同时还会描述当月的物候现象，六章以下则只载月份。与此同时，前五章的内容主要围绕

“衣”的主题展开，后三章则围绕“食”的主题。其重章复沓的文本结构，带来回环交响、余音绕梁的音乐性及朗朗上口的传唱性，比较全面地体现了早期诗歌的整体风貌。这也是此诗的别具一格处。

前人对《七月》推崇备至，方玉润称其“一诗而兼三体”(《诗经原始》)。因其描绘的是豳地风俗，且详细记载了此地先民的农业活动，故收在《豳风》中。同时，诗中也涉及了豳公及公子的王事，如“殆及公子同归”“为公子裳”“上入执宫功”等，与王政兴废有关，因此也存在一定“雅”的特征。诗歌终章还涉及了打开冰室取冰之前的祭祀礼仪与涤场之后农民庆祝的飨礼，此类祭祀的典仪无疑符合以美德告成于神明的特质，因而还可称其兼“颂”体。方玉润称其“胸罗万象，笔有化工”，姚际恒称其“一诗之中，无不具备，洵天下之至文也”。

郑风·溱洧

【题解】

《郑风》为十五国风之一，是先秦时代郑地的歌诗。郑，姬姓，周宣王二十二年封其弟姬友于郑，是为郑桓公，疆域大致在今河南中部。郑风中特多男女怨慕之篇。《溱洧》即是《郑风》的代表作之一。关于此诗的主旨，四家诗说各有不同，《毛诗小序》云：“《溱洧》，刺乱也。兵革不息，男女相弃，淫风大行，莫之能救焉。”《齐诗》称：“郑男女亟聚会，声色生焉，故其俗淫。……此其风也。”(《诗三家义集疏》)《鲁诗》也称：“郑国淫辟，男女私会于溱洧之上。”(《吕览·本生篇》高注引)《韩诗内传》则称：“郑国之俗，三月上巳之日于两水上，招魂续魄，拂除不祥，故诗人愿与所说者俱往观也。”合诸家之说，大抵视为淫游之风。其背后也蕴含着特定的民俗和礼乐色彩，《周礼·地官·媒氏》：“媒氏掌万民之判。……中春之月，令会男女。于是时也，奔者不禁。若无故而不用令者，罚之。司男女之无夫家者而会之。”可为理解此诗的背景。

溱与洧，方涣涣兮[1]。士与女，方秉蕑兮[2]。女曰：“观乎？”士曰：“既且。”[3]“且往观乎？洧之外，洵訏且乐。”[4]维士与女，伊其相谑，赠之以勺药[5]。

溱与洧，浏其清矣[6]。士与女，殷其盈矣[7]。女曰：“观乎？”士曰：“既且。”“且往观乎？洧之外，洵訏且乐。”维士与女，伊其将谑，赠之以勺药。

(朱熹《诗集传》卷四，中华书局，2017年版)

【注释】

[1] 溱与洧：郑国的两条河流。溱水出今河南省新密市白寨镇西北，向南入于洧水。方：正。涣涣：春水涨起的样子。《郑笺》云：“仲春之时，冰以释，水则焕焕然。”

[2] 方秉蕑兮：方，正。蕑，一种香草。

[3] 既且：既，已经。且，徂，前往。意谓已经去过了。

[4] 且往观乎：且，姑且。姑且再去看看吧。洵：假借为“恂”，确实、实在。訏：广大。

[5] 维：助词，无义。伊：因。相谑：谑，戏谑、谑浪。芍药：《汉书》颜师古注曰：“勺药，药草名。其根主和五藏，又辟毒气，故合之于兰桂五味以助诸食，因呼五味之和为勺药耳。”后世因此诗而以芍药为男女传情的信物，梅尧臣《和李廷老三月十四日》：“芍药有遗风，赠好期不忘。”

[6] 浏：深。

[7] 殷：众多。

【分析】

《溱洧》描绘的是三月上巳之节郑国青年男女在溱、洧之畔踏春出游的习俗与图景。朱熹《诗集传》说：“郑国之俗，三月上巳之辰，采兰水上，以祓除不祥。”

开篇以“溱与洧，方涣涣兮”起兴，言冰雪消融，溱、洧春水涨起，寥寥数语渲染出郑人春日踏青出游的欢快浪漫氛围。紧接着是总体的描写：士与女都手拿香草，参与此次一年一度的盛会。而后聚焦到一对青年男女身上，通过两人的对话，展开故事的情节。女子询问男子是否要结伴去河畔游玩，男子则回答已经去过了。但是女子没有放弃，紧接着劝说男子姑且一去，并且极力声称水边的欢乐场景。男子欣然同意，两人再次结伴同游。章末“维士与女，伊其相谑，赠之以勺药”，可知这对青年男女已互生好感，戏谑笑浪，并赠以芍药之花。由此联想到，在这个盛大欢乐的节日之中必定有许多对青年男女互生情愫，成就佳缘。方玉润《诗经原始》说：“每值风日融和，良辰美景，竞相出游，以至兰芍互赠，播为美谈。”

结构上，采用对话体结篇，轻松诙谐、生动活泼。章法上，《诗经》的重章复沓在此诗中表现得极为典型。作为核心的故事性情节的男女对话在两章之间，只字未变。这样反复的咏叹带来更强烈的抒情效果，读之更让人感同身受，沉浸其中。

小雅·斯干

【题解】

《毛诗序》云：“《斯干》，宣王考室也。”郑笺：“宣王于是筑宫庙群寝，既成而衅之，歌《斯干》之诗以落之，此之谓成室。”此外，又有武王、成王说，皆无明证。朱熹《诗集传》说“此筑室既成，而燕饮以落之，因歌其事”，较通达。方玉润《诗经原始》也只说：“《斯干》，公族考室也。”

秩秩斯干，幽幽南山[1]。如竹苞矣，如松茂矣[2]。兄及弟矣，式相好矣，无相犹矣[3]。
似续妣祖，筑室百堵，西南其户[4]。爰居爰处，爰笑爰语[5]。
约之阁阁，椓之橐橐[6]。风雨攸除，鸟鼠攸去，君子攸芋[7]。
如跂斯翼，如矢斯棘，如鸟斯革，如翚斯飞，君子攸跻[8]。
殖殖其庭，有觉其楹[9]。哙哙其正，哕哕其冥[10]，君子攸宁。

下莞上簟，乃安斯寝[11]。乃寝乃兴[12]，乃占我梦。吉梦维何？维熊维罴，维虺维蛇[13]。

大人占之[14]，维熊维罴，男子之祥；维虺维蛇，女子之祥。

乃生男子，载寝之床[15]。载衣之裳，载弄之璋[16]。其泣喤喤，朱芾斯皇，室家君王[17]。

乃生女子，载寝之地[18]。载衣之裼，载弄之瓦[19]。无非无仪，唯酒食是议，无父母诒罹[20]。

（朱熹《诗集传》卷十一，中华书局，2017 年版）

【注释】

[1] 秩秩斯干：秩秩，水流动的样子。斯，此。干，涧。幽幽：深远的样子。南山：终南山。

[2] 如：有，表列举之意。苞：同茂意。

[3] 式：发语词。犹：尤，怨尤。

[4] 似续妣祖：似，嗣。妣，女性先祖。祖，男性先祖。筑室百堵：百堵宫室一起建筑。形容同时兴建的建筑之多。西南其户：有向西开的门，有向南开的门。省言，意为有向各个方向开的门。

[5] 爰：于是。

[6] 约：束。阁阁：历历，整齐。椓：夯土。橐橐：用力。

[7] 攸：于是。芋：大。句意为君子居于其中，所以能光大自己。

[8] 如跂斯翼：跂，踮起脚跟站着。翼，端正的样子。句意为宫室像人踮起脚跟站着那样端正的样子。如矢斯棘：棘，棱角方正的样子。句意为宫室像箭矢的棱角一样方正。如鸟斯革：革，翱的假借字，翅膀。句意为宫室像鸟儿张开的翅膀一样舒展。如翚斯飞：翚，雉，有五彩羽毛的野鸡。句意为宫室的檐角像雉飞翔一样飞扬。跻：登上。

[9] 殖殖：平正的样子。有觉：即觉觉，高大的样子。楹：堂前的柱子。

[10] 哙哙：光明的样子。正：昼，白天。哕哕：幽暗。冥：黑夜。

[11] 莞：一种草，可以编织成席。簟：竹苇制成的席。乃：于是。

[12] 兴：早起。

[13] 维：是。罴：像熊的猛兽。虺：有毒的大蛇。

[14] 大人：占卜的官员。

[15] 乃生男子，载寝之床：载，则，就。生男子使之睡在床上。

[16] 衣：穿衣。弄：玩。璋：玉制礼器。

[17] 喤喤：小孩响亮的哭声。朱芾斯皇，室家君王：芾，蔽膝。皇，明亮的样子。《郑笺》："芾者，天子纯朱，诸侯黄朱。"室家，周王室。君，周天子。王，诸侯。给周王室、诸侯之家出生的男孩穿上颜色明亮的朱色蔽膝。

[18] 乃生女子，载寝之地：生女子使之睡在地上。

[19] 裼：包小孩的被子。瓦：纺锤。

[20] 无非无仪：非，恶事。仪，善事。句意为无论恶事、善事，都不是女子管的事。无父母诒罹：诒，给。罹，忧患。不要给父母带来忧虑。

【分析】

《斯干》是庆祝周宫室落成典礼时所奏的歌诗，主要由两部分构成。一至五章为第一部分，从宫殿的选址到兄弟同心营造及宫殿的华美，六至九章为第二部分，写落成典礼及对新居入住之后美好生活的想象和颂美。

首章总写。起句写山涧、南山，既是即物起兴，亦可说是营造宫殿之前的选址工作。依山傍水，是宫殿形胜之处，兼有松竹在测，风景宜人。结句给出了总体上的美好希冀：希望居住在这里的周王室兄弟，相亲相爱，不要起争端。

二章到五章以铺陈的手法写建筑之事。二章总领，言继承先祖之志，又言无数宫室同时动工的壮观场面。三章详细描写建筑时的工程细节：把用到的木材整整齐齐、牢固地捆束在一起，又用力地夯土使建筑牢固，因此建成的房屋能遮蔽风雨、抵御虫害。四章想象奇妙，如以人踮起脚跟喻宫室的端肃；以箭矢的棱角喻宫室之方正；用鸟儿张开的翅膀形容其宽阔舒展；用野鸡的腾飞比拟飞扬的檐角等。不仅新颖有趣，更展现了“能近取譬”的思维方式，且所选取之物在当时社会文化中的具有特别的意义，如人之踮脚而立是当时的重要礼节，身具五彩羽毛的野鸡，是祭礼之物等。五章的突出特点则是对叠词的频繁运用，如“殖殖”“有觉”（《诗经》中“有某”即“某某”）、“哙哙”“哕哕”等。不仅状物生动，更令其句式整饬，且极具音乐美感。

六到九章虚想迁居之后的美好生活情景，六章顺写宫殿美好宜居，居者福佑绵长、安眠得美梦。七章续之，转入生儿育女主题，这也是家庭生活的题中应有之义。八章、九章别写生养男孩、女孩的不同礼节及教养理念，体现了周人的礼乐观念。构思亦巧妙，明孙鑛《评诗经》：“考室以男女为祝，固是情理，但从梦说来，直至如此细陈琐列，在汉以后人，绝无此调。”

大雅·云汉

【题解】

陆德明《经典释文》认为，《大雅》之篇为历代周王或推叙天命，或祭祀先祖之歌。方玉润《诗经原始》认为大雅之中也有讽刺之作，只因其体特出，明白正大，直言其事，是“正体”，且未曾夹杂变体，故而在雅中称“大”。《云汉》是宣王时代的诗，记录了周宣王二年（前826）至六年（前822）的一次大旱。宣王感万民之苦，仰天上诉，祈求禳旱，情辞极哀恻沉痛。

倬彼云汉，昭回于天[1]。王曰：於乎！何辜今之人[2]？天降丧乱，饥馑荐臻[3]。靡神不举，靡爱斯牲[4]。圭璧既卒，宁莫我听[5]？

旱既大甚，蕴隆虫虫[6]。不殄禋祀，自郊徂宫[7]。上下奠瘗，靡神不宗[8]。后稷不克，上帝不临[9]。耗斁下土，宁丁我躬[10]？

旱既大甚，则不可推[11]。兢兢业业，如霆如雷。周余黎民，靡有孑遗[12]。昊天上帝，则不我遗[13]。胡不相畏？先祖于摧[14]。

旱既大甚，则不可沮[15]。赫赫炎炎，云我无所[16]。大命近止，靡瞻靡顾[17]。群公先正，则不我助[18]。父母先祖，胡宁忍予[19]。

旱既大甚，涤涤山川[20]。旱魃为虐，如惔如焚[21]。我心惮暑，忧心如熏[22]。群公先正，则不我闻[23]。昊天上帝，宁俾我遁[24]。

旱既大甚，黾勉畏去[25]。胡宁瘨我以旱，憯不知其故[26]。祈年孔夙，方社不莫[27]。昊天上帝，则不我虞[28]。敬恭明神，宜无悔怒[29]。

旱既大甚，散无友纪[30]。鞫哉庶正，疚哉冢宰[31]。趣马师氏，膳夫左右，靡人不周，无不能止[32]。瞻卬昊天，云如何里[33]？

瞻卬昊天，有嘒其星[34]。大夫君子，昭假无赢[35]。大命近止，无弃尔成[36]。何求为我？以戾庶正[37]。瞻卬昊天，曷惠其宁[38]？

（朱熹《诗集传》卷一八，中华书局，2017 年版）

【注释】

[1] 倬：浩大的样子。云汉：银河。昭：光明。回：转。言浩瀚、光亮的银河在天空中旋转。

[2] 王：周宣王。於乎：即呜呼，表感叹。辜：罪。

[3] 荐：重，重复，屡次。臻：至。

[4] 靡：无。举：祭祀。爱：吝惜。牲：牺牲。

[5] 圭璧既卒：圭，同珪，古玉器名，长条形。璧：古玉器名，平圆形，正中有孔。圭璧，朝聘、祭祀、丧葬时所用的礼器。既：已经。卒，耗尽。宁：何。

[6] 蕴隆虫虫：蕴，通“煴(yūn)”，无焰之火。隆，打雷之声。虫虫，即爞爞(chóng)，炎炎，熏炙。《毛传》：“蕴蕴而暑，隆隆而雷，虫虫而热。”句意为炎热熏人。

[7] 殄：绝，断。禋祀：祭天之仪。燔柴升烟，加牲体或玉帛于柴上焚烧。自郊徂宫：郊，郊外，古代祭天之所在郊外。宫，宗庙，祭祀祖先之地。

[8] 上下奠瘗：上，天。下，地。奠，陈列祭品，是祭天时的礼仪。瘗，埋藏，埋藏祭品是祭地的礼仪。此句言祭天、祭地。宗：尊敬。

[9] 后稷：周人始祖。克：胜利，此意为奏效。上帝：昊天上帝，天神。临：降临。

[10] 耗：消耗。斁：败坏。下土：人间。宁丁我躬：丁，当。我躬：我身，我自己。是说为什么偏偏在我身上遇到这样的灾难。

[11] 推：去，去除。

[12] 孑遗：遗留。

[13] 遗：赠送。

[14] 摧：灭，言先祖之祭祀将自此消亡。

[15] 沮：阻止。

[16] 赫赫：干旱的样子。炎炎：热气。云我无所：云，阴云，引申为荫庇之所。句意为没有荫庇之所。

[17] 大命，寿命。靡瞻靡顾：瞻，看到。顾，顾念。上天没有看到、不顾念人们的痛苦。

[18] 先正：百辟卿士，古代先贤。

[19] 胡宁：为什么。忍予：对我忍心。

[20] 涤涤：山川如同被涤荡一空，山上没有树，河中没有水，光秃枯涸。

[21] 旱魃：古代传说中的怪物，所至之地会大旱。为虐：作恶。惔：火燎。

[22] 熏：灼烧。

[23] 闻：问的假借，恤问。

[24] 宁俾我遁：俾，使。遁，困。意为为什么使我陷入这种困境。

[25] 黾勉畏去：黾勉，勉力。畏去：使所畏惧者消去。句意为勉力请祷希望使所畏惧的干旱消去。

[26] 瘨：病。憯：曾，竟然。

[27] 祈年孔夙，方社不莫：孔，非常。夙，早。方：四方之神。社，土神。莫，暮，晚。句意为我祈求丰年很早，祭祀四方之神与土神也不晚，侍奉神灵十分勤勉。

[28] 虞：度，知。

[29] 悔：恨。

[30] 散无友纪：散，散漫。纪，法纪。社会关系离散，没有友爱和法纪。

[31] 鞫哉庶正：鞫，穷。庶，众。正，长。众人的长官陷入贫穷。疚：病。冢宰：宰相。

[32] 趣马：养马的官。师氏：掌管教育的官员。膳夫：为天子做饭的官员。左右：泛指天子左右的官员。周：救济。无不能止：没有人因为不能做到就不去做了。

[33] 瞻卬：即瞻仰。云如何里：云，发语词，无义。里，忧愁。

[34] 嘒：明亮的样子。

[35] 昭假无赢：昭，明。假，至。无赢，无私心。句意为明示其诚心至于天下，没有私心。

[36] 无弃尔成：成，成功。句意为不要有私心地帮助民众，不要放弃已经取得的救赈的成功。

[37] 戾：安定。

[38] 曷惠其宁：曷，何不。惠，语气助词。宁，安宁。句意为何不给我们安宁。

【分析】

全诗八章，每章十句，分三个层次。首章以云汉起兴，以“王曰”引出面临的困境：“天降丧乱。”面对旱灾，周宣王虔诚祈祷，神明却不应，故而惶惧焦虑，以及希望旱灾尽快结束，周民得以休养生息的迫切感情。二章极力描写事神之勤，之虔诚，“不殄禋祀，自郊徂宫”“上下奠瘗，靡神不宗”，与前文神灵的“宁莫我听”形成强烈对比，渲染出浓烈的压抑氛围；三到五章描写周人的惨状：一，神明不临，先祖不克，人们战战兢兢，好像随时会有雷霆落下一般惶惶不可终日；二，黎民百姓死伤无数，“靡有孑遗”“大命近止”写出周人面临着灭族的危险；三，大旱使山上树木光秃，河中水流干涸，“赫赫炎炎”“如惔如焚”。六章呼应上文，再次强调竭力祭祀，神灵先祖竟不予回应，令周民陷入绝境；七、八两章立意一转，写周王室的各种官员都毫无私心地投入到赈济的工作之中。虽然还在等待上天给予安宁，但行动上已经从求神祭祖转移到积极地自救上来，希望能够平息这场灾难。

就谋篇而言，《云汉》构思极巧，且善于叙事。从周王不断地祈祷上苍庇佑，祈祷祖先赐福，希望能渡过难关，到对神明不应的失望，再到对天与神明的怀疑，又是一层。从忧心臣民疾苦，到臣民投入赈济、救灾的努力中，又是更高一层的转变。其中也透露出某种划时代的思想变革。除了首末两章，中间每一章都以“旱既大甚”起首，但是每一句对句都有变动。章法上，既整饬统一，又富于变化。此外，此诗独具的另一特点，则是大量的反问与感叹语句的使用。周王虔诚地祈祷，灾难却并没有消失，其中流露出的痛苦和对神明的疑怨，极真实动人。

周颂·丰年

【题解】

“颂”与风、雅并为诗之三体，包括《周颂》《鲁颂》《商颂》。《周颂》三十一篇大多为西周初年的祭祀之篇，祭祀的对象包括祖先、天地、农神等。《周颂谱》说：“颂之言容。天子之德，光被四表，格于上下，无不覆焘，无不持载，此之谓容。于是和乐兴焉，颂声乃作。”《丰年》一篇写秋冬之时，粮食丰收，因而欢欣鼓舞，上报先祖。虽篇幅短小，但在《周颂》之中别具一格。

丰年多黍多稌[1]。亦有高廪，万亿及秭[2]。为酒为醴，烝畀祖妣，以洽百礼，降福孔皆[3]。

（朱熹《诗集传》卷一九，中华书局，2017 年版）

【注释】

[1] 黍：小米。稌：稻子。

[2] 亦：句首助词。廪：粮仓。万亿及秭：秭，数词，十亿。此句形容谷物数量极多。

[3] 为：酿造。醴：甜酒。烝畀祖妣：烝，进献。畀，给。祖，男性先祖。妣，女性先祖。进献给先祖。洽：配合。百礼：多种祭品。孔：很。皆：普遍。

【分析】

周民族以农为本，《诗经》中《臣工》《噫嘻》《载芟》等祭歌专用于春夏祈谷、秋冬报赛，足见农事在周人社会生活中的重要地位。《丰年》是周人获得粮食丰收之后，怀着无比的喜悦与希望，祭祀祖先时的颂歌。诗先言丰收之年，收获了无数的稻谷、小米，仓廪丰实，“万亿及秭”。继言以粮食酿酒，祭祀先祖。因为酿酒需要消耗大量粮食，只有在粮食极度富余的时候，才有用于酿酒的部分，从侧面反映出丰年之殷实。最后写周人以酒、牺牲、玉帛等物进献给先祖，以此表达丰收的喜悦，更期待先祖降下福报，众人得福。

全篇充满了喜庆与希冀，浓烈的情感几乎满溢。在生产力低下的先秦时代，粮食丰收意味着更多人得以存活，而暂时不必担忧饥饿，因此这样的喜悦是发自内心、不可遏制的，我们读诗的时候，也能从字里行间感受得到。

《丰年》的情感抒发是呈递进式的上升的。首句平铺直起，含而不露，第二句承写，高高的粮仓都塞满了，数量有十亿万亿吧，怎么都数不清。至“为酒为醴”达到顶峰，先民们将丰收的喜悦转化为祭祀庆祝活动，“烝畀祖妣”，让祖先一起分享丰收的喜悦。结句言祭祖之后，“降福孔皆”，既是丰收、祭祖诗的收束，也将《丰年》的情感表达从眼下的欢腾升华到了对未来的希冀。篇幅紧凑，以赋法叙事，反而获得了真挚与热烈的效果。最强烈的情感蕴含在最质朴的文字之中，所谓“大乐必易”“大道至简”，即是如此。

推荐阅读书目

1. 孔颖达《毛诗正义》，阮元十三经注疏本，中华书局2009年版。
2. 朱熹《诗集传》，中华书局2017年版。
3. 程俊英、蒋见元《诗经注析》，中华书局2017年版。

思考题

1. 谈谈《诗经》与西周礼乐文化之关系及经学化。
2. 试论《诗经》及“诗教”传统之于古典文学的意义。

第二章 楚 辞

本章概要

自春秋中叶，“诗三百”消亡后，诗坛便陷入了长达三百年的沉寂。直至战国中叶，《楚辞》突然在长期以来被视为蛮夷之地的楚国大地上绽放出异彩，其浪漫主义精神、悲剧色彩和辞藻之美对古典文学影响至深。梁启超曾说：“吾以为凡为中国人者，须获有欣赏《楚辞》之能力，乃为不虚生此国。”（《要籍解题及其读法》）

一、屈原与楚辞

“楚辞”，又称“赋”或“骚”。最早指屈原、宋玉等楚人的作品，《汉书・地理志》说：“始楚贤臣屈原被谗放流，作《离骚》诸赋以自伤悼。后有宋玉、唐勒之属慕而述之。”西汉成帝时，刘向收录屈原、宋玉及汉人淮南小山、贾谊等人的拟骚之篇编成《楚辞》，共十六篇。及东汉王逸作《楚辞章句》。“楚辞”遂又成为总集之名。

屈原既是《楚辞》中成就最高的作家，也是《楚辞》的灵魂，刘勰曾感叹：“不有屈原，岂见离骚。惊才风逸，壮志烟高”“气往轹古，辞来切今，惊采绝艳，难与并能矣”（《文心雕龙・辨骚》）。屈原的事迹最早见于《史记》，然太史公多称其志而略其行迹，也因此，对于屈原生平、行迹的考据也是屈原及《楚辞》研究中的最重要的问题之一。今人据以考证、把握屈原生平及思想的最可靠依据仍是其作品。《汉书・艺文志》载其作品 25 篇，分别为《离骚》《天问》《卜居》《渔父》《远游》《九章》（9 篇）《九歌》（11 篇）。部分作品如《渔父》《卜居》《远游》《招魂》《大招》等篇的归属历来聚讼不一，如司马迁认为《招魂》乃屈原所作，王逸以为《渔父》乃汉人依托屈原事迹而作。

屈原的事迹主要集中在楚怀王、顷襄王时代，此时残酷的战国兼并战争已进入尾声，“纵合则楚王，横成则秦帝”（《战国策・楚策》）。当此历史关口，屈原也主张变法图强，《九章・惜往日》：“奉先功以照下兮，明法度之嫌疑。国富强而法立兮，属贞臣而日娭。”一度得到怀王的信任，“入则与王图议国事，以出号令。出则接遇宾客，应对诸侯”（《史记・屈原列传》）。后为上官大夫、令尹子兰所谗而遭疏远，被流放汉北。怀王十七年，楚与秦先后大战于丹阳、蓝田，楚国大败，韩、魏趁机南袭，国势日蹙。作为《楚辞》中的第一政治抒情长诗，《离骚》即屈原初被谗流放汉北之后所作。其中，如“余既不难夫离别兮，伤灵修之数化”“岂余身之殚殃兮，恐皇舆之败绩”“余固知謇謇之为患兮，忍而不能舍也”“长太息以掩涕兮，哀民生之多艰”“阽余身而危死兮，览余初其犹未悔”（《离骚》），恋君忧国之心昭然。《史记·屈原列传》说：“屈平疾王听之不聪也，谗谄之蔽明也，邪曲之害公也，方正之不容也，故忧愁幽思而作《离骚》……虽放流，眷顾楚国，系心怀王，不忘欲反。冀幸君之一悟，俗之一改也。其存君兴国，而欲反覆之，一篇之中三致意焉，然终无可奈何。”

屈原对于“美政”理想的追求、幻灭与对国事日非、奸佞误国的“孤愤”交织在一起：“昔余梦登天兮，魂中道而无杭。吾使厉神占之兮，曰有志极而无旁”（《惜诵》）等。司马迁感叹：“余读《离骚》《天问》《招魂》《哀郢》，悲其志。”（《史记·屈原列传》）乃至有怨君之词，《惜往日》：“弗省察而按实兮，听谗人之虚辞。乘骐骥而驰骋兮，无辔衔而自载。背法度而心治兮，辟与此其无异。”“不毕辞而赴渊兮，惜壅君之不识。君无度而弗察兮，使芳草为薮幽。”这种耿介与孤愤在屈原之后即消歇了，《史记·屈原列传》：“屈原既死之后，楚有宋玉、唐勒、景差之徒者，皆好辞而以赋见称。然皆祖屈原之从容辞令，终莫敢直谏。”

屈原的伟大不仅在于忧国忠君，更在于人格、精神境界的辉光，《橘颂》：“秉德无私，参天地兮。”《涉江》：“登昆仑兮食玉英，与天地兮同寿，与日月兮齐光。”其辞赋的浪漫主义精神也不在于缤纷的神话和想象，而根于内在自我主体性的高扬，于纷扰的浊俗之中，矢志不渝，独好修以为常，至死不改：“何方圜之能周兮，夫孰异道而相安？伏清白以死直兮，固前圣之所厚。虽体解吾犹未变兮，岂余心之可惩。”（《离骚》）反过来，则是对众芳芜秽的大悲哀：“兰芷变而不芳兮，荃蕙化而为茅。何昔日之芳草兮，今直为此萧艾也？岂其有他故兮，莫好修之害也！”“既干进而务入兮，又何芳之能祗？固时俗之流从兮，又孰能无变化？”

屈原的性情是激烈的，是宁肯萎绝而绝不肯芜秽的，太史公曰：“其志洁，故其称物芳；其行廉，故死而不容。自疏濯淖污泥之中，蝉蜕于浊秽，以浮游尘埃之外，不获世之滋垢，皭然泥而不滓者也。推此志也，虽与日月争光可也。”（《史记·屈原列传》）及班固《离骚序》批评说：“今若屈原，露才扬己，竞乎危国群小之间，以离谗贼。然责数怀王，怨恶椒兰，愁神苦思，强非其人，忿怼不容，沉江而死，亦贬洁狂狷景行之士。”可以说，屈原及其作品的难解不仅在于文辞，更在于对其精神境界的深层体达。这也是汉人拟骚之篇虽多，却无法企及与超越《离骚》的最根本原因。

二、楚辞与楚地巫文化

楚辞在体式上可追溯至楚地歌谣，如《越人歌》《孺子歌》等。从《楚辞》中的“乱”“倡”“少歌”等也可见音乐形制之存留。同时，又受到《诗经》四言体的影响。“楚辞”以“兮”字句为最突出的诗体特征，如“后皇嘉树，橘徕服兮。独立不迁，生南国兮”（《橘颂》）、“帝高阳之苗裔兮，朕皇考曰伯庸”“余固知謇謇之为患兮，忍而不能舍也”（《离骚》）。这种自由参差的句式实际上是用“兮”字或虚字（之、以、而）将《诗经》的二言词组（“有女同车”）和三言词组（“宛其死矣”）加以组合而成（葛晓音《从离骚和九歌的节奏结构看楚辞体的成因》），由此也可窥见诗、骚在体式上的渊源。

如果说《诗经》是西周礼乐文化的载体与呈现，《楚辞》则植根于楚文化，楚风浓郁，宋黄伯思

《东观余论·翼骚序》:“盖屈宋诸骚,皆书楚语,作楚声,纪楚地,名楚物,故可谓之楚辞。若‘些’‘只’‘羌’‘谇’‘謇’‘纷’‘侘傺’者,楚语也。悲壮顿挫,或韵或否者,楚声也。‘沅’‘湘’‘江’‘澧’‘修门’‘夏首’者,楚地也。‘兰’‘茝’‘荃’‘药’‘蕙’‘若’‘芷’‘蘅’者,楚物也。”楚文化的突出特点是“信巫鬼,重淫祀”(《汉书·地理志》),桓谭《新论》载楚灵王:“信巫祝之道,斋戒洁鲜以事上帝,礼群神,躬执羽祓起舞坛前。”《吕氏春秋·侈乐》也称:“楚之衰也,作为巫音。”战国后期,神仙方术思想的流行与巫风相融合,屈原的《离骚》《天问》《远游》《招魂》等篇中的人—巫—神的对话结构,以及众多的神话传说正是基于这一文化背景。

其中,《九歌》与巫风和祭祀的关系尤为密切,王逸《楚辞章句》:“昔楚国南郢之邑,沅、湘之间,其俗信鬼而好祠。其祠,必作歌乐鼓舞以乐诸神。屈原放逐,窜伏其域,怀忧苦毒,愁思沸郁。出见俗人祭祀之礼,歌舞之乐,其词鄙陋,因作《九歌》之曲。”王逸指出了屈原《九歌》与民间祭祀歌舞的渊源。但前者并非单纯的拟仿民歌,更沿古《九歌》而来,且与楚国的祭祀典礼有关。《汉书·郊祀志下》载:“楚怀王隆祭祀,事鬼神,欲获福助,却秦师,而兵挫地削,身辱国危。”其中,《东君》“青云衣兮白霓裳,举长矢兮射天狼”二句,“天狼”即“天狼星”,正是秦国分野之所在,可为一证。《九歌》中所祭祀的神祇大抵可分为天神、地祇、人鬼三类。

《九歌》之辞素以难解称。朱熹《楚辞辩证》说:“楚俗祠祭之歌,今不可得而闻矣。然计其间,或以阴巫下阳鬼,或以阳主接阴鬼,则其辞之亵慢淫荒,当有不可道者。”神秘之外,《九歌》的难解还体现在人称的多义,朱熹说:“《九歌》诸篇,宾主彼我之辞最为难辨。旧说往往乱之,故文意多不属。”(《楚辞辩证》)《九歌》中灵、巫、神是三位一体的,如《东皇太一》:“灵偃蹇兮姣服,芳菲菲兮满堂。”王逸言“‘灵’,谓巫也”,洪兴祖《补注》:“古者巫以降神,‘灵偃蹇兮姣服’,言神降而托于巫也。”此外,对其篇目、次序历来也多歧见,闻一多认为,《东皇太一》及《礼魂》两篇分别为迎神和送神之曲(参详《什么是九歌》)。

《九歌》不仅是抒情诗,更塑造了华彩各异的形象,如东君的威严、大司命的冷酷莫测、山鬼的幽怨迷离等。其中,《湘君》《湘夫人》《山鬼》三篇最能体现楚辞的“要眇”之美:“帝子降兮北渚,目眇眇兮愁予。袅袅兮秋风,洞庭波兮木叶下”(《湘夫人》)、“君不行兮夷犹,蹇谁留兮中洲?美要眇兮宜修,沛吾乘兮桂舟。令沅湘兮无波,使江水兮安流。望夫君兮未来,吹参差兮谁思?”(《湘君》)“杳冥冥兮羌昼晦,东风飘兮神灵雨。留灵修兮憺忘归,岁既晏兮孰华予?”“风飒飒兮木萧萧,思公子兮徒离忧”(《山鬼》)。这种哀怨缥缈的情调对古典诗词的审美意境影响至深,裴子野《雕虫论并序》:“悱恻芳菲,则楚骚为之祖。”清沈祥龙《论词随笔》也说:“屈宋之作亦曰词,香草美人,惊采绝艳,后世倚声家所由祖也。故词不得楚骚之意,非淫靡即粗浅。”

三、楚辞的艺术成就和美学意蕴

楚辞既是取熔《经》旨,更是自铸伟辞。篇体上,变三百篇之短什为长篇,如《离骚》长达三百七十三句,“上称帝喾高辛,下道齐桓,中述汤武,以刺世事。明道德之广崇,治乱之条贯,靡不毕见”(《史记·屈原列传》),堪称第一长篇政治抒情诗。《天问》首溯天地之开辟,中胪夏、商、周之治乱,末乃归于楚国之事,条理井然。至如《招魂》的铺陈上下四方则又受到了战国纵横之风的影响,开大赋之先。《文心雕龙·辨骚》:“固知《楚辞》者,体宪于三代,而风杂于战国,乃《雅》《颂》之博徒,而词赋之英杰也。”由此开启了一个崭新的文学传统。《文心雕龙·辨骚》赞叹说:“自《风》

《雅》寝声，莫或抽绪，奇文郁起，其《离骚》哉！固已轩翥诗人之后，奋飞辞家之前，岂去圣之未远，而楚人之多才乎！”

屈原的作品具有强烈的现实主义批判精神，如《离骚》：“固时俗之工巧兮，偭规矩而改错。背绳墨以追曲兮，竞周容以为度”“宁溘死以流亡兮，余不忍为此态也。”慷慨激烈，直接《诗经》大雅、小雅中的长篇政治怨刺诗，如《节南山》《雨无正》《抑》《板》《荡》等。故司马迁说：“作辞以讽谏，连类以争义，《离骚》有之。”（《史记·屈原列传》）与此同时，又融入了楚人热烈的情感与想象，而以《离骚》《九歌》《天问》《招魂》诸篇为最，如《离骚》：“前望舒使先驱兮，后飞廉使奔属。鸾皇为余先戒兮，雷师告余以未具。吾令凤鸟飞腾兮，继之以日夜。飘风屯其相离兮，帅云霓而来御。纷总总其离合兮，斑陆离其上下。”然屈原的浪漫主义又始终有着现实意趣，诙谲诡怪如《天问》，“其意念所结，每于国运兴废，贤才去留，谗臣女戎之构祸，感激徘徊，太息而不能自已”（蒋骥《山带阁注楚辞》）。也因此，王国维在《屈子文学之精神》中说：“大诗歌之出，必须俟北方人之感情，与南方人之想象合而为一，即必通南北之驿骑而后可，斯即屈子其人也。”

屈原的“发愤以抒情”（《惜诵》）使得《楚辞》整体呈现出一种哀怨、沉郁的情调，司马迁说：“信而见疑，忠而被谤，能无怨乎？屈平之作《离骚》，盖自怨生也。”（《史记·屈原列传》）《离骚》之外，《九章》诸篇的抒情色彩尤浓，如《惜诵》“纷逢尤以离谤兮，謇不可释也。情沉抑而不达兮，又蔽而莫之白也。心郁邑余侘傺兮，又莫察余之中情。固烦言不可结而诒兮，愿陈志而无路。退静默而莫余知兮，进号呼又莫吾闻。申侘傺之烦惑兮，中闷瞀之忳忳”，又《思美人》“思美人兮，擥涕而竚眙。媒绝而路阻兮，言不可结而诒。蹇蹇之烦冤兮，陷滞而不发。申旦以舒中情兮，志沈菀而莫达”等，冤烦沉郁至极。胡应麟《诗薮》认为“《离骚》《九章》，仓恻浓至”“参差繁复，读之使人涕泣沾襟，《九章》等作是也”，都是切中之言。

就风格而言，楚辞之篇也极多样。《文心雕龙·辨骚》说：“《骚经》《九章》，朗丽以哀志；《九歌》《九辩》，绮靡以伤情；《远游》《天问》，瑰诡而慧巧；《招魂》《大招》，耀艳而深华；《卜居》标放言之致，《渔父》寄独往之才。”最为切当。及宋玉《九辩》兼取屈原《离骚》《九章》诸篇之旨，然辞调更为发露，故陆时雍说：“《九辩》深得《离骚》之清，《九歌》之峭，而无《九章》之婉。”（《七十二家评楚辞》）就整体而言，楚辞的特点是华彩缛丽，开汉大赋之先。就章法而言，《离骚》之“情委折而不乱”“思绪曲折，文澜往复”也深得《诗经》重章叠调、一唱三叹之遗意。

艺术手法上，《楚辞》将《诗经》尤其是“风”诗之“比兴”发展成为带有强烈政治色彩的象征性意象群，以隐喻并批判现实世界的荒诞、失序，如《涉江》“鸾鸟凤皇，日以远兮。燕雀乌鹊，巢堂坛兮。露申辛夷，死林薄兮。腥臊并御，芳不得薄兮”，《怀沙》“玄文处幽兮，蒙瞍谓之不章。离娄微睇兮，瞽谓之不明。变白以为黑兮，倒上以为下。凤皇在笯兮，鸡鹜翔舞。同糅玉石兮，一概而相量”等，诡激似庄子。王逸《楚辞章句》说：“《离骚》之文，依《诗》取兴，引类譬谕，故善鸟香草，以配忠贞；恶禽臭物，以比谗佞；灵修美人，以媲于君。”

《楚辞》又发展了三百篇的写景技巧，《文心雕龙·诠赋》：“及灵均唱《骚》，始广声貌。然赋也者，受命于诗人，拓宇于《楚辞》也。”至于宋玉《九辩》：“悲哉秋之为气也！萧瑟兮草木摇落而变衰，憭栗兮若在远行，登山临水兮送将归。泬寥兮天高而气清，寂漻兮收潦而水清。憯凄增欷兮，薄寒之中人。怆怳懭悢兮，去故而就新。坎廪兮，贫士失职而志不平。”融景物的铺陈和浓郁的抒情为一体，进一步朝着赋体发展，王夫之《楚辞通释》说：“其词激宕淋漓，异于风雅，盖楚声也。后世赋体之兴，皆祖于此。”

总之，《楚辞》在内容、体制、艺术风格以及艺术精神和审美意境等诸多层面影响着后世文学。故《文心雕龙·辨骚》说：“其叙情怨，则郁伊而易感；述离居，则怆怏而难怀；论山水，则循声而得貌；言节侯，则披文而见时。是以枚贾追风以入丽，马扬沿波而得奇，其衣被词人，非一代也。”

名 篇 赏 析

离骚（节选）

【题解】

《离骚》是我国古代最长的政治抒情诗，全诗共373句、2490个字。想象瑰丽奇绝、譬喻涵深义远，抒情主人公遨游在历史、传说与现实的交织之中，又出以一唱三叹、反复致意且郁勃难以自制的强烈情感，深刻曲折而又淋漓尽致地展现了抒情主人公对美政理想的上下求索、对现实政治黑暗的痛斥鞭挞与孤标傲世、坚贞独立的光辉人格。《离骚》在艺术上和思想上都取得了极高的成就，与《诗经》并称为“风骚”。关于“离骚”二字之义解说有数十种，其中影响最大的有两种：一为班固《离骚赞序》：“‘离’，犹遭也；‘骚’，忧也，明己遭忧作辞也。”二为王逸《离骚经序》：“‘离’，别也；‘骚’，愁也；‘经’，径也；言己放逐离别，中心愁思，犹依道径，以风谏君也。”一般认为，《离骚》作于楚怀王十六年，当时屈原因受同僚谗言中伤，失去怀王信任而被疏远，为遭逢忧患而作。

帝高阳之苗裔兮，朕皇考曰伯庸[1]。
摄提贞于孟陬兮，惟庚寅吾以降[2]。
皇览揆余初度兮，肇锡余以嘉名[3]。
名余曰正则兮，字余曰灵均[4]。
纷吾既有此内美兮，又重之以修能[5]。
扈江离与辟芷兮，纫秋兰以为佩[6]。
汨余若将不及兮，恐年岁之不吾与[7]。
朝搴阰之木兰兮，夕揽洲之宿莽[8]。
日月忽其不淹兮，春与秋其代序[9]。
惟草木之零落兮，恐美人之迟暮[10]。
不抚壮而弃秽兮[11]，何不改此度？
乘骐骥以驰骋兮，来吾道夫先路[12]。

昔三后之纯粹兮，固众芳之所在[13]。
杂申椒与菌桂兮，岂维纫夫蕙茝[14]？
彼尧舜之耿介兮，既遵道而得路[15]。
何桀纣之猖披兮，夫唯捷径以窘步[16]。
惟夫党人之偷乐兮，路幽昧以险隘[17]。
岂余身之惮殃兮？恐皇舆之败绩[18]。
忽奔走以先后兮，及前王之踵武[19]。
荃不察余之中情兮，反信谗而齌怒[20]。
余固知謇謇之为患兮，忍而不能舍也[21]。
指九天以为正兮，夫唯灵修之故也[22]。
曰黄昏以为期兮，羌中道而改路[23]。
初既与余成言兮，后悔遁而有他[24]。
余既不难夫离别兮，伤灵修之数化[25]。

（洪兴祖《楚辞补注》离骚第一，中华书局，1983 年版）

【注释】

[1] 高阳：指上古五帝之一的颛顼。王逸《楚辞章句》云："高阳，颛顼有天下之号也。"苗裔：后世子孙。《史记・楚世家》："楚之先出自帝颛顼高阳。"屈原是楚国贵族，与楚王共祖，都是颛顼的后人。朕：我。秦朝以后，"朕"始为皇帝独有之尊称。皇考：考是对死去的父亲的称呼，皇为美称。又有学者认为"皇考"指的应是远祖。

[2] 摄提：岁星（木星）名。贞：当。孟：始。陬：夏历正月。汤炳正等《楚辞今注》："'摄提贞于孟陬'，是说岁星正当孟春正月晨出东方。据推算，楚宣王二十八年，即公元前 342 年正月，岁星晨出东方，此屈原之生年月。……据推算，公元前 342 年正月二十六日是庚寅日，此屈原之生日。"降，降生。

[3] 皇：指上文之皇考。览：观。揆：度。初度：初生之法度，即指上文吉善之生年月日。肇：始。锡：赐。嘉名：善名，美名。该句意为父亲观看测度我初生之法度，赐给了我美好的名字。

[4] 正则：平正的法度，屈原名平，此解释"平"的美义。灵：善。均：平。灵均释"原"的美义。

[5] 纷：盛多貌。内美：内在的美好品质。重：又。修能：当是"修态"，修饬容态。

[6] 扈：披，楚地方言。离：香草名。芷：香草名。纫：绳索，这里用作动词，谓以绳索佩戴秋兰。

[7] 汩：水流急貌。不及：赶不上。不吾与：不待我。

[8] 搴：拔。阰：楚国南部的一座山。木兰：香木名。揽：采。洲：水中小块陆地。宿莽：卷施草，其草冬生不死。

[9] 忽：疾貌。淹：留。此句谓日月运转不停，四季更相迭代。

[10] 惟：思。美人：旧说为喻指楚怀王，今多认为是屈原自喻。迟暮：晚暮，指年老。

[11] 不抚壮而弃秽兮：一本无"不"字。抚壮：任用年德盛壮之士。弃秽：废弃秽恶之人。

[12] 骐骥：骏马，以比贤人。来：王夫之《楚辞通释》认为是"相召告戒之辞"，汤炳正等《楚辞今注》认为是"吾来道夫先路"的倒装。道：引导。夫：语助词，无义。先路：前面的路，或认为是先王之道路。

[13] 三后：三位君主，指禹、商汤、周文王。纯粹：道德纯粹无私。芳：芳草，比喻贤才。

［14］申、椒、菌桂，皆香木名。维：通“唯”，只。蕙、茝，皆香草名。

［15］尧舜：上古圣君。耿介：光明正大。遵：循。

［16］桀纣：夏、商两代的亡国暴君。猖披：乱。王泗源《楚辞校释》云：“昌被用今语表达，就是敞着穿行，即披衣，即衣不带。”捷径：邪出之小路。窘步：举步艰难。窘：困窘。

［17］党人：结党之群小。偷乐：偷安苟乐。幽昧：不明的样子。险隘：危险狭窄。

［18］惮：畏惧害怕。殃：祸患。皇舆：君主所乘之车，代指国家。败绩：车子倾覆，喻指国家倾覆。

［19］忽：疾貌。以：而。奔走先后：指为君王奔走左右相导前后。《诗经·绵》：“予曰有先后，予曰有奔走。”踵：脚跟。武：足迹。及前王之踵武：指继承“三后”之事业。

［20］荃：香草名，指怀王。中情：中心之真情，即内心。齌：疾。

［21］謇謇：正直敢言的样子。忍：忍而不言。舍：停止。

［22］九天：王逸《章句》：“谓中央八方也。”朱熹《楚辞集注》云：“九天，天有九重也。”指九天以为正：即指九天以发誓的意思。灵：神。修：修明。灵修：神明广远，指君王。

［23］《文选》无此二句，王逸本《楚辞》有此二句，但无注文，洪兴祖《楚辞补注》认为是后人增入的衍文，一般认为不是《离骚》原文。羌：发语词，无义。

［24］成言：定言，约定之言。遁：迁也。悔遁：后悔而改变。

［25］数化：屡次变化，指怀王治理国家变易无定。

【分析】

鲁迅《汉文学史纲要》评价《离骚》说：“逸响伟辞，卓绝一世。”本书节选仅全诗的十分之一左右，然尺幅已见千里，屈原在《离骚》中所寄寓、抒发的情志已大半在其中。《楚辞今注》称之为全篇之“序诗”，洵为不刊之论。节选的这部分大致也可分为三段：起首八句为第一段，叙述自己的出身。“纷吾既有此内美兮”至“来吾道夫先路”为第二段，主要是述己之德。“昔三后之纯粹兮”至“伤灵修之数化”为第三段，乃陈己之志与悲己之遇。

起首八句十分奇特，诗人先以庄重的口吻，叙述了自己高贵的出身（五帝之一颛顼的后代）、降生之不凡（寅年寅月寅日出生），以及出生即当仁不让被寄予的美德的期许（正道直行，良善纯粹）。清代顾天成《离骚解》对此分析说：“首溯其本及始生之月日而命名、命字，郑重之体也。”屈原如此郑重其事地“自报家门”，正是为了后面表德述志和悲己不遇而张本。屈原开篇即示人以极其自尊自重的面孔，足见其对自我人格的高度肯定，这种精神深刻影响了后代诗人，有了这种精神，李白才能吟出“天生我材必有用，千金散尽还复来”这样热烈而极度自信的诗句。屈原“作者自叙”的创作意识也为后人所借鉴，如太史公作《史记》也有《自序》一篇。其中，与楚王同宗也为下文中屈原多次欲离去而终不忍的矛盾心境透露了消息。屈原处于列国纷争的时代，类似于楚才晋用的例子比比皆是，屈原感国君之无德、受小人之谗佞乃至被放逐，大可委身他国，可又因为他跟楚王同宗同源、休戚与共，强烈的爱国意识使他不忍弃国而去。

第二段，采用了《楚辞》里非常重要的表现手法，即取香草美人为譬喻。这一段的前八句，即是屈原写自己虽有美德，而更日加谨饬，取“江离”“辟芷”“秋兰”“木兰”“宿莽”这些或洁净或坚贞或芬馥各有美德的香草以自我修饰。然而，德行日进而年岁日亏，自己修德行，想要尽忠于君王，却眼见年龄老迈而不为君王信用，有志难伸的痛苦油然而生。

第三段即承接上段之意，言自己希望引导君王与国家行于古代贤君圣王之道路。但宕开一笔，且推进一层，借用历史故事与人物来诉说自己的情志。“尧舜”“三后”之德行事功、“桀纣”的覆亡教训，堂皇正大，坦露自己的政治理想和现实担忧。引史以抒愤是《离骚》的重要特征，后文中屈原多次追溯历史，此处已启其先。接着叙说“党人”群小对自己的排挤、君王的疏远与猜疑。显然这一段抒情较前更为显豁和深透，且已触及现实政治情况。三段杂抒情、叙述、议论为一体，而情感和内容层层深入，已奠定了全诗的基调，且可见《离骚》传情达意章法有度。

九歌·湘夫人

【题解】

《九歌》共有作品11篇，即《东皇太一》《云中君》《湘君》《湘夫人》《大司命》《少司命》《东君》《河伯》《山鬼》《国殇》《礼魂》。王逸《楚辞章句》认为《九歌》本是楚地民间祭祀神灵的一套乐舞歌词，而屈原对其进行了整理和加工改造，因此既具有浓厚的民歌色彩，又是体制独特的抒情诗。本书所选《湘夫人》与《湘君》是相对应的姊妹篇，历来颇多歧说。或认为湘君为帝舜，古书载其“南巡苍梧而死”，湘夫人为舜之妻尧之二女娥皇、女英。或认为湘君为尧之长女舜之正妃娥皇，湘夫人为尧之次女舜之侧妃女英。或认为湘君为湘地之水神，湘夫人与湘君为配偶神。两篇都写一方思慕并迎接神灵降临的情景。本书取最后一种说法，认为湘君与湘夫人都是湘地之水神，歌辞是女巫、男巫各求湘君、湘夫人降临的设想之词。《湘夫人》一篇写男巫迎神，渴盼湘夫人赴约前来，借男女相思之深，人神倾慕之殷，抒发了祭祀者对神灵来降的渴慕与诚敬。歌辞尤重刻画微妙的心理，读来缠绵悱恻，清哀动人。唐代李贺的《帝子歌》等都曾承接屈原笔意而发挥之。

帝子降兮北渚，目眇眇兮愁予[1]。
袅袅兮秋风，洞庭波兮木叶下[2]。
白薠兮骋望，与佳期兮夕张[3]。
鸟萃兮蘋中，罾何为兮木上[4]。
沅有茝兮醴有兰，思公子兮未敢言[5]。
荒忽兮远望，观流水兮潺湲[6]。
麋何食兮庭中？蛟何为兮水裔[7]？
朝驰余马兮江皋，夕济兮西澨[8]。
闻佳人兮召予，将腾驾兮偕逝[9]。
筑室兮水中，葺之兮荷盖[10]。
荪壁兮紫坛，播芳椒兮成堂[11]。
桂栋兮兰橑，辛夷楣兮药房[12]。
罔薜荔兮为帷，擗蕙櫋兮既张[13]。

白玉兮为镇，疏石兰兮为芳[14]。
芷葺兮荷屋，缭之兮杜衡[15]。
合百草兮实庭，建芳馨兮庑门[16]。
九嶷缤兮并迎，灵之来兮如云[17]。
捐余袂兮江中，遗余褋兮醴浦[18]。
搴汀洲兮杜若，将以遗兮远者[19]。
时不可兮骤得，聊逍遥兮容与[20]。

（洪兴祖《楚辞补注》九歌第二，中华书局，1983 年版）

【注释】

[1] 帝子：蒋天枢《楚辞校释》："帝子，谓湘夫人，《山海经》所言'帝女'也。"眇眇：即渺渺，远望不见之貌。愁予：使我忧愁。予，巫人自称。

[2] 袅袅：清风徐拂貌。波：用作动词，泛起微微的波澜。下：落下。

[3] 一作"登白薠兮骋望"。白薠：草名，似莎而大，生于南方的秋天。骋望：纵目远望。佳期：与佳人的约定，即指与湘夫人的约会。张：陈设铺张。句谓夜间陈设铺张以待湘夫人赴约而来。

[4] 萃：集聚。罾：渔网。鸟不集山林而聚水草中，罾不放在水里而挂在树上，颠倒错乱，喻待湘夫人来而不得。

[5] 沅、醴：皆湘地之水名。茝、兰：香草名。公子：湘夫人对男巫的称呼。

[6] 荒忽：即恍惚，看不清楚。潺湲：水流缓缓的样子。

[7] 麋：鹿类。水裔：水边。

[8] 江皋：江边。济：渡。澨：水涯，楚地方言。

[9] 佳人：指湘夫人。召：召唤。腾驾：飞腾起车驾。偕逝：同往。

[10] 葺：以草遮覆屋顶。水中筑室、荷盖覆顶，用来形容所筑之室的清洁芬馥。

[11] 荪、紫、椒：都为香草名。二句谓用荪草装饰室壁，用紫草为坛，用椒末和泥来粉饰堂壁。

[12] 桂栋：以桂树为屋栋。兰橑：以木兰为屋橑。汤炳文《楚辞今注》："古以纵架于屋梁者为橑。"辛夷楣：以辛夷木为门楣。药房：以芍药装饰房间。

[13] 罔：通网，结也。"罔薜荔"句的意思是将薜荔草结为帷帐。擗：析也，用手剖开。櫋：《说文解字》云："櫋，屋櫋联也。"一本作槾，高亨《楚辞选》云："按当作幔，幔是帐子的顶。分布蕙草作帐子的顶。既张是已经这样陈设起来了。"

[14] 镇：压座席之物。疏：散布。石兰：兰草的一种。

[15] 缭：缠绕。二句谓以芷草葺补荷盖之屋，再缠绕些杜衡。

[16] 实庭：充实庭院。庑：堂下四周的屋子，即厢房。

[17] 九嶷：山名，因九峰连绵相似而得名。缤：众多。灵：神灵，指湘夫人及其侍从。如云：形容众多。

[18] 捐：弃。袂：衣袖。遗：遗弃。褋：无里之衣，指贴身穿的汗衫之类。二句谓湘夫人将所用之衣物赠予巫人，以示亲好之意。

[19] 搴：采取。汀州：洲之平者。遗：赠。

[20] 骤：屡，再。容与：安闲自得。

【分析】

《湘夫人》是《九歌》这一组祭歌里尤为清哀动人的一篇。

"帝子降兮北渚，目眇眇兮愁予。袅袅兮秋风，洞庭波兮木叶下。"起首四句写男巫盼望湘灵来降。劈头一句，便描绘的是神灵翩然下降的画面，后一句就急忙煞住笔势，原来这神灵来降是男巫远望而幻想之景。只用两句便已烘托出了男女主人公的情状，而先虚后实的倒叙，又显得情意曲折和深长。前两句已写出人物与故事，后两句则紧承其后，借环境来烘托。秋风袅袅吹拂，木叶纷纷坠落，洞庭水波也被吹起了涟漪，意境固然渺然悠远，但波纹、木叶，视线注目之处仍是细腻的，这与男主人公因情动心而产生的绵密愁思是相称的。故而画面虽然清冷却还不至于萧瑟，反倒饶有缠绵之意。"洞庭波"承首句之"北渚"，后二句又总承"目眇眇兮愁予"，绝无突兀之感。这两句也是古来写秋景之名句，南梁入北之诗人王褒的名句"秋风吹木叶，还似洞庭波"(《渡河北》)正是化用此二句而来。

思念不已，故离开江边登上小洲而远望。远望不已，还要为相会之时作足准备。然而思念度日如年，久盼而犹未至，让男主人公思想颠倒错乱，所寓目之景象也都觉得颠倒错乱，可见相思之深挚、盼望之殷切。后四句忽然又宕开一笔，叙写湘夫人之思。男巫愁思殷殷，湘夫人也未曾辜负盛情，"思公子兮未敢言"，含情脉脉之态可见。湘灵自天来降，一路近观远望，只见流水潺湲、茝兰芬馥，却不见所思之人前来迎接，故而亦愁思忳忳。

"麋何食兮庭中，蛟何为兮水裔？朝驰余马兮江皋，夕济兮西澨。"男巫似感受到了湘灵的思念，虽然眼前所见仍感颠倒错乱，却不愿枯坐徒等心上人的到来，而是驰马出去远迎，"闻佳人兮召予，将腾驾兮偕逝"。

后十四句精心描写了男巫为湘夫人营造之居所的美好。屋盖、堂壁、门楣、厢房、帷帐、镇席，都用香花香草精心装饰，一派洁净美好之景象，一如人神恋情之纯洁美好。从屋盖到镇席的描写，虽是铺叙，但内中自有章法，显然是由内到外的视角推进，排比很有次序。而又以"合百草兮实庭，建芳馨兮庑门"来做个概括总结，竟很有些后代成熟诗歌章法排布之意味。

末八句则写湘夫人将要离去，人神分别之场景。湘夫人赠以自用之物，而男巫则回赠以清洁之香草，正可见人神情感之真纯与亲近。"时不可兮骤得，聊逍遥兮容与"，结句留下淡淡的怅惘，所谓清哀动人、哀而不伤。整首诗意境邈远，写人神欢好也仅止于营造居所之美，可谓纯净悠远。

九歌·大司命

【题解】

《大司命》是祭祀掌管人之寿命长短与生死的神的歌辞。司，主也。《史记·天官书》："文昌宫六星，四曰司命。"《汉书·郊祀志》："荆巫祠司命。"朱熹《楚辞集注》："《周礼·大宗伯》：'以槱燎祀司中、司命。'《疏》引《星传》云：'三台，上台曰司命'。又：'文昌宫第四亦曰司命'。故有两司命也。"则朱熹认为上台之星为大司命，文昌第四星为少司命。从文意来看，大司命主“寿夭”,即生死,而少司命主“幼艾”,即子嗣或幼童。汤炳文《楚辞今注》认为,“大司命为男性神,少司命为女性神。本篇乃女巫迎祭男神之词”。

广开兮天门,纷吾乘兮玄云[1]。
令飘风兮先驱,使冻雨兮洒尘[2]。
君回翔兮以下,逾空桑兮从女[3]。
纷总总兮九州,何寿夭兮在予[4]!
高飞兮安翔,乘清气兮御阴阳[5]。
吾与君兮斋速,导帝之兮九坑[6]。
灵衣兮被被,玉佩兮陆离[7]。
壹阴兮壹阳,众莫知兮余所为[8]。
折疏麻兮瑶华,将以遗兮离居[9]。
老冉冉兮既极,不寖近兮愈疏[10]。
乘龙兮辚辚,高驼兮冲天[11]。
结桂枝兮延伫,羌愈思兮愁人[12]。
愁人兮奈何,愿若今兮无亏[13]。
固人命兮有当,孰离合兮可为[14]?

(洪兴祖《楚辞补注》九歌第二,中华书局,1983 年版)

【注释】

[1] 广开:大开。吾:大司命自称。玄云:黑云。

[2] 飘风:回风。先驱:在前面做向导。冻雨:暴雨。

[3] 回翔:翱翔。下:降。空桑:神话中的山名。君、女:皆指大司命。女同汝。

[4] 总总:众多貌。寿夭:即生死。予:大司命自称。二句谓九州人们的寿命,都掌握在我的手中。

[5] 清气:天地间清明之气。御阴阳:驾驭阴阳二气。此句赞颂大司命神功参造化。

[6] 吾:祭祀者自称。君:指大司命。帝:指上帝。斋:一作“齐”。速:同遬。斋遬:虔诚而恭谨的样子。坑:一作“冈”,字同。九坑,代指九州。二句谓我恭谨地侍从您,希望您能显示上帝的威灵于现实的人世。说详马茂元《楚辞选》。

[7] 被被:同披披,飘动的样子。陆离:光彩闪烁的样子。

[8] 壹阴兮壹阳:或阴或阳、乍阴乍阳,言大司命能出入阴阳之妙理。余:大司命自称。

[9] 疏麻:神麻。瑶华:白色的花朵。离居:女巫称大司命,大司命飨祭将去,故称。

[10] 冉冉:渐渐。极:至。寖:渐。疏:疏远。

[11] 龙:谓龙车。辚辚:车声。驼:古“驰”字。

[12] 结:攀结。延伫:徘徊久立。羌:发语词。

[13] 若今:保持当前现状。今,指大司命降临相会之日。亏:亏损。若今兮无亏:犹言及时珍重。

[14] 当：常。二句谓人命本来各有其常，而离合之事谁能做主呢？

【分析】

这首诗歌大致可以分为两部分，开头至“众莫知兮余所为”，是女巫迎祭大司命之词，此后则是大司命飨祭而离去的情景。《九歌》几乎都是祭神之歌，祭神则要先迎神，在《九歌》中迎神的过程往往不是那么顺利，经常需要漫长的等待和盼望，如《湘君》《湘夫人》《山鬼》那样，都用很大篇幅描写神灵降临之前的场景。而《大司命》这篇与之不同，开头一句便是颇为雄壮之场景：天门大开，大司命在众多侍从的簇拥下，架着滚滚玄云而降下。“令飘风兮先驱，使冻雨兮洒尘。”黑云滚滚，自然免不了要有疾风暴雨了，疾风为大司命之前导，暴雨为大司命之清道。首四句描绘了大司命降临人间的煊赫场面，可谓天地为之变色。这在《九歌》中也是少见的，如《湘夫人》等描绘的场景都还是悠远邈邈的，并不是大司命这般雄壮和肃杀。这是因为大司命掌握的是世间人们的生死大权，故而才如此烘托其出场之气氛，从中也可看出古人对于生死大事的忧恐、谨慎和敬畏。

“君回翔兮以下，逾空桑兮从女。”神灵翩然而下，巫者则远远翻越神山以迎接。神灵威势之重、巫者敬畏虔诚，就在二句对比之中被刻画出来了。“纷总总兮九州，何寿夭兮在予！”到这里写出大司命之职司，对前面神灵来降与巫者远迎情景作一小结。

后八句写的是远出迎神之后，巫者与大司命共游的场景。“高飞兮安翔，乘清气兮御阴阳。”这是写巫者与大司命同游，亲眼见到大司命能御天地之清气、极阴阳变化之道的超凡本领。“吾与君兮斋速，导帝之兮九坑。”写巫者事大司命之敬谨，并希望大司命能宣导上帝之天道于人世间。“灵衣兮被被，玉佩兮陆离。”二句从细节上刻画大司命衣着服饰之奇特，并不如山鬼那般“披薜荔兮带女萝”，而是更像《离骚》里屈原描写自己“高余冠之岌岌兮，长余佩之陆离”那般。“壹阴兮壹阳，众莫知兮余所为”，与上文“纷总总兮九州，何寿夭兮在予”一样，以大司命的口吻来为一层意思作结，表示祭祀者的敬畏与赞叹。不过“纷总总兮九州，何寿夭兮在予”说的是大司命的职司，“壹阴兮壹阳，众莫知兮余所为”说的是大司命的本领，层次上进了一层。

“折疏麻兮瑶华，将以遗兮离居。”神飨祭毕，将要离去，巫者竭诚以神麻之白花进奉。“折麻”在后代诗文中也因此往往作为表达离别思念之情的典故，如谢灵运“折麻心莫展”之句。“老冉冉兮既极，不寖近兮愈疏。”表面上写的是巫者与神灵之渐远，实则也饱含了诗人自己的感慨。“结桂枝兮延伫，羌愈思兮愁人。”攀缘桂枝在后世诗文中也成为和别离有关的意象。而后世诗人更常用的折柳赠别、折梅寄友，未尝不与此有异曲同工之妙。末句“固人命之有当，孰离合之可为”，以离合之事作为全篇收束，其中也含有深深的忧患之意。

九歌·东君

【题解】

这是一首祭祀日神的歌辞，朱熹《楚辞集注》：“此日神也。《礼》曰：‘天子朝日于东门之外。’又曰：‘王宫祭日也。’《汉志》亦有东君。”以东君指日，应该是楚国地方的别名，中原地区祭祀日神一般是直接称为祭日，如《礼记·祭义》：“祭日于东，祭月于西。”或认为羲和为日神之名。歌辞不仅描写了迎神歌舞的盛况，表达了祭祀日神的诚敬之情，“举长矢兮射天狼”“操余弧兮反沦降”等句还表达了希望日神护佑国家抵御侵略、防备盗贼的心愿。刘永济《屈赋通笺》更认为天狼星为秦国之分野，而望日神射除之，其中也寄予了屈原希望为楚国复秦国之仇的愿望。

暾将出兮东方，照吾槛兮扶桑[1]。
抚余马兮安驱[2]，夜皎皎兮既明。
驾龙辀兮乘雷，载云旗兮委蛇[3]。
长太息兮将上，心低回兮顾怀[4]。
羌声色兮娱人，观者憺兮忘归[5]。
緪瑟兮交鼓，箫钟兮瑶虡[6]。
鸣篪兮吹竽，思灵保兮贤姱[7]。
翾飞兮翠曾，展诗兮会舞[8]。
应律兮合节，灵之来兮蔽日[9]。
青云衣兮白霓裳，举长矢兮射天狼[10]。
操余弧兮反沦降，援北斗兮酌桂浆[11]。
撰余辔兮高驼翔，杳冥冥兮以东行[12]。

（洪兴祖《楚辞补注》九歌第二，中华书局，1983年版）

【注释】

[1] 暾：日出貌，温和而明盛。吾：主祭者自称。槛：栏杆。扶桑：神话中的树名。《说文解字》：“神木，日所出也。”东君为日神，因此诗歌从日出时说起。

[2] 马：古人认为“日乘车，驾以六龙，羲和御之”。安驱：缓辔徐行。

[3] 辀：车辕。驾龙辀：即上文乘日车之意。乘雷：形容车声如雷。载：建树。云旗：形容旗帜众多。委蛇：旌旗飘动的样子。

[4] 太息：叹息。将上：将上至中天。顾怀：眷念。

[5] 观者：观看祭神场面的众人。憺：安闲的样子。

[6] 緪：急张弦。交鼓：对鼓而击。瑶：摇之误字。虡：悬挂钟磬的木架。马茂元谓：“‘萧钟兮摇虡’是说猛力击钟连虡都为之摇动。”

[7] 灵保：巫名，一说指神。姱：美好。

[8] 翾：鸟飞轻扬的样子。翠：翠鸟。曾：举起翅膀。此句形容巫女们曼妙的舞姿。展诗：即陈诗。会舞：合舞。

[9] 律：音律。节：节拍。灵：东君。蔽日：形容灵来之盛况。

[10] 霓：虹霓。裳：下衣。矢：弓箭。金开诚《楚辞》：“这里的‘矢’和下文的‘弧’，是把天上的弧矢星想象为东君所用的弓箭。”天狼：星名，主侵略。

[11] 弧：星名。反：同“返”，归去。沦降：降落，这里指太阳西下。又刘永济《屈赋通笺》：“愿神射天狼

后，操持弧矢下降，来飨祭礼也。反沦降，犹言复下降也。”北斗：星名，共有七星，形似舀酒的斗。桂浆：即桂酒。

[12] 撰：抓住。冥冥：黑暗。汤炳正《楚辞今注》：“东行，言日落后由地下冥冥东行，次日又出于东方。”

【分析】

“暾将出兮东方，照吾槛兮扶桑。”写太阳将出于东方，升于扶桑木之上，光明大放，照耀在我的栏杆之上。东君为日神，日出则日神方始来降。这首祭歌，没有描写神灵未能如约而来、巫者费尽心力以迎求神灵的场景，而是同《大司命》一样，神应约来降。但与《大司命》不同的是，大司命降临的场景是大开天门、黑云滚滚、疾风暴雨之景，而东君则是场景颇为融洽，这种微妙的差别可以体现古人对于太阳的崇敬与亲近喜爱。“抚余马兮安驱，夜皎皎兮既明”，巫者安抚其马，缓缓前驱而迎神，夜幕也已明亮起来。这四句中的“吾”和“余”，也有将其解释为东君的，认为太阳将出于扶桑，照在日神宫殿之栏杆上；太阳出后，日神命日车之御缓缓前来飨祭。若如此说，则“夜皎皎兮既明”就没有着落了，不如第一种说法意通气畅。

“驾龙辀兮乘雷，载云旗兮委蛇。”用来补足首二句之语意，描写日神来降之壮观场面，“乘雷”“云旗”，描写有声有色、交相辉映。“长太息兮将上，心低徊兮顾怀”，此二句又有不同说法，一种认为“将上”指的是太阳将上至中天，东君此时将来飨祭而回顾日出之处，叹息伤怀；另一种则认为“将上”是指东君已经飨祭完毕，将回归天上，而对人间祭祀之娱人声色眷恋不舍。后一种解释更为通畅。若如此说，则《东君》将祭祀场面安排在东君将归之后，可谓别出心裁。

“縆瑟兮交鼓，箫钟兮瑶虡。鸣篪兮吹竽，思灵保兮贤姱。翾飞兮翠曾，展诗兮会舞。应律兮合节，灵之来兮蔽日。”八句详细描写了迎神场面之歌舞诗乐。“縆瑟兮交鼓，箫钟兮瑶虡”二句对偶十分工整，不光二句相对，而且句中自对。“翾飞兮翠曾”，用翠鸟飞翔盘旋游弋之姿态，以比喻舞蹈之姿。

“青云衣兮白霓裳，举长矢兮射天狼。操余弧兮反沦降，援北斗兮酌桂浆。撰余辔兮高驼翔，杳冥冥兮以东行。”日神东君之服饰，又与大司命等不同，可见前文说的《九歌》篇篇各有面目。“天狼”“弧”“北斗”，皆是天上星名，这里屈原都将之比为实物，意思是希望东君能张弓搭箭射落天狼。句中的“余”当是代东君自称的口吻。言东君飨祭完毕而归去，将于日落星出之时，操弧星如弓矢，以北斗斟桂酒。最终乘坐日车高高驰翔而去，而又开始一天的太阳的东升西落。最后几句实际上暗暗承接前文东君眷恋“声色之娱人”的语意而来：因为飨祭的意犹未尽，所以归去天际的路上仍要饮桂酒、射天狼以尽余兴。同时这种设喻可谓想落天外，颇可见其诗歌的浪漫主义色彩。

天问（节选）

【题解】

王逸《楚辞章句·天问第三》：“《天问》者，屈原之所作也。何不言问天？天尊不可问，故曰天问也。屈原放逐，忧心愁悴。彷徨山泽，经历陵陆。嗟号昊旻，仰天叹息。见楚有先王之庙及公卿祠堂，图画天地山川神灵，琦玮僪佹，及古贤圣怪物行事。周流罢倦，休息其下，仰见图画，因书其壁，呵而问之，以渫愤懑，舒泻愁思。楚人哀惜屈原，因共论述，故其文义不次叙云尔。”他认为屈原被放逐之后，流连于楚国的宗庙祠堂，见其中光怪陆离的天地山川神灵与古代历史传说故事的壁画，有感于心、呵壁问天而作此篇。丁晏《楚辞天问笺》：“壁之有画，汉世犹然。汉鲁殿石壁及文翁礼殿图，皆有先贤画像。武梁祠堂有伏戏、祝颂、夏桀诸人之像。”而画像石、帛画等实物文献的出土也为王逸的说法提供了新的佐证。姜亮夫《屈原赋校注》认为“天”是一切高远神异不可知之事的总称。

全诗共三百七十多句、一千五百余字，向天发出了一百七十多个问题，内容包括天文地理、神话传说、上古历史、楚国兴衰等。林庚《天问论笺》更是认为：“《天问》乃是古代传说中的一部兴亡史诗。”《天问》在对自然、神话及历史兴亡的追问中，展现了屈原渊博的学识和大胆质疑与求真的精神，寄托了屈原对国家与人生命运的深切忧虑，具有浓厚的历史沧桑之感及深邃的哲理性。林云铭《楚辞灯》说：“一部《楚辞》，最难解者，莫如《天问》一篇。”《天问》虽难解，但后世影响很大，如晋代傅玄《拟天问》、梁江淹《遂古篇》、唐杨炯《浑天赋》等皆模拟之作。

曰：遂古之初，谁传道之[1]？
上下未形，何由考之[2]？
冥昭瞢暗，谁能极之[3]？
冯翼惟像，何以识之[4]？
明明暗暗，惟时何为[5]？
阴阳三合，何本何化[6]？
圜则九重，孰营度之[7]？
惟兹何功？孰初作之[8]？
斡维焉系？天极焉加[9]？
八柱何当？东南何亏[10]？
九天之际，安放安属[11]？
隅隈多有，谁知其数[12]？
天何所沓？十二焉分[13]？
日月安属？列星安陈[14]？
出自汤谷，次于蒙汜[15]。
自明及晦[16]，所行几里？
夜光何德，死则又育[17]？
厥利维何，而顾菟在腹[18]？
女岐无合，夫焉取九子[19]？

伯强何处？惠气安在[20]？

何阖而晦？何开而明[21]？

角宿未旦，曜灵安藏[22]？

（洪兴祖《楚辞补注》天问第三，中华书局，1983 年版）

【注释】

[1] 曰：发问辞，统贯全篇。遂古：远古。“遂”同“邃”。传道：传说。

[2] 上下：指天地。未形：未成形。考：稽考。

[3] 冥昭：幽明。瞢暗：分不清的样子。二句谓眼前所见混沌模糊难以分辨。极：尽，这里指穷究。

[4] 冯翼：大气饱满蓬勃的样子。惟：语助词。像：仿佛。识：辨识。

[5] 明明暗暗：指白天黑夜。二句谓日夜交替，循环不息，为什么会这样？

[6] 三合：指阴、阳和天（大自然）的统一。《春秋穀梁传·庄公三年》：“独阴不生，独阳不生，独天不生，三者合然后生。”本：统摄万物的本体。化：变化。

[7] 圜：天。则：乃。营：有周匝环绕之意。度：度量。二句谓天有九重，是谁环绕而度量的？

[8] 功：功绩。何功：何等大的功绩，对天之高表示赞叹。作：建造。

[9] 斡：旋转。维：绳。孙作云：“古人认为，天体如盖，上有绳索拴系，所以不坠；又因为这绳索转动，故天盖也跟着转动，这就是所谓‘盖天说’。”天极：天之中枢，古人认为是北极星。加：通架，安放。

[10] 八柱：支撑天宇的八根柱子，王逸《章句》：“天有八山为柱。”当：值，这里意为顶住。亏：缺。古人认为地陷东南。此句谓天有八柱支撑，应当平放，为何东南一角有亏缺呢？

[11] 际：边际。放：弃，这里指不相连接。属：连接。九重天的边际，于何处断开于何处连接？

[12] 隅：意同限，角落。多有：有许多。二句谓九天之际有许多角落，谁能知其数？

[13] 沓：重合。十二：指日月在黄道上的十二个会合点。

[14] 闻一多《天问疏证》：“谓日月五星循黄道周天之十二次而行，然日月果如何系属而运行不坠，列星如何陈列而躔度不差乎？”这是屈原对日月五星等天体之运行有度的诘问。

[15] 汤谷、蒙汜：皆神话地名。汤谷，日所出的大海。蒙汜，日落而入的地方，姜亮夫《屈原赋校注》云：“即《尔雅》‘西至日所入为太蒙’之‘太蒙’，亦即《尚书·尧典》之‘昧谷’。”

[16] 晦：暗。

[17] 夜光：指月亮。德：体性、品质。育：生长、培养。

[18] 顾菟：旧说多以为指月中玉兔，闻一多认为“顾菟”为“蟾蜍”之音转。傅玄《拟天问》：“月中何有？白兔捣药。”本书从旧说，王逸：“言月中有菟，何所贪利，居月之腹，而顾望乎？”传说月中黑影为兔。

[19] 女岐：星名，即九子母。合：匹合，即配偶。取：得。九子：即九子星，二十八宿中的尾宿，《史记·天官书》：“尾为九子。”《楚辞今注》：“尾有九星之天象，演化为女岐九子之神话，故屈原设问。”

[20] 伯强：这里指暴厉的风神，又为箕星。《独断》：“风伯神，箕星也，其象在天能兴风。”应劭《风俗通义·祀典篇》：“风师者，箕星也，箕主簸扬，能致风气。”惠气：和风。二句是说暴厉的风神伯强居住何地？和风又从何而来？

[21] 阖：关闭。二句意谓：天上什么东西关闭就是黑夜？什么东西打开就是白天？

[22] 角宿：星宿名，东方七宿之首。《晋书·天文志》：“角二星。为天关，其间天门也，其内天庭也。故黄道经其中，七曜之所行。”此承上句，盖谓角宿为天门。未旦：未到天亮。曜灵：光亮，指太阳。二句是说：天门未开之时，太阳藏在何处？《楚辞今注》：“此盖对以角宿为天门之说提出诘难。”

【分析】

《天问》是《楚辞》中体制独特的一篇。全诗主要以问句构成,提出的问题又涉及广泛,自然现象、神话故事、历史兴衰都包含在内。王逸《楚辞章句》说屈原放逐之时入楚先王之庙、公卿祠堂,观看庙堂中的光怪陆离之壁画,呵壁而题,楚人怜悯屈原之志,“因共论述,故其文义不次叙”。由于文辞难明,加上去古久远,简编错讹,故历来注者甚多,对其真意仍莫衷一是。胡适甚至说:“《天问》文理不通,见解卑陋,全无文学价值,我们可以断定此篇为后人杂凑起来的。”(《读楚辞》)实际上,《天问》虽有脱简错简的问题,却次序分明。以内容来看,《天问》可分为三大段。从开头至“乌焉解羽”,屈原集中追问关于天地形成等自然现象,以及大禹治水等传说。第二段为屈原回顾夏、商、周之朝代与国家的兴衰史。最后一段屈原将目光移回到楚国本国之史实,也包括春秋战国时期许多大诸侯国的兴亡历史。因此,我们认为胡适的说法是不足取的,《天问》正是屈原有所为有所思而作。

本书节选之文为全诗的第一段。在这一部分,屈原的发问集中于天地日月阴阳之事。这也是有其历史背景的,春秋战国时期,是所谓诸子蜂起、百家争鸣的时期。许多知识渊博的学者、主张各异的学派,他们都孜孜以求治世之道。而五行、阴阳、道等学说的演进,也意味着人们对自然万物认识的加深。屈原有着这样的知识背景,又冥思独深、上下求索,便叩问上天以明国家治乱之道和己身的忧患遭际。

诗人悬想远古,天地犹未开辟,昼夜未分,世界处于混沌之中。逮至日月既升,大气充盈,天高地广,欲究其阴阳造化之功。从天地未开的远古追问到日月有序的如今,层层困惑萦绕在诗人的心头。实际上,在屈原所处的时代,关于天道、天命的思索并非仅见,《尚书》里即每每提及“天命”,《老子》更是说“天之道,损有余以奉不足”,他们都将对天的追问与思索与人事紧密关联起来,屈原这里也正是如此。《天问》中先问天地传说、后问历史兴亡,正是要借探索天道以究人道之极,就是司马迁所谓的“究天人之际”。屈原《天问》的呵壁问天、上下求索的形象也成为一代代诗人与哲人追索叹咏的对象,清代龚自珍曾有诗云:“从来不蓄湘累问,唤出嫦娥诗与听。”

九章·哀郢

【题解】

《哀郢》为《九章》的一篇,屈原所作。《九章》包括《惜诵》《涉江》《哀郢》《抽思》《怀沙》《思美人》《惜往日》《橘颂》《悲回风》,共九首诗歌。王逸《楚辞章句》云:“屈原放于江南之野,思君念国,忧心罔极,故复作《九章》。”朱熹《楚辞集注》云:“得其九章,合为一卷,非必出于一时之言也。”后人多认同朱熹的说法,认为《九章》非一时一地所作,甚或其中还有部分伪作。郢,楚国国都。据《史记·楚世家》,周成王时,封楚国先祖熊绎于丹阳,楚文王时又将国都从丹阳迁至江陵,并称为“郢”。九世之后,楚平王筑城于此。楚顷襄王二十一年,即秦昭王二十九年,秦将白起攻打楚国,攻克郢都,楚兵溃散,楚顷襄王迁都至陈城。在此期间,位于江陵之郢都基本上一直为楚国之都城，正是诗中说的："终古之所居。"哀郢，即哀痛郢都。屈原一生两次被疏远流放，第二次流放是在楚顷襄王继位后，为子兰、上官大夫等谗毁。屈原被流放出都多年，秦兵多次入寇，眼见楚国国势日微、民众流离而痛心疾首，写下了这首充满忧患之情的诗篇。又王夫之《楚辞通释》等认为这首诗作于楚顷襄王二十一年郢都破灭之后。

皇天之不纯命兮，何百姓之震愆[1]？
民离散而相失兮，方仲春而东迁[2]。
去故乡而就远兮，遵江夏以流亡[3]。
出国门而轸怀兮，甲之鼂吾以行[4]。
发郢都而去闾兮，荒忽其焉极[5]？
楫齐扬以容与兮，哀见君而不再得[6]。
望长楸而太息兮，涕淫淫其若霰[7]。
过夏首而西浮兮，顾龙门而不见[8]。
心婵媛而伤怀兮，眇不知其所蹠[9]。
顺风波以从流兮，焉洋洋而为客[10]。
凌阳侯之泛滥兮，忽翱翔之焉薄[11]。
心绖结而不解兮，思蹇产而不释[12]。
将运舟而下浮兮，上洞庭而下江[13]。
去终古之所居兮，今逍遥而来东[14]。
羌灵魂之欲归兮，何须臾而忘反[15]。
背夏浦而西思兮，哀故都之日远[16]。
登大坟以远望兮[17]，聊以舒吾忧心。
哀州土之平乐兮，悲江介之遗风[18]。
当陵阳之焉至兮，淼南渡之焉如[19]？
曾不知夏之为丘兮，孰两东门之可芜[20]？
心不怡之长久兮[21]，忧与愁其相接。
惟郢路之辽远兮，江与夏之不可涉[22]。
忽若不信兮，至今九年而不复[23]。
惨郁郁而不通兮，蹇侘傺而含戚[24]。
外承欢之汋约兮，谌荏弱而难持[25]。
忠湛湛而愿进兮，妒被离而鄣之[26]。
尧舜之抗行兮，瞭杳杳而薄天[27]。

众谗人之嫉妒兮，被以不慈之伪名[28]。
憎愠惀之修美兮，好夫人之忼慨[29]。
众踥蹀而日进兮，美超远而逾迈[30]。
乱曰：曼余目以流观兮，冀壹反之何时[31]。
鸟飞反故乡兮，狐死必首丘[32]。
信非吾罪而弃逐兮，何日夜而忘之！

（洪兴祖《楚辞补注》九章第四，中华书局，1983 年版）

【注释】

[1] 皇：大。纯：一。百姓：指百官，不是今天老百姓的意思。震愆：震惊失所。二句谓天道反常，何故使百姓震惊失所。

[2] 离散而相失：即流离失所之意。仲春：农历二月。

[3] 江：长江。夏：夏水，即从石首到汉阳一段汉水的别名。

[4] 轸：痛。鼂：通朝，早上。甲之鼂，即甲日的早晨，此为天干记日法。

[5] 去闾：离开乡里。荒忽：恍惚。极：至。

[6] 楫：船桨。扬：举。容与：迟疑。二句为屈原诉说离都之依恋不舍之情。

[7] 长楸：一种高大的乔木，这里指郢都的树木。涕：泪。淫淫：流泪的样子。霰：雪珠。这里用来形容泪珠纷纷滚落。

[8] 夏首：夏水口。姜亮夫《屈原赋校注》云："夏首在江陵，处洞庭之西，盖夏水、沔水合流之处，经鲁水东南，注入江，为夏浦。"西浮：自西而浮。龙门：郢都城东关有两门，即下文所说的"两东门"。

[9] 婵媛：牵引，这里指宛转依恋的情思。眇：渺远。蹠：践，引申为行走。

[10] 焉：犹今言于是。洋洋：漂泊不定的样子。为客：为羁旅之客。

[11] 凌：乘在上面。阳侯：旧说多以为波神，这里指大波浪。泛滥：大水横流。薄：近，这里引申为停止。马茂元《楚辞选》："船只凌驾着泛滥的波涛，忽上忽下，像翱翔在天空的飞鸟一样，而无所归宿。"

[12] 絓：结。絓结：形容心中郁结不解。蹇产：迂曲。释：解开。

[13] 运：行。下浮：往下游浮。上洞庭而下江：上可沿洞庭湖而入湘江，下可顺长江而至江南，屈原徘徊犹豫于南下或东下。

[14] 终古之所居：即指郢都，见题解。逍遥：浮游不定的样子。来东：往东航行。

[15] 须臾：很短的时间。二句谓灵魂思归故国，何尝须臾而忘返故乡。

[16] 背：违背，因已过夏浦而东下，故曰"背夏浦"。西思：思念西方的故国。

[17] 大坟：大的土丘。

[18] 州土：江岸土地。平乐：平安快乐。江介：江边。遗风：流风。二句是写屈原回忆故乡往日之康乐而今不存，悲眼前江边风物之凄厉愈加感伤。

[19] 当：值，面对。如：往。二句谓当来到陵阳，更无处可去。

[20] 曾：宁、岂。为丘：变成丘墟。两东门：即郢都之龙门。芜：荒芜。

[21] 怡：乐。

[22] 惟：思。涉：渡。

[23] 信：一宿曰宿，两宿曰信，犹言一二日。二句谓去国虽已多年，但尚如一二日也，以其思念故国，九

年如一日。

[24] 惨：忧愁。郁郁：悲痛填胸。蹇：困顿。侘傺：怅然住立貌。戚：悲伤。

[25] 外承欢之汋约兮：指群小为了取悦君王，装扮成一副美好的样子。谌：诚。荏：也是弱的意思。难持：难以有所操持，言小人之媚态。

[26] 湛湛：深挚貌。进：进忠。被离：参差不齐，言嫉妒者没有条理。鄣：遮蔽掩盖。

[27] 抗行：高尚的行为。薄：近。二句形容尧舜道德高尚而近天。

[28] 尧舜举贤而不传子，故有不慈之名。此二句谓小人欲加之罪何患如此，即使道德高尚如尧舜也不能幸免。

[29] 憎：厌恶、憎恨。愠惀：忠心耿耿的样子。夫人：那个人，这里指小人。忼慨：激昂的样子。二句谓君王厌恶忠贞之士，反而喜爱外作激昂慷慨的小人。

[30] 踥蹀：走路轻佻的样子。美：屈原自指。超：与远同义。逾迈：越来越远。

[31] 曼：长。曼目：引目远视。流观：周流观望。反：同返。

[32] 首丘：头向山丘。据说狐将死的时候，头会朝向出生的小山，以示不忘本。

【分析】

“皇天之不纯命兮，何百姓之震愆？”古人所谓穷极而呼天，哀极而呼父母。开首两句就是诘问苍天的语气，可谓劈空而来，悲愤感人。这里向天发问，不同于《离骚》“指九天以为正兮”的自我表白，也不同于《天问》里有惑而问，更多地表达天意难明，近乎杜甫的“天意高难问”的悲叹。后四句则直接叙写百姓流离失所而向东迁徙，自己也不得不流亡。国都残破、百姓流离而正逢“仲春”时节，不得不令人想起杜甫《春望》里的名句“国破山河在，城春草木深”。虽然时移世易，屈原、杜甫二人之处境也不尽相同，但千载之下，二人必为心许。

自“出国门而轸怀兮”到“至今九年而不复”，是全诗的主要内容，具体叙写屈原离开郢都而流亡的路途与情思。诗人以流亡途经的地方为线索，层层推进和述说怀念故都之情。诗人发于郢都，出自国门，望着将要踏上的渺渺江路，最痛心疾首的便是“哀见君而不再得”，这种对君王的眷恋与忠诚，在屈原作品里一以贯之的。“望长楸而太息兮，涕淫淫而若霰”，《孟子》云：“所谓故国者，非谓有乔木之谓也，有世臣之谓也。”屈原既被君王放逐而不能再为楚国之世臣，远远望见国都高大之楸木，自然悲不自胜。

“过夏首而西浮兮”至“思蹇产而不释”，这时屈原已告别国都左近，所谓“顾龙门而不见”，完全踏上了流亡之路。此时在他心里翻腾的不光是无法释怀的悲伤，还有眼见江水茫茫，而以一己微身做客天地之间的那种茫然无所从的情绪。苏轼《前赤壁赋》所谓：“寄蜉蝣于天地，渺沧海之一粟。”屈原也有同感。

“将运舟而下浮兮”至“至今九年而不复”。屈原随着江海而浮，徘徊于南下或东迁的歧路，向西边的国都回望，忧思愈深。“登大坟以远望兮，聊以舒吾忧心”，然而屈原眼前所见却是悲风习习，一派凄凉，忽然一念动而怀想郢都，郢都之宫殿已化为丘墟，昔日之龙门已满是榛芜了。屈原虽没有进行具体的场景描写，但我们不难想到《诗经·王风·黍离》：“彼黍离离，彼稷之苗。行迈靡靡，中心摇摇。知我者，谓我心忧；不知我者，谓我何求。悠悠苍天，此何人哉？”诚所谓古今一辙，千载同调。

“惨郁郁而不通兮”至“美超远而逾迈”。离开郢都而流浪的路程已经写尽，屈原又接以愤懑不平之词，痛斥群小的无中生有、欲加之罪，连尧舜这样的高德抗行都不能免其恶言。“乱曰”至结尾，是屈原对全篇的总结，“鸟飞反故乡兮，狐死必首丘”，无情之鸟兽都能不忘其本，如屈原这样至情至性之人的哀情则更是“何日夜而忘之”了。

九章·抽思

【题解】

抽，绎也。思，情也。抽思，绎理忧思，也即述说自己的忧思。蒋骥《山带阁注楚辞》、汤炳正《楚辞今注》等皆训“抽”为“拔”，“抽思”即拔除愁思，都本自王逸的说法，本诗中亦有“与美人抽怨兮”的句子。旧说多认为此诗是屈原作于被楚顷襄王放逐江南之后。如王夫之《楚辞通释》：“原于顷襄之世，迁于江南，道路忧悲，不能自释。”据诗中“有鸟自南兮，来集汉北”“惟郢路之辽远兮，魂一夕而九逝”“曾不知路之曲直兮，南指月与列星”等，可知这首诗并非作于屈原被顷襄王放逐之时，而是被怀王疏远放逐，流离汉北地区时而作。并且屈原所流离的汉北地区，不必定在汉水上游之北如襄、樊、邓、郧等地，因这些地区在怀王时已多为秦国所占，当是在汉水中下游之北如钟祥等地。作品的主旨思想与同时期所作之《离骚》较为吻合。

心郁郁之忧思兮，独永叹乎增伤[1]。
思蹇产之不释兮，曼遭夜之方长[2]。
悲秋风之动容兮，何回极之浮浮[3]。
数惟荪之多怒兮[4]，伤余心之忧忧。
愿摇起而横奔兮，览民尤以自镇[5]。
结微情以陈词兮，矫以遗夫美人[6]。
昔君与我诚言兮，曰黄昏以为期[7]。
羌中道而回畔兮，反既有此他志[8]。
憍吾以其美好兮，览余以其修姱[9]。
与余言而不信兮，盖为余而造怒[10]。
愿承间而自察兮，心震悼而不敢[11]；
悲夷犹而冀进兮，心怛伤之憺憺[12]。
兹历情以陈辞兮，荪详聋而不闻[13]。
固切人之不媚兮，众果以我为患[14]。
初吾所陈之耿著兮，岂至今其庸亡[15]？
何毒药之謇謇兮，愿荪美之可完[16]。

望三五以为像兮，指彭咸以为仪[17]。
夫何极而不至兮，故远闻而难亏[18]。
善不由外来兮，名不可以虚作[19]。
孰无施而有报兮，孰不实而有获[20]？
少歌曰：与美人抽怨兮，并日夜而无正[21]。
憍吾以其美好兮，敖朕辞而不听[22]。
倡曰：有鸟自南兮，来集汉北[23]。
好姱佳丽兮，牉独处此异域[24]。
既茕独而不群兮，又无良媒在其侧[25]。
道卓远而日忘兮，愿自申而不得[26]。
望北山而流涕兮[27]，临流水而太息。
望孟夏之短夜兮，何晦明之若岁[28]！
惟郢路之辽远兮，魂一夕而九逝[29]。
曾不知路之曲直兮，南指月与列星[30]。
愿径逝而未得兮，魂识路之营营[31]。
何灵魂之信直兮，人之心不与吾心同[32]！
理弱而媒不通兮，尚不知余之从容[33]。
乱曰：长濑湍流，溯江潭兮[34]。
狂顾南行[35]，聊以娱心兮。
轸石崴嵬，蹇吾愿兮[36]。
超回志度，行隐进兮[37]。
低回夷犹，宿北姑兮[38]。
烦冤瞀容，实沛徂兮[39]。
愁叹苦神，灵遥思兮[40]。
路远处幽[41]，又无行媒兮。
道思作颂，聊以自救兮[42]。
忧心不遂，斯言谁告兮[43]。

（洪兴祖《楚辞补注》九章第四，中华书局，1983年版）

【注释】

[1] 永叹：长长的叹息。增伤：层层的忧伤。

[2] 曼遭夜：犹言遭曼夜，倒装。

[3] 动容：风振动之貌。《楚辞今注》："回极，极泛指北极星域，此言运转随时。浮浮，流动貌。二句写长夜不眠所感之气象变化。"

[4] 数惟：屡次想起。惟：思。荪：香草，喻君王。

[5] 摇起：疾起。横奔：狂奔。二句谓我想要无所顾忌地纵情狂奔，但看到百姓之疾苦，就镇定下来了。

[6] 结：集聚，总结。微情：隐情。美人：指君王。

[7] 诚，一作"成"。诚言：定约。期：婚期。屈原喜用男女婚配来做比喻。

[8] 回畔：反背。他志：别的打算。

[9] 侨：骄傲，骄矜。这里指炫耀。览：展示。二句是说美人别有所恋，且又以别人的美好夸饰于我。

[10] 不信：不讲信用。造怒：发怒。

[11] 承间：乘着机会。自察：自我表明。悼：痛。

[12] 夷犹：徘徊不决。怛：伤。憺憺：心不安的样子。

[13] 历：列叙。详：通佯，假装、装作。

[14] 切人：切直之人。众：指群小。

[15] 耿著：耿直而明白。庸亡：犹用忘，即被忘记。

[16] 一作"何独乐斯之謇謇兮"，"完"一作"光"。二句谓我何以独乐于这样的耿直不群，是希望君王美德更为光大。语意同《离骚》之"余固知謇謇之为患兮，忍而不能舍也。指九天以为正兮，夫唯灵修之故也"。

[17] 三五：三皇五帝，或曰三王五霸。像、仪：榜样。彭咸：古贤人。

[18] 极：极则。二句谓君以三皇五帝为楷模，则其道德事功怎么会达不到呢？既能达到，则美名远扬而不会亏损。

[19] "善不由"二句：谓人的品质要靠自己的修养而不是别人的称赞，美名要有实，而不能是虚假的。

[20] 施：给予。报：报酬。实：结子。获：收获。

[21] 少歌：乐曲中某一部分的小结。抽怨：拔除怨尤。下句谓日夜交谈也不能定言之是非，表示与君王意见不合。

[22] 敖：骄傲、傲慢。

[23] 倡：另起一段重新歌唱，以畅达前歌未尽的意思。或曰，倡，大声歌之。汉北：屈原被怀王疏远时曾流连汉北。

[24] 牉独：离别而独处。牉：同"判"，分也。

[25] 茕独：孤独无助。不群：不合群。良媒：喻指君主身边推举贤能的人。

[26] 日忘：君王日渐忘却自己。申：申述。

[27] 北山：指郢都附近的山。

[28] 望：希望。夏夜本来就很短，屈原还希望更短，这是抒发他极度夜不能寐的心情。晦明：夜晚和白天。晦明之若岁：犹言度日如年。

[29] 逝：往。

[30] 汉北在郢都之北，魂归郢都所以称为"南指"。二句谓道路遥远，不知曲直，只能凭借南方的月亮与列星来指引方向，以期到达郢都。

[31] 径：直，直接。营营：形容寻找道路时忧心劳累的状况。

[32] 人之心：指君王之心。

[33] 理：使也。《离骚》"理弱而媒拙兮""吾令蹇修以为理"，皆是以媒人喻能向帝王进尽我之忠言者。

[34] 濑：浅流。湍：湍急。溯：向。

[35] 狂顾：急切地回顾。南行：自汉北向南而行。

[36] 轸石：方石。崴嵬：高而不平。蹇：难，这里是阻碍的意思。

[37]《楚辞今注》:“超回：或即‘迟回’。志度：或即‘踟蹰’,犹‘踯躅’,彷徨不进。隐进：进度迟缓。‘隐’同‘稳’,缓慢。”

[38] 低徊：徘徊。夷犹：犹豫。北姑：山名。

[39] 烦冤：愁闷。瞀容：迷乱。沛徂：颠沛困苦之行。

[40] 灵：灵魂。

[41] 处幽：地处幽僻。

[42] 道：道中。自救：自解。

[43] 遂：顺利,如愿。二句谓我之忧思不能如愿,我的这些话,可以向谁诉说呢?

【分析】

本篇与《离骚》的背景相似,写遭楚怀王疏远放逐后,屈原踌躇流连于汉北。所见所感无不触动愁思别情,对君王的眷恋顾怀更是震荡于心难以自拔。

首四句便直接写出抒情主人公悲哀愁叹、思想郁结而难解。诗人用笔,如果一直是自述愁苦之情,诗句往往难以为继。“曼遭夜之方长”便急转直煞,将画面拉向笼罩悲愁诗人的凄清秋夜。“悲秋风之动容兮,何回极之浮浮”,诗人感受到的不光是长夜漫漫、秋风瑟瑟,还有时序推移、斗转星移的时气变迁,“回”字可以见出诗人一夜未眠而凝思天宇的神态,“浮浮”二字则写出了秋夜天空之辽阔。一个寂寥独悲的诗人,置身于辽阔的天地与变换的时序之间,不禁令人想起唐代陈子昂的那首名诗——前不见古人,后不见来者。念天地之悠悠,独怆然而涕下。

后四句又转入新一层意思:虽屡悲君王的多怒,令人伤悲,我欲不顾一切地狂奔,但看到百姓凄惨的遭遇而不得不镇定下来。上二句屡见于屈赋,不足为奇。值得注意的是“愿摇起而横奔兮”一句。“摇起”即突然而起,“横奔”是肆意狂奔。显然,是屈原悲郁愁苦到了极点的发泄之法,虽然他立刻就在下一句以百姓之疾苦压抑了极度想要并需要释放的内心,但我们仍然可以清晰地感受到屈原的情感是十分激烈的。后文的“狂顾南行,聊以娱心兮”也是同一感情。读屈原的作品,我们不光要领略到他眷恋故国、君王与人民的深情,还要看到他内心郁勃的激情,这正是一个诗人所需要具有的品格。

“结微情以陈词兮,矫以遗夫美人。昔君与我诚言兮,曰黄昏以为期。羌中道而回畔兮,反既有此他志。憍吾以其美好兮,览余以其修姱。”以男女婚约之事来比喻君臣之投合恩遇,是屈原作品中的惯用手法。古代男女成婚是“父母之命,媒妁之言”,屈原也喜欢以良媒来喻引荐之人,也就是后文说的“又无良媒在其侧”。《离骚》中也有不少这种例子,如“曰黄昏以为期兮,羌中道而改路。初既与余成言兮,后悔遁而有他”“理弱而媒拙兮,恐导言之不固”“解佩纕以结言兮,吾令謇修以为理”。这种以男女来喻君臣之遇的手法对后世也很有影响,如唐张籍《节妇吟》:“君知妾有夫,赠妾双明珠。感君缠绵意,系在红罗襦。妾家高楼连苑起,良人执戟明光里。知君用心如日月,事夫誓拟同生死。还君明珠双泪垂,恨不相逢未嫁时。”以女子已定约于夫君,而不能接受别的男子的馈赠,来婉拒藩镇的拉拢,表达自己对朝廷和君主的忠贞。

至“倡曰”一节,转而想象魂归国都的情景。“惟郢路之辽远兮,魂一夕而九逝。曾不知路之曲直兮,南指月与列星。愿径逝而不得兮,魂识路之营营。”连想象中的魂归故乡都如此路途艰难,魂魄之孤苦无依与思念之殷切深挚历历可感,读来令人鼻酸。唐代杜甫在思念好友李白时亦曾如此写道："恐非平生魂，路远不可测。魂来枫林青，魂返关塞黑。君今在罗网，何以有羽翼？落月满屋梁，犹疑照颜色。"正用屈原魂越关山之笔意。至"乱曰"以下则是对全诗的总结。值得注意的是它的形式，几乎同于四言诗，若去掉"兮"字，则又如七言诗，可见屈原诗体的创造性。

九辩（节选）

【题解】

《九辩》，宋玉所作。《九辩》与《九歌》本来都是古乐歌名，《离骚》中的"启《九辩》与《九歌》兮，夏康娱以自纵"和《天问》里的"启棘宾商，《九辩》《九歌》"，都说明它们都是古老传说中的乐歌，距离屈原、宋玉生活的时代较为遥远。而宋玉所作的《九辩》，正是袭用古乐歌之名而自作己意，内容上与古乐歌无涉。王逸《楚辞章句》认为："辩者，变也，谓陈道德以变说君也。"汤炳正《楚辞今释》："'辩'或为'变'之借字，凡乐曲换章易调谓'变'，则'九辩'殆即尚书所谓'九成'之义。"而王夫之《楚辞通释》说："按九者，乐章之数。凡乐之数，至九而盈，故黄钟九寸，寸有九分。不具十者，乐主乎盈，盈而必反也。舜作《韶》而九成，夏启则《九辩》《九歌》，以上宾于天。故屈原《九歌》《九章》，皆仿此以为度。而宋玉感时物以闵忠贞，亦仍其制。辩，犹遍也。一阕谓之一遍，盖亦效夏启《九辩》之名，绍古体为新裁，可以被之管弦。其词激荡淋漓，异于风雅，盖楚声也。后世赋体之兴，皆祖于此。"我们认为从乐曲的角度来理解"九辩"的本义是更为合理的，王逸的说法不足取。

至于宋玉其人，古书中资料难详。王逸记载屈原、宋玉是师生关系，《九辩》正是宋玉悯恻屈原忠而见放所作。《汉书·艺文志》："宋玉，赋十六篇。楚人，与唐勒并时，在屈原后也。"刘向《新序·杂事第五》："宋玉事楚襄王而不见察，意气不得形于颜色。"从诗歌内容来看，其中也多抒发了宋玉个人坎坷不平之情感，与《离骚》亦多有所合。

悲哉秋之为气也[1]！萧瑟兮草木摇落而变衰，
憭慄兮若在远行，登山临水兮送将归[2]。
泬寥兮天高而气清，寂寥兮收潦而水清[3]。
憯悽增欷兮薄寒之中人，怆怳懭悢兮去故而就新[4]。
坎廪兮贫士失职而志不平，廓落兮羁旅而无友生[5]。
惆怅兮而私自怜。
燕翩翩其辞归兮，蝉寂漠而无声[6]。
雁廱廱而南游兮，鹍鸡啁哳而悲鸣[7]。
独申旦而不寐兮，哀蟋蟀之宵征[8]。
时亹亹而过中兮，蹇淹留而无成[9]。
悲忧穷戚兮独处廓，有美一人兮心不绎[10]。

去乡离家兮徕远客，超逍遥兮今焉薄[11]？
专思君兮不可化[12]，君不知兮可奈何！
蓄怨兮积思，心烦憺兮忘食事[13]。
愿一见兮道余意，君之心兮与余异。
车既驾兮朅而归[14]，不得见兮心伤悲。
倚结軨兮长太息，涕潺湲兮下沾轼[15]。
忼慨绝兮不得，中瞀乱兮迷惑[16]。
私自怜兮何极？心怦怦兮谅直[17]。
皇天平分四时兮，窃独悲此廪秋[18]。
白露既下百草兮，奄离披此梧楸[19]。
去白日之昭昭兮，袭长夜之悠悠[20]。
离芳蔼之方壮兮，余萎约而悲愁[21]。
秋既先戒以白露兮，冬又申之以严霜[22]。
收恢台之孟夏兮，然欿傺而沉藏[23]。
叶菸邑而无色兮，枝烦挐而交横[24]；
颜淫溢而将罢兮，柯彷佛而萎黄[25]；
萷櫹椮之可哀兮，形销铄而瘀伤[26]。
惟其纷糅而将落兮，恨其失时而无当[27]。
揽騑辔而下节兮，聊逍遥以相佯[28]。
岁忽忽而遒尽兮，恐余寿之弗将[29]。
悼余生之不时兮，逢此世之俇攘[30]。
澹容与而独倚兮[31]，蟋蟀鸣此西堂。
心怵惕而震荡兮，何所忧之多方[32]！

（洪兴祖《楚辞补注》九辩第八，中华书局，1983 年版）

【注释】

[1] 秋之为气：先秦以来有气说，《吕氏春秋·孝行览·义赏》："春气至则草木产，秋气至则草木落。"汉人以五行、四季与气相配，秋气主杀，董仲舒《春秋繁露》："木居东方而主春气，火居南方而主夏气，金居西方而主秋气，水居北方而主冬气。是故木主生，而金主杀，火主暑，而水主寒。"

[2] 憭慄：凄怆。将归：指将要归去的人。又马茂元《楚辞选》："将归，即将完尽的一年的时间。"

[3] 泬寥：高旷空虚的样子。收潦而水清：朱熹《楚辞通释》："川水夏浊，至秋而清。"

[4] 憯悽：悲痛貌。欷：犹唏嘘。中人：伤人。怆怳懭悢：悲伤失意貌。去故而就新：离别故土，或说为时序推移。

[5] 坎廪：不平。廓落：空寂。羁旅：留滞异乡。友生：朋友。

[6] 翩翩：飞貌。燕春来秋去，故曰"辞归"。

[7] 雁廱：雁鸣的声音。《诗经》：“雝雝鸣雁。”鹍鸡：洪兴祖谓“鹍鸡似鹤，黄白色”。啁哳：声音繁细。

[8] 申旦：夜将明时。征：行。

[9] 亹亹：前进不停的样子。过中：过半。蹇：竟。

[10] 廓：空。有美一人：或谓即屈原。绎：借作“怿”，乐。

[11] 徕：一作“来”。超：遥远。薄：停止。

[12] 化：变易。

[13] 烦憺：心绪烦乱。

[14] 朅：去，离开。

[15] 马茂元《楚辞》：“结軨，古代车的前面和左右都有箱，用木条交错结成，所以叫做结。”轼：车前凭靠的横木。

[16] 忼慨：壮士不得志。绝：极。中：心中。瞀：昏。

[17] 怦怦：心急貌。谅直：诚信正直。

[18] 窃：私，自称。廪：一作“凛”，凛然之意。

[19] 奄：忽然。离披：分散貌。

[20] 袭：入。

[21] 芳蔼：芳菲而繁盛，以比喻壮年。萎约：枯萎而约缩。

[22] 戒：警示。申：重，又。

[23] 恢台：广大而润泽的样子。孟夏：夏之首月。欿：陷。傺：止。

[24] 菸邑：草伤坏的样子。烦挐：撑拒貌，形容枝叶落尽的空空枝干。

[25] 颜：容貌。淫溢：精神散乱貌。罢(音疲)：完尽。柯：枝干。

[26] 萷：同“梢”，树梢。櫹槮：树枝光秃上耸的样子。销铄：销毁。瘀：凝滞的败血，这里形容树木枯瘦损伤。

[27] 纷糅：众多且杂乱。当：遇合。树木失去好时节而凋落，人不逢明主而失意。

[28] 揽骓辔而下节：意思是缓辔慢行。相佯：盘桓。

[29] 遒：迫近。将：长。

[30] 不时：不逢时。侹攘：匆遽而混乱的样子。

[31] 澹容与：安闲的样子。

[32] 所忧之多方：忧虑多端。

【分析】

关于宋玉生平的文献极少，司马迁《史记·屈原列传》记载：“屈原既死之后，楚有宋玉、唐勒、景差之徒者，皆好辞而以赋见称。”其中，以宋玉成就最高，后人并称“屈宋”。今存宋玉作品，《九辩》之外，尚有《风赋》《高唐赋》《神女赋》《登徒子好色赋》等。王逸《楚辞章句》：“宋玉者，屈原弟子也。”据后世考证，宋玉为楚国宜城人，历经楚怀王、楚襄王的时代，饶有辩才，深通音乐，善为辞赋。但生活在楚国日渐衰微的社会现实中，自身仕宦之途也很不平坦，与其师屈原遭际相类。故“窃慕诗人之遗风”而作《九辩》，与屈原的感情能有极为相合之处，但同时也寄予了自己的身世之悲。杜甫《咏怀古迹·其二》：“摇落深知宋玉悲，风流儒雅亦吾师。怅望千秋一洒泪，萧条异代不同时。江山故宅空文藻，云雨荒台岂梦思？最是楚宫俱泯灭，舟人指点到今疑。”诗句凄凉，对宋玉其人的深深悲悯可感。其“摇落”一句正出自《九辩》之首句“悲哉秋之为气也，萧瑟兮草木摇落而变衰”，杜甫不仅深知宋玉为人，作为诗人更能敏锐察觉到宋玉诗作《九辩》之精华正在“悲秋”二字。

《九辩》有不少蹈袭屈原辞赋的句子，其传情达意也往往不能突破屈子的藩篱，唯有“悲秋”之诗句最为新警，对后世诗文影响也最大。此篇首二句便画出秋气凛凛、万物凋零的萧条景象。后承四句，前二句以远行与送别作喻，更给秋景添上凄凉悲愁之气，将“悲秋”从景色之悲深化为人情之悲，也可以说是万物与人同悲。“泬寥兮天高而气清，寂寥兮收潦而水清”二句摹写秋景之辽阔深湛，将萧瑟秋景之境界拓宽。“燕翩翩其辞归兮”六句，诗人感受十分细腻，秋天万物同悲，动物自然也不能免。以“蝉”“雁”等来述说悲秋之意，为后世许多诗人所借鉴。如蝉，有唐代虞世南“垂緌饮清露，流响出疏桐。居高声自远，非是藉秋风”，骆宾王“西陆蝉声唱，南冠客思侵。露重飞难进，风多响易沉”。如雁，“初闻征雁已无蝉”“孤雁暮飞急，萧萧天地秋”，更是举不胜举。

不止于此，全诗还有多处摹写秋景之辞，如：“皇天平分四时兮，窃独悲此廪秋。白露既下百草兮，奄离披此梧楸。去白日之昭昭兮，袭长夜之悠悠。”“叶菸邑而无色兮，枝烦挐而交横；颜淫溢而将罢兮，柯彷佛而萎黄；萷櫹椮之可哀兮，形销铄而瘀伤。”“白日晼晚其将入兮，明月销铄而减毁。”其中，零露、落叶、寒月，无不成为后世吟咏秋色最常见的意象，如“冷露无声湿桂花”“玉露凋伤枫树林”“无边落木萧萧下”“野旷沙岸净，天高秋月明”，这些后世摹写秋景名句都得益于宋玉“悲秋”传统的开创之功。

推荐阅读书目

1. 洪兴祖《楚辞补注》，中华书局 1983 年版。
2. 朱熹《楚辞集注》，上海古籍出版社 2001 年版。
3. 姜亮夫《重订屈原赋校注》，天津古籍出版社 1987 年版。

思考题

1. 如何理解屈原及其作品的精神意蕴及文学史影响？
2. 试论《楚辞》的艺术特色及美学意蕴。

第三章　汉乐府

本章概要

汉乐府是继“风”“骚”之后另一重要诗歌体裁。与汉大赋的精英文学立场不同，汉乐府中相当数量的作品采集自民间，全面、生动而形象地反映了两汉的社会生活图景，其品格和情调都带有浓厚的世俗趣味。娱乐功能之外，汉乐府还被赋予了“观风俗，知薄厚”（《汉书·艺文志·诗赋略》）的伦理教化功能，对后世的乐府诗创作影响深远。

一、汉乐府及其分类

“乐府”，顾名思义，本是掌管音乐的机构，秦代已有。及汉武帝定郊祀之礼，“乃立乐府，采诗夜诵，有赵、代、秦、楚之讴。以李延年为协律都尉，多举司马相如等数十人造为诗赋，略论律吕，以合八音之调，作十九章之歌”（《汉书·礼乐志》）。西汉乐署有二：一为太乐署，掌管雅乐；二为乐府，掌俗乐。东汉则为太予乐署和黄门鼓吹署。其职能主要有二：一为“制诗以协于乐”，二为“采诗入乐”。后世遂将汉代音乐机构制作、采集、整理、入乐的歌诗统称为汉乐府。

《汉书·艺文志》载西汉时期的乐府作品 138 首，现存不过 34 首，今所留存主要是东汉时期的作品。郭茂倩《乐府诗集》按音乐属性分别将其归入《郊庙歌辞》《鼓吹曲辞》《相和歌辞》《杂曲歌辞》四类。

《郊庙歌辞》是宗庙祭祀之乐，主要包括司马相如等人所作《郊祀歌》十九章、唐山夫人《安世房中歌》十七章，最早见录于《汉书·礼乐志》。后世宗庙郊祀之乐多仿此。其中，文学性比较高的，如《郊祀歌·日出入》：“日出入安穷？时世不与人同。故春非我春，夏非我夏，秋非我秋，冬非我冬。泊如四海之池，遍观是邪谓何？吾知所乐，独乐六龙，六龙之调，使我心若。訾黄其何不徕下。”由日出入兴起长生之渴慕与憧憬，想象奇崛，而又悲怆莫名。中间连用四个排比，气势恢宏似赋。

《鼓吹曲辞》主要指《铙歌十八曲》，本为军乐，且融合了西域的新声，用于朝会、道路及给赐功臣、边将。今留存作品多声、艳、辞相杂，如《翁离》《思悲翁》《芳树》《石留》诸篇尤难解。就内容而言，有反映战争的，如《战城南》：“战城南，死郭北，野死不葬乌可食。为我谓乌：且为客豪！野死谅不葬，腐肉安能去子逃?”多奇思。“水深激激，蒲苇冥冥。枭骑战斗死，驽马徘徊鸣”，善于烘托战场肃杀、惨烈的氛围。末一结，感慨沉深：“思子良臣，良臣诚可思。朝行出攻，暮不夜归!”也有关乎神仙、祥瑞的，如《上陵》：“上陵何美美，下津风以寒。问客从何来，言从水中央。桂树为君船，青丝为君笮，木兰为君棹，黄金错其间。沧海之雀赤翅鸿，白雁随。山林乍开乍合，曾不知日月明。醴泉之水，光泽何蔚蔚。芝为车，龙为马，览遨游，四海外。甘露初二年，芝生铜池中，仙人下来饮，延寿千万岁。”文辞极奇丽，“桂树”四句意境颇似《楚辞・九歌》。尤其值得注意的是，其中还有两首大胆热烈的情歌，如《上邪》：“上邪，我欲与君相知，长命无绝衰。山无陵，江水为竭。冬雷震震，夏雨雪。天地合，乃敢与君绝。”乃热恋中痴望之语，极热切，而又极悲哀。“山无陵”数语，设想甚痴，甚奇。张先《千秋岁・数声鶗鴂》：“莫把幺弦拨，怨极弦能说。天不老，情难绝”似从此出。

《相和歌辞》存 33 首，多为闾巷歌谣，所谓“赵、代、秦、楚之讴”。近于三百篇的“风”诗，多“感于哀乐，缘事而发”(《汉书・艺文志》)。因并无预设的“义理”横亘胸中，反能透出更高层次的历史真实和人情之美。胡应麟《诗数》卷一说：“惟汉乐府歌谣，采摭闾阎，非由润色；然质而不俚，浅而能深，近而能远，天下至文，靡以过之!”又因其反映两汉社会生活面之广而被称为汉代的“浮世绘”(钱志熙《汉魏乐府艺术研究》)。黄节《汉魏乐府风笺》专笺《相和歌辞》《杂曲歌辞》两类作品，并说：“予论汉魏乐府首相和歌辞，本是之六义先《风》也。”然《汉书・艺文志》拘于雅、俗之见，不录其歌辞，其留存全赖《宋书・乐志》。

《相和歌辞》曲调很多，而以清调曲、平调曲、瑟调曲为主，通称“清商三调”。其表演形式是“丝竹更相和，执节者歌”(《宋书・乐志》)，如《江南》“鱼戏莲叶东”以下或即是“和声”。在采集入乐过程中，经过乐工的加工、改造，形式趋于复杂精巧，如《陌上桑》(又名《艳歌罗敷行》)前有艳词曲，后有趋；《妇病行》《孤儿行》等有“乱”；《艳歌何尝行・飞来双白鹄》“念与君别离”以下为趋曲。郭茂倩《乐府诗集》说：“(相和)诸调曲皆有辞、有声，而大曲又有艳，有趋、有乱。辞者其歌诗也，声者若‘羊’‘吾’‘夷’‘伊’‘那’‘何’之类也，艳在曲之前，趋与乱在曲之后”。一个完整的相和歌曲的演奏演唱结构为：“艳——执节者歌一解——执节者歌一解……趋一乱。”(钱志熙《汉魏乐府艺术研究》)

《杂曲歌辞》或经乐府采集但未入乐，或虽曾入乐，但因历丧乱等失去了本来的声调，总谓“杂曲”。杂曲的抒情色彩很浓，“或心志之所存，或情思之所感，或宴游欢乐之所发，或忧愁愤怨之所兴，或叙离别悲伤之怀，或言征战行役之苦”(郭茂倩《乐府诗集》)，如《古歌》：“秋风萧萧愁杀人，出亦愁，入亦愁。座中何人，谁不怀忧？令我白头。胡地多飙风，树木何修修。离家日趋远，衣带日趋缓。心思不能言，肠中车轮转。”已开《古诗十九首》之先声。其中不乏意味隽永的寓言歌谣，如《枯鱼过河泣》：“枯鱼过河泣，何时悔复及。作书与鲂鱮，相教慎出入。”枯鱼过河，劈头即奇，“何时悔复及”，所深悔者何并未言明。从末句“慎出入”看，当隐喻出处的艰难。《后汉书・陈留老父传》载桓帝世党锢祸起，守外黄令张升与友人相抱而泣，陈留老父叹息道：“二大夫何泣之悲也。夫龙不隐鳞，凤不藏羽，网罗高悬，去将安所？虽泣，何及乎?”此外，如《乌生八九子》《蛱蝶行》《艳歌行》(南山石嵬嵬)等篇所缘之“故实”已不可知，题旨历来聚讼不已，大抵皆惧祸之旨。

二、汉乐府的内容与功能

两汉货殖之风盛，手工业、商业繁荣，相应的，娱乐发达，乐舞极盛。汉武帝采殊方俗乐立乐府本身就出于娱乐之需，司马相如《上林赋》："巴渝宋蔡，淮南干遮，文成颠歌，族居递奏，金鼓迭起，铿鎗闛鞈，洞心骇耳。荆吴郑卫之声，韶濩武象之乐，阴淫案衍之音，鄢郢缤纷，激楚结风。俳优侏儒，狄鞮之倡，所以娱耳目，乐心意者，丽靡烂漫于前。"及成帝之世，俗乐尤盛，"黄门名倡丙强、景武之属富显于世，贵戚五侯定陵、富平外戚之家淫侈过度，至与人主争女乐"（《汉书·礼乐志》）。汉乐府中的夸富类作品当即豪贵之家堂上娱乐之用，如《相逢行》："入门时左顾，但见双鸳鸯。鸳鸯七十二，罗列自成行。音声何噰噰，鹤鸣东西厢。"取《小雅·鸳鸯》"鸳鸯于飞，毕之罗之。君子万年，福禄宜之"颂美之意。文辞亦极华美，如"黄金为君门，白玉为君堂。堂上置樽酒，作使邯郸倡。中庭生桂树，华灯何煌煌"，正是对豪贵之家的真实写照。

娱乐功能之外，汉乐府又被认为延续了"诗三百"的"诗教"与"乐教"传统，《史记·乐书》："博采风俗，协比声律，以补短移化，助流政教。"其中，如《鸡鸣》："鸡鸣高树巅，狗吠深宫中。荡子何所之？天下方太平。刑法非有贷，柔协正乱名。"劝诫、教化的意味是非常显明的。西汉之初犹沿战国游侠、刺客之风，《汉书·酷吏传》记载，长安游侠横行，杀吏，受财报仇。尹赏为长安令，以严酷的手法加以整治，长安中歌之曰："安所求子死？桓东少年场。生时谅不谨，枯骨后何葬？'"正可作为此类作品的背景。与诗之有美刺相似，汉乐府中既有歌颂郡守为政化民之功的，如《东光》《雁门太守行》等。又有讽刺贪吏枉法残民的，如《刺巴郡守诗》："狗吠何喧喧，有吏来在门。披衣出门应，府记欲得钱。语穷乞请期，吏怒反见尤。旋步顾家中，家中无可为。思往从邻贷，邻人言已匮。钱钱何难得，令我独憔悴。"以极生动的语言和对话勾勒出完整地故事情节，呈现出贪吏的狠厉形象和底层百姓的无奈。至如《君子行》（君子防未然）、《折杨柳行》等则全是道德规诫，而质木无文也近乎班固之《咏史》。

汉乐府的魅力及其教化功能的实现在于善于通过典型且富于戏剧化的场景，将个体尤其是底层人物的命运遭际真实、形象而又生动地呈现出来，由此也暴露出了两汉社会的弊病和不公，如《东门行》：

> 出东门，不顾归。来入门，怅欲悲。盎中无斗米储，还视架上无悬衣。拔剑东门去，舍中儿母牵衣啼："他家但愿富贵，贱妾与君共哺糜。上用仓浪天故，下当用此黄口儿。今非！""咄！行！吾去为迟！白发时下难久居。"

两汉之世，豪强兼并之风始终抑而不绝，导致平民、贫民大量失业，无以聊生，终致酿成动乱。汉武帝元封四年（前107），关东流民达二百万口之多，无名数者四十万（《汉书·石庆传》）。遂大兴酷吏，然"吏民易轻犯法，盗贼兹起"（《史记·酷吏列传》）。此篇作品的具体时间虽已不可晓，但大抵基于这种社会背景。"不顾归"，见必死之心。人性本来是贪生而恶死，民不畏死，反见困厄之极。起首六句三言，节奏迫促，与主人公情感的激愤相得益彰，出而复入又见其内心之矛盾。"盎中"二句写家徒四壁的苦况，以及不得不"拔剑东门去"的原因。中转入女主人公的劝谏，“上用沧浪天故”，以苍天动其诫惧之心。“下当用此黄口儿”，则以父子天伦动其恻隐之心。然而儿母的啼诉反而更激起了男主人公的悲愤：“白发时下难久居。”“咄”，慨叹之词，更见激愤之意。这类作品中所蕴含的强烈的现实批判性直接影响了杜甫、白居易等人的新乐府创作。

汉乐府尤其是《相和歌》的政教内涵还体现为对家庭伦理问题的关注与呈现，如《孤儿行》写父母亡后，兄嫂百般虐待庶弟：“使我朝行汲，暮得水来归。手为错，足下无菲。怆怆履霜，中多蒺藜。拔断蒺藜肠肉中，怆欲悲。泪下渫渫，清涕累累。冬无复襦，夏无单衣。”此外，《妇病行》则写妇人临终嘱托丈夫善待孤儿以及男人在失去妻子后面对嗷嗷待哺的孤儿的悲酸无奈。这类作品因基于人类最天然的情感体验，故最能引起观者的共情，并在潜移默化中发挥舆论谴责和教化功能，所谓“亦可以观风俗，知薄厚云”也正基于此。不仅如此，俗文学的性质使得汉乐府还难得地留存了民间思想文化和观念形态，如《孤儿行》“孤儿生，孤儿遇生，命独当苦”一句的怨叹之中即蕴含着普遍存在于汉代社会的“命”观念，王充《论衡·命义》：“凡人受命，在父母施气之时，已得吉凶矣。”故沈德潜《古诗源》说：“‘遇’字，写尽怨命意。”

此外，秦、汉神仙方术思想的流行以及长生求仙主题在汉乐府中也有集中体现，如《长歌行》《董逃行》《王子乔》《八公操》《步出夏门行》(邪径过空庐)、《长歌行》(仙人骑白鹿)、《善哉行》等。这类作品始终洋溢着一种天真、热烈的信仰，带着世俗享乐的意味，如《长歌行》：“仙人骑白鹿，发短耳何长。导我上太华，揽芝获赤幢。来到主人门，奉药一玉箱。主人服此药，身体日康强。发白复更黑，延年寿命长。”生趣盎然地塑造了一位兜售仙药的方士形象。又《步出夏门行》：“过谒王父母，乃在太山隅。离天四五里，适逢赤松俱。揽辔为我御，将我上天游。天上何所有？历历种白榆。”想象奇绝。李泽厚《美的历程》中谈及汉代艺术中的神仙观念时，曾感叹：

> 它不是如原始艺术请神灵来威吓、支配人间，而毋宁是人们要到天上去参与和分享神的快乐。人间生活的兴趣不但没有因向往神仙世界而零落凋谢，相反，是更为生意盎然，生机蓬勃，使天上也充满人间的乐趣，使这个神的世界也那么稚气天真。它不是神对人的征服，毋宁是人对神的征服。

长生的祈愿之外，也透出长生思想幻灭之后的及时行乐思想，如《西门行》：“出西门，步念之。今日不作乐，当待何时。逮为乐，逮为乐，当及时。何能愁怫郁。当复待来兹。酿美酒，炙肥牛。请呼心所欢，可用解忧愁。人生不满百，常怀千岁忧。昼短苦夜长，何不秉烛游？游行去去如云除，弊车羸马为自储。”情调慷慨已近乎建安之风。

三、汉乐府的艺术特色及影响

汉乐府的艺术体制和特色与其作为“歌诗”的性质息息相关。形态上，有声有辞，“声”称为“声曲折”(《汉书·艺文志》)。以一个音乐段落为一“解”，如《陌上桑》三解。汉乐府题目的多样也与各自的演奏乐器有关，《乐府诗集》说：“汉、魏之世，歌咏杂兴，而诗之流乃有八名：曰行，曰引，曰歌，曰谣，曰吟，曰咏，曰怨，曰叹……至其协声律，播金石，而总谓之曲。”

此外，歌辞本身也带有割裂、拼凑以用于入乐表演的痕迹（余冠英《乐府歌辞的拼凑和分割古诗和乐府的关系》），如《步出夏门行》“凤凰鸣啾啾，一母将九雏。顾视世间人，为乐甚独殊”与《陇西行》起首相同。此外，又有习套之语，如“今日乐相乐，延年万岁期”（《飞来双白鹄》）等。

与文人诗相比，汉乐府抒情之中又带有明显的故事性和戏剧性，如《孔雀东南飞》《陌上桑》等堪称长篇抒情叙事诗。由于多用于说唱表演，多以歌者口吻叙事，如《陌上桑》“坐中数千人”，闻一多《乐府诗笺》说：“乐府歌辞本多系歌舞剧，此曰‘坐中数千人’，斥观众而言也。”此外，如“四坐且莫喧，且听歌一言”等。不仅如此，又善于撷取典型人生情境，在生离死别的戏剧性场景中，呈现主人公的悲哀境遇，充分调动观者的情绪，如《妇病行》中妇人临终托孤：“属累君两三孤子，莫我儿饥且寒，有过慎莫笪笞，行当折摇，思复念之！”丈夫市中归来：“入门见孤儿，啼索其母抱。徘徊空舍中。”曲尽人情苦况。又长于通过传神而又个性鲜明的对话来塑造人物形象，如《艳歌行》：“夫婿从门来，斜柯西北眄。语卿且勿眄，水清石自见。”女主人公直爽明朗的性格及略带娇嗔的情态跃然毕现，“卿”字尤见狡黠之态，大有王安丰妇“亲卿爱卿，所以卿卿。我不卿卿，谁当卿卿”（《世说新语·惑溺》）之趣。此外，如《陌上桑》中的罗敷与《羽林郎》中的胡姬也与《古诗十九首》中悲哀、怨抑的女性形象大相异趣，呈现出更健全、活泼的民间审美趣味。

至于抒情之篇则延续了国风善于言情的传统，且长于刻画抒情主人公细腻、微妙的心理变化，如《有所思》：“有所思，乃在大海南。何用问遗君，双珠玳瑁簪，用玉绍缭之。闻君有他心，拉杂摧烧之。摧烧之，当风扬其灰！从今以往，勿复相思，相思与君绝！鸡鸣狗吠，兄嫂当知之。妃呼豨！秋风肃肃晨风飔，东方须臾高知之。”始而思赠，继而疑，疑而拉杂摧烧，为决绝之辞。忽而转及昔日之幽期密约，而忧思今后将何以在兄嫂前自处，心思可谓百转千回。艺术体制上，还受到赋体夸张、铺排手法的影响，如《陌上桑》中对罗敷美貌的夸耀：“青丝为笼系，桂枝为笼钩。头上倭堕髻，耳中明月珠。缃绮为下裙，紫绮为上襦。”又能侧面烘托，虚、实相生：“行者见罗敷，下担捋髭须。少年见罗敷，脱帽著帩头。耕者忘其犁，锄者忘其锄。来归相怨怒，但坐观罗敷。”生趣盎然。

就形式而言，汉乐府句式多样，多杂言体，三言、四言、五言、六言相杂错，又杂以七言、八言、九言的长句，如《乌生八九子》《孤儿行》等长短不拘，造成一种独特的声音之美，如《妇病行》：“妇病连年累岁，传呼丈人前一言。当言未及得言，不知泪下一何翩翩。”何其紧凑绵密。又《孤儿行》于叙事中忽插入一段声情摇曳的歌谣：“春气动，草萌芽。三月蚕桑，六月收瓜。”沈德潜赞叹说：“乐府之妙，全在繁音促节，其来于于，其去徐徐，往往于回翔屈折处感人，是即依永和声之遗意也。”（《说诗晬语》上卷）杂言之外，五言之体尤多，且多是东汉作品。《相和歌辞》中行诗 18 题 23 首，皆用五言，如《长歌行》（青青园中葵）、《陇西行》《艳歌行》（翩翩堂前燕）等。更重要的是，很多作品已透出下层文人的参与、模仿痕迹，如辛延年《羽林郎》、宋子侯《董娇娆》等。这一变化也预示着文人五言诗时代的到来，如《怨诗行》：“天德悠且长，人命一何促。百年未几时，奄若风吹烛。嘉宾难再遇，人命不可赎。……当须荡中情，游心恣所欲。”情调和主题都已与《古诗十九首》无异。

名篇赏析

乌生

【题解】

汉乐府中有一类独特的动物寓言诗，如《蛱蝶行》《枯鱼过河泣》《豫章行》等。《乌生》是其中艺术成就最高，也最富有情节性的一篇。关于此诗的主题历来众说纷纭，如吴兢认为是“喻年寿之有穷，世途之难测，以劝人及时行乐”（《乐府古题要解》），余冠英《乐府诗选》则认为是“东汉末年那个动乱代，文人动辄得咎的恐惧心理的反映”。

乌生八九子，端坐秦氏桂树间[1]。唶[2]！
我秦氏家有游遨荡子，工用睢阳强[3]，苏合弹[4]。
左手持强弹，两丸出入乌东西。唶！
我一丸即发中乌身，乌死魂魄飞扬上天。
阿母生乌子时，乃在南山岩石间。唶！
我人民安知乌子处？蹊径窈窕安从通？
白鹿乃在上林西苑中[5]，射工尚复得白鹿脯。唶！
我黄鹄摩天极高飞[6]，后宫尚复得烹煮之。
鲤鱼乃在洛水深渊中，钓钩尚得鲤鱼口。唶！
我人民生各各有寿命，死生何须复道前后？

（郭茂倩《乐府诗集》卷二十八，中华书局，1979年版）

【注释】

[1] 秦氏：在汉乐府中秦氏是豪贵之家的象征，如《陌上桑》：“日出东南隅，照我秦氏楼。”桂树：“桂”谐音贵，寓富贵意，《相逢行》：“中庭生桂树，华灯何煌煌。”

[2] 唶：语助。相和之声辞。

[3] 睢阳强：指春秋时代宋国之地睢阳所产的强弓。睢阳，在今河南商丘。

[4] 苏合弹：用苏合香所制弹丸。苏合香，产自西域的名香。

[5] 白鹿：《东方朔别传》：“武帝时，有杀上林鹿者，下有司收杀之。”

[6] 黄鹄：刘邦《鸿鹄歌》：“鸿鹄高飞，一举千里。羽翮已就，横绝四海。横绝四海，当可奈何？虽有矰缴，尚安所施？”

【分析】

“乌生八九子”与《陇西行》“凤凰鸣啾啾，一母将九雏”为同一手法，体现了汉代的多子多福观念。“端坐”二字妙，自以为无患，可得荫蔽。殊不知，“福兮祸之所伏”，命运陡转。“唶”，感叹词，乃“相和”之“和”。当表演之时，不无惊叹、警示观众之用，且蕴含着悲愤不平意，与梁鸿《五噫歌》的“噫”正相类。

紧接着，罪魁祸首“遨游荡子”出场，“睢阳强”，极写其弹弓之精美，“苏合弹”则是用西域月氏国所产珍贵香料制成的弹丸，其身份之贵可知。《西京杂记》卷四：“韩嫣好弹，常以金为丸，所失者日有十余。长安为之语曰：‘苦饥寒，逐金丸。’”正是现实版遨游荡子。“一丸即发中乌身，乌死魂魄飞扬上天”，写乌横遭非命。《庄子·德充符》：“游于羿之彀中，中央者，中地也，然而不中者，命也。”荡子一发即中，乌中而即亡，亦命也。就故事情节而言，则颇似《战国策·楚策》庄辛以黄雀说楚襄王，说黄雀“俯噣白粒，仰栖茂树，鼓翅奋翼，自以为无患，与人无争也。不知夫公子王孙，左挟弹，右摄丸，将加己乎十仞之上，以其类为招”。

“阿母生乌子时”，乃追悔之语。始遇祸则悔乃人之常情，盖世俗多以遭遇非命乃是由于托身不当。“南山”象征幽深隐蔽、远祸全身之处。然而，果真如此吗？白鹿托身上林苑其安有过于乌，还不是被射工杀死，制成鹿脯？黄鹄纵高飞，还不是躲不掉被烹煮的命运？鲤鱼之性惯于深藏，还不是终丧生于钓钩之下？三个排比反问句一气呵成，极有气势，见悲慨之气。陈祚明说：“‘阿母生乌’故反言一段，若追怨乌不知避患，下乃引白鹿等畅言之，见患至本不可避。”（《采菽堂古诗选》）两汉之世，弱小者的无辜被祸屡见不鲜。光武帝时北海大姓宗族公孙丹，“新造居宅，而卜工以为当有死者，丹乃令其子杀道行人，置尸舍内，以塞其咎”（《后汉书》），公孙丹之子之于“道行人”不正如射杀乌的“遨游荡子”吗？乱世祸患尤多，葛洪《抱朴子·微旨》曾感慨入世保身之难：“道德未成，又未得绝迹名山，而世不同古，盗贼甚多，将何以却朝夕之患，防无妄之灾乎？”

结忽一转而归之于对命运莫测的悲叹：“人民生，各各有寿命，死生何须道前后？”这种感慨的背后透出汉代社会普遍流行的“命”观念，王充《论衡·命禄》：“凡人遇偶及遭累害，皆由命也”“所当触值之命”。乌的无辜被祸正是“遭命”，《命义》：“行善得恶，非所冀望，逢遭于外而得凶祸。”可以说，《乌生》的控诉与悲叹与《蛱蝶行》《枯鱼过河泣》等篇无不是底层弱小者对命运祸福难测的哀叹，顾茂伦说“只结语出正意”（《乐府英华》卷五），可谓具眼。

有所思

【题解】

《有所思》为《铙歌十八曲》之一，属黄门鼓吹。崔豹《古今注》：“汉乐有黄门鼓吹，天子所以宴乐群臣也。短箫铙歌，鼓吹之一章尔，亦以赐有功之诸侯。”此篇从辞旨上来看，是恋歌。何以在《铙歌十八曲》之中会杂入与道路、战阵无关的恋歌，说法不一。清人庄述祖说：“短箫铙歌之为军乐，特其声耳，其辞不必皆序战阵之事。”（《汉铙歌句解》）王运熙则认为，此歌本“赵、代、秦、楚之讴一类，为短箫铙歌所借用者”（《乐府诗述论》）。

有所思，乃在大海南[1]。
何用问遗君[2]，双珠玳瑁簪[3]，
用玉绍缭之[4]。
闻君有他心，拉杂摧烧之。
摧烧之，当风扬其灰！
从今以往，勿复相思，相思与君绝！
鸡鸣狗吠，兄嫂当知之。
妃呼豨[5]！
秋风肃肃晨风飔[6]，东方须臾高知之！

（郭茂倩《乐府诗集》卷十六，中华书局，1979年版）

【注释】

[1] 大海：今南海一带。汉武帝征伐南越，立交趾、九真、日南三郡。大海南，指极遥远之地。

[2] 遗(wèi)：给予，馈赠。《韩非子·五蠹》："相遗以水。"

[3] 玳瑁：大海龟，产于台湾、福建及广东、海南等地，其壳有美丽的花纹。此处指用龟壳制成的冠簪。

[4] 绍缭：缠绕。

[5] 妃呼豨：语助词。闻一多《乐府诗笺》："'妃'读为悲，'呼豨'读为歔欷。"

[6] 肃肃：拟声词，形容风声凄紧。晨风：鸟。《诗经·秦风·晨风》："鴥彼晨风，郁彼北林。未见君子，忧心钦钦。"

【分析】

此篇乃恋歌，与《上邪》一篇并为《铙歌》中的双璧。首二句以抒情的口吻直陈事情：有所思，所思之人远在大海之南。然而，距离的遥隔却无法阻绝思念。女子因思念而欲赠物以寄相思。紧接着由抒情转入赋法，铺排赠物之精美："何用问遗君，双珠玳瑁簪，用玉绍缭之。"用花纹美丽的玳瑁壳所制成的冠簪，本已极贵重，复缠绕以双明珠，更衬托出对情人的珍视。"双珠"又隐含着"成双"的美好爱情寓意。

然相思正浓之时，却忽闻所思之人"有他心"。"闻"字，或事未必实。然情人之间距离遥隔本易生嫌隙。女子在伤心、愤怒之下，闻而信之。"拉杂摧烧"见爱之深，恨之切。陈祚明《采菽堂古诗选》说："望之深，怨之切。"一连串动作一气呵成，见情绪之激动，也见出女子性格的决烈。"从今以往，勿复相思，相思与君绝"三句，乃伤心决绝语。人在激动之时，往往先动作而后语言，写女子的反应极真实而又细腻。虽拉杂摧烧，犹不能解恨，还要"当风扬其灰"。"灰"字一语双关，既指摧烧之物的灰烬，更是女子的一腔相思化为灰。在古典诗歌中，"灰"字总是寄托着极浓烈而又刻骨铭心的情感，李商隐《无题》："春蚕到死丝方尽，蜡炬成灰泪始干。"后句即从此处。

"鸡鸣狗吠"二句一转甚奇。痴恋中的男女往往全然无暇顾及世俗的眼光，而一旦冷却、清醒下来，尤其是在遭受挫折之后，便往往悔而羞愧：往日的幽期密约之事，兄、嫂大概都知晓了吧？极细腻地写出了女性心思的复杂微妙。"妃呼豨"连用三声辞，情绪极悲哀的长叹。虽有决绝之语，然伤心痛苦毕竟是难免的。漫漫长夜中，痛苦又格外漫长。“秋风肃肃晨风飔”，从听觉的角度暗示女主人公一夜未眠。“东方须臾高知之”，窗外的天色渐渐明亮起来。如同渐渐明亮起来的天色，女子的伤心痛苦也终将逝去吧。

白头吟

【题解】

《白头吟》，汉乐府古辞。《宋书·乐志》：“凡乐章古词，今之存者，并汉世街陌谣讴，《江南可采莲》《乌生十五子》《白头吟》之属是也。”《西京杂记》卷三卓文君所作云云当系附会。

皑如山上雪，皎若云间月。
闻君有两意，故来相决绝。
今日斗酒会，明旦沟水头。
躞蹀御沟上[1]，沟水东西流。
凄凄复凄凄，嫁娶不须啼。
愿得一心人，白头不相离。
竹竿何袅袅[2]，鱼尾何簁簁[3]！
男儿重意气，何用钱刀为[4]！

（郭茂倩《乐府诗集》卷四十一，中华书局，1979 年版）

【注释】

[1] 躞蹀(xiè dié)：小步徘徊缓行之貌。

[2] 竹竿：《诗经》中以钓鱼喻求偶。《诗经·卫风·竹竿》：“籊籊竹竿，以钓于淇。岂不尔思？远莫致之。”毛传：“钓以得鱼，如妇人待礼以成为室家。”

[3] 簁簁：“簁”音“筛”。刘履《选诗补注》说：“‘袅袅’‘簁簁’，并摇动貌，以比相如之心不定，又将它图也。”余冠英《汉魏六朝诗选》则说：“犹‘漇漇’，形容鱼尾像濡湿的羽毛。在中国歌谣里钓鱼常常是男女求偶的象征隐语。”

[4] 钱刀：钱币之名，又称“刀”“刀币”，或“刀布”，《墨子·经说》：“刀轻则籴不贵，刀重则籴不易。”

【分析】

《白头吟》为卓文君所作，最早见于《西京杂记》卷三：“相如将聘茂陵人女为妾，卓文君作《白头吟》以自绝，相如乃止。”《西京杂记》一书是东晋葛洪利用汉晋以来流传的稗史野乘、百家短书抄撮编集而成的，其中所载“相如死渴”诸条杜撰色彩极浓。然《白头吟》托于卓文君与司马相如的故事又非偶然，与司马相如的“窃妻”“盗金”之污名有关。

扬雄《解嘲》：“司马长卿窃赀于卓氏，东方朔割炙于细君。”崔骃《达旨》：“窃赀卓氏，割炙细君，斯盖士之遗行。”葛洪《抱朴子外篇·博喻》也以“窃妻不可以废相如”为之开解。《西京杂记》卷三“白头吟”条中的“将聘茂陵女”正与“好色”“窃赀”相关，又同书“相如死渴”条载：“长卿素有消渴疾，及还成都，悦文君之色，遂以发痟疾。乃作《美人赋》，欲以自刺，而终不能改，卒以此疾至死。”按《史记·司马相如列传》仅说：“相如常有消渴疾。”《西京杂记》则将“消渴疾”与“悦色”“疾发”联系起来，也是基于同样的语境，且勾连着“受金”之说。又茂陵多富人，同书“袁广汉园林之侈”条：“茂陵富人袁广汉，藏镪巨万，家僮八九百人。”正堪比“临邛富人”，则“将聘茂陵女”正“窃赀临邛富人”的翻版。从末句“男儿重意气，何用钱刀为”来看，则隐然可见娶“茂陵女”似为“钱刀”。

就五言诗体的成熟而言，此诗当产生在东汉中后期，且以此期“文人无行”风气的凸显为背景。《后汉书·郭泰传》载：“（黄）允以俊才知名。郭林宗见而谓曰：‘卿有绝人之才，足成伟器。然恐守道不笃，将失之矣。’后司徒袁隗欲为从女求姻，见允而叹曰：‘得婿如是足矣。’黄允闻而黜遣其妻夏侯氏。妇谓姑曰：‘今当见弃，方与黄氏长辞，乞一会亲属，以展离诀之情。’于是大集宾客三百余人，妇中坐，攘袂数允隐匿秽恶十五事，言毕，登车而去。”情境与诗颇为相似。故林庚《中国历代诗歌选》认为：“本辞大约作于东汉时期，是女子对用情不专的男子表示决绝的民歌。”

“皑如”二句为比兴手法，以雪、月的皎洁喻女性对爱情的坚贞，进而引起下文“闻君有两意，故来相决绝”。“今日”四句为决绝之辞，立意颇似汉乐府《有所思》：“闻君有他心，拉杂摧烧之。摧烧之，当风扬其灰！从今以往，勿复相思，相思与君绝！”而更为凝练。至“凄凄”四句忽转忆出嫁时，以昔日对爱情、婚姻的热烈憧憬，反衬今日的见弃，更觉“愿得一心人，白头不相离”之悲哀。“竹竿”二句乃是古老的起兴之法，以钓鱼隐喻求偶。崔豹《古今注》说：“《钓竿》者，伯常子避仇河滨，为渔者，其妻思之而作也。每至河侧，辄歌之。后司马相如作《钓竿诗》，遂传为乐曲。”则《白头吟》“竹竿”二句又与司马相如事相合。不仅如此，竹竿的“袅袅”与鱼尾的“簁簁”状景写物极生动，同时也暗喻男子心不定及轻佻之态。末“男儿”二句方揭出决绝之由，而以“意气”相讥，掷地有声，更见男子人品的卑污。

长安有狭斜行

【题解】

《长安有狭斜行》，属《相和歌辞·清调曲》。此篇与《相和歌辞·鸡鸣》一首文辞及主题相似。关于此诗的主题，历来有“刺”与“颂”两说。细绎诗意，以“颂”说为确，是典型的“世家好礼文”的夸耀、娱乐之篇。就时代而言，余冠英《汉魏六朝诗论丛》认为“应属东汉无疑”，但“产地仍当是长安”。结合五言诗的发展历程来看，推断可信。

长安有狭斜，狭斜不容车[1]。
适逢两少年，挟毂问君家[2]。
君家新市傍，易知复难忘。
大子二千石，中子孝廉郎[3]。
小子无官职，衣冠仕洛阳。
三子俱入室，室中自生光。
大妇织绮纻[4]，中妇织流黄[5]。
小妇无所为，挟琴上高堂。
丈夫且徐徐，调弦讵未央。

（郭茂倩《乐府诗集》卷三十五，中华书局，1979 年版）

【注释】

[1] 狭斜(xiá xié)：曲巷。

[2] 毂(gǔ)：车轮中心的圆木。

[3] 孝廉：汉代察举制之一种，始于汉武帝时期，“孝廉”，即“孝顺亲长，廉能正直”。

[4] 纻(zhù)：粗丝。《说文》：“麻属。细者为绘，粗者为纻。”

[5] 流黄：杂色的绢丝，呈黄色，又称黄绢。

【分析】

“狭斜”，即闾巷。偌大的长安城以“狭斜”为背景契合相和歌辞本身的“街陌讴谣”之质，同时也为故事的展开设置了富于戏剧性的发生场景。“适逢”二句以“歌者”同时也是“观者”的眼光写两童仆的出场，进而引出富贵之家：“君家新市傍，易知复难忘。”“新市”不可考，或与五陵诸邑有关。汉代立都长安，世徙吏二千石、高赀富人及豪杰兼并之家于诸陵，诸陵遂成豪贵之家聚居地，《西都赋》所谓“英俊之域，绂冕所兴。冠盖如云，七相五公”，故曰：“易知复难忘。”

紧接转入对三子的夸耀。二千石，相当于郡守级别。“孝廉郎”，汉代郎官之一。秦及西汉，郎官多由荫任与赀选（严耕望《秦汉郎吏制度考》）。至于东汉便成了主要仕途了，名公巨卿往往出自孝廉。“小子无官职”一句，朱乾《乐府正义》以为是讽刺汉代的“散郎”“以赀为郎”。或又与“任子制”有关，应劭《风俗通义》：“任子令者，《汉仪注》吏二千石以上视事满三年，得任同产若子一人为郎。”史载，成帝宠信大臣张禹，“禹小子未有官，上临候禹，禹数视其小子，上即禹床下拜为黄门郎，给事中”（《汉书》），正可为“小子无官职，衣冠仕洛阳”语作一绝妙注解。余冠英则以为是一种假设艳羡口吻：“小少爷在目前虽没有一官半职，将来少不得到洛阳做个京官儿。”（《汉魏六朝诗论丛》）

乐府中所夸耀之事，历史上实有其人。重臣兼外戚冯奉世诸子，冯谭举孝廉为郎，冯野王少以父任为太子中庶子，冯逡察孝廉为郎，冯立以父任为郎。这种夸耀之辞也见于《相逢行》，如“五日一来归，道上自生光。黄金络马头，观者盈道傍”。

接下来，则转入对三妇的夸耀。如同对三子职官的夸耀所蕴含的汉代社会对富贵之家男性的世俗化认同，对三妇纺织与挟琴行为的选择也非偶然，班昭《女戒·妇行》："专心纺绩，不好戏笑，洁齐酒食，以奉宾客，是谓妇功。"纺绩居首。富贵之家本无须累积纤微，其用意更在于以娴于纺织的姿态暗写大妇、中妇的良好出身和教养，以达到夸耀"世家好礼文"的意图。小妇的"挟琴"也是门第教养的体现，蔡邕《女训》："琴必常调，尊者之前，而不更调张。""常调"是为了便于随时为舅姑演奏，反观"丈夫且徐徐，调弦讵未央"，正可见"无所为"，小妇的天真、娇憨也为礼仪森严的贵族之家增添了一抹鲜活情趣和生命力。

羽林郎

【题解】

此诗在郭茂倩《乐府诗集》属《杂曲歌辞》。《后汉书·百官志》："羽林郎，掌宿卫侍从。常选汉阳、陇西、安定、北地、西河、六郡良家辅之。"本诗作者《玉台新咏》作"辛延年"，然其生平事迹皆无考。由李延年之名可推其身份或亦宫廷乐师。

昔有霍家姝，姓冯名子都。
依倚将军势，调笑酒家胡。
胡姬年十五，春日独当垆[1]。
长裾连理带[2]，广袖合欢襦[3]。
头上蓝田玉，耳后大秦珠[4]。
两鬟何窈窕，一世良所无。
一鬟五百万，两鬟千万余。
不意金吾子，娉婷过我庐。
银鞍何煜爚[5]，翠盖空踟蹰。
就我求清酒，丝绳提玉壶。
就我求珍肴，金盘脍鲤鱼。
贻我青铜镜，结我红罗裾。
不惜红罗裂，何论轻贱躯。
男儿爱后妇，女子重前夫。
人生有新故，贵贱不相逾。
多谢金吾子，私爱徒区区[6]。

（郭茂倩《乐府诗集》卷六十三，中华书局，1979 年版）

【注释】

[1] 垆：旧时酒店里安放酒瓮的土台子。

[2] 连理：指异根草木，枝干连生。后以喻男女结为夫妇。此处指连理枝纹样。

[3] 合欢：指合欢花。此处指合欢花纹理。

[4] 大秦：古代中国对罗马帝国及近东地区的称呼，《后汉书・西域传・大秦》载："土多金银奇宝，有夜光璧、明月珠、骇鸡犀、珊瑚、虎珀、琉璃、琅玕、朱丹、青碧。"

[5] 煜爚(yù yuè)：光辉明亮。

[6] 区区：小，少，微不足道，谦抑之词。

【分析】

"昔有霍家姝"，"霍将军"即西汉外戚兼权臣霍光，曾废海昏侯立汉宣帝，权倾一时。史称，"光每朝见，上虚己敛容，礼下之已甚"(《汉书・霍光传》)。其家奴与魏相家奴争道，"入御史府，欲蹋大夫门，御史为叩头谢，乃去"(《汉书・霍光传》)，正所谓"依倚将军势"。"冯子都"乃霍光家奴，《汉书・霍光传》："初，光爱幸监奴冯子都，常与计事，及显寡居，与子都乱。"则其轻薄、放浪已蕴乎其中。

从五言诗体的发展成熟来看，此歌作于东汉无疑。何以东汉人却唱着西汉的歌谣？朱乾认为，所讽刺的乃是东汉外戚、大将军窦宪。窦宪之妹乃章帝皇后，及和帝刘肇即位，窦太后临朝，窦氏一门贵盛，"兄弟亲幸，并侍宫省，赏赐累积，宠贵日盛，自王、主及阴、马诸家，莫不畏惮"。其兄执金吾窦景横行跋扈，"奴客、缇骑依倚形势，侵陵小人，强夺财货，篡取罪人，妻略妇女。商贾闭塞，如避寇仇。有司畏懦，莫敢举奏"(《后汉书・窦宪传》)。民间遂借西汉霍氏来讽刺当权的窦氏，正是借古讽今之法。

歌辞颇具戏剧的雏形。"昔有"四句似后世说唱故事之引子。紧接着是胡姬的出场。自汉武帝通西域，至东汉窦宪北伐，南匈奴内附，贵霜大月氏人一支内迁至河西走廊西部张掖至敦煌一带。东汉灵帝年间，已有留寓洛阳的，这正是胡姬出现在汉乐府中的历史文化背景。"年十五"，写其正青春。"当垆"点出酒家女身份。"长裾连理带"六句则是一番浓墨重彩的夸张。"蓝田玉""大秦珠"皆西域物产，珍惜昂贵，并非写实，而是夸饰的手法。"鬟"，是未婚少女的发型。汉人好美发，张衡《西京赋》："卫后兴于鬒发。""一鬟五百万，两鬟千万余"透出一种民歌的拙趣。不同于唐诗中充满异域风情的胡姬形象，此诗中"胡姬"的服饰及其伦理观念皆纯然是汉人的。其中，"合欢襦""连理枝"等意象在汉文化中是爱情的象征物，也隐含着胡姬对于美好爱情的向往。

第二幕浪荡子登场。"不意金吾子，娉婷过我庐"，是胡姬的招呼语。"金吾子"，"金吾"即执金吾，"中二千石""掌宫外戒，司非常水火之事""丞一人，比千石，缇骑二百人"(《后汉书・百官志》)。光武帝刘秀微时曾有"仕宦当作金执吾"的艳羡语。然前既云"霍家奴"，则"金吾子"乃客套语。"银鞍""翠盖"以车马之华丽见其纨绔富贵。"娉婷"写冯子都春风得意貌和轻薄之态。"踟蹰"，借车马徘徊寓浪荡子对胡姬美貌的垂涎，"空"字传神，有同载之意。

"求清酒""求珍肴"四句一往一来，对答如流，且极富节奏感。"丝绳""玉壶""金盘"也极尽夸张铺排之能事。《洛阳伽蓝记》："洛鲤伊鲂，贵于牛羊。"窥其用意，不过欲以富贵淫人。接下来，"贻我青铜镜"二句即意在轻薄，见其惯于此道。然胡姬的反应却大出所料："不惜红罗裂，何论轻贱躯。"浪荡子顿时被震慑住，而气氛也紧张到极点。但胡姬毕竟不是《列女传》中那些为礼法所束缚，动辄自戕以反抗强暴的贞洁烈妇。作为迎来送往的酒家女，生活赋予了其练达的应变能力和生存的智慧。当制止住浪荡子的行为之后，她又能不卑不亢地以理服人："男儿爱后妇，女子重前夫。人生有新故，贵贱不相逾。"前二句讽中带谑，后二句则掷地有声。孟子云："富贵不能淫，贫贱不能移，威武不能屈，此之谓大丈夫。"若胡姬者，可谓女中大丈夫。"多谢金吾子，私爱徒区区"二句临了一转，以极婉转而又不失礼的姿态巧妙地化解了一场危机。

推荐阅读书目

1. 郭茂倩《乐府诗集》，中华书局 1979 年版。
2. 黄节《汉魏乐府风笺》，中华书局 2008 年版。

思考题

1. 汉乐府的艺术成就及其影响。
2. 如何看待汉乐府与俗赋的文体互动？

第四章　古诗十九首

本 章 概 要

继《诗经》四言体和《楚辞》骚体之后，源自乐府歌谣的五言诗体逐渐兴起。至东汉中后期，五言诗成为文人抒情诗的最重要体式。其中，《古诗十九首》的出现标志着文人五言诗歌艺术的成熟，其慷慨悲哀的情调也打上了时代的烙印。

一、时代与作者

《古诗十九首》最早收录于萧统《文选》卷二十九"杂诗上"，题为"古诗十九首"，李善注云："并云古诗，盖不知作者。"按"古诗"之名已见于西晋陆云《与兄平原书》："一日见正叔与兄读五言古诗。"从陆机《拟古诗十二首》所拟诸题来看，所读"古诗"当不限于此组作品。钟嵘《诗品》又称"《去者日以疏》四十五首，虽多哀怨，颇为总杂"，似不止十九首而已。然而，关于这一组作品的作者及其产生年代自南朝以来即存在争议，《文心雕龙·明诗》："古诗佳丽，或称枚叔，其'孤竹'一篇，则傅毅之词。比采而推，两汉之作乎！"钟嵘《诗品》则慨叹："古诗眇邈，人世难详……人代冥灭，而清音独远。"又称："旧疑建安中曹、王所作。"梁启超《中国之美文及其历史》认为，《古诗十九首》当作于安、顺、桓、灵数十年间，其作者是下层文士。这一推断是可信的。

东汉经学兴盛，"其服儒衣，称先王，游庠序，聚横塾者，盖布之于邦域"（《后汉书·儒林传论》）。至顺帝时，"游学增盛，至三万余生"。然而，学者如牛毛，成者如麟角，所谓"当世学士恒以万计，而究途者无数十焉"（王符《潜夫论·赞学》）。求仕的希冀与失意的慨叹也是《古诗十九首》的两大主题，如《今日良宴会》："今日良宴会，欢乐难具陈。弹筝奋逸响，新声妙入神。令德唱高言，识曲听其真。齐心同所愿，含意俱未申。"及和帝、安帝以后，入仕之途逐渐为世家高门所把持，"世务游宦，当涂者更相荐引"（《后汉书·王符传》），赵壹在《刺世疾邪赋》中曾借鲁生之口对这种现象进行了辛辣的讽刺："势家多所宜，咳唾自成珠。被褐怀金玉，兰蕙化为刍。"攀缘、请托之风遂盛，刘梁"常疾世多利交，以邪曲相党，乃著《破群论》"（《后汉书·文苑传》）。王符《潜夫论·交际》中感叹："富贵虽新，其势日亲；贫贱虽旧，其势日疏。"《古诗十九首》中也多感慨交道不终之语，如《明月皎夜光》："昔我同门友，高举振六翮。不念携手好，弃我如遗迹。南箕北有斗，牵牛不负轭。良无盘石固，虚名复何益？"

士风也愈发堕坏,《潜夫论·赞学》:“自顷以来,五经颇废,后进之士,趣于文俗,宿儒旧学,无与传业。……其在京师,不务经学,竟于人事,争于货贿。”《后汉书·儒林传》也称:“章句渐疏,而多以浮华相尚,儒者之风盖衰矣。”这种士风的丕变也体现在《古诗十九首》中,如《东城高且长》:“四时更变化,岁暮一何速!晨风怀苦心,蟋蟀伤局促。荡涤放情志,何为自结束!”“荡涤”二句何其激切!又《今日良宴会》:“何不策高足,先据要路津。无为守贫贱,坎坷长苦辛。”“守贫贱”正是儒家对士人的道德规训,《孟子·滕文公下》:“贫贱不能移。”然而,在现世的荣华面前,这些道德规训显得那样苍白无力。钟惺《古诗归》说:“欢宴之中,忽作热中语,不平之甚。”李因笃也说:“与《青青陵上柏》感寄略同,而厥怀弥愤。”(《汉诗音注》)“何不”二句论者多以为诡激之辞,沈德潜《古诗源》:“‘据要津’,乃诡词也。古人感愤,每有此种。”刘履《选诗补注》也说:“设为反词,以寓愤激之情。”由此可窥魏晋名士任诞之风。

漂泊异乡,仕宦无望,加之社会的动荡和黑暗,使得这一群体更加敏锐、深切地感受到生命的无常与短暂,汉乐府中曾经洋溢着的那种天真热烈的神仙信仰也一并归于幻灭,如:“浩浩阴阳移,年命如朝露。人生忽如寄,寿无金石固。万岁更相送,贤圣莫能度。服食求神仙,多为药所误。不如饮美酒,被服纨与素。”(《驱车上东门》)转而走向及时行乐,吴淇评《今日良宴会》说:“劈首‘今日’二字是一篇之大主脑,以下无限妙文,皆回照此二字。盖往者亦可追,来者不可邀,所可据以行乐者,惟今日耳。下‘飙尘’之喻,正谓今日之难长保。”(《选诗定论》)

可以说,《古诗十九首》的出现正是汉末政教失序,个体走向觉醒的产物,全方位呈现了下层失意文士群体生存境遇与情感世界,其情感基调颓废、感伤、悲哀、幻灭,是典型的乱世之音。

二、五言诗体的发展与诗性精神的复苏

五言诗体起源甚早,《文心雕龙·明诗》说:“《召南·行露》,始肇半章;孺子《沧浪》,亦有全曲。《暇豫》优歌,远见春秋;《邪径》童谣,近在成世,阅时取证,则五言久矣。”但五言诗体的发展成熟却相对滞后:“成帝品录,三百余篇,朝章国采,亦云周备。而辞人遗翰,莫见五言,所以李陵、班婕妤见疑于后代也。”句法节奏的复杂之外,早期五言诗的发展滞后与文体观念层面的雅俗之辨不无关系。正统之士大抵以四言、赋为正体,而视五言为流俗之体,挚虞《文章流别论》称“五言者,‘谁谓雀无角,何以穿我屋’之属是也,于俳谐倡乐多用之”,就是这种观念的延续。不仅如此,经学的道德规训和烦琐的训诂也造成了一种实证主义的思维方式,王充《论衡·艺增》:“《诗》曰:‘维周黎民,靡有孑遗’是谓周宣王之时,遭大旱之灾也。诗人伤旱之甚,民被其害,言无有孑遗一人不愁痛者。夫旱甚,则有之矣;言无孑遗一人,增之也。”正是这种思维方式的呈现。如此性情,诗焉得而生?

东汉顺帝之世以后,士人群体逐渐走向分化,士风丕变。长期遭到经学压抑的性灵及诗性精神得以复苏。一些通达的文学之士开始用流俗的五言体写夫妻情好,如张衡《同声歌》:“邂逅承际会,得充君后房。情好新交接,恐慄若探汤。不才勉自竭,贱妾职所当。绸缪立中馈,奉礼助蒸尝。思为苑蒻席,在下蔽匡床。愿为罗衾帱,在上卫风霜。”此外,如秦嘉《赠妇诗》也是写伉俪情深,其格调仍是雅的,且带有经学的“经夫妇”痕迹。此外,又以五言诗“言志”,如赵壹《秦客诗》《鲁生歌》、郦炎《见志诗》、蔡邕《翠鸟诗》等。

《古诗十九首》这一组作品则标志着“诗缘情”时代的开始,《文选》对《古诗十九首》的选录,以

及刘勰和钟嵘的评价之高与南朝重情的时代风气是分不开的。陈祚明《采菽堂古诗选》也说:“十九首所以为千古至文者,以能言人同有之情也。……人人读之,皆若伤我心者。此诗所以为性情之物。”较之“游子”之作,“思妇”之篇尤能“怊怅切情”,如“庭中有奇树,绿叶发华滋。攀条折其荣,将以遗所思。馨香盈怀袖,路远莫致之。此物何足贵?但感别经时。”意境优柔缠绵,张戒《岁寒堂诗话》曾赞“馨香”二句无愧于《国风》。不同于汉乐府的“缘事”而发,《古诗十九首》是更纯粹的抒情,刘熙载《艺概》说:“《十九首》凿空乱道,读之自觉四顾踌躇,百端交集。诗至此,始可谓其中有物也已。”

“温柔敦厚”诗教观念的浸润,使得《古诗十九首》仍多风人遗旨,如《冉冉孤竹生》:“千里远结婚,悠悠隔山陂。思君令人老,轩车来何迟!伤彼蕙兰花,含英扬光辉。过时而不采,将随秋草萎。君亮执高节,贱妾亦何为!”“伤彼”四句乃美人迟暮之叹,语出《离骚》“日月忽其不淹兮,春与秋其代序。惟草木之零落兮,恐美人之迟暮”,以伤婚姻失时,与风诗中感伤怨旷之篇极似。曹植《南国有佳人》“俯仰岁将暮,荣耀难久恃”与此一脉相承。“君亮”二句,自有一种志节。钟嵘《诗品》“文温以丽,意悲而远,惊心动魄,可谓几乎一字千金”,正在此种。

与“游子”行为的放荡诡激相应,“思妇”的情感抒发也空前热烈大胆,如《青青河畔草》:“青青河畔草,郁郁园中柳。盈盈楼上女,皎皎当窗牖。娥娥红粉妆,纤纤出素手。昔为娼家女,今为荡子妇。荡子行不归,空床难独守。”何其坦率直露,简直毫不掩饰!随着《古诗十九首》的经典化,面对这首完全超越了礼法束缚的诗,解诗者可谓绞尽脑汁,曲为弥缝,六臣注《文选》张铣认为这首诗的主旨是:“喻人有盛才事于暗主,故以妇人事夫之事托言之。”吕向注曰:“‘盈盈’,不得志貌,‘楼上’言居危苦,‘当窗牖’,言潜隐伺明时也。”“荡子行不归”二句李周翰注曰:“言君好为征役不止,虽有忠谏,终不见从,难以独守其志。”真是煞费苦心!然而,《古诗十九首》之佳也正在此,王国维《人间词话》:“‘昔为倡家女,今为荡子妇。荡子行不归,空床难独守。’‘何不策高足,先据要路津?无为守穷贱,轗轲长苦辛。’可为淫鄙之尤。然无视为淫词、鄙词者,以其真也。”后人好以经学的比兴之法解《古诗十九首》,往往失之于牵强附会。

三、《古诗十九首》与文人五言诗艺术

《古诗十九首》上承《国风》之传统,沈德潜《说诗晬语》:“《古诗十九首》大率逐臣弃妻,朋友阔绝,死生新故之感。中间或寓言,或显言,反复低徊,抑扬不尽,使读者悲感无端,油然善入,此《国风》之遗也。”相较魏晋文人的拟作,《古诗十九首》具有“情真、景真、事真、意真”(陈绎《诗谱》)的特点,如《孟冬寒气至》:“孟冬寒气至,北风何惨栗。愁多知夜长,仰观众星列。三五明月满,四五蟾兔缺。客从远方来,遗我一书札。上言相思,下言久离别。置书怀袖中,三岁字不灭。一心抱区区,惧君不识察。”钟嵘所谓“皆由直寻”“自然英旨”(《诗品序》)。王国维《人间词话》:“‘生年不满百,常怀千岁忧。昼短苦夜长,何不秉烛游。’‘服食求神仙,多为药所误。不如饮美酒,被服纨与素。’写情如此,方为不隔。”某些短章又能取熔《楚辞》的意境,如:“涉江采芙蓉,兰泽多芳草。采之欲遗谁,所思在远道。还顾望旧乡,长路漫浩浩。同心而离居,忧伤以终老。”此篇在《古诗十九首》中最优柔缠绵,意境全自《九歌》中出,如《大司命》:“折疏麻兮瑶华,将以遗兮离居。”以此寄托思妇对游子的思念,含蓄蕴藉,格调清丽。

《古诗十九首》的艺术成就同时又能将风骚的比兴和象征手法与经学的譬喻笺诗之法相融

合，形成了一种更深隐、委婉的兴寄艺术，如《冉冉孤竹生》："冉冉孤生竹，结根泰山阿。与君为新婚，兔丝附女萝。兔丝生有时，夫妇会有宜。"《文选》李善注曰："结根于山阿，喻妇人托身于君子也。"《文选》五臣注："兔丝女萝并草，有蔓而密，言结婚情如此。"所谓"婉转附物"即是此种寄托之法。

《古诗十九首》又不乏浪漫的奇思，如"迢迢牵牛星，皎皎河汉女。纤纤擢素手，札札弄机杼。终日不成章，泣涕零如雨。河汉清且浅，相去复几许？盈盈一水间，脉脉不得语"（《迢迢牵牛星》），命意全自《诗经》中来，《小雅・大东》："维天有汉，监亦有光。跂彼织女，终日七襄。虽则七襄，不成报章。"诗巧妙地将汉末人间夫妇的别离之悲和相思之苦投射到两颗星星之上，人世的现实苦痛也被诗意化成为一种永恒的哀叹。

就艺术体制而言，一方面《古诗十九首》还保留着从乐府古诗向文人诗过渡的若干痕迹，如《生年不满百》通常被认为是对乐府古诗《西门行》的因袭、改写。此外，如《客从远方来》："客从远方来，遗我一端绮。相去万余里，故人心尚尔。文彩双鸳鸯，裁为合欢被。著以长相思，缘以结不解。以胶投漆中，谁能别离此？""文彩"四句意境遣词全自《汉乐府・有所思》中来。不仅如此，二者的界限也并非绝对的，如《驱车出东门》《冉冉孤竹生》二首郭茂倩《乐府诗集》又收入"杂曲歌辞"，而《饮马长城窟行》又题作《青青河畔草》。

另一方面，《古诗十九首》又朝着文人化发展。集中体现为用典，如《明月皎夜光》："南箕北有斗，牵牛不负轭。良无盘石固，虚名复何益。"连用三典，"南箕""牵牛"典出《小雅・大东》："维南有箕，不可以簸扬；维北有斗，不可以挹酒浆。……睆彼牵牛，不以服箱。""盘石"典出《邶风・柏舟》："我心匪石，不可转也。我心匪席，不可卷也。"以讥交道沦丧。又《东城高且长》："晨风怀苦心，蟋蟀伤局促。""晨风"用《秦风・晨风》："鴥彼晨风，郁彼北林。未见君子，忧心钦钦。""蟋蟀"出《唐风・蟋蟀》："蟋蟀在堂，岁聿其莫。今我不乐，岁月其除"以寄托时光流逝，功业无成的怵惕之感。对《诗经》辞旨化用的纯熟，反过来可窥其文士的身份。

艺术手法上，《古诗十九首》善于通过时令的变换，寄托生命的荣衰之感，如"明月皎夜光，促织鸣东壁。玉衡指孟冬，众星何历历。白露沾野草，时节忽复易。秋蝉鸣树间，玄鸟逝安适"，又"东城高且长，逶迤自相属。回风动地起，秋草萋已绿。四时更变化，岁暮一何速"等皆即情即景的感物兴思之作。对魏晋文人五言诗的感物之篇有直接影响，并构成了五言诗之有"滋味"的重要内涵。钟嵘《诗品序》："五言居文词之要，是众作之有滋味者也，故云会于流俗。岂不以指事造形，穷情写物，最为详切者邪。"

总体而言《古诗十九首》的语言和抒情艺术是自然浑成的，《文心雕龙・明诗》所谓"结体散文，直而不野"部分，命意结篇也朝着尚作用一途发展，如《凛凛岁云暮》："凛凛岁云暮，蝼蛄夕鸣悲。凉风率已厉，游子寒无衣。锦衾遗洛浦，同袍与我违。独宿累长夜，梦想见容辉。良人惟古欢，枉驾惠前绥。愿得常巧笑，携手同车归。既来不须臾，又不处重闱。眄睐以适意，引领遥相睎。徙倚怀感伤，垂涕沾双扉。"由岁暮之景而生思，至"独宿"转入梦境，"愿得"二句，朱筠说："何等缠绵，何等恩爱。……惜也，其梦也"（《古诗十九首说》）写别情别思甚巧，沈德潜说："此相见无期，托之于梦也。'既来不须臾'二语，恍恍惚惚，写梦境入神。"（《古诗源》卷四）。

就诗歌史而言，作为文人五言抒情诗之祖，《古诗十九首》在主题、体制、风格和手法等方面对曹植《杂诗六首》、阮籍《咏怀八十二首》、陶渊明《拟古诗》乃至齐梁、唐人的言情之篇都有直接而深远的影响。

名 篇 赏 析

青青陵上柏

【题解】

《古诗十九首》就抒情主体而言,主要有二:一为思妇,一为游子。《青青陵上柏》即是典型的"游子"之篇。东汉豪族众多,且以世代经学的方式逐渐成为较稳定的"世族"。至东汉后期门第、阀阅之势渐成,寒素之士则无法施展抱负和才智,赵壹《刺世疾邪赋》中就有对这种不公社会现实的愤慨。此篇即道出了下层士人的失意与愤懑。

青青陵上柏,磊磊涧中石。
人生天地间,忽如远行客。
斗酒相娱乐,聊厚不为薄。
驱车策驽马[1],游戏宛与洛[2]。
洛中何郁郁,冠带自相索。
长衢罗夹巷,王侯多第宅。
两宫遥相望[3],双阙百余尺[4]。
极宴娱心意,戚戚何所迫[5]?

(隋树森《古诗十九首集释》,中华书局,2018 年版)

【注释】

[1] 驽马:劣马。

[2] 宛:南阳。光武帝刘秀的故乡,军功豪贵多出南阳。

[3] 两宫:洛阳南、北宫。南宫是皇帝及群僚朝贺议政处,北宫主要是皇帝及妃嫔寝居处。

[4] 阙:古代宫殿门前两边,以供瞭望的建筑物。

[5] 戚戚:忧惧的样子。《论语·述而》:"君子坦荡荡,小人长戚戚。"

【分析】

此诗首二句以柏、石二物起兴,由松柏常青,金石常固,联想到人命的脆弱,人生在永恒的天地之间是多么短暂。反承而接,有慷慨之气。“远行客”,即庄子之“逆旅”。“忽”,即《庄子·知北游》:“人生天地间,如白驹之过隙,忽然而已。”读之,令人顿生茫茫悲哀之感,其中透出的庄子之音,也预示了“文学自觉”时代的开始。当死亡之光烛照世俗的蝇营狗苟,一切的追名逐利便都失去了意义。

“斗酒”二句一转而为及时行乐,“聊厚”,见落拓纵恣之态。“驱车策驽马”一句极妙,“驽”见其落拓潦倒。“游戏”即恣情放浪。“宛”指光武帝刘秀的祖籍南阳,“洛”指洛阳。“宛与洛”是偏义用法,偏于“洛”。作为东汉帝都,洛阳是最大的名利场。触目所及,一片郁郁繁华。然而,这繁华却是排他的,因为城中的冠盖已然牢牢地结成了一个外来者无法进入的名利圈。“冠盖自相索”,“自”字极妙。纵目所见,洛阳城中的大街小巷到处都是王侯富丽堂皇的府邸。这一景象正是汉末兼并严重的社会现实的真实写照,所谓“豪人之室,连栋数百”(《后汉书·仲长统传》)。如此,焉能不生“冠盖满京华,斯人独憔悴”(杜甫《梦李白》其二)之感。

“两宫”,即洛阳城的南宫和北宫,二宫相距七里,中有复道相连,故称“遥相望”。两宫象征着洛阳的权力中心,也是名利场的终极所在,诗人的目光最后落在此并非偶然。“双阙”指宫殿高台两侧的楼观,“百余尺”,极写其高。然而,“遥”与“高”不单指物理空间意义上的距离,更透出了游宦者的艳羡与强烈的边缘和局外感。近在眼前,却又遥不可及。末转向激切之语:“极宴娱心意,戚戚何所迫?”儒家向来以“不汲汲于富贵,不戚戚于贫贱”(《汉书·扬雄传》)砥砺君子之人格。然而,在现实的不公和残酷的死亡面前,儒家的这一套道德规训显得那样苍白无力。当信仰崩塌之后,诗人不再自苦,而走向及时行乐也是必然的。如同“何不策高足,先据要路津”的呼喊相似,“极宴娱心意,戚戚何所迫”也可视为诡激之词,然士风之丕变正于此可窥。

去者日以疏

【题解】

与汉乐府古诗《悲歌》(悲歌可以当泣)相似,此诗抒发的是游子思归而不得的苦痛,这也是《古诗十九首》的基本主题之一。这种游子之吟最早可追溯至《诗经》中的《卫风·河广》《小雅·黄鸟》等篇。不同的是,此篇的歌者身份是汉末的下层游宦之士,其中所充斥的生命主题和悲哀情调也是典型文人式的,且开后世宦游诗之先河。

去者日以疏,来者日以亲。
出郭门直视,但见丘与坟。
古墓犁为田,松柏摧为薪[1]。
白杨多悲风,萧萧愁杀人。
思归故里闾,欲归道无因。

(隋树森《古诗十九首集释》,中华书局,2018 年版)

【注释】

[1] 松柏:《礼记》:"天子坟高三刃,树以松;诸侯半之,树以柏;大夫八尺,树以栾;士四尺,树以槐;庶人无坟,树以杨柳。""松柏"见墓主身份的显贵。

【分析】

东汉儒学极盛,士人云集京师以求出路。游宦积年不得归而见于史传者甚多,如赵晔"诣杜抚受《韩诗》,究竟其术。积二十年,绝问不还,家为发丧制服"(《后汉书·赵晔传》)。此一首所抒发的正是游宦不归的悲哀。"去者"指远离家乡的游子,"日以疏",设想之辞:已逐渐被居者所遗忘。"来者",自故乡来之人。"日以亲"典出《庄子·徐无鬼》:"子不闻夫越之流人乎?去国数日,见其所知而喜。去国旬月,见所尝见于国中者喜;及期年也,见似人者而喜矣。""日以亲"见去家离乡之久。"亲""疏"二字道尽了游子的悲酸,王符《潜夫论·交际》曾感叹:"富贵虽新,其势日亲;贫贱虽旧,其势日疏。"朱筠《说古诗十九首》评曰:"茫茫宇宙'去''来'二字概之,穰穰人群'亲''疏'二字括之。"《古诗十九首》可谓阅世者之言。

"出郭门",有《邶风·泉水》"驾言出游,以写我忧"之意。然所见唯"丘与坟"。洛阳北有"北邙",是王侯公卿归葬处,光武帝刘秀的原陵即在北邙。梁鸿《五噫歌》:"陟彼北邙兮。"所见之丘与坟或当即此。"古墓"二句一片衰飒之景:王侯将相、达官显贵的大墓已被犁为农田,墓前的古松柏也被砍伐为柴薪,令人顿生沧海桑田之感,李白《登高丘而望远海》:"君不见,骊山茂陵尽灰灭,牧羊之子来攀登。"正同一感慨。当死亡如此猝不及防地闯入目前,刹那间,便惊醒了游子汲汲追求的功名富贵之幻梦。其中,所透出的庄子之音已开阮籍《咏怀八十二首》之先。"白杨"二句乃岁暮哀飒之景,不仅是写实,更是游子心境的投射,王昌龄《诗格》评曰:"此心闻也。""愁杀人"三字极沉痛,与汉乐府《古歌》:"秋风萧萧愁杀人,出亦愁,入亦愁。座中何人,谁不怀忧?令我白头。"情调极似,令人有惊呼热中肠之感。

倦鸟知还,人当极困厄之时,清醒幻灭之后,生欲归之心正是人之常情,接下来很自然地引出"思归故里闾"。然而,却又忽翻出一层"欲归道无因"。"欲归"是人情,"无因"则是残酷黯淡的现实。大凡稍有生活阅历者自可推想其因,或已无家可归,又或游宦无成,有家难归。主父偃自称"结发游学四十余年,身不得遂,亲不以为子,昆弟不收,宾客弃我",西汉如此,东汉又何尝不是。王符《潜夫论·交际》:"处卑下之位,怀北门之殷忧,内见谪于妻子,外蒙讥于士夫。嘉会不从礼,饯御不逮众,货财不足以合好,力势不足以杖急。欢忻久交,情好旷而不接,则人无故自废疏矣。"正写尽了这群失意者的苦况。诗至此,戛然而止。朱筠说:"不说出欲归不得之故,但曰'无因',凡羁旅苦况,欲归不得者尽括其中,所以为妙。"(《古诗十九首说》)

《古诗十九首》之难能可贵正在于能将大时代中渺小个体的生命和情感体验与深沉辽远的宇宙、历史意识打成一片,从而造成一种古今茫茫之感,达到"意悲而远"的艺术效果。章法上,意脉转折飘忽,而又始终不离其情旨,陈祚明《采菽堂古诗选》赞叹说:"十九首善言情,惟是不使情为径直之物。而必取其宛曲者以写之,故言不尽而情无不尽。"

行行重行行

【题解】

两汉之世，士人多游学、游宦京师，乃至经年不归，徒然留下闺门中的女性怀念着远行之人。作为《古诗十九首》的第一首，此诗即是一首典型的思妇之歌，且呈现出与游子之歌迥然不同的旨趣。在情调上，较之它篇尤得温柔敦厚之旨。

行行重行行，与君生别离[1]。
相去万余里，各在天一涯。
道路阻且长[3]，会面安可知。
胡马依北风，越鸟巢南枝。
相去日已远，衣带日已缓。
浮云蔽白日，游子不顾反。
思君令人老，岁月忽已晚。
弃捐勿复道[3]，努力加餐饭。

（隋树森《古诗十九首集释》，中华书局，2018 年版）

【注释】

［1］生别离：《楚辞·九歌·少司命》："乐莫乐兮新相知，悲莫悲兮生别离。"

［2］阻且长：《诗经·秦风·蒹葭》："蒹葭苍苍，白露为霜。所谓伊人，在水一方。溯洄从之，道阻且长。溯游从之，宛在水中央。"

［3］弃捐：抛弃。

【分析】

汉末的游宦造成了无数的家庭伦理悲剧，相较游子，作为依附者的思妇，其命运与情感更加不能自主，也更加悲哀。徐幹《中论·谴交》说："夫交游者出也，或身殊于他邦，或长游而不归。父母怀载独之思，室人抱东山之哀，亲戚隔绝，闺门分离，无罪无辜而亡命是效。"此篇乃拟"思妇"之辞，首句连用四"行"字，中间一"重"字实亦可当一"行"字。然间一"重"字更增一字一顿之感，时空的距离也随之一步一步地拉开。故张庚《古诗十九首解》说："首言'行行'，远也；复言'重行行'，久也。即包全篇意。""与君生别离"一句紧接而来，"生"字极贴切地写出了离别的撕裂沉痛之感，且兼用典，《楚辞·九歌·少司命》："悲莫悲兮生别离。""相去"二句单写空间的阻隔，"万余里"与"天一涯"，意象阔大，对比鲜明，造成一种强烈的孤绝之感。"道阻"用《诗经·秦风·蒹葭》："溯洄从之，道阻且长。"《古诗十九首》之善于融化风、骚之情语可见一斑。

“胡马”二句用比兴，以越鸟和胡马的眷恋故土，反衬人的轻离故土。朱筠说：“就胡马思北，越鸟思南衬一笔，所谓‘物犹如此，人何以堪’也。”（《古诗十九首说》）“浮云蔽白日，游子不复返”，陆贾《新语·慎微》“故邪臣之蔽贤，犹浮云之障日月也”，论诗者多附会君臣之义。然正如方东树所说的，“此只是室思之诗”（《昭昧詹言》卷二）。“浮云”象征着游子在外所受的种种诱惑，如名利、权势乃至美色等。

“思君”二句，“令人老”自伤容颜之凋零，“忽”字见光阴之倏忽。不言怨而怨自深，谢朓《王孙游》“无论君不归，君归芳已歇”，正从此出。“弃捐”二句乃自勉之语，“努力加餐饭”一云自我珍摄，一云劝君。贵在不直露，而怨自深，所谓温柔敦厚之旨。张戒《岁寒堂诗话》：“词不迫切，而意独至。”“其词婉，其意微，不迫不露，此其所以可贵也。”通篇章法转折委曲，而又环环相扣，优柔不迫，张玉谷《古诗赏析》：“首二追叙初别……‘相去’六句，申言路远会难，忽用马鸟两喻，醒出莫往莫来之形，最为奇宕。‘日远’六句，承上转落念远相思、蹉跎岁月之苦。浮云蔽日，喻有所惑；游不顾反，点出负心，略露怨意。末二掣笔兜转，以不恨己之弃捐，唯愿彼之强饭收住，何等忠厚！”

西北有高楼

【题解】

此诗乃“知音”之叹。入世求遇是两汉士人的人生主旋律，然东汉中后期政治日益动荡黑暗，仕进之路逐渐为世家、豪贵所把持，众多寒素之士则彷徨失路。此诗的妙处在于借“歌者”之悲抒发“听者”的失意之情，构思极巧，情调又极慷慨激越。

西北有高楼，上与浮云齐。
交疏结绮窗[1]，阿阁三重阶[2]。
上有弦歌声，音响一何悲！
谁能为此曲，无乃杞梁妻[3]。
清商随风发[4]，中曲正徘徊。
一弹再三叹，慷慨有余哀。
不惜歌者苦，但伤知音稀。
愿为双鸿鹄，奋翅起高飞。

（隋树森《古诗十九首集释》，中华书局，2018年版）

【注释】

[1] 交疏：窗上交错雕刻的花格子。

[2] 阿阁：指四面有檐溜的楼阁。

[3] 杞梁妻：出自刘向《列女传》：“齐杞梁殖之妻也。庄公袭莒，殖战而死。……杞梁之妻无子，内外皆

无五属之亲。既无所归,乃就其夫之尸于城下而哭之,内诚动人,道路过者莫不为之挥涕,十日,而城为之崩。”

[4] 清商:乐曲名,其音凄清悲切,《韩非子·十过》中晋平公曾问师旷:“清商固最悲乎?”汉末好哀音,清商曲流行,所谓“乱世之音哀以怨”。

【分析】

《西北有高楼》一篇在《古诗十九首》中格调最高。“西北有高楼,上与浮云齐”二句忽然而起,极写楼宇之高,同时也奠定了通篇的超拔之调。皎然《诗式》:“诗人之思初发,取境偏高,则一首举体便高;取境偏逸,则一首举体便逸。”正可论此诗。紧接着,“交疏”二句写楼阁之华美、幽深,同时也暗示了“弦歌者”身份的高贵,也是汉末豪贵之家,好女乐,“倡讴妓乐,列乎深堂”(仲长统《昌言·理乱》)的写照。

“上有弦歌声,音响一何悲!”转写歌者虽身居华屋,弦歌声却极其悲哀。歌者因何而如此悲哀?这无疑引起了听者,也引起了读者的好奇。“谁能为此曲,无乃杞梁妻。”《琴操》:“《杞梁妻叹》者,齐邑杞梁殖之妻所作也。殖死,妻叹曰:‘上则无父,中则无夫,下则无子,将何以立吾节?亦死而已!’援琴而鼓之。曲终,遂自投淄水而死。”难道歌者也有着杞梁妻那样的悲哀?隐于高楼中的弦歌者愈发神秘而缥缈,而引人遐思。陆时雍《古诗镜》卷二:“空中送情,知向谁是?言之令人悱恻。”曹植《七哀》一篇正从此出,而将歌者的身份明确化为“客子妻”,反而失去了蕴藉的意味。

“清商随风发,中曲正徘徊”,见听者伫立之久。乐曲之徘徊,也是听者内心情感之徘徊。“一弹再三叹,慷慨有余哀”,“三叹”见悲哀之深,《说文解字》:“慷慨,壮士不得志于心也。”至“不惜歌者苦,但伤知音稀”二句方点出主旨——感知音之难遇。“不惜”实则惜,云“不惜”更反衬“但伤知音稀”之悲哀,境界更上一层。听者与歌者的相通在于二者俱受到压抑、不能自由。由此而起“愿为双鸿鹄,奋翅起高飞”之愿,《诗经·邶风·柏舟》所谓“静言思之,不能奋飞”。又汉乐府中,“双鹄”一般喻夫妇,如《艳歌行》“飞来双白鹄”,则似又有企慕之心。

整首诗亦真亦幻,意境缥缈空灵,文人气质尤浓。陆时雍《古诗镜》说:“情动于中,郁勃莫已,而势又不能自达,故托为一意,托为一物,托为一境以出之。”马茂元《古诗十九首初探》也赞叹说:“诗从高楼写起,劈空而来;以高飞结尾,破空而去。劈空而来,是黑暗中的生活感受;破空而去,是黑暗中的生活理想。”“意悲而远”之外,通篇声调悲哀激越,也深得清商乐的声情之美,堪称文人五言诗诗歌艺术的巅峰。

回车驾言迈

【题解】

此诗是东汉中后期士人在经历了现实与人生的困顿、迷茫之后,对于人生道路、生命意义的一种更深刻的思考,并将这种思考通过极具象征色彩的“回车”意象呈现出来。不同于其他作品中因幻灭而走向及时行乐,此诗中的清醒退守与自我砥砺显出了一种特别的力量。

回车驾言迈[1],悠悠涉长道[2]。
四顾何茫茫,东风摇百草。
所遇无故物,焉得不速老?
盛衰各有时,立身苦不早。
人生非金石,岂能长寿考?
奄忽随物化[3],荣名以为宝。

(隋树森《古诗十九首集释》,中华书局,2018年版)

【注释】

[1] 言:虚语助辞。《诗经·邶风·泉水》:“载脂载辖,还车言迈。”

[2] 悠悠:忧思貌。《诗经·邶风·终风》:“莫往莫来,悠悠我思。”

[3] 奄忽:忽然、倏忽。物化:庄子哲学中的重要概念,指形体的变化,《庄子·齐物论》:“昔者庄周梦为胡蝶,栩栩然胡蝶也,自喻适志与,不知周也。俄然觉,则蘧蘧然周也。不知周之梦为胡蝶与,胡蝶之梦为周与?周与胡蝶,则必有分矣。此之谓物化。”又引申为死亡,如《庄子·天道》:“知天乐者,其生也天行,其死也物化。”

【分析】

《古诗十九首》中游子的姿态大抵是背故乡而远行的,唯此篇是“回车”的姿态。“回车”语出《楚辞·离骚》:“回朕车以复路兮,及行迷之未远。”此篇也有“退将复修吾初服”之意。当汉末士风浮华趋进之时,一部分恪守儒家操守的士人也清醒地看到了名利的虚妄,转而走向退守,如《后汉书·王符传》:“独耿介不同于俗。以此遂不得升进,志意蕴愤。乃隐居著书三十余篇,以讥当时失得。不欲章显其名,故号《潜夫论》。”赵壹《刺世疾邪赋》中则借鲁生之口歌曰:“贤者虽独悟,所困在群愚。且各守尔分,勿复空驰驱。”也有退守之意。

然《论语·卫灵公》称“君子疾没世而名不称焉”,这种退隐终究是慷慨不平的,故陈祚明说:“慨得志之无时,河清难俟,不得已而托之身后之名。”(《采菽堂古诗选》)“四顾何茫茫,东风摇百草”二句乃即目所见。“四顾”写尽前路茫茫之感。“东风”虽是春日之景,却透出浓厚的焦虑感,这种焦虑也源自《离骚》“汩余若将不及兮,恐年岁之不吾与”“日月忽其不淹兮,春与秋其代序”。“所遇无故物”,惊心之语。“焉得不速老”,感慨语,“速”字极峭而有力。这种深沉的生命之叹深得魏晋名士激赏,《世说新语·言语》:“王孝伯在京,行散至其弟王睹户前,问古诗中何句为最。睹思未答。孝伯咏‘所遇无故物,焉得不速老’。”“所遇”二句出自此诗。

“盛衰”六句转而为自勉之理。由盛衰之有时感立身不早,更增迫切之感。“人生”二句复叹肉体的脆弱。“奄忽随物化”,沉痛之辞。“荣名”即《离骚》:“老冉冉其将至兮,恐修名之不立。”与“回车”一语命意皆从《离骚》中来。《淮南子·修务训》也称:“死有遗业,生有荣名。”这种立言观念也为建安诗人所承,曹丕《典论·论文》:“年寿有时而尽,荣乐止乎其身。二者必至之常期,未若文章之无穷。”可以说,这种“主体”生命意识的树立和生命哲思也是构成建安风骨的重要内涵之一,钟惺《古诗归》:“古诗之妙,在能使人思。”

推荐阅读书目

1. 隋树森《古诗十九首集释》，中华书局 2018 年版。
2. 马茂元《古诗十九首初探》，陕西人民出版社 1981 年版。

思考题

1. 如何看待五言诗体的发展滞后及因何“腾踊”于建安？
2. 试论《古诗十九首》的艺术特色及影响。

第五章　曹　植

本 章 概 要

建安是汉献帝的年号，虽只有短短的25年，却在诗歌史上树立起了“建安风骨”这一五言诗的新风格。这一时期的诗坛以三曹、建安七子为核心，而以曹植的成就最高，众体兼备，诗赋尤长。当“五言腾踊”(《文心雕龙·明诗》)之时，曹植诗在体制、风格、题材及艺术表现手法等诸多层面加深、拓展了文人五言诗的境界，并对阮籍、陶渊明、庾信及唐人的诗歌创作都有深远影响。

一、曹植生平述略

曹植(192—232)，字子建，沛国谯县(今安徽亳州)人。个性热烈、张扬，并以文学才华深得曹操宠爱。建安十六年(211)，封平原侯。建安十九年(214)，徙封临菑侯。数次几乎被立为太子。以建安二十五年(220)曹丕即位为转折点，深遭抑忌。黄初二年(221)，贬为安乡侯，又改封鄄城侯，次年改立鄄城王。黄初四年(223)，徙封雍丘王。黄初六年(225)，曹丕卒，明帝即位。太和元年(227)，徙封浚仪。太和二年(228)，复还雍丘。太和三年(229)，徙封东阿。太和六年(232年)，改封陈王。《迁都赋序》自称：“号则六易，居实三迁。连遇瘠土，衣食不继。”太和六年(232)冬，曹植在抑郁不得志中结束了一生，年仅四十一岁，谥曰“思”，故后世又称“陈思王”。

前后期遭际的巨大落差，以及由此而来的精神上的深刻痛苦对于曹植的思想感情及诗歌创作题材、风格等诸多层面都产生了深刻影响。曹植的诗歌创作也可分为前后两期。邺下时期多遨游之篇，如《名都篇》《箜篌行》《斗鸡》等，发展了宫廷文学“诗赋欲丽”和逞才竞藻的特点。其《公宴》继承了《小雅》宴会诗的典雅高华，并发展了精工的写景艺术：“秋兰被长坂，朱华冒绿池。潜鱼跃清波，好鸟鸣高枝。”从质朴转向华美，从现实转向浪漫。胡应麟说：“子建《名都》《白马》《美女》诸篇，辞极赡丽，然句颇尚工，语多致饰，视东、西京乐府天然古质，殊自不同。”(《诗薮·内篇》卷二)同时，又汲取了汉乐府、大赋的文辞华美、善于铺陈，如《箜篌引》：“置酒高殿上，亲交从我游。中厨办丰膳，烹羊宰肥牛。秦筝何慷慨，齐瑟和且柔。阳阿奏奇舞，京洛出名讴。乐饮过三爵，缓带倾庶羞。主称千金寿，宾奉万年酬。”《文心雕龙·时序》言“陈思以公子之豪，下笔琳琅”，“豪”指人物气质、风貌，“琳琅”则蕴含着文采的华美。

黄初、太和时期，曹植名为藩王，实同囚徒，行动和精神皆极度压抑、不自由，《求通亲亲表》曾感叹:“每四节之会,块然独处,左右惟仆隶,所对惟妻子,高谈无所与陈,发义无所与展,未尝不闻乐而拊心,临觞而叹息也。”现实政治上的失意和处境的艰难反过来大大加深了曹植诗思想、情感的厚度和力度,如《野田黄雀行》“高树多悲风,海水扬其波。利剑不在掌,结友何须多。不见篱间雀,见鹞自投罗”,感于丁氏兄弟的被杀。较之前期的豪迈昂扬,后期之诗又呈现出掩抑低回的一面,好以“弃妇”自比,如《种葛篇》“种葛南山下,葛藟自成阴。与君初婚时,结发恩义深。欢爱在枕席,宿昔同衣衾。窃慕《棠棣》篇,好乐和瑟琴。行年将晚暮,佳人怀异心。恩纪旷不接,我情遂抑沉”,寄托被疏忌、贬抑的痛苦。

二、曹植诗文与建安风骨

作为建安文学的代表作家,曹植的诗歌也深受时代思想的影响。一方面,是儒学氛围影响下的刚健进取精神,《与杨德祖书》:“吾虽德薄,位为藩侯,犹庶几戮力上国,流惠下民,建永世之业,流金石之功,岂徒以翰墨为勋绩,辞赋为君子哉!”其诗一反《古诗十九首》的悲哀低回,呈现出“慷慨以任气,磊落以使才”(《文心雕龙·明诗》)的特点,《前录序》也自称:“余少而赋,其所尚也,雅好慷慨。”《赠徐幹》:“慷慨有悲心,兴文自成篇。”如《白马篇》:“弃身锋刃端,性命安可怀?父母且不顾,何言子与妻!名编壮士籍,不得中顾私。捐躯赴国难,视死忽如归!”慷慨激昂似《九歌·国殇》。鲍照《代出自蓟北门行》《结客少年场》《幽并重骑射》等篇皆从此出。又《箜篌引》深慨“盛时不再来,百年忽我遒。生存华屋处,零落归山丘”,而能振起“先民谁不死,知命复何忧?”及至后期也仍多慷慨之音“泛泊徒嗷嗷,谁知壮士忧”(《鰕䱇篇》)、“江介多悲风,淮泗驰急流。闲居非吾志,甘心赴国忧”(《杂诗》其五)。

功业理想之外,又多抒发君子人格理想,如《君子行》《灵芝篇》《丹霞蔽日行》《矫志诗》等篇大抵歌咏圣王贤君,兼自我道德砥砺之意。又笃于友朋之义,如《野田黄雀行》“久要不可忘,薄终义所尤。谦谦君子德,磬折欲何求”、《赠徐幹》“亲交义在敦,申章复何言”等,也以道义相勉。《三良诗》一反《秦风·黄鸟》的“刺诗”之旨,而赋予了士为知己者死的侠气与悲慨:“功名不可为,忠义我所安。秦穆先下世,三臣皆自残。生时等荣乐,既没同忧患。”更见舍生取义的悲剧色彩:“揽涕登君墓,临穴仰天叹。长夜何冥冥,一往不复还。黄鸟为悲鸣,哀哉伤肺肝。”这种内在主体性的高扬赋予了曹植诗以古典主义的美学风格。

当汉末名士任诞之风渐开之时,曹植的性情中也有尚通脱、任性不羁的一面:“性简易,不治威仪。舆马服饰,不尚华丽”“任性而行,不自雕励,饮酒不节”(《三国志·陈思王植传》)后因私开司马门,“太祖大怒,公车令坐死”,渐失恩宠。又才华横溢,“年十岁余,诵读诗、论及辞赋数十万言,善属文”(《三国志·陈思王植传》)。铜雀台新成,曹操令诸子登台为赋,曹植援笔立成。狂傲如谢灵运也赞叹:“天下才共一石,曹子建独占八斗,我得一斗,天下共分一斗。”(《南史·谢灵运传》)

体现在诗文创作中,则是“文以气为主”,如《斗鸡》:“长鸣入青云,扇翼独翱翔。愿蒙狸膏助,常得擅此场。”凌厉之气,锋芒毕露。贵公子的身份使得其游宴之篇透出一种潇洒飘逸的风神,如《名都篇》“名都多妖女,京洛出少年。宝剑直千金,被服丽且鲜。斗鸡东郊道,走马长楸间”“归来宴平乐,美酒斗十千。脍鲤臇胎鰕,寒鳖炙熊蹯。鸣俦啸匹侣,列坐竟长筵”,对李白《将进酒》等歌行之篇也有直接影响。

其诗志意宏放，且工于发端，如《鰕䱇篇》："鰕䱇游潢潦，不知江海流。燕雀戏藩柴，安识鸿鹄游。世士诚明性，大德固无俦。驾言登五岳，然后小陵丘。俯观上路人，势利惟是谋。"起语浩然，波澜宏肆有鲸鱼碧海之势。后期现实处境的压抑使其将生命的激情推至超现实的游仙世界，如《远游篇》："远游临四海，俯仰观洪波。……昆仑本吾宅，中州非我家。将归谒东父，一举超流沙。鼓翼舞时风，长啸激清歌。金石固易弊，日月同光华。齐年与天地，万乘安足多！"融庄骚于一体，境界宏放。又《升天行》其二："日出登东干，既夕没西枝。愿得纡阳辔，回日使东驰。"有回天转地之势。杜甫说"子建文笔壮"(《别李义》)，"壮"兼指壮怀、壮思和壮辞。

长篇五言《赠白马王彪诗》乃"愤而成篇"。结构上，融叙事、写景、抒情于一体，笔势跌宕，情感沉郁，"心悲动我神，弃置莫复陈。丈夫志四海，万里犹比邻。恩爱苟不亏，在远分日亲。何必同衾帱，然后展殷勤。忧思成疾疢，无乃儿女仁。仓卒骨肉情，能不怀苦辛？"陈祚明《采菽堂古诗选》说："人情至无聊之后，每有此强解语。强解者，其中正有不能解之至情也。故仍继以'仓促骨肉情'之句。"曹植的这种长篇五言上沿蔡琰《悲愤诗》而来，对晋、宋以后的长篇五言赠答诗，乃至杜甫的五古、五排等都有深刻影响。所谓"文章曹植波澜阔"(《追酬故高蜀州人日见寄》)，正是深契之语。

三、文学成就与影响

《文心雕龙·明诗》："暨建安之初，五言腾踊。文帝、陈思，纵辔以骋节；王、徐、应、刘，望路而争驱。"建安诸子之中，曹植又是成就最高的作家。黄节《曹子建诗注》中曾称赞："陈王本国风之变，发乐府之奇，驱屈宋之辞，析扬马之赋而为诗，六代以前，莫大乎陈王矣。"其诗今存 77 篇(赵幼文《曹植集校注》)，五言 58 首，在建安诗人中数量最多，成就也最高。且乐府、徒诗二体兼工，《文心雕龙·乐府》称"子建、士衡，咸有佳篇"，《明诗》也称"兼善则子建、仲宣"。曹植的乐府创作可分为拟调、拟篇两种，前者如《鰕䱇篇》(《长歌行》)、《天地》(《薤露行》)、《吁嗟篇》(《苦寒行》)等主要是拟相和旧题；后者如《惟汉行》(拟曹操《薤露行》)、《升天行》《种葛篇》《美女篇》《白马篇》等自作新题。

就风格而言，有质拙近乎汉乐府的，如《门有万里客》："门有万里客，问君何乡人。褰裳起从之，果得心所亲。挽裳对我泣，太息前自陈。本是朔方士，今为吴越民。行行将复行，去去适西秦。"结构上，也采用了汉乐府常见的问答体。至于《仙人篇》："仙人揽六箸，对博太山隅。湘娥拊琴瑟，秦女吹笙竽。玉樽盈桂酒，河伯献神鱼。"全自汉乐府《艳歌行》中来，而又保留着天真、稚拙、奇特的想象力。同时，又变汉乐府的"感于哀乐，缘事而发"为文人乐府，诗旨和立意趋于文人化，如《美女篇》："佳人慕高义，求贤良独难。众人徒嗷嗷，安知彼所观？盛年处房室，中夜起长叹。"拟《罗敷行》，赋予兴寄内涵。《箜篌引》在汉乐府式的铺排宴乐之盛后，转向抒发自我的理想抱负："惊风飘白日，光景驰西流。盛时不再来，百年忽我遒。生存华屋处，零落归山丘。先民谁不死，知命复何忧？"

同时曹植还继承了汉乐府的叙事和写实性，发展了文人五言诗艺术，如《送应氏》："步登北邙阪，遥望洛阳山。洛阳何寂寞，宫室尽烧焚。垣墙皆顿擗，荆棘上参天。不见旧耆老，但睹新少年。侧足无行径，荒畴不复田。游子久不归，不识陌与阡。中野何萧条，千里无人烟。念我平常居，气结不能言。"浑厚质朴似汉诗。同时又继承了《古诗十九首》的抒情言志传统，如《杂诗》其六:“飞观百余尺,临牖御棂轩。远望周千里,朝夕见平原。烈士多悲心,小人偷自闲。国仇亮不塞,甘心思丧元。抚剑西南望,思欲赴太山。弦急悲声发,聆我慷慨言。”

不仅如此,曹植又能上追风骚之精魂,《宋书·谢灵运传》称:“子建、仲宣……莫不同祖《风》《骚》。”后期尤能得骚体的哀怨掩抑之致,如《杂诗》其四:“南国有佳人,容华若桃李。朝游江北岸,夕宿潇湘沚。时俗薄朱颜,谁为发皓齿?俯仰岁将暮,荣耀难久恃。”命意和意境全自《楚辞》出,提升了文人诗的抒情品格。吴淇甚至认为,“《杂诗》六首,似皆原本于《离骚》”(《六朝选诗定论》卷五)。曹植的弃妇之篇也寄托了很强的身世之感,如《浮萍篇》:“浮萍寄清水,随风东西流。结发辞严亲,来为君子仇。恪勤在朝夕,无端获罪尤。”以“浮萍”喻己之忠而见弃,又希冀着“行云有返期,君恩傥中还。慊慊仰天叹,愁心将何愬”。毛先舒说:“曹子建言乐而无往非愁,言恩而无往非怨,真《小雅》之再变,《离骚》之绪风。”(《诗辩坻》卷二)

艺术手法上,曹植进一步发展了“比兴”艺术,通过新颖的兴喻化自然景物和生命哲思为诗的意象,如《杂诗六首》其一:“高台多悲风,朝日照北林。之子在万里,江湖迥且深。方舟安可极?离思故难任。孤雁飞南游,过庭长哀吟。翘思慕远人,愿欲托遗音。形影忽不见,翩翩伤我心。”咏“孤雁”而融入身世寄托之感。“形影”二句极度的孤独、伤心,全然自肺腑中流出。《野田黄雀行》以黄雀、少年为寄兴,《文心雕龙·隐秀》:“陈思之黄雀,公干之青松,格刚才劲,而并长于讽喻。”又《吁嗟篇》以“转蓬”兴喻自身转徙不定的悲哀:“吁嗟此转蓬,居世何独然。长去本根逝,夙夜无休闲。东西经七陌,南北越九阡。卒调回风起,吹我入云间。自谓终天路,忽然下沉渊。惊飙接我出,故归彼中田。当南而更北,谓东而反西。宕宕当何依,忽亡而复存。飘飖周八泽,连翩历五山。流转无恒处,谁知吾苦艰?愿为中林草,秋随野火燔。糜灭岂不痛,愿与株荄连。”“流转”六句沉痛至极。

又善用赋法,体物状貌生动传神,如《白马篇》:“控弦破左的,右发摧月支。仰手接飞猱,俯身散马蹄。狡捷过猴猿,勇剽若豹螭。”陈祚明评曰:“‘左的’‘右发’,变宕不板。‘仰手’‘俯身’,状貌生动如睹,而‘俯身’句尤佳。‘散马蹄’,‘散’字活甚,有声有势,历乱而去,而马上人身容飘忽,轻捷可知。”(《采菽堂古诗选》)又《斗鸡》:“群雄正翕赫,双翘自飞扬。挥羽邀清风,悍目发朱光。觜落轻毛散,严距往往伤。长鸣入青云,扇翼独翱翔。”游仙府也好以赋法写仙境,如《苦思行》:“绿萝缘玉树,光曜粲相晖。下有两真人,举翅翻高飞。我心何踊跃,思欲攀云追。郁郁西岳巅,石室青葱与天连。中有耆年一隐士,须发皆皓然。”对郭璞《游仙诗》有直接影响。

曹植的诗歌艺术成就是时代和个人的双重造就,达到了语言艺术与抒情行为、审美追求与情感抒发的高度统一。钟嵘《诗品》赞叹:“骨气奇高,词彩华茂,情兼雅怨,体被文质。粲溢今古,卓尔不群。”陈祚明《采菽堂古诗选》也称:“子建既擅凌厉之才,兼饶藻组之学,故风雅独绝。”题材上,囊括了赠答、行旅、游仙、杂诗、咏史、咏怀等题材。艺术风格上,或高华,或慷慨,或沉郁,或哀婉,堪称建安诸子之冠,对魏晋文人拟乐府、文人徒诗五言创作影响深远。胡应麟《诗薮》卷二说:“陈思而下,诸体毕备,门户渐开。”“《鰕䱇篇》,太冲《咏史》所自出也;《远游篇》,景纯《游仙》所自出也;‘南国有佳人’等篇,嗣宗诸作之祖;‘公子敬爱客’等篇,士衡群制之宗。诸子皆六朝巨擘无能出其范围,陈思所以独擅八斗也。”“备诸体于建安者,陈思也。”五言至此,堂庑始大,王世懋《艺圃撷余》说:“古诗,两汉以来曹子建出而始为宏肆,多生情态,此一变也。”

诗之外，曹植在建安诸子中文、赋兼工，吴质《答东阿王书》赞其："实赋颂之宗，作者之师。"其赋今存47篇，题材、风格极多样，如游览、行旅、节物、咏物、出妇、愁怀等。前期多游览、咏物之篇，如《登台赋》《节游赋》《娱宾赋》《芙蓉赋》等。后期则多屈抑感伤愁怀之篇，如《迁都赋》《闲居赋》《叙愁赋》《怀亲赋》《潜志赋》等，体现了此期抒情小赋所能达到的最高艺术成就。名篇《洛神赋》之华彩富艳既充分体现了"诗赋欲丽"的时代风貌，又继承了楚辞的悲哀怨抑、幽深迷离的艺术风貌，对庾信后期的辞赋创作有直接影响。

名 篇 赏 析

鰕䱇篇

【题解】

"鰕"同"虾"，"䱇"同"鳝"。《鰕䱇篇》，北宋郭茂倩《乐府诗集》归入"相和歌辞"中的"平调曲"，云"一曰《鰕䱇篇》。吴兢《乐府解题》曰：'曹植拟《长歌行》为《鰕䱇》。'"据《古今乐录》的记载，平调有七曲，分别为《长歌行》《短歌行》《猛虎行》《君子行》《燕歌行》《从军行》《鞠歌行》。曹植此篇取《长歌行》之曲而自创新题，并以首句"鰕䱇"二字为题，故曰《鰕䱇篇》。

鰕䱇游潢潦[1]，不知江海流。
燕雀戏藩柴[2]，安识鸿鹄游[3]。
世士诚明性[4]，大德固无俦[5]。
驾言登五岳[6]，然后小陵丘。
俯观上路人[7]，势利惟是谋。
高念翼皇家[8]，远怀柔九州[9]。
抚剑而雷音，猛气纵横浮。
泛泊徒嗷嗷[10]，谁知壮士忧。

（赵幼文《曹植集校注》卷三，中华书局，2016年版）

【注释】

[1] 潢潦：地上积留的雨水。潢：积水池。潦：雨水。
[2] 藩柴：篱笆。
[3] 安：哪里，哪能。鸿鹄：天鹅。

[4] 世士诚明性：一作“世事此诚明”。世士：志士，君子。诚：真。明：明白，懂得。性：理。

[5] 俦：相比。

[6] 言：语助词，无实义。

[7] 上路人：在路上奔走营私的人。

[8] 高：热烈。念：想。翼：辅助。

[9] 远：深远。怀：心中想。柔：安定，平息。九州：天下。

[10] 泛泊：飘荡，指那些随波逐流的人。徒：只。嗷嗷：嗷叫声。

【分析】

这首诗作于太和年间，抒发为国建功之志。首四句连用两个典故，“鰕䱇”本宋玉《对楚王问》：“尺泽之鲵，岂能与之量江海之大哉！”“燕雀”则出自《史记·陈涉世家》：“陈涉太息曰：‘嗟呼，燕雀安知鸿鹄之志哉！’”不仅如此，又隔句用对。第三句与第一句对，第四句与第二句对。结构工整，一气直下。首四句以比兴手法开端，“鰕䱇”“燕雀”以喻小人，“江海”“鸿鹄”以喻志士：鰕䱇只会在小水沟里游窜，怎知江流大海的广阔？小燕雀只会在藩篱间嬉戏，又怎知鸿鹄之一举千里！随后以“世士”自比：高尚的品德本就是其他东西无法比拟的，自己甘愿做有担当和远见的志士。

“驾言登五岳”笔势忽然宕开，使人联想到曹植傲然独立于山顶之上，与天地相通，任清风拂袖的场景，脱俗之感迎面而来，承上“世士”，启下“上路人”，并形成了鲜明的对比。观海知河沟之浅，俯观知九州之狭，登五岳知丘陵之小，而那些趋利附势的人却本末倒置，只见小我而不识大局，埋头奔走于不归路。曹植能“俯观上路人”，透出了人格境界之高下，展现出开阔的胸襟和远大的理想，以及不同流合污的自觉。

“高念翼皇家，远怀柔九州”道出了诗人的愿望，表明自己有辅助皇室安定天下的愿望，并无篡位的企图。甚至愿望被打压得愈久，便愈强烈。终于在临尾时迎来了一个爆发点。诗人手按利剑发出雷鸣般的怒号，凶猛的气势足以纵横四海。“抚剑”二句包含的是期待，也有愿而不得的愤懑。

结尾情势急下，转入现实的忧伤。“泛泊徒嗷嗷”，小人嚷嚷嘈杂，而壮士独忧，颇有众人皆醉我独醒的孤独。以“壮士”自许也不无对朝士的鄙夷。曹植的壮士之“忧”有两个层面的内涵：一是为国忧，二是为己忧。一直等到魏明帝继位，曹植也没有等来施展抱负的机会。多次上疏求自试，换来的也只是敷衍和“必知为朝士所笑”的结局。

全诗通篇结构阔大，情绪的起伏与语气的急缓如水波般高低交替，变化丰富，转折自然。

吁嗟篇

【题解】

“吁嗟”，叹词。《吁嗟篇》为乐府诗，北宋郭茂倩将其收入《乐府诗集·相和歌辞·清调曲》。清丁晏《曹植诠评》考证：“《乐府》三十三云：曹植拟《苦寒行》为《吁嗟》。《魏志·本传》注作琴瑟调歌辞。《御览》五百七十三作琴调歌。《韵补》二作琴瑟歌。《诗纪》云：《选诗拾遗》作瑟调《飞蓬篇》。”

吁嗟此转蓬[1]，居世何独然[2]！
长去本根逝，宿夜无休闲[3]。
东西经七陌[4]，南北越九阡[5]。
卒遇回风起[6]，吹我入云间[7]。
自谓终天路[8]，忽然下沉泉[9]。
惊飙接我出[10]，故归彼中田[11]。
当南而更北，谓东而反西。
宕宕当何依[12]？忽亡而复存。
飘飖周八泽[13]，连翩历五山[14]。
流转无恒处，谁知吾苦艰！
愿为中林草[15]，秋随野火燔[16]。
糜灭岂不痛[17]？愿与根荄连[18]。

（赵幼文《曹植集校注》卷三，中华书局，2016年版）

【注释】

[1] 转蓬：秋天干枯后随风转动的蓬草。

[2] 居世：在世。独然：孑然孤独之貌。

[3] 宿夜：日夜。

[4] 七：谓多。陌：田间东西向的小路。

[5] 九：谓多。阡：田间南北向的小路。

[6] 卒：突然。回风：旋风。

[7] 云间：喻封侯。

[8] 天路：喻入朝为佐臣。

[9] 沉泉：深渊。喻屡遭打击，甚至有性命之危。

[10] 惊飙：突来的狂风。

[11] 中田：田中。

[12] 宕宕：游荡无依。

[13] 周：环绕。八泽：有两说。一说为八泽。《淮南子·墬形训》：“自东北方曰大泽、曰无通；东方曰大渚、曰少海；东南方曰具区、曰元泽；南方曰大梦、曰浩泽；西南方曰渚资、曰丹泽；西方曰九区、曰泉泽；西北方曰大夏、曰海泽；北方曰大冥，曰寒泽……八纮、八殥、八泽之云，以雨九州而和中土。”二说为八薮。《汉书·严助传》：“以四海为境，九州为家，八薮为囿，江汉为池。”颜师古注：“八薮，谓鲁有大野、晋有大陆、秦有杨汙、宋有孟诸、楚有云梦、吴越之间有具区、齐有海隅、郑有圃田。”

[14] 历：游历。五山：有三说。一说见《列子·汤问》：“其中有五山焉。一曰岱舆、二曰员峤、三曰方

壶、四曰瀛洲、五曰蓬莱。其山高下周旋三万里，其顶平处九千里。山之中间相去七万里，以为邻居焉。”二说见《史记·孝武本纪》：“天下名山八，而三在蛮夷，五在中国。中国华山、首山、太室、泰山、东莱，此五山黄帝之所常游，与神会。”三说为五岳，即中岳嵩山、东岳泰山、西岳华山、南岳衡山、北岳恒山。

[15] 中林：林中。

[16] 燔：焚烧。

[17] 糜灭：毁灭。

[18] 荄：根。

【分析】

这首诗延续了汉乐府寓言诗的传统和比兴手法。“吁嗟此转蓬”两句总领全诗，以感叹引出转蓬的艰难处境。“长去本根逝”两句从蓬草开始离根流浪时叙起，日夜无处停歇，漂泊之感渐浓。

接下来，诗人描绘了一幅蓬转图：向东西飘过七条路，又游荡南北九条道，这时的转蓬乘着徐风悠飞，速度稳定，节奏较为平缓。突然，蓬草被一阵回旋的狂风卷入云间，似乎要到达天的顶端，又猛然被怪力拖下深渊，在即将触底时再被惊风托起，吹回了田中平地。东西南北、天地上下，八句之间，两句一急转，“卒”“忽然”“惊”的衔接有三重效果：一是在结构上转折醒目；二是外部环境变化的突然；三是透出转蓬内在心灵的震颤和惊慌。转蓬的内在视角得以呈现，同时，第一人称“我”的引入，以拟人的手法吐露心声，“我”的身上同时显现出曹植和转蓬的影子。诗中蓬草的行迹正与曹植一生的起落相符。

诗的后半段也是曹植人生后半段艰难处境的真实写照。“当南而更北，谓东而反西”说的是事事与愿相违，与上文“东西经七陌，南北越九阡”形成了鲜明的对比。“而”字构成转折兼对仗，形式上起到了强调作用。“飘飖周八泽，连翩历五山”，喻迁徙不断。“飘飖”和“连翩”都是叠韵词，在音律上加强了漫漫无期的连绵之感。由七陌、九阡而至八泽和五山，转蓬的心境也更加慌乱不安。“宕宕当何依”“谁知吾苦艰”可谓伤心之语。与开头相呼应，“愿为中林草”也是诗人回顾一生后对自己的人生道路予以的否定，是诗人承受了极大的悲伤和绝望之后作出的选择：宁愿承受烈火燔烧之痛，以自我毁灭换来与根同在的结局。转蓬对根的渴望之中寄托了曹植对父子人伦之情的渴慕。

远游篇

【题解】

北宋郭茂倩《乐府诗集》收此诗入《杂曲歌辞》：“《楚辞·远游》章句曰：‘悲时俗之迫厄兮，愿轻举而远游。质菲薄而无因兮，焉托乘而上浮。’王逸云：‘《远游》者，屈原之所作也。屈原履方直之行，不容于世，困于馋佞，无所告诉，乃思与仙人俱游戏，周历天地，无所不至焉。’周王褒又有《轻举篇》，亦出于此。”《艺文类聚》卷七八收此诗“灵鳌戴方丈”八句为《远游诗》。

远游临四海[1],俯仰观洪波。
大鱼若曲陵[2],乘浪相经过。
灵鳌戴方丈[3],神岳俨嵯峨[4]!
仙人翔其隅[5],玉女戏其阿[6]。
琼蕊可疗饥[7],仰首漱朝霞[8]。
昆仑本吾宅[9],中州非我家[10]。
将归谒东父[11],一举超流沙[12]。
鼓翼舞时风[13],长啸激清歌。
金石固易弊[14],日月同光华[15]。
齐年与天地,万乘安足多[16]!

（赵幼文《曹植集校注》卷三,中华书局,2016 年版）

【注释】

[1] 四海：古时认为中国四面为海。

[2] 曲陵：喻大鱼脊背弯曲如山陵。

[3] 鳌：龟。《列子·汤问》:“渤海之东不知几亿万里,有大壑焉,实惟无底之谷,其下无底,名曰归墟。八纮九野之水,天汉之流,莫不注之,而无增无减焉。其中有五山焉：一曰岱舆、二曰员峤、三曰方壶、四曰瀛洲、五曰蓬莱。其山高下周旋三万里,其顶平处九千里。山之中间相去七万里……而五山之根无所连著,常随潮波上下往返,不得暂峙焉。仙圣毒之,诉之于帝。帝恐流于西极,失群仙圣之居,乃命禺强使巨鳌十五举首而戴之。迭为三番,六万岁一交焉。五山始峙而不动。”方丈：神山。《史记·秦始皇本纪》:“齐人徐市等上书,言海中有三神山,名曰蓬莱、方丈、瀛洲,仙人居之。”

[4] 神岳：指方丈。俨：昂首,在这里是高的意思。嵯峨：山势高峻的样子。

[5] 隅：角落,地方。

[6] 玉女：仙女。阿：曲隅,山的角落。

[7] 琼蕊：琼树的花蕊,一说为玉屑。张衡《西京赋》:“屑琼蕊以朝餐,必性命之可度。”

[8] 漱朝霞:《楚辞·远游》:“餐六气而饮沆瀣兮,漱正阳而含朝霞。”

[9] 昆仑：神话中的仙山。张守节《史记正义》云:“《海内经》云昆仑去中国五万里,天帝之下都也。其山广袤百里,高八万仞,增城九重,面九井,以玉为槛,旁有五门,开明兽守之。”

[10] 中州：中国。

[11] 谒：拜见。东父：东王父,神话中的男神。《十洲记》:“扶桑在碧海之中,地方万里,上有太帝宫,太真东王父所治处。”流沙：西域地名,在居延海。《尚书·禹贡》:“导弱水至于合黎,余波入于流沙。”

[12] 超：越过。流沙：沙漠。

[13] 鼓：挥动,扇动。翼：翅膀。时风：即时的风。

[14] 弊：破损。

[15] 光华：光芒,光辉。

[16] 万乘：天子兵车万乘,指天子。

【分析】

“远游临四海，俯仰观洪波”二句一出，即开辟出一片无垠的空间，置身于此，心胸顿觉开阔。“四海”“洪波”的宏大景致和“俯仰”纵览的极致视野也从侧面显现出诗人同样宽广的心境，心有大怀方能赏天地之美，心有所往而能从容远游。“大鱼”二句从《逍遥游》中化出，大鱼弯曲如山陵的脊背露出海面，乘浪浮游。

“灵鳌”句化用了《列子·汤问》中巨鳌顶五山的神话传说，不仅与游仙的语境相符，更增添了神秘色彩，且自然地过渡到海上仙山。神山高峻巍峨，仙人和玉女在此嬉游。八句贯读，由“远游”而至海边，而至神岳，视角由平视转为仰视，再俯视，见仙人、玉女，由宏观转为细视，充分展现出遨游、畅游的自由感。“食琼蕊”“漱朝霞”是游仙也是骚赋中的常见意象，《楚辞·远游》“餐六气而饮沆瀣兮，漱正阳而含朝霞”，张衡《西京赋》“屑琼蕊以朝餐，必性命之可度”。

“昆仑本吾宅，中州非我家”是游览仙境后的感慨。曹植在现实世界中抑郁不得志，身为皇子不得尽忠国事，被胞兄排挤，遭任儿防备，只有谗言和孤苦相伴。这种压抑感转化为游仙世界的幻想：东游拜谒东王父，西举越流沙，何其自由！脚戴镣铐，心仍可翱翔。对于远游的想象，使诗人的心灵迸发出蓬勃的能量。“鼓翼舞时风，长啸激清歌”两句情绪高涨，气势磅礴：大拍羽翼舞起狂风，激昂长啸与浊世诀别，风与歌里的是世不容我的悲哀与豪壮，正如钟嵘《诗品》所谓“骨气奇高”。“金石”四句将人间与仙境进行比较，意在表示对世间荣华的轻视，展现出清醒的洒脱和超越的淡然：最坚硬的金石都比不上日月长久，天子的尊位也比不上与天地同命的珍贵。然而，诗人远游不返何尝不是无奈之举，这种比较或许也是一种愤懑无果的自我宽慰。

赠徐幹

【题解】

徐幹，字伟长，建安七子之一，是曹植的好友，著有《中论》。曾任司空军谋祭酒掾属、五官中郎将文学，卒于建安二十二年(217)。《三国志·魏书》注引《先贤行状》：“幹清玄体道，六行修备，聪识洽闻，操翰成章，轻官忽禄，不耽世荣。建安中，太祖特加旌命，以疾休息。后除上艾长，又以疾不行。”从“蓬室”诸语来看，此诗或作于“以疾休息”之时。

惊风飘白日，忽然归西山。
圆景光未满[1]，众星粲以繁。
志士营世业，小人亦不闲[2]。
聊且夜行游，游彼双阙间[3]。
文昌郁云兴[4]，迎风高中天[5]。
春鸠鸣飞栋[6]，流猋激棂轩[7]。

顾念蓬室士[8],贫贱诚足怜[9]。
薇藿弗充虚[10],皮褐犹不全[11]。
慷慨有悲心[12],兴文自成篇[13]。
宝弃怨何人？和氏有其愆[14]。
弹冠俟知己[15],知己谁不然[16]。
良田无晚岁[17],膏泽多丰年[18]。
亮怀玙璠美[19],积久德愈宣[20]。
亲交义在敦[21],申章复何言[22]！

(赵幼文校注《曹植集校注》卷一,中华书局,2016 年版)

【注释】

[1] 圆景：指月。此句指弯月当空。

[2] 小人：与“志士”相对,指世俗蝇营狗苟之人。一说是曹植的自谦之词。

[3] 双阙：文昌殿外两侧的楼观。

[4] 文昌：正殿名。郁：盛貌。此句形容文昌殿之雄伟,有云气升腾之势。

[5] 迎风：观名,李善注引《地理书》:“迎风观在邺。”中天：半天。此句形容迎风观之高大,直入半空。

[6] 飞栋：高耸的屋梁。

[7] 猋：通“飙”,暴风,旋风。棂：窗格。轩：有窗的长廊。

[8] 蓬室：草房。蓬室士：贫士,指徐幹。

[9] 贫贱：古时以“贫”形容经济层面的不足,以“贱”形容社会地位的卑下。

[10] 薇：草本植物,又名“野豌豆”。藿：豆类植物的叶子。充虚：充饥。

[11] 皮褐：李善注引《淮南子》:“贫人冬则羊裘短褐,不掩形也。”曹植《杂诗》“毛褐不掩形,薇藿常不充”同此,谓食不果腹,衣不蔽寒。

[12] 慷慨：同“忼慨”。李善注：“《说文》曰：‘忼慨,壮士不得志于心也。’”

[13] 兴文：创作文章。指徐幹写成《中论》一书。

[14] 和氏：典出《韩非子·和氏篇》:“楚人和氏得玉璞楚山中,奉而献之厉王。厉王使玉人相之,玉人曰：‘石也。’王以和为诳,而刖其左足。及厉王薨,武王即位,和又奉其璞而献之武王。武王使玉人相之,又曰：‘石也。’王又以和为诳,而刖其右足。武王薨,文王即位,和乃抱其璞而哭于楚山之下,三日三夜,泣尽而继之以血。王闻之,使人问其故,曰：‘天下之刖者多矣,子奚哭之悲也！’和曰：‘吾非悲刖也,悲夫宝玉而题之以石,贞士而名之以诳,此吾所以悲也。’王乃使玉人理其璞而得宝焉。遂命曰‘和氏之璧’”。曹植以宝喻徐幹,以和氏喻知音。愆：过错。

[15] 弹冠：典出《汉书·王吉传》:“吉与贡禹为友,世称：‘王阳在位,贡公弹冠’,言其取舍同也。”谓待好友显达后,自己便可弹掉帽子上的灰准备做官。俟：等待。这句的意思是等知己的援引。

[16] 不然：不是这样。

[17] 晚岁：歉收。

[18] 膏泽：肥沃有水的土地。

[19] 亮：相信。玙璠：美玉,喻有美好品德的人。

[20] 愈：更加。宣：显著。

[21] 亲交：亲近的好友。义：情义。敦：笃厚

[22] 申章：指赠此诗。

【分析】

曹植诗工于起调，又长于炼字，一“惊”一“飘”便把风吹落日时刻的寻常之景描绘得既奇且急，时光飘忽易逝之感顿出。不仅如此，四句以比兴手法出之，刘履《选诗补注》认为这是政治的影射：“言惊风飘日，忽归西山，以比董卓作乱，献帝播迁，汉室由此而倾也。圆景未满，而众星以繁，以魏之基业未集，而一时群臣已翕然辅佐之。”由此为下文劝勉徐幹埋下伏笔：现在正是星火燎原、百废待兴之时，对徐幹而言是实现价值的好机会。同时又与“志士营世业，小人亦不闲”的感慨衔接。

随之转入“夜行游”，诗也迎来了一个高潮：宫殿楼观直入云天，夜色也不能掩盖其勃勃生气。“春鸠鸣飞栋，流猋激棂轩”两句承上启下，狂风拍打廊窗、风鸣而鸟和的激烈场景承继了“文昌郁云兴，迎风高中天”的气势之高盛。同时，这种外界交杂的视听刺激也正感染着曹植的内心，暗示出他的复杂思绪。当此极乐繁华之时，诗人心里忽然兴起对朋友的顾念之思。“文昌郁云兴”四句与“顾念蓬室士”四句相对，一扬一抑，一起一落，“文昌”“迎风”的富贵与“薇藿”“皮褐”的贫贱形成对照。

接下来两句是对徐幹的赞叹和欣赏，且用“和氏璧”与“弹冠”的典故感叹贤才之难遇。宝玉难遇和氏，和氏亦难遇知音。“知己谁不然?”有识得之人不易，而即便有，也仍困难重重。曹植以宝玉喻徐幹，以和氏喻知己，在此也是表示自己愿做徐幹的知音，但限于能力爱莫能助。最后“良田无晚岁，膏泽多丰年”劝慰朋友，相信徐幹这块美玉的德行一定会更加显著美好，终会为人赏识。末句点题，赠诗传情。

总览全诗，诗中所绘之景有如惊风斜日、繁星灿月、高楼琼宇、鸟与风鸣，皆呈现出宏大的气势。这种景象的基调不仅呼应着诗中与徐幹的情谊之深厚，同时也和曹植劝勉好友时所展现的积极心态、参与建业的雄心壮志相称，正体现了曹植前期的创作特征：意气风发，任才使气。

七　哀

【题解】

关于“七哀”之题，历来颇多歧解，吕向注《文选》云：“七哀，谓痛而哀、义而哀、感而哀、怨而哀、耳目闻见而哀、口叹而哀、鼻酸而哀也。”葛立方《韵语阳秋》：“《七哀》诗起曹子建，其次则王仲宣、张孟阳也。子建之《七哀》，哀在于独楼之思妇。仲宣之《七哀》，哀在于弃子之妇人。张孟阳之《七哀》，哀在于已毁之园寝。”李治《敬斋古今黈》：“大抵人之七情，有喜、怒、哀、乐、爱、恶、欲之殊。今而哀戚太甚，喜、怒、爱、恶等悉皆无有，惟有一哀而已，故谓之七哀也。不然，何不云六，云八，而必曰七哀乎。”《文选》将此诗列入“哀伤”，题为《七哀》，《宋书·

乐志》作《明月诗》,《玉台新咏》作《杂诗》,《乐府诗集》列于相和楚调曲,题为《怨诗行》,载两首,一首为晋乐所奏,一首为本诗。

明月照高楼,流光正徘徊。
上有愁思妇,悲叹有余哀。
借问叹者谁,言是宕子妻[1]。
君行逾十年[2],孤妾常独栖[3]。
君若清路尘,妾若浊水泥。
浮沉各异势,会合何时谐?
愿为西南风[4],长逝入君怀[5]。
君怀良不开[6],贱妾当何依!

(赵幼文《曹植集校注》卷二,中华书局,2016年版)

【注释】

[1] 言是:一作“自云”。宕:或作“客”“荡”。

[2] 逾:超过。

[3] 栖:居留,居住。

[4] 西南风:刘履《风雅翼》:“此篇亦在雍丘所作,故有‘愿为西南风’之语。按:雍丘即今汴京之陈留县,当魏都西南云。”

[5] 逝:去,往。

[6] 良:确实。

【分析】

诗以起兴开篇,“明月”和“高楼”并非简单交代时间地点,“明月”见对月怀人,“高楼”见登高盼人,首句既是写景,也将读者带入了诗的场景之中,且暗示着主题。“明月照高楼”,正因人难眠,月光才更显得明亮。流光在徘徊,月下之人在徘徊,人心也在徘徊。之后“愁思妇”登场,“悲叹有余哀”的那种哀思回转与“流光正徘徊”的月光之徘徊正相呼应。

接下来,通过“借问”和“言是”的问答转换视角,进入叙事:丈夫离开远游十余年,“我”一人孤独度日。这里自述的四句先君后妾,两次君妾分述,再次从结构上强调两人的分隔之深。此外,诗人还用到了两个非常生动的比喻,将君比作“清路尘”,将妇比作“浊水泥”。其实尘与泥本是一样的,不过尘会四处飞扬,而泥却固然不动,如此便有了天壤之别。尘轻泥沉,尘“清”泥“浊”,夫君飘得和路尘一样远,轻得洒脱自由,而可怜妇人却束身于泥泞中无法脱离,尽管妇人明白二人已是情势不同,难以重归旧好,却仍愿意化作西南风,吹至夫君的怀抱,思痴且奇。

此诗作于黄初年间,曹丕称帝后仍视曹植为威胁,故曹植屡遭削爵迁贬。黄初六年(225),曹植邑三千户,相比曾于建安二十二年(217)邑万户的风光,处境可想而知。曹植作《七哀》,何尝不是借妇人之口说自己的故事？葛立方在《韵语阳秋》中说曹植的《七哀》哀在思妇，但是，诗末的“君怀良不开”并非凭空而来的担忧，这不仅是思妇，其实也是弃妇。对曹植而言，诗中的夫妇之情是手足之情，也是君臣之义，作为弃臣、弃弟的自己十分思君思兄。回想诗中“清路尘”和“浊水泥”的关系，又怎么不会使人联想到《七步诗》里的“本是同根生，相煎何太急”呢？曹植在此以“贱妾”自称是主动示弱示好的表现，而诗中妇人在这段关系中也是处于劣势但自愿弥合裂痕的一方。“君怀良不开，贱妾当何依？”对狠心抛弃自己的丈夫，却自始至终没有怨恨，甚至没有放弃想依靠的念头。于曹植而言，潜台词便是自己从无自立门户与君相抗的非分之想。

《七哀》全篇音调和谐委婉，语言朴素精到，情感真诚动人。整体风格统一，表达得十分婉转真切。这个时期的曹植已备受挫折，相比怒和怨，《七哀》所流露的更多是悲愁。

洛神赋

【题解】

洛神，伏羲之女，溺死洛水为洛水之神。《文选》李善注：“《邺中记》曰：‘魏东阿王，汉末求甄逸女，既不遂，太祖回与五官中郎将。植殊不平，昼思夜想，废寝与食。黄初中入朝，帝示植甄后玉镂金带枕。植见之，不觉泣。时已为郭后谗死。帝意亦寻悟，因令太子留宴饮，乃以枕赉植。植还，度轘辕，少许时，将息洛水上，思甄后。忽见女来，自云：“我本托心君王，其心不遂。此枕是我在家时从嫁前与五官中郎将，今与君王。遂用荐枕席，欢情交集，岂常辞能具。为郭后以糠塞口，今被发，羞将此形貌重睹君王尔！”言讫遂不复见所在。遣人献珠于王，王答以玉佩，悲喜不能自胜，遂作《感甄赋》。后明帝见之，改为《洛神赋》。’”对此历代学者已作出批驳：一、曹植与甄后年龄相差过大，曹植在甄氏嫁给袁熙时尚不足八岁，在曹丕纳甄氏为妻时只有十三岁，如何与年长自己五岁的兄长争夺大自己十岁的妇人？二、甄后死于黄初三年(222)，正值兄弟关系异常紧张之时，曹丕对曹植有杀意，不可能将妻子的遗物送给曹植，曹植更不敢当面对物怀人；三、甄氏对曹植而言是君后，是兄嫂，曹植不可能作非分之想；四、如果此赋为感甄而作，则是对明帝生母的不敬，明帝又为何会保留此赋，仅修改其名呢？

因此，《洛神赋》为感甄而作且原名《感甄赋》一说乃无稽之谈。此赋应如序所言，乃黄初三年(222)，行至洛水拟《神女赋》而作，借洛神抒怀，悲君臣之义，哀骨肉之情。

黄初三年[1]，余朝京师[2]，还济洛川[3]。古人有言，斯水之神名曰宓妃[4]。感宋玉对楚王说神女之事[5]，遂作斯赋。其词曰：

余从京域[6]，言归东藩[7]。背伊阙[8]，越轘辕[9]，经通谷[10]，陵景山[11]。日既西倾，车殆马烦[12]。尔乃税驾乎蘅皋[13]，秣驷乎芝田[14]，容与乎阳林[15]，流眄乎洛川[16]。于是精移神骇，忽焉思散[17]，俯则未察[18]，仰以殊观[19]。睹一丽人，于岩之畔。乃援御者而告之曰[20]：

"尔有觌于彼者乎[21]？彼何人斯[22]？若此之艳也!"御者对曰:"臣闻河洛之神,名曰宓妃。然则君王之所见也[23],无乃是乎[24]？其状若何？臣愿闻之。"

余告之曰:其形也,翩若惊鸿,婉若游龙[25]。荣曜秋菊,华茂春松[26]。仿佛兮若轻云之蔽月[27],飘飖兮若流风之回雪[28]。远而望之,皎若太阳升朝霞,迫而察之,灼若芙蕖出渌波[29]。秾纤得衷,修短合度[30]。肩若削成,腰如约素[31]。延颈秀项,皓质呈露[32]。芳泽无加,铅华弗御[33]。云髻峨峨,修眉联娟[34]。丹唇外朗,皓齿内鲜[35]。明眸善睐[36],靥辅承权[37]。环姿艳逸,仪静体闲[38]。柔情绰态,媚于语言[39]。奇服旷世,骨像应图[40]。披罗衣之璀粲兮,珥瑶碧之华琚[41]。戴金翠之首饰,缀明珠以耀躯。践远游之文履,曳雾绡之轻裾[42]。微幽兰之芳蔼兮,步踟蹰于山隅[43]。

于是忽焉纵体[44],以遨以嬉。左倚采旄,右荫桂旗[45]。攘皓腕于神浒兮,采湍濑之玄芝[46]。余情悦其淑美兮,心振荡而不怡[47]。无良媒以接欢兮[48],托微波而通辞。愿诚素之先达兮,解玉佩以要之[49]。嗟佳人之信修兮,羌习礼而明诗[50]。抗琼珶以和予兮,指潜渊而为期[51]。执眷眷之款实兮,惧斯灵之我欺[52]！感交甫之弃言兮[53],怅犹豫而狐疑。收和颜而静志兮,申礼防以自持[54]。

于是洛灵感焉,徙倚彷徨[55]。神光离合,乍阴乍阳[56]。竦轻躯以鹤立,若将飞而未翔[57]。践椒涂之郁烈,步蘅薄而流芳[58]。超长吟以永慕兮,声哀厉而弥长[59]。尔乃众灵杂遝,命俦啸侣[60],或戏清流,或翔神渚[61],或采明珠,或拾翠羽。从南湘之二妃[62],携汉滨之游女[63]。叹匏瓜之无匹兮[64],咏牵牛之独处[65]。扬轻袿之猗靡兮[66],翳修袖以延伫[67]。体迅飞凫,飘忽若神。陵波微步,罗袜生尘[68]。动无常则,若危若安。进止难期,若往若还。转眄流精[69],光润玉颜。含辞未吐[70],气若幽兰。华容婀娜,令我忘餐。

于是屏翳收风,川后静波[71],冯夷鸣鼓,女娲清歌[72]。腾文鱼以警乘,鸣玉鸾以偕逝[73]。六龙俨其齐首,载云车之容裔[74]。鲸鲵踊而夹毂,水禽翔而为卫[75]。于是越北沚,过南冈,纡素领,回清阳[76]。动朱唇以徐言,陈交接之大纲[77]。恨人神之道殊兮,怨盛年之莫当[78]。抗罗袂以掩涕兮,泪流襟之浪浪[79]。悼良会之永绝兮,哀一逝而异乡[80]。无微情以效爱兮,献江南之明珰[81]。虽潜处于太阴,长寄心于君王[82]。忽不悟其所舍,怅神宵而蔽光[83]。

于是背下陵高[84],足往神留。遗情想像,顾望怀愁[85]。冀灵体之复形,御轻舟而上溯[86]。浮长川而忘返[87],思绵绵而增慕。夜耿耿而不寐,沾繁霜而至曙[88]。命仆夫而就驾,吾将归乎东路。揽騑辔以抗策,怅盘桓而不能去[89]。

(赵幼文《曹植集校注》卷二,中华书局,2016 年版)

【注释】

[1] 黄初三年:黄初为魏文帝曹丕年号,黄初三年为公元 222 年。

[2] 朝:朝见。京师:国都,这里指洛阳。

[3] 济:渡,过。洛川:洛水,经洛阳入黄河。顾祖禹《读史方舆纪要》:"洛水,在(河南)府南十五里。源

出陕西商州冢岭山,经卢氏、宜阳而入(洛阳)县境,又东经偃师县,至巩县西北而入于河。”

[4] 斯:此,这。宓妃:“宓”音“伏”。传说为伏羲氏之女,溺死洛水为洛水之神。

[5] 宋玉:字子渊,战国时楚人,善辞赋。宋玉对楚王说神女之事:指宋玉《神女赋》《高唐赋》中答楚襄王有关神女的事。《神女赋》序:“楚襄王与宋玉游于云梦之浦,使玉赋高唐之事。其夜,玉寝,果梦与神女遇,其状甚丽,玉异之,明日以白王。”

[6] 京域:京都地区,指洛阳。

[7] 言:语气助词,无实义。藩:王侯的封国。其时曹植封鄄城,鄄城在洛阳之东,故称东藩。

[8] 背:背向。伊阙:山名,又名龙门、阙塞,在今洛阳南。《读史方舆纪要》:“阙塞山,在河南府西南三十里,亦曰龙门,亦曰伊阙山。”

[9] 轘辕:山名,在今河南偃师东南。赵幼文《曹植集校注》引洪氏《图志》:“轘辕,山名,在偃师县东南,接巩、登封二县界,上有关。今河南偃师县东南,巩县西南,登封县西北。”

[10] 通谷:又名大谷,《读史方舆纪要》:“大谷,(河南)府东南五十里。亦曰大谷口。”

[11] 陵:登。景山:山名,在今河南偃师南。

[12] 殆:疲惫困乏。烦:劳累。

[13] 尔乃:于是。税驾:停车放马。乎:于。蘅皋:长有香草的水边。

[14] 秣驷:喂马。芝田:长满芝草的地方。

[15] 容与:悠闲的样子。阳林:多长杨树的林地。

[16] 流眄:流转目光看。

[17] 精移神骇,忽焉思散:形容精神恍惚,思绪游离的样子。移,变。骇,动。

[18] 未察:没仔细看,没注意。

[19] 殊观:看到奇异美好的景象。

[20] 援:拉着。御者:驾车的人。

[21] 觌:见。

[22] 斯:语尾助词。

[23] 然则:连词,“那么”。

[24] 无乃:莫非。

[25] 翩:轻快。惊鸿:惊飞的天鹅。婉:婉软柔美。宋玉《神女赋》:“婉若游龙乘云翔,翩翩然若鸿雁之惊,婉婉然如游龙之升。”

[26] 荣:光华。曜:照耀。华:繁密。茂:旺盛。这两句意指洛神比秋菊美,比春松丰盈。朱穆《郁金赋》:“比光荣于秋菊,齐英茂于春松。”

[27] 仿佛:若隐若现的样子。

[28] 飘飖:飘荡摇曳的样子。

[29] 皎:明亮洁白。迫:接近。灼:鲜明。芙蕖:荷花。渌波:清波。

[30] 秾纤:肥瘦。修短:长短。得衷、合度:合宜,得当。

[31] 约素:紧束的白绢,形容腰身紧致细长,有曲线美。

[32] 延:长。颈、项:脖子,脖前为颈,脖后为项。皓质:洁白的肌肤。

[33] 芳泽:有香味的润发头油。铅华:化妆用的铅粉。弗御:不用。

[34] 云髻:云形发髻,发量丰足,发型优美。峨峨:高耸貌。修眉:细长的眉毛。联娟:微曲貌。

[35] 丹唇:红唇。朗:明亮。宋玉《神女赋》:“眉联娟以蛾扬兮,朱唇的其若丹。”

[36] 睐：看。

[37] 靥辅：酒窝。权：颧骨。这句指酒窝长在颧骨下面的脸颊上。

[38] 环：华美。仪：仪态举止。静：安静。体：形体姿态。闲：娴雅。

[39] 绰态：柔美舒缓的姿态。媚：可爱美好。

[40] 骨像应图：骨像，即骨相。图，古代有骨相图经之书。宋玉《神女赋》："骨法多奇，应君之相。"

[41] 罗衣：丝质的衣服。珥：戴。瑶、碧：美玉。华琚：刻有花纹的玉佩。

[42] 践：穿。文履：绣鞋。曳：穿着，拖着。雾绡：薄雾般的生丝织物。裾：衣服后襟。

[43] 微：隐隐。芳蔼：香气。踟蹰：徘徊。山隅：山的一角。

[44] 纵体：四肢舒展，身体轻举。

[45] 采旄：用旄牛尾装饰的彩旗。《楚辞·远游》："建雄虹之采旄兮，五色杂而炫耀。"桂旗：以桂木为杆的旗。《楚辞·九歌·山鬼》："乘赤豹兮从文狸，辛夷车兮结桂旗。"

[46] 攘：捋袖。神浒：神仙游玩的水边，指洛水。湍濑：石间急流。玄芝：黑灵芝。

[47] 淑美：善美。怡：怡悦。

[48] 接欢：联通欢心。

[49] 诚素：真诚的情意。要：同"邀"。

[50] 嗟：叹词。信：确实，真的。修：美好。羌：发语词。

[51] 抗：举起。琼珶：美玉。和：答。潜渊：深渊，指洛神居处。期：会。

[52] 眷眷：念念不忘的样子。款实：真情。斯灵：指洛神。我欺：欺我。

[53] 交甫：葛洪《神仙传》："江妃二女，游于江滨，逢郑交甫。交甫不知何人也，目而挑之，女遂解佩与之。交甫行数步，空怀无佩，女亦不见。"

[54] 申：用。礼防：礼法。

[55] 徙倚、彷徨：徘徊。《楚辞·远游》："步徙倚而遥思兮，怊惝怳而乖怀。"

[56] 离合：摇动晃荡。乍阴乍阳：忽暗忽明。

[57] 竦：耸立。

[58] 椒涂：椒泥铺就的芳香道路。蘅：杜衡，一种香草。薄：草丛生之地。

[59] 超：高。永慕：长久地爱慕。弥：更加。

[60] 杂遝：众多而杂乱的样子。命俦啸侣：呼朋唤友。命、啸：召唤。俦、侣：同伴。

[61] 渚：水中小洲。

[62] 南湘之二妃：指帝尧的女儿娥皇和女英。尧把二女嫁给禹。禹嗣位后，娥皇为后，女英为妃。刘向《列女传》"有虞二妃"条载："舜陟方，死于苍梧，号曰重华。二妃死于江湘之间，俗谓之湘君。"

[63] 汉滨之游女：即郑交甫在汉水旁所遇二女。

[64] 匏瓜：星名。《史记·天官书》："匏瓜，有青黑星守之。"司马贞索隐引《荆州占》："匏瓜，一名天鸡，在河鼓东。"阮瑀《止欲赋》："伤匏瓜之无偶，悲织女之独勤。"

[65] 牵牛：星名，与织女星相望，每年一会。

[66] 袿：女子的上衣。猗靡：随风轻飘状。

[67] 翳：遮掩。修：长。张衡《舞赋》："抗修袖以翳面。"延伫：久立。

[68] 陵波：踏波。罗袜：丝织的袜子。

[69] 流精：目光灵动有神。

[70] 含辞未吐：话含在嘴里，要说未说。

[71] 屏翳：风神，曹植《诰咎文》："河伯典泽，屏翳司风。"川后：水神。

[72] 冯夷：《楚辞》洪兴祖补注引《抱朴子·释鬼》："冯夷以八月上庚日渡河溺死，天帝署为河伯。"女娲：女帝，有女娲补天的传说。

[73] 腾：腾飞。文鱼：有翅膀和纹路的鱼。警乘：警戒保卫车乘。玉鸾：玉质鸟状车铃。《离骚》："扬云霓之晻蔼兮，鸣玉鸾之啾啾。"偕逝：一起前进。

[74] 六龙：神乘车驾六龙，《文选》李善注引《春秋命历序》曰："有神人，右耳苍色，大肩，驾六龙出辅，号曰神农。"俨：庄严貌。齐首：齐头并进。云车：神仙以云为车，《文选》李善注引《博物志》："汉武帝好道，西王母七月七日漏七刻，王母乘紫云车来。"容裔：安详从容的样子。

[75] 鲸鲵：鲸鱼，雄为鲸，雌为鲵。踊：踊跃。毂：车轮中心，这里指车。

[76] 沚：水中小陆。纡：回。素领：白颈。清阳：眉眼之间，指清秀的眉目。

[77] 徐言：慢语。交接：交往。大纲：纲常规定。

[78] 殊：异。莫当：独自一人，不能相配。

[79] 罗袂：丝袖。浪浪：泪流不止。

[80] 良会：指洛神与余的相会。逝：去。

[81] 无：持。效：致。明珰：明珠做的耳饰。

[82] 太阴：北方、北极之地。《淮南子·道应训》："卢敖游乎北海，经乎太阴。"高诱注："太阴，北方也。"《楚辞·九叹·远游》："选鬼神于太阴兮，登閶阖于玄阙。"君王：洛神所恋慕之人。一说指曹植。

[83] 不悟：不知道。舍：止。宵：消。蔽：隐藏。

[84] 背：离开。下：地势低的地方。陵：登上。高：地势高的地方。

[85] 遗：存留。顾：回头。

[86] 冀：希望。灵体：指洛神。复形：再次显形。溯：逆流而上。

[87] 长川：指洛水。

[88] 耿耿：辗转难眠的样子。曙：天亮。

[89] 騑辔：马的缰绳。《楚辞·九辩》："揽騑辔而下节兮，聊逍遥以相佯。"抗：举，扬。策：马鞭。盘桓：徘徊。

【分析】

《洛神赋》序自述是受洛水传说和宋玉《神女赋》的感发而作。与宋玉《神女赋》中"楚襄王"和宋玉角色相似，《洛神赋》中的"我"和御者构成了在场者，通过二人的对答自然地引出洛神，使本赋的故事性和完整性较《神女赋》更进一筹，讲述也更为动人。

第二段铺写洛神之美。连用惊鸿、游龙、秋菊、春松、轻云之蔽月、流风之回雪、太阳升朝霞、芙蕖出渌波等八个精彩绝伦的象喻，极写洛神之神韵。在"远而望之"和"迫而察之"的距离变换之后，转而进入具体刻画，由"秾纤得衷，修短合度"的整体特征到肩、腰、颈、发、五官等身体细节，视线从肩部以下向上移动，这一顺序的安排颇有巧思，好似美人隐于纱后，先现其轮廓，后真容随帘升渐露，最传神的"明眸"恰是最后登场，作点睛之笔。而读者受"翩若惊鸿，婉若游龙"十句的挑动，定是引颈以待。等洛神已示全貌，又退以通体欣赏："环姿艳逸，仪静体闲。柔情绰态，媚于语言。"

第三段写"我"心悦洛神又害怕背叛的迟疑。洛神美而不矜，清新脱俗，"我"与之结情后又担忧承诺只是洛神的虚言，遂强制心意。这样心动与心慌交杂、喜悦与忧虑共振的复杂心绪千年后仍令人感同身受，足见曹植对人情体悟之细腻，感受之敏锐。

第四段写人神的爱恋。洛神被拒后宛转徘徊，与首段“日既西倾”呼应。此时正值昼夜交替，洛神的神光被昏暗衬托得更加明亮。“神光离合，乍阴乍阳”，以此来显示洛神的慌心悸动。“超长吟以永慕兮，声哀厉而弥长”，洛神直切地表露真心，声音凄厉动人。随后描绘洛神凌波而立的绰约风姿，“陵波微步，罗袜生尘”二句写出了洛神超凡脱俗的美。

第五段写离别。宴席终散，“屏翳收风，川后静波”是暴风雨前的平静。离开不是洛神的本意，而是人神异途的宿命。冯夷击鼓，女娲伴歌，六龙驾车，鱼禽相护，场面的浩大与洛神的无力之间强弱碰撞，营造出戏剧性的悲壮感。洛神被裹挟而去，只能掩泪作最后的告白，尔后消失，好似从未出现。

最后一段写“我”寻洛神无果而返。洛神昙花一现，留“我”空怀想，一切仍历历在目却找不到一点痕迹。反观赋始，作者构拟凭虚之事，却像在叙实事；而在赋末，赋中人物亲历与洛神的悲欢离合，却只似幻梦一场。真假迷离两相叠，为《洛神赋》增添了几重神秘的面纱。一曲四转，曲终人散，赋也到此为止，然心有余波，怅然若失。

推荐阅读书目

1. 黄节《曹子建诗注》，中华书局2008年版。
2. 赵幼文《曹植集校注》，中华书局2016年版。

思考题

1. 谈谈曹植诗与建安风骨的关系。
2. 如何看待曹植在中古诗歌史上的地位？

第六章　阮　籍

本章概要

阮籍《咏怀八十二首》既是竹林玄音的代表，也是魏晋文人五言诗歌发展史上最为难解的一组作品。自颜延之以来，解注纷纷，牵强附会者众多。读阮籍之诗，不可离其世，又不可过分拘泥。就五言诗史而言，这一组作品上沿曹植《杂诗》，下启陶渊明《拟古》《饮酒》、庾信《拟咏怀二十七首》、陈子昂《感遇》、张九龄《感遇》一脉，影响深远。

一、阮籍生平述略

阮籍生于建安十五年(210)，卒于魏景元四年(263)，这一年司马昭三路伐蜀，蜀汉灭亡。两年后，曹魏政权为司马氏所取代。少年时期的阮籍也曾服膺儒学，自言“昔年十四五，志尚好诗书。被褐怀珠玉，颜闵相与期”(《咏怀八十二首》其十五)、“儒者通六艺，立志不可干。违礼不为动，非法不肯言”(《咏怀八十二首》其六十一)。但很快便走向幻灭，而幻灭的最直接源头则是魏晋易代之际的残酷现实。《晋书》本传：“籍本有济世之志，属魏晋之际，天下多故，名士少有全者，籍由是不与时事，遂酣饮为常。”即便如此，仍无法摆脱因盛名而被延揽的命运。甘露三年(258年)五月，曹髦下诏封司马昭为晋公，加九锡，阮籍在大醉之中写下了《为郑冲劝晋王笺》。

不同于嵇康的“刚肠嫉恶，遇事便发”(《与山巨源绝交书》)，阮籍则是“任性不羁，而喜怒不形于色”(《晋书·阮籍传》)的极端压抑的矛盾体。《世说新语·德行》说：“阮嗣宗至慎，每与之言，言皆玄远，未尝臧否人物。”然而他的喜怒与臧否还是有不能忍处，发而出之便是《咏怀诗八十二首》。臧荣绪《晋书》说：“籍拜东平相，不以政事为务，沉醉日多。善属文，初不苦思，率尔便成。作五言《咏怀》八十余篇，为世所重。”时局的险恶和迫促在诗中以一种极幽曲隐晦的方式流露出来，如《咏怀八十二首》其十六：

徘徊蓬池上，还顾望大梁。绿水扬洪波，旷野莽茫茫。走兽交横驰，飞鸟相随翔。是时鹑火中，日月正相望。朔风厉严寒，阴气下微霜。羁旅无俦匹，俯仰怀哀伤。小人计其功，君子道其常。岂惜终憔悴，咏言著斯章。

何焯《义门读书记》据“是时鹑火中”二句考证作于嘉平六年，司马师废魏帝曹芳为齐王，立高贵乡公曹髦。钟嵘《诗品》：“颇多感慨之词，厥旨渊放，归趣难求。颜延注解，怯言其志。”认为感慨之旨与易代之际颇相关。李善《文选注》：“嗣宗身仕乱朝，常恐罹谤遇祸，因兹发咏，故每有忧生之嗟。虽志在讥刺，而文多隐避，百代之下，难测其情。”也以世乱为“忧生之嗟”的最重要内涵。

可以说，竹林名士的放浪形骸、任性不羁正与时俗的迫厄相表里。龙性难驯的嵇康曾感慨：“何意世多艰，虞人来我维。云网塞四区，高罗正参差。奋迅势不便，六翮无所施。隐姿就长缨，卒为时所羁。”（《五言赠秀才入军诗》）《世说新语·伤逝》载王戎为尚书令，着公服，乘轺车，经黄公酒垆下过。顾谓后车客“今日视此虽近，邈若山河”，堪称一代名士的沉沦之叹。阮籍的压抑之感尤强，《咏怀八十二首》多忧惧之言：“萧索人所悲，祸衅不可辞”“嗟嗟涂上士，何用自保持”（其二十）、“愁苦在一时，高行伤微身”（其三十四）、“人知结交易，交友诚独难。险路多疑惑，明珠未可干。彼求飨太牢，我欲并一餐。损益生怨毒，咄咄复何言”（其六十九）。对于当世的浮华交游也多了一份冷眼看世的清醒，“季叶道凌迟，驰骛纷垢尘”（其七十四）、“秋驾安可学，东野穷路旁”（其七十六）、“百年何足言，但苦怨与愁”（其七十九）、“亲昵怀反侧，骨肉还相仇”（其七十二）。

与嵇康一样，阮籍也渴望着能如黄鹄般高飞远举：“鸿鹄相随飞，飞飞适荒裔。双翮临长风，须臾万里逝。朝餐琅玕实，夕宿丹山际。抗身青云中，网罗孰能制。”（其四十三）却又无法脱离尘网的羁绁。无奈之下，只能将高压之下对自由的渴望皆托之于游仙的世界，却又清醒地认识到求仙的幻灭：“采药无旋返，神倦志不符。逼此良可惑，令我久踌躇。”（其四十一）欲效法庄子的“曲直何所为，龙蛇为我邻”（其三十四），却又始终掩藏不住慷慨不羁之性，“感激生忧思”（其二）、“感慨怀辛酸，怨毒常苦多”（其十一）、“人情有感慨，荡漾焉能排。挥涕怀哀伤，辛酸谁语哉”（其三十七）。对于缤纷子、繁华子、夸毗子、佞邪子等更是冷眼鄙薄，所谓“外厉贞素谈，户内灭芬芳”（其六十七），诋訾颇似庄子。

阮籍无疑是魏晋时代最痛苦的诗人之一，他的“时率意独驾，不由路径，车迹所穷，辄痛哭而返”也打上了深刻的时代烙印，《咏怀诗八十二首》则是其全部心灵世界的袒露。

二、阮籍诗与《庄子》

魏晋被视为“文学的自觉”时代，而文学的自觉又以个体生命意识的觉醒为内核，《庄子·齐物论》：“与物相刃相靡，其行尽如驰而莫之能止，不亦悲乎！终身役役而不见其成功，苶然疲役而不知其所归，可不哀邪！”这种悲哀、幻灭之感也是魏晋名士风度的重要内涵之一，王濛登茅山大恸哭道：“琅邪王伯舆，终当为情死。”（《世说新语》）“大恸哭”与“情”皆感于生命之短暂。阮籍的忧生之嗟中也蕴含着这种不可排遣的焦虑感：“一日复一夕，一夕复一朝。颜色改平常，精神自损消。胸中怀汤火，变化故相招。万事无穷极，知谋苦不饶。但恐须臾间，魂气随风飘。终身履薄冰，谁知我心焦”（其三十三）、“出门望佳人，佳人岂在兹。……存亡有长短，慷慨将焉知。忽忽朝日隤，行行将何之。不见季秋草，摧折在今季”（其八十）、“人生乐长久，百年自言辽。白日陨隅谷，一夕不在朝”（其八十一），“朝为媚少年，夕暮成丑老。自非王子晋，谁能常美好”（其四）。这种无可化解的生命焦灼之感至陶渊明始得消解。

生命的自觉又与“情”的自觉互为表里，王戎所谓：“圣人忘情，最下不及情。情之所钟，正在我辈。”（《世说新语·伤逝》）魏晋名士的任情又蕴含着审美的人生态度，《世说新语·任诞》：“桓子野每闻清歌，辄唤：‘奈何！’谢公闻之曰：‘子野可谓一往有深情。’”阮籍也对生命有着大执着、大深情，《晋书》本传：“兵家女有才色，未嫁而死。籍不识其父兄，径往哭之，尽哀而还。”他的“哭”与“哀”是浪漫主义的，是对美好人物横遭夭厄的悲哀。《咏怀八十二首》中也多哀伤之语，“哀深伤人情”（其四十五）、“人情有感慨，荡漾焉能排。挥涕怀哀伤，辛酸谁语哉”（其三十七）、“谁云玉石同，泪下不可禁”（其五十四）、“岂有孤行士，垂涕悲故时”（其四十九）等。另一面，则是援引老、庄以释忧，希企达到“圣人忘情”的境界：“有悲则有情，无悲亦无思。……灰心寄枯宅，曷顾人间姿。始得忘我难，焉知嘿自遗”（其七十）、“哀深伤人情”“竟知忧无益，岂若归太清”（其四十五）等。

思想、情感之外，竹林名士的“越名教而任自然”（嵇康《释私论》）在阮籍的气质和行为中也有集中体现，史称其“才藻艳逸，而倜傥放荡，行己寡欲，以庄周为模则”（《三国志·魏书》）。不仅有“礼岂为我辈设邪”的狂语，又“能为青白眼，见礼俗之士，以白眼对之，由是礼法之士疾之若仇”（《晋书》）。体现在行文上，则是运庄旨入诗，如《咏怀八十二首》其四十六：“学鸠飞桑榆，海鸟运天池。岂不识宏大，羽翼不相宜。招摇安可翔，不若栖树枝。下集蓬艾间，上游园圃篱。但尔亦自足，用子为追随。”全用《逍遥游》之旨。然虽多涉老庄之理，却仍是形象和抒情的，如“悬车在西南，羲和将欲倾。流光耀四海，忽忽至夕冥。朝为咸池晖，蒙汜受其荣。岂知穷达士，一死不再生。视彼桃李花，谁能久荧荧”（其十八）、“妖冶闲都子，焕耀何芬葩。玄发发朱颜，睇眄有光华。倾城思一顾，遗视来相夸。愿为三春游，朝阳忽蹉跎。盛衰在须臾，离别将如何”（其二十七），皆通过繁华、憔悴的强烈对比抒发遗世、远世之旨。

意象上则大量运用神话传说，如“夏后乘灵舆，夸父为邓林。存亡从变化，日月有浮沉”（其二十二）、“朱鳖跃飞泉，夜飞过吴洲”（其二十八）、“应龙沈冀州，妖女不得眠”（其二十九），造成一种荒唐悠谬的风格。行文兴慨无端，忽然而起，戛然而止，奇诡似庄文，如“平昼整衣冠，思见客与宾。宾客者谁子，疏忽若飞尘”（其六十二）、“昔余游大梁，登于黄华颠。共工宅玄冥，高台造青天。幽荒邈悠悠，凄怆怀所怜”（其二十九）。然最终又仍能归之于“意”，王夫之所谓：“缓引夷犹，直至篇终，乃令意见。”（《古诗评选》卷四）

就风格而言，则是宏放纵肆，得《逍遥游》之旨，“危冠切浮云，长剑出天外。细故何足虑，高度跨一世”（其五十八）、“于心怀寸阴，羲阳将欲冥。挥袂抚长剑，仰观浮云征”（其二十一）、“朝起瀛洲野，日夕宿明光，再抚四海外，羽翼自飞扬”（其七十三），钟嵘《诗品》赞叹：“言在耳目之内，情寄八荒之表，洋洋乎会于风雅，使人忘其鄙近，自致远大。”沿曹植游仙诗而来，阮籍在《咏怀》诗中创造出更具超现实性的逍遥之境，如“东南有射山，汾水出其阳。六龙服气舆，云盖切天纲。仙者四五人，逍遥晏兰房。寝息一纯和，呼噏成露霜。沐浴丹渊中，照耀日月光”（其二十三），对郭璞的《游仙诗》有直接影响。

三、阮籍的诗歌艺术

较之建安诗坛的五言腾踊，正始时期的五言诗创作一度陷入低谷。阮籍的《咏怀诗八十二首》堪称这一低谷中的奇峰，并将正始之音与自身独特的个性气质融合，创造出文人五言的新风格。就诗学精神而言，钟嵘《诗品》认为其“源出小雅”。魏晋时代，四言诗仍有相当地位。阮籍也有四言《咏怀十三首》，与嵇康《幽愤诗》皆忧慨时世之作。忧世伤时也是《咏怀八十二首》的主题之一，“夜中不能寐，起坐弹鸣琴。薄帷鉴明月，清风吹我襟。孤鸿号外野，翔鸟鸣北林。徘徊将何见，忧思独伤心”（其一），即已奠定了整组诗的“忧生”基调。

同时，又沿曹植《杂诗》《洛神赋》对《楚辞》的接受，《咏怀八十二首》也好以“佳人”象征理想的境界，如“西方有佳人，皎若白日光。被服纤罗衣，左右佩双璜。修容耀姿美，顺风振微芳。登高眺所思，举袂当朝阳。寄颜云霄闲，挥袖凌虚翔。飘飖恍惚中，流眄顾我傍。悦怿未交接，晤言用感伤”（其十九），融庄、骚之境。尤得《离骚》悲哀怨抑之调，如其二：“二妃游江滨，逍遥顺风翔。交甫怀佩环，婉娈有芬芳。猗靡情欢爱，千载不相忘。倾城迷下蔡，容好结中肠。感激生忧思，萱草树兰房。膏沐为谁施，其雨怨朝阳。如何金石交，一旦更离伤。”陈祚明所谓“错出繁称，辞多悠谬”“悲在忠心，乃成楚调”（《采菽堂古诗选》卷八）。

此外，《咏怀八十二首》也有“使气以命诗”（《文心雕龙·才略》）的一面，如其三十九：“壮士何慷慨，志欲威八荒。驱车远行役，受命念自忘。良弓挟乌号，明甲有金光。临难不顾生，身死魂飞扬。岂为全躯士？效命争疆场。忠为百世荣，义使令名彰。垂声谢后世，气节故有常。”气奇高似曹植。咏史、览古之篇也多慷慨之言，如其三十一：“驾言发魏都，南向望吹台。箫管有遗音，梁王安在哉？战士食糟糠，贤者处蒿莱。歌舞曲未终，秦兵已复来。夹林非我有，朱宫生尘埃。军败华阳下，身竟为土灰。”严羽所谓“极为高古，有建安风骨”（《沧浪诗话》）。

沿曹植《杂诗》而来，《咏怀八十二首》的文人诗气质还体现为浓重的孤独感，如其十七：“独坐空堂上，谁可与欢者。出门临永路，不见行车马。登高望九州，悠悠分旷野。孤鸟西北飞，离兽东南下。日暮思亲友，晤言用自写。”沿《古诗十九首》以来的感物兴思传统，在节令的推移中寄托“繁华有憔悴”的荣衰之感。如其十二：“开秋兆凉气，蟋蟀鸣床帷。感物怀殷忧，悄悄令心悲。多言焉所告，繁辞将诉谁。微风吹罗袂，明月耀清晖。晨鸡鸣高树，命驾起旋归。”《咏怀八十二首》深受玄学“言意之辨”的影响，善于立象达意，由此造成一种深隐的艺术风格，如其十一：“湛湛长江水，上有枫树林。皋兰被径路，青骊逝骎骎。远望令人悲，春气感我心。三楚多秀士，朝云进荒淫。朱华振芬芳，高蔡相追寻。一为黄雀哀，泪下谁能禁。”前六句全自《楚辞·招魂》中来，化典故为意境。“三楚”六句感慨之辞，而用意极隐晦。《文心雕龙·明诗》：“阮旨遥深。”“遥”即玄远，“深”即“隐秀”之“隐”，所谓“情在词外”，即言外之旨。历来解注阮诗者多以时事相附会，如《文选》五臣注、陈沆《诗比兴笺》等。然正如沈德潜《说诗晬语》所说的：“阮公咏怀，反复凌乱，兴寄无端。和愉哀怨，俶诡不羁，读者莫求归趣。遭阮公之时，自应有阮公之诗也。笺释者必求时事以实之，则凿矣。”

艺术表现上，发展了文人诗的兴寄、象征手法，如其七十九：“林中有奇鸟，自言是凤凰。清朝饮醴泉，日夕栖山冈。高鸣彻九州，延颈望八荒。适逢商风起，羽翼自摧藏。一去昆仑西，何时复回翔。但恨处非位，怆恨使心伤。”又其二十一：“云间有玄鹤，抗志扬哀声。一飞冲青天，旷世不再鸣。岂与鹑鷃游，连翩戏中庭。”都是阮籍的自我期许与遭际之象征。同时，又创造了一系列充满失序、混乱、忧惧、孤独感的意象，如其十六：“绿水扬洪波，旷野莽茫茫。走兽交横驰，飞鸟相随翔。是时鹑火中，日月正相望。朔风厉严寒，阴气下微霜。”其二十六：“荆棘被原野，群鸟飞翩翩。”皆是诗人忧惧心境、心象的外在投射。

名篇赏析

咏怀八十二首(其十一)

【题解】

本诗为《咏怀八十二首》的第十一首。辞旨多取自《楚辞·招魂》,借吟咏楚国史事以寄托对时事的讽刺和感慨。《文选》李善注曰:"虽志在刺讥,而文多隐避,百代之下,难以情测。"这首诗正是典型之作。

湛湛长江水,上有枫树林[1]。
皋兰被径路[2],青骊逝骎骎[3]。
远望令人悲,春气感我心。
三楚多秀士[4],朝云进荒淫[5]。
朱华振芬芳[6],高蔡相追寻。
一为黄雀哀[7],涕下谁能禁!

(陈伯君《阮籍集校注》卷下,中华书局,2012年版)

【注释】

[1] 湛湛:水深貌。《楚辞·招魂》:"湛湛江水兮上有枫,目极千里兮伤春心。"王逸注:"言湛湛江水,浸润枫木,使之茂盛。伤己不蒙君惠,而身放弃,曾不若树木得其所也。"

[2] 皋兰:泽边的兰草。《楚辞·招魂》:"皋兰被径兮斯路渐。"王逸注:"言泽中香草茂盛,覆被径路,人无采取者,水卒增溢,渐没其道,将至弃捐也。以言贤人久处山野,君不事用,亦将陨颠也。"

[3] 青骊:毛色青、黑的骏马,《楚辞·招魂》:"青骊结驷兮齐千乘。"王逸注云:"言屈原尝与君俱猎于此,官属齐驾驷马,或青或黑,连千乘。"骎骎:马急速奔驰貌。《诗经·小雅·四牡》:"驾彼四骆,载骤骎骎。"

[4] 三楚:《文选》李善注引孟康《汉书注》:"旧名江陵为南楚,吴为东楚,彭城为西楚。"

[5] 朝云:宋玉《高唐赋》:"昔者先王尝游高唐,怠而昼寝。梦见一妇人,曰:'妾巫山之女也,为高唐之客。闻君游高唐,愿荐枕席。'王因幸之。去而辞曰:'妾在巫山之阳,高丘之阻,旦为朝云,暮为行雨。朝朝暮暮,阳台之下。'"后以"朝云暮雨"比喻男女欢爱。

[6] 黄节《阮步兵咏怀诗注》曰:"'朱华振芬芳',殆犹《高唐赋》所云'榛林郁盛,葩华覆盖,绿叶紫里,丹茎白蒂'也。"

[7] "高蔡"与"黄雀"均用庄辛对楚襄王之典。《战国策·楚策四》:"庄辛对曰:'……蜻蛉其小者也,黄

雀因是以。俯啄白粒，仰栖茂树，鼓翅奋翼，自以为无患，与人无争也。不知夫公子王孙，左挟弹，右摄丸，将加己乎十仞之上，以其类为招。昼游乎茂树，夕调乎酸咸，倏忽之间，坠于公子之手……夫黄鹄其小者也，蔡圣侯之事因是以。南游乎高陂，北陵乎巫山，饮茹溪之流，食湘波之鱼，左抱幼妾，右拥嬖女，与之驰骋乎高蔡之中，而不以国家为事。不知夫子发方受命乎宣王，系己以朱丝而见之也。"

【分析】

这首诗前六句写景起兴，后六句咏史抒怀。诗歌开头描绘了一幅春景：湛湛的江水悠悠流淌，江边有片茂密的枫树林，来往的驰路上长满了兰草，一匹青色的马急速驶过。春天的到来，草木的生长，容易让人触景生情。诗人站在江边远望，或许是由"青骊逝骎骎"想到时光的倏忽而逝，因而引发了悲伤之情。此处写景，作者多衍用《楚辞·招魂》中的语句，既营造了"目极千里兮伤春心"的凄凉氛围，同时也与下文歌咏楚国史事相呼应。根据王逸的注解，《招魂》中这几句可能是暗指屈原没有受到君主的任用，被楚王放逐，因而阮籍此处也可能是感慨贤才之不见用，隐含了自己生不逢时、不受知遇的悲哀。

后六句借古讽今，所咏史事主要有二：一为宋玉作《高唐赋》，以巫山神女荒淫之事娱乐楚王；另一为庄辛劝谏楚襄王不要沉迷于声色享乐，以免如蔡灵侯一样亡国。二者都发生在楚国，相互关联。从末句"一为黄雀哀，涕下谁能禁"可见作者深有寄慨，或感于时事。但所影射者为何事，历代众说纷纭，主要有两种观点：

一种观点以刘履为代表，《选诗补注》云："按《通鉴》：正元元年，魏主芳幸平乐观，大将军司马师以其荒淫无度，亵近倡优，乃废为齐王，迁之河内，群臣送者皆为流涕。嗣宗此诗，其亦哀齐王之废乎！"认为是影射魏主曹芳被废事。"朝云进荒淫"句是说大臣无有能匡辅进谏者，纵容魏主亵近倡优。"朱华"句描写宫中花团锦簇，馨香迷人，魏主沉迷于声色之中。"黄雀"的典故是说魏主如黄雀般"自以为无患"，却不知司马氏却正窥伺其后，欲行篡废之事。若以此解，则阮籍是为曹芳被废而流涕，在复杂的情绪中有对魏主不能正人伦的怅恨，但更多的是对其被废遭迁的同情，以及对司马氏的不满。

另一种观点认为所影射者为曹爽事。方东树《昭昧詹言》曰："此借楚王之荒淫无道将亡，以比今日之曹爽。不知司马氏之同于穰侯，将以尔调酸咸也。"陈伯君《阮籍集校注》进一步指出，曹爽秉政时，重用何晏、邓飏、李胜等，这些人皆可谓三楚秀士。《三国志·曹爽传》载："爽饮食车服；拟于乘舆；尚方珍玩，充牣其家；妻妾盈后庭，又私取先帝才人七八人，及将吏、师工、鼓吹、良家子女三十三人，皆以为伎乐。""朝云进荒淫"是说曹爽之荒淫无度。而"高蔡相追寻""一为黄雀哀"则是言曹爽被诛之事。《曹爽传》："（正始）十年正月，车驾朝高平陵，爽兄弟皆从，宣王（司马懿）部勒兵马，先据武库，遂出屯洛水浮桥。……遂免爽兄弟，以侯还第。……于是收爽……等，皆伏诛，夷三族。"阮籍为曹爽之故吏，故而在情感上难免有所牵连。

无论是哪一种观点，诗歌都暗含了诗人对亡魏的悼丧和对司马氏的怨忿。但这种情感并非直接通过文字流露出来，而是深刻寄寓在对景物的描写和对史事的慨叹之中，不露痕迹，浑然天成。

咏怀八十二首(其二十一)

【题解】

此诗抒发了诗人渴望建功立业的壮志与生不逢时的悲哀。诗中“抚剑仰观”与“玄鹤哀鸣”的形象在咏怀诗中都十分典型,前者反映了其内心的自傲与壮志,但又难掩对于时光流逝、壮志难酬的惆怅,后者则是诗人自己高洁性格的象征,表现了其不愿与世俗同流合污的理想追求。

于心怀寸阴[1],羲阳将欲冥[2]。
挥袂抚长剑,仰观浮云征。
云间有玄鹤[3],抗志扬哀声。
一飞冲青天,旷世不再鸣[4]。
岂与鹑鷃游[5],连翩戏中庭。

(陈伯君《阮籍集校注》卷下,中华书局,2012 年版)

【注释】

[1] 寸阴:短暂的光阴。《淮南子·原道训》:“故圣人不贵尺之璧,而重寸之阴,时难得而易失也。”

[2] 羲阳:太阳。此处用羲和典故,羲和为古代神话传说中驾御日车的神。《楚辞·离骚》:“吾令羲和弭节兮,望崦嵫而勿迫。”王逸注:“羲和,日御也。”冥:昏暗。

[3] 玄鹤:《楚辞·九叹》:“听玄鹤之晨鸣兮,于高冈之峨峨。”王逸注:“玄鹤,俊鸟也。”

[4] “一飞”二句:《史记·滑稽列传》:“齐威王之时喜隐,好为淫乐长夜之饮……淳于髡说之以隐曰:‘国中有大鸟,止王之庭,三年不蜚又不鸣,王知此鸟何也?’王曰:‘此鸟不飞则已,一飞冲天;不鸣则已,一鸣惊人。”

[5] 鹑鷃:鸟名,以喻小人。《楚辞·九怀》:“凤皇不翔兮,鹑鷃飞扬。”王逸注曰:“小人得志,作威福也。”《庄子·逍遥游》斥鷃笑大鹏曰:“我腾跃而上,不过数仞而下,翱翔蓬蒿之间,此亦飞之至也,而彼且奚适也?”

【分析】

诗的开篇即抒发诗人志有所为而光阴易逝的感叹,这也是《咏怀八十二首》的重要主题之一,如第十八首:“悬车在西南,羲和将欲倾。流光耀四海,忽忽至夕冥。”又第三十二首:“朝阳不再盛,白日忽西幽。去此若俯仰,如何似九秋。”此诗的独特之处在于其中透出的激昂之态。三、四两句塑造出挥袂抚剑、仰观浮云的壮士形象,这一形象在《咏怀八十二首》中也时常出现,如第五十八首:“危冠切浮云,长剑出天外。”此处“挥袂”两句同样表现了诗人不愿向世俗屈服,想要有所作为的情怀。

后六句用比兴手法,玄鹤是诗人自我形象的象征和寄托。五、六两句写玄鹤高飞于云间,发出悲哀的鸣叫声。这其实寓意着诗人自己虽有志向却无处实现,虽有高洁的品性却无志同道合者。七、八两句化用了齐威王“一飞冲天”“一鸣惊人”的典故，表现诗人希望突破世俗的约束，有所作为。类似的，则是凤鸟意象，如《咏怀八十二首》其七十九：“林中有奇鸟，自言是凤凰。清朝饮醴泉，日夕栖山冈。高鸣彻九州，延颈望八荒。”也可看成是阮籍的自比。与玄鹤的“一飞冲青天，旷世不再鸣”相似，这只凤凰也渴望“一去昆仑西，何时复回翔”。末两句用《庄子·逍遥游》中大鹏与斥鷃对话，意谓诗人不愿与世俗之士同道。然在其他作品中，诗人有时又会流露出截然不同的心态，如其八：“宁与燕雀翔，不随黄鹄飞。黄鹄游四海，中路将安归。”又其四十六：“鷽鸠飞桑榆，海鸟运天池。岂不识宏大，羽翼不相宜。招摇安可翔，不若栖树枝。下集蓬艾间，上游园圃篱。但尔亦自足，用子为追随。”这里反映了阮籍内心矛盾、激切的一面。

关于此诗的主题，蒋师爚认为可能是称赞陈泰的：“就日之诚，无奈羲阳欲冥矣。抗志扬声，乃独有一元伯（陈泰）。”（黄节《阮步兵咏怀诗注》）《三国志》注引《魏氏春秋》曰：“帝之崩也，太傅司马孚、尚书右仆射陈泰枕帝尸于股，号哭尽哀。时大将军入于禁中，泰见之悲恸，大将军亦对之泣，谓曰：‘玄伯，其如我何？’泰曰：‘独有斩贾充，少可以谢天下耳。’大将军久之曰：‘卿更思其他。’泰曰：‘岂可使泰复发后言。’遂呕血薨。”陈泰忧愤而亡的形象与抗志哀鸣的玄鹤相类似。可备一说。

咏怀八十二首（其三十九）

【题解】

这首诗是《咏怀八十二首》中比较独特的一首“豪杰诗”。不同于其他作品的发言玄远、旨意遥深，此诗的表达方式是质朴明快的，情感基调是激情昂扬的。在主题内容上，诗歌歌颂了一位从军出征、为国捐躯的勇敢战士，体现了诗人想要报效国家的雄心壮志。

壮士何慷慨，志欲威八荒[1]。
驱车远行役，受命念自忘。
良弓挟乌号[2]，明甲有精光。
临难不顾生，身死魂飞扬。
岂为全躯士？效命争疆场。
忠为百世荣，义使令名彰。
垂声谢后世[3]，气节故有常。

（陈伯君《阮籍集校注》卷下，中华书局，2012年版）

【注释】

[1] 八荒：指八方荒远的地方。刘向《说苑·辨物》：“八荒之内有四海，四海之内有九州。”

[2] 乌号：弓名。《淮南子·原道训》：“射者扜乌号之弓，弯綦卫之箭。”高诱注：“乌号，桑柘其材坚劲，乌峙其上，及其将飞，枝必桡下，劲能复，巢乌随之。乌不敢飞，号呼其上。伐其枝以为弓，因曰乌号之弓也。”

则乌号本为柘名，后以乌号为弓名。另说为黄帝之弓，《史记·孝武本纪》载黄帝乘龙升天，“群臣后宫从上龙七十余人，龙乃上去。余小臣不得上，乃悉持龙须，龙须拔，堕黄帝之弓。百姓仰望黄帝既上天，乃抱其弓与胡须号，故后世因名其处曰鼎湖，其弓曰乌号”。

［3］垂声：留名。谢：告诉。

【分析】

阮籍与嵇康均为魏晋名士的代表，但不同之处在于阮籍是有入世思想的。《晋书·阮籍传》：“籍本有济世志，属魏晋之际，天下多故，名士少有全者，籍由是不与世事，遂酣饮为常。……尝登广武，观楚汉战处，叹曰：‘时无英雄，使竖子成名！’登武牢山，望京邑而叹，于是赋豪杰诗。”只是迫于现实不得施展，复逃入老庄。这种复杂的心曲在《咏怀八十二首》中时有流露，如其三十八：“视彼庄周子，荣枯何足赖。捐身弃中野，乌鸢作患害。岂若雄杰士，功名从此大。”认为庄子虽然达观，但死后弃身中野，为乌鸦老鹰啄食，终究还是不如雄杰之士功名永垂更有价值。

本篇主题思想与第三十八首相似，陈伯君认为可能是为正始五年(244)曹爽征蜀而作。《三国志·曹爽传》：“(邓)飏等欲令爽立威名于天下，劝使伐蜀，爽从其言，宣王止之不能禁。正始五年，爽乃西至长安，大发卒六七万人。”阮籍于正始三年(242)先应蒋济之辟命，后正始八年(247)为曹爽之参军。“阮氏此诗，其为此役而发，欲以激励将士欤?”(《阮籍集校注》)

诗歌开头两句赞扬壮士情绪激昂，志威八方。“念自忘”为下文临危不惧、奋不顾身作铺垫。“良弓”两句描写壮士身上的装备，手持乌号之良弓，身披光亮的铠甲，以此凸显了壮士的英勇风采。“临难”四句进一步发挥壮士的“念自忘”。黄节注引司马迁《报任安书》云：“夫人臣出万死不顾一生之计，赴公家之难，斯已奇矣。今举事一不当，而全躯保妻子之臣随而媒孽其短，仆诚私心痛之。”这种秉公无私、万死不辞的精神正为古今仁人志士所共有。末四句道出不顾生的原因：希望以忠义之举彰显自己的声名，即使命丧疆场，崇高的气节却万古长存。

这首诗与屈原《国殇》中“出不入兮往不反，平原忽兮路超远。带长剑兮挟秦弓，首身离兮心不惩。诚既勇兮又以武，终刚强兮不可凌。身既死兮神以灵，子魂魄兮为鬼雄”如出一辙。而主人公为国效力，舍生忘我的精神也与《白马篇》的“弃身锋刃端，性命安可怀！父母且不顾，何言子与妻！名在壮士籍，不得中顾私。捐躯赴国难，视死忽如归”一脉相承，可见其对建安风骨的继承。方东树《昭昧詹言》云：“此即《炎光》篇而申之，原本《九歌·国殇》，词旨雄杰壮阔，自是汉、魏人气格。按此等语，古人已造极至，不容更拟，可合子建《白马篇》同诵，皆有为言之。”

咏怀八十二首(其四十一)

【题解】

这首诗是《咏怀八十二首》中游仙之作的代表。诗人有感于现实政治环境的压抑而引发了对于人生道路的思考，进而渴求进入神仙境界。相较于对仙界景象的想象和描摹，此诗更侧重于表达求仙的愿望，以及求而不得的悲哀。

天网弥四野[1],六翮掩不舒[2]。
随波纷纶客[3],泛泛若浮凫[4]。
生命无期度,朝夕有不虞。
列仙停修龄,养志在冲虚[5]。
飘䬙云日间,邈与世路殊。
荣名非己宝,声色焉足娱[6]。
采药无旋返,神仙志不符[7]。
逼此良可惑,令我久踌躇。

(陈伯君《阮籍集校注》卷下,中华书局,2012年版)

【注释】

[1] 天网:上天布下的罗网。《老子》第七十三章:"天网恢恢,疏而不失。"

[2] 六翮:翮,带有空心硬管的鸟羽。此处代指羽翼。《战国策·楚策四》:"奋其六翮而凌清风,飘摇乎高翔。"掩:收敛。

[3] 纷纶:众多貌。

[4] 浮凫:浮游水中的野鸭。《楚辞·卜居》:"将泛泛若水中之凫乎?与波上下,偷以全吾躯乎?"

[5] 冲虚:指淡泊寡欲。

[6] 荣名:《古诗十九首》:"人生非金石,岂能长寿考?奄忽随物化,荣名以为宝。"

[7]《史记·封禅书》:"自威、宣、燕昭使人入海求蓬莱、方丈、瀛洲。此三神山者,其传在渤海中,去人不远;患且至,则船风引而去。盖尝有至者,诸仙人及不死之药在焉。……及至秦始皇并天下……使人乃赍童男女入海求之。船交海中,皆以风为解,曰未能至,望见之焉。……后五年,始皇南至湘山,遂登会稽,并海上,冀遇海中三神山之奇药。不得,还至沙丘崩。"

【分析】

阮籍深受魏晋玄学的影响,其诗歌中也时常流露出玄思,《咏怀八十二首》中第二十三首即描绘了对于神仙世界的幻想。但这种幻想又很容易因生命的短促无常而破灭:"人言愿延年,延年欲焉之?黄鹄呼子安,千秋未可期。"(其五十五)黄侃解曰:"神仙之事,千载难期,纵复延年,终难自保。"又第六十五首:"王子十五年,游衍伊洛滨。朱颜茂春华,辩慧怀清真。焉见浮丘公,举手谢时人。轻荡易恍惚,飘摇弃其身。飞飞鸣且翔,挥翼且酸辛。"用《列仙传》中王子晋遇浮丘公乘白鹤仙去的典故,抒发游仙之意,但结尾"飘摇弃其身""挥翼且醉辛"却透露出神仙终不足为信的辛酸。

这首诗也表现了阮籍对于神仙世界的追求,以及追求不得的苦痛。首二句以天网笼罩万物,羽翼难以舒展来比喻当时的政治局势。在司马氏集团的高压政策下,诗人深感压抑。当此之时,该如何自处?或是"随波纷纶客,泛泛若浮凫",即像大多数人一样,随波逐流,舍弃自己的人格尊严,如野鸭浮游于水中一般。实则已经暗含了对这种方式的舍弃。接下来更直白地表达出这种方式的不可靠:"生命无期度,朝夕有不虞。"生无定年,意外随时都有可能发生,即使委曲求全,也未必安稳不虞。由此转入对神仙世界的渴望:"列仙停修龄,养志在冲虚。飘䬙云日间,邈与世路殊。”“荣名非己宝，声色焉足娱”道出了阮籍的人生态度，荣名、声色都不能打动自己，自己向往的正是如神仙那样与世人不同、冲淡虚静的生活。然而，“采药无旋返，神仙志不符”，连派人入海求仙的秦始皇、汉武帝都不见其功。“逼此良可惑，令我久踌躇”二句，诗人复不得不直面冷酷严峻的现实。方东树《昭昧詹言》说：“此篇直书胸臆，即屈子《远游》意，所谓心烦意乱也。”

推荐阅读书目

1. 黄节《阮步兵咏怀诗注》，中华书局 2008 年版。
2. 陈伯君《阮籍集校注》，中华书局 2012 年版。

思考题

1. 谈谈阮籍诗与庄子文的相通之处。
2. 结合阮籍其人、其诗谈谈你对魏晋“文学自觉”的理解。
3. 谈谈阮籍《咏怀八十二首》在诗歌史上的影响。

第七章　陶渊明

本章概要

陶渊明是唐代以前最为著名也最为纯粹的大诗人，在他之前，人们经常称道的文学家如屈原，其《离骚》等作品到了汉代被赋家所继承而不是为诗家所继承；汉代的司马迁尽管流誉后世，其主要成就仍在史学；建安时期三曹和七子虽然自觉地从事文学创作，但其成就和地位尚不能和陶渊明相提并称。陶渊明留下了亘古永恒的人格精神和流芳百世的优美诗章。

一、陶渊明生平述略

陶渊明(365—427)，一名潜，字元亮，江西九江人。曾祖陶侃曾做过大司马，祖父与父亲也做过太守、县令一类的官职，不过到了陶渊明，家境已经没落了。

陶渊明所处的时代，是一个风云变幻的时代，也是一个命运难测的时代，时代的变迁给陶渊明的人生打上了深刻的烙印。

对于陶渊明，我们一般都会注意他担任彭泽县令只有八十三天辞官归隐之事，其他的出仕经历，往往关注不多，因而古往今来陶渊明的研究者和陶渊明诗的阅读者都认为陶渊明的归隐是因为他的性格使然，而其性格是如何形成的，归隐还是否有深层的原因，探讨者并不多。我们也就从前人探讨不多的地方再讲授一下。

起为州祭酒。《宋书·陶潜传》："亲老家贫，起为州祭酒；不堪吏职，少日自解归。州召主簿，不就。"时在晋武帝太康五年(380)，陶渊明二十九岁。

入桓玄军幕。晋安帝隆安二年(398)，陶渊明四十七岁时入桓玄幕，在桓玄幕前后约五年。晋安帝元兴元年(402)陶渊明居丧在家，元兴二年(403)二月，太尉桓玄为大将军。八月，玄自号相国、楚王。元兴三年(404)四月，桓玄挟晋帝至江陵，复东下。五月，玄挟晋帝西走入江陵，欲入蜀，途中被杀。

为镇军参军。元兴三年(404)，陶渊明任镇军将军刘裕参军，自浔阳至京口，途中有《始作镇军参军经曲阿作》诗。

为建威参军。晋安帝义熙元年(405)，陶渊明五十四岁，三月，为建威将军刘敬宣参军，有《乙巳岁三月为建威参军使都经钱溪》诗。

为彭泽县令。《宋书·陶潜传》:“郡遣督邮至,县吏白应束带见之。潜叹曰:‘我不能为五斗米折腰向乡里小人!’即日解印绶去职,赋《归去来》。”《归去来兮辞》:“寻程氏妹丧于武昌,情在骏奔,自免去职。仲秋至冬,在官八十余日。因事顺心,命篇曰《归去来兮》。乙巳岁十一月也。”为彭泽县令在晋安帝义熙元年八月,在官八十余日。十一月,程氏丧于武昌,自免职,作《归去来兮辞》归隐。以后就彻底归隐,至宋文元嘉四年(427)七十七岁时去世。

陶渊明直到二十九岁才出仕,以后十多年里,他几次做官,都不过是祭酒、参军等职,不仅济世的抱负无法施展,而且必须降志辱身与人周旋。这一切使他感到“志意多所耻”和“违己交病”。在老庄思想与隐逸风气的影响下,陶渊明早年便有爱慕自然、企羡隐逸的思想,所谓“闲居三十载,遂与尘事冥。诗书敦夙好,园林无世情”。当他仕途不得志时,就更怀念这种生活,“静念园林好,人间良可辞”。所以这十多年里,他一直“一心处两端”,行动上也是仕隐无常。三十九岁时,他的思想有了更大的变化。他说:“先师有遗训,忧道不忧贫。瞻望邈难逮,转欲志长勤。”就是说本应该是忧道的,可是道不可行,那说只好躬耕自给了。就在这一年,他亲自参加了劳动。此后他又做过建威参军。因为“耕植不足以自给”,又一度为彭泽令,在官八十余日,逢郡督邮来县,属吏告诉他应束带接见,他叹道“我不能为五斗米折腰向乡里小儿”。即日解职而归,从此他结束了隐仕不定的生活,坚决走上了归田的道路。

他为人真实,想做官就去找官做,并不以做官为荣;不爱做官,就辞职归田,并不以退隐为高;穷了就去乞食,并不以乞食为耻。这在他的《归去来兮辞》里有明显的体现。为了自己的寄托而不与现实同流合污,他创造了桃花源这一自由美好、淳朴安闲、和谐平等的世界。

二、读书与会意

读书人谈起陶渊明,都很熟悉他的一段话,就是“好读书,不求甚解,每有会意,便欣然忘食”。这是陶渊明《五柳先生传》中的文字。

陶渊明:“读书”与“会意”

陶渊明一生最重要的两件事,一是读书,二是饮酒。这两件事与他的日常生活和文学创作也最为密切。这里我们主要谈读书。对于陶渊明“好读书,不求甚解”这句话,古往今来常常会产生误解,或作浅显的理解,认为陶渊明读书但观大意,并不死抠字句。

关于这一句话,袁行霈《陶渊明集笺注》解释说:“意谓虽然好读书,但不作繁琐之训诂,所喜乃在会通书中旨略也。此与汉儒章句之学大异其趣,而符合魏晋玄学家之风气。”中国台湾学者齐益寿撰写过专文《陶渊明“好读书不求甚解”析论》,载于其专著《黄菊东篱耀古今:陶渊明其人其诗散论》。他认为陶渊明好读的书,有经书如《周易》《论语》,史书如《左传》《史记》;所谓“甚解”,不仅是汉儒溺于训诂、碎义逃难、失却本旨的解释,还包括以个别诗歌意象来与历史、时事擅作比附。

我们先看什么是“甚解”,清代桐城派学者方宗诚在《陶诗真诠》中说:“渊明诗曰:‘区区诸老翁,为事诚殷勤。’盖深嘉汉儒之抱残守缺及章句训诂之有功于六经也。然又曰:‘好读书,不求甚解。’盖又嫌汉儒章句训诂之多穿凿附会,失孔子之旨也。是真持平之论。”这里是就两个层面来谈汉儒的:一是褒扬其对于六经训诂之功,二是批评其训诂六经时穿凿附会之弊。这种弊端,也就是“甚解”。典型的事例就是《汉书·艺文志》所言:“而务碎义逃难,便辞巧说,破坏形体。说五字之文,至于二三万言。后进弥以驰逐,故幼童而守一艺,白首而后能言。安其所习,毁所不见,终以自蔽。此学者之大患也。”因此,“甚解”的第一个方面就是“碎义逃难”,游离核心。“甚解”的第二个方面是在意象方面的过度阐释,牵强附会。清人林云铭在《挹奎楼稿》卷二《古文析义序》中说:"陶靖节'读书不求甚解',所谓'甚'者,以穿凿附会失其本旨耳。"其特点是不顾整体,而仅凭诗中的部分意象孤立起来,自由发挥想象。"甚解"的第三个方面是思想的附会。往往是根据诗中的某一用典,延伸扩大到一种思想学说。如朱自清《陶诗的深度》一文,根据陶诗的用典,以论证陶渊明以道家思想为主。陶渊明《饮酒二十首》第二十首前四句:"羲农去我久,举世少复真。汲汲鲁中叟,弥缝使其淳。"认为诗中的"真""淳"都不见于《论语》,而"真"见于《庄子·渔父篇》:"真者,所以受于天也,自然不可易也。故圣人法天贵真,不拘于俗。""淳"则见于《老子》第五十八章:"其政闷闷,其民淳淳。"因此朱自清认为"真""淳"都是道家观念,而陶渊明将这些道家观念加在"鲁中叟"孔子身上,延伸出魏晋时期孔子学说道家化的时代趋势。这种根据一字一句的推论,无疑是属于"甚解"之列的。

再看读书应如何"会意"。我们列举陶渊明读书"会意"的例子加以说明:如读《史记》。陶渊明有《读史述九章》,题注:"余读《史记》有所感而述之。"再如其《读山海经十三首》其一:

> 孟夏草木长,绕屋树扶疏。众鸟欣有托,吾亦爱吾庐。既耕亦已种,时还读我书。穷巷隔深辙,颇回故人车。欢言酌春酒,摘我园中蔬。微雨从东来,好风与之俱。泛览周王传,流观山海图。俯仰终宇宙,不乐复何如。

这首诗叙述其读《山海经》时的环境和心境,是读书"会意"的基础。"孟夏草木长,绕屋树扶疏",是读书的时间和环境;"众鸟欣有托,吾亦爱吾庐",是读书的心境,乃在于自得其乐,如同万物各有归宿一样;"既耕亦已种,时还读我书",突出读书时闲适的环境;"穷巷隔深辙,颇回故人车",突出读书时静谧的环境,居于僻巷,少有故人来往,与其《饮酒二十首》其五"结庐在人境,而无车马喧"同一意境,也与《归园田居五首》其二"野外罕人事,穷巷寡轮鞅"之生活相近;"欢言酌春酒,摘我园中蔬",表现其闲居躬耕之余读书的状态;"微雨从东来,好风与之俱",突出环境之自然淡雅,心与境会,方能安顿读书;"泛览周王传,流观山海图","俯仰终宇宙,不乐复何如",综括读书之乐,意谓通过读书短时间内可以神游宇宙,是读书"会意"的最佳状态。

三、诗境与心境

陶渊明的诗歌在艺术上具有独特的风格与极高的造诣。他的诗给人的突出印象是平淡自然。这是与他的诗歌内容及表现上的特点分不开的。诗的主要内容是平淡的田园风光、农村的日常生活,以及处于这种生活中的恬静心境;而又是通过朴素的语言、白描的手法,真率自然地抒写出来的,使人感到"从胸中自然流出",没有一点斧凿的痕迹。

陶渊明诗歌很富有意境。这在他的田园诗中表现得最为突出。陶诗在使人接触到田园生活画面的同时,引人到一种境界中去。如《归园田居五首》其一:"方宅十余亩,草屋八九间。榆柳荫后檐,桃李罗堂前。暧暧远人村,依依墟里烟。狗吠深巷中,鸡鸣桑树巅。"这是一幅平淡的农村田园画面:十余亩方宅,八九间草屋,屋后榆柳成荫,堂前桃李环绕,远处的村落依稀可见,墟里炊烟袅袅上升,深巷中时闻狗吠,桑树颠常听鸡鸣。这些景物融合在一起,构成一种境界,它宁静安谧,淳朴自然。这与官场的生活形成了鲜明的对比。再看诗的前面几句:"羁鸟恋旧林,池鱼思故渊。开荒南野际，守拙归园田。”这就是诗人向往之地，到了这里，心灵就可以得到净化。苏轼说：“观陶彭泽诗，初若散缓不收；反复不已，乃识其奇趣。”（《书唐氏六家书后》）所谓“奇趣”，正是从意境中产生的。诗境与心境的结合，能够潜移默化，细加品赏，令人既感到亲切，又感到崇高。

再如《饮酒二十首》其五：“结庐在人境，而无车马喧。问君何能尔，心远地自偏。采菊东篱下，悠然见南山。山气日夕嘉，飞鸟相与还。此中有真意，欲辩已忘言。”虽居住在人世之间，并不感到车马的喧嚣，之所以能够达到这样的境界，是因为“心远地自偏”，心志高远自然就感受到地方的僻静。在东篱之下采菊，悠然之间，远望着南山的佳气，在飞鸟结伴而还的境界当中体悟到人生的真意，但想要辨识又不知如何表达，只可意会不可言传。远离世俗，摆脱束缚，诗境随着心境的驱使，这是陶渊源诗歌的境界。这里需要说明的是“望南山”与“见南山”的异文，千年以来一直存在争议，《陶渊明集》的早期版本作“望南山”，笔者曾在 2000 年因此句请教过时已 90 岁的章太炎门人南京师范大学文学院徐复教授，他指导说此句来源于《晋书・翟汤传》，翟汤隐于南山，而陶渊明用此，表现对于乡贤隐逸高人翟汤的景仰。这样就更突出了心境驱使诗境的表现。

陶渊明的诗歌平淡，却不浅薄，相反只使人感到淳厚有味。他的诗歌语言虽是极普通的“田家语”（钟嵘《诗品》），却是经过高度艺术提炼的。如“蔼蔼堂前林，中夏贮清荫”，描写诗人的生活环境。“贮”字虽只是一个很平常的字眼，但用到这里却很形象，很新鲜，中夏清幽凉爽的林荫好像是可以贮存、可以掬取的一瓮清泉。又有“有风自南，翼彼新苗”，一个很普通的“翼”字，同样使我们清晰地看到那和煦的南风温存抚爱着欣欣向荣的禾苗的景象，生机盎然。苏轼说陶诗“似癯实腴”，正好说明了这个特点。他的诗歌，既是景的融化，又是心的体悟，从而达到平淡无奇又深邃渺远的化境。

陶渊明的诗歌，由于思想内容的不同，风格也不完全一致。他的田园诗多半是萧散冲澹的，而《咏荆轲》等诗却豪放有力，虽然豪放，却又“豪放得来不觉”（朱熹语），与他的田园诗的平淡自然仍有相通之处。清代龚自珍《舟中读陶》云：“陶潜酷似卧龙豪，万古浔阳松菊高。莫信诗人竟平淡，二分《梁甫》一分《骚》。”将陶诗特色的两个方面都表现出来。从中可以体味出陶诗是平淡与不平淡的统一，也同样是诗境与心境的统一。

名篇赏析

饮酒二十首（其五）

【题解】

《饮酒二十首》是陶渊明创作的五言组诗。诗序云：“既醉之后，辄题数句自娱，纸墨遂多，辞无铨次。”可知《饮酒》之题指酒后所作，非咏饮酒之事。又据诗序，此二十首当作于同年秋天，考在晋安帝义熙十三年（417），即陶渊明归田隐居之后的第十二年。

结庐在人境，而无车马喧[1]。
问君何能尔？心远地自偏[2]。
采菊东篱下，悠然见南山[3]。
山气日夕嘉，飞鸟相与还[4]。
此中有真意[5]，欲辩已忘言。

（袁行霈《陶渊明集笺注》卷三，中华书局，2003 年版）

【注释】

[1] 结庐：庐，田中屋，结茅为之，指简易的房舍。车马喧：借指世俗交往。谓居住在人间，却无世俗交往。

[2] 心远：地因心远而幽僻。

[3] 见：《文选》《艺文类聚》作“望”。南山：一说庐山，一云泛指。

[4] 山气：山间的云气。相与还：结伴还林。

[5] 真意：此“意”是魏晋玄学“言意之辨”的“意”，蕴含着玄妙的自由审美境界。《庄子・外物》：“言者所以在意，得意而忘言。”

【分析】

这首诗写归隐田园之乐。虽然同一时期的作品中也流露出他在贫、富两种人生境遇之间的矛盾，但诗人最终仍在田园之中找到了至乐，并写下了这样一篇意境悠远的诗作。“结庐在人境，而无车马喧”，隐居之处并非人迹罕到的山林，而是在人间，却没有喧闹的车马往还之声。乍看矛盾，既与人相接，又如何能不闻酬酢之声？“问君何能尔？心远地自偏。”假为设问之后，诗人自己揭开了谜底：只因心远。“大隐隐于市”，心若能远俗，则闹市犹山林。反之亦然。这正是典型的魏晋玄学的意趣。

陶渊明：“悠然望南山”分析

“采菊东篱下，悠然见南山”，里面有一处异文，就是“见”一作“望”，这不仅在于字句的校勘，更与诗人的身世、心理状态，以及诗歌的用典用事相关。宋人苏轼《东坡题跋》卷二《题渊明饮酒诗后》云：“‘采菊东篱下，悠然见南山。’因采菊而见山，境与意会，此句最有妙处。近岁俗本皆作‘望南山’，则此一篇神气都索然矣。”其实不然。这可以从两个方面来分析：第一，从文献记载分析。检上海古籍出版社 1995 年版《陶渊明集校笺》卷三《饮酒》诗“悠然见南山”下校云：“见南山，‘见’，曾本、咸丰本云，一作‘望’。《文选》作‘望’。按作‘见’是。”关于这个异文，古人说法多有不同，但《文选》作“望”。《文选》是现在收录陶渊明诗的最早文献，其所载的“悠然望南山”的可信度就优于其他版本。第二，从用典用事分析。根据前辈学者徐复教授的指导，今检《晋书》卷九四《隐逸・翟汤传》：“翟汤字道深，寻阳人。笃行纯素，仁让廉洁，不屑世事，耕而后食，人有馈赠，虽釜庾一无所受。永嘉末，寇害相继，闻汤名德，皆不敢犯，乡人赖之。司徒王导辟，不就，隐于县界南山。始安太守干宝与汤通家，遣船饷之，敕吏云：‘翟公廉让，卿致书讫，便委船还。’汤无人反致，乃货易绢物，因寄还宝。宝本以为惠，而更烦之，益愧叹焉。咸康中，征西大将军庾亮上疏荐之，成帝征为国子博士，汤不起。建元初，安西将军庾翼北征石季龙，大发僮客以充戎役，敕有司特蠲汤所调。汤悉推仆使委之乡吏，吏奉旨一无所受，汤依所调限，放免其仆，使令编户为百姓。康帝复以散骑常侍征汤，固辞老疾，不至。年七十三，卒于家。”陶渊明所要望南山，实际上是表示对先辈翟汤的向往。因为翟汤早于陶渊明数十年，又是寻阳人，是陶渊明的乡贤；翟汤的心境与陶渊明是最为切合的；翟汤“隐于县界南山”，与陶渊明隐逸的地点吻合。陶渊明“望南山”，有两层含义：一是南山是隐逸的胜地。故下面四句称“山气日夕嘉，飞鸟相与还。此中有真意，欲辩已忘言”。二是向往翟汤，表明自己隐逸的志向，要像翟汤那样永不出仕，终老于南山。

“此中有真意，欲辩已忘言”是极富玄学意味的表达，深得庄子“得意忘言”之趣，而有含蓄蕴藉之致，《二十四诗品》所谓“不着一字，尽得风流”。“真意”即真趣，也是魏晋名士所追求的一种自由超越的生命意趣。

桃花源诗

【题解】

关于《桃花源诗》的创作时间，诸家略有出入。陈寅恪《桃花源记旁证》中将其与《拟古》其二相互印证。王瑶《陶渊明集》将《拟古》其二系于刘宋永初二年(421)，据此将《桃花源诗》与《桃花源记》系于同一时，逯钦立《陶渊明集》则系于义熙十四年(418)；袁行霈《陶渊明集笺注》则系在永初三年(422)。大抵而言，作于晚年时期。“桃花源”以桃林尽处、溪水源头为名，是诗人虚构的人间乐土。

嬴氏乱天纪[1]，贤者避其世。黄绮之商山，伊人亦云逝[2]。
往迹寖复湮，来径遂芜废[3]。相命肆农耕，日入从所憩[4]。
桑竹垂余荫，菽稷随时艺[5]。春蚕收长丝，秋熟靡王税。
荒路暧交通[6]，鸡犬互鸣吠。俎豆犹古法[7]，衣裳无新制。
童孺纵行歌，斑白欢游诣[8]。草荣识节和，木衰知风厉[9]。
虽无纪历志，四时自成岁。怡然有余乐，于何劳智慧[10]。
奇踪隐五百，一朝敞神界[11]。淳薄既异源，旋复还幽蔽[12]。
借问游方士，焉测尘嚣外[13]。愿言蹑清风，高举寻吾契[14]。

（袁行霈《陶渊明集笺注》卷六，中华书局，2003年版）

【注释】

[1] 嬴氏：指秦始皇嬴政。

[2] 黄绮：指夏黄公、绮里季，与甪里先生、东园公在秦末隐居商山，称“商山四皓”。伊人：指桃花源里的人。

[3] 寖：渐渐。湮：湮没。二句谓来往桃花源的踪迹道路已湮没、荒废。

[4] 命：使。肆：努力。二句谓互相劝勉努力耕种，日出而作，日入而息。

[5] 菽：豆类的总称。稷：谷类的总称。二句谓桑树竹林茂密成荫，谷豆等作物根据季节及时种植。

[6] 暧：掩蔽。谓道路被荒草野木遮蔽，交通不畅。

[7] 俎豆：俎和豆，俎指四脚方形青铜盘或木漆盘，豆形似高脚盘，用于祭祀或宴会时盛放肉类，泛指各种礼器。

[8] “童孺”二句：谓妇女、孩童和老人都随心所欲地歌唱，悠闲舒适地游乐。

[9] “草荣”二句：互文，谓由草木的茂盛与凋零知时节之推移变化。

[10] 智慧：《老子》：“智慧出，有大伪。”道家认为智慧是诈伪兴起的根源，要恢复淳朴的理想社会，就要弃智，《庄子・缮性》：“人虽有知，无所用之。”这两句的意思是，桃花源里的淳朴之乐，是无须，也非智巧所能得到的。

[11] 奇踪：指桃花源里人的踪迹。五百：从秦末至晋太元五百余年，举成数而言。是说桃花源已经隐藏了五百多年，忽然一日对外界敞露。

[12] 淳薄：淳厚与浇薄。异源：本源不同。是说桃花源与世俗本就有淳厚、浇薄之别，故而甫一显露就又立刻隐蔽起来了。

[13] 游方士：指世俗中人。《庄子・大宗师》：“孔子曰：‘彼，游方之外者也；而丘，游方之内者也。’”尘嚣：尘世。

[14] 愿：希望。言：语助词。蹑：踏。高举：高飞。吾契：指桃源中人。谓希望能踏着清风，高飞寻找到桃花源。

【分析】

《桃花源记》记述了武陵人偶然进入桃花源及桃花源中与世隔绝的逸乐生活，以及离开桃花源后，又不复寻见的整个过程，颇似神仙故事。《桃花源诗》则对桃花源的由来及其所蕴含的人间乐土式的社会生活理想加以议论、说明，并抒发了追慕之情。

记文中“晋太元中”，“太元”是东晋孝武帝司马曜的年号，“武陵”则是真实存在的地名，开篇即似幻似真。武陵人沿着溪流追寻而至桃花源山口，山外桃树夹岸成林，桃花鲜美缤纷，风景秀美，已然人迹罕至，那么山内的景象又是如何呢？渔人见山口隐约透光，好奇地舍船上岸，大胆地从这个狭窄的山口进去。桃花源里土地平旷，屋舍整齐，既有茂盛的桑竹、肥沃的田地、美丽的池塘和通畅的小路，还能听到鸡鸣犬吠之声。其中有人来往耕种劳作，衣着与外边的人没有差别，老人和孩子生活得悠闲舒适、无忧无虑，简直是“老有所养，壮有所用，幼有所长”的大同世界。寥寥几笔，勾勒出一派朴素宁静的村景风光与安居乐业的场景。接着，村人发现渔人邀请到家中，杀鸡设酒招待他，村里的其他人听闻有外来之客，纷纷过来询问打听，热情地置办酒食，邀请到各自家中。自言从秦末就避居此地，对外界一无所知。渔人便告诉他们，如今已是晋代了。诗人以秦汉、魏晋五百间的朝代更迭，道尽了世道动荡与生民疾苦，“叹惋”是桃花源中人对外界的哀叹。最后，渔人离开桃花源，一路上“处处志之”。并告诉了太守，太守派人跟着渔人回去寻找，却不复得见。南阳隐士刘子骥闻风也去寻找，不多久就病死了，后来再也无人问津。

这样的处理手法沿袭了神仙故事的套路，而加入太守、刘子骥寻访不得之事，又显得亦真亦假，增添了一抹神秘的色彩。桃花源与外界仅有一线山口的距离，却是理想与现实的真正隔绝，意味深长。

桃花源诗则直叙桃花源由来与状况，去掉了渔人探访的故事情节，内容大致与文相互照应。“嬴氏”以下六句叙述桃花源的起因，“相命”以下十二句形容村庄风貌与村人劳作生活场景，“草荣”以下六句则是写其与世隔绝、不知朝代,“奇踪”以下四句则说桃花源不复得见。“借问”以下四句,直接抒发作者寻觅桃花源的迫切愿望。

桃花源充满了世间生活的气息,如桑竹、良田、池塘、鸡犬、荒路等都带着诗人隐居多年的浔阳乡村的影子,如《归园田居五首》:“方宅十余亩,草屋八九间”“狗吠深巷中,鸡鸣桑树巅”“桑麻日已长,我土日已广”。诗人也正是以此为蓝本,描绘了理想的世界,没有兵燹与赋税,没有旱涝与饥荒,也没有虚伪与污浊。这个世界不是缥缈虚幻的仙境,而是透着烟火气息的人间乐土。

归园田居五首

【题解】

《归园田居五首》作于陶渊明辞彭泽令归隐之后的次年春,即义熙二年(406)。“园田居”是陶渊明的居舍之一,靠近南山。《归园田居五首》是诗人对回归园田之后生活的真实记录,既有回归田园的乐趣、乡村人情的淳朴,也有耕种的苦乐、人生的感慨。

其　一

少无适俗愿,性本爱丘山[1]。
误落尘网中,一去三十年[2]。
羁鸟恋旧林,池鱼思故渊[3]。
开荒南野际,守拙归园田[4]。
方宅十余亩,草屋八九间[5]。
榆柳荫后园,桃李罗堂前。
暧暧远人村,依依墟里烟[6]。
狗吠深巷中,鸡鸣桑树巅。
户庭无尘杂,虚室有余闲[7]。
久在樊笼里,复得返自然[8]。

其　二

野外罕人事,穷巷寡轮鞅[9]。
白日掩荆扉,虚室绝尘想[10]。
时复墟曲中[11],披草共来往。
相见无杂言,但道桑麻长。
桑麻日已长,我土日已广。
常恐霜霰至,零落同草莽[12]。

其　三

种豆南山下，草盛豆苗稀[13]。
晨兴理荒秽[14]，带月荷锄归。
道狭草木长，夕露沾我衣。
衣沾不足惜，但使愿无违。

其　四

久去山泽游，浪莽林野娱[15]。
试携子侄辈，披榛步荒墟[16]。
徘徊丘垅间，依依昔人居[17]。
井灶有遗处[18]，桑竹残朽株。
借问采薪者，此人皆焉如？
薪者向我言，死没无复余。
一世异朝市[19]，此语真不虚。
人生似幻化，终当归空无[20]。

其　五

怅恨独策还，崎岖历榛曲[21]。
山涧清且浅，遇以濯吾足[22]。
漉我新熟酒，只鸡招近局[23]。
日入室中暗，荆薪代明烛[24]。
欢来苦夕短，已复至天旭[25]。

（袁行霈《陶渊明集笺注》卷二，中华书局，2003 年版）

【注释】

[1]“少无”二句：谓从小就不适合世俗之意愿，天性本是喜爱山林。愿，一作韵，亦通。

[2] 三十年：一作十三年。谓误落尘世的罗网之中，一去就是许多年。各宋元本均作“三十年”，以陶渊明享年七十六岁(352—427)计算，从二十五岁左右离开“园田居”至五十四岁辞彭泽令(405)恰好为三十年。以享年六十三岁(365—427)计算，从二十九岁出任江州祭酒(393)至四十一岁辞彭泽令，次年作诗，则是十三年。

[3] 羁鸟：被束缚的鸟。池鱼：池塘里的鱼。

[4] 拙：与世俗“机巧”相对，守拙即保持朴素之本性。

[5] 方：方圆。二句谓薄田绕着数间草屋。

[6] 暧暧：昏昧模糊貌。依依：轻柔缓慢貌。墟里：村落。

[7] 户庭：门庭。虚室：虚心。《庄子·人间世》：“瞻彼阕者，虚室生白，吉祥止止。”陆德明《经典释文》引司马彪注：“室比喻心，心能空虚，则纯白独生也。”谓门庭干净，心中无虑。

[8] 樊笼：关鸟兽的笼子，比喻受世俗束缚而不得自由的境地。自然：自然而然。《老子》：“人法地，地法天，天法道，道法自然。”

[9] 人事：指世俗的应酬交往。《后汉书·贾逵传》："此子无人事于外。"穷巷：僻巷。轮鞅：指代车。

[10] 尘想：世俗的念想。

[11] 墟曲：村落。

[12] 霜霰：霜雪。草莽：丛生的杂草。

[13] "种豆"二句：《汉书·杨恽传》："田彼南山，芜秽不治。种一顷豆，落而为萁。人生行乐耳，须富贵何时。"

[14] 晨兴：晨起。荒秽：荒芜。

[15] 去：抛弃。山泽游：山泽之游。浪莽：荒废。林野娱：林野之娱。

[16] 试：姑且。榛：草木丛杂。荒墟：废墟。

[17] 丘垄：坟墓。《礼记·月令》："审棺椁之薄厚，茔丘垄之大小、高卑、厚薄之度。"依依：依稀可见貌。

[18] 井灶：井与灶。

[19] 一世异朝市：此为古语，意为三十年之间朝市已经改迁了。朝市：朝廷与集市。

[20] 幻化：变幻。《列子·周穆王》："穷数达变，因形移易者，谓之化，谓之幻。造物者其巧妙，其功深，固难穷难终；因形者其巧显，其功浅，故随起随灭。知幻化之不异生死也，始可与学幻矣。"空无：即空，佛教指万物了无实性。

[21] 怅恨：惆怅。策：扶策。榛曲：草木丛生而曲折不平的道路。

[22] 清且浅：又清澈又浅显。《古诗十九首》："河汉清且浅。"《孟子·离娄上》："沧浪之水清兮，可以濯我缨；沧浪之水浊兮，可以濯我足。"

[23] 漉：过滤。近局：近邻。

[24] 荆薪：柴。

[25] 来：语助词。天旭：天明。

【分析】

《归园田居五首》其一："少无适俗愿，性本爱丘山。误落尘网中，一去三十年。"四句回首平生之事，颇有"觉今是而昨非"（《归去来兮辞》）之感。"羁鸟恋旧林，池鱼思故渊"以羁鸟、池鱼为喻，取譬自然，顺接归隐故乡的想法，鸟归林、鱼回渊不仅仅是回到原来的生活环境，也意味着重新获得自由，与诗人的心情息息相通。诗人常以飞鸟、游鱼作比表达此类情绪，如"望云惭高鸟，临水愧游鱼"（《始作镇军参军经曲阿作》）。"开荒南野际，守拙归园田"，诗人真正过上了躬耕的隐逸生活。"方宅"以下十句，从不同的角度呈现了诗人的隐居环境。"方宅十余亩，草屋八九间"近写，数间草屋伫立在田间，草屋前后栽种着榆柳桃李，尽显乡村淳朴本色。"暧暧远人村，依依墟里烟"二句是远景：远处的乡村，袅袅炊烟，烘托出一种静谧悠远的氛围。"狗吠深巷中，鸡鸣桑树巅"是动景，从听觉切入，狗在巷中吠叫，鸡在树上打鸣，极具农村特色的生活场景。"户庭无尘杂，虚室有余闲"是静景，"户庭"与"虚室"对仗巧妙，屋舍庭院十分洁净，心中没有忧虑，这是更深层次的静。四句诗动静结合、声色并呈，使笔下的乡村更加生动立体。"久在樊笼里，复得返自然"二句传达出诗人的心声。在世俗之间与虚伪机巧周旋，仿佛被困在笼子里不得自由，如今终于恢复了自然而然的状态。除首尾六句之外，都用了工整的对仗，却令人浑然不觉板滞。

《归园田居五首》其二的前四句主要写断绝尘想，后八句则写诗人融入田园生活，一心耕种。

"野外罕人事，穷巷寡轮鞅。白日掩荆扉，虚室绝尘想。"僻静的乡村少了贵人到访和人际应酬，白天也可以闭门，这是清静的现实环境，更重要的是诗人心中没有了世俗的念想，真正做到了"心远地自偏"(《饮酒二十首·其五》)。诗人在二十九岁时起为州祭酒，但不堪吏职，不久就辞官闲居在家。在隆安二年(398)又怀着矛盾的心情出仕，直到义熙元年(405)弃官归隐，透露出彻底归隐、不再为官的坚决信念。"时复墟曲中，披草共来往。相见无杂言，但道桑麻长。桑麻日已长，我土日已广。常恐霜霰至，零落同草莽。"与邻人时披草往还，见面说的都是农事，乡村的淳朴与官场的虚伪形成了鲜明的对比。种植的桑麻长得一天比一天高，开垦的土地一天比一天广阔，诗人亲自劳动初见成果，自然心情舒畅，但又担心霜雪降临，桑麻凋零，毫无收获。这份喜中带忧的心情，极真率。

《归园田居五首》其三，写得朴素明白，意趣盎然。"种豆南山下，草盛豆苗稀。晨兴理荒秽，带月荷锄归。"诗人在南山脚下种了豆子，结果却充满了戏剧性，杂草的长势盖过了豆苗。饶是如此，诗人还是早出晚归地在田间锄草松土，照料甚勤。这与《责子》中的心态颇似，也是其处世之道——顺乎自然，豁达任性。既道出诗人刚归田园不熟农事的事实，也写出诗人对耕种的浓厚兴趣。"道狭草木长，夕露沾我衣。衣沾不足惜，但使愿无违。"田间小路因茂盛的草木而显得更加狭窄，走在其间，草木上的夕露沾湿了衣服，描述的细节真实生动，富有生活气息。但这样又如何呢？衣服被沾湿了，耕种也很辛苦，但诗人的"愿"本就是归隐田园脱离世俗纷扰，耕种劳作所求只是衣食适足，直接表现了诗人高洁的情操与对归隐的执着。

《归园田居五首》其四，叙写与小辈游玩山林，触景生思。"久去山泽游，浪莽林野娱。试携子侄辈，披榛步荒墟。"起首两句，仿佛一声悠长的喟叹，诗人久已不曾亲近山林，原因自然是多年在外奔波做官。如今已经归园田居，有此念想，就与子侄小辈一同去山林，承接得十分自然。"徘徊丘垅间，依依昔人居。井灶有遗处，桑竹残朽株。借问采薪者，此人皆焉如？薪者向我言，死没无复余。"所见并非秀丽清幽的山林风景，而是榛莽丛生的废墟，其间散落着坟墓与屋舍。既见屋舍，诗人便去探访，却见井灶依旧，桑竹衰朽，早已一片荒凉，采薪者说他们都死了。这一事件似乎在意料之外，其实又在情理之中，经过战乱、疾病与饥荒，即便是僻远的小小乡村也受到影响，难逃凋敝破败的命运。由此生出"一世异朝市，此语真不虚。人生似幻化，终当归空无"的人生感慨。"人生"二句似为眼前事所激发，实则是诗人长久以来对人生的思考。

《归园田居五首》其五沿其四而来，写由生命短暂而兴及时行乐之意。"怅恨独策还，崎岖历榛曲"，诗人扶策下山，心中充满"怅恨"。这"怅恨"沿其四一首的生命幻化的悲哀而来，但诗人并未因此走向佛教的空幻，而是由山林回归到充满世俗情味的人间。"山涧清且浅，遇以濯吾足。漉我新熟酒，只鸡招近局。"山里的溪涧又清又浅，正好在下山之前洗去脚上的尘土，仿佛也洗去了一身登山的疲惫和世事的忧虑。"遇"字极妙，见随遇而安的旷怀和意趣。下山之后，诗人兴致盎然地漉酒杀鸡，招呼邻居相聚。"日入室中暗，荆薪代明烛。欢来苦夕短，已复至天旭。"太阳下山了，屋舍里也暗了下来，便点柴来代替蜡烛照明。在当时，高官贵族才点得起蜡烛，一般的士庶人家也享用不起，那么乡野的条件就更为简陋了。但是，与邻人饮酒聚会的快乐却是无穷的，以至于感觉很是短暂，转眼已是天明时分。

读山海经十三首(其一)

【题解】

《山海经》最早见于《史记·大宛列传》:"至《禹本纪》《山海经》所有怪物,余不敢言之也。"今本《山海经》共十八卷,三十九篇。郭璞有《山海经注》,有经,有图。陶渊明也心好异书,其《读山海经十三首》,第一首为总纲,写耕种之余读《山海经》之乐。后十二首则分别吟咏《山海经》故事,并在其中寄寓生命的哲思。

孟夏草木长,绕屋树扶疏[1]。
众鸟欣有托,吾亦爱吾庐[2]。
既耕亦已种,时还读我书[3]。
穷巷隔深辙,颇回故人车[4]。
欢然酌春酒,摘我园中蔬[5]。
微雨从东来,好风与之俱。
泛览周王传,流观山海图[6]。
俯仰终宇宙[7],不乐复何如。

(袁行霈《陶渊明集笺注》卷四,中华书局,2003 年版)

【注释】

[1] 扶疏:四布。谓初夏草木生长,绕着屋子的树枝朝四方舒展。

[2] 欣:欣乐,欣喜。托:寄托,指巢。

[3] 时:经常。

[4] 深辙:大车的辙。颇:每每,经常。回:掉转。谓自己住在偏僻的巷子里,经常使故人的车回转。

[5] 春酒:此指冬酿春熟之酒。古直《陶靖节诗笺定本》:"春余夏始,春酒未罄,故云尔。"

[6] 周王传:即《穆天子传》,记述周穆王游行天下之事。山海图:晋代郭璞注释刘歆校本《山海经》,并著有《山海经图赞》二卷,可知《山海经》有文有图,陶渊明读《山海经》及图而作数诗,所见图是否与郭璞所见相同,或是别有出处,难以详考。

[7] 俯仰:一俯一仰,指时间很短。

【分析】

此诗是本组诗的总纲。"孟夏草木长,绕屋树扶疏。"写初夏草木葱茏的景象,诗人屋舍附近的树舒展树枝撑开浓荫,显出清幽静谧的氛围。"众鸟欣有托,吾亦爱吾庐。既耕亦已种,时还读我书",写闲居读书之乐。飞鸟是陶渊明诗中经常出现的意象,往往象征一种思念故园及追求自由的精神状态,如《归鸟》。借"众鸟"有托抒发自己有庐可依的喜悦。后接"既耕亦已种",正与首句"孟夏”相应,南方春季播种之后,到了初夏就相对空闲一些,可以经常回家读书了,流露出耕读的快乐。

“穷巷隔深辙,颇回故人车。”写屋舍的位置。诗人的屋舍处在狭窄僻静的小巷里面,前来拜访的大车不得不掉头。看似是道窄路远劝退了故人,实际上是少有故人来访,正是“野外罕人事,穷巷寡轮鞅”(《归园田居五首》其二)。但诗人并不感到寂寞,没有来客的打扰,反更觉清静自由。“欢然酌春酒,摘我园中蔬”二句淡雅,从近处生活着笔,家中有未喝完的春酒,园里有可采摘的蔬菜,有酒有菜还有闲书在手,正好一个人怡然自乐。

“微雨从东来,好风与之俱。”写屋舍的读书环境。诗人坐在屋中翻书,初夏气温上升或嫌闷热,恰好柔和的东风吹来阵阵微雨,驱散热气,舒爽精神。而且,这好风细雨还有润物的作用,园中蔬菜、田地庄稼受了自然的惠泽,长得欣欣向荣,省了出门灌溉的辛劳,诗人的状态就更加清闲了。

“泛览周王传,流观山海图。俯仰终宇宙,不乐复何如。”道出所读之书不是儒家典籍,反倒是神秘怪谲的《穆天子传》与《山海图》。两书都不是当时的主流读物,与悠闲惬意的氛围相互烘托,耕读的乐趣水到渠成。俯仰之间就可以神游宇宙,暂时脱离现实世界的束缚,这样的快乐简直是无以复加!

杂诗十二首(其一)

【题解】

“杂诗”之名见于《文选》,李善注王粲《杂诗》云:“五言杂者,不拘流例,遇物即言,故云杂也。”陶渊明《杂诗十二首》其一主要抒发世事无常、人生苦短的感慨。王瑶认为“(《杂诗十二首》)前八首词意连贯,当为一时所作”,并将其系于晋安帝义熙十年(414),此时距离陶渊明辞官归田已经八年。袁行霈则将全部《杂诗十二首》系于晋安帝义熙元年(405),此年陶渊明行役最苦,直到八月从彭泽令上弃官归乡。

人生无根蒂,飘如陌上尘[1]。
分散逐风转,此已非常身[2]。
落地为兄弟,何必骨肉亲[3]!
得欢当作乐,斗酒聚比邻[4]。
盛年不重来[5],一日难再晨。
及时当勉励,岁月不待人[6]。

(袁行霈《陶渊明集笺注》卷四,中华书局,2003年版)

【注释】

[1]“人生”二句:感慨人生不如草木般有根荄,而如浮尘一般飘转、流荡。《古诗十九首·今日良宴会》:“人生寄一世,奄忽若飙尘。”

[2] 常身：常住之身。谓人命如尘土随风转徙，已经今不同昔。

[3] "落地"二句：谓尘土落地即聚成兄弟，不必骨肉才能相亲。《论语·颜渊》："四海之内，皆兄弟也。"

[4] "得欢"二句：谓得遇友好就应该作乐，有酒就应该与邻人相聚共饮。欢，喜乐。《古诗十九首·青青陵上柏》："斗酒相娱乐，聊厚不为薄。"

[5] 盛年：壮年。

[6] "及时"二句：谓趁着年轻努力，岁月是不会等待人的。《论语·阳货》："日月逝矣，岁不我与。"曹丕《与吴质书》："少壮真当努力，年一过往，何可攀援！"

【分析】

"人生无根蒂，飘如陌上尘"两句起调极低沉悲哀，且化用了《古诗十九首》中的意象，将人生比作无根之木、无蒂之花、陌上之尘，飘转无所依托，一喻紧接一喻，层层渲染出诗人多年仕宦奔波的深刻体验。"分散逐风转，此已非常身"二句紧承上两句而来，如同被风吹散的飘蓬和尘土，人的一生也颠沛流离，非自己所能掌控。在经历过种种的遭遇与变故之后，已经不是最初的我了。人生既有羁旅之苦，复经世事磋磨，实在是沉痛至极。那么，在不可把握的命运之中该如何自处，有什么解脱的办法吗？

"落地为兄弟，何必骨肉亲！"这是诗人在漂泊不定和世事变幻的境遇之下的人生态度。既然每一个人都没有根蒂，也不是常住之身，就不必以血缘来论兄弟了，四海之内都如同兄弟，显示出诗人豁达的胸怀。"得欢当作乐，斗酒聚比邻"，诗人厌倦了官场上的尔虞我诈，辞官归乡之后，便与质朴的邻居结下了深厚的情谊。这种豪爽、率真屡见于其诗，如《归园田居》其四："漉我新熟酒，只鸡招近局。"但诗人的饮酒作乐，不是滥饮与烂醉，更多的是朋交相叙之乐，以此消解人生的忧愁。"盛年不重来，一日难再晨"，同义反复，慨叹生命短促，美好的时光尤其短暂。"及时当勉励，岁月不待人。"这是对人生苦短的回应，及时行乐在诗人身上不是消极迷惘的，而是洞达之后的自勉。

本诗通篇用词质朴，读来毫无生涩凝滞之感，充满古诗的丰神情韵，但内在的意脉跌宕起伏，包含着诗人个体丰富的人生阅历、深刻体验与自处之道。

推荐阅读书目

1. 逯钦立注《陶渊明集》，中华书局 2018 年版。
2. 袁行霈《陶渊明集笺注》，中华书局 2003 年版。
3. 杨勇《陶渊明集校笺》，上海古籍出版社 2007 年版。
4. 龚斌《陶渊明集校笺》，上海古籍出版社 1996 年版。
5. 王叔岷《陶渊明诗笺证稿》，中华书局 2007 年版。

思考题

1. 试论陶渊明诗歌的意境与魏晋玄学之间的深层关系。
2. 如何看待陶渊明其人、其诗及其在文学史上的地位变迁？

第八章　庾　信

本章概要

庾信堪称收束六朝的大家。早年以“宫体”擅长，追求技巧之工和修辞之美。风格上，以绮丽、清新为主。及壮岁入北，饱经丧乱羁旅之痛，诗穷而后工，老而更成，为一代文宗。其诗能融合南北诗风之长，一矫齐梁诗的志弱辞靡，重振风骨。《拟咏怀二十七首》融魏晋风骨与齐梁隶事和写景艺术为一体，开唐人五古之先路。由于他所处的独特诗史坐标，“小庾体”不仅风靡北周诗坛，影响更牢笼隋及整个初唐诗坛，乃至盛唐。大诗人杜甫在同情其身世遭际的同时，对其诗歌艺术成就更是推崇有加。

一、庾信生平述略

庾信(513—581)，字子山，出身新野庾氏。史称其“幼而俊迈，聪敏绝伦。博览群书，尤善《春秋左氏传》”(《周书・庾信传》)。庾信的前半生所生活的梁朝堪称承平之世，《梁书・武帝纪》：“征赋所及之乡，文轨傍通之地，南超万里，西拓五千。……三四十年，斯为盛矣。自魏、晋以降，未或有焉。”庾信少年得志，与父庾肩吾以及徐摛、徐陵父子俱为萧纲东宫学士，以文章、辞令出使东魏，为邺下所称。又风流自许，《结客少年场行》：“结客少年场，春风满路香。歌撩李都尉，果掷潘河阳。隔花遥劝酒，就水更移床。”撩、掷、遥、更数字，见少年之豪兴。可以说，“少年唯有欢乐，饮酒那得留残”(《舞媚娘》)，正是庾信前半生生活的写照。

太清元年，侯景之乱爆发，台城覆亡，庾信历尽艰辛从建业逃亡至江陵。始经丧乱之苦，其诗风也开始变化。承圣三年(554)年，42 岁的庾信奉元帝之命出使西魏。恰值西魏大军攻陷江陵，自此羁留北朝，历仕西魏、北周，官至骠骑大将军、开府仪同三司，世称“庾开府”。对于庾信而言，梁朝的覆亡是家、国的双重悲剧，《哀江南赋》《伤心赋》《小园赋》之外，这种痛楚茫然和幻灭之感在诗中也有集中体现，如“茫茫实宇宙，与善定冯虚”(《奉和永丰殿下言志十首》其三)、“大道忽云乖，生民随事蹇。有情何可豁，忘怀固难遣”(《拟咏怀》其十四)、“无闷无不闷，有待何可待。昏昏如坐雾，漫漫疑行海”(《拟咏怀》其二十四)。对于再仕北周也始终有惭耻之心：“在死犹可忍，为辱岂不宽。古人持此性，遂有不能安。其面虽可热，其心长自寒”(《拟咏怀二十七首》其二十)、“故人倘相访，知余已执珪”(《对宴齐使》)、“遂令忘楚操，何但食周薇”(《谨赠司寇淮南公诗》)。

其作品中屡屡流露出乡关之思，如《拟连珠》："亲友会同，不妨怀抚凄怆；山河离异，不妨风月关人。"《拟咏怀》其八："弱龄参顾问，畴昔滥吹嘘。绿槐垂学市，长杨映直庐。连盟翻灭郑，仁义反亡徐。还思建邺水，终忆武昌鱼。"庾信的故国之思与北周的现实处境也不无关系。入北之后，庾信长期赋闲、幽居，时时流露出门第失坠之悲、壮志成空的摧抑之感，"千年水未清，一代人先改。昔日东陵侯，唯见瓜园在"（《拟咏怀二十七首》其二十四）、"怀抱独惛惛，平生何所论。由来千种意，并是桃花源。榖皮两书帙，壶卢一酒樽。自知费天下，也复何足言"（《拟咏怀二十七首》其二十五）。诗歌意象也被赋予了浓厚的象征意味，如《拟咏怀》其一："涸鲋常思水，惊飞每失林。"倪璠《庾子山集注》说："言已处丧乱之后，如失水之鱼，离群之雁也。"杜甫的"庾信平生最萧瑟，暮年诗赋动江关"（《咏怀古迹五首》其一）正感于此。

不仅如此，此时庾信的物质生活也颇为困顿，时赖赵王等人的周济，多穷愁之叹，如《和裴仪同秋日诗》："萧条依白社，寂寞似东皋。学异南宫敬，贫同北郭骚。蒙吏观秋水，莱妻纺落毛。旅人嗟岁暮，田家厌作劳。霜天林木燥，秋气风云高。栖遑终不定，方欲涕沾袍。"写尽羁旅穷困之哀。思及昔日的高华风流，正自有无限萧瑟之感。心境也一转而为怨抑、枯槁，且好以"枯树""枯蚌"作比。风格也由前期的清新转为冷峭萧飒，如《奉答赐酒鹅诗》："云光偏乱眼，风声特噤心。冷猿披雪啸，寒鱼抱冻沉。今朝一壶酒，实是胜千金。负恩无以谢，惟知就竹林。"前半写穷居苦况，反衬得酒之喜。"偏""特"二字见其心境。

二、庾信的创作分期

庾信的诗歌创作也分为前后两期。早年的"宫体"之篇以"转拘声韵，弥尚丽靡"（《梁书·庾肩吾传》）为基本特征。声律水平尤高，"粘式律已占16%，且以四韵以下短篇为主"（杜晓勤《齐梁诗歌向盛唐的嬗变》）。其中，《咏画屏风二十四首》多有通篇合律的，如其十二："出没看楼殿，间关望绮罗。翔禽逐节舞，流水赴弦歌。细管吹丛竹，新杯卷半荷。南宫冠盖下，日暮风尘多。"平仄粘对已全似唐人五律之体。同时，又能汲取民歌的唇吻和声情，如《夜听捣衣》仿《西洲曲》之体，八句一转韵，实则由六首八句短章构成。同时，又以顶针、双关、谐音手法增其流丽之调，极情灵摇荡之致。

声律之外，又工于对仗，如《奉和初秋诗》"落星初伏火，秋霜正动钟"、《任洛州酬薛文学见赠别》"羊肠连九阪，熊耳对双峰"等。且能将精工的对仗与精巧的句法相融合，颠倒生新，如"塞迥翻榆叶，关寒落雁毛"（《侍从徐国公殿下军行》），本是"长榆塞""雁门关"拆合之后，更增形象性和生动感。杜甫《秦州杂诗》其一"水落鱼龙夜，山空鸟鼠秋"即自庾信句法中来。又精于用典，如《赋得荷》："秋衣行欲制，风盖渐应欹。""秋衣"用《离骚》："制芰荷以为衣兮，集芙蓉以为裳。"而能化典故为情致。李调元《雨村诗话》说："庾子山诗对仗最工，乃六朝而后转五古为五律之始。其造句能新，使事无迹。"

辑裁巧密之外，庾信诗还发展了齐梁诗的写景艺术，如《咏画屏风诗》其十六："水似桃花色，山如甲煎香。白石春泉上，谁能待月光。""水似"二句新奇有致，"白石"二句虚想月光映照在白石、春泉之上的皎洁之美，可谓长于琢虚。此外，如"涧底百重花，山根一片雨""峡路沙如雪，山峰石似眉""荷风惊浴鸟，桥影聚行鱼"等，无字不新隽。庾信的清新之句又长于炼字，如"昨夜鸟声春"（《咏画屏风二十五》），"春"本不可听，而由鸟声逗出；《对雨诗》"阶含侵角路"，"含"字幽景中并见心境。又《幽居值春诗》“钱刀不相及，耕种且须深”，着一“深”字，幽居窘困之况味悠然可见。

在以实境生新的同时，庾信的诗歌还朝着造境清新一途发展，如《游山》：

> 聊登玄圃殿，更上增城山。不知高几里，低头看世间。唱歌云欲聚，弹琴鹤欲舞。涧底百重花，山根一片雨。婉婉藤倒垂，亭亭松直竖。

“不知”二句古拙见奇。“涧底”四句更是无一句不新，以涧、藤、松等意象营造出浑然高古之境，陈祚明评曰：“高旷之境，楚楚异人。”（《采菽堂古诗选》）五言四句小诗尤善于造境，如《山中》：“涧暗泉偏冷，岩深桂绝香。住中能不去，非独淮南王。”意境全自淮南小山《招隐士》“桂树丛生兮山之幽”中出，高古幽奇，已开摩诘辋川绝句之妙境。

后期由于遭际的变化，其诗文一转而为慷慨沉郁之音，情感的深度、力度和广度远超时辈。其诗文也由重修辞技巧重新复归言志、抒情一途，《哀江南赋序》所谓“不无危苦之词，惟以悲哀为主”。《拟咏怀二十七首》的成功也源于情感的深挚，如其二十一：“倏忽市朝变，苍茫人事非。避谗应采葛，忘情遂食薇。怀愁正摇落，中心怆有违。独怜生意尽，空惊槐树衰。”沈德潜《古诗源》说：“无穷孤愤，倾吐而出，工拙都忘，不专拟阮。”别离之诗尤悲哀淋漓，如《寄王琳诗》：“玉关道路远，金陵信使疏。独下千行泪，开君万里书。”“玉关”“金陵”见空间之阻隔，“千行泪”“万里书”见情感之激烈。陈祚明评价说：“北朝羁迹，实有难堪；襄、汉沦亡，殊深悲恸。子山惊才盖代，身堕殊方，恨恨如忘，忽忽自失。生平歌咏，要皆激楚之音，悲凉之调。”（《采菽堂古诗选》卷三十三）

情感的充沛、厚重之外，庾信后期诗歌艺术的成就还在于形式技巧与抒情的高度统一。就句法而言，则由前期的精致、工巧变为朴拙、矫健，如“惟忠且惟孝，为子复为臣”（其五）、“无闷无不闷，有待何可待”（其二十二）、“怀秋独悲此，平生何谓平”（其九）、“世途旦复旦，人情玄又玄”（《伤王司徒褒》）等，造成一种“顿挫”之感，与情感的沉郁萧飒相得益彰。同时，又能融合比兴、用典、象征等手法造成一种掩抑沉怨、深隐曲折的艺术风格，如《拟咏怀二十七首》其十一：

> 摇落秋为气，凄凉多怨情。啼枯湘水竹，哭坏杞梁城。天亡遭愤战，日蹙值愁兵。直虹朝映垒，长星夜落营。楚歌饶恨曲，南风多死声。眼前一杯酒，谁论身后名。

“摇落”四句化典故为情思，极悲哀之致。“天亡”四句用项羽兵败垓下典，写江陵危亡之象。“南风”直用《左传·襄公十八年》师旷语：“南风不竞，多死声，楚必无功。”“眼前”二句直用毕卓事语，然已非名士风流任诞意，而是无可奈何的愤懑之叹。《拟咏怀二十七首》抒情及手法极多变，所谓“情纠纷而繁会，意杂集以无端。兼且学善多闻，思心委折；使事则古今奔赴，述感则方比抽新。又缘为隐为彰，时不一格”（陈祚明《采菽堂古诗选》）。

三、庾信的文学成就及影响

诗至齐梁，风味气衰。庾信诗能超越时俗，还在于风骨的重振。这种超越和复振既关乎个性气质、身世遭际，更是诗学的内在发展逻辑。就前者而言，庾信之性情颇杂名士不羁之气，所谓“幼而俊迈”“容止颓然，有过人者”（《周书·本传》）。加之少年得志，意气风发，《杨柳歌》：“若言丈夫无意气，试问燕山那得碑。”《哀江南赋》谓“论兵于江汉之君”。同时，又有慷慨任侠的一面，以节义自许，如《拟连珠》其十二：“盖闻天方荐瘥，丧乱弘多，空思说剑，徒闻枕戈。是以刘琨之英路，莫知自免；祖逖之慷慨，裁能渡河。”施之于文，诚能以气驱壮词，如《拟咏怀二十七首》其二十七：

被甲阳云台，重云久未开。鸡鸣楚地尽，鹤唳秦军来。罗梁犹下礌，杨排久飞灰。出门车轴折，吾王不复回。

五言小诗也能有逸宕之气，如《野步》：“值泉仍饮马，逢花即举杯。稍看城阙远，转见风云来。”加之才优学赡，典故络绎，而能以气运之，如《拟咏怀二十七首》其二：

赭衣居傅岩，垂纶在渭川。乘舟能上月，飞幰欲扪天。谁知志不就，空有直如弦。洛阳苏季子，连衡遂不连。既无六国印，翻思二顷田。

“赭衣”二句用傅说、吕尚得遇典喻梁帝知遇之恩，“乘舟”二句喻己之大志。“洛阳”四句以苏秦自比，苏秦连衡配六国相印，曾叹：“使我有洛阳负郭田二顷，吾岂能佩六国相印乎。”此处反其意而用之。“谁知”二句陡转，感激顿挫见于言外。沈德潜《说诗晬语》卷上：“庾子山才华富有，悲感之篇，常见风骨。”同时，又能潜气内转，有沉郁顿挫之致，如《拟咏怀》其十七：

日晚荒城上，苍茫余落晖。都护楼兰返，将军疏勒归。马有风尘气，人多关塞衣。阵云平不动，秋蓬卷欲飞。闻道楼船战，今年不解围。

又如《送卫王南征》：“望水初横阵，移营寇未降。风尘马足起，先暗广陵江。”“起”字有气势，“风尘”由马足而起，“暗”字尤妙，隐隐透出广陵的败亡命运。

其长篇五言一体，如《谨赠司寇淮南公诗》《和张侍中述怀诗》《伤王司徒褒》等分别长达 20 韵、30 韵、29 韵之多。结构上，融叙事、写景、抒情、议论为一体，意脉飘忽，跌宕起伏，对杜甫的长篇五古、五排有直接影响。杜甫的“庾信文章老更成，凌云健笔意纵横”（《戏为六绝句》其一）也兼笔势和才思而言，仇兆鳌注云：“开府文章，老愈成格，其笔势则凌云超俗，其才思则纵横出奇。”（《杜诗详注》卷十一）

就诗学的内在逻辑而言，齐梁诗坛的咏史、边塞、效古等题材仍能稍存建安风骨一脉。及历丧乱，转多慷慨，如庾肩吾《乱后经乱后经夏禹庙诗》《登城北望诗》等篇已开庾信之先。庾信早年的边塞之作如《出自蓟北门行》：“蓟门还北望，役役尽伤情。关山连汉月，陇水向秦城。笳寒芦叶脆，弓冻纻弦鸣。梅林能止渴，复姓可防兵。将军朝挑战，都护夜巡营。燕山犹有石，须勒几人名。”已较有骨力。及入北之后，受北朝尚武之风的洗礼，一变绮靡之调，转多骨力峭健，如《从驾观讲武》：“校战出长杨，兵栏入斗场。置阵横云起，开营雁翼张。门嫌磁石碍，马畏铁菱伤。龙渊触牛斗，繁弱骇天狼。落星奔騕褭，浮云上骕骦。急风吹战鼓，高尘拥贝装。骇猿时落木，惊鸿屡断行。”写观武之事极生动，气势奔逸，刚健而不失清峻，对隋唐边塞之篇有直接影响。

就修辞而言，庾信诗之句法多用实字、健字，如《咏画屏风诗》其十四"高阁千寻跨，重檐百丈齐"，以"跨""齐"二健字相撑拄，且与"高""重"相应，句法便极稳健有力。又《侍从徐国公殿下军行》"阵后云逾直，兵深星转高"，清健劲峭。沈德潜《古诗源》："陈隋间人，但欲得名句耳。子山于琢句中，复饶清气，故能拔出于流俗中。"由清新至刚健也是初唐诗学的发展逻辑，故卢照邻《南阳公集序》赞云："南国轻清，惟庾中丞时时不坠。"可以说，从初唐四杰的边塞、游侠之篇到盛唐风骨的重振正沿庾信所开启的道路。

四、庾信的诗史地位

就诗歌史而言，庾信不仅具有沟通南北之功，同时又能收束六朝，下启唐音。作为"齐梁体"向唐人近体过渡的关键一环，庾信的五言八句新体已有通篇合律之作，如《咏画屏风二十四首》其五、十一、十二、十五、十六、二十三等都已是比较标准的粘式律。五律之外，庾信的 55 首五言四句小诗中，近体绝句达 20 首，如《望渭水》："树似新亭岸，沙如龙尾湾。犹言吟溟浦，应有落帆归。"完全合律。此外，篇体结构、抒情模式和表现手法也"已经脱离了对乐府的依傍而完全独立"(葛晓音《论初盛唐绝句的发展——兼论绝句的起源和形成》)。至于《秋夜望单飞雁》(七言四句)、《乌夜啼》(七言八句)、《燕歌行》等也是向七绝、七律、七言歌行诸体过渡的重要环节。刘熙载《艺概·诗概》卷二说："庾子山《燕歌行》开唐初七古，《乌夜啼》开唐七律，其他体为唐五绝、五律、五排所本者，尤不可胜举。"不仅如此，更将新体引入诗体发展滞后的北周诗坛，赵王宇文招、滕王宇文逌等人皆学"庾信体"。

庾信又是南北朝诗歌的集大成者。沿齐梁诗坛的复古一脉，庾信后期之诗复归了风骚传统，同时又能取法汉魏古诗。《拟咏怀二十七首》非仅拟阮籍《咏怀》而已，更是对魏晋以来咏怀、拟古传统的继承。其一："步兵未饮酒，中散未弹琴。索索无真气，昏昏有俗心。涸鲋常思水，惊飞每失林。风云能变色，松竹且悲吟。由来不得意，何必往长岑。"以阮籍自比，易代的忧生摧抑之感是相通的。"宫体"的"流连哀思"之体也被赋予了更多身世之感，一矫浮薄之习，如《拟咏怀二十七首》其七：

> 榆关断音信，汉使绝经过。胡笳落泪曲，羌笛断肠歌。纤腰减束素，别泪损横波。恨心终不歇，红颜无复多。枯木期填海，青山望断河。

本为《昭君辞》一体，然已涤去艳情代之以羁旅思乡之情，是对比兴艺术的创造性发挥。其别离之篇能得《古诗十九首》之神，如《别周尚书弘正》："扶风石桥北，函谷故关前。此中一分手，相逢知几年。黄鹄一反顾，徘徊应怆然。自知悲不已，徒劳减瑟弦。"哀感淋漓，"黄鹄"二句犹悲怆。不同于汉魏古诗的自然浑成，庾信之诗又始终带有齐梁诗的技巧性，命意构思及抒情模式多所创变，或显或隐，变态横生。

汉魏古诗之外，后期的幽居生活使庾信走向了陶渊明的田园之诗，如《归田诗》：

> 务农勤九谷，归来嘉一廛。穿渠移水碓，烧棘起山田。树阴逢歇马，鱼潭见酒船。苦李无人摘，秋瓜不直钱。社鸡新欲伏，原蚕始更眠。今日张平子，翻为人所怜。

以朴拙、鄙俗入诗。同时将齐梁诗的写景造境之法融入其中，如《幽居值春》："山人久陆沉，幽径忽春临。决渠移水碓，开园扫竹林。欹桥久半断，崩岸始邪侵。短歌吹细笛，低声泛古琴。钱刀不相及，耕种且须深。长门一纸赋，何处觅黄金。"对王绩、初唐四杰等人的田园之篇有直接影响。庾信也正是在这种意义上成为南北朝诗的集大成者，并对杜甫转益多师的诗学道路产生了直接影响。

就风格而言，庾信也是南北朝风格最为多样的大家。前期多绮艳之篇，如《梦入堂内》《奉和示内人》《和咏舞》等。入北后，仍多艳体，如《奉和赵王美人春日》《和赵王看妓》等，所谓"齿虽耆旧，文更新奇，才子词人，莫不师教，王公名贵，尽为虚襟"（宇文逌《庾信集序》）。庾信也因此被讥为"辞赋之罪人"。实则，庾信诗中仍有典雅清华的应制之体，如《和颍川公秋夜》："泬寥空色远，叶黄凄序变。泂浦落遵鸿，长飚送巢燕。千秋流夕景，百籁含宵蝉。峻雉聆金柝，曾台切银箭。""泬寥"出宋玉《九辩》"泬寥兮天高而气清"，起调极高。"泂浦"用《豳风·九罭》"鸿飞遵渚"，"长飚"有遒远之势，一"落"一"送"有健气。"千秋"二句境界阔大，"峻雉"二句切题。杜甫《春宿左省》"星临万户动，月傍九霄多。不寝听金钥，因风想玉珂"即学此种高华之笔。此外，如《奉和夏日应令诗》《奉和山池》等对初唐宫廷应制之篇有直接影响。

"清新"也是庾信诗歌的基本风格之一。"清新"作为世族审美趣味，经由玄学对两汉经学冗繁的涤荡和性灵的发扬而来，以自然为内核。且与齐梁诗的艺术体制关系甚密，集中体现在琢句炼字、写景造境层面。"清新"也是"小庾体"的基本内涵，且兼体格、辞调、造语及立意构思等诸多内涵。咏物有白描一种，如《咏梅花》："常年腊月半，已觉梅花阑。不信今春晚，俱来雪里看。树动悬冰落，枝高出手寒。早知觅不见，真悔著衣单。"绝句小诗中有直率近乎民歌者，如《和江中贾客》："五两开船头，长桥发新浦。悬知岸上人，遥振江中鼓。"

庾信后期饱经沧桑，诗风也一变而为沉郁、顿挫，如《拟咏怀二十七首》其十："悲歌渡燕水，弭节出阳关。李陵从此去，荆卿不复还。故人形影灭，音书两俱绝。遥看塞北云，悬想关山雪。游子河梁上，应将苏武别。""悲歌"用荆轲易水送别典，"弥节"用李陵、苏武送别典，且出之以扇对，形成一种开阖纵横之势。"故人"二句悲凉，"形影灭"就荆轲言，化典故为形象，"音书"暗用李陵《答苏武书》，堪为绝调，且兼用典。

庾信众多的幽居之篇一变六朝之高华，而多萧飒、疏野之致，如《卧疾穷愁诗》："危虑风霜积，穷愁岁月侵。留蛇常疾首，映弩屡惊心。稚川求药录，君平问卜林。野老时相访，山僧或见寻。有菊翻无酒，无弦则有琴。讵知长抱膝，独为梁父吟。"乃至走向颓唐、老放，如《有喜致醉诗》："杂曲随琴用，残花听酒须。脆梨裁数实，甘查唯一株。兀然已复醉，摇头歌凤雏。"陈祚明评曰："不觉潦倒至是。"（《采菽堂古诗选》卷一〇）

可以说，庾信之所以能成大家，正在于多元对立风格的统一。其诗绮艳中有清新，如《咏画屏风二十四首》其三："昨夜鸟声春，惊闻动四邻。今朝梅树下，定有咏花人。流星浮酒泛，粟瑱绕杯唇。何劳一片雨，唤作阳台神。"沉郁中杂绮丽，如《和赵王送峡中军》："山城对却月，岸阵抵平云。赤蛇悬弩影，流星抱剑文。胡笳遥警夜，塞马暗嘶群。客行明月峡，猿声不可闻。"这种点染之法也为李白所沿，而增飘逸之气。杨慎《升庵诗话》说："庾信之诗，为梁之冠绝，启唐之先鞭。史评其诗曰绮艳，杜子美称之曰清新，又曰老成。绮艳清新，人皆知之，而其老成，独子美能发其妙。"

名篇赏析

舟中望月

【题解】

咏物一体盛于齐梁，“宫体”中尤多。庾信此诗正是典型的“宫体”咏物之篇。萧纲《望月》、庾肩吾《和徐主簿望月》等大抵皆唱和之篇。“宫体”咏物以修辞之巧和思致见长，庾信此诗命题立意颇见巧思。“舟中望月”四字已蕴含了离别相思之意，非仅咏月，更是咏怀典型的情境。

舟子夜离家，开舲望月华[1]。
山明疑有雪，岸白不关沙。
天汉看珠蚌[2]，星桥似桂花。
灰飞重晕阙[3]，蓂落独轮斜[4]。

（倪璠《庾子山集注》卷四，中华书局，1980 年版）

【注释】

[1] 舲：有窗牖的小船。乃楚语，《楚辞·九章·涉江》：“乘舲船余上沅兮，齐吴榜以击汰。”

[2] 天汉：古人指天河、银河。《诗经·小雅·大东》：“维天有汉，监亦有光。”毛传：“汉，天河也。”曹丕《杂体诗》：“天汉回西流，三五正纵横。”

[3] 灰飞：是古人的候气之法。《后汉书·律历志》：“候气之法，为室三重，户闭，涂衅必周，密布缇缦。室中以木为案，每律各一，内庳外高，从其方位，加律其上，以葭莩灰抑其内端，案历而候之。气至者灰动。其为气所动者其灰散，人及风所动者其灰聚。”后世遂以“灰飞”指代节令的变化。

[4] “蓂落”句：“蓂”，即“蓂荚”，传说中可计历的瑞草。王充《论衡·是应篇》：“古者蓂荚夹阶而生，月朔日一荚生，至十五日而十五荚；于十六日，日一荚落，至月晦，荚尽，来月朔，一荚复生。”故又名“历荚”“蓂历”。荚生则月圆，荚落则月缺，从“独轮斜”可知乃月末。

【分析】

诗的首二句平平而起，却能紧切“舟中望月”四字。“舟子夜离家”，“舟子”与其说是诗人，不如说是虚构之意象，由此拉开了作者、读者与抒情者三者之间的审美距离。而这种不即不离的淡韵正是典型的世族文学趣味。“舲”是有窗的小舟，故云“开舲”。“舲”乃楚语。“舟子”四句写皎月澄澈之境，“山”“岸”皆平远之景，山明如雪，岸白如沙，比喻清新，却又不直云似雪、如沙，而云

"疑有""不关",写出了微妙的心理感受。这种清新的比喻及其所蕴含的敏锐、纤细的感受力和笔触的优美体现了南朝世族文化审美趣味,也是诗人天才性的体现。李贺《马诗》"大漠沙如雪,燕山月似钩",即有得于庾信。

五六句由平远之景转入天上,"天汉"即银河,又称银汉。珠蚌,即蚌中之珠,喻月之皎圆,且兼借代手法。"星桥"即鹊桥,与"天汉"相承,想象奇特,对仗亦工。"桂花",指月中桂,用借代手法。二句一片幻化之感,读者也仿佛置身明河之中,星桥之上。由"星桥"又令人联想到七夕牛女之会,咏月而及怀人,《文心雕龙·物色》所谓"物色尽而情有余者,晓会通也"。然又全由景中逗出,含而不露。"灰飞",是古人的候气之法,言节令之变。"晕",指月晕,是月光被云层折射在月轮周围形成的光圈。"重",即重叠。"蓂落独轮斜","蓂"即"蓂荚",与"灰飞"皆计历之法,对仗极工。因十六日之后蓂日落一荚,可知时间在一月之下旬,故曰"独轮斜",状弦月如钩。"独"字又透出孤独的意味。

通首句句咏月咏望,且能以白描出之,所谓"物色尽而情有余"(《文心雕龙·物色》),体现了齐梁咏物诗由形似而趋神似的最高水准。就章法而言,起承转合,已与唐律无异。胡应麟《诗薮》赞叹:"真唐律也。"不仅如此,通篇意境明澈,情思蕴藉,八句小诗堪敌谢庄一篇《月赋》!

拟咏怀二十七首(其四)

【题解】

《拟咏怀二十七首》是庾信后期诗歌艺术成就的代表。据鲁同群《庾信传论》一书的考论,部分作品作于公元563年庾信出为弘农郡守之时。关于这一组创作的主旨,倪璠在《庾子山集注》中说:"昔阮步兵《咏怀诗十七首》,颜延年以为在晋文代虑祸而发。子山拟斯作二十七篇,皆在周乡关之思,其辞旨与《哀江南赋》同矣。"指出了这一组作品与阮籍组诗之渊源及辞旨。需要指出的是,庾信的"乡关之思"内涵是极为复杂的,既有亡国破家、亲友别离之痛,也有生活的困窘,以及对门第失坠、志业无成的失落。因此,对庾信而言,这一组作品非仅拟阮而已,更是一种带有私人写作性质的自我抒怀之作。

楚材称晋用[1],秦臣即赵冠[2]。
离宫延子产[3],羁旅接陈完[4]。
寓卫非所寓[5],安齐独未安[6]。
雪泣悲去鲁[7],凄然忆相韩[8]。
唯彼穷途恸[9],知余行路难[10]。

(倪璠《庾子山集注》卷三,中华书局,1980年版)

【注释】

[1] 楚材:《左传·襄公二十六年》:"晋卿不如楚,其大夫则贤,皆卿材也。如杞梓、皮革,自楚往也。虽

楚有才,晋实用之。"喻己南人,而流落北朝。

[2] 秦臣:《后汉书·舆服志》:"'武冠',谓之赵惠文冠。秦灭赵,以其君冠赐近臣。"这句诗是说梁为西魏所灭,自己也不得已臣服北周。

[3] 离宫:犹别馆、离宫。本指正宫以外的宫室,也指接待使臣的馆所。《左传·襄公三十一年》:"子产相郑伯以如晋,晋侯以我丧故,未之见也。子产使尽坏其馆",士文伯让之,子产说:"逢执事之不闲,而未得见。又不获闻命,未知见时。"此处以子产出使晋国的遭遇写自己奉元帝之命出使西魏所遭受的冷遇。

[4] 羁旅:《左传·庄公二十年》:"陈公子完奔齐,齐使敬仲为卿,辞曰'羁旅之臣'。"敬仲,即公子完。庾信在北周虽被封开府仪同三司等官职,却以羁旅之臣自视。对北周上层而言,也不免以降臣视之。

[5] 寓卫:用春秋时黎侯寓卫之事。《诗经·邶风·式微》毛序云:"《式微》,黎侯寓于卫,其臣劝以归也。"郑玄笺云:"黎侯为狄人所逐,弃其国,而寄于卫。"

[6] 安齐:《左传·僖公二十三年》载,晋文公重耳流亡,"及齐,齐桓公妻之,有马二十乘,公子安之"。齐姜劝曰:"行也!怀与安,实败名。"重耳仍不愿意离开齐国,后齐姜与谋臣赵衰等合谋,醉而遣之。

[7] 雪泣:雪,擦拭。《列子·力命》载:齐景公登牛山而泣,"晏子独笑于旁,公雪涕而顾晏子"。悲去鲁:《韩诗外传》:"孔子去鲁,迟迟乎其行也。"

[8] 相韩:用韩信为韩复仇典,《史记·留侯世家》:"韩破,良悉以家财求客刺秦王,为韩报仇,以大父、父五世相韩故也。"

[9] 穷途恸:用阮籍典,《晋书·阮籍传》:"(籍)时率意独驾,不由路径,车迹所穷,辄痛哭而返。"

[10] 行路难:《行路难》是乐府旧题,备言世路艰难及离别悲伤之意。《续晋阳秋》:"袁山松善音乐,北人旧歌有《行路难》曲,辞颇疏质,山松好之,乃为文其章句,婉其节制。每因酒酣从而歌之,听者莫不流涕。"庾信此处也用世路艰难之意。

【分析】

承圣三年(554)三月,西魏派宇文仁恕来聘,北齐使者恰好也于此时来到江陵。梁元帝接待宇文仁恕不及北齐使者,又请据旧图定疆境,辞颇不逊。宇文泰听闻大怒,遣大将于谨、宇文护将兵五万攻梁江陵城。四月,庾信以散骑常侍的身份奉梁元帝命出使西魏。不同于此前出使东魏时的荣光,庾信此次出使是临危受命,且受尽冷遇。十月,西魏攻陷江陵,梁元帝被杀,庾信也因此被羁留北朝。对于这一切身遭际,庾信在《哀江南赋》中也有流露:"荆璧睨柱,受连城而见欺;载书横阶,捧珠盘而不定。钟仪君子,入就南冠之囚;季孙行人,留守西河之馆。申包胥之顿地,碎之以首;蔡威公之泪尽,加之以血。"

此诗所咏即此事,然碍于降臣身份,只能远征事典以抒幽愤之怀。江陵覆亡后,王褒与刘珏、殷不害等数十人俱至长安,宇文泰大喜曰:"昔平吴之利,二陆而已。今定楚之功,群贤毕至,可谓过之矣。"(《周书·王褒传》)此前出使而被羁留的庾信也终于和王褒等人一起再仕西魏。"离宫"句忽倒叙,用郑子产相郑伯至晋国,而晋侯置郑国君臣于离馆中而不见事,喻己在西魏的艰难处境,所谓"三日哭于都亭,三年囚于别馆"(《哀江南赋序》)。及北周代西魏,庾信虽被授予骠骑大将军、开府仪同三司等职,实仍以"羁旅之臣"自视。"寓卫"二句写在北思归之情,然用黎侯、晋文公重耳之典,不单是自比,也令人联想到同时沦落北周的萧梁宗室如萧大圜、永丰侯萧㧑等人的遭际。"雪泣"句以孔子去鲁自比去国之悲,"凄然"句自伤父子俱蒙简文帝、元帝恩遇,却不能如韩信为韩君复仇。末以阮籍的穷途之恸自比,寓破国亡家之殊恸。可谓反复凌乱,感慨淋漓。

通篇几乎句句用典，庾信的善于组织传文也可窥一斑。虽用古事，却极切近今情，陈祚明所谓“事必远征令切”（《采菽堂古诗选》卷三三）。不仅如此，情感也极真挚、沉郁，且有慷慨之气贯穿其中。故能使事跌宕，而不流于堆砌，达到了抒情和技巧的高度统一。

拟咏怀二十七首(其十八)

寻思万户侯[1]，中夜忽然愁。
琴声遍屋里，书卷满床头。
虽言梦蝴蝶[2]，定自非庄周。
残月如初月，新秋似旧秋。
露泣连珠下，萤飘碎火流。
乐天乃知命[3]，何时能不忧。

（倪璠《庾子山集注》卷三，中华书局，1980 年版）

【注释】

[1] 万户侯：即食邑万户之侯。《战国策·齐策四》：“有能得齐王头者，封万户侯。”后代指高官显宦。

[2] 梦蝴蝶：《庄子·齐物论》：“昔者庄周梦为胡蝶，栩栩然胡蝶也，自喻适志与，不知周也。俄然觉，则蘧蘧然周也。不知周之梦为胡蝶与，胡蝶之梦为周与？周与胡蝶，则必有分矣。此之谓物化。”此二句反其意而用之，自嘲不能如庄子那般旷达超脱，反而愁怀难遣。

[3] 乐天乃知命：《易经·系辞上》：“乐天知命故不忧。”

【分析】

庾信父子以文采深为简文帝萧纲所赏遇，父子俱侍东宫，位职清贵。及庾信入北周，虽封骠骑大将军、开府仪同三司，然多虚衔，故常自伤不得志。《拟连珠四十四首》中即多摧折无用之叹：“樊笼之鹤，宁有六翮之朝；肮脏之马，无复千金之价”（其二十三）、“明镜蒸食，未为得所；干将补履，尤可伤嗟”（其三十七）。加之长期赋闲幽居，物质生活上极为困顿，多穷愁潦倒之慨。种种愤懑、郁积也体现在《拟咏怀二十七首》中。

“寻思”，即思量。“万户侯”，《史记·李将军列传》：“惜乎，子不遇时！如令子当高帝时，万户侯岂足道哉！”庾信用此典也意在慨叹时运不济，壮志成空。首句发兴无端，似劈空而来。“中夜忽然愁”，情极愁闷，语仍流宕，“忽然”承“寻思”而来。“琴声”句暗用阮籍《咏怀八十二首》其一“夜中不能寐，起坐弹鸣琴”之意。“遍”字见琴声的慷慨。弹琴本欲消愁，反更不平。“书卷满床头”，读书本欲解闷，然愈愁思无聊。“梦蝶”反用庄子典故，自嘲不能齐万物，一是非。

“残月”四句转入写景。“残月如初月，新秋似旧秋”二句通过“残”与“初”、“新”与“旧”的对照，感伤物是人事的变幻。“如”“似”二字，乍看“月”与“秋”似乎没有任何的改变，而时间的流逝在诗人的愁绪中似乎凝滞了。然而，残月与新月，新秋与旧秋毕竟又是不同的。“如”“似”非而似，似而非，一片迷离之感。而“残”“旧”之中更寄托了诗人的心境。“露泣”二句极幽寂之景，见出时令。“露泣”喻夜露如珠，兼拟人手法，露的坠落也似愁人的哭泣一般。“萤飘”喻萤光如寒火在黑暗的夜幕中流动，“寒”字传达出夜凉如水的心理感受。“乐天”二句以旷达之语自期，然忧终不可止。

就章法而言，全诗忽然而来，戛然而止，一似愁绪之无端。意脉委曲，而有顿挫之感，与情感的起伏转折相得益彰。

对酒歌

【题解】

《对酒歌》是乐府古题，曹操有《对酒歌》。此题流行于齐梁，且多写饮酒及时行乐意。吴兢《乐府古题要解》云：“若梁范云‘对酒心自足’，则言但当为乐，勿徇名自欺也。”庾信此篇也用此意，然颇有身世之感。

春水望桃花，春洲藉芳杜。
琴从绿珠借，酒就文君取[1]。
牵马向渭桥[2]，日曝山头脯。
山简接䍦倒[3]，王戎如意舞[4]。
筝鸣金谷园[5]，笛韵平阳坞[6]。
人生一百年，欢笑惟三五。
何处觅钱刀[7]，求为洛阳贾[8]。

（倪璠《庾子山集注》卷五，中华书局，1980 年版）

【注释】

[1] 绿珠：石崇宠婢。《晋书·石崇传》：“崇有妓曰绿珠，美而艳，善吹笛。”文君：卓文君。蜀人卓王孙之女，《史记·司马相如列传》载其为司马相如琴挑，而私奔成都，当垆卖酒。

[2] 渭桥：渭水桥。秦时始置，本名横桥。司马贞《史记正义》索隐引《三辅故事》：“咸阳宫在渭北，兴乐宫在渭南，秦昭王通两宫之间，作渭桥，长三百八十步。”汉更名渭桥。

[3] 山简：典出《世说新语·任诞》：“山季伦为荆州，时出酣畅。人为之歌曰：‘山公时一醉，径造高阳池。日莫倒载归，茗艼无所知。’‘复能乘骏马，倒箸白接篱。举手问葛强，何如并州儿？’”

[4] 王戎：竹林七贤之一，字浚冲，出身琅邪王氏。以功封安丰县侯，又称“王安丰”。神采秀美，风度潇洒，《世说新语·任诞》：“王长史、谢仁祖同为王公掾。长史云：‘谢掾能作异舞。’谢便起舞，神意甚暇。王公熟视，谓客曰：‘使人思安丰。’”

[5] 金谷园：西晋豪富石崇的私人园林，在洛阳西北谷水所流经的金谷涧中。元康六年，石崇出为征虏将军，为金谷宴饮，并作《金谷诗序》，后世遂以“金谷游”为宴会豪奢的代称。

[6] 平阳坞：马融《长笛赋》序：“融性好音，能鼓琴吹笛。为督邮，独卧郿平阳坞中，有洛客舍逆旅，吹笛

相和。融去京师逾年,暂闻甚悲而乐之。逆慕箫琴皆有颂,而笛独无,乃作《笛赋》。”

[7] 钱刀：刀形状钱币。《白头吟》:“男儿重意气,何用钱刀为?”

[8] 洛阳贾：用桑弘羊典,《史记·平准书》:“洛阳贾人子,以心计,年十三,侍中。”

【分析】

魏晋名士的任诞尚气之风至齐梁犹存,庾信也颇染名士习气,《梁书》本传:“身长八尺,腰带十围,容止颓然,有过人者。”又《南史》载:“(萧)韶昔为幼童,庾信爱之,有断袖之欢。衣食所资,皆信所给。遇客,韶亦为信传酒。后为郢州,信西上江陵,途经江夏,韶接信甚薄;坐青油幕下,引信入宴,坐信别榻,有自矜色。信稍不堪,因酒酣,乃径上韶床,践蹋肴馔,直视韶面,谓曰:‘官今日形容大异近日。’时宾客满坐,韶甚惭耻。”“径上韶床”之举与杜甫的醉登严武床甚似。及入北,幽居潦倒,好以嵇、阮自比,如《奉答赐酒鹅诗》:“今朝一壶酒,实是胜千金。负恩无以谢,惟知就竹林。”实借名士不羁之态维持仅余的一点门第之矜和士人尊严。这种行为和做派与杜甫蜀中时期的名士之态是相通的。

此诗在北周时期的众多幽居饮酒之篇中最直率明朗。“春水”二句叠用二“春”字,乃“宫体”新艳之调。“琴从”二句用典绮艳,正见名士风流。但这种“宫体”之习并非简单的不脱旧调,更是一种“互文”,在旧调之中寄托对昔日的追怀。这种互文也是庾信后期诗文创作的突出特征之一。“牵马”二句见颓唐之致。山简、王戎皆魏晋名士,“接䍦倒”“如意舞”化典故为形象,见颓唐放浪之态。杜甫《宴忠州使君侄宅》“昔曾如意舞,牵率强为看”,即从庾信此诗中出。“金谷园”二句分别用石崇、马融典。二子皆豪奢、任性之士。史称马融“善鼓瑟,好吹笛,达生任性,不拘儒者之节。居宇器服,多存侈饰。常坐高堂,施绛纱帐,前授生徒,后列女乐,弟子以次相传,鲜有入其室者”(《后汉书·马融传》)。二典对仗甚工,极写行乐之意。然从石崇之出贬、马融之独卧,豪奢逸荡中又隐约透出不得意和思归之情。庾信的用典艺术可窥一斑。“人生”二句故转作旷达放浪之言。“何处”二句,用桑弘羊典,反其意用之,有自谑意。

不同于时人的短章抒情之体,庾信此诗乃将新体的写景造境之法融入其中,将饮酒场景置于一片清丽的山水之中,同时又将山简、王戎、石崇、马融诸典故化为生动的形象,以见任诞不羁之态,虚实相生,宛如一幅高士饮酒图,大大突破了前人之窠臼。张玉谷称:“笔意嵚崎,集中仅见。”(《古诗赏析》卷二十一)王夫之《古诗评选》也赞叹:“果尔清新!落尾四句俊而有余,足为乐府绝技。”

慨然成咏

【题解】

“慨然成咏”,“慨然”,感激貌。“咏”,即歌。本诗乃缘事感激而作,与杜甫蜀中《遣闷》《遣兴》等篇相似。

新春光景丽，游子离别情。
交让未全死[1]，梧桐唯半生[2]。
值热花无气，逢风水不平。
宝鸡虽有祀[3]，何时能更鸣。

（倪璠《庾子山集注》卷四，中华书局，1980年版）

【注释】

[1] 交让：任昉《述异记》："黄金山有楠树，一年东边荣西边枯，后年西边荣东边枯，年年如此。张华云：交让树也。"

[2] 梧桐：典出枚乘《七发》："龙门之桐，高百尺而无枝。中郁结之轮菌，根扶疏以分离。上有千仞之峰，下临百丈之溪。……其根半死半生。"

[3] 宝鸡：典出《史记·封禅书》："文公获若石云，于陈仓北阪城祠之。其神或岁不至，或岁数来，来也常以夜，光辉若流星，从东南来集于祠城，则若雄鸡，其声殷云，野鸡夜雊。以一牢祠，命曰陈宝。"

【分析】

"新春"二句似歌似谣，正题中所谓"咏"调。以新春丽景写深慨，一倍其哀。"交让"二句以比兴出之，半生半死的交让、梧桐，无气之花、不平之水等意象无不是诗人的自我隐喻。"未""唯"两虚词，更透出无限激慨。"值热"与"逢风"二句既是写实之境，也是对诗人心境的隐喻。《拟连珠》其二十三："性灵屈折，郁抑不扬，乍感无情，或伤非类。是以嗟怨之水，特结愤泉；感哀之云，偏含愁气。"正花无气，水不平之意。"宝鸡"有祀喻庾信在北周虽表面颇受优宠，然内实多曲抑摧折之感，常自慨"性灵"夭厄。《拟咏怀》其十九："愦愦天公晓，精神殊乏少。一郡催曙鸡，数处惊眠鸟。其觉乃于于，其忧惟悄悄。张仪称行薄，管仲称器小。天下有情人，居然性灵夭。""何时能更鸣"，实则永无再鸣之时。

建德四年，庾信任司宪中大夫之职，作《正旦上司宪府》，有"孟门久走路，扶摇忽上抟。栖乌还得府，弃马复归栏"的感恩之语。然《答赵王启》却感叹："信，不学无术，本分泥沉。忽逢天造，搜扬仄陋。今者遂总宪司，预闻刊鼎，献岁刑书，既应悬法。上春木铎，方须徇人。但年发已秋，性灵久竭，嘉石肺石，无以测量。舌端笔端，惟知繁拥。"非仅自谦而已，盖与赵王、滕王交谊最深，故能见激切意。

对于庾信而言，与这永失的"性灵"相伴的究竟是什么？是曾经的烟水繁华、礼乐正朔，是君臣相得、文雅悠游的侍臣生活，还是那毫无阴影的恣肆、张扬的生命热力？最终这一切都无法挽回地失去了，留下的只是半枯、半死之的躯体与枯槁激楚的心灵。此诗究竟"慨"于何事而发，已不得而知。面对史臣的烈烈褒贬，或许诗中的感慨自伤让人得以一窥这位饱受争议的大诗人的内心世界。

推荐阅读书目

1. 倪璠《庾子山集注》，中华书局1980年版。
2. 许逸民导读《庾信集》，凤凰出版社2020年版。

思考题

1. 如何看待庾信的诗歌史地位及影响?
2. 试论"庾信文章老更成"的内涵。
3. 试论《拟咏怀诗二十七首》的艺术成就。
4. 试论杜甫对庾信诗歌艺术的接受。

第九章　李　白

本章概要

李白是诗仙，是盛唐诗坛的泰斗。其实不仅是李白的诗歌，李白本人就是盛唐的象征，在诗歌史上，也永远没有再出现过第二位李白。李白900余首诗歌保留下来，大多收于《李太白全集》。

一、李白生平述略

李白(701—762)，字太白，号青莲居士。关于他的家世和出生地，学术界颇有争议。一般认为其祖籍为陇西成纪(今甘肃秦安)，出生于西域碎叶城(今吉尔吉斯斯坦托克马克附近)。另有“条支”(在安息西，今伊拉克境内)、“焉耆碎叶”(今新疆维吾尔自治区焉耆)等不同说法。李白四五岁之时，其家迁居至蜀中绵州昌隆县(今四川江油)。据说他的父亲叫李客，是一位富裕的商人，其家境应当非常优裕，故李白幼年时能得到较完备的传统教育，且很早就展现出不同凡响的一面。

开元年间，二十五岁的李白离蜀远游，先后寓于安陆(今属湖北)、任城(今山东济宁)诸地。在安陆，他娶了高宗时宰相许圉师的孙女为妻。后来又娶了一位刘氏，与刘氏离异后，在山东时还曾娶有鲁地一妇人，最后娶了故相宗楚客的孙女宗氏为妻。李白的游踪从云梦、洞庭、庐山，到金陵、扬州、越中，又从江夏、襄阳、洛阳，到北方的太原，几乎遍及中原和江南诸地。在长期的漫游和隐居生涯中，他也在不断寻找机会，渴望昂首步入仕途。可是他又决不愿意与其他普通士人一样，通过科举考试步入官场，然后一层一级地在漫长的时日中获得升迁。

天宝元年(742)，或许是李白的声名为玄宗皇帝所知，或许是缘于玉真公主或道士吴筠的推荐，四十二岁的李白奉召进入长安，供奉翰林。李白狂傲的个性、不肯“摧眉折腰事权贵”的心态，也决定了他实际上和这个官场是格格不入的。因此在天宝三载(744)李白就被“赐金放还”，离开了长安。他高吟着“楚国青蝇何太多，连城白璧遭谗毁”(《鞠歌行》)的诗句，来到洛阳，与杜甫同游梁、宋，又共同与高适登临怀古。其时杜甫声名不彰，高适也不甚得志，他们也绝不会想象得到在后人眼中，盛唐时代这三位伟大诗人的相聚，是如何的难得并且令人歆羡。

天宝十四载(755)安史之乱爆发，李白当时在宣城、庐山一带隐居。唐玄宗由长安出狩蜀中，下普安郡制置诏，命天下勤王。永王李璘遂起兵自江陵东下，经过江州(今江西九江)时，召李白入幕府。李白素以东晋名相谢安自比，当此国家危难之际，抱着“但用东山谢安石，为君谈笑净胡沙”(《永王东巡歌》)的愿望，慷慨从军。但是，天真而缺乏政治敏感性的李白可能并不明了永王出兵东南欲与唐肃宗争天下的意图。不久，已在灵武即位的肃宗以叛乱罪讨伐李璘，李白无端被卷入了这场宫廷争斗之中，李璘兵败后，李白亦获罪投于浔阳狱中，受到长流夜郎(今贵州桐梓)的处分。乾元二年(759)，李白在流放途中遇到大赦。上元二年(761)，当他得知名将李光弼出征东南，又欲从军报国，但因病而未能如愿，遂往依任当涂县令的族人李阳冰。次年病逝，年六十二岁。

二、道家思想与李白的诗歌创作

李白深受道家思想的影响，因此他的诗歌创作想象力极为丰富。李白写了《大鹏赋》，实际上是化用庄子的《逍遥游》。鹏作为一种鸟，本来没有什么特别意义，但被庄子拿来极富想象力地描绘一番，便成了一个著名的文学形象。历代文人中最喜欢大鹏，最擅用大鹏意象，也最易与大鹏的形象产生共鸣的恐怕要算诗仙李白了。《上李邕》云：“大鹏一日同风起，抟摇直上九万里。假令风歇时下来，犹能簸却沧溟水。时人见我恒殊调，见余大言皆冷笑。宣父犹能畏后生，丈夫未可轻年少。”庄子笔下的大鹏，虽然神奇不凡，硕大无朋，但仍然受到诸多限制，离逍遥游的理想境界甚远。也就是说，《逍遥游》的大鹏并没有达到真正逍遥的境界，因而大鹏并不是庄子正面肯定的形象。而李白对大鹏这个形象的使用不是袭用大鹏原型的意义，而是建立在对《庄子》中大鹏型的改造的基础上的。庄子所追求的是一种理想的境界，也就是不受任何限制的绝对自由的精神境界，而这种绝对的自由在现实生活中是不存在的。故而李白主张适性而行，把大鹏作为要求摆脱世俗社会的束缚、追求个性自由解放的象征。

道家思想极大地影响了李白的诗风。他的诗常常奇思涌溢，把人生的情感进一步升华，以达到广远辽阔的境界，将现实的人生表现得波澜壮阔，惊天动地，又能通过浪漫的奇想与瑰丽的夸张，使其撼山岳而泣鬼神。他的人和诗都带着豪气、侠气、仙气、纵横气。他的《蜀道难》《梦游天姥吟留别》《将进酒》《行路难》《梁甫吟》《宣州谢朓楼饯别校书叔云》，都把道家思想与其性格融而为一，表现出阔大、飘逸、雄浑、高旷的诗歌境界。

三、李白诗歌的艺术个性

中国诗歌发展到盛唐，堪称登峰造极，而李白与杜甫成为这一峰巅上的双子星。杜甫比李白小十一岁，诗歌的重心在安史之乱以后，转折时代的烙印极其深刻，因而要找出最杰出地表现盛唐时代的诗人则非李白莫属，被后来的唐文宗称为“三绝”的李白歌诗、张旭草书、裴旻剑舞，就是这个时代的精神气质的代表。

李白诗歌现存900余首，关于李白的诗歌风貌，白居易拈出一个“豪”字(《与元九书》)，南宋严羽则以“飘逸”二字作为李白的独到之处(《沧浪诗话・诗评》)。作为审美范畴，这些词汇固然都可以反映李白诗歌的特色，但激情澎湃和想象奇特，却是理解李白诗歌最重要的钥匙。

1. 激情澎湃

李白诗歌是充满激情的，这来源于李白的独特个性，这种个性又在他的诗歌，尤其是乐府歌行类的作品中得到了最充分、最明显的表达。这种激情首先表现为李诗中最吸引读者的那种激昂壮大的情怀，以及由这种情怀所带来的纵横恣肆的文笔与磅礴壮阔的气势。如其《将进酒》：

君不见黄河之水天上来，奔流到海不复回。君不见高堂明镜悲白发，朝如青丝暮成雪。人生得意须尽欢，莫使金樽空对月。天生我材必有用，千金散尽还复来。烹羊宰牛且为乐，会须一饮三百杯。岑夫子，丹丘生，进酒君莫停。与君歌一曲，请君为我倾耳听。钟鼓馔玉不足贵，但愿长醉不愿醒。古来圣贤皆寂寞，惟有饮者留其名。陈王昔时宴平乐，斗酒十千恣欢谑。主人何为言少钱，径须沽取对君酌。五花马，千金裘，呼儿将出换美酒，与尔同销万古愁。

开篇的两个排比，以赋笔的整齐庄重，出之以排闼而来的雄放激情，仿佛劈空而来的坠星，尚未落地，已是声势惊人、傲视一世。诗中有悲慨、有苍凉，却绝不纤弱。虽是表达及时行乐、借酒消愁之意，却写得激情澎湃，豪壮而自信。又如《宣州谢朓楼饯别校书叔云》：

弃我去者，昨日之日不可留。乱我心者，今日之日多烦忧。长风万里送秋雁，对此可以酣高楼。蓬莱文章建安骨，中间小谢又清发。俱怀逸兴壮思飞，欲上青天揽明月。抽刀断水水更流，举杯销愁愁更愁。人生在世不称意，明朝散发弄扁舟。

此诗作于李白被“赐金放还”之后，诗中以纵逸的笔调写出难以抑制的激愤，虽是抒发穷愁失意的悲哀，但这种激情将失意的萎靡一扫而空，所有的烦忧仿佛都随着万里长风、青天明月及美酒玉杯而去，“抽刀断水水更流，举杯销愁愁更愁”，透露出无比的狂放：就算水流永不歇、愁怀终难断，可抽刀、举杯本身就是面对烦忧的抗争，其意义就是以伟岸的人格战胜人生苦难的象征。这种激愤中的酣姿、悲慨中的自傲，正是李白诗歌激情的内核。

李白诗歌中的激情还应从他所特有的表达方式中去体会。李白的许多诗歌，和他的个性一样，是迥出常流的，无法以常理度之。这也是李白为什么不太爱写律诗，而偏爱于奔放纵恣的乐府歌行的原因，盖律诗格律谨严、章法缜密，对于李白来说，或许束缚过多。就算写律诗，他似乎也不甘于或不屑于谨小慎微地受制于格律，如《登金陵凤凰台》诗：“凤凰台上凤凰游，凤去台空江自流。吴宫花草埋幽径，晋代衣冠成古丘。三山半落青天外，二水中分白鹭洲。总为浮云能蔽日，长安不见使人愁。”第二联就出现失粘的现象，却无损于此诗成为流传千古的名作。

2. 想象奇特

明人陆时雍《诗镜总论》曾谓：“太白七古，想落意外，局自变生，真所谓‘驱走风云，鞭挞海岳’，其殆天授，非人力也。”其实何止是李白的七古，几乎他的所有诗歌，都可谓是天才之笔。时人苏颋就曾谓其“天才英丽，下笔不休”（李白《上安州裴长史书》）。

李白诗歌中的激情与其个性及道教信仰相结合，营造出无与伦比的想象力。李诗中的想象往往变幻莫测，又符合情理。如“兴酣落笔摇五岳”（《江上吟》）、“白发三千丈，缘愁似个长”（《秋浦歌》）、“燕山雪花大如席”（《北风行》）、“狂风吹我心，西挂咸阳树”（《金乡送韦八之西京》）、“飞流直下三千尺，疑是银河落九天”（《望庐山瀑布水》）等，正是李白充满想象力的描绘，让人产生这些物象本该如此，甚至不觉其为夸张的印象。这种神奇的想象力，使得李白偏好那些宏大的、壮观的物象，如大鹏、巨鱼、长鲸、沧海、雪山等，构成了雄奇壮伟的诗歌意象。如其《庐山谣寄卢侍御虚舟》中的“登高壮观天地间，大江茫茫去不还。黄云万里动风色，白波九道流雪山”之句，体现出雄奇壮伟的想象力；而《渡荆门送别》中的“山随平野尽，江入大荒流。月下飞天镜，云生结海楼”等句，又体现出清丽明净的想象力。

激情和想象力是诗人的天性，更是李白傲视千古的特色。所谓强烈的主观色彩、奔涌喷发的情感表达、意象组合的跨度等特征，实际上都是从李白的激情和想象力中生发出来的。

名 篇 赏 析

登金陵凤凰台

【题解】

李白《登金陵凤凰台》分析(上)

凤凰台，在今江苏省南京市。《景定建康志》卷二二：“凤凰台，在保宁寺后，宝祐元年倪总领垕重建。宋元嘉十六年秣陵王顗见三异鸟数集于山，状如孔雀，文彩五色，音声谐和，众鸟附翼而群集，时谓之凤，乃置凤凰里，起台于山，因以为名。又案，《宫苑记》：凤凰楼在凤凰台上，元嘉中筑，有凤凰集以为名。李白、宋齐丘皆有诗。”相传这首诗是李白与崔颢《黄鹤楼》相挑战之作。宋计有功《唐诗纪事》卷二一《崔颢》条：“‘昔人已乘白云去，此地空余黄鹤楼。黄鹤一去不复返，白云千载空悠悠。晴川历历汉阳树，春草萋萋鹦鹉洲。日暮乡关何处是，烟波江上使人愁。’世传太白云：‘眼前有景道不得，崔颢题诗在上头。’遂作《凤凰台》诗以较胜负。恐不然。”计有功引用了这一故事，但对于这件事的真实性持怀疑态度。宋胡仔《苕溪渔隐丛话》前集卷五引《该闻录》云：“唐崔颢《题武昌黄鹤楼》诗云……李太白负大名，尚曰：‘眼前有景道不得，崔颢题诗在上头。’欲拟之较胜负，乃作《金陵登凤凰台》诗。”尽管前人对于此事怀疑，但李白曾经模仿崔颢作诗却是事实。

凤凰台上凤凰游，凤去台空江自流。
吴宫花草埋幽径[1]，晋代衣冠成古丘[2]。
三山半落青天外[3]，一水中分白鹭洲[4]。
总为浮云能蔽日[5]，长安不见使人愁[6]。

（王琦注《李太白全集》卷二一，中华书局，1977 年版）

【注释】

[1] 吴宫：谓孙权建都时所造宫室。

[2] 晋代：指东晋，建都于金陵（今南京）。

[3] 三山：在南京西南江边，三峰并列，南北相连，故号三山。《景定建康志》卷一七记载："三山，在城西南三十七里，周回四里，高二十九丈。……《舆地志》云：'其山积石森郁，滨于大江，三峰行列，南北相连，号三山。'"陆游《入蜀记》也称："三山自石头及凤凰台望之，杳杳有无中耳，及过其下，则距金陵才五十余里。"

[4] 一水：也作"二水"，指秦淮河。秦淮，有二源，东源出句容华山，南流。南源出溧水东庐山，北流。二源合于方山，西经南京城中，北入长江。相传秦始皇于山掘流，西入江，亦曰淮，因称秦淮。白鹭洲：在南京市西南长江中。《景定建康志》卷一九："白鹭洲在城之西与城相望，周回一十五里。……《丹阳记》曰：'白鹭洲在县西三里，洲在大江中，多聚白鹭，因以名之。'"

[5] 浮云蔽日：陆贾《新语·慎微篇》："邪臣之蔽贤，犹浮云之障日月也。"

[6] "长安"句：刘义庆《世说新语·夙慧篇》载："晋明帝数岁，坐元帝膝上。有人从长安来，元帝问洛下消息，潸然流涕。明帝问何以致泣？具以东渡意告之。因问明帝：'汝意谓长安何如日远？'答曰：'日远。不闻人从日边来，居然可知。'元帝异之。明日，集群臣宴会，告以此意，更重问之。乃答曰：'日近。'元帝失色，曰：'尔何故异昨日之言邪？'答曰：'举目见日，不见长安。'"

【分析】

这首诗是李白登金陵凤凰台怀古之作，诗末又寓自己不得意之感，因奸邪在皇帝面前搬弄是非，就像浮云挡住太阳一样。前人以为太白不以七律见长，但此诗自有妙处。

首联溯源，曾经有过凤凰登台，而今凤去台空，唯有台下江水，依旧东流。这首诗是李白与崔颢的挑战之作，与崔颢《黄鹤楼》诗的首联相比，仍然看出模仿的痕迹。二诗都表现登台和登楼之后，曾经有过的传说不在，仅余空楼空台，留给后人以惆怅感慨而已。只是崔颢诗"昔人已乘白云去，此地空余黄鹤楼"关合人、天、鹤、楼，从人到物，境界开阔，而李白诗仅涉及台、凤凰和长江，从物到物，李白诗第二句以江之不变与台之变对比，直抒感慨，也没有崔颢诗蕴藉空灵。这一联中用了两个"凤凰"和三个"凤"字，读起来不仅不觉得重复，而且觉得明快通畅，但也还是体现出对崔颢诗用重字的模仿痕迹。

颔联怀古，由首联的写景转入对于悠远历史的凭吊。无论是容颜绝世的宫廷嫔妃，还是盛极一时的衣冠贵族，都成了花草下的香魂与古墓中的幽灵了。凤凰是一种吉祥之鸟，在古代往往象征着王朝的兴盛，凤去台空，也是说明这里曾经的繁华也一去不复返了。诗由首联自然地转到颔联，将目光聚焦到古代的帝王后宫和衣冠贵族身上，是对千古兴亡的深沉感叹。艺术手法上，李白的这一联平仄和对仗非常工稳，而崔颢诗则前句用了用了六个仄声，后一句以三平调煞尾，显然是为了表达一泻千里的感情而顾不上格律的打磨。"吴宫花草埋幽径，晋代衣冠成古丘。三山半落青天外，一水中分白鹭洲"，采用"折腰体"的写法，这虽然不能说一定是追踪崔颢的表现自然，而有意使全篇不完全符合格律，但这种现象也还是值得注意的。

李白《登金陵凤凰台》分析（下）

颈联写景，漫天雾霭，笼罩三山，只露一半峥嵘；眼前的白鹭洲，又被秦淮河分隔。"三山""一水""白鹭洲"是登上凤凰山所见的山水美景，从不同的角度写出。这三个地名，最值得重视的是白鹭洲，因为崔颢诗写到"鹦鹉洲"，故而李白此联亦以"洲"来押韵煞尾，但崔诗融进了祢衡的典故，在写景中寓于深沉的感伤情怀，而李白的诗就底蕴而言，与崔诗相比，高下自见。

尾联抒怀，点出不见长安、壮志未展的失意之愁。在表现愁情方面也是明显模仿崔颢诗的，李白的诗虽然也是名句，但在表现的自然上就逊崔颢一筹。李白的这一联通过用典来发议论。

"浮云蔽日"用陆贾《新语·辨惑篇》中"邪臣之蔽贤,犹浮云之障日月也"的典故。"长安不见"也是用典的,《世说新语》称"举目见日,不见长安",而李白诗是日被浮云所蔽,又不见长安,实际上也是失意后的哀鸣。从这方面看,李白诗的尾联刻意用典,意蕴深邃,成为千古名句。同时末句也表现出李白对于崔颢的明显模仿,两首诗的最后三字"使人愁",说明崔颢的诗太高绝了,以至于以李白之天才也难以超越。

总体看来,无论是构思立意,还是谋篇布局,本诗都与崔颢诗如出一辙,堪称双璧;但立意之高远、涵蕴之深邃、格调之浑成、语言之自然,李诗都不及崔诗。然我们通过两首诗的比较,也更能领略两位大诗人的创作成就。

梦游天姥吟留别

【题解】

诗题一作"别东鲁诸公"。天姥,山名,在今浙江新昌县东,临近剡溪。传说登山者听过仙人天姥的唱歌,因此得名。吟,歌行的一种体裁。明谢榛《四溟诗话》卷二引《文式》:"悲如蛩螀曰吟,读之使人思怨。"留别,分别时所留下的题咏。这首诗,《河岳英灵集》卷上题作"梦游天姥山别东鲁诸公",《李诗通》所载诗《梦游天姥吟留别东鲁诸公》,内涵表述得更为清楚。薛天纬《〈梦游天姥吟留别〉诗题辨误》一文,论定《梦游天姥吟留别东鲁诸公》应为这首诗的最佳诗题。诗当是天宝五载(746)李白离开东鲁南下会稽时告别东鲁友人之作。

海客谈瀛洲[1],烟涛微茫信难求[2]。
越人语天姥,云霞明灭或可睹。
天姥连天向天横,势拔五岳掩赤城[3]。
天台四万八千丈[4],对此欲倒东南倾。
我欲因之梦吴越[5],一夜飞度镜湖月[6]。
湖月照我影,送我至剡溪[7]。
谢公宿处今尚在[8],渌水荡漾清猿啼。
脚著谢公屐[9],身登青云梯[10]。
半壁见海日[11],空中闻天鸡[12]。
千岩万转路不定,迷花倚石忽已暝。
熊咆龙吟殷岩泉,栗深林兮惊层巅。
云青青兮欲雨,水澹澹兮生烟。
列缺霹雳[13],丘峦崩摧。
洞天石扉[14],訇然中开[15]。
青冥浩荡不见底[16],日月照耀金银台[17]。

霓为衣兮风为马，云之君兮纷纷而来下[18]。
虎鼓瑟兮鸾回车[19]，仙之人兮列如麻[20]。
忽魂悸以魄动，恍惊起而长嗟。
惟觉时之枕席，失向来之烟霞。
世间行乐亦如此，古来万事东流水。
别君去兮何时还？且放白鹿青崖间[21]，须行即骑访名山。
安能摧眉折腰事权贵[22]，使我不得开心颜！

（王琦注《李太白全集》卷一五，中华书局，1977年版）

【注释】

[1] 海客：来自海外的人。瀛洲：传说中的海上三神山之一。《史记·秦始皇本纪》："齐人徐市等上书，言海中有三神山，名曰蓬莱、方丈、瀛洲，仙人居之。请得斋戒，与童男女求之，于是遣徐市发童男女数千人，入海求仙人。"

[2] 微茫：模糊不清的样子。信难求：指海外神山之说并不可信。《史记·封禅书》："自威、宣、燕昭使人入海求蓬莱、方丈、瀛洲。此三神山者，其傅（传）在勃（渤）海中，去人不远。患且至，则船风引而去。盖尝有至者，诸仙人及不死之药皆在焉。其物禽兽尽白，而黄金银为宫阙。未至，望之如云；及到，三神山反居水下；临之，风辄引去，终莫能至云。"李白所咏当即此事。

[3] 拔：超越。五岳：即东岳泰山、西岳华山、南岳衡山、北岳恒山、中岳嵩山。赤城：山名，在今浙江天台县境内。因山色皆赤，状如云霞，故称赤城。

[4] "天台"句：天台，即天台山，在浙江天台县北。四万，一本作"一万"，南朝梁陶弘景《真诰》称："天台山高一万八千丈，周回八百里。山有八重，四面如一，顶对三辰，当牛女之分。以其上应台宿，光辅紫宸，故名天台。"

[5] 吴越：地名。指今江苏南部、浙江一带地区。

[6] 镜湖：即鉴湖，在今浙江绍兴，因波平如镜，故名。《嘉泰会稽志》卷一〇"会稽县"："镜湖在县东二里，故南湖也。一名长湖，又名大湖。《通典》云：'东汉永和五年，太守马臻始筑塘立湖，周三百十里，溉田九千余顷，人获其利。'王逸少有云：'山阴路上行，如在镜中游。'镜湖之得名以此。"

[7] 剡溪：水名，在今浙江嵊州南，即曹娥江的上游。唐李吉甫《元和郡县图志》卷二六云："剡溪，出（剡）县西南，北流入上虞县界为上虞江。"

[8] 谢公宿处：指谢灵运游天姥峰时在剡溪投宿之地。谢灵运《登临海峤初发疆中作与从弟惠连见羊何共和之》诗："暝投剡中宿，明登天姥岑。"

[9] 谢公屐：一种底部有钉的木鞋。南朝宋谢灵运登山常穿有齿木屐，上山去其前齿，下山则去其后齿。《宋书·谢灵运传》："寻山陟岭，必造幽峻，岩嶂千重，莫不备尽。登蹑常著木履，上山则去前齿，下山去其后齿。尝自始宁南山伐木开径，直至临海，从者数百人。"

[10] 青云梯：指山中石级。谢灵运《登石门最高顶》诗："惜无同怀客，共登青云梯。"李白诗王琦注："青云梯，谓山岭高峻，如上入青云，故名。"

[11] 半壁：半山腰。海日：好像从海上升起的太阳。

[12] 天鸡：《述异记》卷下："东南有桃都山，上有大树名曰桃都，枝相去三千里，上有天鸡。日初出照此木，天鸡则鸣，天下鸡皆随之鸣。"

[13] 列缺：闪电。霹雳：形容雷声。

[14] 洞天：道家称神仙所居之处为洞天。意谓洞中别有天地。此处形容山洞之幽美。石扉：石门。

[15] 訇然：形容声音很大。

[16] 青冥：指天空。此处言洞中别有天地。

[17] 金银台：指神仙所居之处。晋郭璞《游仙诗》："神仙排云出，但见金银台。"

[18] 云之君：指云神，《楚辞·九歌》有《云中君》篇。这里泛指群仙。

[19] 虎鼓瑟：语本张衡《西京赋》："白虎鼓瑟。"鼓，弹奏。瑟，一种弦乐器。鸾回车：《太平御览·道部·真上人》引《白羽经》："太真上人，登白鸾之车，驾黑凤于九源。"回车，拉车。

[20] 列如麻：形容众多。

[21] 白鹿：传说中仙人的坐骑。

[22] 摧眉折腰：低着眉头弯下腰，意谓委屈自己。事：侍候。

【分析】

全诗皆写梦境，开头并未直接写天姥，而是以海上仙山瀛洲作为陪衬，引出天姥。然后"天姥连天"四句正面写天姥，入正题。从"我欲因之梦吴越"一直到"恍惊起而长嗟"，都是写梦游，扣紧题目，此处描写，惝恍迷离，纯是梦境，与实写游览山景之态者迥然不同。从"惟觉时之枕席"开始一直到结束，又由梦境转到人事。"世间行乐亦如此，人间万事如流水"二句点明作诗之旨，写出林中幻想不常，悟出人间万事也是如此。从结构上看，这二句结束上文，振起下文。下面几句是对神仙世界的热烈向往和追求，最后两句表现了李白蔑视权贵的傲岸性格，具有鲜明强烈的反抗性。全诗通过梦游，抒写了对名山大川的热爱和向往，以及对神仙世界的追求，并表现了诗人鄙弃尘俗、蔑视权贵、追求自由的思想。艺术上想象丰富，描写生动。体制非常解放，四言至九言均有，既用了古诗句法，又用了骚体句法和辞赋句法。形式方面，诗人并不受任何拘束，而是才气奔放，兴到笔随，气势磅礴，有如排山倒海。再加上内容丰富，情节曲折，用语奇谲，构成了浪漫主义的主旋律，堪称李白的代表作。

严羽《沧浪诗话》所称李白诗"飘逸"的特点，在这首诗中表现得淋漓尽致。我们看司空图《二十四诗品》对于"飘逸"风格的描写："落落欲往，矫矫不群。缑山之鹤，华顶之云。高人画中，令色絪缊。御风蓬叶，泛彼无垠。"这样的作品，需要矫健雄毅，脱落群俗，就像缑山之鹤、华顶之云那样潇洒飘流，姿态闲逸，飘然若仙，超脱尘世，如驾一叶扁舟，在无边无际的太空遨游。具体说来，这样飘逸的风格是通过韵律、音响、激情、气势、虚实来表现的。

一、韵律

这首诗在韵律上非常独到，中国台湾省学者黄永武在《中国诗学·设计篇》中的分析颇为精彩："起首四句，用了二个'促起式'的短韵，'洲、求''姥、睹'，句句押韵，造成一股迅疾之势，很快地引出了主题。接着是隔句用韵，气势便稍缓，由于转韵的七言古风，第一句总以入韵为原则，所以四句中有'横''城''倾'三个韵脚。这四句的目的是藉五岳、赤城、天台来衬托天姥的高耸，所以四句中有'横''城''倾'等庚韵字，来与'高大'的情境谐合；一面在'天姥连天向天横'句中，重出了三个'天'字，读来佶屈聱牙，也正象征着天姥艰涩难攀的形势。"韵脚的安排使得诗的开头读来一气流走，飘逸畅达，李白写作在各个方面都在追求变化，于此可见一斑。再如末尾几句"别君去兮何时还？且放白鹿青崖间。须行即骑访名山。安能摧眉折腰事权贵，使我不得开心颜”，韵律配合着昂扬激越的感情，抒写着李白的心志。黄永武分析说：“‘别君去兮何时还’，这句诗是畸零的，畸零句必须入韵，这‘还、间、山、颜’，五句中具备了四个韵脚，情感就显得激动，语句也很遒劲，‘还、间、山、颜’等删韵字，近乎浩叹的声音。‘安能摧眉折腰事权贵’的九字长句，不押韵，穿插在激动浩叹的音响里，一口气快读九个字，必然很激越，这种激越的情绪，由于这凸出的九字句，破坏了平衡的结构，得以充分地表达。”黄永武论述韵律与情感的关系，认为用“删”韵字以表现感情的激动、声音的浩叹、语句的遒劲，梦醒以后的情境由此惟妙惟肖地展现出来。

二、音响

李白这首诗在艺术表现上最为突出的方面还在于音响描写，使得诗歌取得了有声有色有画有情的艺术效果。从开头的“谈”“语”到结尾的“安能摧眉折腰事权贵”的放情抒怀，都在传达李白的心声。如中间一段：“熊咆龙吟殷岩泉，栗深林兮惊层巅。云青青兮欲雨，水澹澹兮生烟。列缺霹雳，丘峦崩摧。洞天石扉，訇然中开。青冥浩荡不见底，日月照耀金银台。霓为衣兮风为马，云之君兮纷纷而来下。虎鼓瑟兮鸾回车，仙之人兮列如麻。”李白梦游，在“迷花倚石忽已暝”的景色铺垫之后，突然进入了震撼心弦的声音描写。声音又是在环境气氛中表现的，“熊咆”“龙吟”“虎鼓瑟”“鸾回车”，已将声音拟人化；“訇然洞开”，通过声音的表现衬托出天门大开的宏敞境界，同时“訇然”这样惊天的声响也将全诗的音响表现推向了极致；“仙之人兮列如麻”，仙人众多，纷纷扰扰，声音的集聚与传播也可以想见。音节的安排与韵脚的搭配也体现了音响的节奏。这一段一共 85 字，用了 58 个平声，27 个仄声，平声占了绝大多数，运用形容声响的高平调表现诗歌高昂爽朗的风格。在运用仄声的地方还注重与平声相对照，如“列缺霹雳，丘峦崩摧”，上句全用仄声，下句全用平声，目的也是要突出音响效果。

三、激情

李白诗歌是充满激情的，这当然来源于李白的独特个性，这种个性又在他的诗歌中得到最充分、最明显的表达。《梦游天姥吟留别》以情而起，梦游天姥的目的之一是要留别东鲁诸公，留别诗集中于抒情。而整个诗篇都是李白激情的奔泻。开头以“海客”“越人”之谈论引起，抒情之笔由客体而发。因客体而进入主体，直接点明“我”。进入我的主体很快就入梦，梦游飞渡当然所见为景，而这景是融入情中的。“一夜飞度镜湖月”，是梦游，也是夜游，故这时无论是景还是情都是由“月”笼罩。“月”是夜间梦游的情景交融之物，夜游之情舒缓恬淡。梦游转入白天之后，随着仙境的繁盛缤纷，情也由舒缓恬淡转为激荡跳跃。梦醒之后跌入现实之中，则表现出情的孤寂寥落，感叹世间行乐，悠忽聚散，如同一梦。但这样的感慨之后，李白仍然激情奔越，表明了不事权贵的心志与风骨，使得全诗的激情表现到达最高峰。因此，这首诗在感情表达上，也是百回千转、激昂奋发的。

四、气势

李白的诗歌往往发兴无端，气势壮大，想落天外，奇之又奇。气势浩大的形象中，也寄寓着李白傲世独立的人格力量，《梦游天姥吟留别》就是代表作之一。这首诗的气势流转于现实与幻梦之间。诗从现实发端，由“海客”“越人”引入“瀛洲”“天姥”的描写，一开头就奠定了雄健豪迈的基调，同时又呈现出飘逸清丽的文笔。进入梦游之后，一个“飞”字既表现梦中的疾捷，又表现梦中的轻盈，夜中飞度所见，是渌水荡漾，清猿啼鸣，这里气势还较为舒缓，而这一舒缓也是为下面的气势腾跃所作的铺垫。到了天明，更是身登青云梯，空中闻天鸡。天明之后，逐渐进入仙境的描写，到了薄暮达到极致。当李白进入深林之时，突然“列缺霹雳，丘峦崩摧。洞天石扉，訇然中开”，接着排山倒海的气势令人惊恐莫名，诗人在梦境之中也悲喜交集。梦醒跌入现实之后，尽管顿生悲慨，感叹形迹，觉得“人间万事如流水”，但诗人并未沉沦，更不逃避，而是激情高昂，表现出不事权贵的傲岸人格和铮铮风骨。可见，这首诗最震撼人心者是通贯全诗的“气”：气势、气韵、气魄、气质。由“气”融贯为昂扬振奋的格调，呈现出飘逸流畅的特质。

五、虚实

这首诗艺术表现上的一大特色是虚实结合，将梦中之景、亲历之景、历史事实、虚幻想象融合在一起，达到了奇之又奇的境界。马茂元《唐诗选》的点评最为精到：“太白诗以奇称，此诗奇中又奇，虚虚实实，全从空中落笔。‘游’天姥，却先从‘海客谈瀛洲’起作陪衬，虚写一层。继以‘越人语天姥’，阑入赤城天台，又一层陪衬，又一层虚写。‘我欲因之梦吴越’以下入‘游’字，愈唱愈奇，万幻千变，似为实写；忽然魂悸魄动，惊起惟见枕席，则实写仍为虚写。再返问前面，曰‘信难求’，曰‘或可睹’，曰‘梦吴越’，曰‘镜湖月’，曰‘照我影’，早已节节点明‘梦游’，只为状写太真切、太奇丽，读者才以梦为真，以虚为实。末节就美梦与现实展开议论，发抒不平，结出‘留别’两字，拟骑白鹿、访名山以求梦中境界，避开污浊世界，傲骨自珍，期开心颜，则与实中怀虚，仍扣‘游天姥’题面。天马行空，逸足神骏，而步武不紊，可为此诗之比。”这段评论通过写景与抒情、对比与衬托、勾连与照应、主观与客观等各个方面，虚实结合而千变万化，从而达到奇妙莫名的境界。

蜀道难

【题解】

李白《蜀道难》分析

《蜀道难》，是乐府《相和歌辞·瑟调曲》旧题。《乐府诗集》卷四〇：“《蜀道难》，备言铜梁、玉垒之阻。”铜梁、玉垒都是蜀中山名。敦煌写本《唐人选唐诗》作《古蜀道难》，是知李白用乐府古题而作诗。有关《蜀道难》主题，古今学者有多种说法，诸如“罪严武，危房杜”“讽章仇兼琼”“讽玄宗幸蜀”“仅言蜀道”“送友人入蜀”等。《蜀道难》的写作时间，在天宝十二载(753)之前。这首诗被殷璠选入《河岳英灵集》卷上，殷璠评曰：“(李白)为文章率皆纵逸，至如《蜀道难》等篇，可谓奇之又奇。然自骚人以还，鲜有此体调。”根据《河岳英灵集》的序文，该书选诗截止时间为天宝十二载(753)。因此，历代有关李白作《蜀道难》目的是“罪严武”“危房杜”“讽玄宗幸蜀”“讽章仇兼琼”等说法都不能成立。因为这些事件的年代都在天宝十二载之后。综合以上分析，这首诗是开元十八年(730)李白初入长安时送友人入蜀的作品。

噫吁嚱[1]，危乎高哉！
蜀道之难，难于上青天。
蚕丛及鱼凫[2]，开国何茫然。

尔来四万八千岁[3],不与秦塞通人烟[4]。
西当太白有鸟道[5],可以横绝峨眉巅[6]。
地崩山摧壮士死[7],然后天梯石栈相钩连[8]。
上有六龙回日之高标[9],下有冲波逆折之回川。
黄鹤之飞尚不得过[10],猿猱欲度愁攀援[11]。
青泥何盘盘[12],百步九折萦岩峦。
扪参历井仰胁息[13],以手抚膺坐长叹。
问君西游何时还,畏途巉岩不可攀。
但见悲鸟号古木,雄飞雌从绕林间。
又闻子规啼夜月[14],愁空山。
蜀道之难,难于上青天,使人听此凋朱颜[15]。
连峰去天不盈尺,枯松倒挂倚绝壁。
飞湍瀑流争喧豗[16],砯崖转石万壑雷[17]。
其险也若此,嗟尔远道之人胡为乎来哉!
剑阁峥嵘而崔嵬[18],一夫当关,万夫莫开。
所守或匪亲,化为狼与豺[19]。
朝避猛虎,夕避长蛇。
磨牙吮血,杀人如麻。
锦城虽云乐[20],不如早还家。
蜀道之难,难于上青天,侧身西望常咨嗟。

（王琦注《李太白全集》卷三,中华书局,1977 年版）

【注释】

[1] 噫吁嚱: 惊叹之声,蜀地方言。宋祁《宋景文公笔记》卷上:“蜀人见物惊异,辄曰‘噫吁嚱’,李白作《蜀道难》,因用之。”

[2] 蚕丛及鱼凫: 传说中古蜀国开国的两个帝王。扬雄《蜀王本纪》:“蜀王之先称王者,名蚕丛、柏濩、鱼凫、蒲泽、开明。”

[3] “尔来”句: 指蚕丛、鱼凫开国以来。扬雄《蜀王本纪》:“从开明已上至蚕丛,积三万四千岁。”

[4] 秦塞: 即秦地,今陕西省地。秦中自古是山川险阻之地,故名秦塞。

[5] 太白: 山名,在今陕西眉县南。《水经注》:“太白山,在武功县南,去长安二百里,不知其高几何,俗云: 武功太白,去天三百。山下军行不得鼓角,鼓角则疾风雨至。……冬夏积雪,望之皓然。《洞天记》以此为第十一洞天。山有大太白、二太白、三太白三池。”

[6] 峨眉: 山名,在今四川省广元市。《广元县志》载:“小峨眉在县北六十里朝天驿。”“小山岸阿似眉,故名。白居易《长恨歌》‘峨嵋山下少人行’即此。盖明皇幸蜀,实经此道。”

[7] “地崩”句:《华阳国志 · 蜀志》:“(秦)惠王知蜀王好色,许嫁五女于蜀。蜀遣五丁迎之。还到梓潼,见大蛇入穴中。一人揽其尾掣之,不禁,至五人相助,大呼拽蛇,山崩时压杀五人及秦五女并将从,而山分为

五岭。”壮士，指五丁。

[8] 天梯：崎岖的山路。石栈：栈道，在山崖上凿石架木而建成的道路。

[9] 高标：山中最高处而可作为标志。古代神话，羲和每天用六条龙驾着太阳的座车出发，到名叫悬车的地方转车回去。这里是说蜀山高峻险阻，连羲和都得为之回车。

[10] 黄鹤：即黄鹄，善飞之鸟。

[11] 猿猱：指两种善于攀援的猿猴。

[12] 青泥：岭名，在今陕西省略阳县西北，是入蜀的要道。盘盘：屈曲的样子。《元和郡县图志》卷二二“兴州长举县”：“青泥岭在县西北五十三里，接溪山东，即今通路也。悬崖万仞，山多云雨，行者屡逢泥淖，故号青泥岭。”

[13] 参、井：都是星宿名。胁息：敛住呼吸。

[14] 子规：鸟名，即杜鹃。又称杜宇。相传古蜀帝杜宇化为杜鹃，故后人称杜鹃为杜宇。其啼声哀怨动人。

[15] 凋朱颜：指朱颜为之憔悴、凋谢。

[16] 喧豗：哄闹之声。

[17] 砯崖：指水撞击岩石。

[18] 剑阁：在四川省剑阁县北，其地有大剑山、小剑山，中间只有一条栈道，故又名剑门关。

[19] “一夫”四句：语本张载《剑阁铭》：“一夫荷戟，万夫趑趄。形胜之地，匪亲勿居。”是说其地险要，若非亲信人守护，将会产生后患。狼与豺，比喻叛乱者。

[20] 锦城：又名锦官城，成都的别称。扬雄《蜀都赋》：“尔乃其人，自造奇锦。”此是成都名为“锦城”的来源。

【分析】

李白《蜀道难》之所以能够打动千百年来无数的读者，关键在于这首诗达到了极高的艺术境界。即如唐人殷璠所称“可谓奇之又奇。然自骚人以还，鲜有此体调”。其艺术成就，重点在五个方面：

一、以赋为诗的铺排

《蜀道难》以赋为诗的特点，前人已经关注到。明人朱谏《李诗选注》卷二：“赋也。首二句以叹辞而发其端，末二句以叹辞而结其意。首尾相应，而关键之密也。白此诗极其雄壮，而铺叙有条，起止有法，唐诗之绝唱者。”明人陆时雍《唐诗镜》卷一八：“《蜀道难》近赋体，魁梧奇谲，知是伟大。”论述了李白作诗用赋的写法，并且受到屈原辞赋的很大影响。《蜀道难》还有两个方面的内容更值得探究。

一是受前人《蜀都赋》的影响。古人作《蜀都赋》者以西汉扬雄和东晋左思最为著名。扬雄《蜀都赋》前启班固之《两都赋》，后开张衡之《南都赋》，并对东晋左思《蜀都赋》产生了很大的影响。而李白的《蜀道难》受左思《蜀都赋》的影响更大。如左赋“夫蜀都者，盖兆基于上世，开国于中古”，李诗“蚕丛及鱼凫，开国何茫然”；左赋“羲和假道于峻岐，阳乌回翼乎高标”，李诗“上有六龙回日之高标”；左赋“一人守隘，万夫莫向”，李诗“一夫当关，万夫莫开”；左赋“猨狖腾希而竞捷，虎豹长啸而永吟”，李诗“黄鹤之飞尚不得过，猿猱欲度愁攀援”；左赋“碧出苌弘之血，鸟生杜宇之魄”，李诗“但见悲鸟号古木，雄飞雌从绕林间。又闻子规啼夜月，愁空山”。

二是以诗的韵律统摄赋的铺排。如果我们仅限于李白《蜀道难》的赋体特点，那么还没有认识到这首诗的价值所在。这首诗之所以打动读者，更在于诗的节奏、诗的韵律，以此统摄赋法，使得以铺张扬厉为能事的整饬之赋，成为气势恢宏又变化多端的乐府歌行。有赋的特点就能够纵横驰骋地叙事咏物，有诗的韵律就能够放浪恣肆地抒情写意。二者结合，使得《蜀道难》达到了登峰造极的艺术境界。

二、穿越时空的激情

所谓蜀道，是指由秦入蜀的险阻山道。李白这首《蜀道难》将蜀道的艰险奇伟，描写得淋漓尽致，既让人望而却步，又让后人再也无从落笔。就连走过这条蜀道的大诗人杜甫，也没能写出超越李白这首的蜀道诗。此诗纯由激情展开，开篇的感叹，先声夺人，特别有一种将读者裹挟而去的力量。但施蛰存《唐诗百话》对于一些诗句曾有过不同的论说，认为细按其诗，会发现不少翻来覆去的重意句，如“上有六龙回日”二句与后部的“连峰去天”四句，意思就比较复叠。在章法结构上，也有轻重失宜、比例失调之处，如“剑阁”以下九句，就“破坏了全诗的统一性”。在用韵和句法上，如“连峰”二句中，“‘尺’‘壁’一韵，只有二句，接下去立刻就换韵，使读者到此，有气氛短促之感。在长篇歌行中忽然插入这样的短韵句法，一般都认为是缺点。尽管李白才气大，自由用韵，不受拘束，但这两句韵既急促，思想又不成段落，在讲究诗法的人看来，终不是可取的”。但是我们总觉得，这些问题在其他诗人的作品中的确是问题，而在李白诗中就不是问题。这是因为李白写这一类诗歌，发兴无端，气势壮大，想落天外，奇之又奇，这种表达方式无以名之，只能称为“李白式的方式”。因此读者是不应去细究局部和细节的，而应将自己的心灵清空，完全跟着李白的激情节奏，随其转荡飘飞，任其性情之所之。诗人或大开大合，或骤起骤落，或如行云流水，或如朗月清风，而读者也在这个过程中经历了和李白近似的情感体验和审美快感。这种“被动式”的阅读，或许更能把握李白诗歌的神髓，所以李白诗歌中喷涌而出的激情，其穿透性是超越时空的。

三、反复咏叹的旋律

诗人大体按照由古到今，自秦入蜀的线索，抓住各处山水特点来描写，以展示蜀道之难。开篇以强烈的咏叹点出主题，为全诗奠定了雄放的基调。“蜀道之难，难于上青天”在全诗中三次现，反复咏叹，好像一首乐曲的主旋律一样激荡着读者的心弦。接着通过古老的传说来描写山势的高危、险要及蜀道开辟的艰难。中间又笔锋一转，借问君引出旅愁，把读者引向一个古木荒凉、鸟声悲凄的境界。最后在十分惊险的气氛当中，写到了剑阁，通过剑阁的险要引出对政治形势的描写，警惕战乱的发生。并联系当时的社会背景，揭示蜀中豺狼的“磨牙吮血，杀人如麻”，从而表现了诗人对国事的忧虑与关切，更增强了作品的现实意义。

李白这首诗在用韵方面，也富于变化。大体上以平韵为主，在“先”“寒”“删”与“灰”“佳”“麻”之间转换，又插入“陌”的仄声韵，这样就使得节奏自由变化。

四、想落天外的构思

这首诗在艺术构思上非常成功：第一，诗人善于将想象、夸张与神话传说融为一体进行写景抒情，贯穿全诗的是浪漫主义的激情。诗人对于自然景物，不是冷漠地观赏，而是热情地赞叹，借以抒发自己的理想和感受。整个诗篇充满了横扫千军如卷席的英雄气概。第二，形式上，变幻莫测而又平易自然。从句法上看，三言、四言、五言、六言、七言，一直到十一言，参差错落，长短不齐，形成极为奔放的语言风格。好像随口喷出，没有半点拘束。从韵律上讲，突破了梁陈以来《蜀道难》旧作一韵到底的程式，后面几句一连三换韵脚，极尽变化之能事。诗人在绝不受格律的束缚中显出完整的韵律的美。

李白的《蜀道难》并不是山水诗，但置于山水诗中也会是峰巅之作，因为诗中对于蜀道山水的描写淋漓尽致。全诗紧扣“奇”“险”着笔。就“险”而言，诗人对于蜀道之险描绘得惊心动魄，通过“高标”与“回川”的对比，“一夫当关，万夫莫开”的衬托，“黄鹤”与“猿猱”的动作与比拟，以及“百步九折”“连峰去天”“枯松倒挂”“飞湍瀑流”“砯崖转石”的直接描写，将蜀道之险惟妙惟肖地表现出来。李白选取的景物，诸如六龙回日的高标，冲波逆折的回川，艰难险绝的鸟道，绝壁倒挂的枯松，千山万壑的飞瀑，峥嵘崔嵬的剑阁，无一不是骇人心魄的。这样的远景，加以“蜀道之难，难于上青天”的反复咏叹，就将人、鸟、猿、物都带进了异常悲愁的境界，从而突出了功业未就、世路艰难的主题。就“奇”而言，诗人写这首诗，本来是有所本的，诗题用乐府古题，手法用赋体，源于屈原《离骚》与左思《蜀都赋》，但这些都成为李白表现“奇”的铺垫。他在赋体铺排的基础上，融贯了一唱三叹的咏叹，连用了三次“蜀道之难，难于上青天”，突出了气势磅礴的主旋律，成为唐诗绝调。同时，李白在咏叹中将历史与神话有机地贯穿在一起，如“蚕丛及鱼凫”八句借助历史故事与神话传说写出蜀道开凿的艰难，同时加以丰富的想象、奇特的夸张，以进一步调动读者的想象力，使之受到感染而进入诗歌的境界。这样的构思，确实达到了殷璠《河岳英灵集》所说的“奇之又奇”的境地。

就具体章句的表现技巧而言，“蚕丛及鱼凫，开国何茫然”，突出蜀道的悠久；“西当太白有鸟道，可以横绝峨眉巅”，突出蜀道的险峻；“地崩山摧壮士死，然后天梯石栈相钩连”，突出蜀道的气势；“上有六龙回日之高标”，突出蜀道的高危；“下有冲波逆折之回川”，突出蜀道的幽深；“青泥何盘盘，百步九折萦岩峦”，突出蜀道的纡曲；“飞湍瀑流争喧豗，砯崖转石万壑雷”，突出蜀道的惊心；“剑阁峥嵘而崔嵬，一夫当关，万夫莫开”，突出蜀道的奇绝。这样综合起来，蕴含着历史的沧桑，饱含着诗人激情，更展示了诗篇的魅力。

五、飘逸多姿的语言

李白这首诗在语言方面，既飘逸多姿又明净自然。宋人严羽在《沧浪诗话·诗评》中比较李白与杜甫说：“子美不能为太白之飘逸，太白不能为子美之沉郁。”说明李白诗歌的语言是以飘逸见长的。这种特点在《蜀道难》中表现得尤其突出。有时豪放不羁，如整首诗三次咏叹“蜀道之难，难于上青天”；有时想落天外，如“尔来四万八千岁，不与秦塞通人烟”；有时惊心动魄，如“所守或匪亲，化为狼与豺。朝避猛虎，夕避长蛇，磨牙吮血，杀人如麻”；有时极度夸张，如“黄鹤之飞尚不得过，猿猱欲度愁攀援”；有时明净自然，如“但见悲鸟号古木，雄飞雌从绕林间。又闻子规啼夜月，愁空山”。诗人把这些变化多端的语言融化在一首诗当中，让它们和谐搭配，完满结合，达到了“清水出芙蓉，天然去雕饰”的境界。诗人将叙事的铺排、激情的抒发、韵律的变换、构思的奇巧结合在一起，构成了一篇极度完美的歌行体的艺术珍品。

在七言古诗中杂用长短句，这也是《蜀道难》语言显著的特色。清王士禛《王文简古诗平仄论》云：“（七言古）又有长短句者，唐惟李太白多有之，然不必学。如《蜀道难》……效之而无其才，洵难免沧溟（即李攀龙）‘英雄欺人’之诮。”这首诗短则三言，长则十一言，参差错落，变化有致，而且一气呵成，势如破竹，既飘逸多姿，又奇巧诡幻，更自然脱俗。

李白《宣州谢朓楼饯别校书叔云》分析

宣州谢朓楼饯别校书叔云

【题解】

诗题注:"一作《陪侍御叔华登楼歌》。"宣州谢朓楼：本名叠嶂楼,在宣州陵阳山上,南齐诗人谢朓任宣城太守时所建,唐咸通时刺史独孤霖改建此楼,易名"谢朓楼"。又名北楼、谢公楼。校书：官名,即校书郎,掌校雠典籍,订正讹误。叔云：李白叔父李云。按,《文苑英华》卷三四三收此诗,题作《陪侍御叔华登楼歌》,揆之诗意,并无饯别之意,故诗题应以"一作"为是。侍御叔华即唐代大古文家李华,独孤及《检校尚书吏部员外郎李公(华)中集序》:"(天宝)十一年拜监察御史。……入司方书,出按二千石,持斧所向,郡邑为肃。为奸党所嫉,不容于御史府,除右补阙。"唐时监察御史亦称侍御。赵璘《因话录》卷五:"御史台三院,一曰台院,其僚曰侍御史,众呼为端公,见宰相及台长,则曰某姓侍御。……二曰殿院,其僚曰殿中侍御史,众呼为侍御。……三曰察院,其僚曰监察御史,众呼亦曰侍御。"

弃我去者,昨日之日不可留[1]。
乱我心者,今日之日多烦忧[2]。
长风万里送秋雁,对此可以酣高楼[3]。
蓬莱文章建安骨[4],中间小谢又清发[5]。
俱怀逸兴壮思飞,欲上青天揽明月[6]。
抽刀断水水更流,举杯销愁愁更愁[7]。
人生在世不称意,明朝散发弄扁舟[8]。

(王琦注《李太白全集》卷一八,中华书局,1977 年版)

【注释】

[1]"弃我"二句：谓以往的岁月离我远去,不可挽留。

[2]"乱我"二句：谓如今的日子接踵而来,烦乱忧愁。

[3]"长风"二句：谓当此秋雁南飞之际,正好陪同友人登楼畅饮。陆机《前缓声歌》:"长风万里举,庆云郁嵯峨。"

[4]"蓬莱"句:"蓬莱"是代指东汉藏书处东观,《后汉书·窦章传》记载:"是时学者称东观为老氏藏室,道家蓬莱山。"李贤注:"言东观经籍多也。蓬莱,海中神山,为仙府,幽经秘录并皆在焉。"东汉时朝廷藏书于东观,置校书郎中。按"蓬莱",切"校书叔云"事,但《文苑英华》作"蔡氏","蔡氏"是东汉文学家蔡邕,以善作碑版文字著称。全诗所言为李华事,故疑"蓬莱"二字为后人所改。"建安"是指以建安七子为代表的诗歌,称"建安体"。"建安骨"即建安风骨,是建安时期文学风格呈现的慷慨悲凉、雄健深沉等特点。李白此句是以蔡邕文章比拟李华之文,以建安风骨称颂李华之诗。

[5]"中间"句：谓从汉魏到唐代李华,中间谢朓的诗歌最为清丽秀发。此句既是登上谢朓楼而赞颂谢

朓的诗歌，也是以谢朓之诗类比李华之诗。小谢：即谢朓。因南朝谢灵运、谢朓最为著名，而谢朓晚于谢灵运，故唐人习惯称谢灵运为大谢，谢朓为小谢。清发，清丽秀发。《南齐书·谢朓传》："少好学，有美名，文章清丽。"

[6]"俱怀"二句：谓作者与李华二人登上谢朓楼，满怀逸兴，触发壮思，似乎要登上云天，摘取明月。卢思道《卢记室诔》："丽词泉涌，壮思云飞。"王勃《滕王阁序》："遥襟俯畅，逸兴遄飞。"

[7]"抽刀"二句：形容自己的忧愁连续不断，无法排遣。"抽刀断水"之"水"，是指谢朓楼下的宛溪和句溪，也就是李白《秋登宣城谢朓北楼》诗"两水夹明镜，双桥落彩虹"之"两水"。诗为即景抒情之作。

[8]"人生"二句：谓自己壮志难酬，只有隐居不仕才能摆脱苦闷。散发，语本《后汉书·袁闳传》："延禧末，党争将作，闳遂散发绝世。"《文选》卷二四张华《答何劭诗》："散发重阴下，抱杖临清渠。"张铣注："散发，言不为冠所束也。"扁舟，暗用《史记·货殖列传》事："范蠡既雪会稽之耻……乃乘扁舟，浮于江湖。"

【分析】

李白天宝十二、十三载在宣州，其时李华为监察御史，出使按察州县到达宣州，李白陪同登上谢朓楼，即兴而作此诗。诗题以《陪侍御叔华登楼歌》为是。

诗的开头表现极度的忧愁，这一忧愁可以从两个方面理解：从国家的层面看，当时控制着北方广大地区的安禄山正谋划着叛乱，让杨国忠对南诏发动战争又两次全军覆没，故而感到心烦意乱；从个人的层面看，李白第二次入长安之后，不仅没有实现抱负，而且被杨国忠等人排挤出朝，回到了江南宣州。李白遭遇挫折后想重整旗鼓而又没有机会，遇到同样受到杨国忠排挤的李华，当然是二愁合一，愁上加愁了，所以用"烦忧"领起全篇。这样的烦忧通过登楼的行动，通过破空而来一泻千里的语言作为发端，也是诗人特殊的表达方式。既说"弃我去"，又说"不可留"，既说"乱我心"，又说"多烦忧"，这种重叠复沓的语言，深刻地呈现出诗人郁结之深，忧愤之烈，心绪之乱。

接着诗情急转，描写登楼以后，眺望长空万里、秋雁南飞的情景，心境豁然开朗，烦忧尽扫，酣饮的豪情逸兴油然而生。"俱怀逸兴"二句可以做三层理解：一层是表现诗人阔大的胸襟，李白有远大的理想，而长期不能实现备受压抑，现在仰望长空万里，心境纵横驰骋，精神为之一振，烦忧也就一扫而空了。二层是描绘明朗的秋景，"长风送秋雁"是多么美好的蓝天秋景图！三层是紧扣题目的"登楼"，登楼临眺，尽醉沉酣，能够荡涤我忧。这两句展现出一幅壮阔明朗的万里秋空画图，也展示出诗人豪迈阔大的胸襟。从极端苦闷忽然转到朗爽壮阔的境界，变化无端，不可思议。

"蓬莱文章"四句紧密关联"陪侍御叔华"。相比之下，《文苑英华》所载的"蔡氏文章"更切诗题，是以东汉蔡邕等人的文章类比李华文章的古朴典雅，以建安时期的诗歌以类比李华诗歌的骨气端翔，以谢朓的诗歌说明李华诗歌的清新秀发，同时赞美谢朓、类比李华，也是在自喻自己的诗歌成就，这样的诗句实际上是一箭三雕。李白登上谢朓楼，既推崇谢朓诗歌，又欣赏楼前风光。二人都怀有逸兴壮志而登楼，酒酣后又飘然欲飞，以至于想去登天揽月。这是壮语，也是豪语，将高远理想的境界和盘托出。写到这里，心头的一切烦忧都一扫而空，都被抛到九霄云外了。李白赞扬蔡邕，追慕建安，跟踪谢朓，类比李华，实际上也表现了自己的志向。想到这里，才激昂奋发，迸发出"俱怀逸兴壮思飞，欲上青天揽明月"的诗句。

"抽刀断水水更流，举杯销愁愁更愁"，这两句又从想象跌落到现实之中，理想与现实的矛盾是不可调和的，故而来了一个大转折。这个转折非常奇特，作者用了两个独创的比喻。这两句既把愁写到了极致，同时又表现了诗人为尽力排遣忧愁所做出的努力。这两个比喻既想落天外，又自然贴切，既富有独创生，又很有生活气息。同时又切时切地，因为谢朓楼前就是终年长流的宛溪水，这样就在无穷的忧愁与不尽的流水之间产生了密切的联系，故而引发出“抽刀断水”的念想。

最后两句继续转折，回到了现实，用“不称意”概括了自己的人生，当然也是李华的人生。“不称意”的人生当然也就苦闷到了极点，诗人在此找到了出口，也表明了心迹。既然是报国无门，壮志难酬，烦忧不断，也就只有“散发弄扁舟”这一途径能够摆脱苦闷。这五个字用了两个典故，散发，意思是脱去簪缨，披开头发，带有狂放不羁之意。语本《后汉书·袁闳传》：“延禧末，党争将作，闳遂散发绝世。”扁舟，暗用范蠡“乘扁舟浮于江湖”的典故，也是诗人傲视权贵的表现。同时对于李华正在受到杨国忠等权贵排挤表示同情和安慰，也是对于李华按察州县为民解困的一种激励。李白浪漫倔强的性格更在这自由散缓的结尾中表现出来。

总起来看，这首诗的艺术成就表现为三点：一是感情变化腾挪。开头平地起波澜，奔泻出郁结已久的强烈的精神苦闷，随后宕开一笔，脱离烦愁，展现出晴空万里的秋景，令人胸襟大开，激情奔放，故而有“酣高楼”的逸兴与“揽明月”的壮举。然后又跌落现实，由九霄的逸兴进入了苦闷的深渊，这样大起大落，大开大合，看不出线索贯穿的痕迹，而其灵魂又凝聚成一个核心。二是语言自然豪放。开头几句虽奇峰突起，但出口又像是说家常话，通俗生动。散文式长短自由句式的运用，更有利于感情的迸放表达，犹如铜丸走坂，骏马注坡，又如长江大河，一泻千里。但无论多么悲壮、豪壮、雄壮，都能够脱口而出，自然和谐。三是结构跳跃跌宕，章法上，破空而起，破空而结，变化莫测；韵律上，开头十一个字连用九个仄声，接着又连用三平声救转，表现一泻千里的气势；修辞上，比喻和反复的运用，表现出复沓跌宕的节奏美。

赠何七判官昌浩

【题解】

何昌浩，庐州潜人，排行第七，解褐泽州参军，辞满调授本州录事参军。左迁光州定城县丞，移邓州司户参军。安史之乱，二京覆没，遂潜迹江表，为宣歙采访使宋若斯辟署支使。其为判官即在此时。事迹见新出土《何昌浩墓志》。李白这首诗是肃宗至德二载(757)在宋若思幕赠送何昌浩之作。判官，地方长官的僚属。《旧唐书·职官志》：“节度使幕中有‘判官’二人。”

有时忽惆怅，匡坐至夜分[1]。
平明空啸咤，思欲解世纷[2]。
心随长风去，吹散万里云[3]。
羞作济南生，九十诵古文[4]。

不然拂剑起，沙漠收奇勋。

老死阡陌间，何因扬清芬[5]。

夫子今管乐，英才冠三军[6]。

终与同出处，岂将沮溺群[7]。

（王琦注《李太白全集》卷九，中华书局，1977 年版）

【注释】

[1] 惆怅：因失意而悲伤。《楚辞·九辩》："惆怅兮而私自怜。"匡坐：正坐。《庄子·让王》："上漏下湿，匡坐而弦歌。"成玄英注："匡，正也。"夜分：夜半。《后汉书·刘庆传》："每朝谒陵庙，当夜分严装衣冠待明。"李贤注："分，半也。"

[2] "平明"二句：用战国鲁仲连排解世纷的典故。《战国策·赵策三》："所贵于天下之士者，为人排患释难解纷乱而无取也。即有所取者，是商贾之人也，仲连不忍为也。"

[3] "心随"二句：《宋书·宗悫传》："叔父少文高尚不仕，悫年少，问其所志，悫答曰：'愿乘长风破万里浪。'"李白化用之。

[4] "羞作"二句：济南生，即伏生。《汉书·儒林传》：伏胜，字子贱，曾为秦博士。秦时焚书，于壁中藏《尚书》。文帝时求能治《尚书》者，伏生以年九十余老不能行，乃使晁错往受之。传授《尚书》28 篇，传 41 篇，后世称《今文尚书》。古文，指古代文字。

[5] 阡陌：田间纵横交错的小路。南北为阡，东西为陌。清芬：高洁的品德。

[6] 夫子：对何昌浩的敬称。管乐：管仲和乐毅，指春秋时齐国名相管仲与战国时燕国名将乐毅的并称。冠三军：居于三军之首。《文选》李陵《答苏武书》："陵先将军，功略盖天地，义勇冠三军。"刘良注："义勇冠于三军之上也。"

[7] 出处：出仕和隐居。沮溺：隐士代称。《论语·微子》："长沮、桀溺耦而耕，孔子过之，使子路问津焉。"

【分析】

这首诗是至德二载(757)李白与何昌浩同在宣歙采访使宋若思幕府中所作。宋若思是李白故人宋之悌之子，至德二载，李白因参加永王璘幕得罪而流放夜郎，幸先后经崔涣及宋若思出力解救，方得脱狱。李白被解释之后，宋若思又让李白参谋幕府，这时何昌浩也在宋若思幕中，二人私交深厚，故而李白写诗赠予何昌浩，以述心志。

这首诗前面十二句是自咏，后面四句是咏何。开头两句写诗人的惆怅，故而作诗赠予何昌浩以排解惆怅。惆怅之极而难以入眠，故而正襟危坐一直到半夜。但这样的惆怅仍然没有排解。三四句描写天亮以后排解惆怅的举动，就是在空宅中长啸。"思欲解世纷"写出李白惆怅的原因，是因为世纷未解，因而这样的惆怅就不是个人的惆怅。"解世纷"运用战国鲁仲连的典故，是说秦国为了达到称帝的目的，包围赵国都城邯郸，魏安釐王大将晋鄙驰援赵国。但畏惧秦国，部队止于汤阴不进，并派魏将辛垣衍潜入邯郸，通过赵相平原君赵胜说服赵孝成王尊秦为帝。这时鲁仲连面见辛垣衍，极陈帝秦之弊，使得辛垣衍拜服，而"秦将闻之，为却军五十里。适会魏公子无忌夺晋鄙军以救赵击秦，秦军引而去"。平原君欲封鲁仲连，仲连笑曰："所贵于天下之士者，为人排患释难解纷乱而无取也。即有所取者，是商贾之人也，仲连不忍为也。"事见《战国策·赵策三》。

李白要像鲁仲连那样，排解世纷而功成身退。五六两句“心随长风去，吹散万里云”是想到解世纷后的心境，也是诗人入世精神的写照。这是惆怅排解以后的明朗心境，与“匡坐至夜分”形成了鲜明的对比。七八句“羞作济南生，九十诵古文”，从背面着笔，表现入世精神，而羞为白首穷经的章句老儒。第十一至十二句直接表达自己的志向“不然拂剑起，沙漠收奇勋”，是说自己虽然年老，但仍欲拂剑而起，奔赴沙漠战场，建立奇勋。“老死阡陌间，何因扬清芬”也是从背面着笔，是说自己如果不能建立功勋，而是老死阡陌之间，又怎能够彰扬高尚的道德与声名？最后四句赞扬何昌浩英才杰出，希望他能够为国为民干出一番事业。“夫子今管乐，英才冠三军”，将何昌浩与管仲、乐毅相比，才能杰出，勇冠三军。“终与同出处，岂将沮溺群”，也是从背面着笔，希望自己与何昌浩共同出处，而不甘与长沮、桀溺这些隐士为伍。

这首诗的艺术表现值得称道者有三个方面：一是直接抒写，诗从惆怅写起，要想排解惆怅，就得空宅长啸，这是形式上的排解，而又思欲解世纷，这是实质上的排解。想到能够排解世纷，惆怅也就烟消云散，而“心随长风去，吹散万里云”。为了实现自己的抱负，还要“不然拂剑起，沙漠收奇勋”。二是背面衬托，诗人每每在正面的抒写怀抱之后，又作背面的衬托，如“羞作济南生，九十诵古文”“老死阡陌间，何因扬清芬”，这样通过对比，加重正面抒发感情的分量。三是典故类比，诗中用了鲁仲连义不帝秦的典故，以表现“思欲解世纷”；用了伏生九十穷经的典故，以表现自己羞做白头章句的老儒；用了宗悫乘风破浪的典故，表现自己建功立业的雄心；用了管仲、乐毅的典故，表现自己对知己老友的期待；用了长沮、桀溺的典故，期望自己和友人都不甘与长沮、桀溺等隐士为伍。

这首诗生动地表现出李白的豪侠性格。明人唐汝询《唐诗解》卷四云：“史称白喜纵横，好击剑，为任侠，于此诗见之。”评述非常精当。吴汝纶评曰：“起接超忽不平。一片奇气，其志意英迈，乃太白本色。”（高步瀛《唐宋诗举要》卷一引）李白写此诗时已至晚年，而且身陷困顿之中，但仍能开口慷慨，吞吐超俗，用世之志，建功之心，跃然纸上。

将进酒

【题解】

将进酒，乐府旧题。将，请。将进酒即劝酒之意。《乐府诗集·汉铙歌》载《将进酒》古辞，内容以饮酒放歌为言。此诗诗题在敦煌写本伯二五六七中作《惜樽空》，在《文苑英华》卷三三六中作《惜空樽酒》。日本学者松浦友久从乐府与歌行的区别入手，认为此诗是典型的歌行体而非乐府诗，因而此诗原题应为《惜空樽酒》而非《将进酒》。郁贤皓认为此诗作于开元二十三年(735)前后：“岑勋因仰慕李白，寻访到嵩山元丹丘处，请丹丘再邀李白到嵩山。三人置酒高会，李白在席间写成此诗。”（《李太白全集校注》卷二）诗歌洋溢着强烈的浪漫主义激情，表达了人生短促，应该纵酒尽欢、及时行乐的思想。

君不见黄河之水天上来[1]，奔流到海不复回[2]。
君不见高堂明镜悲白发[3]，朝如青丝暮成雪[4]。

人生得意须尽欢,莫使金樽空对月。
天生我材必有用[5],千金散尽还复来。
烹羊宰牛且为乐[6],会须一饮三百杯[7]。
岑夫子[8],丹丘生[9],进酒君莫停[10]。
与君歌一曲,请君为我倾耳听[11]。
钟鼓馔玉不足贵[12],但愿长醉不用醒[13]。
古来圣贤皆寂寞[14],惟有饮者留其名。
陈王昔时宴平乐[15],斗酒十千恣欢谑[16]。
主人何为言少钱,径须沽取对君酌[17]。
五花马[18],千金裘[19],呼儿将出换美酒[20],与尔同销万古愁。

(王琦注《李太白全集》卷三,中华书局,1977 年版)

【注释】

[1] 黄河之水天上来:高步瀛《唐宋诗举要》卷二:“河出昆仑,以其地极高,故曰从天上来。”

[2] 奔流到海不复回:古乐府《长歌行》:“百川东到海,何时复西归?”

[3] 高堂:一作“床头”。

[4] 青丝:比喻黑发。一作“青云”。

[5] 天生我材必有用:一作“天生吾徒有俊材”,又作“天生我身必有财”“天生我身必有材”。

[6] 烹羊宰牛:曹植《箜篌引》:“中厨办丰膳,烹羊宰肥牛。”

[7] 会须:应当。一饮三百杯:用郑玄典故。《世说新语·文学》刘孝标注引《郑玄别传》:“袁绍辟玄,及去,饯之城东,欲玄必醉。会者三百余人,皆离席奉觞,自旦及暮,度玄饮三百余杯,而温克之容,终日无怠。”陈暄《与兄子秀书》:“郑康成一饮三百杯,吾不以为多。”

[8] 岑夫子:岑勋。李白有《酬岑勋见寻就元丹丘对酒相待以诗见招》诗。

[9] 丹丘生:元丹丘,李白好友。李白一生与元丹丘交往甚密,今存酬赠诗歌甚多,如《元丹丘歌》《题元丹丘山居》《题元丹丘颍阳山居》等。

[10] 进酒君莫停:一作“将进酒,杯莫停”,又一无此五字。

[11] 倾耳听:一无“耳听”二字。

[12] 钟鼓馔玉:一作“钟鼓玉帛”。馔玉:形容食物像玉一般精美。

[13] 不用醒:一作“不愿醒”,又作“不复醒”。

[14] 皆寂寞:一作“皆死尽”。

[15] 陈王:指曹植。曹植《名都篇》:“我归宴平乐,美酒斗十千。”李善注:“平乐,观名。”汉明帝时建造,在洛阳西门外。

[16] 恣欢谑:恣意欢笑戏谑。

[17] 径须:只管。沽取:买来。

[18] 五花马:唐人喜将骏马鬃毛修剪成瓣以为装饰,分为五瓣者称五花马。又或以马身上有五色花纹称为五花。此处泛指骏马。

[19] 千金裘:价格高昂的狐裘。《史记·孟尝君列传》:“孟尝君有一狐白裘,直千金,天下无双。”

[20] 儿：僮儿。将出：拿出。

【分析】

这首诗实为一首劝酒歌，以“君不见”领起，气势磅礴，为下文的劝酒纵乐作铺垫。诗人举出各种必须饮酒的理由，既劝自己饮，也劝朋友饮。开篇两句以“黄河”起兴。旧说黄河源出昆仑山，因其地势极高，故而诗人夸张地以“黄河之水天上来”来形容。重点在下句的“奔流到海不复回”，以黄河之水的一去不复返来比喻时光的流逝。其后两句转换场景，以镜前照见白发来感慨年华老去。黑发变成白发仿佛是一夜之间，诗人以夸张的手法突显衰老之快。“高堂”一说作“床头”，黄永武认为：“高堂悬镜，难得去照一照，不如床头的晓镜，旦暮相照，则朝如青雪，暮成白雪，上下用意贯联。”又“青丝”一作“青云”，黄永武说：“唐人以云描写鬓发的诗很多，云与雪是同类的事物，用在一句中非常谐合，青云与白雪的转换，趣味比‘青丝白雪’好。”(《敦煌的唐诗》)都言之成理，语意上确以“床头”和“青云”为佳。

正因为时光易逝，才有了接下来的“人生得意须尽欢，莫使金樽空对月”。对于李白来说，最大的享乐方式自然就是饮酒，《把酒问月》称“唯愿当歌对酒时，月光长照金樽里”。此处以“莫使”和“空”的双重否定表达强烈的肯定。如果说这两句无不给人以消极颓废之感，接下来的“天生我材必有用，千金散金还复来”则体现了诗人的积极用世精神，以及相信终会有所施展的豪迈自信。前句通行本作“天生我材必有用”，但从用韵上来看，“用”字并不合格律。唐代古体诗在转韵时一般出句的末字也要入韵，李白诗中也少有例外，因而此句末字应与其后“来”和“杯”押韵。综合来看，“天生吾徒有俊才”或“天生我身必有材”似乎更接近原貌。

“烹羊宰牛且为乐，会须一饮三百杯”继言饮酒。李白的纵酒为乐并不只是浅斟慢酌，而是郑玄那样的豪饮和狂饮。“岑夫子，丹丘生，进酒君莫停。与君歌一曲，请君为我倾耳听”几句承前启后。在一连串七言之后，以三言和五言衔接缓和语势，营造出鲜明的节奏感。“请君为我倾耳听”一作“请君为我倾”。前者意谓“我为你唱歌，你来听我唱”；而后者的“倾”其实是倒酒之意，即“我为你唱歌，你为我倒酒”。从语意上来看，以后者为佳。

“钟鼓馔玉不足贵，但愿长醉不愿醒”，“钟鼓馔玉”一作“钟鼓玉帛”，黄永武、张锡厚等学者都曾指出，“钟鼓”“玉帛”均为诸侯礼仪陈设之物，而“馔玉”是指珍贵的菜肴，“钟鼓”与“馔玉”之间不成对文，故此处似以“钟鼓玉帛”的异文解释为佳。如果说这两句是从“生”处着笔，接下来的“古来圣贤皆寂寞，惟有饮者留其名”就是从死亡的角度来寻找饮酒的理由。圣贤虽有大功于当世，名声反而不如那些酒徒饮者。“皆死尽”的异文虽不甚典雅，却更能见李白的人生态度。

“陈王昔时宴平乐，斗酒十千恣欢谑”，用曹植的典故来劝酒。曹植既是酒徒，也是诗人，且与李白都有怀才不遇之慨，故而引为知己和榜样。“主人何为言少钱，径须沽取对君酌”是诗人的“恣欢谑”的调侃。但诗人如此纵饮，酒钱从何而出？于是就有了结尾的“五花马，千金裘。呼儿将出换美酒，与尔同销万古愁”。且将裘、马都换作美酒，一起痛饮尽醉吧，唯有如此才能消解胸中积蓄的万古愁情！

全篇以饮酒行乐为主线，同时又交织着诗人对自身才能的高度自信，对世俗富贵的蔑视与鄙弃，以及在黑暗现实下才华无法施展的苦闷之情。可以说，李白的精神性格，在这首诗中体现得淋漓尽致。

推荐阅读书目

1. 王琦注《李太白全集》,中华书局 1977 年版。
2. 瞿蜕园、朱金城《李白集校注》,上海古籍出版社 2016 年版。
3. 安旗《李白全集编年笺注》,中华书局 2015 年版。
4. 郁贤皓《李太白全集校注》,凤凰出版社 2016 年版。

思考题

1. 如何看待“谪仙人”李白?
2. 试论李白七言歌行的艺术特色和成就。

第十章　杜　甫

本章概要

杜甫是中国最伟大的诗人之一，被尊为“诗圣”。杜诗奠定了中国古代以时事入诗的诗史精神。国步之艰难，生民之疾苦，个人之困厄，尽收笔底，爱国之情，跃然纸上。杜诗集中国古代诗歌之大成，是中国诗歌发展史上承先启后的关键。自宋至清，杜诗学已逐渐成为一门专门的学问。杜甫 1400 余首诗歌保留下来，大多收于《杜工部集》。

一、杜甫生平述略

杜甫(712—770)，京兆郡望，原籍襄阳，其曾祖迁居河南巩县，又称巩人。他是西汉以来一直显赫的京兆杜氏家族的后代。武则天朝的大诗人杜审言是杜甫的祖父。杜甫出生在儒学氛围非常浓厚的家庭，二十岁以前，一直在家中读书，受儒家传统思想的教育与熏陶较深。二十岁开始，到吴越一带漫游。二十四岁从吴越归来，专心应试，走唐代一般读书人追求的科举仕进之路。但机运不佳，到长安应进士不第，又东游齐赵。

天宝三载(744)，杜甫三十三岁，游踪达到洛阳，和同游于洛阳的李白见面，李、杜二人不久又在大梁遇见了高适，这是中国文学史上非常难得的重要事件，盛唐时期三颗文学巨星的聚首，影响了唐代诗史的进程。天宝五载(746)，杜甫三十五岁，怀着“致君尧舜上，再使风俗淳”的抱负，又来到了长安。第二年，玄宗下诏，命具有一艺之才者都去应试，杜甫也参加了这次考试。但考试由李林甫把持，结果一人未取，李林甫反而上表皇帝称其时“野无遗贤”以堵塞贤路。经历了两次科举考试的失败，杜甫开始了“干谒”的生涯。他不辞辛苦，到处奔走，在四十岁时，“干谒”到最高统治者唐玄宗，在唐玄宗举行祭祀大典的时候，献上《三大礼赋》，述说自己的心志与忠诚。玄宗命他待制集贤院。这个时期，他写下了著名的诗作《丽人行》和《兵车行》。

天宝十四载(755)杜甫四十四岁时，担任左卫率府兵曹参军。十二月，“安史之乱”爆发，潼关失守，长安沦陷，杜甫困居城中，目睹离乱现象，感慨伤怀，形诸篇咏。得知肃宗即位灵武，他只身前往，但途中被乱军俘虏，解回长安。至德二载(757)，终于逃出长安，抵达凤翔，谒见肃宗，被任命为左拾遗。至德三载(758)，因事被贬为华州司功参军。乾元二年(759)十二月，杜甫到了四川成都。其时严武担任西川节度使，高适担任蜀州刺史。第二年春天，杜甫在成都构筑了几间草堂。代宗广德元年(763),严武提拔杜甫做节度参谋、检校工部员外郎,世称“杜工部”。永泰元年(765),严武病死,杜甫生活上失去凭借,只好离开成都,到了夔州,住了二年。这一时期,他把全部精神都用在诗歌创作上,尤其是律体诗的创作,达到了炉火纯青的境地,《登高》《登楼》《咏怀古迹》《秋兴八首》代表了其近体诗的最高成就。大历三年(768),杜甫离开夔州,到达湖南,先后漂泊于岳阳、潭州与衡州,最后病死于衡州耒阳县。

杜甫一生忧国忧民,以天下为己任,以己之苦,度人之苦,以己之心,度人之心,他无时无刻不在注意社会民生。但是他的志向得不到实现,这一切都只能成为理想,只能在诗歌中流露,因而越是晚年,他越将诗歌作为立身行事的依托和垂名后世的追求。

二、杜诗的思想内涵与选材范围

杜甫现存1400余首作品,中唐诗人元稹作《唐故工部员外郎杜君墓系铭并序》,其中赞扬杜甫有这样一段话:“至于子美,盖所谓上薄风骚,下该沈宋,言夺苏李,气吞曹刘,掩颜、谢之孤高,杂徐、庾之流丽,尽得古今之体势,而兼人人之所独专矣。”这是对于杜诗成就的总体概括。杜甫被人尊为“诗圣”,其诗被誉为“诗史”,说明他的诗坛地位尊崇无比。

(一) 杜诗的思想内涵

杜甫是代表儒家思想的大诗人,他自比稷与契,希望自己以文学出众,“立登要路津”(《奉赠韦左丞丈二十二韵》),而且要“致君尧舜上,再使风俗淳”(同前)。这在李林甫、杨国忠擅权的年代里,是完全不符合实际的。但儒家思想使他“不忍便永诀”“葵藿向太阳,物性固莫夺”(《自京赴奉先县咏怀五百字》),对朝廷对君主还是绝对忠诚的。杜甫对君忠诚,在家天下的封建国家里,君是国的代表,所以他的诗处处表现了忧国忧民的情怀。但他的生活却是流离失所的,宏大抱负与穷困生活的矛盾,是杜甫诗歌丰富内容的源泉。

杜诗沉郁顿挫风格的形成,也是杜甫儒家思想影响的结果。他在《进雕赋表》中说:“倘使执先祖之故事,拔泥涂之久辱,则臣之述作,虽不能鼓吹六经,先鸣数子,至于沉郁顿挫,随时敏捷,扬雄枚皋之徒,庶可企及也。”说明自己对于沉郁顿挫有着明确的认识。清人吴瞻泰《杜诗提要》言:“沉郁者,意也;顿挫者,法也。”说明沉郁顿挫又集中于杜诗的意与法方面。所谓“意”,主要指诗歌的情调和意境,侧重于内容方面;所谓“法”,主要指诗歌的结构和句法,侧重于形式方面。沉郁顿挫风格的形成直接来源于杜甫忧国忧民的情怀,尤其在安史之乱后更为突出。当然,无论杜甫是多么怀才不遇、壮志难酬,都使得受儒家思想熏染的他不可能与朝廷和君主“永诀”,因而在诗歌当中表现出深沉的忧思,这样一种忧思又使得杜诗在沉郁顿挫的总体风格之中加上了温柔敦厚的特点。比如他的《春望》诗:“国破山河在,城春草木深。感时花溅泪,恨别鸟惊心。白头搔更短,浑欲不胜簪。”就“意”而言,这首诗忧国、伤时、念家、悲己,种种复杂的心绪和情怀融入四十字的短章之中,语语沉痛,字字由血泪凝成,表现又沉着蕴藉,真挚自然。就“法”而言,这首诗前半写春望之景,后半抒春望之情,首联破题写望中之景,又以“春”字贯穿全篇,寓情于景,情景交融。这样的诗作,集沉郁顿挫与温柔敦厚为一体,成为千古传诵的名篇。

(二) 杜诗的选材范围

杜诗被誉为“诗史”,是说杜甫的诗歌再现了他那个时代的生活,集中于“安史之乱”前后的社会现实。“安史之乱”给杜甫带来了重大的灾难,也成就了这位中国诗歌史上的巨人。“诗史”的一个重要特征就是以时事入诗。宋人陈岩肖《庚溪诗话》卷上说:“杜少陵子美诗,多纪当时事,皆有据依,古号诗史。”明人胡震亨在《唐音癸签》卷二六说:“以时事入诗,自杜少陵始。”杜甫以时事入诗的作品主要创作在安史之乱以后。代表作品有《哀王孙》《哀江头》《悲陈陶》《悲青坂》《述怀》《羌村三首》《北征》《洗兵马》《留花门》、“三吏”“三别”等。杜甫把盛唐诗歌以“言志述怀”为主的宗旨换成了“感事写意”。他在安史之乱期间所写的编年史式的感讽时事之作,奠定了中国古代以时事入诗的诗史精神,这是诗歌功能的一大发展。

杜诗作为“诗史”,也在于杜甫的诗歌是他一生行迹的记录。杜甫一生,从早年的漫游到晚年的漂泊,经历了大半个中国,他每到一地,都创作诗歌,留下了文学的记忆。比如他的《壮游》诗,回忆早年的漫游:“东下姑苏台,已具浮海航。到今有遗恨,不得穷扶桑。王谢风流远,阖闾丘墓荒。剑池石壁仄,长洲荷芰香。嵯峨阊门北,清庙映回塘。每趋吴太伯,抚事泪浪浪。枕戈忆勾践,渡浙想秦皇。蒸鱼闻匕首,除道哂要章。越女天下白,镜湖五月凉。剡溪蕴秀异,欲罢不能忘。归帆拂天姥,中岁贡旧乡。气劘屈贾垒,目短曹刘墙。忤下考功第,独辞京尹堂。放荡齐赵间,裘马颇清狂。春歌丛台上,冬猎青丘旁。呼鹰皂枥林,逐兽云雪冈。射飞曾纵鞚,引臂落鹙鸧。苏侯据鞍喜,忽如携葛强。快意八九年,西归到咸阳。”他所经过的重要地方,大都留下了经典的作品。如在齐鲁,有《望岳》;在长安,有《丽人行》;在羌村,有《羌村三首》;在秦州,有《秦州杂诗》;在成都,有《蜀相》《春夜喜雨》《茅屋为秋风所破歌》;在夔州,有《登高》《秋兴八首》《咏怀古迹五首》;在岳阳,有《登岳阳楼》;在衡州,有《入衡州》。如果将杜甫之诗与游历之地勾画地图,就是一条生动丰富的唐诗之路。

杜诗被誉为“集大成”,他的诗包括了生活的各个方面。家庭生活方面,比如《江村》诗:“清江一曲抱村流,长夏江村事事幽。自去自来堂上燕,相亲相近水中鸥。老妻画纸为棋局,稚子敲针作钓钩。但有故人供禄米,微躯此外更何求。”住在江畔的村庄,过着安静的生活,欣赏梁上欢快的飞燕,俯看水中相亲的鸥鸟,年迈的妻子安静地画着棋盘,幼小的孩子敲针做成了鱼钩,因为故人的帮助,能够在幕府供职得到一定的禄米,有着这样安定美好的生活还有什么奢求?朋友交游方面,杜甫与李白、王维、高适、岑参、孟浩然等一众诗人,都有交游诗。日常生活方面,杜甫接触到的每一事每一物都可以入诗,如咏马诗有《骢马行》《瘦马行》《病马》《玉腕骝》;咏鹰诗有《画鹰》《王兵马使二角鹰》;咏植物诗有《蒹葭》《苦竹》《病柏》《病橘》《枯棕》《江畔独步寻花》《江梅》《庭草》;咏动物诗有《鸥》《猿》《麂》《鸡》《黄鱼》;甚至于极为细小的动物也都能入诗,如《促织》《萤火》等。杜甫通过这些事物的吟咏,再现了诗人丰富多彩的生活,也反映了诗人仁民爱物的情怀。

三、杜诗的艺术表现

杜甫诗歌在艺术上达到了炉火纯青的地步,能够将中国的语言艺术发挥到极致,从而凝聚成独有的风格。这里就语言表现加以阐述,重点放在格律、语汇和炼字三个方面。

(一)格律

杜甫诗歌是古今诗人效法的典范。正常的格律自不必说,即使是拗体、古律,也开了后世的无数法门。比如杜甫对于古体句法多有创造,我们举《岁晏行》诗为例逐句分析其平仄:

1. 岁云暮矣多北风,仄平仄仄平仄平

2. 潇湘洞庭白雪中。平平仄平仄仄平
3. 渔父天寒网罟冻，平仄平平仄仄仄
4. 莫徭射雁鸣桑弓。仄平仄仄平平平
5. 去年米贵阙军食，仄平仄仄仄平仄
6. 今年米贱大伤农。平平仄仄仄平平
7. 高马达官厌酒肉，平仄仄平仄仄仄
8. 此辈杼轴茅茨空。仄仄平仄平平平
9. 楚人重鱼不重鸟，仄平仄平仄仄仄
10. 汝休枉杀南飞鸿。仄平仄仄平平平
11. 况闻处处鬻男女，仄平仄仄仄平仄
12. 割慈忍爱还租庸。仄平仄仄平平平
13. 往日用钱捉私铸，仄仄仄平仄平仄
14. 今许铅锡和青铜。平仄平仄平平平
15. 刻泥为之最易得，仄平平平仄仄仄
16. 好恶不合长相蒙。仄仄仄仄平平平

这首诗句法是典型的古体，处处避免律句。第4、第8、第10、第12、第14、第16句，都是三平调煞尾，这在律诗是最大的忌讳。第3、第7、第9、第15句，都是三仄末尾，较律诗而言也是语气反常的句式。第5、第11、第13句，末尾用“仄平仄”句式，语气拗变。这样通过句式的变化，使得诗风古朴而拙重，从而表现出与近体诗明显的区别。

（二）语汇

杜甫非常重视语言的锤炼，达到了精工绝伦的境地，我们举颜色词的运用为例：① 置于句首以突出色彩美。如《奉酬李都督表丈早春作》：“红入桃花嫩，青归柳叶新。”“红”与“青”置于句首，臻于鲜艳夺人的艺术境地。② 通过对比以表现色彩美。如《绝句》：“两个黄鹂鸣翠柳，一行白鹭上青天。”两个小黄鹂点缀在一片翠绿的柳树丛中，相映成趣；一行白鹭，像闪光的银箭一样，直插于透明如镜的蓝天，相得益彰。③ 通过颜色字的锤炼以烘托作者的情怀。如《绝句二首》：“江碧鸟愈白，山青花欲燃。”通过“碧”“白”“青”这些着色字，表示作者对大自然的热爱。④ 借助于颜色词的锤炼以随类赋形，缘情写景。如《闷》：“卷帘唯白水，隐几亦青山。”从屋内向屋外望去，映入眼帘的只有白水青山，不复他见，单调之极，寂寞之极。这是景中含情。

（三）炼字

宋人叶梦得《石林诗话》卷中有一段精彩的论述：“诗人以一字为工，世固知之。惟老杜变化开合，出奇无穷，殆不可以形迹捕。如‘江山有巴蜀，栋宇自齐梁’，远近数千里，上下数百年，只在‘有’与‘自’两字间，而吞纳山川之气，俯仰古今之怀，皆见于言外。《滕王亭子》‘粉墙犹竹色，虚阁自松声’，若不用‘犹’与‘自’两字，则余八言，凡亭子皆可用，不必滕王也。此皆工妙至到，人力不可及，而此老独雍容闲肆，出于自然，略不见其用力处。”炼字的一个重要方面是叠字的运用，杜甫是最善于运用叠字的一位大诗人，他将叠字用于古体诗和格律诗中。形态方面，有的摹声，有的绘色，有的状貌，有的写物；句式方面，有的名词重叠，有的动词重叠，有的形容词重叠，有的副词重叠，有的数词重叠,有的量词重叠,都恰到好处。有叠字的句子往往成为千古名句,如"无边落木萧萧下,不尽长江滚滚来"(《登高》),用"萧萧"将秋天落叶的声音描绘出来了,用"滚滚"将长江波涛汹涌的形状也描写出来了,这样形象更加鲜明,境界更加开阔。叠字的位置在各句中也有所不同,如首二字相叠:"娟娟戏蝶过闲幔,片片轻鸥下急湍。"(《小寒食舟》)三四字相叠:"榉柳枝枝弱,枇杷树树香。"(《田舍》)四五字相叠:"城乌啼眇眇,野鹭宿娟娟。"(《舟月对驿》)五六字相叠:"穿花蛱蝶深深见,点水蜻蜓款款飞。"(《曲江二首》)六七相叠:"信宿渔人还泛泛,清秋燕子故飞飞。"(《秋兴八首》)

名篇赏析

丽人行

杜甫《丽人行》分析(上)

【题解】

《丽人行》是杜甫七言乐府中最著名的一首,在唐代诗歌特别是唐代乐府诗发展史上具有重要的地位。《丽人行》作于天宝十二载(752)的春天,是杜甫写于安史之乱前的新题乐府诗,纯粹属于盛唐时期的作品,因此对于杜甫风格的形成和整个唐诗发展而言,都具有开创意义。《丽人行》针对具体事实而发,选取三月三日曲江胜游的一天,以表现杨氏兄妹之奢华,这与旧题乐府借旧题以发挥己意不同;写法上,旧题乐府以抒情为主,这是利用旧题所决定的,《丽人行》则以叙事和描写见长,且富丽华美,与李白《蜀道难》等诗一唱三叹者有别。《丽人行》对于后世影响非常大,宋代苏轼也有一个名作,便是《续丽人行》。自从苏轼以后,接续、模仿《丽人行》的诗歌层出不穷,但是总体来说,没有一首可以和杜甫的《丽人行》媲美。

三月三日天气新[1],长安水边多丽人[2]。
态浓意远淑且真[3],肌理细腻骨肉匀。
绣罗衣裳照莫春,蹙金孔雀银麒麟[4]。
头上何所有?翠微㔩叶垂鬓唇[5]。
背后何所见?珠压腰衱稳称身[6]。
就中云幕椒房亲[7],赐名大国虢与秦[8]。
紫驼之峰出翠釜[9],水精之盘行素鳞[10]。
犀箸厌饫久未下[11],鸾刀缕切空纷纶[12]。
黄门飞鞚不动尘[13],御厨络绎送八珍[14]。
箫鼓哀吟感鬼神,宾从杂遝实要津[15]。
后来鞍马何逡巡[16],当轩下马入锦茵[17]。

杨花雪落覆白蘋，青鸟飞去衔红巾[18]。
炙手可热势绝伦[19]，慎莫近前丞相嗔[20]。

（仇兆鳌《杜诗详注》卷二，中华书局，1979年版）

【注释】

[1] 三月三日：即上巳节。古代以农历每月上旬的巳日为上巳。汉以前，上巳必取巳日，但不必三月三日，自魏以后，一般习用三月初三为上巳节。此日人们于水边祓除不祥，后来成为人们游春宴饮的一个节日。

[2] 长安水边：指长安曲江之边。宋赵次公注："晋宋诸人侍宴曲水，皆以三月三日为题。唐开元中，都人游赏于曲江，莫盛于中和、上巳节，此三月三日所以水边多丽人也。"

[3] 态浓意远：姿态浓艳而意度矜远。淑且真：美丽娴静而清正纯真。

[4] 蹙：指刺绣的一种手法。

[5] 翠：翡翠。㔩叶：妇人发髻上的装饰。鬓唇：鬓边。

[6] 珠压腰衱：指用珍珠缀在腰衱上，压使下垂。衱是衣服后裾，囚长于腰齐，故称腰衱。

[7] 就中：内中。云幕：后妃所居的宫殿。椒房：亦为后妃所居的宫殿。

[8] 赐名：赐以封号。虢与秦：指杨贵妃二位姐姐的封号。《旧唐书·杨贵妃传》："有姊三人，皆有才貌，玄宗并封国夫人之号。长曰大姨，封韩国，三姨封虢国，八姨封秦国，并承恩泽，出入宫掖，势倾天下。"

[9] 紫驼之峰：紫驼背上的肉峰，是珍贵的菜肴。

[10] 水精：即水晶。行素鳞：盛上白色的鲜鱼。行指宴会上的肴馔接连送到席上。

[11] 犀箸：犀牛角制成的筷子。厌饫：吃饱。

[12] 鸾刀：环上饰有鸾铃的、割肉用的刀。纷纶：忙乱的样子。

[13] 黄门：宦官的通称。东汉时黄门令、中黄门都由宦官担任，后即以黄门称宦官。飞鞚：驾着快马。不动尘：形容骑技熟练，马行很快而又平稳，不扬起飞尘。

[14] 络绎：连接不断。八珍：泛指许多精美的食品。

[15] 宾从：指杨氏门下的宾客与随从。杂遝：杂乱而众多的样子。实要津：填满了交通要道。一说占据了朝廷上重要的位置。二说皆可通。

[16] 后来鞍马：最后骑马来的人，指杨国忠。逡巡：欲进不进的样子。

[17] 锦茵：锦制的地毯。

[18] 青鸟：神话中群玉山的仙鸟，是西王母的使者。红巾：旧注有二说，一说为妇人之饰，一说为树间所挂之彩。

[19] 炙手可热：指杨氏权高位重，盛气逼人。势绝伦：权势无人可比。

[20] 丞相：指杨国忠。嗔：发怒。

【分析】

这首诗题为《丽人行》，全诗即从"丽"字展开，分为三个部分。前面写曲江游女之佳丽。起首二句"三月三日天气新，长安水边多丽人"总写游女之佳丽，"态浓意远淑且真，肌理细腻骨肉匀"二句言意态之丽，"绣罗衣裳照莫春，蹙金孔雀银麒麟"二句言服饰之丽，"头上何所有？翠微㔩叶垂鬓唇"二句言首饰之丽，"背后何所见？珠压腰衱稳称身"二句言腰饰之丽；虽是概言游女之佳丽，同时隐括杨贵妃姊妹之冶容，是诗家含蓄之笔。中间写贵妃姊妹之奢华。"就中云幕椒房亲，赐名大国虢与秦”二句引出贵妃姊妹，“紫驼之峰出翠釜，水精之盘行素鳞”二句写味穷水陆，“犀箸厌饫久未下，鸾刀缕切空纷纶”二句写饮食暴殄，“黄门飞鞚不动尘，御厨络绎送八珍”二句写宠赐优渥，“箫鼓哀吟感鬼神，宾从杂遝实要津”二句写音声繁喧。后面写杨国忠煊赫之声势。“后来鞍马何逡巡，当轩下马入锦茵”二句言拥护填衢，“杨花雪落覆白蘋，青鸟飞去衔红巾”二句写娇淫乱礼，“炙手可热势绝伦，慎莫近前丞相嗔”二句写气焰可畏。这是我们对《丽人行》的一个总体概括。

第一部分描写曲江游女之佳丽。“三月三日天气新，长安水边多丽人。”三月三日是上巳节，《后汉书·礼仪志上》载：“是月上巳，官民皆絜于东流水上，曰洗濯祓除去宿垢疢为大絜。絜者，言阳气布畅，万物讫出，始絜之矣。”是说当时人们要在水边洗濯、沐浴，去除宿垢，还可以祛病，因为有这样的风俗，就形成了上巳节。魏晋以后，逐渐成为皇室贵族、文人雅士临水赋咏的佳节，以王羲之和他朋友的兰亭胜集臻于极致，并留下了千古名篇《兰亭集序》。唐代上巳节是全年的三大节日之一，曲江又是风景胜地，故游春者无数，因而曲江三月三日也成为唐代诗人吟咏的重要题材，仅仅是杜甫有关曲江的诗歌，《全唐诗》收了十五首，可以看出杜甫对于曲江风物是非常喜爱的。这两句就是写曲江游人的情况，也是全诗的铺垫，目的是引出下面的杨贵妃，属于背景的描写。

“态浓意远淑且真，肌理细腻骨肉匀。”这两句描写丽人的富丽姿态。上句描写姿色，下句描写体态。“态浓”指妆粉浓艳；“意远”指意趣超逸；“淑”指沉静贤良；“真”指清正纯真；“肌理细腻”指肌肤纹理，细润光滑；“骨肉匀”指身材匀称，胖瘦适度。这两句描绘出了一位绝世丰神的丽人。

“绣罗衣裳照暮春，蹙金孔雀银麒麟。头上何所有？翠微匐叶垂鬓唇。背后何所见？珠压腰衱稳称身。”这六句描写装饰，分为三层。前面二句描写服饰之精美奢华，“绣罗”是衣裳的质地，“蹙金”是刺绣的工艺，唐代的工艺非常的发达，尤其是蹙金，代表了刺绣的最高的水平。“孔雀”“麒麟”是衣裳的图案，以这两种动物的图案绣在衣服上，象征着幸福吉祥之意。中间二句描写首饰。“翠”指首饰的翠青颜色，“匐叶”是指头上的花饰，是说翠青色的彩叶一直垂到鬓边。后面二句描写腰饰。“腰衱”是指裙带，珠压腰衱是说裙带由唐代特别的织锦联珠纹织成，形状是圆的，所以叫“珠压腰衱”，远看非常鲜明，也非常合身。

杜甫《丽人行》分析(下)

第二部分描写饮食车马之豪华。“就中云幕椒房亲，赐名大国虢与秦。”诗写到这两句的时候，就引出了杨氏姊妹。“椒房”本是汉代的椒房殿，是后妃的居处。《汉书·车千秋传》：“江充先治甘泉宫人，转至未央椒房。”颜师古注：“椒房，殿名，皇后所居也。”这里的“椒房亲”即指杨贵妃的姊妹虢国夫人和秦国夫人、韩国夫人。后面接着“赐名大国虢与秦”，因为杨贵妃的关系，她的姊妹都被赐予尊贵的封号：虢国夫人、韩国夫人和秦国夫人。诗中的“云幕”是指在曲江水边架起的帐幕，这也是唐代长安士人游春时经常做的事。

“紫驼之峰出翠釜，水精之盘行素鳞。犀箸厌饫久未下，鸾刀缕切空纷纶。”这四句描写宴饮的奢华。前面两句描写肴馔之精美丰盛，器皿的雅致豪华，是就客体而言的；后面两句描写主人暴殄珍物，厨师空自辛劳，是就主体而言的。前两句写客体，后两句写主体，主客是结合的。“紫驼”，赤栗色骆驼。“翠釜”即铜釜，翠指铜的翠绿色。“水精盘”即水晶盘，指精美的盘子。水精盘之典还与赵飞燕有关，宋乐史《杨太真外传》上：“汉成帝获飞燕，身轻欲不胜风。恐其飘翥，帝为造水晶盘，令宫人掌之而歌舞。”“素鳞”，白色之鱼，亦为鱼的泛称。“犀箸”，犀角制成的筷子。“鸾刀”，刀环有铃的刀。这四句就语言艺术表现而言，也是达到极境的。它不仅写出了形状，如驼、釜、盘、箸、刀，而且突出了颜色紫、翠、素，更为重要的是通过动作传达出意象中的声音，即刀柄鸾铃的声响。

“黄门飞鞚不动尘，御厨络绎送八珍。箫鼓哀吟感鬼神，宾从杂遝实要津。”这四句描写宴饮的排场。前面二句描写中官报信，御厨急送山珍海味，是就云幕之外而言的。后面二句描写箫鼓音乐，动天地泣鬼神，宾客随从紧密聚集，都是在朝廷中占据显要职位之人，是从云幕之内而言的。“黄门”，宦官，太监。因东汉黄门令、中黄门诸官，皆为宦者充任，故称。“八珍”，《周礼·天官·冢宰第一》记载周天子进膳时：“食用六谷，膳用六牲，饮用六清，羞用百有二十品，珍用八物，酱用百有二十瓮。”郑玄注：“珍，谓淳熬、淳母、炮豚、炮牂、捣珍、渍、熬、肝膋也。”亦泛指珍馐美味。

第三部分描写杨国忠声势之煊赫。“后来鞍马何逡巡，当轩下马入锦茵。杨花雪落覆白苹，青鸟飞去衔红巾。”这四句专写杨国忠，远处骑乘鞍马之人逡巡而来，当轩下马直接进入云幕。这时的曲江岸边，杨花如雪飘落，覆盖在白苹之上，传情的青鸟衔走了夫人的红巾。从字面上看，这是写景，春日杨花如雪，飞落白蘋之上，青鸟衔着红巾而飞去；进一步分析，则是语含比兴，因其气焰灼热，似乎花亦触之而落，鸟亦避之而飞；更是用杨白花的典故，富有政治讽谕的深意。

“炙手可热势绝伦，慎莫近前丞相嗔。”最后二句通过游人的警戒，以表现杨国忠炙手可热、权势倾天的气焰。清人黄生《杜诗说》云：“要留‘丞相’二字煞韵，使读者得讽刺之意于言外。先时丞相未至，观者犹得近前。及其既至，则呵禁赫然，远近皆为辟易。此段具文见意，隐然可想。”这段分析，是很有见地的。杨国忠来和不来是完全不一样的。杨国忠没来之前，尽管云幕里面游春人物如杨贵妃姊妹很奢侈，但是别人还可以近前观看，而杨国忠来的时候，就不能近前了。因为他来的时候是要禁道的，这是说明杨国忠是气焰熏天的，通过前面的写景表现出后面政治意味的。

饮中八仙歌

杜甫《饮中八仙歌》分析

【题解】

《饮中八仙歌》是杜甫描写盛唐诗仙群体的诗作。“八仙”之名，由来已久。东汉牟融《理惑论》：“王乔、赤松、八仙之箓，神书百七十卷。”盛唐“饮中八仙”以李白为代表，李阳冰《草堂集序》：“与贺知章、崔宗之等自为八仙之游。”范传正《唐左拾遗翰林学士李公新墓碑》：“时人又以公及贺监、汝阳王、崔宗之、裴周南等八人为‘酒中八仙’。”是所载“八仙”之名，与杜甫所咏“八仙”不尽一致。盖盛唐时期，八仙之目，前后有所变化，杜甫作诗时据所传而言之。朱骏声《唐李白小传》：“杜诗有李适之、苏晋、张旭、焦遂，无裴周南，想前后存亡屡易，杜据当时言之耳。”杜诗中八仙，苏晋开元二十二年已卒，而李适之天宝五载四月罢相，诗应作于天宝五载四月以后，则杜诗所言并非八仙聚会之事，而是天宝间追忆八仙之事而赋之。

知章骑马似乘船，眼花落井水底眠[1]。
汝阳三斗始朝天，道逢曲车口流涎，恨不移封向酒泉[2]。

左相日兴费万钱，饮如长鲸吸百川，衔杯乐圣称避贤[3]。
宗之潇洒美少年，举觞白眼望青天，皎如玉树临风前[4]。
苏晋长斋绣佛前，醉中往往爱逃禅[5]。
李白一斗诗百篇，长安市上酒家眠，
天子呼来不上船，自称臣是酒中仙[6]。
张旭三杯草圣传，脱帽露顶王公前，挥毫落纸如云烟[7]。
焦遂五斗方卓然，高谈雄辩惊四筵[8]。

（仇兆鳌《杜诗详注》卷二，中华书局，1979年版）

【注释】

［1］“知章”二句：知章，贺知章，字季真，越州永兴人。官至太子宾客，正授秘书监。性格放诞不羁，自号“四明狂客”。《旧唐书》卷一九〇中、《新唐书》卷一九六有传。

［2］“汝阳”三句：汝阳，汝阳王李琎，字嗣恭，小名华奴。唐睿宗李旦嫡长孙，让皇帝李宪长子，封汝阳王。为“饮中八仙”之一。《旧唐书》卷九五、《新唐书》卷八一有传。朝天：朝拜天子。酒泉：唐朝酒泉郡，今甘肃省酒泉市。

［3］“左相”三句：左相，左丞相李适之，开元中，累官至通州刺史、秦州都督、陕州刺史、河南尹、御史大夫、刑部尚书。天宝元年，为左丞相。受李林甫排挤，罢知政事，守太子太保，又贬宜春太守。《旧唐书》卷九九、《新唐书》卷一三一有传。日兴费万钱：言每天为饮酒花费甚多，包括招待客人饮酒之费。日兴，是说每日兴起就以饮酒为事。乐圣：意为耽酒。《三国志·魏书·徐邈传》：“醉客谓酒清者为圣人，浊者为贤人。”李适之《罢相作》诗：“避贤初罢相，乐圣且衔杯。为问门前客，今朝几个来。”杜甫诗句本于李诗。

［4］“宗之”三句：宗之，崔宗之，宰相崔日用之子，袭封齐国公。历右司郎中、侍御史。曾谪官金陵，与李白为诗酒之游。《新唐书》卷一二一有传。白眼：用《晋书·阮籍传》事：“籍又能为青白眼，见礼俗之士，以白眼对之。”玉树：形容才能美俊，仪态潇洒。《晋书·谢玄传》：“少颖悟，与从兄朗俱为叔父安所器重。安尝戒约子侄，因曰：‘子弟亦何豫人事，而正欲使其佳？’诸人莫有言者。玄答曰：‘譬如芝兰玉树，欲使其生于庭阶耳。’安悦。”

［5］“苏晋”二句：苏晋，苏珦之子。进士及第，又举大礼科。累官中书舍人、崇文馆学士、吏部侍郎、太子左庶子。《旧唐书》卷一〇〇、《新唐书》卷一二八有传。长斋：信佛者长年吃素，谓之长斋。逃禅：一解为遁世而参禅，即学佛。宋赵次公《杜诗赵次公先后解》甲帙卷二：“逃禅，言逃去而禅坐耳。此苏东坡所谓蒲褐禅、同夜禅者也。以晋好佛，故戏之云尔。”一解为逃出禅界，即破戒。元李冶《敬斋古今注》卷七：“逃禅者，大抵言破戒也。子美意谓苏晋寻常斋于绣佛之前，及其既醉，则往往尽破前日之戒。盖逃禅者，又是醉后事耳。若谓畔禅而醉，何得先言醉中乎？”

［6］“李白”四句：李白，字太白，唐朝大诗人。见本书第九章。《旧唐书》卷一九〇下、《新唐书》卷二〇二有传。

［7］“张旭”三句：张旭，苏州吴人。初仕为常熟尉。为唐代著名草书家。时以李白歌诗、张旭草书、裴旻剑舞为三绝。《旧唐书》卷一九〇下、《新唐书》卷二〇二有传。草圣：张旭当时有“草圣”之誉。高适《醉后赠张九旭》：“兴来书自圣，醉后语犹颠。”杜甫《杨监见示张旭草书图》：“斯人已云亡，草圣秘难得。”本于《三国志·魏书·刘邵传》注：“弘农张伯英者因而转精其巧，凡家之衣帛，必书而后练之，临池学书，池水尽黑，……韦仲将谓之草圣。”脱帽露顶：李颀《赠张旭》诗：“露顶据胡床，长叫三五声。兴来洒素壁，挥笔如流星。”

[8]“焦遂”二句：焦遂，一生未仕，以嗜酒知名，与贺知章等为饮中八仙。事迹见《天中记》卷四四引《唐史拾遗》等书。卓然：高远闲逸，超然绝世。《汉书·成帝纪》：“杂举可充博士位者，使卓然可观。”颜师古注：“卓然，高远之貌也。”这里是说焦遂饮酒后高谈雄辩，出人意表。

【分析】

杜甫《饮中八仙歌》描述了贺知章等八人嗜酒的醉态和各自的特点。他们代表了一种生活情调，一种时代精神。

“知章骑马似乘船，眼花落井水底眠”，写贺知章醉后骑马，控勒不稳，欲坠未坠，如同乘坐水上摇荡的帆船；终于醉眼昏花，落入井中，却能在水底安眠，又透露出潇洒闲逸的情怀。杜甫将贺知章放在饮中八仙第一位，目的是突出“仙”意，此下诸人的精髓也在于因酒而得仙意。夏力恕《杜诗增注》卷一云：“题以八仙而首知章者，知章请度为道士，则有仙意，饮而落井以眠，入水不濡，果仙术欤？于是类举之：若郡王，若宰相，若少年，若禅客，白之诗，旭之书，遂之谈，皆因酒而得仙意。”杜甫诗仅十四个字，而且化用典故，将贺知章狂放浪漫又潇洒出尘的醉态和盘托出。诗的第二句是极度夸张之笔，仔细玩味，杜甫夸张的本领，并不逊于李白。

“汝阳三斗始朝天，道逢曲车口流涎，恨不移封向酒泉”，写汝阳王李琎。李琎是唐玄宗之侄，封汝阳王，与贺知章等人为酒中八仙之游，即使朝拜天子，也要饮下三斗酒。在朝天的路上遇到运送酒曲的车子，就口中流涎，遗憾自己没有改封酒泉王。这就说明，李琎身为贵戚，而无意于仕宦，性格洒脱不群，情感诚恳。

“左相日兴费万钱，饮如长鲸吸百川，衔杯乐圣称避贤”，写李适之。李适之天宝元年任左丞相，故诗言“左相”。他为人正直，且颇有政绩，但因受李林甫的排挤而罢相。《旧唐书》记载他罢相后赋诗，有“避贤初罢相，乐圣且衔杯。为问门前客，今朝几个来”之句，杜甫诗说的就是这件事。古人称清酒为“圣”，浊酒为“贤”，李适之“乐圣避贤”是说喜饮清酒，不饮浊酒。这一句似乎也是词语双关，“避贤”既避李林甫，又避浊世。这两句诗表现李适之这时心中不平，故而借酒消愁，但饮酒的气势“如长鲸饮百川”，可见其仍然有干云的豪气。

“宗之潇洒美少年，举觞白眼望青天，皎如玉树临风前”，写崔宗之。崔宗之也是高级官僚，因为是宰相崔日用之子，年轻时就袭封为齐国公，故八仙聚会时仍是潇洒美俊的少年。但他并不得志，故举起酒杯，白眼望天，尽管如此，神态仍然潇洒自得，犹如玉树临风。这里的“白眼”用的是阮籍的典故。后人用这一典故者颇多。我们举元代乔吉《山坡羊·寓兴》散曲为例：“鹏抟九万，腰缠十万，扬州鹤背骑来惯。事间关，景阑珊，黄金不富英雄汉。一片世情天地间。白，也是眼；青，也是眼。”杜甫对崔宗之的描写，颇能体现出他的魏晋名士风度。

“苏晋长斋绣佛前，醉中往往爱逃禅”，苏晋在当时也是一位性情特殊的人物，这里写他对于佛与酒的态度。据《增补类腋·物部·米汁》引《酒史》：“苏晋，颋之子也，学浮屠术。尝得胡僧慧澄绣弥勒佛一本，宝之。曰：‘是佛好米汁正与吾性合，吾愿事之，他佛不爱也。’”米汁就是米酒。佛法戒酒，而此佛破戒饮酒，故苏晋推崇他。“逃禅”的解释颇有异说，大致有两种解释：一释为禅坐，亦为学佛，宋人赵次公《杜诗前后解》持这种说法；二释为逃出禅界，明人王嗣奭《杜臆》持这种说法。到底哪一种解释更有道理呢？我认为杜甫这两句诗说明酒和禅在苏晋身上得到了统一。本来是两个互不相融的方面，苏晋却能兼而有之。因此，“逃禅”就是禅坐、禅定的意思，上面两种解释中的第一种解释较为可取，是说苏晋醉后超然物外，物我两忘，达到了禅定的境界。苏晋参禅饮酒，醉中修禅也说明苏晋性格存在着矛盾的一面，表面上是矛盾的，而在本质上又是统一的，他的心里一直处于禅定的状态。

"李白一斗诗百篇，长安市上酒家眠。天子呼来不上船，自称臣是酒中仙"，在这首诗中，写李白的诗句最多，也最精彩。写出了李白的诗情、李白的性格。这里的"天子呼来不上船"有两种解释：一是天子召唤他上船，他不答应；二是他因为喝醉了酒，无法走动，故而无法上船。通过饮酒时风采的描述，李白放荡不羁、鄙弃权贵、笑傲王侯，也最自尊自爱的性格被惟妙惟肖地表现了出来。

"张旭三杯草圣传，脱帽露顶王公前，挥毫落纸如云烟"，张旭是著书的书法家，也是著名的诗人。他的性格怪异，其诗与书都与性格相关。《旧唐书·张旭传》称："吴郡张旭善草书，好酒。每醉后，号呼狂走，索笔挥洒，变化无穷，若有神助。"李肇《唐国史补》卷上："旭饮酒辄草书，挥笔而大叫，以头揾水墨中而书之。天下呼为'张颠'。醒后自视，以为神异不可复得。"一则记载他写字时饮酒狂醉而呼号奔走，二则记载他以头发蘸墨而作书，这就更离经叛道了。唐代社会讲究礼仪，张旭对这一切都不顾，而是作书时脱帽露顶，旁若无人。可见他傲世独立，狂放不羁。

"焦遂五斗方卓然，高谈雄辩惊四筵"，焦遂是一位特殊人物，他患口吃很严重，平时对人几乎不出一言，但饮酒以后，议论风发，惊其四座。诗中"卓然"是卓然不群，高超出众的样子。《氏族大全》卷六《饮仙》条："唐焦遂口吃，对客不出一言，醉后应答如响。《饮中八仙歌》云：焦遂五斗方卓然，高谈雄辩惊四筵。"《天中记》卷四四引《唐史拾遗》："焦遂口吃，对客不出一言，醉后酬酢如注射，时目为酒吃。"

杜甫这里写酒，写酒仙，实际上只是一个帷幕，因为如果仅仅写酒，诗的格调就不高了，而杜甫诗格调高远，就在于酒后富含的诗性，也就是在这个带有抒情色彩的时代环境下，人们的浪漫精神、抒情意味和个性张扬的特点。

同时，我们还要注意的是杜甫这首诗的写法，他用两句至四句各自描写一个人，相互之间都具有独立性，似乎并不相干，但同时又用饮酒将这八个人联系在一起，表现一种情调，一种精神，这样的写法是非常独特的，杜甫用得也是非常成功的。

《饮中八仙歌》描绘八仙并不是平均用力的，对于所咏叹的八位文人，明显对李白着力最多，八人之中实际以李白为主，突出了李白"酒中仙"的形象。

"李白斗酒诗百篇，长安市上酒家眠"，是对李白形象最突出的表现。这两句所要拈出的关键词有"诗""酒""市"三字，惟妙惟肖地刻画出李白在长安游于集市倚酒放狂的情态。就"诗"而言，李白是一位浪漫诗人，他借酒醉而作诗，表现出飘逸的境界。就"酒"而言，李白一生与酒结下了不解之缘，"百年三万六千日，一日须倾三百杯"（《襄阳歌》），"花间一壶酒，独酌无相亲。举杯邀明月，对影成三人"（《月下独酌》），"人生得意须尽欢，莫使金樽空对月"（《将进酒》），这样的诗句在李白的诗中俯拾皆是。李白不仅号为"诗仙"，更称为"醉圣"。王仁裕《开元天宝遗事》卷下载："李白嗜酒，不拘小节，然沉酣中所撰文章，未尝错误。而与不醉之人相对议事，皆不出太白所见，时人号为'醉圣'。"就市而言，李白在长安，经常往来于集市，《新唐书·李白传》载：李白初至长安，玄宗召见，"赐食，亲为调羹。有诏供奉翰林，白犹与饮徒醉于市"。在长安市中，最值得重视者是特别繁华的"西市"。他有《少年行》诗："五陵年少金市东，银鞍白马度春风。落花踏尽游何处，笑入胡姬酒肆中。"五陵年少踏尽落花，笑入胡姬酒肆，表现出风流豪放、倜傥潇洒、爽朗率真的少年形象，也展现出盛唐人物自尊自信的精神风貌。诗写到此，也表现出长安西市最繁华也最有魅力的境界。李白沉醉于此，故把长安市上之酒家描绘得令人艳羡，令人向往。

“天子呼来不上船，自称臣是酒中仙”，范传正《李白新墓碑》载：“玄宗泛白莲池，公不在宴，皇欢既洽，召公作序。时公已被酒翰苑中，命高将军扶以登舟。”就是这句诗的本事。实际上，杜甫这两句诗是刻画李白形象的神来之笔。宋人赵次公《杜诗赵次公先后解》甲帙卷二注云：“白在翰院被酒。扶以登船，则竟上船矣，非不上船也。’此尤似儿童之语。夫天子呼之而不上船，正以扶曳登舟，状其酒狂也。岂竟上船耶？”清钱谦益《钱注杜诗》说：“天子呼之而不上船，正以扶曳登舟，状其酒狂也。”这正是用了夸张的笔法，生动地描绘出李白饮酒时的状态，衬托出“酒中仙”的形象。

杜甫描写李白的这四句诗，生动地刻画了醉中李白的形象。斗酒诗百篇，状其才思敏捷；市上酒家眠，状其风流倜傥；呼来不上船，状其醉后狂傲；臣是酒中仙，状其豪放纵逸。这四句诗合在一起，表现李白的性格旷达。杜甫最了解李白，这首诗既赞李白之诗，又状李白之人，再描写其游于市，更表现其酒中仙。综合起来，表现出李白那种敏捷不滞于酒、豪迈不拘于俗、傲岸不屈于势、狂放不流于肆的旷达性格。这样的形象，风貌俊发，神采飞扬，千载而下，掩卷遐思，犹在目前。

赠卫八处士

【题解】

这首诗应为杜甫乾元二年(759)被贬华州司功参军时所作。有关作年，宋人即说法不一，但大多以为乾元二年作，或乾元元年(758)杜甫为华州司功参军后至乾元二年所作。我们取乾元二年说，其时杜甫由洛阳回华州的途中，这时安史之乱延续了三年多，两京虽然收复，但时局仍然动荡，故老友这样的聚合，仍然是非常不易的。“卫八处士”，盖宋黄鹤《黄氏补千家注纪年杜工部诗史》卷一疑为卫宾。高适有《酬卫八雪中见寄》《同卫八题陆少府书斋》诗，或以为同一人，然尚缺乏实据。

人生不相见，动如参与商[1]。
今夕复何夕，共此灯烛光[2]。
少壮能几时，鬓发各已苍[3]。
访旧半为鬼，惊呼热中肠[4]。
焉知二十载，重上君子堂。
昔别君未婚，男女忽成行。
怡然敬父执[5]，问我来何方。
问答未及已，驱儿罗酒浆[6]。
夜雨剪春韭，新炊间黄粱[7]。
主称会面难，一举累十觞[8]。

十觞亦不醉，感子故意长[9]。
明日隔山岳，世事两茫茫[10]。

（仇兆鳌《杜诗详注》卷六，中华书局，1979 年版）

【注释】

[1] 参与商：二星名。参，即参星，二十八宿中之参宿。商，即商星，二十八宿中的心宿。二星此出彼没，两不相见。《左传·昭公元年》："昔高辛氏有二子，伯曰阏伯，季曰实沈，居于旷林，不相能也，日寻干戈，以相征讨。后帝不臧，迁阏伯于商丘，主辰，商人是因，故辰为商星。迁实沈于大夏，唐人是因，以服事夏、商。"晋陆机《为顾彦先赠妇诗二首》其二："形影参商乖，音息旷不达。"

[2] 今夕复何夕：《诗经·唐风·绸缪》："今夕何夕，见此良人。"言宾主意外相逢之喜。共此灯烛光：《汉书·外戚传》："夜张灯烛，设帏帐。"

[3] 少壮能几时：汉武帝《秋风辞》："少壮几时兮奈老何。"苍：斑白。杜甫《承沈八丈东美除膳部员外阻雨未遂驰贺奉寄此诗》："徒怀贡公喜，飒飒鬓毛苍。"

[4] 半为鬼：魏曹丕《与吴质书》："昔年疾疫，亲故多离其灾。""顷撰其遗文，都为一集。观其姓名，已为鬼录。"此言亲朋故旧半数已逝世。热中肠：赵岐注《孟子》曰："热中，心热恐惧也。"此言因惊哀而心中涌起激烈情绪。

[5] 父执：《礼记·曲礼上》："见父之执。"孔颖达疏："父之执，谓执友与父同志者也。"

[6] 罗酒浆：谓摆列酒肴。

[7] 春韭：春天所生的韭菜。《南齐书·周颙传》："文惠太子问颙：'菜食何味最胜？'颙曰：'春初早韭，秋末晚菘。'"新炊间黄粱：《杜诗详注》卷六引胡夏客曰："北人炊饭杂米菽，故用间字。"《楚辞·招魂》："稻粢穱麦，挐黄粱些。"王逸注："挐，糅也。言饭则以秔稻糅稷，择新麦糅以黄粱，和而柔嬬，且香滑也。"间即挐字之义。黄粱，洪兴祖补注引《本草》曰："黄粱出蜀、汉，商、浙间亦种之，香美逾于诸粱，号为竹根黄。"

[8] 累：《穀梁传·僖公十八年》："善累而后进之。"范宁注："累，积。"

[9] 故意长：指老朋友之间的情意深长。《南史·鲍泉传》："僧辩入，乃背泉而坐曰：'鲍郎，卿有罪，令旨使我锁卿，卿勿以故意见期。'"

[10] 茫茫：模糊不清。

【分析】

乾元元年(758)六月，杜甫坐房琯党，出为华州司功参军，冬以事自华州归东都。乾元二年(759)春，杜甫自洛阳归华州，途中遇卫八处士，感慨赋此诗。

首二句"人生不相见，动如参与商"总领全篇，言人生动辄如参、商二星，此出彼没，两不相见。诗人将人生际遇纳入阔大浩瀚的宇宙背景中进行揆度，使得人与人的因缘际会带有哲理之思。这种书写背后是诗人经历安史之乱，深刻体会到战争对人事的摧残毁灭，从而引发对人类处境的深层思索，亦可见出杜甫奇瑰的语言艺术。后二句言今夕又是何夕，二人暂且珍惜此刻，于灯烛下促膝长谈。首四句从离别写到相聚，虽有相聚的喜悦，却又充满离别难遇之悲苦。当时两京虽已收复，然而各地战乱仍频。故而诗人会有相会有时、后会难期的人生感慨。

第五至十句从二人少壮分离写到年老重逢。"能几时"写出人事变迁之迅速，诗人于讶异之中带有昨日之日不可留的万分无奈之情。接着言二人相互关心问好，得知对方亲朋故旧竟然半数已殁，心里不由得难过万分。二句进一步道出世事无常之理，与开头“人生不相见，动如参与商”相呼应，同时也暗含了战争给人民带来的深刻灾难。“焉知”二句承接“共此灯烛光”，“焉知”一词有两层情感内涵。一方面表达了杜甫与友人久别重逢的喜悦之情，原以为少壮分开后便无缘再见，谁知鬓发苍苍时还能有缘相会。另一方面表达了诗人对友人仍然安好的欣慰之情，“焉知”一词正是在战乱背景下，诗人对人生命运的极大不确定性所发出的喟叹。

接下来，叙述卫八处士儿女成行、盛情款待诗人的场景。“昔别”二句写时光飞逝，“忽”字不仅体现时光荏苒，也蕴含了人生迟暮的怅叹。“怡然”以下四句，写出了卫八处士的儿女彬彬有礼的情态。“问我来何方”体现了卫八儿女开朗热情，毫不怯生的状态。而后诗人以“问答乃未已”带过，以“驱儿罗酒浆”对此话题作结，同时引出卫八一家给诗人准备的酒肴的细节。除了献上香甜的酒浆，卫八一家还冒着夜雨剪来春韭做菜，煮出掺杂黄粱的喷香米饭，见故人殷勤之意。整段场景写得活泼生动，却毫不冗长拖沓，体现出杜诗描写简省凝练之巧妙。

最后六句写主客饮酒及人生感慨。“主称会面难”道尽相逢不易，特别是战乱时期，人命如草芥，未来生死尚且不知，能在有生之年重逢并举觞畅谈已是万幸之至。故而“一举累十觞”，以此表达对二人重逢的珍惜及喜悦之情。兴之所至，即使一连喝了十杯酒，也浑然无醉意，皆因“感子故意长”。“明日”句是由今夕盛会的快乐所引发的对今后离别的感伤。同时也再一次呼应了首二句“人生不相见，动如参与商”的人生体悟。

全诗从感叹会面之难，到叙述重逢之喜，再言亲旧半为鬼，写儿女成行及招待之场景，最后言二人把酒言欢，感叹别离之悲，条理分明，将与好友会面的场景叙写得极为动人。平叙之中有嶔嵜历落之致，王嗣奭评曰：“空灵宛畅，曲尽其妙。”（《杜臆》），可谓精当。通篇语言质朴，情感却极沉潜深挚。

咏怀古迹五首

【题解】

《咏怀古迹五首》是杜甫组诗的代表作。而作为组诗，历代有不同的看法。或以为《咏怀》一章，《古迹》四首，古人编集时，将两题合为一题。实际上这五首诗是通贯一体、不容分割的。清杨伦《杜诗镜铨》卷一三的说法颇有代表性：“此五章乃借古迹以咏怀也。庾信避难，由建康至江陵，虽非蜀地，然曾居宋玉之宅，公之飘（漂）泊类是，故借以发端。次咏宋玉，以文章同调相怜。咏明妃，为高才不遇寄慨。先主、武侯则有感于君臣之际焉。或疑首章与古迹不合，欲割取另为一章，何其固也。”诗实借古迹以咏己怀，并非专咏古迹，故五首相连成章。这组诗的创作时地也有不同说法，而一般以为是杜甫大历元年（766）至夔州后所作。宋黄鹤《黄氏补千家集注杜工部诗史》卷三〇载黄鹤曰：“当是大历元年至夔州后作。”

其　一

支离东北风尘际，漂泊西南天地间[1]。
三峡楼台淹日月，五溪衣服共云山[2]。

羯胡事主终无赖，词客哀时且未还[3]。
庾信平生最萧瑟，暮年诗赋动江关[4]。

其　二

摇落深知宋玉悲，风流儒雅亦吾师[5]。
怅望千秋一洒泪[6]，萧条异代不同时。
江山故宅空文藻，云雨荒台岂梦思[7]。
最是楚宫俱泯灭[8]，舟人指点到今疑。

其　三

群山万壑赴荆门，生长明妃尚有村[9]。
一去紫台连朔漠，独留青冢向黄昏[10]。
画图省识春风面，环珮空归夜月魂[11]。
千载琵琶作胡语，分明怨恨曲中论[12]。

其　四

蜀主窥吴幸三峡，崩年亦在永安宫[13]。
翠华想像空山里，玉殿虚无野寺中[14]。
古庙杉松巢水鹤，岁时伏腊走村翁[15]。
武侯祠屋长邻近[16]，一体君臣祭祀同。

其　五

诸葛大名垂宇宙，宗臣遗像肃清高[17]。
三分割据纡筹策，万古云霄一羽毛[18]。
伯仲之间见伊吕，指挥若定失萧曹[19]。
运移汉祚终难复[20]，志决身歼军务劳。

（仇兆鳌《杜诗详注》卷一七，中华书局，1979 年版）

【注释】

[1] 支离：支离破碎。东北：王嗣奭《杜臆》：“自蜀言之，则中原皆为东北。”风尘：指安史之乱以来的兵荒马乱。漂泊：言居无定所。

[2] 三峡：通常指瞿塘峡、巫峡、西陵峡的合称。楼台：特指夔州地区百姓房屋。淹：淹留。五溪：汉属武陵郡，蛮夷所居。《水经注》：“武陵有五溪，谓雄溪、樠溪、无溪、酉溪、辰溪其一焉。”李白《闻王昌龄左迁龙标遥有此寄》诗“闻道龙标过五溪”，杨齐贤注：“武陵有五溪，曰雄溪、满溪、酉溪、沅溪、辰溪。”《杜诗详注》卷一七引《后汉书・南蛮传》：“武陵五溪蛮，皆槃瓠之后。槃瓠，犬也，得高辛氏少女，生六男六女，织绩衣皮，好五色衣服。”又引《叙州图经》：“五溪诸蛮，遥接益州西部，故先主伐吴，使马良招五溪诸蛮，授以官爵。”

[3] 羯胡：《魏书・石勒传》：“匈奴别部，分散居于上党、武乡羯室，因号羯胡。”谓安禄山、史思明之徒。无赖：无所倚赖。词客：既指庾信，也是杜甫自谓。

[4] 庾信，字子山。“宫体”代表作家。公元 554 年，奉命出使西魏，值江陵覆亡，遂留长安。在北朝“虽

位望通显，常有乡关之思。乃作《哀江南赋》以致其意云”（《周书·庾信传》）。

［5］摇落：宋玉《九辩》：“悲哉，秋之为气也，萧瑟兮草木摇落而变衰。”宋玉：战国时楚国鄢人。《楚辞·九辩》王逸题解曰：“宋玉者，屈原弟子也。闵惜其师，忠而放逐，故作《九辩》以述其志。”风流儒雅：指宋玉学识渊博、文采潇洒。庾信《枯树赋》：“殷仲文风流儒雅，海内知名。”《杜诗详注》卷一七引邵注：“风流，言其标格。儒雅，言其文学。”

［6］怅望：谢朓《新亭渚别范零陵》诗：“停骖我怅望，辍棹子夷犹。”顾宸《辟疆园杜诗注解》曰：“谓与宋同一萧条，而隔于异代，此所以怅望也。”

［7］故宅：宋玉归州宅。赵次公《杜诗先后解》：“上句专言归州之宅。玉归州有宅，而荆州又有宅。”“庾信因侯景之乱，自建康遁归江陵，居宋玉故宅。宅在城北三里，故其赋云：‘诛茅宋玉之宅，穿径临江之府。’此荆州宅之证也。公移居夔州《入宅》诗：‘宋玉归州宅，云通白帝城。’此归州宅之证也。今公尚在夔，所赋诗则江山故宅者，言其归州宅耳。”空文藻：指故人不在，只有诗赋留存。云雨荒台：宋玉《高唐赋》：“昔者先王尝游高唐，怠而昼寝，梦见一妇人曰：‘妾，巫山之女也，为高唐之客。闻君游高唐，愿荐枕席。’王因幸之。去而辞曰：‘妾在巫山之阳，高丘之岨，旦为朝云，暮为行雨。朝朝暮暮，阳台之下。’旦朝视之，如言。故为立庙，号曰朝云。”

［8］楚宫：指楚王宫。《太平寰宇记》卷一四八：“楚宫，在（巫山）县西北二百步，在阳台古城内，即襄王所游之地。”“阳云台，高一百二十丈，南枕长江，楚宋玉赋云‘游阳台之台，望高唐之观’，即此也。”

［9］荆门：山名，在今湖北省宜都市西北，长江南岸，隔江与虎牙山对峙。《水经注》曰：“江水又东历荆门、虎牙之间，荆门在南，上合下开，暗彻山南。有门像，虎牙在北，石壁色红，间有白文，类牙形，并以物像受名。此二山，楚之西塞也。”明妃：即王昭君，名嫱，西汉南郡秭归人。晋人避司马昭讳，改称明君、明妃。昭君村：在荆门山附近，在今湖北兴山县城南郊，原名宝坪村。《舆地广记》：“兴山县，吴置，属建平郡，晋因之，宋省焉。唐武德三年析秭归，复置，属归州。皇朝熙宁五年省入秭归，后复置。有古夔子城，有昭君村，汉宫女王嫱此乡人也。”

［10］紫台：紫宫。江淹《恨赋》：“若夫明妃去时，仰天太息。紫台稍远，关山无极。”朔漠：北方沙漠之地。青冢：指王昭君墓，在今内蒙古呼和浩特南。《太平寰宇记》卷三八：“青冢，在县（指振武军金河县）西北，汉王昭君葬于此。其上草色常青，故曰青冢。”仇兆鳌《杜诗详注》卷一七注引《归州图经》：“边地多白草，昭君冢独青。”

［11］“画图”句：《西京杂记》卷二：“元帝后宫既多，不得常见，乃使画工图形，案图召幸之。诸宫人皆赂画工，多者十万，少者亦不减五万。独王嫱不肯，遂不得见。匈奴入朝，求美人为阏氏，于是上案图，以昭君行。及去，召见，貌为后宫第一，善应对，举止闲雅。帝悔之，而名籍已定。”环珮：女子所珮玉饰。

［12］琵琶：乐器名，又名枇杷。《释名·释乐器》：“枇杷，本出于胡中，马上所鼓也。推手前曰枇，引手却曰杷。象其鼓时，因以为名也。”作胡语：即作胡音，琵琶原为胡中乐器，故曰胡语。曲中论：将怨恨寄托在乐曲中倾诉。《琴操》：“昭君在匈奴，恨帝始不见遇，作怨思之歌，后人名为《昭君怨》。”

［13］“蜀主”二句：《三国志·蜀书·先主传》：“（章武元年）初，先主忿孙权之袭关羽，将东征，秋七月，遂帅诸军伐吴。”章武二年夏六月，“陆议大破先主军于猇亭，将军冯习、张南等皆没。先主自猇亭还秭归，收合离散兵，遂弃船舫，由步道还鱼复，改鱼复县曰永安”。三年春二月，“丞相亮自成都到永安”。三月，“先生病笃，托孤于丞相亮”。夏四月，“先生殂于永安宫，时年六十三”。永安宫：宫殿名。故址在今重庆市奉节县城内。《水经注·江水一》：“江水又东径南乡峡，东径永安宫南，刘备终于此，诸葛亮受遗处也。”

［14］翠华：天子仪仗中以翠羽为饰的旗帜或车盖。司马相如《上林赋》：“建翠华之旗，树灵鼍之鼓。”李善注：“翠华，以翠羽为葆也。”野寺：即卧龙寺。杜甫自注：“山有卧龙寺，先主祠在焉。”

[15] 伏腊：即伏日与腊日，皆祭祀之日。

[16] 武侯祠：杜甫自注："山有卧龙寺，先主祠在焉。"又注："殿今为寺，庙在宫东。"杜甫《上卿翁请修武侯庙遗像缺落时崔卿权夔州》诗云："尚有西郊诸葛庙，卧龙无首对江滨。"可知唐时其址在夔州西郊。《大清一统志》："武侯庙，在府治八阵台下。唐时夔州治白帝，庙在西郊，前有古柏。杜甫有《古柏行》及《武侯庙》诸诗。宋乾道中王十朋移建于此，内有开济堂，取杜诗'两朝开济老臣心'之义。"

[17] 宗臣：世所敬仰的名臣。《汉书·萧何曹参传赞》："淮阴、黥布等已灭，唯何、参擅功名，位冠群臣，声施后世，为一代之宗臣。"颜师古注："言为后世之所尊仰，故曰宗臣也。"

[18] 纡筹策：反复谋划。纡，曲也。赵次公《杜诗先后解》曰："吴在江左，魏在中原，汉在西蜀，此三分之割据也。而蜀则孔明之策筹为多，故曰三分割据纡筹策。"一羽毛：王洙曰："言声名飞扬，独步万古。"赵次公曰："云霄羽毛，以高飞鸟喻之也。"如张茂先《鹪鹩赋序》云："彼鹫鹗鹍鸿，孔雀翡翠，或凌赤霄之际，或托绝垠之外。"

[19] 伊吕：指伊尹与吕尚。伊尹辅商汤，吕尚佐周武王，皆有大功。赵次公《杜诗先后解》曰："言孔明在二公之间也。"指挥若定：指挥调度时胸有韬略，稳操胜算。萧曹：指萧何与曹参。

[20] 汉祚：指汉朝皇位与国统。班固《东都赋》："往者王莽作逆，汉祚中缺。"

【分析】

第一首咏庾信故居。诗人借庾信之生平抒发个人的身世之慨。庾信遭逢侯景之乱，逃奔至江陵。后又出使西魏，因西魏攻克江陵，而留寓长安。后北周灭魏，仍留信不遣。庾信后期诗文常表现出去国怀乡之思，从绮靡侧艳变得沉郁苍凉。杜甫历安史之乱，同样饱受漂泊流离之苦，故借以抒怀。

前四句可以看作诗人自身经历的概况。"支离东北风尘际"写出因安史之乱，中原疮痍满目之状。"漂泊西南天地间"指诗人的遭际。自安史乱后，杜甫经历了逃难、陷贼、奔凤翔、回长安、贬官等事，后由秦入蜀，因战事而往返梓阆，辗转奔波，又离蜀漂泊来到夔州。颔联写滞留夔州与五溪蛮杂居之状。这段经历既是自身写照，也可看作对庾信身世的书写。四句打破了时空隔阂，将庾信与自身的经历叠合在一起，书写出了去国流亡、漂泊无依的同种人生境遇。其后"羯胡"二句，既有安史之乱背景下，杜甫结合自身境况而引发的怀乡伤时之意，也有彼时侯景作乱、梁朝被西魏所灭等背景下，庾信难归故土的哀时伤国之情。仇兆鳌《杜诗详注》云："五、六宾主双关。盖禄山叛唐犹侯景叛梁，公思故国，犹信《哀江南》。"尾联承接词客哀时，言庾信因长期羁留北方，暮年诗赋常有乡关之思。其情可感可泣，故而能"动江关"。实际上，这何尝不是杜甫自身的一种写照呢。杜甫也因其忧国之思，诗风多沉郁苍凉，同样足以"动江关"。此诗既自咏，又咏庾信，正如王嗣奭所言："公自萧瑟，借诗以陶冶性灵，借信以自咏己怀也。"

第二首咏宋玉故宅。首联化用了宋玉《九辩》"草木摇落而变衰"之句，故"悲"字除悲秋外，亦有宋玉作为志士壮志难酬的悲哀意。"风流儒雅"是对宋玉文采的肯定，承"深知"意。宋玉文采斐然，然当楚国乱亡之时，政治上并不得意，杜甫感异代"萧条"，洒下千秋同悲之泪。颔联承首联"深知宋玉悲"。后二联进一步阐发"宋玉之悲"。宋玉已逝，故宅空存，而世人并不理解他的志向抱负，只津津乐道《高唐赋》中的神女故事。千年之后，楚宫泯灭，神女故事依然被舟行之人指点传说。可见志士之悲，有时不仅在于生平抱负难以施展，也在于其用心被世人误解，而后者之悲，往往可能延续千载，这大概也是诗人"怅望千秋一洒泪"的原因之一吧。

第三首咏昭君。首联言王昭君在秭归荆门山附近的故居，起笔便突兀雄奇，寓地杰人灵之意，使得昭君故事染上了传奇色彩。接着笔锋一转，以“紫台”“朔漠”点明昭君奉旨远嫁匈奴的命运，接着即以“青冢”二字为昭君的一生定格，揭示其葬地的同时，与“朔漠”“黄昏”共同渲染出萧瑟悲凉的氛围。短短二句便展现了昭君从生至死的短暂一生。颈联上句接着从昭君身世切入，揭露造成其远嫁匈奴悲剧的原因乃汉元帝以图识人，以致误失美人。下句则想象昭君虽青冢留在匈奴，魂魄却夜半归故国，那月夜里叮咚的环佩声进一步渲染了凄凉的意境，使昭君身世更添一层悲苦意。生前无法逃避远嫁命运，死后魂归故里又有何用呢？只能将千载的怨恨寄托在琵琶声中，倾诉其无尽的哀怨。后两联从昭君和亲的原因讲到昭君曲的形成，构成了一个完整的昭君故事。前代乐府咏昭君诗很多，如《王昭君》《昭君怨》《明君词》《昭君叹》等。杜甫则从昭君村出发，通过“紫台”“朔漠”“青冢”“黄昏”等意象，使得整首诗的境界更为苍茫壮阔，再接以环珮空归的艺术想象，使得昭君身上的悲剧性更添浓墨重彩的一笔，这种气势和深度是超越了前代昭君诗的。

第四首咏奉节的先主庙。首联开头便写刘备伐吴及驾崩于永安宫事，交代了先主庙的由来，接着便转入对遗迹的描写。其中三、四句为虚写，诗人想象当时刘备伐吴时，山中仪仗隆盛的景况，正与“幸三峡”相呼应。之后便转入写殿宇消失在野寺中，正与刘备崩殂事相对应。此诗的用词也颇有特点，“翠华”“玉殿”指向刘备幸峡的昔日盛景，而“空山”“野寺”则是指向此处百年后的萧条景况。斯人与故殿均消失在历史长河中，正应合了“想像”与“虚无”二词。诗人将时间跨度极大的四组意象融合进一联之中，在虚实交错中加深了盛衰无常之感，体现了杜甫七律句法创作的浑脱。接下来转入实写，强调庙宇的荒凉，杉松上水鹤筑巢，到了伏日与腊日，村民才前来祭祀，点出人迹罕至，一派清冷的景象。末联点出一篇之旨：“一体君臣。”这种超越生死、流传千载的君臣之情正是杜甫所追求的，正如《杜诗言志》所云：“此一首是咏蜀王，而己怀之所系，则在于‘一体君臣’四字中。盖少陵生平，只是君臣义重，所恨不能如先王、武侯之明良相际耳。”

第五首顺咏先主庙附近的武侯祠。首联不吝对诸葛亮的赞美，先以“大名垂宇宙”盛赞之，即使已不在人世，其遗像依然肃穆清高，深受万民敬仰。诗人以“宇宙”“宗臣”等词即已将诸葛亮的地位摆在了一个前人从未如此称赞过的高度，足可见诗人敬仰之心。颔联并不就武侯祠情况展开描写，而是从其“宗臣”形象出发，言其名垂宇宙的原因。“三分割据纡筹策”指诸葛亮帮助刘备，通过计谋占据荆州和益州，建立刘蜀政权，从而实现与曹操、孙权三分天下的局面。“纡筹策”一词充分展现出了诸葛亮周密布局的智慧。诗人将其才能与气魄比作万古云霄之羽，正与“大名垂宇宙”相对应，是对诸葛亮的进一步盛赞。颈联接着赞扬诸葛亮的文治武功，言其与辅佐成汤、周武王的伊尹、吕尚不相伯仲，比刘邦的谋臣萧何、曹参技高一筹，进一步确立诸葛亮“宗臣”之位的实至名归。尾联转入对诸葛亮的惋惜。虽有如此大才，却依然不能实现恢复汉祚的理想。终因操劳军务过度而死，可谓“鞠躬尽瘁，死而后已”。

五首诗分咏五处古迹，由古迹而追怀古人，由古人而抒发自我怀抱，托兴深远，可以说有纵横万古、吞吐八极之气概，为杜诗中的经典名篇，也常为诗家所称道。吴农祥曾评此诗云：“公诗藏议论与抑扬之间，陈世事于音律之外，自辟堂奥，独树旌旗，《秋兴》《诸将》与《咏怀古迹》而已。”（《杜诗集评》）

旅夜书怀

【题解】

唐代宗永泰元年(765)正月,杜甫辞去剑南节度幕府里的参谋职务,返回成都草堂。四月,严武去世,杜甫遂于五月离开成都,乘舟东行,经嘉州、渝州和忠州,至云安暂住,此诗为途中所作。

细草微风岸,危樯独夜舟[1]。
星垂平野阔,月涌大江流[2]。
名岂文章著,官应老病休。
飘飘何所似,天地一沙鸥[3]。

(仇兆鳌《杜诗详注》卷一四,中华书局,1979 年版)

【注释】

[1] 樯:帆船上的桅杆。

[2] 星垂:星星低垂,形容星空灿烂。大江:指长江。

[3] 沙鸥:栖息于沙滩、沙洲上的鸥鸟。李峤《和杜学士旅次淮口阻风》:"水雁衔芦叶,沙鸥隐荻苗。"又孟浩然《夜泊宣城界》:"离家复水宿,相伴赖沙鸥。"

【分析】

诗前四句描写了旅途夜景。前二句写近景,微风吹动岸上的细草,一叶小舟竖着高高的桅杆,独行在夜晚的江面。"细草""危樯"不仅是旅夜所见景物的描写,同时也是诗人自身形象的写照。杜甫离蜀原因虽有多种说法,大抵属不得已。离开草堂后,失去了严武这一依靠,再次过上了漂泊无定的生活,深觉自己如岸边细草、江中孤舟般孤寂无依。"细草""危樯"之语展现了诗人内心的孤独苦闷。从句法上讲,这一联也颇有特点,仇兆鳌《杜诗详注》注云:"微风岸边,夜舟独系,两句串说。"且诗人所吟者为"细草岸""危樯舟",诗人特以"细草""危樯"放置于句首,将"岸"与"舟"放置于句尾,使得首尾的"细草""危樯""岸""舟"均得到了突出,同时形成了句法上的平衡,增强了句子整体感。

颔联写远景,群星璀璨低垂,平野广阔无垠,月影随波涌动,大江奔腾朝东流去。这两句写景诗境界开阔雄浑,生动有力,历来被诗家所称道。胡应麟《诗薮》:"'山随平野阔,江入大荒流。'太白壮语也。杜'星垂平野阔,月涌大江流',骨力过之。"何焯亦称此二句"只是汗漫黏天写来,雄浑生动乃尔"(《义门读书记》)。"垂"字与"涌"字正反映出杜甫体物观物的精微与遣词造意的细腻。正因平野开阔无垠,故而遥望可见明星低垂,同时也可以反过来理解,正因远望见明星低垂,更显得平野阔大,实现了循环互释的效果。后句也是如此,正因月影在江中涌动,故而可感知到大江东流的动态，也可理解为正因大江东流，故而才可见月涌之态。从情感上讲，此联其实进一步烘托了诗人的孤寂之感，在静谧广袤的宇宙中，诗人所感受到的是个体孤身栖息于世间的孤独，与孟浩然《宿建德江》以“野旷天低树，江清月近人”写个体之愁有异曲同工之妙。诗的后四句抒发怀抱。

颈联说自己知名于世，难道是因为文章好吗，做官因为年老多病而退休。其实两句是反语，诗人素有远大的政治抱负，然而由于受压迫而长期不得施展，自己名声竟因文章而显，这不是诗人的心愿，由此也可理解前面诗人的孤寂感不仅来自旅途的漂泊，还来自虽然立身于世间却无法实现自己目标的寂寥无措。尾联再次抒发感慨，言自己孑然一身，飘飘然如同广阔天地间的一只沙鸥。结尾承上收住全诗，气象廓然。陈式《问斋杜意》解尾联云：“飘飘天地间，自比沙鸥，亦仍是‘万里谁能驯’之意。”颇为牵强，当是传达一种漂泊无所归的悲愤。

全诗紧扣诗题，上半从旅夜处讲起，下半紧扣书怀，景中传情，情景交融，一气呵成，是为佳篇。

佳　人

【题解】

这首诗作于唐肃宗乾元二年(759)秋，时杜甫弃官避乱秦州。诗的主旨，古代学者有两种看法，一是说别有寄托，将弃妇比作被贬逐的老臣，新人比作新进的少年。因为诗题“佳人”就是美貌而有才德的女子。古人诗中多以佳人以比喻一般有才德的人。二是据实而赋，说天宝丧乱之时，可能有这样的佳人，恰巧被杜甫遇到，因此描绘了当时的情景。二说均有道理。就此诗本身说，这是一首弃妇诗，首叙佳人在丧乱中所遭之不幸，次写佳人被丈夫遗弃的痛苦，末言佳人忠贞不渝的节操。从内容说，诗人将故事置于安史之乱的大背景下展开，反映了大动乱中复杂的社会矛盾和家庭关系，批判现实极为深刻。从艺术看，诗中多用对比、象征等手法，将传统的题材写得婉转有致，情意深长。无论是否有寄托，都不会影响这首诗深广的涵蕴。

绝代有佳人，幽居在空谷[1]。
自云良家子，零落依草木[2]。
关中昔丧乱[3]，兄弟遭杀戮。
官高何足论，不得收骨肉。
世情恶衰歇，万事随转烛[4]。
夫婿轻薄儿，新人美如玉。
合昏尚知时[5]，鸳鸯不独宿。
但见新人笑，那闻旧人哭[6]。

在山泉水清，出山泉水浊[7]。
侍婢卖珠回，牵萝补茅屋[8]。
摘花不插发，采柏动盈掬[9]。
天寒翠袖薄，日暮倚修竹。

（仇兆鳌《杜诗详注》卷七，中华书局，1979 年版）

【注释】

［1］“绝代”句：李延年《佳人歌》：“北方有佳人，绝世而独立。”唐人避太宗讳，改世为代。幽居：隐居。

［2］良家子：旧指出身良家的子女。零落：飘零、流落。南朝梁王僧孺《何生姬人有怨》：“逐臣与弃妾，零落心可知。”

［3］“关中”句：指安史之乱。

［4］世情：世态人情。衰歇：衰落、止息，这里指家道中落。《宋书·陈贵妃传》：“太后因言于上，以赐太宗。始有宠，一年许衰歇。”转烛：风摇烛火，用以比喻世事变幻莫测。蔡梦弼曰：“言世态不常也。烛影随风转而无定。”

［5］合昏：即合欢花，周处《风土记》：“合昏，槿也，华晨舒而昏合。”李时珍《本草纲目》引陈藏器曰：“（合欢）其叶至暮而合，故云‘合昏’。”又引苏恭曰：“此树叶似皂荚及槐，极细，五月花发，红白色，上有丝茸，秋实作荚，子极薄细，所在山谷有之。”鸳鸯：《古今注》：“鸳鸯，凫类，雌雄未尝相离。”

［6］“但见”二句：王僧孺《为何库部旧姬拟蘼芜之句》：“新人含笑近，故人含泪隐。”

［7］泉水清：喻贞洁自守。泉水浊：喻操行有失。

［8］“侍婢”二句：言居行贫俭。蔡梦弼《杜工部草堂诗笺》：“卖珠所以供朝夕也。牵萝所以御风雨也。”仇兆鳌《杜诗详注》云：“牵萝补屋，甚言居不庇身。……一说藤萝蔓屋，其空缺处牵萝补之，使青翠满屋，即‘对门藤盖瓦’之意，乃山居幽致。此说亦通。”

［9］采柏：采松柏。《楚辞·山鬼》有“山中人兮芳杜若，饮石泉兮荫松柏”之语，此处化用其意。

【分析】

这首诗采用了比兴的手法，借一位女子在安史之乱中的遭遇来寄托诗人自己的身世之感。诗开头即化用了李延年《佳人歌》：“北方有佳人，绝世而独立。”结构上采用了乐府的对话体，以“佳人”的口吻叙述自身的遭际。自言本是良家子女，如今却只能依托草木，过着孤苦伶仃的生活。这是因为遭逢战乱，家中身居高位的兄弟皆惨遭杀戮，甚至连尸骨都不得收葬。家道中落，世态炎凉，世事总是无常，后来嫁的丈夫是个轻薄子弟，不久便另觅新欢，只听得新人笑，哪管旧人哭呢。“合昏”“鸳鸯”也是比兴手法，以忠贞的花鸟讽刺夫婿的轻薄无情。“但见新人笑，那闻旧人哭”立意自汉乐府古诗《上山采蘼芜》“新人虽言好，未若故人姝”“新人从门入，故人从阁去”“新人工织缣，故人工织素”“将缣来比素，新人不如故”等句中来。朴素的叙事手法也与汉乐府相类，整首诗呈现出一种古意。

接下来，则是对佳人高洁品性的赞扬。以“在山泉水清，出山泉水浊”寓意佳人幽居空谷，保持着贞洁。“侍婢”二句形容佳人居所贫困简朴。“摘花不插发”见其质朴无华，“采柏动盈掬”句化用《楚辞·山鬼》“山中人兮芳杜若，饮石泉兮荫松柏”之意，透露出佳人隐居山谷的高洁情操。

"天寒翠袖薄，日暮倚修竹"，日暮之时，倚竹而立，勾勒出一个清高自守的形象和一种清冷幽玄的意境。沈德潜评曰："不着议论，而清洁贞正意隐然言外，是为诗品。"(《唐诗别裁集》卷二)《杜甫全集校注》则认为，此二句有陶渊明《归去来兮辞》"景翳翳以将入，扶孤松而盘桓"之意境。

历代咏美人诗不少，杜甫此诗格调更为高古，深得国风、乐府之风韵。故多为后人取法，如宋姜夔《疏影》云："篱角黄昏，无言自倚修竹。"清黄景仁《都门秋思(其三)》云："寒甚更无修竹倚，愁多思买白杨栽。全家都在风声里，九月衣裳未剪裁。"

推荐阅读书目

1. 郭知达《新刊校定集注杜诗》，上海古籍出版社 2023 年版。
2. 钱谦益《钱注杜诗》，上海古籍出版社 1979 年版。
3. 仇兆鳌《杜诗详注》，中华书局 1979 年版。
4. 萧涤非《杜甫全集校注》，人民文学出版社 2014 年版。
5. 谢思炜《杜甫集校注》，上海古籍出版社 2016 年版。

思考题

1. 杜诗何以号称"诗史"？
2. 试论杜甫诗歌艺术的集大成。

第十一章　白居易

本章概要

白居易是唐代最著名的诗人之一，他以独特的风格雄踞于中唐诗坛，是杜甫的继承者和发扬者。白居易自称“志在兼济，行在独善”(《与元九书》)，他志在救济民众，与杜甫“穷年忧黎元，叹息肠内热”(《自京赴奉先县咏怀五百字》)同一心情。杜甫诗写当世时事，号称诗史，白居易诗也写时事，同样是诗史。如果诗人对民众没有深切的同情心，是不会冒险作诗史的，只是“诗史”的头衔已被杜诗所拥有。白居易与元稹并称“元白”，与刘禹锡并称“刘白”。他把诗歌写得明白易懂，通俗顺畅，引领了中唐诗歌发展的一股潮流，并成为诗歌发展的主流。

一、白居易生平述略

白居易，字乐天，晚号香山居士，别号醉吟先生。原籍太原，移居于下邽。白居易于代宗大历七年(772)生于郑州新郑县，其时父亲白季庚四十四岁，母亲十八岁。她的母亲也是一个知书达礼的人，白居易曾回忆童年的读书生活：“夫人亲执诗书，昼夜教导，循循善诱，未尝以一呵一杖加之。”(《襄州别驾府君事状》)由于其父做官易地的关系，白居易在十余岁的时候，曾迁家到宿州符离。

白居易出身于书香门第，白家也是一个大族，这从白居易排行“白二十二”就可以看出来，也正因如此，他走的是唐代读书人追求的科举进身之路。贞元十五年(799)，他在宣州参加州试被录取，贡往长安参加进士试，诗题是《玉水记方流》，赋题是《性习相远近赋》。贞元十六年(800)春，以第四名中进士。他在考进士前曾经模拟试诗，写了《赋得古原草送别》，成为千古传诵的名篇：“离离原上草，一岁一枯荣。野火烧不尽，春风吹又生。远芳侵古道，晴翠接芳城。又送王孙去，萋萋满别情。”贞元十九年(803)春，白居易又参加了书判拔萃科考试，授秘书省校书郎，但他对于这一官职不很满意。

元和元年(806)，白居易校书郎任满，准备应制举，闭门累月，写了七十五篇《策林》。这是他备考制举的文章，从中可以看出白居易的文学思想，如《采诗补察时政》《议文章碑碣词赋》，指出诗歌要有讽谏作用。这一年四月，白居易登“才识兼茂明于体用科”第四等，被授为盩厔县尉。白居易在盩厔尉任上，写了千古名篇《长恨歌》。元和二年(807)秋，调充进士考官，任集贤校理；十一月，授翰林学士。元和三年(808)，除左拾遗。元和六年(811)，因母亲去世，丁忧返回下邽。

白居易居丧期满，除去丧服之后，于元和九年(814)冬天，授官太子左赞善大夫。元和十年(815)，他受人诬告，被贬为江州刺史，又改江州司马。这是白居易一生仕途最低潮的时期，也是心理上最失意的时期。但是地处庐山附近的江州，在佛教信仰和地域风光方面都对白居易有所陶冶，他这时受到白莲教影响较大。他作《与元九书》，对于文学思想进行了系统的表述；创作《琵琶行》，代表其文学创作的最高成就；访问了陶渊明故宅，接受了乐天安命的思想；营建了自己的草堂，产生了归隐终老的念头。在江州三年多，直到元和十三年(818)十二月除忠州刺史。

元和十五年(820)，唐宪宗去世了，政治发生了变化，白居易忠州刺史的任期未满，就被召还到朝廷除尚书司门员外郎，十二月改授主客郎中知制诰。长庆元年(821)，加朝散大夫，转中书舍人。其后出任杭州刺史，转苏州刺史。再入朝历任秘书监、刑部侍郎、太子宾客分司、河南尹、太子少傅等职，会昌二年(842)任刑部尚书，会昌六年(846)卒，享年七十五岁。

二、白居易的诗文创作

白居易注重自己的声名，他对文集的编纂和流传非常重视，在唐代流传于今天的诗文集当中，白居易集的规模也是最大的。其晚年作《题文集柜》诗说："破柏作书柜，柜牢柏复坚。收贮谁家集，题云白乐天。我生业文字，自幼及老年。前后七十卷，小大三千篇。诚知终散失，未忍遽弃捐。自开自锁闭，置在书帷前。身是邓伯道，世无王仲宣。只应分付女，留与外孙传。"不仅自己珍视，而且因为没有儿子，就分付女儿，要让外孙代代相传。

(一) 白集编纂

白居易生前多次编纂文集，其中有白居易自编，亦有友人元稹为其编纂的。最早的一次是贞元十六年(800)二十九岁时为行卷而编的自选集，选文二十首，诗一百首；最晚的一次是会昌五年(845)七十四岁，编完文集七十五卷；此外还编有《元白唱和因继集》《刘白唱和集》《白氏洛中集》等。其集中力量编纂文集主要有以下八次：

(1) 元和十年(815)自编十五卷。

(2) 长庆元年(821)元稹编五十卷。

(3) 大和二年(828)续编文集。

(4) 大和九年(835)自编六十卷。

(5) 开成元年(836)自编六十五卷。

(6) 开成四年(839)自编六十七卷。

(7) 会昌二年(842)自编后集二十卷。

(8) 会昌五年(845)自编定本七十五卷。

白居易《白氏长庆集后序》："白氏前著《长庆集》五十卷，元微之为序，《后集》二十卷，自为序。今又《续后集》五卷，自为记。前后七十五卷，诗笔大小凡三千八百四十首。集有五本：一本在庐山东林寺经藏院，一本在苏州南禅寺经藏内，一本在东都圣善寺钵塔院律库楼，一本付侄龟郎，一本付外孙谈阁童，各藏于家，传于后。其日本、新罗诸国及两京人家传写者，不在此记。又有《元白唱和因继集》共十七卷，《刘白唱和集》五卷，《洛下游赏宴集》十卷，其文尽在大集内录出，别行于时。若集内无而假名流传者，皆谬为耳。会昌五年夏五月一日，乐天重记。"这说明白居易很重视经营自己的文集，最后抄纂五部，分藏五处。也正是因为这样的苦心经营，他成为唐代诗人当中作品传世数量最多的人物。

（二）白诗分类

白居易在元和十年(815)给自己诗歌编集时，就分为四个类别，这是白诗分类之始。白居易《与元九书》云："仆数月来，检讨囊帙中，得新旧诗各以类分，分为卷目。自拾遗来，凡所遇所感，关于美刺兴比者，又自武德讫元和，因事立题，题为《新乐府》者，共一百五十首，谓之讽谕诗。又或退公独处，或移病闲居，知足保和，吟玩情性者一百首，谓之闲适诗。又有事物牵于外，情理动于内，随感遇而形于叹咏者一百首，谓之感伤诗。又有五言七言长句绝句，自一百韵至两百韵者四百余首，谓之杂律诗。"

白居易这样的分类，是按照两层标准划分的，第一层是体式标准，他把诗歌分为古体和近体两种，因为按类收在《白氏文集》中的"讽谕诗""感伤诗""闲适诗"都是古体诗，"杂律诗"是近体诗。第二层是题材标准，即前面"讽谕诗"等三类是按题材划分的。

1. 讽谕诗

白居易写作讽谕诗集中于元和时期，白居易《与元九书》说："自拾遗来，凡所遇所感，关于美刺兴比者，又自武德讫元和，因事立题，题为《新乐府》者，共一百五十首，谓之讽谕诗。"元和元年(806)，白居易罢校书郎，准备应制举，写了七十五篇《策林》，其中有《采诗补察时政》《议文章碑碣词赋》，指出诗歌要有讽谏作用。他中了"才识兼茂明于体用科"后被授为盩厔尉，因为县尉的身份容易接近底层百姓，写了《观刈麦》以表现人民疾苦，这与他后来写作讽谕诗具有密切的关系。白居易任左拾遗的时间是元和三年(808)，自此之后，他就集中精力写作讽谕诗了。大约在元和四年(809)春，白居易的朋友李绅写了二十首新题乐府，元稹和了十二首，白居易受了他们的影响，扩而大之，写了五十首。他们的《新乐府》诗，具有共同的特点，就是每首举一事议一事，借叙述与议论以表现作者的讽谏之意。与新乐府写作时间几近同时者有《秦中吟》十首，规讽之旨与《新乐府》相同。白居易的讽谕诗意在学习杜甫的精神，揭露当时的现实，反映当时的时事，抨击社会的弊病，但过于注重讽谏，把诗歌当成谏纸奏章，削弱了诗歌的形象性，故而虽在现实的批判方面较之杜甫有过之而无不及，但艺术的感染力就逊于杜甫的新题乐府很多了。我们考察白居易五十篇《新乐府》中，虽有《卖炭翁》《新丰折臂翁》等家喻户晓的感人诗篇，但大多数还是理念的产物，有些只是一般的叙述和议论，缺少感人的力量。

2. 闲适诗

白居易《与元九书》说："又或退公独处，或移病闲居，知足保和，吟玩情性者一百首，谓之闲适诗。"他还作过一首题为《闲适》的诗："禄俸优饶官不卑，就中闲适是分司。风光暖助游行处，雨雪寒供饮宴时。肥马轻裘还粗有，粗歌薄酒亦相随。微躬所要今皆得，只是蹉跎得校迟。"白居易给自己制定的闲适诗的内涵非常清楚：一是"退公独处"，凡是政治时事等诗都不在闲适诗的范畴；二是"移病闲居"，凡是从事于公事的诗作都不在闲适诗的范畴；三是"知足保和"，凡是经世致用的诗作都不在闲适诗的范畴；四是"吟玩情性"，凡是社会性现实性较强的诗作都不在闲适诗的范畴。

3. 感伤诗

白居易《与元九书》说："又有事物牵于外，情理动于内，随感遇而形于叹咏者一百首，谓之感伤诗。”说明白居易的感伤诗是内心受外物所感，受情理所动，然后再随物赋形发于叹咏之作。如《琵琶行》是有感于琵琶女的身世和自己的遭遇以发同病相怜之感而作的；《长恨歌》是有感于唐玄宗和杨贵妃的历史故事而作的；《霓裳羽衣歌》是有感于唐代流行的霓裳羽衣的舞曲而作的。根据白居易《与元九书》的说法，我们可以把感伤诗区别为以下四种类型：一是“牵于事”的感伤诗，包括友朋往还、婚丧嫁娶、羁旅行役、宦游浮沉、寂寞侵袭之事，形诸歌叹，表现出深沉的感伤情调，如《初见白发》《喜友人至留宿》等。二是“牵于物”的感伤诗，包括春花秋虫、风月雨露等外物的变化触动作者的心灵而形诸歌咏，如《曲江感怀》《曲江早秋》等。三是“动于情”的感伤诗，这以《长恨歌》为代表，陈鸿《长恨歌传》说：“质夫举酒于乐天前曰：夫希代之事，非遇出世之才润色之，则与时消没，不闻于世。乐天深于诗、多于情者也，试为歌之如何？”当然生活中的亲情、友情和爱情，也无不触动着作者的情怀。四是“动于理”的感伤诗，包括春秋代序、四时更替、贬谪中的安慰、失意时的消解，通过诗歌来表现，也蕴含着消解苦闷的佛教禅理、逃避现实的老庄哲学，如《对酒》《逍遥咏》等。当然，在白居易的感伤诗中，这四个方面可分又不可分，像《长恨歌》《琵琶行》《霓裳羽衣歌》等名篇巨制，是既“牵于事”“牵于物”又“动于情”“动于理”的。他的这些诗歌，用的是歌行体，但与盛唐诗人李白、杜甫、高适、岑参的歌行都有所不同。其创造性首先在于叙事的故事性，如《长恨歌》同样的故事，陈鸿即衍为小说；其次在于表现情调的感伤色彩，作者用流利圆润的辞藻和骈散结合的句法将感伤的情调表现出来，深深地打动着读者的心灵；最后在于以叙为主，叙述、描写、议论紧密结合，各种手法的补充，以增加诗歌内容的丰富性和表现的多元化。

4. 杂律诗

白居易《与元九书》说：“又有五言七言长句绝句，自一百韵至两韵者四百余首，谓之杂律诗。”关于杂律诗在四类之中的分类标准，古今学者质疑较多，以为前三种都是古体诗，按题材分，而杂律诗则按体式分，不相一致。对此，王运熙在《白居易诗歌的分类与传播》中作过阐释：“‘杂律诗’意思是说律诗的样式较为繁杂。乍看起来，白居易把其诗分为四类，前三类按内容题材分，最后一类按体式分，使人感到分类标准不统一。实际他是先把诗作分为古体诗、近体诗两大类，然后再把古体诗大类按内容分为三类。”(《唐代文学研究》第 8 辑)这样的分析较为切合实际。在四种类型当中，杂律诗属于近体诗。白居易在《与元九书》等文章中，对这一类诗歌并不十分重视，因为他早年过于注重讽谕诗，忽略其他诗，尤其轻视杂律诗，以为可以删去而不存于集中，但随着时间的推移杂律诗在白居易的心目中有所提高。尽管白居易早年并不重视杂律诗，但我们从这一类诗中还是能够看出白居易具有惊人的创造才能的。尤其是其中的长篇排律，多达一百韵、二百韵，又为次韵之作，古往今来的诗人很难达到这样的境界。

三、白居易诗歌的艺术特色

对白居易诗歌的艺术风格，唐宋人即有较为一致的认识，唐李肇《唐国史补》卷下云：“元和已后，为文笔则学奇诡于韩愈，学苦涩于樊宗师。歌行则学流荡于张籍。诗章则学矫激于孟郊，学浅切于白居易，学淫靡于元稹。俱名为元和体。大抵天宝之风尚党，大历之风尚浮，贞元之风尚荡，元和之风尚怪也。”宋人苏轼《祭柳子玉文》则称：“元轻白俗，郊寒岛瘦。嘹然一吟，众作卑陋。”无论是“浅切”还是“白俗”，都是说白居易诗有通俗的特点。

（一）文辞之俗

白诗之俗首先表现为文辞之俗，文辞之俗又分两个方面：一是浅切务尽，浅切则语言通俗，不事含蓄，务尽则文辞直率，意到笔随，故易于获得各个阶层的接受，也为诗歌领域开疆拓土。因为中国诗歌传统自《诗经》以来就追求比兴，一直至盛唐仍以述怀为主，到了杜甫始在题材等各方面产生变化，然杜诗风格沉郁顿挫，追求“语不惊人死不休”“老来渐于诗律细”，各方面自是不俗。白居易之“俗”是开拓了杜甫尚未开拓的巨大空间，推进了中唐诗歌的演进和发展。二是故事性，这与中唐以后市民文学的兴起有关。为了适应市民阶层的精神要求，无论是诗文还是传奇，都增加了故事化程度，同时文辞更变得浅切而生动。代表作品如《琵琶行》和《长恨歌》，一则抒写“同是天涯沦落人”的感慨，一则所谓“一篇《长恨》有风情”，都是在市民文学新的观念之下产生的通俗作品。

（二）取材之俗

白诗之俗的另一个重要方面在于取材于日常生活者甚多，语言也尽量生活化。白居易的诗歌，表现衣食住行及具体的生活起居者颇多，因为这些日常生活题材具有大众化的共性，容易为各个阶层的人所接受，这样就使得其诗更走向通俗一路。平淡重复的日常生活，每人每天都能遇到，甚至像起床、照镜、穿衣、吃饭等，每人每天都要完成，但普通人并不能将它艺术地表现出来，白居易则将这些生活琐事摄入诗中，并且倾注艺术力量，使其产生美感，这样的诗歌当然容易为更多的人所接受。我们检讨《白氏文集》，个人的日常生活几乎是包罗万象的，我们选择生活起居中常见十二种情况以作说明：① 梳洗（《早梳头》《叹发落》《感发落》）；② 照镜（《照镜》《感镜》《新磨镜》）；③ 饮食（《食笋》《烹葵》《食后》）；④ 饮酒（《花下自劝酒》《强酒》《饮后夜醒》）；⑤ 睡眠（《春眠》《独宿》《春寝》）；⑥ 生病（《首夏病间》《病气》《病中作》）；⑦ 闲居（《晚秋闲居》《闲坐》《闲眠》）；⑧ 听乐（《听崔七妓人筝》《夜筝》《闻乐感邻》）；⑨ 垂钓（《渭上偶钓》《垂钓》）；⑩ 搬家（《移家入新宅》）；⑪ 游览（《城东闲游》《曲江独行》《春游》）；⑫ 种植（《种桃杏》《种荔枝》《新栽梅》）。

我们读了白居易的诗歌，对他的日常生活就能得到多方面的了解，也更可以了解中唐时期的社会生活情况。白居易在单调平凡的日常生活中发现诗意，这不得不说是他的一大创造。这样的诗歌意义，远远要超出了生活的本身价值，也就会促使读者进一步认识生活，热爱生活，更多地从诗中引起共鸣，使得日复一日的生活更有意义。

名 篇 赏 析

长恨歌

【题解】

《长恨歌》写于元和元年（806）。陈鸿《长恨歌传》提到这首诗的写作经过，他说，元和元年冬十二月，白居易自校书郎为盩厔尉，陈鸿与王质夫家于盩厔，二人同游仙游寺，有感于唐玄宗、杨贵妃的故事而作。白居易写了《长恨歌》，陈鸿写了《长恨歌传》。白居易《与元九书》云：“及再来长安，又闻有军使高霞寓者，欲聘倡妓，妓大夸曰：‘我诵得白学士《长恨歌》，岂同他妓哉？’由是增价。”又有《编集拙诗成一十五卷因题卷末戏赠元九李二十》诗：“一篇《长恨》有风情，十首《秦吟》近正声。”可见白氏对于《长恨歌》甚为自得。唐宣宗《吊白居易》诗云：“童子解吟《长恨》曲，胡儿能唱《琵琶》篇。”可证《长恨歌》是白居易平生最杰出的作品。

汉皇重色思倾国[1]，御宇多年求不得[2]。
杨家有女初长成，养在深闺人未识[3]。
天生丽质难自弃，一朝选在君王侧。
回眸一笑百媚生，六宫粉黛无颜色[4]。
春寒赐浴华清池[5]，温泉水滑洗凝脂[6]。
侍儿扶起娇无力，始是新承恩泽时。
云鬓花颜金步摇[7]，芙蓉帐暖度春宵[8]。
春宵苦短日高起，从此君王不早朝。
承欢侍宴无闲暇，春从春游夜专夜。
后宫佳丽三千人[9]，三千宠爱在一身。
金屋妆成娇侍夜[10]，玉楼宴罢醉和春[11]。
姊妹弟兄皆列土[12]，可怜光彩生门户。
遂令天下父母心，不重生男重生女[13]。
骊宫高处入青云[14]，仙乐风飘处处闻[15]。
缓歌曼舞凝丝竹[16]，尽日君王看不足[17]。
渔阳鼙鼓动地来[18]，惊破霓裳羽衣曲[19]。
九重城阙烟尘生[20]，千乘万骑西南行[21]。
翠华摇摇行复止[22]，西出都门百余里[23]。
六军不发无奈何[24]，宛转娥眉马前死[25]。
花钿委地无人收[26]，翠翘金雀玉搔头[27]。
君王掩面救不得，回看血泪相和流。
黄埃散漫风萧索，云栈萦纡登剑阁[28]。
峨嵋山下少人行[29]，旌旗无光日色薄。
蜀江水碧蜀山青，圣主朝朝暮暮情。
行宫见月伤心色，夜雨闻铃肠断声[30]。
天旋地转回龙驭[31]，到此踌躇不能去。
马嵬坡下泥土中[32]，不见玉颜空死处。

白居易《长恨歌》分析（上）

白居易《长恨歌》分析（中）

白居易《长恨歌》分析（下）

君臣相顾尽沾衣，东望都门信马归。
归来池苑皆依旧，太液芙蓉未央柳[33]。
芙蓉如面柳如眉，对此如何不泪垂。
春风桃李花开日，秋雨梧桐叶落时。
西宫南内多秋草[34]，落叶满阶红不扫。
梨园子弟白发新[35]，椒房阿监青娥老[36]。
夕殿萤飞思悄然，孤灯挑尽未成眠[37]。
迟迟钟鼓初长夜，耿耿星河欲曙天[38]。
鸳鸯瓦冷霜华重[39]，翡翠衾寒谁与共[40]。
悠悠生死别经年，魂魄不曾来入梦。
临邛道士鸿都客[41]，能以精诚致魂魄。
为感君王辗转思，遂教方士殷勤觅[42]。
排空驭气奔如电，升天入地求之遍。
上穷碧落下黄泉[43]，两处茫茫皆不见。
忽闻海上有仙山[44]，山在虚无缥缈间。
楼阁玲珑五云起[45]，其中绰约多仙子[46]。
中有一人字太真[47]，雪肤花貌参差是[48]。
金阙西厢叩玉扃[49]，转教小玉报双成[50]。
闻道汉家天子使，九华帐里梦魂惊[51]。
揽衣推枕起徘徊，珠箔银屏迤逦开[52]。
云鬓半偏新睡觉，花冠不整下堂来。
风吹仙袂飘飖举，犹似霓裳羽衣舞。
玉容寂寞泪阑干[53]，梨花一枝春带雨。
含情凝睇谢君王[54]，一别音容两渺茫。
昭阳殿里恩爱绝[55]，蓬莱宫中日月长[56]。
回头下望人寰处，不见长安见尘雾。
唯将旧物表深情，钿合金钗寄将去[57]。
钗留一股合一扇，钗擘黄金合分钿[58]。
但令心似金钿坚，天上人间会相见。
临别殷勤重寄词，词中有誓两心知。
七月七日长生殿[59]，夜半无人私语时。
在天愿作比翼鸟[60]，在地愿为连理枝[61]。
天长地久有时尽，此恨绵绵无绝期。

（朱金城《白居易集笺校》卷一二，上海古籍出版社，1988年版）

【注释】

[1] 汉皇：汉武帝，此处借汉武帝宠李夫人以指唐玄宗与杨贵妃之间的关系。倾国：本来是夸张女子美色的迷人，后来作为绝代佳人的代称。《汉书·外戚传》载李延年《佳人歌》："北方有佳人，绝世而独立。一顾倾人城，再顾倾人国。宁不知倾城与倾国，佳人难再得。"

[2] 御宇：皇帝统治天下。刘勰《文心雕龙·诏策》："皇帝御宇，其言也神。"

[3] "杨家有女"二句：指杨贵妃是蜀州司户杨玄琰的女儿，其父早卒，幼时养在杨玄珪家，小名玉环。开元二十三年册封为寿王妃；开元二十八年十月，玄宗度其为女道士，道号太真。天宝四载七月召还俗，立为贵妃。"养在深闺"句是作者为玄宗皇帝隐讳所用的曲笔。

[4] 六宫：后妃居处。古代宫廷后宫有六，前一后五，以居后妃。粉黛：本指妇女的化妆品，这里用作妇女的代称。无颜色：是说六宫妃嫔与杨贵相比都不美了。此句化用李白《清平乐》词："女伴莫话孤眠，六宫绮罗三千。一笑皆生百媚，宸衷教在谁边。"

[5] 华清池：在今陕西临潼骊山，是著名的温泉。钱易《南部新书》卷己："骊山华清宫，缭垣之内，汤泉凡八九所。有御汤，周环数丈，悉砌以白石，莹澈如玉。石面皆隐起鱼龙花鸟之状，千名万品，不可殚记。四面石座，皆级而上。中有双白石瓮，腹异口，瓮中涌出，渍注白莲之上。御汤西北角，则妃子汤，面稍狭。汤给白石盆四，所刻作菡萏之状，陷于白石面。"

[6] 凝脂：指白嫩而润滑的皮肤。《诗经·卫风·硕人》："肤如凝脂。"

[7] 云鬓：女子盛美如云的鬓发。花颜：美丽如花的容貌。金步摇：首饰的一种，即金制的步摇钗，上饰垂珠，行步则摇动，故称金步摇。《西京杂记》卷上："赵飞燕为皇后，其女弟遗书上襚三十五条，有黄金步摇。"

[8] 芙蓉帐：饰有并蒂莲花的帏帐。泛指华丽的帏帐。

[9] "后宫"句："佳丽三千"用《后汉书·皇后纪》典："自武、元之后，世增淫费，至乃掖庭三千。"白居易用此，泛指后宫美女之多。

[10] 金屋：形容极为华丽的房屋。《汉武故事》："帝为胶东王，数岁，长公主抱置膝上，问曰：'儿欲得妇否？'曰：'欲得。'……指其女阿娇：'好否？'笑对曰：'好，若得阿娇作妇，当作金屋贮之。"

[11] 玉楼：装饰华丽的楼房。

[12] "姊妹"句：指杨贵妃姊妹弟兄都受到册封。列土，分封土地。《汉书·谷永传》："方制海内非为天子，列土封疆非为诸侯，皆以为民也。"

[13] "不重"句：化用当时歌谣，陈鸿《长恨歌传》："故当时谣咏有云：'生女勿悲酸，生男勿喜欢。'又曰：'男不封侯女作妃，看女却为门上楣。'其为人心羡慕如此。"典出《史记·外戚世家》："生男无喜，生女无怒。独不见卫夫子霸天下。"

[14] 骊宫：即华清宫，因在骊山之上，故称。

[15] 仙乐：指霓裳羽衣曲。

[16] 缓歌曼舞：指轻快的音乐和柔美的舞蹈。凝：声调徐缓。谢朓《鼓吹曲》："凝笳翼高盖。"李善注："徐引声谓之凝。"丝竹：管弦乐器。

[17] 看不足：看不厌。

[18] 渔阳：渔阳郡，天宝时隶范阳节度使的八郡之一。高步瀛《唐宋诗举要》卷二："唐蓟州天宝时改渔阳郡，隶范阳节度。安禄山据范阳反唐，如彭宠据渔阳反汉，故不举范阳而举渔阳也。"鼙鼓：古代军中所用的小鼓。

[19]“惊破”句：霓裳羽衣曲，唐乐曲名，属商调曲，时号越调。本传自西凉，名《婆罗门》，开元中河西节度使杨敬述献，经玄宗润色，于天宝十三载改为“霓裳羽衣曲”。

[20]九重城阙：指京城。古代京城前建九重门：路门、应门、雉门、库门、皋门、城门、近郊门、远郊门、关门。京城为皇宫所在，故称。《楚辞·九辩》：“君之门以九重。”烟尘：指战祸。

[21]千乘万骑：指跟随玄宗逃往西蜀的卫队。汉末民谣：“侯非侯，王非王，千乘万骑上北邙。”西南行：天宝十五载六月，安禄山破潼关，杨国忠主张逃向蜀中，唐玄宗即命将军陈玄礼率领六军出发，自己与杨贵妃跟着出延秋门向西南而去。

[22]翠华：指皇帝仪仗中用翠鸟羽毛装饰的旗帜。这里代指皇帝的仪仗。

[23]百余里：指到马嵬坡。马嵬坡距长安为百余里。

[24]六军：护卫皇帝的羽林军。古代有天子六军之说。《周礼·夏官·司马》：“凡制军，万有二千五百人为军，王六军，大国三军，次国二军，小国一军。”

[25]“宛转”句：宛转，凄苦的样子。典出《后汉书·马援传》：“晓夕号泣，宛转尘中。”娥眉，美貌的女子。此处指杨贵妃。玄宗幸蜀至马嵬驿，大臣以为祸乱为杨国忠、杨贵妃所致，故六军不发，玄宗无赖，命高力士缢贵妃于佛堂前梨树下。李肇《唐国史补》卷上：“玄宗幸蜀，至马嵬驿，命高力士缢贵妃于佛堂前梨树下。”

[26]花钿：金钿，镶嵌金花的首饰。《旧唐书·舆服志》：“内外命妇服花钗。”注：“施两博鬓，宝钿饰也。”

[27]翠翘：形似翠翘的头饰。翘是翠鸟尾上的长毛。《山堂肆考》：“翡翠鸟尾上长毛曰翘，美人首饰如之，因名翠翘。”金雀，雀形的金钗。玉搔头：即玉簪。《西京杂记》卷上：“武帝过李夫人就取玉簪搔头，自此宫人搔头皆用玉。”

[28]云栈：高入云霄的栈道。栈道是指沿悬崖峭壁修建的一种道路。剑阁：在今四川剑阁县北，即大剑山和小剑山之间的一条栈道，又名剑门关。《元和郡县图志》卷三三“普安县”：“大剑山亦曰梁山，在县西北四十九里。姜维保剑门以拒钟会即此也。大剑镇在县东四十八里。剑阁道自利州益昌县西南十里至大剑镇合。今驿道，诸葛亮相蜀，凿石驾空，为飞梁阁以通行路。”

[29]峨嵋山：在今四川省广元市。《广元县志》载：“小峨眉在县北六十里朝天驿。”“小山岸阿似眉，故名。白居易《长恨歌》‘峨嵋山下少人行’即此。盖明皇幸蜀，实经此道。”

[30]“夜雨”句：郑处诲《明皇杂录》补遗：“明皇既幸蜀，西南行，初入斜谷，属霖雨涉旬，于栈道雨中闻铃音，与山相应。上既悼念贵妃，采其声为《雨淋铃》曲以寄恨焉。”

[31]天旋地转：比喻国家从倾覆后得到恢复。龙驭：指唐玄宗的车驾。唐肃宗至德二载十月，郭子仪军收复长安，肃宗派太子太师韦见素迎玄宗于蜀都。同年十二月，玄宗还京。

[32]马嵬坡：在今陕西省兴平市西。

[33]太液：太液池，汉建章宫北的池名，在长安故城之西。未央：未央宫，本汉时萧何营建，此处借指唐宫廷。

[34]西宫：即西内，太极宫。南内：兴庆宫。古称禁城为大内，故宫殿常称“内”。兴庆宫为南内，太极宫为西内。

[35]梨园子弟：指玄宗过去所训练的一批艺人。《资治通鉴》卷二一一《唐纪》：“上精晓音律……又选乐工数百人，自教法曲于梨园，谓之‘皇帝梨园弟子’。”

[36]椒房：后妃所住的宫殿。用椒和泥涂壁，取其香暖兼有多子之意。阿监：宫中女官。青娥：青春美貌。

[37] 孤灯：古代宫廷中并不点油灯，而是燃烛。这里实则是烘托玄宗晚年生活的凄苦与孤独。《邵氏闻见后录》卷一九："宁有兴庆宫中认不烧蜡油，明皇自挑灯者乎？书生之见可笑耳！"

[38] 耿耿：微明的样子。

[39] 鸳鸯瓦：两片嵌合在一起的瓦。因一俯一仰，故称鸳鸯瓦，又称阴阳瓦。

[40] 翡翠衾：上面绣有翡翠鸟图案的被子。翡翠作为鸟类，亦雌雄双栖，绣在被上，亦喻夫妻形影不离。

[41] 临邛：县名，唐属剑南道，今四川邛崃市。鸿都：后汉首都洛阳宫门名，此处借指长安。

[42] 方士：中国古代好讲神仙之说或奇方异术的人。

[43] 碧落：道家称东方第一层天界为碧落。黄泉：指地下深处。此句谓上穷天界，下入地府。

[44] 仙山：指海中蓬莱、方丈、瀛洲三神山。《史记・封禅书》："自威、宣、燕昭使人入海求蓬莱、方丈、瀛洲。此三神山者，其传在勃海中，去人不远，患且至则船风引而去。盖尝有至者，诸仙人及不死之药皆在焉。其物禽兽尽白而黄金银为宫阙。未至，望之如云。及到，三神山反居水下。临之风辄引去，终莫能至云。"

[45] 五云起：耸立在五色彩云之中。

[46] 绰约：美好轻盈的样子。《庄子・逍遥游》："藐姑射之山，有神人居焉，肌肤若冰雪，绰约若处子。"

[47] 太真：杨贵妃的道号。因其于开元二十八年曾度为女道士，号太真，住内太真宫。

[48] 参差：好像，差不多，几乎。

[49] 金阙：金碧辉煌的神仙宫殿。道教相传天堂之一上清宫，左金阙，右玉扃。

[50] 小玉：古代神话中的女子。相传为吴王夫差之女，死后成仙。白居易《霓裳羽衣歌》自注："夫差女小玉死后形现于王，其母抱之，霏微若烟雾散空。"双成：即董双成，西王母的侍女。这里小玉、双成都是指杨太真在仙山上的侍婢。

[51] 九华帐：绣有各种花纹图案的帏帐。《博物志》卷八："汉武帝好仙道，祭祀名山大泽，以求神仙之道。时西王母遣使乘白鹿告帝当来，乃供帐九华殿以待之。"曹植《九华扇赋序》："帝赐尚方竹扇，不方不圆，其中结成文，名曰九华。"

[52] 珠箔：用珍珠穿成的帘箔。银屏：镶嵌银丝花边的屏风。迤逦：接连不断，指珠帘拉开时连续不断的状态。

[53] 阑干：眼泪纵横满面的样子。

[54] 含情凝睇：眼波里含有无限深情。

[55] 昭阳殿：汉时宫殿名，赵飞燕姊妹所居。《汉书・外戚传》："赵飞燕立为皇后，宠少衰，女弟绝幸，为昭仪，居昭阳殿。"此处指杨贵妃生前的寝宫。唐代诗人常以昭阳指杨贵妃，如李白《宫中行乐词》："宫中谁第一，飞燕在昭阳。"

[56] 蓬莱宫：指蓬莱神山之宫阙，即上文"忽闻海上有仙山"之仙山之宫。

[57] 钿合：珠宝镶嵌的金盒子。

[58] 擘：用手掰开。此句谓将旧时定情之物自己留下一半，另一半掰开寄给对方。

[59] 长生殿：唐代宫殿名。玄宗天宝元年造，在华清宫，名为集灵台，以祀神。

[60] 比翼鸟：鸟名，其翼不比不飞。故诗文中常以比翼鸟比喻形影不离的好友或爱侣。

[61] 连理枝：异本草木，两棵树之枝连生在一起，常比喻兄弟和睦及夫妻恩爱。

【分析】

白居易的《长恨歌》是一首登峰造极的诗歌，也是一首备受争议的诗歌。登峰造极表现在内容与艺术的精湛，备受争议表现在主题取向。

先谈一下主题取向。白居易《长恨歌》的主题，有爱情说、隐事说、讽谕说、婉讽主题说、感伤说、双重及多重主题说、无主题说与泛主题说等多种。学术界又集中于讽谕说、爱情说与双重主题说三种。持讽谕说以为《长恨歌》通过李杨故事揭露了统治者的荒淫享乐的生活；持爱情说者以为《长恨歌》描写李杨爱情经过，突出了爱情的坚贞和专一，并以天子爱情的特殊性超越了事件的本身而具有普遍意义；持双重主题说者以为《长恨歌》一方面表现李杨爱情的真挚，另一方面也揭露唐玄宗溺于女色而误国，引发安史之乱，爱情也成为悲剧。

本人认为，白居易的《长恨歌》是在史实的基础上吸收民间传说，歌颂了李、杨之间的真挚爱情，对他们那种因为特殊的时代原因而被迫生死离别表达了极大的同情和伤感。而后人的其他主题说则是各自站在不同的角度对《长恨歌》的解读。因为李杨爱情的特殊性，又与安史之乱发生了紧密的联系，容易作出多元化的解说。只有“爱情主题说”才应该是最符合白居易本人的看法的，也是与《长恨歌》的内容最切合的。

再谈一下内容与艺术的精湛。总体而言，《长恨歌》的内容和艺术可以概括为以下三个方面。

第一，《长恨歌》的核心人物是杨玉环。诗从她天生丽质开始，到二十二岁时的“一朝选在君王侧”，册为贵妃之后的“三千宠爱在一身”，以及十六年后的安史之乱，因“六军不发无奈何”，故而“宛转蛾眉马前死”。在成仙以后还在思念着唐玄宗，故当方士求见的时候，托以信物金钿还回，并嘱咐“但教心似金钿坚”，相信“天上人间会相见”。诗以回忆当年长生殿山盟海誓结束，突出了长恨的主题。

第二，《长恨歌》的内容构成具有一定的复杂性。《长恨歌》的内容主要有二：一指出唐玄宗溺于女色，不顾国事，导致安史之乱；二是因安史之乱，杨贵妃悲惨死去，唐玄宗日夜思念，杨贵妃成仙后也念念不忘唐玄宗，又终不能相会，故形成“长恨”。二者明显侧重后者，诗篇题名长恨表明它的主旨即在于表现唐玄宗和杨贵妃的刻骨相思以及不能团聚的悲恨。（参考王运熙《略谈〈长恨歌〉的内容构成》）

第三，《长恨歌》独特的艺术表现。可以概括为：一是大开大合、大起大落的叙事笔触。对象是皇帝和贵妃，时间是安史之乱前后，情节从生到死，都大开大合、大起大落；二是抒情的高度强化。《长恨歌》的基础是叙事，而其魅力则多半在于抒情，用“情”把“史”和“事”，以及“民间传说”联系和融化在一起；三是运用道教仙化故事以增强诗歌的表现力。《长恨歌》的前半基本符合历史事实，后半杨贵妃成仙显然是虚构的，参照陈鸿《长恨歌传》，这个故事应该是以民间传说为基础的道教仙化故事，是出于美好的愿望，以丰富的想象和动人的描绘表现玄宗与杨贵妃坚贞不渝的生死爱情及相思长恨。

就艺术而言，我们就诗中通过金银饰品等名物的意象描写举例进行分析，以一斑而窥全豹。《长恨歌》在意象承转方面呈现出大开大合的恢弘格局。诗从杨玉环的生与死、人间与天上、实与虚处着笔，表现出安史之乱前后作为皇帝和皇妃命运的扭转。“云鬓花颜金步摇，芙蓉帐暖度春宵”，这是杨贵妃初得宠时的状态，梳理着茂盛如云的鬓发，呈现出美丽如花的容貌，簪戴着辉煌闪耀的金步摇，彰显着婀娜多姿的柔媚风情。其获得富贵荣宠的表现，抑或是唐代皇宫的奢华程度，皆可从这些金贵发饰中窥其仿佛。而“花钿委地无人收，翠翘金雀玉搔头”，则是安史之乱兴起，杨贵妃马嵬被缢后的情景。宠妃死后竟然金钿翠钗散落满地，无人应睬，令人唏嘘嗟叹。这种意象的对比描写或衔讽刺，或带同情，使诗歌的情感急剧饱满，呈现出鲜活的历史画面。同样是金银首饰，同样戴在杨贵妃的头上，却因为时间的差异而呈现出截然相反的结果。于此，物象的传递为文学表达提供了时间上的通感空间。“揽衣推枕起徘徊，珠箔银屏逦迤开。云鬓半偏新睡觉，花冠不整下堂来”，随着时间的推移，主线转为人间天上的思念，当得知唐玄宗委派临邛道士寻找的时候，杨贵妃便大开银屏，不顾云鬓半偏，花冠不整，迫不及待地走下堂来。因为意象传递，白居易的表现手法也与“云鬓花颜金步摇”“翠翘金雀玉搔头”有所不同，前者都是名词的组合，而这里的“珠箔银屏”指珠缀的帘子和银饰的屏风，“迤逦开”则是接连不断地敞开，以动词的介入铺写急迫变动的布局，一改华丽饰物叠加排比的写法。“惟将旧物表深情，钿合金钗寄将去。钗留一股合一扇，钗擘黄金合分钿。但教心似金钿坚，天上人间会相见”，这里有关钿合金钗的描写分为六句，层层展衍，意象既叠合又传递，既突出“旧物”，又强调“深情”，把唐玄宗既深深思念又不能相见的情状刻画得入木三分，非常恰当地表现出“天长地久有时尽，此恨绵绵无绝期”的长恨主题。意象的传递伴随着政治的动荡和爱情的起伏，展示出白居易驱驾文字的惊人笔力。

琵琶引并序

【题解】

“琵琶引”，今流行本多作《琵琶行》，但今存《白氏文集》各本及《文苑英华》都作《琵琶引》。“引”与“行”均为乐府歌曲名。此诗为元和十一年(816)秋，在江州司马任上所作，与《长恨歌》并为白居易长篇歌行体的代表作。据《唐摭言》记载，白居易死后，唐宣宗有诗吊之，其中两句是“童子解吟《长恨》曲，胡儿能唱《琵琶》篇”，可见此诗影响之大。关于《琵琶引》所叙白居易与长安倡女之事，洪迈《容斋随笔》对其真实性持怀疑态度：“乐天尝居禁密，且谪官未久，必不肯乘夜入独处妇人船中，相从饮酒，至于极弹丝之乐，中夕方去。岂不虞商人者它日议其后乎！”陈寅恪《元白诗笺证稿》则驳斥洪氏不明唐代社会风气，并指出此长安倡妇只不过茶商之外妇，在当时社会舆论中无足轻重，不必顾忌，而且白居易属于由文词科举进身之新兴阶级，不拘守礼法固不足怪。朱金城则认为，诗歌作为文学作品，所叙之事往往出于诗人之想象与虚构，不必过于拘泥其真实性(《白居易集笺校》)。

元和十年，予左迁九江郡司马[1]。明年秋，送客湓浦口[2]，闻舟中夜弹琵琶者。听其音，铮铮然有京都声[3]。问其人，本长安倡女[4]，尝学琵琶于穆、曹二善才[5]，年长色衰，委身为贾人妇[6]。遂命酒，使快弹数曲，曲罢悯默[7]。自叙少小时欢乐事，今漂沦憔悴，转徙于江湖间。予出官二年，恬然自安[8]，感斯人言，是夕始觉有迁谪意。因为长句[9]，歌以赠之，凡六百一十六言，命曰《琵琶行》[10]。

浔阳江头夜送客[11]，枫叶荻花秋瑟瑟[12]。
主人下马客在船，举酒欲饮无管弦。

醉不成欢惨将别[13]，别时茫茫江浸月。
忽闻水上琵琶声，主人忘归客不发。
寻声暗问弹者谁？琵琶声停欲语迟[14]。
移船相近邀相见，添酒回灯重开宴[15]。
千呼万唤始出来，犹抱琵琶半遮面。
转轴拨弦三两声[16]，未成曲调先有情。
弦弦掩抑声声思[17]，似诉平生不得意[18]。
低眉信手续续弹[19]，说尽心中无限事。
轻拢慢捻抹复挑[20]，初为霓裳后绿腰[21]。
大弦嘈嘈如急雨[22]，小弦切切如私语[23]。
嘈嘈切切错杂弹，大珠小珠落玉盘[24]。
间关莺语花底滑[25]，幽咽泉流冰下难[26]。
冰泉冷涩弦凝绝[27]，凝绝不通声暂歇。
别有幽愁暗恨生，此时无声胜有声。
银瓶乍破水浆迸，铁骑突出刀枪鸣[28]。
曲终收拨当心画[29]，四弦一声如裂帛。
东船西舫悄无言，唯见江心秋月白。
沉吟放拨插弦中[30]，整顿衣裳起敛容[31]。
自言本是京城女，家在虾蟆陵下住[32]。
十三学得琵琶成，名属教坊第一部[33]。
曲罢曾教善才服，妆成每被秋娘妒[34]。
五陵年少争缠头[35]，一曲红绡不知数[36]。
钿头云篦击节碎[37]，血色罗裙翻酒污[38]。
今年欢笑复明年，秋月春风等闲度[39]。
弟走从军阿姨死[40]，暮去朝来颜色故[41]。
门前冷落鞍马稀，老大嫁作商人妇[42]。
商人重利轻别离，前月浮梁买茶去[43]。
去来江口守空船，绕船月明江水寒。
夜深忽梦少年事，梦啼妆泪红阑干[44]。
我闻琵琶已叹息，又闻此语重唧唧[45]。
同是天涯沦落人，相逢何必曾相识！
我从去年辞帝京，谪居卧病浔阳城。
浔阳小处无音乐，终岁不闻丝竹声。
住近湓江地低湿，黄芦苦竹绕宅生[46]。

其间旦暮闻何物，杜鹃啼血猿哀鸣[47]。
春江花朝秋月夜，往往取酒还独倾。
岂无山歌与村笛，呕哑嘲哳难为听[48]。
今夜闻君琵琶语，如听仙乐耳暂明。
莫辞更坐弹一曲，为君翻作琵琶行[49]。
感我此言良久立，却坐促弦弦转急[50]。
凄凄不似向前声[51]，满座重闻皆掩泣。
座中泣下谁最多，江州司马青衫湿[52]。

（朱金城《白居易集笺校》卷一二，上海古籍出版社，1988 年版）

【注释】

[1] 左迁：古代以右为尊，故称贬官为左迁，后遂沿用。《旧唐书·白居易传》："（元和）十年七月，盗杀宰相武元衡，居易首上疏论其冤，急请捕贼以雪国耻。宰相以宫官非谏职，不当先谏官言事。会有素恶居易者，掎摭居易，言浮华无行，其母因看花坠井而死，而居易作《赏花》及《新井》诗，甚伤名教，不宜置彼周行。执政方恶其言事，奏贬为江表刺史。诏出，中书舍人王涯上疏论之，言居易所犯状迹，不宜治郡，追诏江州司马。"白居易原任太子左赞善大夫，职位较高，此时贬为江州司马，职位较低，故称左迁。九江郡：隋代郡名，即江州（今江西九江市）。司马，本州刺史副职，但唐代常用以安排贬谪官员。

[2] 湓浦口：湓水流入长江的入水口。

[3] 京都声：京城流行的乐曲声调。

[4] 倡女：歌伎。

[5] 善才：唐代琵琶师之称。元稹《琵琶歌》："继之无乃在铁山，铁山已近曹穆间。"原注："二善才姓。"

[6] 委身：把自己托付给，此处指出嫁。贾人：商人。

[7] 悯默：忧伤不语。

[8] 恬然自安：平静悠闲，自处泰然。此为故作镇静之语，非其本心。

[9] 长句：唐人习惯上称七言歌行为长句。

[10] 琵琶行：一作"琵琶引"。

[11] 浔阳江：即长江流经九江北的一段。

[12] 瑟瑟：风吹草木声。此句谓枫叶荻花在秋风中瑟瑟作响。

[13] 惨：暗淡悲伤，指情绪消沉低落。

[14] 暗问：轻轻地询问。欲语迟：想要回答，却又有些迟疑。

[15] 回灯：重新挑亮灯。

[16] 转轴：转动琵琶上端系弦的木轴，以调节弦音的高低。

[17] 掩抑：形容声音低沉。此句谓每根弦所发出的声响都饱含着低沉悲戚的情感。白居易《五弦弹》："第五弦声最掩抑，陇水冻咽流不得。"

[18] 不得意：一作"不得志"。

[19] 信手：随手。续续，连续不断。

[20] 轻拢慢捻：拢和捻是弹琵琶的拨法，抹和挑是琵琶的弹法。前者用左手，后者用右手，合称"指拨"。

［21］霓裳：《霓裳羽衣曲》的简称。绿腰：又作“六幺”，唐大曲名。元稹《琵琶歌》：“曲名《无限》知者鲜，《霓裳羽衣》偏宛转。《凉州》大遍最豪嘈，《六幺》散序多拢捻。”《霓裳羽衣》和《绿腰》两曲前部皆有散序，即隋唐燕乐大曲的开始部分，音调婉转，故用轻拢慢捻。

［22］大弦：琵琶共有四弦，一条比一条细，大弦最粗，也称“老弦”。嘈嘈：形容声音粗壮厚重。

［23］小弦：即细弦，也叫“子弦”。切切：形容声音细微急促。刘禹锡《曹刚》：“大弦嘈啧小弦清，喷雪含风意思生。”

［24］“大珠”句：形容琵琶声音如珠落玉盘，清脆玲珑，圆润滚转。

［25］间关：黄莺鸣叫声。滑：形容莺啼的悠扬宛转。此句形容琵琶声流畅轻快如花底莺声。

［26］幽咽：形容声音的低微与抑塞不畅。冰下难，意即水流经过浅滩时发出的急而涩滞的声音。此三字另有“冰下滩”“水下滩”“水下难”等异文，辨析参见汪少华《白居易〈琵琶行〉“水下滩”训释平议》。

［27］弦凝绝：琵琶弦上的声音好像冰下的泉水一样凝结不动了。

［28］银瓶：汲井水的器具。水浆：泛指液体。铁骑：带甲的骑兵。此二句形容琵琶声暂歇后忽然又发出激越雄壮的声音。

［29］拨：弹奏琵琶的拨子。当心画：用拨子对着琵琶槽的中心，用力一下划过四根弦。此为琵琶曲终收拨时的弹法。

［30］沉吟：想要说话而又有些迟疑的样子。

［31］敛容：显出庄重的表情。

［32］虾蟆陵：在长安城东南曲江附近，是当时歌姬舞伎聚居之地。《唐国史补》卷下：“旧说，董仲舒墓门，人过皆下马，故谓之下马陵。后语讹为虾蟆陵。”

［33］教坊：唐代官办管领音乐杂技、教练歌舞的机关。玄宗开元年间有教坊五处，内教坊在宫廷内，外教坊在西京和东京各分左、右二坊。朱金城《白居易集校笺》：“‘第一部’系‘坐部’之代称，亦隐含‘第一流’‘第一等’之意。”白居易《立部伎》：“太常部伎有等级，堂上者坐堂下立。……立部贱，坐部贵。”

［34］秋娘：唐时以歌舞为职业的女子，多以秋娘为名。此特指当时长安著名的歌伎。

［35］五陵年少：指豪门子弟。五陵：汉代长安西五个皇帝的陵墓，分别是长陵、安陵、阳陵、茂陵和平陵，附近住的都是豪门大族。缠头：古代歌舞伎表演完毕后，客人以锦帛相赠，称缠头彩。杜甫《即事》：“笑时花近眼，舞罢锦缠头。”

［36］红绡：红色薄绸。

［37］钿头云篦：用黄金珠宝镶嵌的云形发卡。击节：打拍子。此句谓欣赏歌舞入迷，用珍贵的发饰打节拍，以致敲碎。

［38］翻酒污：因酒杯翻倾而为酒所污。此句谓在欢闹戏谑中猩红的罗裙上洒上了酒污。

［39］等闲度：随便轻易地度过。

［40］弟：指女弟，教坊中年轻的歌舞伎。从军：指入军幕为营妓。阿姨：指鸨母。

［41］颜色故：容颜衰老。

［42］老大：年纪大。

［43］浮梁：唐江南西道饶州属县，今属江西景德镇，为唐代著名的茶叶集散地。《元和郡县图志》卷二八：“浮梁县……每岁出茶七百万驮，税十五余万贯。”

［44］“梦啼”句：谓梦中哭泣，纵横流溢的泪水沾湿了残妆上的红粉胭脂。

［45］唧唧：叹息声。

［46］黄芦：枯黄的芦苇。此句极写江州周边景物的荒凉。

[47] 杜鹃啼血：相传杜鹃啼叫时，其声最苦，啼甚则口中流血。

[48] 呕哑嘲哳：象声词，形容声音嘈杂不悦耳，此处为了反衬琵琶声的美妙动听。

[49] 翻：按曲调写歌词。

[50] 却坐促弦：重新入座上轴紧弦。

[51] 向前声：指刚才弹奏过的曲调音节。

[52] 青衫：唐代青衫是文官品级最低的服饰，白居易当时的官衔是“将仕郎守江州司马”，为从九品，故服青衫。

【分析】

《琵琶引》作为与《长恨歌》齐名的长篇叙事诗，同样具有叙事与抒情的双重品格。但其叙事结构又有其自己的特点，这主要反映在它有两个贯穿始终的人物：一是琵琶女，二是诗人自己。琵琶女作为主人公，人物的出场是从诗人的视角出发一步步跟进的，但诗人又并非单纯只是一个陪衬的角色，而是二者相互衬托。琵琶女的悲剧命运与白居易的贬谪经历共同构筑了“同是天涯沦落人”的主题。正如陈寅恪所说：“既专为此长安故倡女感今伤昔而作，又连绾己身迁谪失路之怀。直将混合作此诗之人与此诗所咏之人，二者为一体，真可谓能所双亡，主宾俱化，专一而更专一，感慨复加感慨。”（《元白诗笺证稿》）

诗歌大体上可以分成四段。第一段为“浔阳江头夜送客”至“犹抱琵琶半遮面”十四句，写琵琶女的出场。这一段像是一段引言或者前奏，交代了故事发生的背景。开头两句勾画出一个枫叶荻花在秋风中萧瑟的凄凉情境，为之后表现女主人公和“我”的遭遇作铺垫。白居易描写琵琶女的出场极为生动，从闻声到寻声，从暗问到邀见，经历了一个“千呼万唤”的过程，主人公才“犹抱琵琶半遮面”缓缓登场。之所以不肯露面，正是因为有一肚子难言之隐，白居易以此为下文设置悬念。

第二段为“转轴拨弦三两声”至“唯见江心秋月白”二十四句。这段描写琵琶女弹奏的全过程，是诗歌最为精彩的部分。我们也许对于琵琶的弹奏毫无了解，但仅仅是从“转轴拨弦三两声”“低眉信手续续弹”“轻拢慢捻抹复挑”“嘈嘈切切错杂弹”“曲终收拨当心画”等指法、弹法的纯熟变化与连贯衔接中，就能看出琵琶女精湛的技艺。白居易在刻画时运用了一连串生动贴切的比喻，把难以传达的琴声转化为日常生活中常见的声音，如急雨、私语、珠落玉盘、莺语花底、水过滩石、银瓶水迸、铁骑刀枪、裂帛等，使读者仿佛身临其境。白居易描写的另一精彩之处在于通过对比来传达不同的意境。如大弦与小弦之间强与弱的对比，“凝绝不通声暂歇”之后又“银瓶乍破水浆迸”的静与动的对比。末尾“唯见江心秋月白”则是对“此时无声胜有声”的极佳诠释，给读者留下了回味的广阔空间。在上一段中，我们看到了琵琶女的出场，但对于其人还完全没有了解。这一段内容虽然也没有提及琵琶女的身世，但从其弹奏中已经能感受到其人生的悲凉。每一段旋律，都是主人公在充沛的情感基础之上弹奏的，是弹者与听者的交流共鸣。

第三段为“沉吟放拨插弦中”至“梦啼妆泪红阑干”二十四句，写琵琶女自诉身世。有了上段对弹奏的描写，此段对于悲剧命运的叙事就显得十分自然。但白居易在此并不单写琵琶女如今的凄凉境遇，而是分成“少小时欢乐事”与“今漂沦憔悴”两层，相互之间构成对比。诗人着力渲染了琵琶女年轻时的富贵放纵，这样如今的境遇就显得更加落寞凄凉。每一句诗就仿佛是一个电影镜头，在镜头的转换之间展现了琵琶女的身世与命运。

第四段为“我闻琵琶已叹息”至篇末二十六句，写诗人自己的迁谪经历，以及听完琵琶女演奏与诉说后的感慨。在古典诗歌中并不乏对于底层百姓生活困苦的描写与同情，白居易《新乐府》诗歌中就有许多类似的形象，之后晚唐杜牧《杜秋娘诗》《张好好诗》等都叙写过歌伎的命运。但《琵琶引》比较独特的地方在于作者并不是站在旁观者的角度来叙说的，而是结合了自己的情感与经历。在这一段中，白居易侧重表达自己在谪居浔阳期间不闻音乐的情况，因而今日听到琵琶之声不禁落泪，这既是为琵琶女的经历感到悲痛，也是为自己的遭遇感到伤心。这是一种超越身份的同命相怜之感，因此诗人发出了“同是天涯沦落人，相逢何必曾相识”的感叹。最后结尾以“重弹”收束，回应了开头的“水上琵琶声”。整首诗将弹者与听者、音乐与人生结合为一体，首尾融贯，构思精妙。

钱塘湖春行

【题解】

钱塘湖，即杭州西湖。《太平寰宇记》卷九三：“江南东道杭州钱塘县：西湖，在县西。周回三十里，源出武林泉，郡人仰汲于此，为钱塘之巨泽。山川秀丽，自唐以来，为胜赏之处。”《咸淳临安志》卷三二：“西湖，在郡西，旧名钱塘湖。”此诗为白居易在长庆三、四年担任杭州刺史时所作，是对西湖春色的集中描写。标题中的“行”字，意味着诗人并非对某一固定景色的描摹，而是边走边看，景物随着诗人足迹的变化在眼前不断展开。

孤山寺北贾亭西[1]，水面初平云脚低[2]。
几处早莺争暖树，谁家新燕啄春泥？
乱花渐欲迷人眼，浅草才能没马蹄[3]。
最爱湖东行不足[4]，绿杨阴里白沙堤[5]。

（朱金城《白居易集笺校》卷二〇，上海古籍出版社，1988年版）

【注释】

[1] 孤山寺：即永福寺，又名广化寺，遗址在西湖孤山，陈天嘉初所建。元稹《永福寺石壁法华经记》：“永福寺，一名孤山寺，在杭州钱塘湖心孤山上。”孤山，在西湖后湖与外湖之间。《咸淳临安志》卷二三：“孤山，在西湖中稍西，一屿耸立，旁无联附，为湖山胜绝处。旧有智果观音院、玛瑙宝胜院、报恩院、广化寺。”贾亭，即贾公亭。《唐语林》卷六：“贞元中，贾全为杭州，于西湖造亭，为‘贾公亭’，未五六十年废。”

[2] 云脚：指下雨前后流荡不定似垂于水面的云气。

[3] 才能：刚刚能，恰能。

[4] 行不足：即流连忘返，游兴未阑之意。

[5] 白沙堤：即今西湖白堤。此堤非白居易所筑，或即本名白沙堤，有时单称沙堤或白堤，因恰与乐天姓氏合，故误以此堤为白氏所筑。实则白氏所筑之堤在钱塘门外北，今已荒废不存。参朱金城《白居易集笺校》。

【分析】

白居易在担任杭州刺史时写下了许多歌咏西湖的作品，如《杭州春望》《西湖晚归回望孤山寺赠诸客》等。长庆四年(824)春，白居易任职期满即将离开杭州时，写下了《春题湖上》，末句"未能抛得杭州去，一半勾留是此湖"表达了对西湖的恋恋不舍。这首《钱塘湖春行》是白居易代表作之一，全诗紧扣"春行"二字，生动描绘了途中所见的春日景象，展现出西湖早春的旖旎风光，体现了诗人对西湖的喜爱。

诗歌首句描写春行的起点，使用了孤山寺和贾公亭两个当时的名胜作为地理坐标。孤山寺建于孤山之上，为陈文帝天嘉初年所建，至白居易写诗时已有二百六十多年，而贾亭却为贾全贞元中所建的一处近代亭阁。二者一古一今，构成了西湖的人文景观历史。次句诗人将目光由孤山转向西湖。"水面初平"或是因为刚下过雨，湖面恢复了雨前的平静。雨后天空中的白云低垂，与湖中的倒影连成一片。首联两句句中自对，对仗工整却又有句法的变化，既营造了音节上的流动感，又奠定了诗歌欢快的基调。接下来颔联描绘早春的活力景象。黄莺争戏于向阳的暖树之间，燕子筑巢来往湖边衔啄春泥。"几处"说明不只一处，这暗示了诗人的足迹活动。因为是初春时节，所以还只是"几处"和"谁家"，不是"处处"和"家家"。接下来颈联写各种花朵竞相开放，已经要有迷惑人眼的趋势，而浅草才刚刚能够遮没马蹄。一为即将发生的情景，一为恰值现在的景致。苏轼曾有"欲把西湖比西子，淡妆浓抹总相宜"(《饮湖上初晴后雨》其二)的名句，白居易此句描写的西湖，从"浅草才能没马蹄"来看，正是一个淡妆的西子，而从"乱花渐欲迷人眼"透露出的，则是一个即将浓妆艳抹的西子。南朝宋谢灵运的名句"池塘生春草，园柳变鸣禽"(《登池上楼》)为人所称道，其原因就在于用简单的词汇描绘了季节更替的时物特点，看似简单，却是道常人所不能言。白居易此联用简单的花草之景描写出西湖春色的变化之态，有异曲同工之妙。"马蹄"二字再次点题"春行"，景物的变幻也意味着诗人位置的移动，引出下面的"湖东"之游。尾联是全诗的总结，诗人表达了对西湖湖东一片的喜爱，其中最吸引人的是种满杨柳的白沙堤。今天的白堤也是柳树成荫，成为西湖最受欢迎的景点。"行不足"表明作者此行尚未游尽兴，来日更可重游。

此诗诗题虽为"钱塘湖春行"，但并未着眼于整个西湖，而是侧重于描写西湖北面一带的景致，从"孤山寺"和"贾亭"起，东行至"白沙堤"终。首尾两联点明总体环境，中间两联着重写景。诗人的关注点更多在春景上，而非西湖本身，诗中仅有"水面初平云脚低"一句是对湖水的描写，但这种春景却又是西湖所独有的。在诗歌的起承转合上，诗人使用了"初平""几处""谁家""渐欲""才能"等衔接词，将各处景物贯穿成一条线索，不仅描绘出季节变换的风物特点，而且也使诗歌拥有流荡轻快的韵律节奏。诗人又多使用"争""啄""迷""没"等动词，使景物充满了活力，传达出春日的盎然生机。清代薛雪《一瓢诗话》指出乐天诗歌具有"章法变化，条理井然"的特点，于此诗也可见一斑。

放言五首并序(选一)

【题解】

这组诗于元和十年(815)贬赴江州途中所作。“放言”始见于《论语·微子》:“(子)谓虞仲、夷逸,隐居放言,身中清,废中权。”《后汉书·荀韩钟陈列传》:“汉自中世以下,阉竖擅恣,故俗遂以遁身矫洁放言为高。”此为诗题所本,言论放肆,不受拘束之意。元稹先有作《放言》五首,诗歌今存,白居易此为和诗。这里选第三首。

元九在江陵时有《放言》长句诗五首[1],韵高而体律[2],意古而词新;予每咏之,甚觉有味,虽前辈深于诗者,未有此作。唯李颀有云:“济水至清河自浊,周公大圣接舆狂。”[3]斯句近之矣。予出佐浔阳[4],未届所任[5],舟中多暇,江上独吟,因缀五篇以续其意耳。

赠君一法决狐疑[6],不用钻龟与祝蓍[7]。
试玉要烧三日满[8],辨材须待七年期[9]。
周公恐惧流言日[10],王莽谦恭未篡时[11]。
向使当初身便死,一生真伪复谁知?

(朱金城《白居易集笺校》卷一五,上海古籍出版社,1988年版)

【注释】

[1] 元九:即元稹。元稹于元和五年(810)贬江陵士曹参军,至元和十年(815)三月,调任通州司马。长句诗:指七言诗。

[2] 体律:指体式合乎格律诗的要求。

[3] 此为李颀《杂兴》诗中两句。诗歌主要由温峤犀照牛渚的典故出发,列举了自然界和人间本就存在的正反两面的事物,以此表达“善恶死生齐一贯,只应斗酒任苍苍”的思想。这两句即说明济水清、河水浊,周公圣,接舆狂,这都是本来如此的事情。

[4] 出佐浔阳:指白居易任江州司马。

[5] 未届所任:还没有到达任所。

[6] 狐疑:指犹豫不决。因狐性多疑,故有此称。屈原《离骚》:“心犹豫而狐疑。”

[7] 钻龟、祝蓍:古代占卜的两种方法。前者为钻刺龟甲,并以火灼,通过裂纹以断凶吉。后者为取蓍草之茎以占卜。

[8] 原注:“真玉烧三日不热。”典出《淮南子·俶真训》:“譬若钟山之玉,炊以炉炭,三日三夜而色泽不变,则至德天地之精也。”此句意谓贞士必须能经受磨炼。

[9] 原注:“豫章木生七年而后知。”《淮南子·修务训》:“藜藿之生,蠕蠕然日加数寸,不可以为栌栋。楩柟、豫章之生也,七年而后知,故可以为棺舟。”又《史记·司马相如传》张守节正义曰:“豫,今之枕木也。章,

今之樟木也。二木生至七年，枕、樟乃可分别。”此句意谓栋梁之材，也需要较长时间才能辨识出。

[10]“周公”句：指周公辅佐成王时，隐居以避谣言之事。《尚书·金縢》：“武王既丧，管叔及其群弟乃流言于国，曰：‘公将不利于孺子(成王)。’周公乃告二公曰：‘我之弗辟，我无以告我先王。’周公居东二年，则罪人斯得。”孔颖达疏：“郑玄以为武王崩，周公为冢宰，三年服终，将欲摄政，管蔡流言，即避居东都。”

[11]“王莽”句：谓王莽篡位之前表现得十分谦恭。《汉书·王莽传》：“王莽，字巨君，孝元皇后之弟子也。……莽独孤贫，因折节为恭俭……迁骑都尉光禄大夫侍中，宿卫谨敕，爵位益尊，节操愈谦。……莽既拔出同列，继四父而辅政，欲令名誉过前人，遂克己不倦，聘诸贤良以为掾史，赏赐邑钱悉以享士，愈为俭约。”

【分析】

白居易此诗是唱和元稹所作之诗。元和五年(810)，元稹因得罪权贵，被贬为江陵士曹参军。在江陵期间，创作了《放言》五首。名之“放言”，是因为这五首诗在语言上放纵不羁，气概不凡，表达的是委心任运、各遂其性的道家思想。如其一云：“眼前仇敌都休问，身外功名一任他。”其二云：“莫将心事厌长沙，云到何方不是家。”虽风格高古，体式上却是合律的。白居易读后十分喜欢，称赞其“韵高而体律，意古而词新”，认为前辈诗人中只有李颀的“济水至清河自浊，周公大圣接舆狂”可以与此接近。五年后，白居易自己被贬为江州司马，在心境上与当时的元稹更有相通之处，因而在赴任途中模仿元稹创作了《放言》组诗，就社会人生的真伪、祸福、生死等问题抒发己见。

此处选录的是第三首，大意是说：评判一个人不能只依据其一时的表现。要想真正了解，需要进行长时间的全面的考察，这样才能判断出他言行的真伪。诗歌一开始郑重地说要告诉人一个不再狐疑的办法，而且这个方法不是钻龟、祝蓍一类方法。接下来三联都是在具体解说方法。但诗人也并没有直截了当地说出来，而是分别用自然事物和人类社会的典型事例，正反两方面来说明这个道理。

颔联意谓要想识别玉的真假，必须烧它三天；要想辨别是枕木还是樟木，必须经过七年。既然自然界的事物判别都如此困难，那么判断一个人就更不容易了。作者的目的是要说明识人的方法和手段，他并不是直接表述，而是通过“试玉”和“辨材”来识别坚贞之士和栋梁之材的道理。“试玉”用《淮南子·俶真训》典：“譬若钟山之玉，炊以炉炭，三日三夜而色泽不变，则至德天地之精也。”钟山之玉是天地之精华，但要识别则需炊以炉炭，三日三夜而色泽不变者方为真玉。“辨材”用《淮南子·修务训》典：“藜藿之生，蠕蠕然日加数寸，不可以为栌栋。楩柟、豫章之生也，七年而后知，故可以为棺舟。”这在诗的原注中也已经点明：“豫章木生七年而后知。”也是说要识别栋梁之材，需要七年这样漫长时间的考验。这一联很有哲理性，说明了对事对人都要经过长时间的考验，才能具有正确全面的认识，而不会被假象所迷惑。作者写这首诗的时候，是有感而发的。因为元和九年(814)，白居易被贬为江州司马，元稹之前被贬为江陵府士曹参军，元和十年(815)三月调任通州司马，二人被贬都是被人诬陷或误解的结果。因此，这样的诗句也是自我安慰与二人之间的相互劝慰，是说时间是可以证明一切的。

颈联举两个人事的例子进行说明。正面的例子是周公。周武王死后，成王尚且年幼，于是周公辅政，但其弟管叔、蔡叔却散布流言说周公将不利于成王，周公恐惧，避居于东。后来才明白周公是忠于成王的。反面的例子则是关于王莽。王莽在还没有篡位前，一直表现得十分谦卑恭谨，

"爵位益尊,节操愈谦",以此赢得了很多人的信任。但后来夺取政权,证明了他这些都是虚伪的行为。这两个例子都说明了只有在较长的时间段里才能看出一个人的本质。尾联又从反方向的角度对颈联的例子进行发问:假使周公在流言中惊惧而死,王莽于篡位之前便身亡,那么他们一生的真伪还有谁能知晓呢?这样的思考使得诗歌的主题进一步深化。

诗歌运用的语言十分通俗,想要阐明的道理也很简单明确,但诗歌的行文却曲折婉转,生动而且富有深意。尤其是尾联的反问,隐约地流露了诗人对自身遭遇的看法。自己及友人元稹受到诬陷遭贬,但这样的谎言终究会被揭穿,自己的清白也总有一天会被证明。在这一天到来之前,自己应该多加保重,坚持到那一天的到来。

画竹歌并引

【题解】

这首诗约为白居易于长庆二年(822)至长庆三年(823)担任杭州刺史时所作。《唐宋诗醇》卷二二:"波澜意度,直逼子美堂奥,与香山平日面貌不类,盖有意规仿子美题画诸作而为之者。"白居易在诗中描摹了萧悦的竹图,称赞了其高超的画艺,同时也阐发了自己的绘画理论。

协律郎萧悦善画竹[1],举时无伦。萧亦甚自秘重,有终岁求其一竿一枝而不得者。知予天与好事[2],忽写一十五竿,惠然见投。予厚其意、高其艺,无以答贶,作歌以报之,凡一百八十六字云。

植物之中竹难写,古今虽画无似者。
萧郎下笔独逼真,丹青以来唯一人[3]。
人画竹身肥拥肿,萧画茎瘦节节竦。
人画竹梢死羸垂,萧画枝活叶叶动。
不根而生从意生,不笋而成由笔成。
野塘水边碕岸侧[4],森森两丛十五茎。
婵娟不失筠粉态[5],萧飒尽得风烟情。
举头忽看不似画,低耳静听疑有声。
西丛七茎劲而健,省向天竺寺前石上见[6]。
东丛八茎疏且寒,忆曾湘妃庙里雨中看[7]。
幽姿远思少人别[8],与君相顾空长叹。
萧郎萧郎老可惜,手颤眼昏头雪色。

自言便是绝笔时，从今此竹尤难得。

（朱金城《白居易集笺校》卷一二，上海古籍出版社，1988 年版）

【注释】

［1］萧悦：兰陵人，唐代名画家。白居易为杭州刺史时之僚属，协律郎应为其虚职。《宣和画谱》卷一五：“萧悦，不知何许人也。时官为协律郎，人皆以官称其名，谓之萧协律。唯喜画竹，深得竹之生意，名擅当世。白居易诗名擅当世，一经题品者，价增数倍，题悦《画竹》诗云：‘举头忽见不似画，低耳静听疑有声。’其被推称如此，悦之画可想见矣。今御府所藏五：《乌节照碧图》二、《梅竹鹑鷯图》一、《风竹图》一、《笋竹图》一。”

［2］天与好事：指本性爱好艺术。

［3］丹青：两种绘画颜料，这里代指绘画。

［4］碕岸：曲折的河岸。

［5］箬粉：新生竹竿上的白粉。

［6］天竺寺：在杭州灵隐山，共有三寺。上天竺在北高峰下，中天竺在稽留峰北，下天竺在飞来峰南。上中二寺皆唐以后所建，唐之天竺寺乃今之下天竺。白居易《留题天竺灵隐两寺》：“寺暗烟埋竹，林香雨落梅。”

［7］湘妃庙：又称黄陵庙，在洞庭湖君山上，出名竹。相传舜死于苍梧之野，娥皇、女英追之不及，相与恸哭，泪下霑竹，竹上留下斑纹，人称斑竹，又称湘妃竹。白居易由江州司马迁任忠州刺史时，曾路经岳阳，或即游历过此处。

［8］远思：即远韵之意。别：鉴赏、鉴别之意。

【分析】

诗歌前四句是对画竹的总体看法。诗人认为植物中以竹最难画，古往今来虽然也有画竹者，却不能得似。萧悦画竹却能得真，堪称古今画家第一位。这无疑是很高的评价。接下来以两个对比说明萧悦画竹逼真在哪，相比他人又画得好在哪：一是别人画的竹子枝身肥大无骨格，而萧悦画的竹子茎干劲健有力，节节向上；二是别人画的竹梢没有生气，无力下垂，而萧悦所画枝叶仿佛个个都能活动。可见萧悦所画之逼真。为什么萧悦能画出这样的效果？白居易总结萧悦的画法是“不根而生从意生，不笋而成由笔成”，也就是说萧悦所画的竹子不是从根长出的，是从画家心中生出的，它不是由竹笋成长为竹子，而是由笔生成。苏轼曾在《文与可画筼筜谷偃竹记》中说：“故画竹必先得成竹于胸中，执笔熟视，乃见其所欲画者，急起从之，振笔直遂，以追其所见，如兔起鹘落，少纵则逝矣。”萧悦的画法正是这种胸有成竹的画法，才能避免“节节而为之，叶叶而累之”，竹子反倒没有了生气。

进而由泛咏转向实写。画中的竹子是生长在野塘的岸边，可以分为两丛，共十五茎。萧悦所画将竹子的两种情态都表现出来了：一种是竹节上附着白粉的秀美可爱，另一种是风吹竹叶的潇洒自如。凝神细看，这幅画仿佛已经不再是画了，而是鲜活的竹子，低耳倾听能够听到竹叶被风吹动的声音。杜甫《奉先刘少府新画山水障歌》云：“堂上不合生枫树，怪底江山起烟雾。”又《丹青引赠曹将军霸》云：“玉花却在御榻上，榻上庭前屹相向。”都是描写画中的事物逼真得好似突破了画卷，真实地出现在了读者的眼前。白居易此处也是运用了相似的叙述手法。随后又进一步申发，说西边的七茎强劲有力，看到此画就不用去天竺寺前看实物了；东边的八茎稀疏清冷，让人想起曾在湘妃庙中见过。明谢榛《诗家直说》评此四句云:"此作造语清润,读者襟抱洒然,能发万里之兴,所谓淘沙拣金,难得之句也。"之后诗人开始向结尾过渡,感慨这样萧悦的作品很少有人能鉴赏,不禁相顾长叹。末四句言萧悦因为年老不再能作画了,因而这幅竹画就显得更为难得。

白居易在诗中一方面称赞了萧悦高超的画竹技巧,另一方面其实也表达了自己对于绘画的见解。白居易认为绘画应该做到逼真,但这种逼真不只是形似,更是神似。对于画竹来说,就应该把它的骨力风神表现出来,而不只是描摹竹子之象。而要达到这样的水准,根本是要做到"不根而生从意生",即意在笔先,胸有成竹。画中的事物应该是凝聚了作者的意趣而形成的,经过了主观的艺术加工,这样所画之物就不单是事物本身,还融合有作者自己的思想和情感。这样的画才是气韵生动,具有"幽姿远思"的,可以让观者回味无穷。

忆江南三首

【题解】

这首词是白居易在洛阳时所作,朱金城《白居易集笺校》卷三四认为作于开成三年(838)。诗题原注:"此曲亦名《谢秋娘》,每首五句。"《乐府诗集》卷八二《近代曲辞》:"《忆江南》,一曰《望江南》。《乐府杂录》曰:'《望江南》本名《谢秋娘》,李德裕镇浙西,为妾谢秋娘所制,后改为《望江南》。'"但此词实则早在大历年间已经流行。任二北《敦煌曲初探·杂考与臆说》:"早在白刘二人作《忆江南》长短句之六十年前,代宗大历间,类似《忆江南》或《梦江南》之诗题或曲名,即已风行。"白居易此为即事名篇,自名其为《忆江南》,抒发其对江南的怀念之情。

江南好,风景旧曾谙[1]。日出江花红胜火,春来江水绿如蓝[2]。能不忆江南?

江南忆,最忆是杭州。山寺月中寻桂子[3],郡亭枕上看潮头[4]。何日更重游?

江南忆,其次忆吴宫[5]。吴酒一杯春竹叶[6],吴娃双舞醉芙蓉。早晚复相逢[7]!

(朱金城《白居易集笺校》卷三四,上海古籍出版社,1988 年版)

【注释】

[1] 谙:熟悉。

[2] 蓝:指蓝草,是一种蓼科植物,其叶可作青绿染料。此句"如"为"胜过"之意,与上句互文,意即绿得比蓝草还要绿。

[3] "山寺"句:天竺寺有月落桂子的传说。白居易《留题天竺灵隐两寺》:"宿因月桂落,醉为海榴开。"原注:"天竺尝有月中桂子落,灵隐多海石榴花也。"又《东城桂》其一:"子堕本从天竺寺,根盘今在阖闾城。"原注:"旧说杭州天竺寺,每岁秋中有桂子堕。"《南部新书》卷庚:"杭州灵隐山多桂,寺僧云:'此月中种也。'至今中秋望夜,往往子堕,寺僧亦尝拾得。"

[4] 郡亭:盖即杭州虚白亭,又称虚白堂,在杭州刺史治所内,可以观览钱塘江潮。白居易《郡亭》:"况

有虚白亭，坐见海门山。潮来一凭槛，宾至一开筵。”又《长庆二年七月自中书舍人出守杭州路次蓝溪作》：“余杭乃名郡，郡郭临江汜。已想海门山，潮声来入耳。”海门山为钱塘江入海处，有龛山与赭山南北相对，江水流过，水势迅猛，为观潮胜地。

[5] 吴宫：指苏州。苏州曾为春秋时吴国都城所在地，吴王夫差为西施建馆娃宫，故有此称。

[6] 竹叶：酒名。张华《轻薄篇》：“苍梧竹叶清，宜城九酝醝。”竹叶酒非吴地所产，此处只是酒的代称。

[7] 早晚：即“何时”之意，此句与上篇“何日更重游”意思相近。

【分析】

白居易在青年时期曾漫游江南，后来又在杭州与苏州两地担任过地方行政长官。长庆二年(822)七月除杭州刺史，十月到任，长庆四年(824)五月任满离任；宝历元年(825)三月除苏州刺史，五月到任，次年五月末以眼病肺伤请百日长假，九月假满免郡事，后回洛阳。苏、杭的秀丽风景给白居易留下了深刻的印象，这三首《忆江南》就是其怀念旧游的作品。

第一首是总写。首两句说江南好，那里的风景是自己往日十分熟悉的，而非道听途说地夸赞江南。接下来两句具体说明江南风景的好处：日出的时候江边的花朵在日光的照耀下红得耀眼，胜似火焰；春天到来江水碧绿，仿佛比蓝草更绿。江花和江水本是普通之物，经作者之笔一形容，就会令人感叹这些寻常的景致在江南的特定环境下有着别样的魅力。普通的花草山水尚且如此，其他的风景自然是更胜一筹。此处描写注重色彩的运用，一方面以日光、火焰渲染江花之红，用春天、蓝草渲染江水之绿，另一方面江花之红与江水之绿又形成冷暖色调的反差对比，提高了色彩的鲜明度，以此给读者强烈的震撼。杜甫《绝句》“江碧鸟逾白，山青花欲燃”也是使用映衬的手法凸显色彩，可以看出白居易的有意学习。结尾作者以“能不忆江南”收束，既是点题，也是引出第二首和第三首。

二、三两首各写对杭州和苏州的回忆。选取这两个地点，不仅是因为它们是江南的代表城市，同时也是因为白居易都有切实的亲身体会。杭州给白居易留下的印象更为深刻，因而第二首说“最忆是杭州”。可回忆的风景自然很多，这里只能选取两个印象最为深刻的场景。一是天竺寺中寻桂子。“月中桂子落”其实本只是一个传说，白居易也未必真的在月夜之下寻找过落下的桂子，但明月、山寺、桂子的结合，这一静谧的场景无疑深刻地印在他的脑海中，以至多次在诗中提及，并把它当作杭州独有的风景。相比之下，第二个场景钱塘江观潮就是作者多次亲身经历的。在其赴任杭州之前，白居易就曾在诗中表达过对于钱塘江潮的向往，因而在治所郡亭中卧看潮水，一定是其最惬意的时光。身处洛阳的他无法再得到这种体验，因而发问：“何日更重游？”

第三首写苏州，同样是选取两个典型的场景，而这里两个场景又是互相关联的，即一边品尝美酒，一边欣赏跳舞。“吴酒一杯春竹叶，吴娃双舞醉芙蓉”对仗非常精巧，尤其是两句后三字，有双关义。前句中的“竹叶”既是植物，也是酒名。“春”字则既表明季节，又可以解释为春天酿成的竹叶酒。当时的酒多以“春”字为名，如“富水春”“若下春”等(参见李肇《唐国史补》)。后句中“芙蓉”是植物，也可以指吴娃貌姣似芙蓉，还可指其舞姿之美。“醉”字既可以形容“芙蓉”，同时也可以说是观者醉了，而观者之醉既可能是观舞如痴如醉，也可能是喝竹叶酒喝醉了。用思精巧，给人以无限联想。

三词每首各自独立，自具首尾，但同时三首之间又有总与分的关系，前后照应，构成有机的整体，是联章诗词中的不可多得的佳作。

推荐阅读书目

1. 朱金城《白居易集笺校》，上海古籍出版社 1988 年版。
2. 谢思炜《白居易诗集校注》，中华书局 2006 年版。

思考题

1. 试论白居易对中唐诗坛的贡献和影响。
2. 如何评价白居易的“新乐府”创作及影响？
3. 谈谈白居易的诗体观念与创作之间的互动。

第十二章　韩　愈

本章概要

韩愈是唐宋转型时期代表新变倾向的关键人物。他不仅在中国文学史上具有崇高的地位，在中国思想史、中国哲学史上也具有重要的影响。文章方面，他是“唐宋八大家”的领袖人物；诗歌方面，他是韩孟诗派开山祖师。他的文章雄奇奔放，他的诗歌险怪奇崛，都引领了一代风尚。韩愈的诗文，保存于《韩昌黎集》中。

一、韩愈生平述略

韩愈(768—824)，字退之，河南河阳(今河南孟县)人。出身于官宦世家，其祖父叡素，任桂州刺史。有子四人：仲卿、少卿、云卿、绅卿。仲卿即韩愈之父，与大诗人李白友善，李白曾有《武昌令韩君(仲卿)去思颂碑记》。

韩愈三岁而孤，随伯兄韩会贬官岭表。会卒，由嫂郑氏抚养成人。韩愈的童年经受了丧父之哀，继而经历了随伯兄流贬岭南的生活，他的少年充满了坎坷的经历，嫂子的抚养给韩愈的心灵带来了极大的慰藉。也正因如此，韩愈自少即刻苦努力，自知读书，日记数千百言，及长，尽能通六经百家言。

贞元二年(786)开始应进士举，直到贞元八年(792)才及第。贞元十二年(796)，他开始入幕府，先从董晋在汴州，又从张建封在徐州。贞元十八年(802)授四门博士。这一年作《师说》，强调“师者，传道受业解惑也”，这样公然抗颜为人师，在当时是迥异流俗之举，因而大得狂名。柳宗元《答韦中立论师道书》称：“今之世，不闻有师，有辄哗笑之，以为狂人。独韩愈奋不顾流俗，犯笑侮，收召后学，作《师说》，因抗颜而为师。世果群怪聚骂，指目牵引，而增与为言辞。愈以是得狂名。”也因为韩愈能够抗颜为师，故后来从学者众，韩门弟子在政治、思想和文学上多有造诣。

贞元十九年(803)，为监察御史，后被贬为阳山令。改江陵府法曹参军。这是他第一次被贬官，对他的打击非常大。因为他在监察御史任上，遇到关中大旱，上疏请宽税钱，为幸臣所谗，遂有是贬。宪宗即位后，韩愈又被召入朝，为国子博士，河南令。以才高数黜，官又下迁，乃作《进学解》以自嘲。执政览之，改比部郎中、史馆修撰。转考功郎中、知制诰。至元和十一年(816)春迁中书舍人，又改太子右庶子。元和十二年(817)，裴度宣慰淮西，奏为行军司马，淮西平后，以功擢授刑部侍郎。这是韩愈一生当中的第一个重大事件，对于他的思想和文学都具有重大的影响，政治方面体现了他反对藩镇割据、维护国家统一的主张和实践;文学方面为他当时和以后的诗文创作提供了创作素材和思想源泉。他的著名作品《平淮西碑》就作于此时。

元和十四年(819)正月,宪宗迎佛骨入禁中,韩愈上表极谏,帝大怒欲杀之,因裴度、崔群力救,贬潮州刺史。韩愈上《谏迎佛骨表》而后流贬潮州,是韩愈一生当中的又一个重大事件。在举国上下疯狂佞佛之际,韩愈奋不顾身,敢于抗命直谏,以至被贬南荒,着实表现了一位具有国家担当的文人士大夫的气节。到潮州任后上表,陈词哀切,量移袁州刺史。元和十五年(820)征为国子祭酒,以后历兵部、吏部侍郎、京兆尹,长庆四年(824)终于吏部侍郎任,年五十七。著有《昌黎先生集》四十卷、《外集》十卷。

二、韩诗新变

韩愈:韩诗新变(上)

宋人苏轼《潮州韩文公庙碑》论其文称:"自东汉以来,道丧文弊,异端并起,历唐贞观、开元之盛,辅以房、杜、姚、宋而不能救。独韩文公起布衣,谈笑而麾之,天下靡然从公,复归于正,盖三百年于此矣。文起八代之衰,而道济天下之溺;忠犯人主之怒,而勇夺三军之帅。此岂非参天地,关盛衰,浩然而独存者乎?"可谓推崇备至。清人叶燮《原诗》则称其诗曰:"唐诗为八代以来一大变。韩愈为唐诗之一大变,其力大,其思雄,崛起特为鼻祖。宋之苏、梅、欧、苏、王、黄,皆愈为之发其端,可谓极盛。"

韩愈诗的首要特点就是新变,作为唐宋转型时期的代表人物,他的新变改变了前代的诗坛格局,开启了后代诗歌走向。而其新变的特点可以集中概括为"以文为诗""以诗为戏"与"好奇尚怪"三个方面。

1. 以文为诗

"文起八代之衰",韩愈是唐代古文运动的领袖人物,他在中国散文史上具有崇高的地位,他又将作散文的方法引入诗歌创作之中,同样获得了成功,他的作品当中,诗的风格与文的风格已相互融合。

以文为诗的表现之一是以古文的章法为诗。韩愈以文为诗的一个显著特点是以作文的方法写作古诗,故而他律诗写得很少。文章的重铺排方式,被韩愈运用于诗歌当中,浑转自如。即如赵翼《瓯北诗话》卷三所言:"《南山》诗内,铺列春夏秋冬四时之景;《月蚀》诗内,铺列东西南北四方之神;《谴虐鬼》诗内,历数医师炙师诅师符师是也。又如《南山诗》,连用数十'或'字;《双鸟》诗,连用'不停两鸟鸣'四句;《杂诗四首》内,一首连用五'鸣'字;《赠别元十八》诗,连用四'何'字,皆有意出奇,另增一格。"韩愈以文为诗的代表性作品,前人多举《石鼓歌》《南山》《山石》《琴操》《八月十五夜赠张功曹》诸诗。《南山》诗连用五十一个"或"字的排比句,纯粹是散文的叙述方法。这样就扩大了诗歌的内容范围,丰富了诗歌艺术表现。

以文为诗的表现之二是以虚字的句法入诗。韩愈通过虚字的运用,贯通诗句的节奏,改变诗句的意脉,造成了类似散文式的变化。如用"之"字,《陆浑山火和皇甫湜用其韵》"溺厥邑囚之昆仑",写水对火神报复的威力,"之"字用在句子中间,加强语气和加重程度。《符城南读书》"木之就规距,在梓匠轮舆。人之能为人,由腹有诗书","之"字用在领句词之后以提起下文,并提示原因。再如用"也"字,《读皇甫湜公安园池诗书其后》"湜也困公安",《病中赠张十八》"籍也处闾里","也"字用在人名之后提起读者的注意。

以文为诗的表现之三是以议论为诗。他的《石鼓歌》是表现议论化特点的代表作品。韩愈有感于石鼓之废弃，而建议妥加保存，但意见并没有被采纳，因而作诗以抒所感。开头先叙述石鼓的来历，接着盛赞周宣王的文治武功。从“公从何处得纸本”以下十六句，写石鼓文字之古奥与诗之可贵，足见它有保存价值。“忆昔初蒙博士征”以下十八句，叙述自己元和元年任国子博士时建议朝廷将石鼓移置太学予以保护的经过。“中朝大官老于事”以下十六句，是抒发移石鼓之建议未得实施的感慨，而前面的叙述则是这段议论的铺垫。全诗的特色在于凌空议论，如中间怀疑石鼓文字为何不被收入《诗经》，甚至责怪孔子删诗的粗心，叙事以后忽然插入一段议论，足见昌黎之才气。这样的议论既章法严整，又变化多端，做到回护自如，表现出韩诗雄浑光怪、气象恢宏的特点。

2. 以诗为戏

与以文为诗相联系，韩诗还有一个特点就是以诗为戏。作文与作诗不同，作文要关乎风雅政教，韩愈作文尤其强调明道，故戏谑之语不易为。而诗歌是一种抒情的艺术，在描绘江山形胜与表现个人怀抱的同时，融入戏谑诙谐的情调，更具有审美价值，故而韩愈诗中戏谑之语颇多。韩愈的《南山诗》，连用五十一个“或”字句，逞才炫博，呈现出奇景、奇境、奇思，怪语迭出，姿态横生，使人在想象奇特的画面中领略瑰奇诡幻的美。

韩愈：韩诗新变（下）

3. 好奇尚怪

唐人李肇《唐国史补》称元和时“为文笔则学奇诡于韩愈”，知韩愈之怪，在于“奇诡”。我们举其《陆浑山火和皇甫湜用其韵》中的几句为例：“摆磨出火以自燔，有声夜中惊莫原。天跳地踔颠乾坤，赫赫上照穷崖垠。截然高周烧四垣，神焦鬼烂无逃门。三光弛隳不复暾，虎熊麋猪逮猴猿。水龙鼍龟鱼与鼋，鸦鸱雕鹰雉鹄鹍。燖炰煨爊孰飞奔？”就内容言，其诗夸饰山火之盛，以至天跳地踔，三光驰隳，神焦鬼烂，群兽飞奔。就意象言，体现韩诗逞奇显能的本领，“虎熊麋猪逮猴猿”，都是地上动物的组合；“鸦鸱雕鹰雉鹄鹍”，都是天上飞禽的组合；“水龙鼍龟鱼与鼋”，都是水中鱼龙的组合；“燖炰煨爊”则言天上地下水中之物在山火之下同归于尽。就用字言，诗中“丹幢”“紫纛”“日毂”“霞车”“虹靷”“电光”“赪目”等字，造语新奇，同时又是从《易·说卦》“离为火，为日，为电，为中女，为甲胄，为戈兵”化出，字字有本。就格律言，全诗主要用“柏梁体”，同时杂以律句，集古体和律诗之长。就体式言，诗就陆浑山火演成四百二十字的长篇，不仅具有文之气脉，而且具有赋的格调，尤其是名物意象的组合，明显受到枚乘、司马相如等汉大赋的启迪。

名篇赏析

早春呈水部张十八员外

【题解】

这首诗作于唐穆宗长庆三年(823)春，本题共二首，此为第一首。此年韩愈在吏部侍郎任，年五十六岁。张十八，张籍，字文昌，行第十八，和州乌江人，本年由国子博士为水部员外郎。唐人交往习惯以行第相称，故诗题言“水部张十八员外”。白居易有《张籍可水部员外郎制》。

天街小雨润如酥[1]，草色遥看近却无。
最是一年春好处，绝胜花柳满皇都。

（方世举《韩昌黎诗集编年笺注》卷一二，中华书局，2012 年版）

【注释】

[1] 天街：即长安街。唐代长安朱雀门大街，亦名天门街，简称天街。韩愈另有《早春赴街西行香赠卢李二中舍人》诗：“天街东西异，祇命遂成游。”

【分析】

这首诗堪称韩愈的写景佳作，从赠友切入，达到了情景交融的境界。“天街小雨润如酥，草色遥看近却无”，天街是皇城的街道，也就是唐代长安的朱雀门大街，其时韩愈为吏部侍郎，供职于京城，故诗切其地。早春小雨，细细洒落在皇城的大街上，润物如酥，透露出春的信息和喜悦。以“润如酥”来形容小雨的细滑润泽，准确地捕捉到了春雨的特点。杜甫《春夜喜雨》：“好雨知时节，当春乃发生。随风潜入夜，润物细无声。”正有异曲同工之妙。诗人特意选取草色，以衬托春景。“草色遥看近却无”正是草芽初生时的形态。写景的妙处，正如画家设色，在于有意无意之间。韩愈另有《春雪》诗：“新年都未有芳华，二月初惊见草芽。”试想，在严冬尚未退尽，寒意料峭的新年，偶见草芽初生，此时的惊喜之情是难以言喻的。“草色遥看近却无”，还蕴含着启迪人生的哲理。似有若无的草色是早春的使者，春天也就或隐或显地融会于这种朦胧隐秘的境界之中。世界上的很多事物也像早春的草色一样，可以遥看，却难以近观，甚至遥看与近观的情境会完全不同。

接着笔锋一转，反实为虚，以对比着笔。“最是一年春好处”，是诗人发自肺腑的赞叹。这淡淡的草色，似有而无，似远实近，它送走了寒冬，迎来了阳春。面对此情此景，人们都会感受到勃勃的生机，充满着精神的愉悦。故诗人用“最是”二字，以突出早春之美：细雨迷蒙中的草色，远胜过暮春三月“花柳满皇都”之繁华胜景了。“最是”和“绝胜”，是递进的写法，将早春之美引向极致，而诗人对早春的挚爱之情也跃然纸上。苏轼《赠刘景文》诗：“荷尽已无擎雨盖，菊残犹有傲霜枝。一年好景君须记，正是橙黄橘绿时。”与韩愈诗词殊意同，写一年好景，都曲尽其妙。

这组诗一共有二首，而古今人们最为欣赏的大多是第一首，实际上将两首诗合读，才更能完整地把握韩愈当时的心境。第二首诗说：“莫道官忙身老大，即无年少逐春心。凭君先到江头看，柳色如今深未深。”尽管官事繁忙，年齿老大，却不因岁月流逝而悲伤，而是兴致盎然地追逐着春天。因此，诗人拜托张籍先到曲江之滨，赏看柳色如何，以便一同前往观赏。以此对照第一首诗，都写到了柳色，而前者柳色是作为草色陪衬的，后者柳色则是直接表现的。前诗突出草色，后诗突出柳色，两种色彩都是早春有代表性的特有之色，正切早春的题面。

调张籍

【题解】

这首诗作于唐宪宗元和十一年(816),与杜甫《戏为六绝句》相似,都是为当时的轻薄之论而发的。细味“群儿愚”“撼大树”“可笑”“不自量”,应该是讥讽当时的“群儿”随意贬损李白、杜甫而抬高自己的身价,属于不自量力之举。调,调侃,调笑。张籍是中唐著名诗人,与韩愈友善,为韩门弟子。

李杜文章在,光焰万丈长[1]。
不知群儿愚,那用故谤伤[2]?
蚍蜉撼大树[3],可笑不自量。
伊我生其后[4],举颈遥相望。
夜梦多见之,昼思反微茫[5]。
徒观斧凿痕,不瞩治水航[6]。
想当施手时,巨刃磨天扬[7]。
垠崖划崩豁,乾坤摆雷硠[8]。
惟此两夫子,家居率荒凉[9]。
帝欲长吟哦,故遣起且僵[10]。
翦翎送笼中,使看百鸟翔[11]。
平生千万篇,金薤垂琳琅[12]。
仙官敕六丁,雷电下取将[13]。
流落人间者,太山一毫芒[14]。
我愿生两翅,捕逐出八荒[15]。
精诚忽交通,百怪入我肠[16]。
刺手拔鲸牙,举瓢酌天浆[17]。
腾身跨汗漫,不着织女襄[18]。
顾语地上友,经营无太忙[19]。
乞君飞霞珮,与我高颉颃[20]。

(方世举《韩昌黎诗集编年笺注》卷九,中华书局,2012 年版)

【注释】

[1]“李杜”二句:推尊李白、杜甫。文章,此处特指诗歌。

[2]“不知”二句：讥讽诋毁李杜的群儿。“儿”，轻蔑戏谑之称，如“吴儿”等。群儿，指当时谤伤李杜的轻薄子。故谤，陈旧的诋毁言论。

[3]蚍蜉：蚁类，《尔雅·释虫》：“蚍蜉，大蚁。”

[4]伊：文言助词。

[5]微茫：模糊不清的样子。

[6]“徒观”二句：只看到大禹治水时的斧凿痕迹，没看到大禹治水所经历的路径。谓时人只看到李杜诗篇的部分表象，不明就里。

[7]“想当”二句：追想大禹在着手治水的时候，高高扬起的巨斧之刃磨到了天空。

[8]“垠崖”二句：形容李杜诗具有山崖崩豁、乾坤震动的气势。垠崖，山崖。垠，指边际、尽头。划，用刀斧划开。崩豁，山体崩裂出豁口，郭璞《江赋》：“若乃巴东之峡，夏后疏凿，绝岸万丈，壁立赮驳。……鐓如地裂，豁若天开。”乾坤，天地。摆，来回摇动。雷硠，形容山崩的巨声。左思《吴都赋》：“菈擸雷硠，崩峦弛岑。”李善注：“崩弛之声。”

[9]“惟此”二句：是说李、杜日常生活都冷落困顿。两夫子，指李白、杜甫。家居，日常生活。率，都。荒凉，荒芜，凄凉，此指冷落困顿。

[10]“帝欲”二句：谓天帝意在令李杜做诗人，故使他们崛起诗坛而又生活困顿。起，站立。僵，仆倒。白居易《读李杜诗集因题卷后》：“天意君须会，人间要好诗。”

[11]“翦翎”二句：谓使李杜遭遇挫折，身处困境，只能眼看别人飞黄腾达。翦翎，剪去羽翎，祢衡《鹦鹉赋》：“闭以雕笼，翦其翅羽。”

[12]“平生”二句：谓李杜诗歌篇章浩瀚，将流芳百世。金薤，倒薤书。琳琅，美好的玉石。韩醇注：“金薤，书也。古有薤叶书……言李杜文章播于金石云尔。”

[13]“仙官”二句：典出《异人记》：“上元中，台州道士王远知善《易》，知人死生祸福，作《易总》十五卷。一日，雷雨云雾中一老人语远知曰：‘所泄者书何在？上帝命吾摄六丁雷电追取。’远知惶惧据地，旁有六人青衣已捧书立矣。老人责曰：‘上方禁文，自有飞天保卫，金科秘藏玄都。汝何者，辄藏缃帙？’远知曰：‘青丘元老传授也。’”六丁，道教中天帝役使的六位阴神，分别为丁卯、丁巳、丁未、丁酉、丁亥、丁丑。

[14]“流落”二句：谓李杜诗篇，虽然篇章浩瀚，但流传于人间者只是极少一部分，只如泰山的毫芒一般。太山，泰山。毫芒，毫毛的细尖。

[15]“我愿”二句：谓自己愿意想方设法，追踪搜集李杜的文章。捕逐，追捕，追踪。八荒，极远之地，《汉书·项籍传赞》：“并吞八荒之心。”颜师古注：“八荒，八方荒忽极远之地也。”

[16]“精诚”二句：谓自己的精神与李杜突然感通，产生各种奇思妙想。精诚，精神。交通，感通，感应。百怪，各种奇思妙想。

[17]“刺手”二句：谓自己奇思妙想的深邃和高远。上句说探手拔掉幽深的鲸牙，下句说举瓢斟满天上的美酒。刺手，探手。天浆，天上的美酒。

[18]“腾身”二句：汗漫，广漠无边之地，指天空。《淮南子·俶真训》：“至德之世，甘瞑于溷澖之域，而徙倚于汗漫之宇。”织女襄，语本《诗经·小雅·大东》：“跂彼织女，终日七襄。虽则七襄，不成报章。”郑玄笺：“襄，驾也。驾，谓更其肆也。从旦至莫七辰，辰一移，因谓之七襄。”这两句的意思是当驰骋于高空作汗漫之游，而不是像织女那样终日辛苦却不得成章。其中也不无对中晚唐“苦吟”风气的针砭。

[19]“顾语”二句：地上友，此指张籍等友人。经营，艺术构思。

[20]“乞君”二句：谓与张籍一起遨游尘世之外。乞，请求，希望。霞珮，彩霞制成的佩带。颉颃，比羽并飞。

【分析】

中唐时期李白、杜甫诗歌的文学史地位尚未明确，或尊李抑杜，或尊杜抑李，甚至俱加贬抑，而韩愈则慧眼独具，他旗帜鲜明地并推李杜，同时批判谤伤李杜者的论调。《调张籍》这首以诗论诗之作正是其诗学主张的重要体现，且多借形象来譬喻。

首六句开宗明义。"李杜文章在，光焰万丈长"二句正面论定李杜的诗歌成就，随后"不知群儿愚，那用故谤伤？蚍蜉撼大树，可笑不自量"四句则是嬉笑怒骂的文字，从反面衬托出李杜的高不可及。手法上，"光焰万丈长"和"蚍蜉撼大树"二句以象喻传达诗学思想，前者极言李杜成就之光辉与高大，后者则通过《庄子》式的夸张对比，生动展现出双方在境界上的巨大差距。如此一褒一贬，一尊一抑，可谓爱憎分明，由此鲜明地表达出自己的诗学主张，而开篇二句也终成为评价李杜的千古名论。

"伊我生其后"以下十句，韩愈又动情地抒写了对李杜的崇拜与向往。由于出生较晚，韩愈无法与李杜同处在一个时代，更没有机会与之深入地切磋交流，只能通过他们留下的诗作追想。进而揣想李杜作诗时的情状："想当施手时，巨刃磨天扬。垠崖划崩豁，乾坤摆雷硠。"笔势波澜壮阔，语言雄健奇崛。

接着笔锋一转，感慨惋惜起李杜及其作品的遭遇。"惟此两夫子"以下六句是感慨李杜人生失意，"平生千万篇"以下六句是惋惜李杜作品散佚，并都将矛头指向上天。在这个段落中，韩愈再一次展现出奇思妙想：天帝为了让人间好诗不绝，故意令二人饱受困厄，于是才有了"金薤垂琳琅"的诗篇。天帝又令六丁之神取走了大部分的佳篇以供观览，世人所见、流落人间的不过"太山一毫芒"。但这流传下来的，就已经光焰万丈了。这样伟大的诗人和作品，却遭到了无知者的谤伤，诗人对此更感痛惜。

然后，诗人又顺势展开对个人志趣的言说。从"我愿生两翅"开始，诗人极力搜奇掘幽以求惊人之句。其中，"刺手拔鲸牙，举瓢酌天浆"二句，魏泰《临汉隐居诗话》注："高至于酌天浆，幽至于拔鲸牙，其思赜深远如此，讵止于曹、刘、沈、宋之间耶？"方世举《韩昌黎诗集编年笺注》注："'酌天浆'以喻高洁，'拔鲸牙'以喻沉雄。"诸句看似信手拈来，却是作者匠心独运的结果。"腾身跨汗漫，不着织女襄"二句，顺着前联的奇想，继续肆意漫游，追求超凡脱俗的境界。

最后，"顾语地上友"以下四句收尾点题。从天上看地上，空间上的高低比喻诗学境界的高下。"经营无太忙"乃戏谑调笑。"乞君飞霞珮，与我高颉颃"则劝张籍超脱凡俗之境，与自己一起翱翔于更高远的境界。

陆浑山火和皇甫湜用其韵

【题解】

陆浑山，在今河南嵩县东北。韩愈此诗是为和皇甫湜《陆浑山火》诗而作。皇甫湜，字持正，睦州新安（今浙江淳安）人，元和元年（806）进士及第，元和三年（808）试贤良方正，与牛僧孺、李宗闵等陈时政之弊，言辞激切，得罪权倖，仅授陆浑尉。这首诗作于唐宪宗元和三年

(808),时韩愈在国子博士任。诗题一作《和皇甫湜陆浑山火用其韵》,又作《次韵和皇甫湜陆浑山火》。沈钦韩《韩集补注》云:"牛僧孺补伊阙尉,湜补陆浑尉。制科登用,较元年之元稹、独孤郁等,大相悬绝。皇甫之作,盖其寓也。火以喻权倖势方熏灼,炎官热属则指附和之人。牛、李等以直言被黜,犹黑螭之遭焚。终以申雪幽枉,属望九重。其词诡怪,其旨深淳矣。"可备一说。用韵,唐人和诗的一种方式。一般来说,唐代和诗,有次韵,即依其次用韵;有依韵,即同在一部用韵;有用韵,即用彼之韵,但不必次之。

皇甫补官古贲浑[1],时当玄冬泽干源[2]。
山狂谷恨相吐吞[3],风怒不休何轩轩[4]!
摆磨出火以自燔[5],有声夜中惊莫原[6]。
天跳地踔颠乾坤[7],赫赫上照穷崖垠[8]。
截然高周烧四垣[9],神焦鬼烂无逃门[10]。
三光弛隳不复暾[11],虎熊麋猪逮猴猿[12]。
水龙鼍龟鱼与鼋[13],鸦鸱雕鹰雉鹄鹍[14]。
燖炰煨爊孰飞奔[15]?
祝融告休酌卑尊[16],错陈齐玫辟华园[17]。
芙蓉披猖塞鲜繁[18],千钟万鼓咽耳喧[19]。
攒杂啾嚄沸篪埙[20],彤幢绛旃紫纛旛[21]。
炎官热属朱冠裈[22],髹其肉皮通髀臀[23]。
颓胸垤腹车掀辕[24],缇颜靺股豹两鞬[25]。
霞车虹靷日毂轓[26],丹蕤缥盖绯繙帣[27]。
红帷赤幕罗脤膰[28],衁池波风肉陵屯[29]。
谽呀钜壑颇黎盆[30],豆登五山瀛四樽[31]。
熙熙釂酬笑语言[32],雷公擘山海水翻[33]。
齿牙嚼啮舌腭反[34],电光䃶磹赪目暖[35]。
顼冥收威避玄根[36],斥弃舆马背厥孙[37]。
缩身潜喘拳肩跟[38],君臣相怜加爱恩[39]。
命黑螭侦焚其元[40],天阙悠悠不可援[41]。
梦通上帝血面论[42],侧身欲进叱于阍[43]。
帝赐九河湔涕痕[44],又诏巫阳反其魂[45]。
徐命之前问何冤[46],火行于冬古所存。
我如禁之绝其飧,女丁妇壬传世婚[47]。
一朝结雠奈后昆[48],时行当反慎藏蹲[49]。

视桃著花可小骞[50]，月及申酉利复怨[51]。
助汝五龙从九鲲[52]，溺厥邑囚之昆仑[53]。
皇甫作诗止睡昏，辞夸出真遂上焚[54]。
要余和增怪又烦[55]，虽欲悔舌不可扪[56]。

（方世举《韩昌黎诗集编年笺注》卷六，中华书局，2012 年版）

【注释】

[1] 皇甫：皇甫湜，见题解。补官：补授官职。贲浑：陆浑。《春秋公羊传注疏·宣公三年》："楚子伐贲浑。"陆德明《经典释文》："贲浑，旧音六，或音奔；下户门反。二传作陆浑。"贲，一作陆，《春秋左传正义·宣公三年》："楚子伐陆浑之戎。"

[2] 玄冬：冬天。扬雄《羽猎赋》："于是玄冬季月，天地隆烈。"李善注："北方水色黑，故曰玄冬。"泽干源：水源干涸。

[3] "山狂"句：谓山岭与河谷呈争雄之势。

[4] 轩轩：高扬、飞举貌。《淮南子·道应训》："轩轩然方迎风而舞。"

[5] 摆磨：山风振荡。燔：焚烧。

[6] 莫原：莫，通漠，广袤。《庄子·逍遥游》："广莫之野。"原，原野，《尔雅》："广平曰原。"

[7] "天跳"句：谓漫山火焰蹿跃。踔，跳。乾坤，天地。

[8] 赫赫：显盛貌，《庄子·田子方》："至阴肃肃，至阳赫赫，肃肃出乎天，赫赫发乎地。"崖垠：山崖的边际。

[9] 截然：界限分明，像割断一样。高周：纵向及横向上的普遍范围。四垣：周天的星区，引申为四周的天空。

[10] 逃门：出逃的门路。

[11] "三光"句：谓天空晦暗，三光不明。三光：指日、月、星。《淮南子·原道训》："横四维而含阴阳，纮宇宙而章三光。"《白虎通·封公侯》："天有三光日月星，地有三形高下平。"弛隳，毁坏，引申为暗昧。暾，光亮。

[12] "虎熊"句：泛指走兽。麇，麇鹿。逮，及。

[13] "水龙"句：泛指水中生物。鼍，扬子鳄。鼋，大鳖。《墨子·公输》："江汉之鱼鳖鼋鼍为天下富。"

[14] 鸦鸱：泛指飞禽。鸱，鹞鹰，《庄子·齐物论》："鸱鸦耆鼠。"雉，野鸡。鹄，天鹅。鹍，某种像鹤的鸟，《尔雅翼》："鹍鸡似鹤，黄白色，长颈赤喙。"

[15] "焊炰"句：此句谓各类动物在山火之中无路可逃。焊，用火烧烫，《仪礼》："唯焊者有肤。"炰，烧烤，《诗经·鲁颂·閟宫》："毛炰胾羹。"煨，用火烧物。爊，用火煨烧，《集韵·豪韵》："爊，煨也。"

[16] 祝融：火神，《礼记·月令》："其神祝融。"郑玄注："祝融，颛顼氏之子，曰黎，为火官。"告休：辞官退休。王伯大注："火行于冬，犹祝融告休而归也。"酌卑尊：指祝融与诸神杂坐饮酒以为乐。方世举《韩昌黎诗集编年笺注》云："卑尊即孟子所谓长幼卑尊。此形容火德之属，而用饮至之事文也。"

[17] 错陈：错杂陈列。齐玫：火齐珠。《汉书·司马相如传》："其石则赤玉玫瑰。"晋灼注："玫瑰，火齐珠也。"颜师古注："火齐珠，今南方之出火珠也。"

[18] 披猖：纷乱猖獗。方世举《韩昌黎诗集编年笺注》："言火色如花之鲜艳繁华，充塞其中也。"

[19] 咽：充塞。

[20] 攒杂：聚集。啾嚄：喧闹声。篪：一种竹制乐器。埙：一种土制乐器。

[21] 彤：红色。幢：旌旗。绛：赤色。旃：曲柄的旗子。《说文解字・㫃部》："旃，旗曲柄也，所以旃表士众。"纛：军中的大旗。旛：同幡，长幅下垂的旗帜。《说文解字・㫃部》："旛，旛胡也。谓旗幅之下垂者。"

[22] 炎官热属：执掌火的神官及其僚属。朱冠裈：红色的帽子和裤子。

[23] 髹：以漆涂器物。《仪礼・乡射礼》："福髤横而拳之。"郑玄注："髤，赤黑漆也。""髤"是髹的异体字。胜，胃。

[24] 颓胸：耷垂的胸部。垤腹：像小土堆一样隆起的腹部。辕：车前部驾驭牲畜的直木。

[25] 缇：橘红色。颜：面容。韎：赤黄色。股：大腿。豹两鞬：豹皮制成的用以盛剑的器具。

[26] 霞车：火神的车驾。靷，引车前行的索带。日毂，载着太阳的车。轓，车箱两边蔽尘泥的障物。

[27] 丹：红色。蕤：下垂的缨穗。缬：浅红色。盖：车盖。绯：红色。𦈉：同翻，翻动。帉：幡旗。

[28] 帷：帐幕。幕：帷帐。罗：罗列。脤膰：用以祭社稷、宗庙的肉。《周礼・春官・大宗伯》："以脤膰之礼，亲兄弟之国。"郑玄注："脤膰，社稷宗庙之肉，以赐同姓之国，同福禄也。"

[29] 衁池波风：血聚成池，池起风波。肉陵屯：肉屯聚成山陵，《左传・昭公十二年》："有酒如渑，有肉如陵。"

[30] 谽呀：形容山谷空旷，司马相如《上林赋》："谽呀豁閜。"钜：同巨。壑：深沟。颇黎盆：用类似水晶的宝石做成的盆子，形容巨壑。

[31] 豆登：祭祀用的盛器，《诗经・大雅・生民》："于豆于登。"毛传："木曰豆，瓦曰登。豆，荐菹醢也，登，大羹也。"五山：说法不一。《史记・孝武本纪》："中国华山、首山、太室、泰山、东莱，此五山黄帝之所常游，与神会。"《后汉书・冯衍传》："疆理九野，经营五山。"则为嵩山、泰山、华山、衡山、恒山。瀛四樽：以四瀛为四樽。瀛，海。樽，酒樽。

[32] 熙熙：和乐的样子，《老子》："众人熙熙，如享太牢，如春登台。"釂酬：主人饮酒尽爵后酌酒进客。釂，把酒喝完，《礼记》："长者举未釂，少者不敢饮。"酬，《说文解字・酉部》："酬，主人进客也。"

[33] 擘山：剖裂山体。

[34] 嚼啮：咬啮。腭：口腔上膛。

[35] [illegible]：电光。赩：红色。

[36] 顼冥：水帝颛顼与水神玄冥。《礼记・月令》："孟冬之月，日在尾，昏危中，旦七星中。其日壬癸。其帝颛顼，其神玄冥。"郑玄注："此黑精之君，水官之臣，自古以来著德立功者也。颛顼，高阳氏也；玄冥，少皞氏之子，曰修曰熙，为水官。"玄根，道之根本，《老子》："玄牝之门，是谓天地根。"

[37] 舆马：车马。厥孙：其孙。洪兴祖注："水生木，木生火，水之于火，犹祖视孙也。"

[38] 跟：脚跟。

[39] 君：此指颛顼。臣：此指玄冥。

[40] "命黑螭"句：颛顼、玄冥君臣令黑螭侦问，却被祝融火焚其首。螭，传说中似龙而无角的动物。元，首。

[41] "天阙"句：谓天上宫阙悠远而不能及。

[42] 上帝：天帝。

[43] 阍：天宫的守门人。《离骚》："吾令帝阍开关兮，倚阊阖而望予。"

[44] 九河：上古时期黄河的支流。《尚书・禹贡》："九河既道。"《尔雅・释水》以九河为徒骇、太史、马颊、覆釜、胡苏、简、洁、钩盘、鬲津。湔，洗。

[45] 巫阳：传说中的女巫。《楚辞・招魂》："帝告巫阳曰：'有人在下，我欲辅之。魂魄离散，汝筮

予之。’”

[46] 徐：慢慢地。

[47] “女丁”句：阴阳家以丁为火，以壬为水。丁为阳中之阴，壬为阴中之阳。以丁女而为妇壬，则水火相合。

[48] 雠：同仇。后昆：后代。

[49] “时行”句：谓应在形势不利时谨慎躲藏，以待时机反转。

[50] “视桃”句：谓桃树开花时，水稍得势，《礼记·月令》：“仲春之月，始雨水，桃始华。”《水衡记》：“黄河水十二月各有名，二月三月名为桃花水。”

[51] “月及”句：申七月，酉八月，水生于申，火死于酉，诗意谓乘火之衰，利于水方报怨。

[52] “助汝”句：五龙，传说中五位人面龙身的神仙，郭璞《游仙诗》：“奇龄迈五龙。”李善注引《遁甲开山图》荣氏解：“五龙，皇后君也，昆弟五人，皆人面而龙身。长曰角龙，木仙也。次曰徵龙，火仙也。次曰商龙，金仙也。次曰羽龙，水仙也。次曰宫龙，土仙也。”九鲲，典出《列子·汤问》：“使巨鳌十五……而龙伯之国有大人……一钓而连六鳌，合负而趣归其国，灼其骨以数焉。”钓走六鳌，余九鳌。

[53] 溺厥邑：以水沉溺火神方的领域。

[54] “辞夸”句：谓皇甫诗言辞夸张失真，通过焚烧传达给了上天。

[55] 要：邀。和增：谓和诗。

[56] “虽欲”句：谓诗已作成，无法收回。

【分析】

这首诗是韩愈七言歌行的代表作，采用“柏梁体”，句句押韵，且杂以律句，兼古律二体，员兴宗盛赞此诗为“变体奇涩之尤者，千古之绝唱也”（《九华集》）。其所体现出来的险怪幽僻、奇奥诡谲，正是韩孟诗派的一种典型风格。韩诗谋篇布局和驾驭文字的高超技艺在这首诗中也有充分的展现。

首四句为引子，首句交代地点，同时点出人物及补官之事，而将陆浑称为“古贲浑”，则是诗人刻意营造古意，奠定了全诗基调。第二句交代时间，渲染隆冬之干燥，言陆浑河流干枯。第三句开始将焦点对准山，又说山谷之间怒风肆虐，则为引出山火做好铺垫。自“摆磨出火以自燔”句以下至“焊炰煨爊孰飞奔”句，重点突出野烧之盛。“天跳地踔颠乾坤，赫赫上照穷崖垠。截然高周烧四垣，神焦鬼烂无逃门”四句，极写山火波及范围之广，在冬夜深黑背景的映衬之下，漫山燃遍的冲天野火可谓骇目惊心，甚至盖过了日月星辰的光辉。“虎熊麋猪逮猴猿”“水龙鼍龟鱼与鼋”“鸦鸱雕鹰雉鹄鹍”等句，依照物类分组，将走兽、鱼龙、飞禽之名作排列组合，描写山中无数生灵四散逃亡、葬身火海的凄壮景象，排比铺陈，呈现出汉赋般的语言特色。《唐诗快》对此有精彩的分析：“此一陆浑山火，不过寻常野烧之类耳。……却说得天翻地覆，海立山飞，鬼哭神号，鸟惊兽散，直似开辟以来，乾坤第一场变异，令观者心猥魂悚，五色无主。总是胸中万卷，笔底千军，无端作怪，特借此发泄一番，煞是今古奇观，至于句法字法之妙，更不足言。”

如果说上述对山火的描写大致还限于现实层面，那么接下来的篇幅，则完全转入超现实的神话世界，韩愈向读者展现了他无与伦比的狂想，同时也将对朝局的深刻批判融入其中。最先登场的是火神及其部下。韩愈将这场山火视为火神祝融的一场盛宴：“芙蓉披猖塞鲜繁，千钟万鼓咽耳喧。攒杂啾嚄沸篪埙，彤幢绛旃紫纛旛”，声音极尽喧哗，颜色极尽红艳。这场盛宴规模浩大，火神的属下神官纷纷参与其中："炎官热属朱冠裈，髹其肉皮通髀臀。颓胸垤腹车掀辕，缇颜韎股豹两鞬。"刘石龄认为："公诗根柢，全在经传。如《易·说卦》：'离为火'，'其于人也，为大腹'，故于炎官热属，以'颓胸垤腹'拟诸其形容，非臆说也。"（《韩昌黎诗集编年笺注》）"炎官热属"形象的古怪丑陋，也隐含着韩愈对这一势力的看法。"红帷赤幕罗脤膰，衁池波风肉陵屯"的惊悚画面，表现炎官的贪婪与残暴。以此生灵涂炭的恐怖景象，反衬神官们"豆登五山瀛四罇"的做法和"熙熙醻酬笑语言"的嘴脸，充分暴露出他们寻欢作乐、势焰熏天的丑恶情形。

接着登场的是火的对立面，也就是水的神官势力。水方与火方形成了鲜明的对比，水帝颛顼与水神玄冥等神官的境遇十分凄凉可怜，他们不仅被迫收起了神威，连派出去的黑螭都惨遭焚首，而水方对此却束手无策。韩愈对水神势力的描写着墨不多，不过透过"缩身潜喘拳肩跟，君臣相怜加爱恩"，还是能够体现出诗人的深切同情。

最后出现的是作为神界领袖的上帝。诗人设定上帝的角色，是为在水火之外设定代表公义的第三方势力，从而推动叙事，同时也是为借其口以阐发水火相济相克的理论，而在这些看似虚无的理论背后，实际上又隐藏着诗人对政局走向的判断。结合时局来看，神界的上帝又对应人间的皇帝，水方神官难以上达天听，正是皇甫湜等人政治困境的映射。虽然他们暂时还无力整肃朝纲，但是终究会有走向光明的时候，所谓"一朝结雠奈后昆，时行当反慎藏蹲。视桃著花可小骞，月及申酉利复怨"。作为一首和诗，本诗也可视为对皇甫湜的劝慰。

这首诗用字、用词专求生僻艰涩，故意给读者造成障碍，形成一种迷离魔幻的陌生感。刘石龄指出："'彤幢''紫纛''日毂''霞车''虹靷''豹''鞬''电光''赩目'等字，亦从'为日，为电''为甲胄，为戈兵'句化出。造语极奇，必有依据，以理考索，无不可解者。"（《韩昌黎诗集编年笺注》）可见韩愈本乎经典、以古为尚的诗体实践。但只要能够将每个字词都注音注义，再读时，至少表层诗意便无难解之处，反而显得叙述清晰、文从字顺，这同样是韩愈以作文法作诗的体现。

山　石

【题解】

这首诗取开篇首二字为题。此诗的创作时间和地点存在争议，方世举《韩昌黎诗集编年笺注》卷二收此诗于《赠侯喜》诗后，注云："《外集·洛北惠林寺题名》云：'韩愈、李景兴、侯喜、尉迟汾，贞元十七年七月二十日，鱼于温洛，宿此而归。'前诗云'晡时坚坐到黄昏'，此诗云'黄昏到寺蝙蝠飞'，正一时事景物。"《五百家注韩昌黎集》卷三《古诗》则收此诗于《河之水二首寄子侄老成》诗后，注云："此诗编次于《河之水》后，当是去徐即洛时作，故其后有'人生如此自可乐，岂必局束为人鞿？'之句。"清王元启《读韩记疑》则以其为在徐州时作。清王鸣盛《批韩诗》云："观诗中所写景物，当是南迁岭外时作，非北地之语，但不知是贬阳山抑潮洲，不能定也。"

山石荦确行径微[1]，黄昏到寺蝙蝠飞。
升堂坐阶新雨足[2]，芭蕉叶大支子肥[3]。
僧言古壁佛画好，以火来照所见稀。
铺床拂席置羹饭，疏粝亦足饱我饥[4]。
夜深静卧百虫绝，清月出岭光入扉。
天明独去无道路，出入高下穷烟霏[5]。
山红涧碧纷烂漫[6]，时见松枥皆十围[7]。
当流赤足踏涧石[8]，水声激激风吹衣[9]。
人生如此自可乐[10]，岂必局束为人鞿[11]？
嗟哉吾党二三子[12]，安得至老不更归[13]！

（方世举《韩昌黎诗集编年笺注》卷二，中华书局，2012 年版）

【注释】

[1] 荦确：《佩文韵府》作"荦埆"，指的是山石嶙峋耸峭、险峻不平之貌。韩愈、孟郊《纳凉联句》："炎湖度氛氲，热石行荦硞。"韩愈、孟郊、张籍、张彻《会合联句》："吟巴山荦峃，说楚波堆垄。"

[2]"升堂"句：升堂，登上厅堂。足，一作定。

[3] 支子：栀子，支同栀。一作栀。

[4] 疏粝：粗糙的米饭。《诗经·大雅·召旻》云："彼疏斯粺，胡不自替？"郑笺："疏，粗也，谓粝米也。"又《列子·力命》云："朕衣则短褐，食则粢粝，居则蓬室，出则徒行。"左思《魏都赋》云："非疏粝之士所能精，非鄙俚之言所能具。"

[5]"出入"句：高下，地势高低处。《荀子·儒效》云："相高下，视垸肥，序五种，君子不如农人。"杨倞注："高下，原隰也。"烟霏，烟雾云团。

[6] 烂漫：一作澜漫。

[7]"时见"句：松枥，一作松栎，指松树和栎树，张衡《南都赋》云："其木则柽、松、楔、樱，槾、柏、杻、橿，枫、柙、栌、枥，帝女之桑。"李善注："枥，与栎同。"十围，形容粗大。《汉书·枚乘传》："夫十围之木，始生如蘖，足可搔而绝，手可擢而拔，据其未生，先其未形也。"

[8] 当流：在水流中。

[9] 激激：形容水流湍急之声。吹：一作生。

[10] 自可乐：一作可自乐。

[11] 局束：限制拘束。鞿：马口中的缰绳，《楚辞·离骚》云："余虽好修姱以鞿羁兮，謇朝谇而夕替。"王逸注："鞿羁，以马自喻。韁在口曰鞿，革络头曰羁，言为人所系累也。"

[12] 嗟哉：叹词。吾党二三子：我与诸位。《左传·僖公十五年》："二三子何其戚也。"

[13] 安得：如何能得，《管子·乘马第五》云："圣人不能分民，则犹百姓也。于己不足，安得名圣。"老：一作死。更：复。归：返回，《诗经·邶风·式微》云："式微，式微，胡不归？"

【分析】

《山石》以诗叙游，并将游记文的写法融入诗中。全诗不用偶句，体现出以文为诗的特点。全诗按照时间的顺序叙述，除最后两联的抒情言志，其余各联均景象更迭，如同画卷徐徐展开，自成情境。读者仿佛跟随诗人，身临其境一般。

前四联写诗人黄昏到寺，受到僧人接待，诗人充分调用物象，如“山石”“蝙蝠”“新雨”“芭蕉”“古壁”“佛画”“羹饭”“疏粝”等，营造出山寺的幽深、清静与古朴，引人入胜。“夜深静卧百虫绝，清月出岭光入扉”一联，通过听觉与视觉两种感受，刻画出夜的深沉，同时又承上启下。翌日天明，夜雨已止而山雾弥漫，诗人早早便动身出寺游览。随着朝阳东升，水雾褪去，天地一扫阴霾，眼前的景色瞬间变得明丽、绚烂、开阔起来，同样是在山中游览，黄昏访寺的静谧与迎风戏水的快意却形成了鲜明的对比，各有意趣。

全诗所描写的景色不难解，唯“山红涧碧纷烂漫，时见松枥皆十围”一联未可定论。“山红涧碧”的“涧碧”自然是指涧溪碧绿，而“山红”所指为何？储光羲《登秦岭作时陷贼归国》：“林木被繁霜，合沓连山红。”一般认为此诗作于农历七月的洛阳，则此或谓山叶转红，而非山花红艳。然梁简文帝《枣下何纂纂》：“垂花临碧涧，结翠依丹巘。”则谓山体本身就偏红色。又王融《栖玄寺听讲毕游邸园七韵应司徒教》：“日汩山照红，松[illegible]水华碧。”指夕阳的光芒将山体映照得通红，于《山石》诗则可解释为初升旭日将山体映红。究竟韩愈是受到了王融诗句的启发，抑或是纯粹的巧合，则有待进一步的讨论。

结尾抒情显志，远离喧嚣的诗人发出了“人生如此自可乐，岂必局束为人鞿？”的感慨，这种情绪表达诗人显然不是第一个，但由于全诗意境营造得十分成功，读者至此不禁会产生真切的共情。正是这种强大的艺术感染力，使其为后人所称道和仿效，如苏轼《王晋卿所藏著色山二首（其二）》即云：“荦确何人似退之，意行无路欲从谁。宿云解驳晨光漏，独见山红涧碧时。”《竹庄诗话・韩退之上》引《东坡集》载：“苏内翰尝与客游南溪，醉后相与解衣濯足，因咏公此篇，慨然知其所以乐，而忘其在数百年之外，因次其韵。”唐宋两位大文豪超越时空的对话，正生动体现出经典作品与伟大心灵的持久生命力。

石鼓歌

【题解】

这首诗作于元和六年(811)，时韩愈为河南县令。其夏由河南令入迁职方员外郎，离洛阳时作此诗。石鼓，相传周宣王时制鼓形石十块，上刻史籀所作的纪功颂。籀文为四言诗，每块十首为一组，发现时内容已残缺不全。现藏于北京故宫博物院。据《元和郡县图志》卷二“凤翔府”载：“天兴县：石鼓文在县南二十里许。石形如鼓，其数有十，盖纪周宣王畋猎之事，其文即史籀之迹也。贞观中，吏部侍郎苏勖纪其事，云：虞、褚、欧阳共称古妙。虽岁久讹缺，遗迹尚有可观，而历代纪地理志者不存记录，尤可叹惜。”欧阳修《石鼓文跋》：“岐阳石鼓，初不见称于前世，至唐人始盛称之，而韦应物以为周文王之鼓、宣王刻诗，韩退之直以为宣王之鼓。在今凤翔孔子庙中，鼓有十，先时散弃于野，郑余庆置于庙而亡其一。皇祐四年，向传师求于民间，得之乃足。其文可见者四百六十五，不可识者过半。”(《集古录跋尾》卷一)

关于石鼓的内容及刻石时代众说纷纭，或谓周宣王大狩所作，或谓周成王时所作，或谓秦刻，或谓北周时物。近人考证为秦刻，所述为当时贵族畋猎游乐生活。

张生手持石鼓文[1]，劝我试作石鼓歌。
少陵无人谪仙死[2]，才薄将奈石鼓何？
周纲陵迟四海沸[3]，宣王愤起挥天戈[4]。
大开明堂受朝贺[5]，诸侯剑佩鸣相磨[6]。
蒐于岐阳骋雄俊[7]，万里禽兽皆遮罗[8]。
镌功勒成告万世[9]，凿石作鼓隳嵯峨[10]。
从臣才艺咸第一，拣选撰刻留山阿[11]。
雨淋日炙野火燎，鬼物守护烦㧑呵[12]。
公从何处得纸本[13]？毫发尽备无差讹[14]。
辞严义密读难晓，字体不类隶与科[15]。
年深岂免有缺画，快剑斫断生蛟鼍[16]。
鸾翔凤翥众仙下[17]，珊瑚碧树交枝柯[18]。
金绳铁索锁钮壮[19]，古鼎跃水龙腾梭[20]。
陋儒编诗不收入[21]，二雅褊迫无委蛇[22]。
孔子西行不到秦[23]，掎摭星宿遗羲娥[24]。
嗟余好古生苦晚，对此涕泪双滂沱。
忆昔初蒙博士征，其年始改称元和[25]。
故人从军在右辅[26]，为我度量掘臼科[27]。
濯冠沐浴告祭酒[28]，如此至宝存岂多？
毡苞席裹可立致[29]，十鼓只载数骆驼。
荐诸太庙比郜鼎[30]，光价岂止百倍过[31]？
圣恩若许留太学[32]，诸生讲解得切磋。
观经鸿都尚填咽[33]，坐见举国来奔波。
剜苔剔藓露节角[34]，安置妥帖平不颇[35]。
大厦深檐与盖覆，经历久远期无佗[36]。
中朝大官老于事[37]，讵肯感激徒媕婀[38]。
牧童敲火牛砺角[39]，谁复著手为摩挲[40]？
日销月铄就埋没[41]，六年西顾空吟哦[42]。
羲之俗书趁姿媚[43]，数纸尚可博白鹅[44]。
继周八代争战罢[45]，无人收拾理则那[46]。

方今太平日无事，柄任儒术崇丘轲[47]。
安能以此上论列[48]？愿借辩口如悬河[49]。
石鼓之歌止于此，呜呼吾意其蹉跎[50]！

（方世举《韩昌黎诗集编年笺注》卷七，中华书局，2012年版）

【注释】

[1] 张生：张彻，字华耀，清河人，元和四年(809)登进士第，官至幽州节度判官。韩愈有《故幽州节度判官赠给事中清河张君墓志铭》。是时尚未入官，故称“张生”。石鼓文，指从石鼓拓印下来的纸质文本。

[2] 少陵：杜甫。谪仙：李白。

[3] 周纲：周朝的纲纪。陵迟：衰败崩坏，郑玄《诗谱序》：“后王稍更陵迟……自是而下，厉也幽也，政教尤衰，周室大坏。”四海沸：谓天下动荡不安。

[4] “宣王”句：称颂周宣王对外征伐所取得的武功。宣王，周宣王姬静，继位后任用召穆公、尹吉甫、仲山甫等贤臣辅佐朝政，讨伐猃狁、西戎、淮夷、徐国和楚国，史称“宣王中兴”。《毛诗》：“《六月》，宣王北伐也。……《采芑》，宣王南征也。”

[5] 明堂：天子布政之所。《礼记》：“明堂也者，明诸侯之尊卑也。”《孟子·梁惠王下》：“夫明堂者，王者之堂也。”

[6] 剑佩：指大臣佩戴的剑和玉佩。

[7] 蒐于岐阳：在岐山之南打猎。蒐，春天打猎。《尔雅·释天》：“春猎为蒐。”岐阳，岐山之南。《诗经·小雅·车攻》小序云：“(宣王)复会诸侯于东都，因田猎而选车徒焉。”《左传·昭公四年》：“成有岐阳之蒐。”又指周成王事。韩愈此处乃活用典故。

[8] 遮罗：拦截捕捉。

[9] “镌功”句：谓在石鼓上镌刻功绩以垂之万世。

[10] 隳嵯峨：指破山取石。隳，毁。嵯峨，山势高峻的样子，此指高山。

[11] “拣选”句：谓挑选好石，撰刻石鼓文，留在山丘。

[12] 烦㧑呵：烦，劳烦。㧑呵，卫护。

[13] 纸本：指石鼓文的纸质拓本。

[14] “毫发”句：谓拓印的文本完好无损。毫发，毫毛和头发，比喻极小的数量。《论衡·齐世篇》：“无细小毫发之亏。”差讹，差错。

[15] 隶与科：隶书和蝌蚪书。蝌蚪书是上古的一种字体，头粗尾细，形类蝌蚪。

[16] “快剑”句：形容石鼓文缺画之处像快剑斩蛟鼍一般有力。蛟，蛟龙。鼍，猪婆龙。《礼记》：“命渔师伐蛟取鼍。”

[17] “鸾翔”句：谓书法如同鸾凤飞舞、众仙下凡一般灵动。翥，高飞。

[18] “珊瑚”句：谓书法如珊瑚一样，笔画交错得当。珊瑚碧树，珊瑚形似树枝，故称为树。班固《西都赋》：“珊瑚碧树，周阿而生。”枝柯，枝条。

[19] “金绳”句：谓金绳铁索一般的笔画像锁钮一样牢固有力地勾连组合。

[20] “古鼎”句：用古鼎跃水和织梭化龙的典故形容石鼓文的神妙奇特。古鼎跃水，事见《史记·封禅书》：“其后百二十岁而秦灭周，周之九鼎入于秦。或曰宋太丘社亡，而鼎没于泗水彭城下。”龙腾梭，《晋书·陶侃传》：“或云：‘侃少时渔于雷泽，网得一织梭，以挂于壁。有顷雷雨，自化为龙而去。’”

[21] 陋儒：指孔子之前编撰《诗经》的浅陋儒生。

[22] 二雅：《诗经》中的《大雅》《小雅》。褊迫：局促。委蛇：委曲自得。《诗经·召南·羔羊》："退食自公，委蛇委蛇。"郑玄笺："委蛇，委曲自得之貌。"

[23] "孔子"句：谓孔子西行未至秦地，故未见石鼓文。

[24] "掎摭"句：谓《诗经》不收石鼓文，如同采集了星宿而遗漏了太阳和月亮。羲娥，指日、月。羲，指羲和，驾御日车的神；娥，即月中女仙嫦娥。

[25] "其年"句：韩愈被征为国子博士，时在元和元年(806)。

[26] 右辅：右扶风，凤翔府。《三辅黄图》："太初元年……以渭城以西属右扶风，长安以东属京兆尹，长陵以北属左冯翊，以辅京师，谓之三辅。"

[27] "为我"句：度量，计划。掘臼科，挖掘石鼓。臼科，坑穴，指石鼓安置处。

[28] 濯冠沐浴：洗头洗澡。《礼记·礼器》："浣衣濯冠以朝。"祭酒，国子祭酒。指郑余庆，据《旧唐书·宪宗纪》：元和元年九月"以太子宾客郑余庆为国子祭酒"。

[29] "毡苞"句：用毡席包裹可以很快送达。《三国志·邓艾传》："冬十月，艾自阴平道行无人之地七百余里，凿山通道，造作桥阁。山高谷深，至为艰险，又粮运将匮，频于危殆。艾以毡自裹，推转而下。"

[30] "荐诸"句：谓进献于太庙，其价值可以与郜鼎等同。太庙，皇的宗庙。郜鼎，郜国的鼎，《左传·桓公二年》："夏四月，取郜大鼎于宋，戊申，纳于太庙。"

[31] 光价：重大价值。

[32] 太学：指国子监。唐国子监下设国子、太学、四门、律、书、算六学。

[33] 观经鸿都：事见《后汉书·蔡邕传》："邕以经籍去圣久远，文字多谬，俗儒穿凿，疑误后学，熹平四年，乃与五官中郎将堂溪典、光禄大夫杨赐、谏议大夫马日磾、议郎张驯、韩说、太史令单扬等，奏求正定六经文字。灵帝许之，邕乃自书[丹]于碑，使工镌刻立于太学门外。于是后儒晚学，咸取正焉。及碑始立，其观视及摹写者，车乘日千余两，填塞街陌。"《后汉书·灵帝纪》载光和元年"始置鸿都门学生"，注云："鸿都，门名也，于内置学。"填咽：热闹嘈杂，车马填咽。按，熹平石经刻在太学门外，不在鸿都门外。此处活用典故，形容观看石经者填塞街陌。

[34] "剜苔"句：谓用刀剜去石鼓上的苔藓，露出石鼓文字的棱角。

[35] 不颇：平正，没有偏颇。《离骚》："循绳墨而不颇。"

[36] 无佗：没有其他损毁。佗，同"他"。

[37] 中朝大官：泛指朝廷官员。老于事：处事老练，老于世故。此句带有讽意。

[38] "讵肯"句：谓朝廷大臣不会被感动，只是勉强应付。讵肯，岂肯。感激，感动激发。徒，只。媕婀，不决的样子，《广韵》："媕，媕婀，不决。"

[39] "牧童"句：牧童敲击石鼓取火，牛在石鼓上磨角，谓石鼓遭磨损。敲火，击石取火。

[40] "谁复"句：谁能再次用手摩挲石鼓。

[41] "日销"句：谓随着岁月流逝而逐渐消损。销，熔化金石。就，趋向。

[42] "六年"句：六年，此指元和六年(811)。西顾，向西望石鼓所在的岐阳。吟哦，嗟叹。

[43] "羲之"句：谓王羲之的书法适合时尚，追求运笔娇媚。羲之，王羲之，晋代著名书法家，世称"书圣"。俗书，相对于石鼓文的古书而论。趁，追逐，追求。姿媚，俗媚的姿态。

[44] "数纸"句：谓王羲之数纸书法就能换取白鹅。《晋书·王羲之传》："性爱鹅……又山阴有一道士，养好鹅，羲之往观焉，意甚悦，固求市之。道士云：'为写《道德经》，当举群相赠耳。'羲之欣然写毕，笼鹅而归，甚以为乐。"博，以行动获得。

[45] 继周八代：指周以后，石鼓文所在之地经历的八个朝代。一般以为是秦、汉、魏、晋、北魏、北齐、北

周、隋八个朝代。继周,《论语·为政》:“其或继周者,虽百世可知也。”

[46] 则那:又奈何,道理在哪里。《左转·宣公二年》:“犀兕尚多,弃甲则那。”

[47] “柄任”句:谓崇尚儒术,推尊孔子、孟子。柄,权柄,指当权者。任,任用。儒术,指儒家的学说、思想与原则。崇丘轲,尊崇孔丘、孟轲。

[48] 上论列:向皇帝谏言建策。

[49] 辩口如悬河:《世说新语·赏誉》:“王太尉云:‘郭子玄语议如悬河写水,注而不竭。’”

[50] 蹉跎:失意,困顿。

【分析】

这首诗鲜明地体现了韩愈以文为诗、以议论入诗的特色。全诗结构严密而不死板。首四句开门见山地交代了创作的缘起,即张彻拿着石鼓文的拓片前来请题诗。受到请托之后,韩愈十分欣喜,虽称“少陵无人谪仙死,才薄将奈石鼓何”,实际上却跃跃欲试。紧接着就开始追溯石鼓文的来源,正式进入“石鼓歌”的主体部分。诗人的叙事能力在这一部分得到了很好的展现。“周纲陵迟四海沸”句将读者带到了上古的历史语境之中,一个“沸”字,精妙地传达出天下形势的动荡不安。但韩愈并未展开写宣王的武功,而是将焦点定格于一个极具象征意义的“挥天戈”的姿态上,“愤起”二字更是极富力量与动感。短短十四字,足以令读者感受到宣王的英明神武,历史的厚重与鲜活跃然纸上。

随后“大开明堂受朝贺,诸侯剑佩鸣相磨。蒐于岐阳骋雄俊,万里禽兽皆遮罗”四句,重点展现宣王一扫周厉王的历史遗患,恢复了周朝的文明与丰饶,顺理成章地引出“镌功勒成告万世,凿石作鼓隳嵯峨。从臣才艺咸第一,拣选撰刻留山阿”一段故事,清晰地交代了石鼓文的由来。至于“雨淋日炙野火燎,鬼物守护烦㧑呵”既是写石鼓的年深日久,也赋予了它以某种神秘色彩,连鬼神都自觉地护佑着它。通过对石鼓来由的追溯,韩愈力图将其塑造成为“宣王中兴”的结果,从而为下文发挥石鼓文的现实意义埋下伏笔。

从“公从何处得纸本?毫发尽备无差讹”一句开始,笔锋一转,从波澜壮阔的历史叙事中抽身,开始对石鼓文进行细致的描摹,这部分内容又可以分为三个层次:首先,“辞严义密读难晓,字体不类隶与蝌。年深岂免有缺画,快剑斫断生蛟鼍”四句,写的是诗人对于石鼓文的整体观感;其次,“鸾翔凤翥众仙下,珊瑚碧树交枝柯。金绳铁索锁钮壮,古鼎跃水龙腾梭”四句将视点拉近文本,诗人以四组奇想式的比喻,以及一系列物象与动词的运用,形象地描绘出石鼓文的书法特点;最后,“陋儒编诗不收入,二雅褊迫无委蛇。孔子西行不到秦,掎摭星宿遗羲娥”四句大发奇论,叹惋石鼓文沧海遗珠,未得到应有的重视。由此发出了“嗟余好古生苦晚,对此涕泪双滂沱”的慨叹。

诗人提出朝廷应将石鼓运到京城妥善保管:“荐诸太庙比郜鼎,光价岂止百倍过?圣恩若许留太学,诸生讲解得切磋。”然此愿望未能实现,韩愈将之归咎于朝官的世故,以及世人的庸俗。“牧童敲火牛砺角,谁复著手为摩挲?日销月铄就埋没,六年西顾空吟哦。”或许这就是石鼓文的最终结局。韩愈为此感到无比悲哀,但他不愿意石鼓文就此埋没,因此又振起而号呼:“继周八代争战罢,无人收拾理则那。方今太平日无事,柄任儒术崇丘轲。安能以此上论列?愿借辩口如悬河。石鼓之歌止于此,呜呼吾意其蹉跎!”韩愈之所以如此重视石鼓文,不仅因其确为难得的文物，更因为其所蕴含的政治和文化意义。他希望朝野能够真正重视和发扬儒学，希望皇帝能够像宣王那样任用一批有才干的文臣武将，再现中兴之局，却得不到回应，这令他感到哀戚、孤独和无奈，而石鼓的遭遇就像对这种情势的绝佳隐喻。

左迁至蓝关示侄孙湘

【题解】

左迁，即贬谪，事见《旧唐书·韩愈传》："（元和）十四年正月，上令中使杜英奇押宫人三十人，持香花，赴临皋驿迎佛骨。自光顺门入大内，留禁中三日，乃送诸寺。王公士庶，奔走舍施，唯恐在后。百姓有废业破产、烧顶灼臂而求供养者。愈素不喜佛，上疏谏曰……疏奏，宪宗怒甚。间一日，出疏以示宰臣，将加极法。裴度、崔群奏曰：'韩愈上忤尊听，诚宜得罪，然而非内怀忠恳，不避黜责，岂能至此？伏乞稍赐宽容，以来谏者。'上曰：'愈言我奉佛太过，我犹为容之。至谓东汉奉佛之后，帝王咸致夭促，何言之乖剌也？愈为人臣，敢尔狂妄，固不可赦。'于是人情惊惋，乃至国戚诸贵亦以罪愈太重，因事言之，乃贬为潮州刺史。"蓝关，蓝田关，在今陕西省蓝田县东南，《唐六典·司门郎中》："京城四面关有驿道者为上关。"下注有"上关"六种，其一便是"京兆府蓝田关"。湘，即韩湘。据《新唐书·宰相世系表》，韩湘，字北渚，又字清夫，大理丞，为韩愈兄韩介孙，父韩老成。长庆三年（823）礼部侍郎王起下进士，事迹见于《青琐高议》卷九、《唐才子传》卷六。

一封朝奏九重天[1]，夕贬潮州路八千[2]。
欲为圣明除弊事[3]，肯将衰朽惜残年[4]。
云横秦岭家何在[5]？雪拥蓝关马不前。
知汝远来应有意，好收吾骨瘴江边[6]。

（方世举《韩昌黎诗集编年笺注》卷一〇，中华书局，2012年版）

【注释】

[1]"一封"句：封，封事，密封的奏章，《汉书·宣帝纪》："令群臣得奏封事，以知下情。"朝，早晨。九重天，《淮南子·天文训》云："天有九重。"后引申为皇帝或朝廷。

[2]潮州：今广东省潮州市。《新唐书·地理志》"岭南道"下有"潮州潮阳郡"。

[3]"欲为"句：欲，一作本。圣明，皇帝，一作圣朝。弊事，指帝迎佛骨事，事见题解。

[4]"肯将"句：肯，岂。衰朽，老迈衰弱。残年，晚年，《列子·汤问篇》："以残年余力，曾不能毁山之一毛。"韩愈作此诗时为五十二岁。一作"岂将衰朽计残年"，一作"岂于衰暮计残年"，又作"岂于衰暮惜残年"。

[5]秦岭：此指终南山。班固《西都赋》："睎秦岭，睋北阜。"李善注："秦岭，南山也。"

[6]"好收"句：收骨，《左传·僖公三十二年》："必死是间，余收尔骨焉。"瘴江，此指岭南瘴气弥漫的江流。

【分析】

这首诗继承了杜甫七律"沉郁顿挫"的诗风，融叙事、写景、抒情、言志为一体，情感浓烈而真挚，气势磅礴而苍凉。

首联"一封朝奏九重天，夕贬潮州路八千"交代事件的起因和创作背景。元和十四年(819)韩愈向唐宪宗上《论佛骨表》，此表批评唐宪宗迎奉佛骨的事件，斥责佛教为"夷狄之一法"、佛骨为"秽朽之物"，大胆提出"事佛求福，乃更得祸"，由此触怒皇帝而遭贬谪。此联在时间维度上是"朝奏"和"夕贬"，在空间维度上则是"潮州路八千"，时间之短促与空间的遥远形成了强烈对比，写出了诗人对贬谪的震惊与错愕，更可窥皇帝的盛怒。

颔联"欲为圣明除弊事，肯将衰朽惜残年"承上联，重申了韩愈对于唐宪宗事佛骨的立场。在《论佛骨表》中，韩愈表达了毁灭佛骨的决绝态度："乞以此骨付之水火，永绝根本。断天下之疑，绝后代之惑。使天下之人，知大圣人之所作为，出于寻常万万也。岂不盛哉！岂不快哉！佛如有灵，能作祸祟，凡有殃咎，宜加臣身。上天鉴临，臣不怨悔。"面对当时陷入佛教狂热的朝野，韩愈竟能以一腔孤勇而直言谏诤。正如李光地在《榕村诗选》中指出的那样："《佛骨表》孤映千古，而此诗配之。"韩愈之所以能够不顾个人安危，是因为他对国家抱有极其强烈的责任意识和忧患意识，这种精神同样延续到了这首《左迁至蓝关示侄孙湘》诗中。

颈联"云横秦岭家何在？雪拥蓝关马不前"是全诗的转折，由贬谪的缘由转入对左迁遭际与心境的叙写。景象苍凉阔大，情绪悲壮浓烈，是脍炙人口的名句。韩愈另有两篇作品可见贬谪境遇的悲惨，其一为《去岁自刑部侍郎以罪贬潮州刺史乘驿赴任其后家亦谴逐小女道死殡之层峰驿旁山下蒙恩还朝过其墓留题驿梁》，中有语云："数条藤束木皮棺，草殡荒山白骨寒。惊恐入心身已病，扶舁沿路众知难。绕坟不暇号三匝，设祭惟闻饭一盘。致汝无辜由我罪，百年惭痛泪阑干。"其二为韩愈亲作《女挐圹铭》："女挐，韩愈退之第四女也，惠而早死。愈之为少秋官，言佛夷鬼，其法乱治。梁武事之，卒有侯景之败。可一扫刮绝去，不宜使烂漫。天子谓其言不祥，斥之潮州汉南海揭阳之地。愈既行，有司以罪人家不可留京师，迫遣之。女挐年十二，病在席，既惊痛与其父诀，又舆致走道撼顿，失食饮节，死于商南层峰驿，即瘗道南山下。"既无法实现"为圣明除弊事"的愿望，又连累妻小遭难，诗人在公义与私情的剧烈冲突之中写下泣血之辞。

尾联"知汝远来应有意，好收吾骨瘴江边"既是收尾，又是点题，且化用了《左传·僖公三十二年》的典故，似对生还京师已无希冀，暗含无限悲哀。也就在无限悲哀之际，遇到侄孙韩湘，更加感慨万端，故而以后事相托。义愤、悲愤、激愤交织，人生绝望，莫过于此。

这首诗是最能代表韩愈悲壮雄健风格的作品，家事国事，融为一体，为国忘身，不仅不被理解，反而更被远贬南荒，生死未卜，只有通过诗歌来倾诉。全诗对比鲜明，首先是国家与个人的反跌，虽欲为圣明之朝消除弊端，结果是瞬间获罪身心摧残；眼前是云横秦岭，雪拥蓝关，从此乡关不在，回望无端，"云横秦岭"与"雪拥蓝关"又是回顾与前瞻的对比。其次是时间与空间错位，时间是"朝奏"而"夕贬"，空间是"九重天"和"路八千"。表现出雄浑的意境、悲壮的感情和沉郁的风格。

推荐阅读书目

1. 魏仲举《五百家注韩昌黎集》，中华书局 2019 年版。
2. 方世举《韩昌黎诗集编年笺注》，中华书局 2012 年版。
3. 钱仲联《韩昌黎诗系年集释》，上海古籍出版社 1984 年版。

思考题

1. 谈谈韩愈在中唐古文运动中的地位及影响。
2. 从韩愈的“以文为诗”看中唐古文运动与复古诗学之间的深层互动。
3. 韩愈的诗论与“韩孟诗派”内涵的再探讨。

第十三章　花间集

本章概要

《花间集》是后蜀词人赵崇祚编纂的一部文人词总集，也是我国存世的第一部文人词集。两宋以后各代的词作都渊源于此。

一、《花间集》的编者

《花间集》题编者为赵崇祚。《花间集序》中有："在明皇朝，则有李太白之应制《清平乐调》四首，近代温飞卿复有《金筌集》，迩来作者，无愧前人。今卫尉少卿字弘基，以拾翠洲边，自得羽毛之异；织绡泉底，独抒机杼之功。广会众宾，时延佳论。因集近来诗客曲子词五百首，分为十卷。"从这里，我们仅仅知道赵崇祚字弘基，做过卫尉少卿的官职。

从其他史籍中，我们还可以得到他的资料有三条：一是《全唐文》记载的林罕《林氏字源编小说》自序："至明德二年乙未复病，至于丁酉不瘳，病中无事，得遂前志，与大理少卿赵崇祚讨论，成一家之书。"知其明德二年为大理少卿。二是宋人马永卿《实宾录》记载："五代后蜀赵崇祚，以门第为列卿而俭素好士。大理少卿刘嵩、国子司业王昭图，年德宿长，时号宿儒。崇祚友之，为忘年友。"三是他的父亲赵廷隐、弟弟赵崇韬，在《九国志》中都有传记，其他史籍也有所记载，可以通过其父和其弟的情况以推测赵崇祚的家世和所处的家庭环境。

尽管他的生平事迹并不详细，但从上面的材料，我们还是可以看出来，他处于当时非常优越的文化环境和家庭环境中，具有很高的文化素质，通晓经学、小学与文学，同时与当时的文人墨客交往很多，这些都是他能够编纂《花间集》的主客观条件。

赵崇祚所编的《花间集》共有十卷，成书于后蜀广政三年(940)。

二、《花间集》收录的词人

《花间集》中共收录了十八位词人的作品。这十八位词人有他们的特点。

第一，以蜀中词人为主。其中十五位词人活跃于五代十国的前蜀与后蜀：韦庄、薛昭蕴、牛峤、张泌、毛文锡、顾敻、牛希济、欧阳炯、孙光宪、魏承班、鹿虔扆、阎选、尹鹗、毛熙震、李珣。只有温庭筠、皇甫松属于晚唐人，和凝仕于后晋，这些词人与蜀地没有关系。孙光宪虽然仕于后晋，但他是蜀人。

第二，这十八人都男性词人。为什么是十八位男性词人？这应该也是有寓意的，因为唐太宗为秦王时，开文学馆以招揽四方贤士，其中有杜如晦、房玄龄、孔颖达、许敬宗、虞世南等十八人入选，并让阎立本图画其状，号曰“十八学士”，天下景慕，称为“登瀛洲”。《花间集》选取十八人，以与唐太宗十八学士媲美，说明定位之高。

第三，这十八位词人创作的主体取向、审美情趣、体貌风格和艺术成就具有共同的地方，即文人词特点，女性化表现。

需要说明的是，《花间集》原本十卷，十八位词人，但明人重编本则扩充为十二卷，补录了李白、张志和、刘禹锡、白居易、李煜等十四家词共七十一首。这与原本不同，也说明补录之人没有参透赵崇祚的寓意。

三、《花间集》的命名及作品特质

（一）《花间集》的命名

《花间集》的命名，没有一个确定的解释，综合前人的解释再融合笔者意见，有三个层面可以思考：第一，词的字面意思。花间就是花丛，李白的“花间一壶酒”，说的是花间；李商隐“日向花间留返照”也是说的花间；钟嵘《诗品》“水流花间，清露未晞”则将“花间”引入评论，但这里还是花间的字面意义。第二，以花间喻女子。《花间集》与女了最有关系。因为自古以来，常常以花比喻女子，因此，专写女子妩媚的词集就称为《花间集》，这里面的词大多是以女子为欣赏对象所作的词。第三，花间与成都的关系。成都古名锦城，花繁如海，杜甫诗就说“晓来红湿处，花重锦官城”，尤其是五代十国时期，蜀主孟昶特好赏花，因而文学表现花者就很多，甚至诗集也有《烟花集》。因此，《花间集》的取名是一个很值得探讨也是很有趣味的问题。

（二）花间词的特质

所谓特质，也就是风格特点。花间词的风格特点非常突出，前人的解读也众说纷纭，我们概括为三个方面。

1. 侧艳

词有代言体和自言体两大类型。代言体是指模拟歌伎舞女们的身份或口吻作词以供她们演唱的，因为从起源说，词是文人士大夫酒后歌筵欣赏的艺术，也是需歌女们演唱的音乐艺术。词人代替歌女的身份或口吻以填词，即代言体，也可以称为“应歌体”。自言体是指词人吟咏自己的生活与情感，自己的所见所闻。比如张志和的《渔歌子》、韩翃的《章台柳》、白居易的《忆江南》等。大概是温庭筠之前的词人以自言体居多，温庭筠之后的词人以代言体居多。代言体大都是模拟歌伎的口吻所作，风格侧艳，即史载温庭筠“能逐弦吹之音，为侧艳之词”。《花间集》第一首温庭筠的《菩萨蛮》就是典型的代言体侧艳之词：

> 小山重叠金明灭，鬓云欲度香腮雪。懒起画蛾眉，弄妆梳洗迟。
> 照花前后镜，花面交相映。新帖绣罗襦，双双金鹧鸪。

这首词前人有各种各样的解释，其实从代言体的角度分析，并不太复杂。最后二句“新帖绣罗襦，双双金鹧鸪”，透露出女主人公的着装是舞衣，身份是歌伎舞女。全词实际上就是写这位舞女早晨起来化妆穿衣的过程。“小山重叠金明灭，鬓云欲度香腮雪”是早晨醒后未起的状态，脸上发际还留有昨天的残妆。“懒起画蛾眉，弄妆梳洗迟”，描写起床后慵懒化妆的状态，动作是弄妆、梳洗。“照花前后镜，花面交相映”，是化妆之后自我欣赏的情形，也说明这位女子对化妆的重视。“新帖绣罗襦，双双金鹧鸪”，是穿好衣服的状态。这样的解释，时间、空间也非常清晰，没有什么难以读懂的地方。就是这样简单的化妆穿衣过程，却写得非常艳丽，甚至堪称秾艳。重叠的小山，高耸的云鬓，香艳的雪腮，飞动的蛾眉，对映的妆镜，金色的罗衣，每字每句透露出的都是“侧艳”，而这位女主人公也是唱这首词的主体，温庭筠只不过是这位歌女的代言人。同时，这首词突出写“花”：“照花前后镜，花面交相映。”这位女子更是貌美如花，故而我们也就可以理解编者取名“花间集”的用心了。

再举一首更为侧艳的词，这就是牛峤的《菩萨蛮》：

玉楼冰簟鸳鸯锦，粉融香汗流山枕。帘外辘轳声，敛眉含笑惊。
柳阴烟漠漠，低鬓蝉钗落。须作一生拼，尽君今日欢。

这首词也是代言体，是代女主人公之言的，写的也是女子的形态和心理。全首词义明白，过于侧艳，这里就不多作分析。但要强调的是，这首词所迸发出来的人性的欲望和感情的力量，在一千多年前的古代，是对于“载道”之文和“言志”之诗的一种解放。

2. 绮丽

“绮丽”与前面的“侧艳”、后面的“婉约”有联系，但侧重点不一样。陆游评论《花间集》云：“此倚声填词之祖也。诗至晚唐五季，气格卑陋，千人一律，而长短句独精巧高丽，后世莫及。”（陈振孙《直斋书录解题》引）这里说的“精巧高丽”，实际上就是绮丽。我们举韦庄的《菩萨蛮》为例：

红楼别夜堪惆怅，香灯半卷流苏帐。残月出门时，美人和泪辞。
琵琶金翠羽，弦上黄莺语。劝我早还家，绿窗人似花。

这首词描写夜阑离别的情景，上片写离别之夜，以写景为主，表现心爱之人和泪送别的情景；下片写客地思归，重在联想所爱之人倚窗远望等候自己归来的情况。“琵琶金翠羽，弦上黄莺语”二句尤为绮丽，琵琶之形是由金翠羽装饰的，显得特别华丽；琵琶之声犹如黄莺在鸣叫，尤其婉转动人。这样的淡雅之丽，与“红楼”“香灯”“流苏帐”“美人”“金翠羽”“黄莺语”“绿窗”等语词配合，就形成了绮丽的特色。

3. 婉约

在中国文学的发展中，词体具有特殊性，除了与音乐关系密切，其最大的特殊性就是以婉约为正宗，而花间词是婉约词风的奠基作。《花间集》中全部词作，都集中于婉约词风的表现。如孙光宪《浣溪沙》：

兰沐初休曲槛前，暖风迟日洗头天，湿云新敛未梳蝉。

翠袂半将遮粉臆，宝钗长欲坠香肩，此时模样不禁怜。

这首词写出了美人洗头的情态，刻画逼真，婉约艳丽。只要我们理解了花间词是中国词史上婉约词风的奠基作，那么我们就会认识到，前贤和今人无论对于花间词有多少批评甚至否定，它的价值仍然是客观存在的，而且会随着后人对于其内容的愈挖愈深、形式的愈研愈精而发扬光大。

四、《花间集序》

《花间集》前面有欧阳炯写的词序，这是一篇优美的骈体文，它通过四六对偶的句式，以华美的文字写其编选花间词集的因缘、宗旨、标准和特征，我们概括为四个方面。

一是可歌的音乐性。这里“唱云谣则金母词清，挹霞醴则穆王心醉。名高白雪，声声而自合鸾歌；响遏青云，字字而偏谐凤律。杨柳大堤之句，乐府相传；芙蓉曲渚之篇，豪家自制”，一大段都是说《花间集》所收的作品具有可歌的特点。“云谣”就是《白云谣》，是传说中西王母的歌曲，典出古小说《穆天子传》。穆天子觞西王母于瑶池之上，西王母为天子作谣歌，曰：“白云在天，丘陵自出。道里悠远，山川间之。将子无死，尚复能来。”因为是早期传说之歌，后来就常以“云谣”称美当时的歌曲。诗中有皮日休《秋夕文宴得遥字》诗：“高韵最宜题雪赞，逸才偏称和云谣。”曹唐《小游仙诗》：“玉童私地夸书札，偷写云谣暗赠人。”词中有后唐庄宗《歌头》：“长宵宴，云谣歌皓齿，且行乐。”柳永《巫山一段云》：“一曲云谣为寿，倒尽金壶碧酒。”贺铸《浣溪沙》：“叠鼓新歌百样娇，铜丸玉腕促云谣。”今人发现的敦煌抄本《云谣集》，书名就是歌曲集的意思，表明它是为应歌而编集的。这是一部比《花间集》更早的词集，是民间词集，与文人词集对应。

二是美感的女性化。序里的“则有绮筵公子，绣幌佳人。递叶叶之花笺，文抽丽锦；举纤纤之玉指，拍按香檀。不无清绝之词，用助妖娆之态”，直接表明这些词与女子相关，与男女情爱相关。还有几句就是“家家之香径春风，宁寻越艳；处处之红楼夜月，自锁嫦娥”，是说作词的环境和作词后的影响，对于男子而言，是通过香径春风以“宁寻越艳”，对于女子而言，是对着红楼夜月而“自锁嫦娥”。《花间集》的内容，几乎都是对于女性美的欣赏。

三是功能的娱乐性。《花间集序》的内容，似乎全篇讲的都是娱乐性。这样的娱乐性又有歌者之乐，“唱云谣则金母词清，挹霞醴则穆王心醉”；赏者之乐，“绮筵公子，绣幌佳人。递叶叶之花笺，文抽丽锦；举纤纤之玉指，拍按香檀”；形态之美，“不无清绝之词，用助妖娆之态”。说明《花间集》的编纂是为了适应五代十国时期文人士大夫们的娱乐需要。这一方面，我们也可以从位于成都的永陵王建墓石廓上二十四尊乐伎浮雕看出来。

四是崇雅的文人词。我们以前谈到花间词多与诗进行比较，以为其尚俗，但《花间集序》下面还有一段文字，就是“昔郢人有歌《阳春》者，号为绝唱，乃命之为《花间集》。庶使西园英哲，用资羽盖之欢；南国婵娟，休唱莲舟之引”，表明赵崇祚选编《花间集》是以雅为标准的，追求的是“阳春白雪”，娱乐的对象也是社会的精英人物“西园英哲”和“南国婵娟”。

名 篇 赏 析

菩萨蛮(温庭筠)

【题解】

《菩萨蛮》本为唐教坊曲名,属燕乐二十八调之“夹钟宫”,俗称“中吕宫”。后用为词牌名,也用作曲牌名。《菩萨蛮》亦作《菩萨鬘》,因温庭筠本词首句“小山重叠金明灭”又得名《重叠金》。双调,四十四字,属小令,以五七言组成。上下片均两仄韵转两平韵。

温庭筠流传下来的词近七十首,其中以《菩萨蛮》为题的共十四首。张惠言《词选》谓温庭筠的《菩萨蛮》“篇法仿佛《长门赋》”。陈廷焯《白雨斋词话》称赞:“飞卿《菩萨蛮》十四章,全是变化楚骚,古今之极轨也。”从意象使用和情感风格来看,十四首《菩萨蛮》确有相似之处,解读时可互为对照补充。此词为《花间集》卷一的第一首,是温词中最具有代表性的名篇。

小山重叠金明灭[1],鬓云欲度香腮雪[2]。懒起画蛾眉[3],弄妆梳洗迟[4]。
照花前后镜[5],花面交相映[6]。新帖绣罗襦[7],双双金鹧鸪[8]。

(杨景龙《花间集校注》卷一,中华书局,2014 年版)

【注释】

[1] 小山重叠金明灭:句中“小山”一词,众说纷纭,对此二字的解释也关乎对整句和整首词的理解。目前主要有几种解释:一是将此句作为屏风的描写。屏风上的图案错落有致,故云“小山重叠”。灯光照在屏风上金光闪闪,故云“金明灭”。二指对枕的描写。“小山”指当时的山形小枕,“金明灭”则指枕上金漆。三指对女子妆容的描写。“小山”指当时流行的一种眉妆式样小山眉。“金明灭”则是指女子眉际额间的花黄有所脱落,或明或暗。还有一种说法,认为是对女子发髻装饰的描写,沈从文《中国古代服饰研究》认为是咏“当时妇女发间金背小梳”。四种说法各有所据,联系全词通篇描绘女子的妆容和情态,并不涉及屋内布置,因此“屏风”和“山枕”说与词意似不相合。又联系下句“鬓云欲度香腮雪”,女子睡醒初起,鬓发散乱,“小山”为金背小梳之说也不太合情理。

[2] 鬓云:像云一样的鬓发,形容发髻蓬松光洁。度:越过,度过。形容鬓发缭乱,延伸向脸颊,好似云影轻度。香腮雪:散发着芬芳的雪白面颊。

[3] 蛾眉:女子眉毛细长弯曲像蚕蛾的触须,故称蛾眉。一说指元和以后的流行眉式“蛾翅眉”。

[4] 弄妆:梳妆打扮,修饰仪容。

[5] 照花前后镜:女子簪花、照镜。前后镜:即用前后两面镜子对映,用来检查妆发的齐整。

[6] 花面：分指头上的簪花和女子的脸庞。

[7] 帖：帖，同“贴”。指制衣时的堆绫、贴绢法，即将剪好的彩色绫绢钉制在衣服上。一说指制衣时的贴金工艺，即将金箔贴在衣服上。罗襦：绸制短衣。

[8] 金鹧鸪：指衣服上所贴的金色鹧鸪图案。

【分析】

温庭筠居《花间集》十八家词人之首，被誉为“《花间》鼻祖”（王士祯《花草蒙拾》）。其词作风格密丽，表情深隐，《菩萨蛮》一词可谓代表。此词细致描写女子清晨初起时的妆容与梳洗时的娇慵姿态，最后写妆成后的美丽。妆服绮丽，反衬内心的空虚；鹧鸪成双，对照闺中的寂寞。全词刻画细微，意象精美，一意贯穿，其风格也深刻影响到了其他花间派词人。

“小山重叠金明灭，鬓云欲度香腮雪。”二句细写女子起床后尚未梳洗的妆容。上句写女子弯弯的小山眉妆和眼角额间的花黄已经斑驳零落，随着动作和光线的变化隐现明灭，呈现一种蒙眬娇柔之美。温词还有另一首《菩萨蛮》：“蕊黄无限当山额，宿妆隐笑纱窗隔。”可与小山句对照。下句写女子的鬓发如云，香腮似雪。以“云”来形容鬓发的秀丽光洁，用“香”“雪”二字修饰“腮”，可谓色香俱佳。用“度”来连接云鬓与香腮，颇为灵动，女子睡醒时鬓发松散而斜掩香腮的娇慵姿态如在目前。

“懒起画蛾眉，弄妆梳洗迟。”“懒起”写出女子睡醒时的慵懒神态，“画蛾眉”三字承“小山重叠”，女子眉毛细长弯曲像蚕蛾的触须，故称蛾眉。下句续写梳洗装扮。“弄妆”是指女子梳妆打扮，修饰仪容的一系列动作，一个“弄”字千回百转，也透露出词人饶有兴趣的欣赏态度。一个“懒”字打头，一个“迟”字结尾，便写出了女子的慵懒无聊。

“照花前后镜，花面交相映。”上句续写女子梳妆打扮，簪花照镜，下句则言妆成之美丽。前后镜是指簪花时置放前后双镜对映，用来察看妆发是否齐整。与前文中的“懒”和“迟”似有冲突，实际上体现出女人内心的矛盾：悦己者不在，情思慵懒，因此怠于梳妆打扮。但出于对美丽的追求，或者内心怀有期待，还是细致地梳妆打扮。下句写妆成后，花容和人面交相辉映，更觉女子的娇俏艳丽。此句运用镜像，让花容和人面相互映衬，将视觉的美丽写得更有层次，极具美感。

“新帖绣罗襦，双双金鹧鸪。”二句写女子梳妆既妥，便换上刺绣罗襦，衣服上的新样花帖，是比翼双飞的鹧鸪。闺中独处的女子看到此图案，联想到自身，不禁有所感怀。“双双”解释了女子为何“懒”而“迟”，可谓全篇的点睛之笔，留下感伤的余绪。据《唐才子传》和《北梦琐言》记载，唐宣宗喜欢曲词《菩萨蛮》，令狐绹暗自请温庭筠代己新填《菩萨蛮》词以进。可知《菩萨蛮》的创作时间大概在大中后期（850—859），时温庭筠屡试不第，故此句似乎也暗含词人的身世之感。

结构方面，全词由清晨初醒写到睡起梳妆，再写到簪花穿衣，一意贯穿，脉络分明。看似随意描绘，实则精心结撰。在词律和用字方面，以两平两仄相间与对称为主，用字严格。同时，注重运用响亮的去声字，如“照花前后镜，花面交相映”二句就用了五个去声，“度”“弄”等字也都是去声。此外，如“明灭”“鬓云”等双声叠韵的运用，都体现了温词在声律方面的追求。就遣词与意象而言，秾艳的辞藻与华贵意象的叠合，使得温词整体上呈现出绮丽的风格。王国维《人间词话》说：“‘画屏金鹧鸪’，飞卿语也，其词品似之。”此外，章法上的安排呈现出片段相连的整体视觉效果。

加之意象的并列、跳转，颇有乱花迷眼之感，情感也若隐若现，留给读者以想象空间，朱光潜谓之“美感的直觉”(《文艺心理学》)。

菩萨蛮(韦庄)

【题解】

五代孙光宪《北梦琐言》载，宣宗爱唱《菩萨蛮》词，《菩萨蛮》也成为唐五代传唱颇广的曲调。温庭筠之后，韦庄、李煜、冯延巳、晏几道、张先、李清照及辛弃疾等一流词人也都留下了同题词作，词的题材内容也有了更多变化。韦庄共有五首《菩萨蛮》，都是对江南情事的追忆及寓居洛阳的所经所感，可以看作一个整体。韦庄学温而自成风格，词论家评曰：“飞卿，严妆也；端已，淡妆也。”(周济《介存斋论词杂著》)本书所选两首《菩萨蛮》，正可以比较二人词风之不同。

人人尽说江南好[1]，游人只合江南老[2]。春水碧于天[3]，画船听雨眠[4]。

垆边人似月，皓腕凝霜雪[5]。未老莫还乡，还乡须断肠[6]。

(杨景龙《花间集校注》卷二，中华书局，2014年版)

【注释】

[1] 江南：泛指长江以南。此指词人当年寓游的吴越湘楚诸地。江南好：白居易有名篇《忆江南》广为传唱，词首句便为“江南好”。

[2] 游人：漂泊于江南的人，即词人自谓。只合：只应，就应该。

[3] 碧于天：形容水面一片碧绿，胜过天色。

[4] 画船：装饰华美的游船。

[5] 垆：旧时酒店安放酒瓮的土台。皓腕：洁白的臂腕。凝霜雪，如霜雪结凝般洁白。《史记·司马相如列传》载卓文君与司马相如私奔后，曾当垆卖酒，“垆边”即用此意。

[6] 未老：年尚未老。须：必定，肯定。此句意为年尚未老，且在江南行乐。如果离开江南回到家乡，日后便会悲痛不已。

【分析】

温词的抒情主人公大都是闺中女子，韦词的抒情主人公往往就是词人自己。由词的内容判断，此篇应写于韦庄晚年留居蜀地之时，对江南的追忆也包含着非常复杂的情感。

“人人尽说江南好，游人只合江南老。”开篇二句直接抒情，“尽说”与“只合”，突出时人对于江南的普遍称赞。由此引出下四句对“江南好”的展开描写。韦庄生活的晚唐，北方仍多干戈，长江以南则相对安定。此时的江南地区，不仅自然风光美丽，并且城市经济进一步发展，城市生活内容也非常丰富，令无数文人流连忘返。据《韦庄年谱》，韦庄早年离京游潇湘，中和到大顺年间，避难流离吴越多年，留下了《寄江南逐客》《江南送李明府入关》《寄江南诸弟》《夏初与侯补阙江南有约同泛淮汴》等诗，时常流露出对江南风光的喜爱与眷恋。本词也用简笔生动地描绘出江南的秀丽风光与繁荣生活。

“春水碧于天，画船听雨眠。”二句写江南的美景，追忆昔日寓居江南的自在安逸生活。江南碧绿的春水，比天空还要明净。词人想到自己曾躺在游船画舫之中，伴着雨声入睡。词人没有详细铺陈江南山水之貌，而是用白描手法，选取了碧绿的春水与雨中的画船这两个极具代表性的江南景象，清新明丽，又真切可感。后历经中原战乱，漂泊入蜀寓居，在此时的他看来，昔日在江南的心境是这样闲适安宁，已是不可再寻。

“垆边人似月，皓腕凝霜雪。”承前文对江南风光的描写，截取了江南城市生活的一个片段：江南的酒肆与卖酒女子。晚唐时期，南方经济进一步发展，城市生活也日益丰富。不少文人都曾描写过江南之酒肆，而韦庄同样着笔于当垆女子。前句“人似月”，已觉清丽动人，后句细写其手腕白如霜雪，又多一分香艳，可见韦词之浓淡相宜。

“未老莫还乡，还乡须断肠。”直抒胸臆，情感颇为复杂。联系此词的创作背景，“断肠”应有两层含义：一是指江南风景美丽、生活安适，离开后会让人倍加思念；二是指中原战乱，回乡后看到离乱场景，难免令人肝肠寸断。韦庄入蜀的前一年，朝中政变，宦官废唐昭宗，次年将昭宗挟持至凤翔。为争夺对昭宗的控制权，朱全忠与李茂贞在凤翔一带互相攻伐，干戈不断。天祐元年(904)春，朱全忠将昭宗和百官从长安迁至洛阳，并“毁长安宫室百司及民间庐舍，取其材，浮渭河而下，长安自此遂丘墟矣”(《资治通鉴》唐纪八十)因此，词中对江南风景的追怀具有深刻的现实背景，饱含漂泊难归的愁苦。最后二句的沉郁，与前面写景描人的清新之句形成对照，可谓“伤时伤事更伤心”(韦庄《旧里》)。

结构方面，开篇二句与结尾二句抒情。平易之中暗寓转折，含蓄而沉郁，可谓“似直而纡，似达而郁”(《白雨斋词话》)。中间四句选取江南最具代表性的景象，纯用白描写法，用词清新明丽，王国维《人间词话》：“‘弦上黄莺语’，端己语也，其词品亦似之。”

虞美人(顾敻)

【题解】

《虞美人》，本为唐代教坊曲名，《碧鸡漫志》云：“《虞美人》旧曲三，其一属中吕调，其一属中吕宫，近世又转入黄钟宫。”后作词牌名，又名《一江春水》《玉壶水》《巫山十二峰》等。关于《虞美人》名称的来源，主要有两种说法。一是由虞姬得名，起于项籍“虞兮”之歌。二是以虞美人草得名，传说此花闻《虞美人》曲而舞。该词牌以李煜、毛文锡二家为正体，李词为双调五十六字，前后段各四句，两仄韵、两平韵；毛词为双调五十八字，前后段各五句，两仄韵，三平韵。顾敻的这首《虞美人》即此体。另有五十六字两仄韵两平韵，五十八字五平韵，五十八字前段五句五平韵，后段五句两仄韵三平韵的变体。

《花间集》收录顾敻《虞美人》共六首，主题相似，都是写闺中女子相思哀怨之情。吴世昌《词林新话》认为，“《虞美人》六首，其中第一至第五，分记春闺一日之事”，因此是“连续叙事之组词”。本书所选为其五。

深闺春色劳思想[1]，恨共春芜长[2]。黄鹂娇啭呢芳妍[3]，杏枝如画倚轻烟[4]。琐窗前[5]。

凭栏愁立双娥细[6]，柳影斜摇砌[7]。玉郎还是不还家[8]？教人魂梦逐杨花[9]。绕天涯[10]。

（杨景龙《花间集校注》卷六，中华书局，2014 年版）

【注释】

[1] 深闺：旧时女子的闺房多在住房的最里面，故曰“深闺”。劳思想：“劳”的本义是费力、劳苦。《说文解字》：“劳，剧也。”《诗经·邶风·燕燕》：“瞻望弗及，实劳我心。”这里是指劳神伤心，表现女子思念之苦。

[2] 春芜：春天的杂草。此句写春恨绵绵，与春草共同生长。

[3] 呢芳妍：在花间鸣叫。呢，呢喃，鸟叫声。芳妍，指花丛。

[4] 杏枝：杏树的树枝。倚：依傍，倚靠。此句指杏树旁轻烟缭绕。

[5] 琐：一作“锁”。琐窗：雕刻或绘有连环图案的花窗。

[6] 双娥：娥，一作“蛾”。指双眉。

[7] 砌：台阶。摇砌：在台阶上摇动。此句意为，受风拂动，柳树的影子在台阶上摇曳。

[8] 玉郎：古代女子对丈夫的爱称。

[9] 杨花：柳絮。

[10] 绕天涯：女子梦中想要跟随柳絮，追寻夫君到天涯。

【分析】

花间词人中温庭筠多丽藻，韦庄多质朴语，顾夐的成就虽然不及温、韦二人，然能绮丽与清新交织，情思隽永。此词即颇能代表顾夐的风格。

“深闺春色劳思想，恨共春芜长。”二句写庭院春色与闺中春思相伴，浓浓春恨与绵绵春草共生，将物色与人情结合起来，点明了全词的情感基调。“劳思想”这里是指离别后的劳神伤心，正如《诗经·邶风·燕燕》：“瞻望弗及，实劳我心。”一个“劳”字写出女子思念之苦。“春芜”指春草，此句既是触景生情，由庭中春色想到远行之人尚未归家，如江淹《别赋》：“君结绶兮千里，惜瑶草之徒芳。”同时又能情景交融，写春恨与春草共生长，将人物感情与物色相结合，是花间词非常典型的表现手法。

“黄鹂娇啭呢芳妍，杏枝如画倚轻烟。琐窗前。”切首句的“春色”，写琐窗前女子的所见所闻。“黄鹂”二句，既有听觉，如黄鹂叫声的婉转动听，又有视觉，如春花烂漫，烟绕树枝，以反衬女子的相思之恨，可谓“以乐景写哀情。”“琐窗”是指雕刻或绘有连环图案的花窗，呼应首句的“深闺”，更添绮丽。而人立窗前，面对如此美景却倍感凄凉。

“凭栏愁立双娥细，柳影斜摇砌。”女子凭栏而立，见满园春色，不禁愁上眉头。“凭栏”远眺，本为排遣春愁，反更增愁思。“双娥细”形容女子的眉妆，一个“细”字不仅表现出闺中女子的娇柔，也暗示出其孤单落寞的心境。“柳影斜摇砌”既写出春风拂柳的摇曳轻柔，又映衬女子凭栏而立的绰约风姿，颇具视觉美感。

“玉郎还是不还家？教人魂梦逐杨花。绕天涯。”直写女子对“玉郎”的思念，凭栏而立，闻听黄鹂啼啭，目睹浓浓春意，想到远行未归的“玉郎”，不自觉地嗔怪起来。“还是不还”似追问，更是怨叹，连用两个“还”字，将女子的责怨之情表现得更为真切。“教人魂梦逐杨花。绕天涯。”以魂梦写相思，女子想要随着杨花飘到玉郎所在之处，与李白“我寄愁心与明月，随风直到夜郎西”立意相似，而深切的相思之感、离别之恨暗含其中。最终以“绕天涯”三字结尾，一气呵成，收束自然。可谓“知离梦之踯躅，意别魂之飞扬”（江淹《别赋》）。

生查子（牛希济）

【题解】

《生查子》，原唐教坊曲，后用为词牌名。因朱希真词有“遥望楚云深”句，又名《楚云深》。韩淲词有“山意入春晴，都是梅和柳”句，故又名《梅和柳》。韩又有“晴色入青山”句，故别名《晴色入青山》。另有《相和柳》《梅溪渡》《陌上郎》《遇仙楂》《愁风月》《绿罗裙》等名。五代时，《生查子》词牌有双调五体，字数还没有完全固定下来，有四十、四十一、四十二字三种。后人遂以双调，四十字为正体。本词为《生查子》词牌下的变体二双调，四十一字体。上片四句，两仄韵；下片五句，三仄韵。下片开头作三字两句，用韵。唐五代到北宋时期，《生查子》多写相思与恋情，情感以怨叹感伤为多。直到欧阳修、苏轼等词人，涵盖的题材更为丰富，情感基调也有所变化。

春山烟欲收[1]，天澹稀星小[2]。残月脸边明[3]，别泪临清晓[4]。

语已多，情未了，回首犹重道[5]：记得绿罗裙[6]，处处怜芳草。

（杨景龙《花间集校注》卷五，中华书局，2014 年版）

【注释】

[1] 烟欲收：晨雾将要消散。

[2] 天澹：指日出时分，天色将亮。稀星：清晨时分寥落的几颗晨星逐渐黯淡。一作“星稀”。

[3] 残月脸边明：指天亮时分逐渐隐没的月亮，斜照在女子的双颊。还有一层含义，即指女子如弯月一般的眉毛。

[4] 别泪：离别的泪水。

[5] 重道：再次说。

[6] 绿罗裙：绿色长裙。因为裙色与草色相同，女子希望行人睹芳草而忆绿罗裙，也就是时常挂念自己。

【分析】

这首词写情人伤别。上片写别景，以白描出之；下片写别情，明白如话。李冰若《花间集评注·栩庄漫记》评曰：“将人人共有之情和盘托出，是为善于言情。”

“春山烟欲收，天澹稀星小。”二句写送别时的景色。“春山”点出送别的季节，“天澹”点明送别的时间在破晓时分。雾气始收，远处的山影逐渐清晰，寥落的几颗晨星也逐渐黯淡。“欲收”写出雾气消散的动态过程，而“澹”“稀”二字形容破晓时分的景物极细微生动，写出天色由朦胧逐渐明朗的过程，也暗示将要离别的情人珍惜着最后的时光。随着天色渐亮，感情也似乎逐渐沉重起来。

“残月脸边明，别泪临清晓。”二句点出送别的主题，并从对外在环境的描写转到对人物情态的描写上。“残月脸边明”指天亮时分逐渐隐没的月亮斜照在女子的双颊上。“残月”还有一层含义，即指女子如弯月一般的眉毛，与“别泪”呼应，富于巧思。如特写镜头一般，写出了送别女子的伤心情态。“临清晓”与“天澹稀星小”相对照，又有时间上的推进。“语已多，情未了。”写情人临别对泣。想到日后的闺中独守和异乡漂泊，便更有无尽的话要说。可即使倾诉了千言万语，也无法说尽二人的情意。“语已多”联系下文的“犹重道”，将离别的不舍更推进一层。

“回首犹重道：记得绿罗裙，处处怜芳草。”女子恋恋不舍地回头叮嘱行人：一别之后要记着自己身穿绿罗裙的模样，更因这罗裙的颜色而怜芳草之色。杜甫《琴台》“名花留宝靥，蔓草见罗裙”，即说睹蔓草思罗裙，由景思人，仇兆鳌注引南朝江总妻《赋庭草》：“雨过草芊芊，连云锁南陌。门前君试看，是妾罗裙色。”(《杜诗详注》)。牛希济的这两句词即由前人诗句化来，而由女子临别“再回首”说出，本意实是怜罗裙，却反说怜芳草。通过移情手法将情感抒发得含蓄婉转。芳草处处可见，而女子的这种深情与眷恋，也会伴随游子行至远方，可谓情深意长。

贺明朝(欧阳炯)

【题解】

《贺明朝》，词牌名。此调《花间集》中仅载欧阳炯所作的两首，分别为《贺明朝·忆昔花间初识面》《贺明朝·忆昔花间相见后》。双调六十一字。清万树《词律》将欧阳炯的两首《贺明朝》归入《贺圣朝》词调，清陈廷敬、王奕清等人编写《钦定词谱》时将其剔除，另作为《贺熙朝》，应该是纂修诸臣忌用“明朝”二字，故改“明”为康熙的“熙”。《历代诗余》中将此词牌写为《贺圣朝》，实际不同，应以《贺明朝》为正。《醉翁琴趣外篇》卷二将此首收作欧阳修词，未可据信，应从《花间集》作欧阳炯词。

忆昔花间初识面，红袖半遮，妆脸轻转。石榴裙带[1]，故将纤纤，玉指偷捻[2]，双凤金线[3]。碧梧桐锁深深院，谁料得两情，何日教缱绻[4]？羡春来双燕，飞到玉楼[5]，朝暮相见。

(杨景龙《花间集校注》卷六，中华书局，2014 年版)

【注释】

[1] 石榴裙带：石榴裙，是唐代流行的一种衣裙样式。裙子色如石榴之红，非常美丽。唐代女子多有穿着，万楚《五日观妓》：“眉黛夺将萱草色，红裙妒杀石榴花。”韦庄《赠姬人》：“莫恨红裙破，休嫌白屋低”。

[2] 偷捻：暗中揉搓。

[3] 双凤金线：女子衣裙上金线绣成的双凤图案。

[4] 缱绻：形容男女之间感情缠绵深厚。

[5] 玉楼：指女子住的闺阁。

【分析】

欧阳炯的诗笔力苍劲又具有浪漫色彩，词的风貌却与其诗有明显差异。他的词风上承温庭筠，但绮丽之中多有清新之句，且往往别出心裁。内容多表现细腻闺情，尤其擅长选取细微的动作与景物，委婉含蓄地表达闺情，自称“不无清绝之辞，用助娇娆之态”(《花间集序》)。

词以男子的口吻，抒发对情人的思念。上片回忆二人初见情景。下片则回到二人相隔的现实，虽两心相许却缱绻难期，情感也变得沉重。欧阳炯的另一首《贺明朝》：“忆昔花间相见后，只凭纤手，暗抛红豆。人前不解，巧传心事，别来依旧。辜负春昼。　碧罗衣上蹙金绣，睹对对鸳鸯，空裛泪痕透。想韶颜非久，终是为伊，只恁偷瘦。”以女子的口吻出之，两首对读，其情其景相似，但不同视角，各有精彩。

“忆昔花间初识面，红袖半遮，妆脸轻转。”回忆二人“花间”初见时，女子身着红裙，以衣袖半遮面容，羞涩而美丽。“半”“轻”极细致分明，见初遇时印象之深刻，也体现了男子的深情。“石榴裙带，故将纤纤玉指偷捻，双凤金线。”承上句“红袖半遮”，着眼于女子落在石榴裙上的“纤纤玉指”，细微而传神地写出“偷捻”裙带的动作。可知初遇之时，女子已存一段情意，但出于羞涩，不能直言，于是以手捻裙带，露出衣裙上双凤图案，以此暗传情意，可谓“人前不解，巧传心事”。《花间集》常以衣上“双凤”或“双鹧鸪”表达情意，此词写女子借此暗表芳心，可谓别出心裁。

“碧梧桐锁深深院，谁料得两情，何日教缱绻?”梧桐、深院既是写女子居住的环境，也是二人爱情缱绻而有阻隔的比喻。古代传说梧是雄树，桐是雌树，梧桐同长同老，同生同死，因此在词人的笔下，梧桐是忠贞爱情的象征。此句虽写碧绿梧桐以传情意，可是“锁深深院”又表现出二人爱情之间存在着重重阻隔。虽一见钟情，二人心意已通，但此时仍被梧桐深院所阻，男子深感情发一心却只能相隔两地，缱绻难期，因此感叹：“谁料得两情，何日教缱绻?”感情也从回忆时的喜悦转为沉重。

“羡春来双燕，飞到玉楼，朝暮相见。”此时男子眼前看到飞过的一双燕子，想到二人的分别，不由生出羡慕之情。因烦琐礼教与世事种种，情人深闺难出，相见难期，人竟不比燕子，可以双双自由地飞到楼前，朝朝暮暮长相陪伴。

推荐阅读书目

1. 李冰若《花间集评注》，河北教育出版社 1999 年版。
2. 华钟彦《花间集注》，河南大学出版社 2008 年版。
3. 杨景龙《花间集校注》，中华书局 2014 年版。

思考题

1. 试从《花间集》看词体的生成与本色。
2. 试论《花间集》在词史上的地位及影响。

第十四章　欧阳修

本章概要

欧阳修是北宋集政治家、文学家与学者于一身的杰出人物。从政治上说，北宋前期诸多重大的政治活动，都与他有着密切的联系；从文学上说，他对诗文词赋等各种体裁都具有开拓性；从学术上说，他在经学、史学、金石学、目录学等诸多方面都有卓著的贡献。欧阳修的作品，大多收于《欧阳修集》。

一、欧阳修生平述略

欧阳修(1007—1072)，字永叔，号醉翁，又号六一居士，吉州永丰人。四岁而孤。举进士及第，调西京推官。始从古文家尹洙游，创作古文，议论当世之事；又与梅尧臣游，创作歌诗，相互唱和，于是以文章名冠天下。入朝为馆阁校勘。因事贬夷陵令，徙乾德令、武成节度判官，进集贤校理，知谏院。他言事切直，人视之如仇，而受皇帝器重，赐五品服，修起居注，知制诰。庆历三年(1043)，范仲淹、韩琦、富弼推行"庆历新政"，欧阳修参与革新，失败后被贬知滁州，改知扬州、颍州、应天府。嘉祐二年(1057)知贡举，时士子尚为险怪奇涩之文，号"太学体"，他痛加排抑，凡如是者辄黜，场屋之习，于是遂变。加龙图阁学士，知开封府。主修《唐书》成，拜礼部侍郎兼翰林侍读学士。嘉祐五年(1060)，拜枢密副使。嘉祐六年(1061)，参知政事。神宗即位，他尽力求退，罢为观文殿学士、刑部尚书、知亳州，徙知蔡州、青州、滁州。熙宁四年(1071)，以太子少师致仕，熙宁五年(1072)卒，年六十六。

欧阳修的政治生活是规则的，他在官场的升迁贬谪，都是宋代政治背景和政治制度所决定的。他的成功与失败，与当时主政的人物范仲淹、韩琦、富弼密切相关。他能够在北宋政治舞台驰骋数十年，也是自己才能展示的结果，故而能够主持礼部贡举，主修《新唐书》与《新五代史》，甚至升迁到参知政事。

他的日常生活是艺术的，欧阳修在《六一居士传》中说："吾家藏书一万卷，集录三代以来金石遗文一千卷，有琴一张，有棋一局，而常置酒一壶。……以吾一翁，老于此五物之间，是岂不为六一乎。"这是他晚年离开官场退居后对自己生活的定位。这里的"六一"，是藏书、集古、弹琴、下棋、饮酒，加上醉翁，都是政治生活之外的事。当然，这些事在他一生当中都是有所研究的。如

《宋史·欧阳修传》称:“好古嗜学,凡周、汉以降金石遗文、断编残简,一切掇拾,研稽异同,立说于左,的的可表证,谓之《集古录》。”他留下的《集古录跋尾》十卷,就是这种爱好的结晶。

他的文学创作是他政治生活与日常生活的集中体现,规则的政治生活着重体现在诗文当中,艺术的日常生活着重体现在词作当中。

二、欧阳修词的创作风格

(一)词与日常生活

欧阳修的不少词作,是其日常生活的记录和随兴而发的情感抒写,表现政治常轨之外的生活。

首先,欧阳修将写词作为闲暇之余的游乐活动。他最著名的组词《采桑子》,篇首《西湖念语》交代作词缘起时说要“敢陈薄伎,聊佐清欢”,这里的“薄伎”是指写作词和演奏词,“聊佐清欢”则说明了词的演唱功用和效果。词所表现的是欧阳修官场以外的一种生活状态。北宋时的宴会层次较多,有朝廷的宴会,有朋友的聚会,也有家宴。宴席上遣兴作词是文人士大夫喜用的方式。河南白沙宋墓第二号墓西南壁出土的宋代家宴演唱图的壁画,就再现了宋词产生和繁盛的特定背景。因为演唱的因素,宋代词人与歌伎的关系也就非常复杂,由词而产生的有关欧阳修的诗酒风流之事也就常见于《钱氏私志》等文献的记载。因为欧阳修在政治生活之外,醉心于轻歌曼舞、欢畅热闹的娱乐场所,他也毫不辜负这类信笔骋才的场合,以致为其政敌所利用而作为政治攻击的把柄。

其次,欧阳修的词是其真实情感的表现。“人生自是有情痴,此恨不关风与月”,在离筵之上撰写的这首《玉楼春》词,正是欧阳修心声的迸发。顾随《驼庵词话》卷五称:“‘恨’是由于‘情痴’,于‘风月’无关,即使无风月也一样恨。”欧阳修的词,无论是写人,写虫鸟,写山水,都一样的用情,情的蕴含,情的流露,是其词的生命力所在。他没有为作词而作词故弄技巧的地方,也没有为言情而言情无病呻吟之处,他以风流自命,甘为“情痴”,这是欧词情感底蕴最为真切也是最为生动的一个侧面。

(二)词史上的重要地位

词是中国文学的一个独特形态,源起于中唐,发展于晚唐五代,极盛于两宋。在词的发展历史上,欧阳修堪称一位继往开来的领袖人物。他虽以余事作词,却取得了很高的成就。顾随《驼庵词话》卷五云:“宋代之文、诗、词,皆奠自六一,文改骈为散,诗清新,词开苏、辛。……欧则奠定宋词之基础。盖以文学不朽论之,欧之作在词,不在诗文。”他的诗文与其政治活动紧密相连,而词则有所不同,往往是个人生活与情感的流露。

欧阳修词在中国词学发展史上具有重要的地位,他在唐五代词发展的基础上,推陈出新,以其独有的风格雄踞于北宋词坛,开启了两宋以后词史发展的风气。他的词境界开阔,影响了北宋以后诸多名家的创作。他的词,不仅描写女性的篇章为婉约词家所承继,而且自抒感慨、流连光景的作品,也为苏轼、辛弃疾词的出现开辟先路。

(三)词的风格特征

历代论者对于宋初词史,多以晏殊与欧阳修并称,将他们作为婉约派的代表。我们认为,晏、欧同为宋初词人,又有师生的关系,自有相通之处,但在总体上欧阳修与晏殊风格并不相同,晏殊堪称婉约派的代表,而欧阳修并不是婉约风格所能囊括的。欧词以三个突出的特点卓立特出于北宋词坛。

1. 开阖变化

欧阳修词尽管以表现日常生活居多，目的是“聊佐清欢”，但已做到变化开阖，臻于词坛领袖的地位。欧阳修词，同一题材、同一词调写作多首者甚众。这些词最能体现开阖变化之能事。如《采桑子》十三首，前面十首都是描写颍州西湖的四时景色，每首都以“西湖好”领起，通篇连贯。第一首描写湖面幽静之景；第二首描写春深雨后之景；第三首描写载酒游湖之景；第四首描写群芳凋零之景；第五首描写四时热烈之景；第六首描写春游繁华之景；第七首描写荷花盛开之景；第八首描写清夜月下之景；第九首描写残霞夕照之景；第十首抒写面对西湖美景而感慨万千，是全组词的总结。

2. 自然浑成

欧阳修词意境层深，章法浑成，情景融为一体，天然成章，这在宋词中是相当突出的。清人毛先舒《词辩坻》特地拈出欧阳修《蝶恋花》词中“泪眼问花花不语，乱红飞过秋千去”二句，认为是天然浑成之作：“此可谓层深而浑成，何也？因花而有泪，此一层意也；因泪而问花，此一层也；花竟不语，此一层也；不但不语，且又乱落飞过秋千，此一层也。人愈伤心，花愈恼人。语愈浅而意愈入，而又绝无刻画之迹。谓非层深而浑成耶？然作者初非措意直如化工生物，笋未出而苞节已具，非寸寸为之也。若先措意便刻画愈深愈堕恶境矣。即此等解一经拈出后便当扫去。”观整个词作，写景由外到内，由早到晚，情感由景物的变换一层层展开，词意也一层层深入，并不刻意雕凿。全词一意转折，圆浑而跌宕，用语愈是浅显，感情愈是深挚，且感情层次逐次展开，堪称浑然天成的化工之笔。

3. 伤感热烈

顾随《驼庵词话》卷五云：“冯延巳、大晏、六一，三人作风极相似，而又个性极强，绝不相同。如大晏多蕴藉，冯便绝无此种词。惟三人伤感词相近。其实其伤感亦各不同：冯之伤感沉着(伤感易轻浮)；大晏的伤感是凄绝，如秋天红叶；六一的伤感是热烈(伤感原是凄凉，而欧是热烈)。”这里点出了欧阳修词的最大特点是热烈，确实抓住了欧词的精髓。伤感和热烈本是两个范畴的情感，却在欧阳修词中得到了完美的统一，这在中国词史上是较为独特的现象。如《定风波》词：

> 对酒追欢莫负春。春光归去可饶人。昨日红芳今绿树。已暮。残花飞絮两纷纷。
> 粉面丽姝歌窈窕。清妙。樽前信任醉醺醺。不是狂心贪燕乐。自觉。年来白发满头新。

昨日红芳今日变为绿树，只有残花飞絮伴随着将逝的残春，作者惊呼，不要辜负青春，而须对酒追欢，他一面欣赏“粉面丽姝歌窈窕”，一面“樽前信任醉醺醺”，无论是景物还是情感都是动态的，都是热烈的。又如《浣溪沙》一首：

> 堤上游人逐画船。拍堤春水四垂天。绿杨楼外出秋千。
> 白发戴花君莫笑，六么催拍盏频传。人生何处似樽前。

写垂暮之年而游览西湖，面对美景也非常伤感，但作者既目击拍堤春水，又观赏岸上秋千，由此激发童真之趣、行乐之思，故而“白发戴花”“六么催拍”、频繁传盏，这样的情怀仍然是热烈的。

欧阳修词的好处，就在于热烈，伤感加热烈。伤感是秋天，而热烈是夏天，但欧词却又能给人以春天的清新。其主流是夏天，而又融合了春天和秋天的情怀。故而欧词在北宋初期词坛最为杰出，与晏殊相比，晏殊仅有伤感而无热烈，故显得衰飒，其于宋词的推进，远不如欧阳修。

三、欧阳修诗的艺术成就

欧阳修是宋代文学改革运动的领导者，又是散文、诗词各方面的大家。诗风的转变、古文的复兴，都在他的手中开展起来。他能够扫除西昆体的华艳，将豪迈的情怀融注于诗歌当中，使得诗歌从宋初的柔弱中解放出来。

欧阳修的诗歌继承李白、韩愈而融自成一格。李白诗雄健豪放，直抒胸臆，表现出崇高的气格和境界，欧阳修以此为标的，就超越了宋初流行浅易的白体、典丽的西昆体和清瘦的晚唐体。《中山诗话》云："欧公亦不甚喜杜诗。……然于李白甚赏爱。"他有意学习李白，曾作《太白戏圣俞》诗，题注"一作《读李集效其体》"，诗云："开元无事二十年，五兵不用太白闲。太白之精下人间，李白高歌蜀道难。蜀道之难难于上青天，李白落笔生云烟。"对于李白《蜀道难》推尊备至。苏轼是欧阳修的弟子和知音，在《居士集序》中称欧阳修"诗赋似李白"。

苏东坡还说欧阳修是宋朝的韩愈，无论从他的文坛地位还是作品特色来看，这评论都很恰当。欧阳修在散文与诗体的创作上，都是继承韩愈的精神，他自己亦以韩愈自命。韩愈以文为诗，欧阳修扩而大之，形成了宋诗"以文字为诗，以议论为诗，以才学为诗"（严羽《沧浪诗话·诗辨》）的特点。即如方东树《昭昧詹言》所称："欧公作诗，全在用古文章法。""观韩、欧、苏三家，章法剪裁，纯以古文之法行之，所以独步千古。"以文字为诗而言，欧阳修《戏答圣俞》诗"画师画生不画死，所得百分三二耳"，《书王元之画像侧》诗"偶然来继前贤迹，信矣皆如昔日言"，《庐山高赠同年刘凝之归南康》诗"庐山高哉几千仞兮，根盘几百里，巍然屹立乎长江。长江西来走其下，是为扬澜左蠡兮。洪涛巨浪日夕相舂撞"，都以散文的句法与字法作诗。以议论为诗而言，欧阳修《唐崇徽公主手痕和韩内翰》诗"玉颜自古为身累，肉食何人与国谋。行路至今空叹息，岩花涧草自春秋"，是见到崇徽公主手痕有感而发，对于时事发出议论，批评当政者不为国谋的苟且偷安行径。再如《古瓦砚》诗云："砖瓦贱微物，得厕笔墨间。于物用有宜，不计丑与妍。金非不为宝，玉岂不为坚。用之以发墨，不及瓦砾顽。乃知物虽贱，当用价难攀。岂惟瓦砾尔，用人从古难。"全篇议论，通过瓦砚的比喻，说明自古用人之难的道理。再如《画眉鸟》诗云："百啭千声随意移，山花红紫树高低。始知锁向金笼听，不及林间自在啼。"是典型的寓议论于景物之中的理趣诗。以才学为诗而言，欧阳修博学多才，经学、史学、金石学、目录学等诸多方面都有卓著的成就，他的才学也融注于诗中。我们列举欧阳修与王安石酬答的诗歌加以说明。欧阳修《赠王介甫》诗云："翰林风月三千首，吏部文章二百年。老去自怜心尚在，后来谁与子争先。朱门歌舞争新态，绿绮尘埃拂旧弦。常恨闻名不相识，相逢尊酒盍留连？"王安石《奉酬永叔见赠》诗云："欲传道义心犹在，强学文章力已穷。他日若能窥孟子，终身何敢望韩公。抠衣最出诸生后，倒屣尝倾广座中。只恐虚名因此得，嘉篇为贶岂宜蒙。"凡此种种，与韩愈相比，皆有过之而无不及。

总体上看，欧阳修的诗歌，气格雄健，议论精卓，理趣深邃，语言平易，蕴涵着思想，表现出开阔的胸襟，提高了诗的境界，开创了诗的风尚。而且古体、近体齐备，议论说理、写景咏物、抒情感叹、怀古咏史等各种题材，应有尽有，成为宋代著名的集大成诗人。

名 篇 赏 析

踏莎行

欧阳修《踏莎行》分析

【题解】

杨慎《词品》云:"韩翃诗'踏莎行草过春溪',词名《踏莎行》由此而来。"始见于宋人词作,又名《芳心苦》《踏雪行》《柳长春》《惜余春》《喜朝天》。双调,五十八字。上下片各五句,二、三、五句用仄声韵。

候馆梅残[1],溪桥柳细[2]。草薰风暖摇征辔[3]。离愁渐远渐无穷,迢迢不断如春水[4]。

寸寸柔肠,盈盈粉泪[5]。楼高莫近危阑倚[6]。平芜尽处是春山[7],行人更在春山外。

(李逸安《欧阳修全集》卷一三一,中华书局,2001年版)

【注释】

[1]"候馆"句:用陆凯诗典。据《荆州记》记载:"陆凯与范晔相善,自江南寄梅花一枝,诣长安与晔,并赠以诗:'折花逢驿使,寄与陇头人。江南无所有,聊赠一枝春。'"

[2]"溪桥"句:唐宋时期人们分别时有折柳相赠的习俗。李白《劳劳亭》诗:"春风知别苦,不遣柳条青。"杜甫《西郊》诗:"市桥官柳细,江路野梅香。"

[3]草薰句:本于江淹《别赋》:"闺中风暖,陌上草熏。"隐括男女分别之意。

[4]"迢迢"句:迢迢,悠长的样子。杜牧《寄扬州韩绰判官》:"青山隐隐水迢迢,秋尽江南草木凋。"欧阳修《千秋岁》:"离思迢迢远,一似长江水。"

[5]盈盈,端庄美丽的样子。《古诗十九首》:"盈盈一水间,脉脉不得语。"

[6]"楼高"句:化用《西洲曲》:"楼高望不见,尽日阑干头。"

[7]"平芜"句:平芜,草木丛生的平旷原野。语本江淹《去故乡赋》:"穷阴匝海,平芜带天。"

【分析】

这是一首抒写离情的小令,在婉约词中,是一首情深意远、柔婉优美的代表性作品。

关于这首词,前人的分析与欣赏已经很多,我们这里就不作全面的讲解,而是重点谈谈词中的用典、想象和叠字问题。

一、用典

这首词艺术表现的重要方面是通过化用典故以表现别意。我们举出四个用典的词句进行分析。

“候馆梅残”，古人常常用春梅以表现离别，最著名者是南北朝时陆凯寄赠范晔之诗。据《荆州记》记载：“陆凯与范晔相善，自江南寄梅花一枝，诣长安与晔，并赠以诗：‘折花逢驿使，寄与陇头人。江南无所有，聊赠一枝春。’”欧阳修词的“候馆”就是驿站，用驿梅以表示对于亲人的思念，用的就是陆凯的典故。欧词这里是以写景切入的，这样就做到写景与用典融合无间了。

“溪桥柳细”，古诗当中以杨柳惜别是普遍的情感，最早的诗句应该是《诗经》中的“昔我往矣，杨柳依依。今我来思，雨雪霏霏”。唐宋时折柳赠别已经形成了风俗。欧阳修将写景、用典与当时的风俗习惯融为一体，并且仅用极为简洁的四个字表现出来。

“草薰风暖”，这句词本于江淹《别赋》：“闺中风暖，陌上草熏。”明显是暗含离别之意。欧阳修用了《别赋》的典故，并将八个字凝练成四个字，使得文字更简洁，内涵更丰富。而作者运用这一典故，目的是构建词作的背景，从而进一步突出行人的活动，故而接着“草薰风暖”是行人的“摇征辔”。人是主体，景是客体，人与景在词中合而为一了，典故的化用也就似乎无迹可寻了。

“楼高莫近危阑倚”，这句词化用《西洲曲》：“楼高望不见，尽日阑干头。”这也是将《西洲曲》中的两句诗融合而为一句词。《西洲曲》描写主人公怀人思远尽日倚栏观望而终日不见所怀之人的情景，而欧词用了这一典故却又加以改造。一是主体发生了改变，因为《西洲曲》的主体是思妇，而《踏莎行》的主体是行人。二是从诗到词，口吻也从正到反，这是反用典故而成功的范例。

二、想象

这首词另一个突出的表现是通过想象以写景抒情。我们通过两个方面进行分析。

以行人为中心展开空间想象。俞陛云《唐五代两宋词选释》评论说：“唐宋人诗词中，送别怀人者，或从居者着想，或从行者着想，能言情婉挚，便称佳构。此词则两面兼写。前半首言征人驻马回头，愈行愈远，如春水迢迢，却望长亭，已隔万重云树。后半首为送行者设想，倚阑凝睇，心倒肠回，望青山无际，遥想斜日鞭丝，当已出青山之外，如鸳鸯之烟岛分飞，互相回首也。”这段文字启发我们从想象的角度分析这首词。词的主人公是词中的行人，或者说这一行人也是作者的化身。行人所到的地点也是想象的立足点。从词的总体构思来看，上片偏重写实，下片偏重想象。从行人想象的方向来看，一方面是回顾，随着自己的离家远行，回顾留于家中的闺中人，也是在回顾来时路，自己走得越远，显出来时路就越长。另一方面是遥想，因为作者要远行，所以时时遥想着远方，而这远方与来时之路又不断地在行人的思绪中展开、交叉与融合，与丰富的情感交融在一起，就使得这首词达到了情景交融的境地。

通过比喻手法使得想象具体化。词中典型的句子是“离愁渐远渐无穷，迢迢不断如春水”。离愁是抽象的，是难以捉摸的，而作者通过比喻，展开想象，将离愁用春水来形容，就显得非常具体，非常可感。随着作者的渐行渐远，离别的愁思也越积越多，就像眼前绵长遥远、没有尽头的春水一样。这样的方法也是情感的物化，是用具体的事物以比喻抽象的情感。而用春水比喻离愁是唐宋文人惯用的手法，欧阳修将这一手法运用得出神入化了。唐诗有李涉《再宿武关》：“关门不锁寒溪水，一夜潺湲送客愁。”李群玉《雨夜呈长官》：“请量东海水，看取浅深愁。”李煜《虞美人》：“问君能有几多愁。恰似一江春水向东流。”欧阳修的这两句词化抽象为具体，言瞬间于久远，在写愁的诗句中，已经达到极致的境界了。

三、叠字

这首词三个地方用了叠字，用叠字的地方也成为词的最精彩之处。这些叠字，使得词作形象生动，韵律和谐，意境优美。

“迢迢不断如春水”，这句词是说离愁纷繁复杂，连绵不断，如同春水一样，来路无穷，去路不尽，故而用“迢迢”二字。“迢迢”在古代诗词中常被运用，形成了特定的意象。特别是用来比喻水之遥远，并将离情别意赋予明丽悠长的水中，更加深了诗的意境。如《古诗十九首》“迢迢牵牛星，皎皎河汉女”，因为牵牛织女隔着天河，非常遥远，故用“迢迢”。杜牧《寄扬州韩绰判官》“青山隐隐水迢迢，秋尽江南草木凋”，既表现出山水清秀，绚丽多姿，又隐寓了二人相距遥远、彼此思念的柔情。运用“迢迢”的诗句很多，如卢照邻《葭川独泛》：“山暝行人断，迢迢独泛仙。”孟浩然《他乡七夕》：“谁忍窥河汉，迢迢问斗牛。”杜甫《塞芦子》：“五城何迢迢，迢迢隔河水。”李端《古别离》：“巫峡通湘浦，迢迢隔云雨。”权德舆《七夕》：“今日云骈渡鹊桥，应非脉脉与迢迢。”贾岛《送人南归》：“分手向天涯，迢迢泛海波。”赵嘏《昔昔盐》：“夫婿交河北，迢迢路几千。”许浑《题灵山寺行坚师院》：“应笑东归又南去，越山无路水迢迢。”胡宿《残花》：“长乐梦回春寂寂，武陵人去水迢迢。”欧阳修用“迢迢”表现离思的词句，还有《千秋岁》：“离思迢迢远，一似长江水。”

“寸寸柔肠”，这里是表现忧愁悲伤以致肝肠寸断的程度，同时又体现出温柔体贴的情怀。古代诗词中用“寸断”表现忧愁者不少，如郑琼罗《叙幽冤》：“痛填心兮不能语，寸断肠兮诉何处。”王梵志《回波乐》：“耶娘肠寸断，曾祖共悲愁。”词有韦庄《上行杯》：“芳草灞陵春岸。柳烟深，满楼弦管。一曲离声肠寸断。”但连用“寸寸”这种叠字的修辞手法以表现这样情怀的诗句并不多，如刘兼《秋夕书怀呈戎州郎中》：“鸾胶处处难寻觅，断尽相思寸寸肠。”杨炎正《满江红》：“寸寸锦肠浑欲断，盈盈玉泪应偷滴。”欧阳修是将“寸寸”用得最成功的词人之一。

“盈盈粉泪”，盈盈的本义为清澈，这里用以形容泪水的清澈晶莹。因为女子敷粉，泪流粉上，故言“粉泪”，引申为端丽明媚之态。《古诗十九首》：“盈盈一水间，脉脉不得语”，《文选》六臣注：“盈盈，端丽貌。”又“盈盈楼上女，皎皎当窗牖”，也形容姿态美好。词如李煜《菩萨蛮》：“慢脸笑盈盈，相看无限情。”毛文锡《巫山一段云》：“薄薄施铅粉，盈盈挂绮罗。”陈师道《菩萨蛮·七夕》：“东飞乌鹊西飞燕。盈盈一水经年见。”秦观《调笑令》：“笑折荷花呼女伴，盈盈日照新妆面。”

总体来说，这首词上片写行者的离愁，下片写行者的遥想。这遥想实际上是离愁的深化，它使整个词境更加深远。作者通过用典、想象和叠字等手法，使得这首词成为清新婉丽、情意缠绵、意境深邃的正宗婉约词佳作。

玉楼春

【题解】

《玉楼春》，调名源自唐白居易诗“玉楼宴罢醉和春”，一说本自五代顾敻词“月照玉楼春漏促”“柳映玉楼春日晚”，又一说本自欧阳炯词“春早玉楼烟雨夜”。双调五十六字，上下片各四句，均第一、二、四句用仄韵。题注：“一名木兰花令。”《钦定词谱》卷一一《木兰花令》：

"《花间集》载《木兰花》《玉楼春》两调，其七字八句者为《玉楼春》体，《木兰花》则韦词、毛词、魏词共三体，从无与《玉楼春》同者。自《尊前集》误刻以后，宋词相沿，率多混填。"

本词作于景祐元年(1034)。一本有题"答周太傅"。李栖注："遍查《欧阳修全集》，无有周姓之友人，不知此周太傅何人也。欧阳修在景祐元年三月西京留守推官秩满，离洛往襄城，转赴京师。由是……成于仁宗景祐元年三月。"揆之词意，或是在饯别离筵之上答赠周姓太傅而作。

尊前拟把归期说[1]，未语春容先惨咽[2]。人生自是有情痴[3]，此恨不关风与月[4]。

离歌且莫翻新阕[5]，一曲能教肠寸结[6]。直须看尽洛城花[7]，始共春风容易别[8]。

（李逸安《欧阳修全集》卷一三二，中华书局，2001 年版）

【注释】

[1] 尊：古盛酒器，鼓腹侈口，高圈足，盛行于商周。《说文解字·酋部》段玉裁注："凡酒必宾于尊，以待酌者。"后泛指一般盛酒器。

[2] 春容：女子的青春容貌。惨咽：悲伤得说不出话来。柳永《倾杯》："每高歌、强遣离怀，奈惨咽、翻成心耿耿。"

[3] 自是：自然是。有情痴：深情成痴。《世说新语·纰漏》："任育长年少时，甚有令名……自过江，便失志……尝行从棺邸下度，流涕悲哀。王丞相闻之曰：'此是有情痴。'"

[4] 风与月：清风明月，泛指眼前之景。

[5] 离歌：伤别的歌曲。翻：演唱；演奏。阕：歌曲或词，一首谓之一阕。

[6] 肠寸结：肠子打结，形容愁怀郁结。《吴越春秋·勾践入臣外传》："越王……登船径去，终不返顾。越王夫人乃据船哭……又哀吟曰：'……肠千结兮服膺，於乎哀兮忘食。'"韦庄《应天长》："别来半岁音书绝，一寸离肠千万结。"

[7] 直须：应当。洛城花：谓牡丹。欧阳修《洛阳牡丹记·花品序》："牡丹出丹州、延州，东出青州，南亦出越州，而出洛阳者今为天下第一。洛阳所谓丹州花、延州红、青州红者，皆彼土之尤杰者，然来洛阳才得备众花之一种，列第不出三已下，不能独立与洛花敌。而越之花以远罕识，不见齿，然虽越人，亦不敢自誉，以与洛阳争高下。是洛阳者，果天下之第一也。"

[8] 容易：从容便易。欧阳修《洛阳牡丹记·花品序》："余在洛阳，四见春。天圣九年三月，始至洛，其至也晚，见其晚者。明年，会与友人梅圣俞游嵩山……既还，不及见。又明年，有悼亡之戚，不暇见。又明年，以留守推官岁满解去，只见其早者，是未尝见其极盛时。"故曰"直须看尽"，始能"容易别"。

【分析】

这首词叙写在饯别宴席中的所见所感，抒发深切浓烈的离情别绪。欧公《西湖念语》自道云："虽美景良辰，固多于高会；而清风明月，幸属于闲人。并游或结于良朋，乘兴有时而独往……因翻旧阕之辞，写以新声之调，敢陈薄伎，聊佐清欢。"由此可见，觥筹交错与轻歌曼舞不仅为欧公所好，也是其词章创作的重要文学背景。本词亦正产生于这一背景之中。

起首二句即叙写宴中情况。将"尊前"的欢愉、"春容"的美丽与"惨咽"相对，是以乐景衬哀情；这一“惨咽”又发生在拟说而未语之时，情绪陡然向下急转，也就将歌伎对别离的悲恸表现得尤为深切。这样的悲恸显应来自亲密熟悉之人，宋人钱世昭《钱氏私志》载欧公任河南推官时“亲一伎”，宴会上“客集而欧与妓俱不至，移时方来”，并为其作《临江仙》词赢得金钗一事，说明欧公在洛阳时确与某一歌伎有着较为紧密的联系，足为印证。这样一来，写歌伎的悲恸也就应属对面落笔，其中亦蕴含着欧公本人的离怀。

下二句承前而来，对眼下的离恨予以进一步的阐释。顾随《驼庵词话》：“‘恨’是由于‘情痴’，于风月无关，即使无风月也一样恨。”“情痴”既用任育长之典，又将其扩展至普遍的哲思；“不关”所超脱的不仅是眼前的清风明月，也自然包括前文所谓“尊前”与“春容”。由情及理，理复关情，将“情”托举到至高无上的地位，堪称六一词风最为明确的表露。尚未分别却已设想归期，也可见欧公离绪中超然洒脱的一面，与晏几道“天涯岂是无归意，争奈归期未可期”的凄凉形成鲜明对照。

下片二句重归于离宴，言伤别的歌曲千万不要再翻唱新调，仅仅当下的一曲已令我愁肠郁结，语气恳切，可见悲凉之致。其嘱咐的对象显然是歌伎，也就与首二句的“春容”及其“惨咽”形成呼应。如果说起首欧公尚在一定程度上处于观察者的角色，此处则是真真切切地进入“情痴”的状态，离恨的深度与力度都更进一步。情绪的这种深化以“离歌”为触媒，与欧公高妙的音乐造诣不无关联。苏轼《水调歌头》（昵昵儿女语）词序载欧公曾辨别韩愈《听颖师弹琴》诗实“乃听琵琶也”，可相印证。相较他人，欧公应当更能听出歌伎曲中的声情，并因此而受到感染。

末二句同样接续前文，意谓如此离恨唯有看尽洛阳城内的牡丹能解，唯此方能与春风从容洒脱地分别。欧公在洛阳“四见春”，前三年都因阴差阳错而难以一睹牡丹之盛；当下又正值早春，牡丹未及全盛，自是一种深切的遗憾。是故在别去时设言要“看尽洛城花”，也就呈现出一种潇洒的豪情与遣玩的雅兴；但在这种豪情雅兴之中，又实则蕴含着深切的凄哀：以洛阳牡丹之盛、别离期限之近，“看尽”只能是可望不可即的幻梦，别离的遗恨也就永远难以消解。欧公于此行中别有《玉楼春》词言：“洛阳正值芳菲节，秾艳清香相间发。……今宵谁肯远相随，惟有寂寥孤馆月。”可相互印证。王国维《人间词话》言本词“于豪放之中有沉着之致”，是切中肯綮的。

诉衷情·眉意

【题解】

《诉衷情》，原为唐教坊曲，后用为词调名。单调、双调并用。本词用双调，四十五字，前阕四句，第一、二、四句用平韵；后阕六句，第二、三、六句用平韵。又《钦定词谱》卷五本词调作《诉衷情令》，别名《渔父家风》，与《诉衷情》别。清万树《词律》卷二注：“此调第三句，凡从来作者皆作六字，沈氏乃以‘故’字连上作七字句，盖只知《诉衷情》前结五字，而不知有六字体耳……芦川有《渔父家风》一词，查与《诉衷情》同，只第三句七字。《图谱》收之，不知此……其实即《诉衷情》也。”

眉意，即以眉为题。一本题作“画眉”，又一本题作“春闺”。本词或传为黄庭坚作。明毛晋注:“或刻山谷,但‘清晨帘幕’作‘珠帘绣幕’,‘易成伤’作‘恨难忘’,‘拟歌’作‘未歌’。”清林大椿校:“此阕《雅词》刻欧阳修作。”冒广生校:“汲古刻《山谷词》于此调下注云:‘……考“珠帘绣幕卷轻霜”是六一词,删去。’按:今传宋本《山谷琴趣》,《诉衷情》词亦仅有‘一波才动’一首,无此首。”(《冒鹤亭词曲论文集》)李逸安校:“此首或传乃黄庭坚词,见《豫章黄先生词》所录。按明汲古阁刻《山谷词》此词牌下不收此首,并注云……”又唐圭璋《宋词互见考》:“按此作欧词为是。”是知以欧阳修作为是。

清晨帘幕卷轻霜[1],呵手试梅妆[2]。都缘自有离恨[3],故画作远山长[4]。

思往事,惜流芳[5],易成伤。拟歌先敛[6],欲笑还颦[7],最断人肠[8]。

(李逸安《欧阳修全集》卷一三一,中华书局,2001年版)

【注释】

[1] 帘幕:门窗处的帘子与帷幕。卷轻霜:谓帘幕卷起时轻轻沾带着一层薄霜。五代冯延巳《临江仙》词:“画楼帘幕卷轻寒。”

[2] 呵手:将呵胶置于手中呵气,令其融化以备贴花钿。宋叶廷珪《海录碎事》卷十四《胶漆门》:“呵胶出虏中,可以羽箭,又宜妇人贴花钿,呵嘘随融,故谓之呵胶。”一说以为因天寒而呵气暖手。梅妆:梅花妆之省称。描梅花状于额上为饰。《太平御览》卷三〇《时序部》十五《人日》引《杂五行书》:“宋武帝女寿阳公主,人日卧于含章殿檐下,梅花落公主额上,成五出花,拂之不去。皇后留之,看得几时。经三日,洗之乃落。宫女奇其异,竞效之。今梅花妆是也。”李商隐《对雪二首》其二:“侵夜可能争桂魄,忍寒应欲试梅妆。”

[3] 都缘:因为。

[4] 远山:谓远山眉,女子眉妆的一种。用黛色画眉,状细薄而绵长,望之似远山,故称。《赵飞燕外传》:“女弟合德入宫,为薄眉,号远山黛。”明杨慎《丹铅续录》卷六《十眉图》:“唐明皇令画工画《十眉图》……二曰小山眉,又名远山眉。”因其形状,古人往往以为愁情的象征。五代毛熙震《南歌子》词:“远山愁黛碧,横波慢脸明。”又薛昭蕴《浣溪沙》词:“不为远山凝翠黛,只应含恨向斜阳。碧桃花谢忆刘郎。”

[5] 流芳:犹流光,取芳华易逝之意。

[6] 敛:敛眉。唐羊士谔《彭州萧使君出妓夜宴见送》:“自是当歌敛眉黛,不因惆怅为行人。”

[7] 颦:皱眉,表示忧愁。骆宾王《畴昔篇》:“昨夜琴声奏悲调,旭旦含颦不成笑。”

[8] 断人肠:切断肠子,形容悲伤至极。

【分析】

这首词吟咏闺中独居女子晨起画眉的情状,表现其微婉深长的闺怨离愁。清初尤侗《西堂杂组》一集卷八《五九枝谭》言:“范文正之刚正,而词云‘酒入愁肠,化作相思泪’;欧阳文忠之劲直,而词云‘水晶双枕,傍有堕钗横’。故知情之所钟,老子于此兴复不浅。”欧阳修的艳词多是其年少冶游之作,既明显继承花间遗风,又尤为注重写貌传神、以神表情,从而有所开拓。本词亦是其中代表。

起首二句交代女子晨起准备梳妆的情况。清晨帘幕卷起,帘上结一层薄霜,着一“卷”字,言帘幕将霜卷起，既形象地道出霜层之轻薄，又暗示着女子动作之轻柔。缓缓将手中的呵胶呵融（一说因天寒而呵气暖手），描画着清雅入时的梅花妆，透出孤寂之感，也令人想见其容颜的精致优雅。着一“试”字，写出小心翼翼，柔怯的神态，惹人怜爱。两句虽是白描，却已细腻生动地刻画出女子的居处之态。

下二句续写女子梳妆，聚焦于画眉。远山眉本是流行眉式，只是诗家将其视作愁情的象征。欧公却反其道而行之，言女子皆因“有离恨”而画远山眉，清陈廷焯《词则》之《闲情集》卷一评曰：“纵画长眉，能解离恨否？笔妙，能于无理中传出痴女子心肠。”不仅道明愁情的缘由，也有意突显远山眉的情感内涵，令人更能感同身受。更关键的是，女子明知画眉无用而仍为之，不仅可见其痴情之本性，其所罹受的别情离恨也自然更显深切。这样的笔触既是六一词重情思想的体现，亦必与欧公对这位女子的了解同情紧密相关。

过片三句承前文的“离恨”，感叹女子思怀往事、惋惜流年，进一步突显了闺怨内涵，虽泛笔带过，读者自可想见女子昔日与意中人共度年华的幸福与美好。《朱子语类》卷一三九《论文》上言欧公《醉翁亭记》草稿“初说滁州四面有山，凡数十字，末后改定，只曰‘环滁皆山也’五字而已”，有异曲同工之妙。同时将个体情思扩展至普适哲理，显示出欧词“情痴”中的开阔境界与理性思致。

末三句铺叙前句之“伤”，敏锐地捕捉到女子将歌唱时先敛眉、欲欢笑时还颦眉的细微神态，又不着痕迹地化用羊士谔、骆宾王二诗语典，一应离情，一应怀旧。“拟歌先敛”暗示女子的歌伎身份，与起首独自梳妆相印证。“最断人肠”既令欧公等闻者愁肠欲断，也是女子“才下眉头，却上心头”的苦痛煎熬。“眉意”又暗示其哀伤无处倾诉，在隐忍苦挨中传递出更极致的孤独。王国维《人间词话》：“词之雅郑，在神不在貌。永叔、少游虽作艳语，终有品格。”本词情致哀怨，意象精美，用语隽永含蓄，堪称这一论断的绝佳注脚。

戏答元珍

【题解】

这首诗作于景祐四年（1037），时任夷陵县令。在今湖北宜昌。景祐三年（1036）五月，开封知府范仲淹上《百官图》及《帝王好尚》《选贤任能》《近名》《推委》四论，讥切时弊、呼唤改革，触怒宰相吕夷简，遂被贬知饶州。左司谏高若讷“随而诋之，以为当黜”（欧阳修《与高司谏书》），欧公作《与高司谏书》责之；高氏大怒，缴书上奏，欧公遂被贬为峡州夷陵县令。题注：“一本下云：‘花时久雨之什。’”元珍，谓丁宝臣，字元珍，为欧阳修之密友，时任峡州军事判官。欧阳修《集贤校理丁君墓表》：“君讳宝臣，字元珍，姓丁氏，常州晋陵人也。景祐元年（1034）举进士及第，为峡州军事判官。”盖宝臣有《花时久雨》诗相赠，欧阳修遂以此诗作答。戏，谓以此诗为戏；揆之诗意，应是对自身仕途与政治失意的隐晦掩饰之辞。

春风疑不到天涯[1]，二月山城未见花[2]。
残雪压枝犹有橘[3]，冻雷惊笋欲抽芽[4]。

夜闻归雁生乡思[5]，病入新年感物华[6]。

曾是洛阳花下客[7]，野芳虽晚不须嗟[8]。

（李逸安《欧阳修全集》卷一一，中华书局，2001 年版）

【注释】

[1] 天涯：犹天边。此极言夷陵之僻远。欧阳修《夷陵县至喜堂记》："夷陵之僻，陆走荆门、襄阳至京师，二十有八驿；水道大江，绝淮，抵汴东水门，五千五百有九十里。"

[2] 山城：谓夷陵。欧阳修约同时作《千叶红梨花》诗："夷陵寂寞千山里，地远气偏时节异。"

[3] 残雪：尚未化尽的雪。橘：夷陵自古以出产柑橘闻名，唐宋时为贡品。杜佑《通典》卷六《赋税》下："天下诸郡每年常贡……夷陵郡……柑子二千颗。"

[4] 冻雷：谓春天的雷。因天气未暖，尚未解冻，故称。笋：亦为夷陵土产。欧阳修《夷陵县至喜堂记》："夷陵……令之日食有稻与鱼，又有橘、柚、茶、笋四时之味。"《初至夷陵答苏子美见寄》诗："野篁抽夏笋，丛橘长春条。"

[5] "夜闻"句：一作"鸟声渐变知芳节"。

[6] "病入"句：一作"人意无聊感物华"。病入新年：欧阳修约同时作《与尹师鲁第二书》："修之旧疾，渐以失去，亦能饮酒矣。"大中祥符七年(1014)刘筠《新年》诗："病入新年起甲寅，轲心不动五侯春。"物华：自然景物。

[7] 洛阳花下客：洛阳花，谓牡丹。欧阳修《洛阳牡丹记·风俗记》："洛阳之俗，大抵好花……花开时，士庶竞为游遨，往往于古寺废宅有池台处，为市井，张幄帟，笙歌之声相闻……至花落乃罢。"又《书荔枝谱后》："余少游洛阳，花之盛处也，因为牡丹作记。"

[8] 野芳：犹野花。欧阳修《千叶红梨花》诗："愁烟苦雾少芳菲，野卉蛮花斗红紫。"

【分析】

这首诗叙写早春在夷陵的所见所感，呈现出寂寥失意与乐观豁达交织的复杂心态。面对意料之中的迁谪，欧公在赴任途中即已自戒，应自我宽解、乐观恬淡以度逆境，并将其视作砥砺自身的契机。其《与尹师鲁第一书》所述最为明确："常与安道（余靖）言，每见前世有名人，当论事时，感激不避诛死，真若知义者；及到贬所，则戚戚怨嗟，有不堪之穷愁形于文字，其心欢戚无异庸人，虽韩文公（韩愈）不免此累。用此戒安道，慎勿作戚戚之文。师鲁察修此语，则处之之心又可知矣。"本诗亦正表现了这样一种情怀。

首联概言夷陵早春二月的气象。言山城未见花开，是对丁氏原诗"花时久雨"主题的应答承续，而将其解释为春风不到，语带感慨，既是极言夷陵之僻远，也暗寓皇恩未至之意，是迁谪生涯中落寞凄凉心态的自然流露，与王之涣《凉州词》"羌笛何须怨杨柳，春风不度玉门关"遥相呼应。欧公《笔说·峡州诗说》自道："若无下句，则上句何堪；既见下句，则上句颇工。"上句直抒胸臆、劈空而下，下句填充以眼见之实，不仅避免突兀空泛，更显出其笔力遒劲、想象雄奇。下句虽仅是平直叙述，但有上句在前，亦不至于落俗。两句于衰瑟中见出诗境之新拓。

颔联承前，具体描绘夷陵的早春风物。橘与笋均是当地知名土产，既是欧公所钟爱的"四时之味"，也是其甫一到任即关注到的景物。虽是"残雪"，仍能"压枝"，可以想见冬日之寒、雪势之大，尽管如此仍有橘子傲立枝头；且自屈原作《橘颂》以来，橘便具有了"苏世独立，横而不流"的象征意义。以拟人手法写竹笋被料峭春寒中的雷声惊醒，想要抽芽，也将其将萌未萌的情态形象生动地展示出来。在春风不到、百花未见的苦境下，霜橘与春笋展示出顽强的物性，蕴含着盎然的生机，不仅令欧公颇受感染，甚或在一定程度上成为其人格的外化。欧公《黄杨树子赋》言："节既晚而愈茂，岁已寒而不易。"显是托物言志之笔，可相互印证。

颈联由写景而及抒情，基调重归苦闷。夜听北归鸿雁长鸣，不由得泛起乡思；"乡"不仅指向故乡，更指向曾经施展政治理想而日夜挂怀的京洛朝堂。夷陵的早春以萧瑟清冷为主调，欧公病体虽有好转，但毕竟未曾痊愈，观之想到旧岁已辞，自然顿生衰老之思；尽管有霜橘、春笋等美好的风物，但毕竟抵不过萧瑟，且其生命力与人之老病形成鲜明对照，甚或偶令欧公忧思更深。其《初至夷陵答苏子美见寄》诗言："物华虽可爱，乡思独无聊。……白发新年出，朱颜异域销。……须知千里梦，长绕洛川桥。"由此可见，这样的苦闷是欧公初至夷陵即深有体会的，也应是其在夷陵时始终需要面对的；诗用曾因奸臣丁谓专权而力请外补的名士刘筠之语典，更显得意蕴深刻。

尾联承"乡思""物华"，却是话锋一转，言既曾游赏过天下之盛的洛阳牡丹，夷陵野花迟来亦不须嗟叹；两句与首联"二月山城未见花"的落寞形成呼应，带有鲜明的自嘲意味，故其不仅是故作诙谐、自我宽解之语，也应带有回应并劝慰丁氏之意，体现出欧公浓厚的乐观主义情怀。事实上，这样以景物连接京洛与夷陵，正是欧公缓解乡思物感的重要慰藉，如《初至虎牙滩见江山类龙门》："山形酷似龙门秀，江色不如伊水清。"又《千叶红梨花》："从来奇物产天涯，安得移根植帝家。"从另一视角观之，于夷陵的奇美山水间仍念念不忘京洛，或亦可见出其乐观豁达中忧郁深沉的底色。

啼　鸟

【题解】

这首诗作于庆历六年(1046)，时任滁州知州。庆历三年(1043)，范仲淹、富弼等力行新政，欧阳修亦被擢为谏官，在任感激恩遇，直言敢谏，成为其得力助手，同时亦触怒权贵。庆历四年(1044)，朝廷旧势力极力毁谤新政，劾奏范、欧等人结为朋党、误国误民，得到仁宗信任，主持新政的范仲淹、杜衍、富弼、韩琦等相继出贬。其间欧阳修连续上疏力辨朋党之诬，再次触怒旧党。庆历五年(1045)八月，适逢欧阳修之外甥女张氏与奴仆私通事发，旧党遂借机污蔑欧阳修与张氏私通并侵欺其财物，致欧公落龙图阁直学士，罢都转运按察使，以知制诰出知滁州。高步瀛《唐宋诗举要》卷三言："是年永叔在滁州，诗中'我遭谗口'云云，所以发其不平也。"

穷山候至阳气生[1]，百物如与时节争[2]。
官居荒凉草树密[3]，撩乱红紫开繁英[4]。
花深叶暗耀朝日，日暖众鸟皆嘤鸣[5]。
鸟言我岂解尔意，绵蛮但爱声可听[6]。

南窗睡多春正美[7],百舌未晓催天明[8]。
黄鹂颜色已可爱[9],舌端哑咤如娇婴[10]。
竹林静啼青竹笋[11],深处不见惟闻声。
陂田绕郭白水满[12],戴胜谷谷催春耕[13]。
谁谓鸣鸠拙无用[14],雄雌各自知阴晴[15]。
雨声萧萧泥滑滑[16],草深苔绿无人行。
独有花上提葫芦[17],劝我沽酒花前倾[18]。
其余百种各嘲哳[19],异乡殊俗难知名。
我遭谗口身落此[20],每闻巧舌宜可憎[21]。
春到山城苦寂寞,把盏常恨无娉婷[22]。
花开鸟语辄自醉,醉与花鸟为交朋。
花能嫣然顾我笑[23],鸟劝我饮非无情。
身闲酒美惜光景[24],惟恐鸟散花飘零。
可笑灵均楚泽畔[25],离骚憔悴愁独醒[26]。

(李逸安《欧阳修全集》卷三,中华书局,2001年版)

【注释】

[1] 穷山:深山。此谓滁州。《舆地纪胜》卷四二《滁州》:"滁山环城,峰峦竦秀,攒列乎目前。"欧阳修《醉翁亭记》:"环滁皆山也。其西南诸峰,林壑尤美。"候:古代计时的单位。《黄帝内经·素问·六节藏象论》:"五日谓之候,三候谓之气,六气谓之时,四时谓之岁。"后引申为节候、时令。此谓春日。阳气:暖气,生长之气。《管子·形势解》:"春者阳气始上,故万物生。"

[2] 百物:犹万物。时节:节令;季节。

[3] 官居:官吏的住宅。

[4] 撩乱:纷乱;杂乱。繁英:繁盛的花。

[5] 嘤鸣:鸟相和鸣。《诗经·小雅·伐木》:"伐木丁丁,鸟鸣嘤嘤。出自幽谷,迁于乔木。嘤其鸣矣,求其友声。"

[6] 绵蛮:谓小鸟,或鸟鸣声。《诗经·小雅·绵蛮》:"绵蛮黄鸟,止于丘阿。"毛传:"绵蛮,小鸟貌。"朱熹《诗集传》卷一五:"绵蛮,鸟声。"

[7] 南窗:向南的窗子。因窗多朝南,故亦泛指窗。

[8] 百舌:鸟名,喙尖,毛色黑黄相杂,鸣声圆滑。又名乌鸫。《淮南子·说山训》:"人有多言者,犹百舌之声。"高诱注:"百舌,鸟名。能易其舌,效百鸟之声,故曰百舌。"欧阳修嘉祐四年(1059)《啼鸟》诗:"百舌子,百舌子,莫道泥滑滑。"即言其效仿竹鸡之声。催天明:百舌鸟常在拂晓时鸣叫,故云。刘禹锡《百舌吟》:"晓星寥落春云低,初闻百舌间关啼……东方朝日迟迟升,迎风弄景如自矜。"

[9] 黄鹂:鸟名。身体黄色,自眼部至头后部黑色,嘴淡红色,鸣声动听。又名鸧鹒、黄莺。《诗经·豳风·七月》:"春日载阳,有鸣仓庚。"毛传:"仓庚,离黄也。"

[10] 哑咤:象声词。多以摹状鸟声或人语嘈杂声。

[11] 竹林:鸟名。宋孙奕《履斋示儿编》卷一五《人物通称》引《西清诗话》:"崇宁间有贡士自同谷来,笼

一禽，大如雀，色青，善鸣，曰竹林鸟也。”

［12］陂田：山田。白水：泛指清水。

［13］戴胜：鸟名。状似雀，头有冠，五色，如方盛，故称。《尔雅·释鸟》：“戴鵀。”晋郭璞注：“鵀即头上胜，今亦呼为戴胜。”榖榖：象声词。催春耕：戴胜常在春耕时鸣叫，故云。唐钱起《南溪春耕》：“荷蓑趣南径，戴胜鸣条枚。”

［14］鸣鸠：鸟名，即斑鸠。形似鸽，灰褐色，颈后有白色或黄褐色斑点。《礼记·月令》：“季春之月……鸣鸠拂其羽，戴胜降于桑。”拙无用：旧题师旷《禽经》：“鸠拙而安。”旧题晋张华注引《方言》：“蜀谓之拙鸟。不善营巢，取鸟巢居之，虽拙而安处也。”欧阳修《班班林间鸠寄内》诗：“人皆笑汝拙，无巢以家室。”又《鸣鸠》诗：“众鸟笑鸣鸠，尔拙固无匹。不能娶巧妇，以共营家室。”

［15］知阴晴：欧阳修《班班林间鸠寄内》诗：“班班林间鸠，榖榖命其匹。迨天之未雨，与汝勿相失。”又《鸣鸠》诗：“天将阴，鸣鸠逐妇鸣中林，鸠妇怒啼无好音。天雨止，鸠呼妇归鸣且喜，妇不亟归呼不已……吾老病骨知阴晴，每愁天阴闻此声。”按三国吴陆机《毛诗草木鸟兽虫鱼疏》卷下《宛彼鸣鸠》：“鹘鸠，一名班鸠，似鹁鸠而大。鹁鸠灰色，无绣项，阴则屏逐其匹，晴则呼之，语曰‘天将雨，鸠逐妇’是也。班鸠项有绣，文斑然。”或二者相似而混。

［16］泥滑滑：鸟名，即竹鸡。其鸣声如此，故名。宋王质《林泉结契》卷一《泥滑滑》：“身焦黄，杂黑斑点，如鸡而小，声焦急，多鸣则有阴雨。在篁篠间，故又号竹鸡。”宋梅尧臣《禽言四首·竹鸡》：“泥滑滑，苦竹冈。雨萧萧，马上郎。马蹄凌兢雨又急，此鸟为君应断肠。”明李时珍《本草纲目》卷四八《禽》二：“南人呼为‘泥滑滑’，因其声也。”

［17］提葫芦：鸟名，即鹈鹕。其鸣声如此，故名。宋王质《林泉结契》卷一《提壶芦》：“身麻斑，如鹞而小，嘴弯，声清重，初稍缓，已乃大激烈。”

［18］劝我沽酒：鹈鹕鸣声谐音“提壶”，故云。欧阳修嘉祐四年《啼鸟》诗：“提葫芦，提葫芦，不用沽美酒。宫壶日赐新酦醅，老病足以扶衰朽。”

［19］嘲哳：形容鸟鸣声嘈杂。

［20］谗口：谗人，借指谗佞者中伤诬陷之辞。南宋王铚《默记》卷下：“欧阳文忠庆历中为谏官。仁宗更用大臣，韩、富、范诸公，将大有为。公锐意言事……大忤权贵……韩、富既罢……宰相欲以事中之也。……公在河北，职事甚振，无可中伤。会公甥张氏，妹婿龟正之女，非欧生也，幼孤，鞠育于家，嫁侄晟。晟自虔州司户罢，以替名仆陈谏同行，而张与谏通。事发，鞠于开封府右军巡院。张惧罪，且图自解免，其语皆引公未嫁时事，词多丑异。军巡判官、著作佐郎孙揆止劾张与谏通事，不复支蔓。宰相闻之怒，再命太常博士、三司户部判官苏安世勘之，遂尽用张前后语成案。俄又差王昭明者监勘，盖以公前事，欲令释恨也。昭明至狱，见安世所劾案牍，视之骇曰：‘昭明在官家左右，无三日不说欧阳修；今省判所勘，乃迎合宰相意，加以大恶，异日昭明吃剑不得。’安世闻之大惧，竟不敢易揆所勘，但劾欧公用张氏资买田产立户事奏之。宰相大怒。公既降知制诰、知滁州。”欧阳修《滁州谢上表》：“伏念臣生而孤苦，少则贱贫。同母之亲，惟存一妹，丧厥夫而无托，携孤女以来归。张氏此时，生才七岁。臣愧无蓍龟前知之识，不能逆料其长大所为。在人情，难弃于路隅；缘臣妹，遂养于私室。方今公私嫁娶，皆行姑舅婚姻。况晟于臣宗，已隔再从；而张非己出，因谓无嫌。乃未及笄，遽令出适。然其既嫁五六年后，相去数千里间，不幸其人自为丑秽，臣之耳目不能接，思虑不能知。而言者及臣，诚为非意，以至究穷于资产，固已吹析于毫毛。若以攻臣之人，恶臣之甚，苟罹织过，奚逭深文？”

［21］巧舌：犹巧言，表面上好听而实际上虚伪的话。宜：当然。

［22］娉婷：美人；佳人。此谓歌伎。

［23］嫣然：娇媚的笑态。

[24] 光景：风光；景象。

[25] 灵均：屈原字。《楚辞·离骚》："名余曰正则兮，字余曰灵均。"楚泽：古楚地有云梦泽等七泽，后以此泛称楚地的湖泽或楚地。

[26] 离骚：为屈原诗题，此取其"遭遇忧患"一说。《史记·屈原列传》："屈平疾王听之不聪也，谗谄之蔽明也，邪曲之害公也，方正之不容也，故忧愁幽思而作《离骚》。'离骚'者，犹'离忧'也……屈平正道直行，竭忠尽智以事其君，谗人间之，可谓穷矣。信而见疑，忠而被谤，能无怨乎？屈平之作《离骚》，盖自怨生也。"憔悴：黄瘦；瘦损。独醒：独自清醒，比喻不同于流俗。《楚辞·渔父》："屈原既放，游于江潭，行吟泽畔，颜色憔悴，形容枯槁。渔父见而问之曰：'子非三闾大夫与？何故至于斯？'屈原曰：'举世皆浊我独清，众人皆醉我独醒，是以见放。'"

【分析】

这首诗吟咏贬所滁州春日啼鸣的群鸟，寄寓坐谗遭黜的怨愤及散淡闲适的情怀。自景祐三年(1036)远谪夷陵始，欧公即已树立了宠辱不惊、苦中作乐的处世戒律；几经宦海浮沉、星移斗转，这样的理念也日渐融入其人格之中。是故此次面对"莫须有"的下作手段，欧公虽仍有难平的愤怨，但其与理性的交织显得更为自然，整体心态也更加趋向后者。对此，欧公《滁州谢上表》所述最为明晰："臣自蒙睿奖，尝列谏垣，论议多及于贵权，指目不胜于怨怒。若臣身不黜，则攻者不休。……必欲措臣少安，莫若置之闲处，使其脱风波而远去，避陷阱之危机。虽臣善自为谋，所欲不过如此。"将本诗与《戏答元珍》对读，这样的变化亦是显而易见的。就诗意而言，本诗大致可分为三段：

"穷山"至"绵蛮"四联为首段。起首言深山中阳气萌动、物与时争，境界开阔、理趣盎然；随后则以赋笔铺陈，具体介绍"百物"之状。由官署的荒凉起笔，引出草树之茂密、花朵之繁乱、日光之煦暖、鸟鸣之唱和，渲染出一片生机郁郁、朝气蓬勃的景象；再由鸟鸣转及"我"之欣赏，与"官居荒凉"相呼应，展示了欧公亦受"百物"感染。四联由理及景、景理结合，既交代时地背景，也暗寓着苦中作乐、善处逆境的情怀，为全诗奠定随性热烈的情感基调。

"南窗"句至"异乡"八联为次段。本段承前而来，同用赋笔，对百舌等七种鸟类的鸣声予以具体描写：百舌啼晓，提壶劝沽；戴胜催耕，鸣鸠知阴；竹林啼笋，泥滑密林，黄鹂可爱。分别将鸟鸣与生活点滴、民风民俗与自然环境联系起来，笔调行云流水、摇曳多姿，描绘出一幅千姿百态、野趣盎然的山乡春景图；随后将"其余百种"一笔带过，更进一步渲染出春光无限之感。而就其情感色彩而言，由百舌等五种啼鸟的淳朴欢快转向竹鸡的寂寥凄凉，再至于提壶与"其余百种"的随性适意，也正暗合欧公面对迁谪的复杂心态与情绪转换。

"我遭"至"离骚"六联为尾段。本段由景及议，抒写身处鸟鸣声中的所思所感。因是遭诬陷而被贬，欧公不自觉地将千声百啭的鸟鸣与小人如簧的巧语联系起来，"可憎"二字直抒胸臆，足见心中哀凄怨愤之深；但其并未沉湎于此，而是话锋一转，一连数句自道将花鸟视作把酒言欢、情深意切、弥足珍贵的"娉婷"与"交朋"，既表现自身及时行乐、寄意山水、友花侣鸟的热烈深情，臻于物我两忘之境，也不免暗寓对官场俗世的鄙弃与超然。两句同用拟人手法，意趣却大不相同，形成鲜明对照。结句更借屈原自沉之公案，卒章显志，既高扬其苦难中旷观自得、圆融自适的人格特质，嬉笑怒骂之姿态亦与其放浪不羁的醉翁形象一脉相承。

嘉祐四年(1059),欧阳修另赋《啼鸟》。南宋葛立方《韵语阳秋》卷一六言:“人之悲喜虽本于心,然亦生于境。……欧阳永叔先在滁阳,有《啼鸟》一篇,意谓缘巧舌之人谪官,而今反爱其声。后考试崇政殿,又有《啼鸟》一篇,似反滁阳之咏。……末章云:‘可怜枕上五更听,不似滁州山里闻。’盖心有中外、枯菀之不同,则对境之际,悲喜随之尔。啼鸟之声,夫岂有二哉?”以二诗相对读,不难体会欧公在江湖与庙堂、中年与老年时心境的差异。

推荐阅读书目

1. 李逸安《欧阳修全集》,中华书局 2001 年版。
2. 洪本健《欧阳修诗文集校笺》,上海古籍出版社 2009 年版。
3. 胡可先、徐迈《欧阳修词校注》,上海古籍出版社 2015 年版。

思考题

1. 试论欧阳修词的特质及影响。
2. 试论欧阳修诗的成就和地位。

第十五章　苏　轼

本章概要

苏轼是北宋时期的文坛领袖，诗、文、词、赋，都具有很高的成就。其文与欧阳修并称“欧苏”，其诗与黄庭坚并称“苏黄”，其词与辛弃疾并称“苏辛”，其赋也被誉为“文章绝唱”。他是“唐宋八大家”之一，与其父苏洵、其弟苏辙号称“三苏”。

一、苏轼生平述略

苏轼（1037—1101），字子瞻，号东坡居士，眉州眉山人。嘉祐二年（1057），欧阳修知贡举，苏轼被擢置进士第二。嘉祐五年（1060），调福昌主簿。欧阳修以才识兼茂，荐之秘阁。始具草，文义粲然。复对制策，入三等。自宋初以来，制策入三等，唯吴育与苏轼而已。治平二年（1065），英宗自藩邸闻其名，欲召入翰林，知制诰。试二论，复入三等，得直史馆。

熙宁时期，王安石执政，推行变法，苏轼与王安石思想存在分歧，自觉朝廷难以立足，遂请求外任，熙宁四年（1071）六月，担任杭州通判。在杭州重视民生，也创作了一些反映民生疾苦与西湖风光的诗作。熙宁七年（1074）九月，改知密州。在密州，写了《江城子》《水调歌头》等名作。熙宁十年（1077），奉命移知徐州。到任不久，黄河决口于澶州，徐州遭受特大洪灾，苏轼指挥抗洪，“庐于城上，过家不入”。奋战七十余日，洪水始退。

元丰元年（1078），苏轼考察徐州农村，创作《浣溪沙》组词，为中国词史上第一组农村词。诗有《百步洪诗》，文有《放鹤亭记》，都是千古名篇。元丰二年（1079）春，移知湖州，百姓揽辔送行。四月到达湖州，七月二十八日突然被捕，因为苏轼到达湖州，给宋神宗上了《湖州谢表》，文中称自己“愚不适时，难以追陪新进”“老不生事，或能牧养小民”，当时一些新党的投机分子却摭拾只言片语，诬陷苏轼“愚弄朝廷，妄自尊大”“衔怨怀怒”“指斥乘舆”“包藏祸心”，对皇帝不忠，故而受到逮捕，并且受牵连者多达数十人，这就是影响深远的“乌台诗案”。因为该案由监察御史告发，在御史台受审，而御史台上植柏树，终年栖息乌鸦，又称“乌台”。苏轼在年底出狱，以水部员外郎黄州团练副使贬谪黄州。元丰三年（1080）正月初一就奔赴贬所。元丰四年（1081），于黄州垦荒种田，躬耕陇亩，自号东坡居士。黄州是苏轼人生的低谷期，却是创作的繁盛期。诗有《东坡八首》《寒食雨》，词有《赤壁怀古》，赋有前后《赤壁赋》。元丰七年（1084）三月改贬汝州。元丰八年

(1085)，神宗病故，苏轼被起用为登州太守，到任五天，即调回汴京。

元祐元年(1086)，由起居舍人迁中书舍人，又迁翰林学士知制诰。苏轼在朝四年，主持学士院考试和进士贡举，选拔毕仲游、黄庭坚、张耒、晁补之任馆职，后又荐举秦观、陈师道等调京，一时才士毕集，相互酬唱，成为文坛盟主。其所擢拔之人，都斐然有声，称为“苏门学士”“元祐词人”。此时苏轼和旧派发生矛盾，觉得在朝难以立足，故而求做外官。元祐四年(1089)三月，出知杭州。元祐六年(1091)二月，苏轼以翰林学士承旨召还京都，不久被派知颍州。元祐七年(1092)二月，改知扬州。不到半年又召回汴京。元祐八年(1093)秋出知定州。

绍圣元年(1094)四月，投机变法分子章惇、吕惠卿、曾布、蔡京等故意报复元祐旧臣，诬陷苏轼起草制诰“讥刺先朝”，贬知英州，并且一月之内，连贬三次，最后贬为建昌军司马惠州安置。绍圣三年(1096)，苏轼在白鹤峰买田数亩构建房屋，思作久居之计，但并未如愿。绍圣四年(1097)四月，再贬为琼州别驾昌化军安置。七月抵达儋州。儋州当年荒僻异常，“此间食无肉，病无药，居无室，出无友，冬无炭，夏无寒泉”(《与程秀才书》)，所处逆境之艰难可想而知。但这数年的贬谪，也是他创作辉煌的阶段，突出的成就是写了大量的和陶诗和书札散文。

元符三年(1098)，徽宗继位，宽赦元祐旧臣，苏轼始得内迁，海南父老携酒馔送行，“执手涕泣而去”。建中靖国元年(1101)，过大庾岭时，有感而作“问翁大庾岭头住，曾见南迁几个回”(《赠岭上老人》)。但北归至常州，于船上染病。七月二十八日，病逝于常州孙氏宅院之中。

二、独辟蹊径的词作

宋人王灼在《碧鸡漫志》卷二中说：“东坡先生非心醉于音律者，偶尔作歌，指出向上一路，新天下耳目，弄笔者始知自振。今少年妄谓东坡移诗律作长短句，十有八九不学柳耆卿则学曹元宠，虽可笑，亦毋用笑也。”这段话透露出两个重要信息：一是苏轼与此前醉心于音律的词人不同，他是以余事偶尔作歌的；二是苏轼为词指出了向上一路，使得天下耳目一新。这样我们可以称他的词作是独辟蹊径的。对于苏轼词的论述，吴熊和先生《唐宋词通论》论述最得其精髓，今综括以论之。

1. 提高词品

自《花间集》至柳永，始终不脱“词为艳科”的范围，与正统的言志、载道的诗文相比，难登大雅，故而历来有“诗庄词媚”之说。温庭筠被讥为“士行尘杂”，晏几道被韩维批评“才有余而德不足”，柳永更是作侧词艳曲的能手。词坛到了苏轼其品始高，苏轼提高词品的方式是“以诗为词”。其入词的内容与题材无所不包：关乎缘情的绮丽之作可以入词，如《蝶恋花》(花褪残红青杏小)；关乎言志的抒怀吊古之作可以入词，如《念奴娇》(大江东去)；关乎怀人的离合聚散之作可以入词，如《水调歌头》(明月几时有)；关于悼亡的真挚情感可以入词，如《江城子》(十年生死两茫茫)；关乎咏物的托物言志之词，如《卜算子》(缺月挂疏桐)；关乎农村的古朴淳雅之词，如《浣溪沙》(簌簌衣巾落枣花)等。这些词作，既集前人词作之大成，又开前人未达的领域，可谓承先启后，继往开来。

2. 扩大词境

五代至宋初的词，范围狭小，内容贫弱。苏轼扩大了词的范围，放大了词的内容，无论什么题材、思想和情感，都可用词来表现。他把自己的性情、学问、襟怀悉见于诗，也同样融之于词。词中展现了他广阔的视野、丰富的阅历和浓郁的生活情趣。苏轼的词，或吊古伤时，或悼亡送别，或说理咏史，或写山水田园，内容广泛，情感复杂。他为词境拓土开疆，使词走出了花间小径，涌进了生活的波涛。由于他杰出的才能，丰富的学问，融和混合，形成前所未有的豪放飘逸的词风。苏词中境界最为雄奇阔大者当推《念奴娇》(赤壁怀古)，词中出现了浩荡的长江，大战的故垒和当年风云际会的一时豪杰。这首词第一次以空前的气魄和艺术力量塑造了一个英姿勃发的人物形象，透露了作者有志报国，壮怀难酬的感慨，为词体表达重大的社会题材开拓了新的道路，产生了重大的影响。

3. 改变词风

苏轼作词时，正当柳永词风靡一世之际。他改变词风，就以柳永词为对手。他作了一首《江城子》(密州出猎)词后，致书与鲜于侁说："近却颇作小词，虽无柳七郎风味，亦自是一家。呵呵！数日前，猎于郊外，所获颇多。作得一阕，令东州壮士抵掌顿足而歌之，吹笛击鼓以为节，颇壮观也。"可见其改变了当时流行的以柳永为代表的词风，而树起了"自是一家"的旗帜。宋人俞文豹《吹剑续录》也记载："东坡在玉堂，有幕士善讴，因问：'我词比柳词何如？'对曰：'柳郎中词，只好十七八女孩儿，执红牙拍板唱杨柳岸，晓风残月。学士词，须关西大汉，执铁板唱大江东去。'公为之倾倒。"俞文豹所举的这位幕士的话，生动地说明了苏轼与柳永两家词风的差异，也显示了苏轼对传统词风的重大改革。这样也就使得词风一振，并且一直影响到南宋的张孝祥、陆游、辛弃疾、陈亮、刘过、刘克庄等词人。

4. 改进词律

词本由合乐而产生，因此词在最初阶段，音乐的生命重于文学的生命。自五代至宋初，词必协律，成为可唱之曲。到了苏轼，他未必完全废弃词的音乐性，但他并不重视词的音乐性。苏词虽没有完全否定词的音乐元素，但确实有摆脱音乐的趋势。他并不是不懂音律，也不是不能作可歌的词，他的与人不同处，是为文学而作词，不完全是为歌唱而作词，这一个转变，使词的文学生命重于音乐生命。苏轼在词律上也有创新，突破《花间集》、柳永词的樊篱，在用调上另辟蹊径，以求声辞相合。他着重引进了不少慷慨豪放的曲调为词，如《沁园春》《永遇乐》《满庭芳》《洞仙歌》《贺新郎》《念奴娇》《水调歌头》等，有的是自度腔，有的是他最先使用，有的则是经他运用而后获得流传与推广的。柳永所创词调，清婉之音不少，苏轼发展的则是雄豪的曲调。他对北宋慢词的兴盛也有草创与开拓之功，其影响也许不在柳永之下。

三、丰富多彩的诗歌

苏轼诗歌约有二千七百多首，内容丰富多彩。他以富有个性化的形式，抒情写怀，广泛地反映了自己的时代。他的诗独成一家，给予宋诗以新的成就与开拓，是当时诗坛的代表。

1. 政治诗

苏轼的一生，跌宕起伏，升沉不定，通过他自己生活的真实描写，也就反映出统治阶级内部的矛盾斗争与当日封建政权的真实面目。这一类诗大致有二类：一类是针对一般的社会弊端和不平现象的，如《荔枝叹》借有关荔枝的故事讽谕现实，批判汉唐统治者为了满足口腹之欲，不顾百姓死活，强迫人民进贡鲜荔枝，而今又花样翻新，贡茶贡花，谄媚君上，同样贻害人民。诗中点名批评了当代的官僚，讽刺力量很强。另一类是与新法有关的。如《吴中田妇叹》借田妇之口，倾诉农家的痛苦境遇，庄稼本来长得不好，入秋又遭涝灾，拼死拼活抢收到家，但是卖光了稻米，只能换来少得可怜的钱钞，往后只好卖牛纳税、拆屋当柴了。这首诗揭示了推行新法所造成的田荒谷贱，逼得农民无路可走。

2. 景物诗

苏轼以多彩的文笔描摹各地的名胜，歌颂了祖国山河的壮丽多姿，如《入峡》《巫山》写蜀中山川，《凤翔八观》写陕西风物，《游金山寺》写镇江夜景，《望海楼晚景》写钱塘江潮，《登州海市》写蓬莱海市蜃楼，《连江雨涨》写惠州夜雨，都是很著名的。他的许多景物诗，能用犀利的笔锋，把壮丽山川的千姿百态，穷形尽相地刻画出来。苏轼的景物诗，善于捕捉大自然中瞬息变幻的奇妙景物，予以生动的描绘。如《饮湖上初晴后雨》云："水光潋滟晴方好，山色空蒙雨亦奇。欲把西湖比西子，淡妆浓抹总相宜。"诗中不仅抓住了不同天气中西湖不同的景色特点，且以千古美人西施比况西湖的妖娆动人，这个精彩的比喻，引起了人们的交口赞扬。从此，人们常以"西子湖"作为西湖的别称。再如《惠崇春江晚景》："竹外桃花三两枝，春江水暖鸭先知。蒌蒿满地芦芽短，正是河豚欲上时。"诗用二十八个字，把春江晚景写得生机蓬勃，呈现着自然界活跃的生命与季节变化的敏感。一切都是那么调和，那么自然，颜色又点缀得那么相宜，成为一幅小小的充满生机的图画。

3. 理趣诗

苏轼总结创作经验时，有"寄妙理于豪放之外"语，宋诗富有思致，尤其东坡以理趣胜。这是他对诗歌艺术的一种创新。东坡的理趣诗不是以韵语谈玄说理，而是在写景中，融入哲思理趣，做到情景与理趣浑然一体，言在此而意在彼，收到引人入胜、发人深思的艺术效果。苏轼最著名的理趣诗是《题西林壁》："横看成岭侧成峰，远近高低各不同。不识庐山真面目，只缘身在此山中。"通过游览庐山观察景物，写出了登山的感受，道出了一个平凡的哲理，包括了全体与部分、宏观与微观、分析与综合等耐人寻思的概念。苏轼慨叹身在山中反而不识山的真面目，其实是识了庐山真面目之后的见道之言；是经过了横看、侧看、远看、近看、高看、低看之后，才悟到身在山中反而不识其真面目的事理。这样的山水诗就有了哲理性，不仅赢得读者的广泛传诵与吟味，同时也成为人们认知社会现象的熟语，启示人们观察事物要出乎其外。

4. 抒怀诗

苏轼的诗歌，数量最多也最为人们喜好的是那些通过描写日常生活经历和自然景物来抒发人生情怀的作品。这些诗内涵深沉浑厚，同时也表现出旷逸豁达的人生态度。如《正月二十日与潘郭二生出郊寻春忽记去年是日同至女王城作诗乃和前韵》：

东风未肯入东门，走马还寻去岁村。人似秋鸿来有信，事如春梦了无痕。江城白酒三杯酽，野老苍颜一笑温。已约年年为此会，故人不用赋招魂。

这首诗写于元丰五年(1082)，他到黄州已有两年。乌台诗案的骇浪已成往事，到了黄州后又有新交，诗酒唱和。诗的颔联"人似秋鸿来有信，事如春梦了无痕"，由重游故地引发感慨，是说人如鸿雁，感信而动，年年如期，南来北往，但即便如此，在瞬息万变的宇宙中也不会留下什么痕迹。人处世间，世事纷繁，但如春梦一般，时过境迁，了无痕迹。这种情怀，这种感慨，也是苏轼的主观抒发，积极排遣。他因为遭受乌台诗案的沉重打击，又处于贬逐之中，只有将一切往事强自推向"春梦了无痕"的虚无境地，才能解脱痛苦，达到心理平衡，臻于随缘自适的人生境界。

名篇赏析

念奴娇·赤壁怀古[1]

【题解】

《念奴娇·赤壁怀古》是苏轼思接古今、抒发豪迈气概的扛鼎之作,堪称“千古绝唱”。这首词作于宋神宗元丰五年(1082)七月,当时苏轼因“乌台诗案”获罪,被贬为黄州团练副使。被贬黄州是苏轼人生中的一个重要转折点,他曾两游赤壁,先后写下了《念奴娇·赤壁怀古》词、《前赤壁赋》和《后赤壁赋》,从中可以看到其精神世界和文学风格都有了重大的蜕变和重塑。《念奴娇·赤壁怀古》一改北宋传统表现女性化的柔婉词风,意境开阔,气势豪放,对于北宋词坛开拓词境、丰富词的表现内容具有重要意义。苏轼的赤壁三咏为赤壁注入了文化生机,影响更是经久不衰,成为文学史上浓墨重彩的一笔。

大江东去[2],浪淘尽,千古风流人物。故垒西边[3],人道是、三国周郎赤壁[4]。乱石崩云[5],惊涛裂岸[6],卷起千堆雪[7]。江山如画,一时多少豪杰。

遥想公瑾当年[8],小乔初嫁了[9],雄姿英发[10]。羽扇纶巾[11],谈笑间、强虏灰飞烟灭[12]。故国神游[13],多情应笑我,早生华发[14]。人间如梦[15],一尊还酹江月[16]。

(龙榆生《东坡乐府笺》卷二,上海古籍出版社,2017 年版)

【注释】

[1] 赤壁:这里指黄州赤壁,一名“赤鼻矶”,在今湖北省黄冈市西。而三国古战场的赤壁,应在今湖北省赤壁市。杜牧《赤壁》诗:“折戟沉沙铁未销,自将磨洗认前朝。东风不与周郎便,铜雀春深锁二乔。”指的也是黄州赤壁。

[2] 大江:指岷江一带,是长江上游的重要支流。《汉书·地理志》:“岷山,岷江所出,故为大江,至九江为中江,至徐陵为北江,盖一源而三目。”

[3] 故垒:遗留下来的军营之地。

[4] 周郎:三国时期名将周瑜,字公瑾。《三国志·吴书·周瑜传》:“周瑜字公瑾,庐江舒人也。……授建威中郎将。……瑜时年二十四,吴中皆呼为周郎。”

[5] 乱石崩云:山石陡峭险峻,直插云霄。崩云,一作“穿空”。

[6] 惊涛裂岸:江流汹涌奔腾,崩裂石岸。裂,一作“拍”。

[7] 雪:比喻浪花。

[8] 公瑾:即周瑜。当年:正当壮年。

[9] 小乔：东汉末年桥玄次女，周瑜之妻。《三国志·吴书·周瑜传》："策欲取荆州，以瑜为中护军，领江夏太守，从攻皖，拔之。时得桥公两女，皆国色也。策自纳大桥，瑜纳小桥。"乔，即桥。周瑜娶小乔距离赤壁之战时有十年之久，这里写"初嫁"，是为了突出周瑜少年得志，风流倜傥。

[10] 雄姿：姿态威武。英发：谈吐不凡，见识卓越。

[11] 羽扇：用白鸟羽毛做成的扇子。纶巾：用青丝做成的头巾。

[12] 强虏：强大残暴的敌人。一作"樯橹"。

[13] 故国：指当年的赤壁战场。神游：在想象中游历。

[14] 华发：花白的头发。

[15] 人间：一作"人生"。

[16] 尊：通"樽"，盛酒的器具。酹：以酒浇在地上表示祭奠。

【分析】

这首词题为"赤壁怀古"，是苏轼游览黄冈城外的赤壁后所作。词人借古抒怀，通过对黄州赤壁壮丽雄奇风景的描绘和对三国名将周瑜的礼赞景仰，抒发了自己政治失意遭贬谪的沉痛和壮志未酬的愤懑。

上阕描绘赤壁古战场之实景。"大江东去，浪淘尽，千古风流人物。"词人登高远眺，汹涌长江水滚滚东去，随即以"浪淘尽"三字由眼前江水联想到奔腾不息的历史长河。"千古风流人物"，寥寥几字，将历史时空中众多英雄豪杰囊括其中，气势宏大，包举有力。一个"尽"字写尽苍凉悲壮之感，《论语·子罕》言："子在川上曰：'逝者如斯夫，不舍昼夜。'"有异曲同工之妙。

"故垒西边，人道是、三国周郎赤壁。"三句将时空聚焦到赤壁之战，点题中"赤壁怀古"，指出这里就是三国时期由周瑜指挥的赤壁之战的古战场。"人道是"，下笔极有分寸。《三国志·吴书·周瑜传》载："权遂遣瑜及程普等与备并力逆曹公，遇于赤壁。时曹公军众已有疾病，初一交战，公军败退，引次江北。瑜等在南岸。"则赤壁之战的赤壁在长江南岸，黄州赤壁在长江北岸。故黄州赤壁并非当年古战场之地。这一点，苏轼也曾在《与范子丰书》里说："黄州少西，山麓斗入江中，石室如丹，传云曹公败所，所谓赤壁者。或曰非也。""人道是"三字信疑之间，更添风流总被雨打风吹去的历史感慨。

"乱石崩云，惊涛裂岸，卷起千堆雪。"实写眼前的赤壁，陡峭林立的山石仿佛要直插云霄，汹涌奔腾的江水崩击石岸，卷起千堆万堆的雪浪，是何等惊心动魄的景象！"崩""裂""卷"等一系列动词的渲染运用，有声有色，描绘了古战场的险要地势和雄伟景象。"江山如画，一时多少豪杰！"与首句都由江山引入人物，呼应之中，又承上启下。既是对上阕的总述，又将思绪带到千古兴亡的历史人物之中，为下阕英雄豪杰周瑜的出场渲染气氛。

下阕咏周瑜意气风发，指挥若定，大破曹军之事。"遥想公瑾当年，小乔初嫁了，雄姿英发。羽扇纶巾，谈笑间、强虏灰飞烟灭。"六句以"遥想"二字领起，虚实结合，从功业和爱情两方面浓墨重彩地写出了周瑜的少年英气，潇洒风流。《三国志·吴书·周瑜传》："瑜长壮有资貌。"又《吕蒙传》："孙权与陆逊论周瑜、鲁肃及蒙曰：'……子明少时，孤谓不辞剧易，果敢有胆而已。及身长大，学问开益，筹略奇至，可以次于公瑾，但言议英发不及之耳。"事实上，周瑜娶小乔在皖城战役之时，十年后才指挥赤壁之战。这里写"初嫁"是为了以绝色美人突出周瑜的风流倜傥。“羽扇纶巾”是三国时儒将的装扮,勾勒出周瑜大战之中儒士便服、气定神闲的模样。“谈笑间”,写其自信潇洒。“强虏灰飞烟灭”仅六字便写出了赤壁火攻之事。《三国志》引《江表传》曰:“至战日,盖先取轻利舰十舫,载燥荻枯柴积其中,灌以鱼膏,赤幔覆之,建旌旗龙幡于舰上,时东南风急,因以十舰最著前,中江举帆,……去北军二里余,同时发火,火烈风猛,往船如箭,飞埃绝烂,烧尽北船,延及岸边营柴。瑜等率轻锐寻继其后,雷鼓大进,北军大坏,曹公退走。”六句通过对历史的艺术提炼与加工,用精练的语言和多变的手法塑造了周瑜风流儒雅、智勇双全的英雄形象。

“故国神游,多情应笑我,早生华发。”三句由想象转为现实,年少有为、决胜千里的周公瑾更反衬出词人人到中年却仕途蹭蹬、一事无成的颓唐与沉痛。无奈之下,词人只能自嘲:“多情应笑我,早生华发。”“故国神游”,即神游故国,“多情应笑我”,即应笑我多情。“人间如梦,一尊还酹江月”,词人试图以超然旷达消解眼前的失意愤慨。以酒酹月,方显词人超然之本色。整首词的基调是苍凉豪迈的。

蝶恋花

【题解】

苏轼以豪放旷达词风著称,但也有清丽婉约的作品,这首《蝶恋花》便是代表性词作之一。绍圣元年(1094)闰四月,元祐党人被纷纷贬黜赶出朝堂,苏轼也在定州任遭罢斥,这首词便是在这时写下的。词写暮春初夏时节发生在一墙之隔的一次遭遇,春光易逝,佳人难见,寓情于景,叙事生动而又富有情趣。据《词林纪事》卷五记载,苏轼谪居惠州期间,与侍妾朝云闲坐,初秋时节,落木萧萧,于是命朝云歌唱这首词。朝云将啭,便泪满衣襟。苏轼问其原因,朝云回答:“奴所不能歌,是‘枝上柳绵吹又少,天涯何处无芳草’也。”苏轼听后笑道:“是吾正悲秋,而汝又伤春矣。”不久朝云患病而亡,苏轼从此再也没有听过这首词。

花褪残红青杏小[1]。燕子飞时,绿水人家绕。枝上柳绵吹又少[2],天涯何处无芳草[3]!
墙里秋千墙外道。墙外行人,墙里佳人笑。笑渐不闻声渐悄[4],多情却被无情恼。

(龙榆生《东坡乐府笺》卷三,上海古籍出版社,2017年版)

【注释】

[1] 花褪:花色衰退。残红:凋残的花。
[2] 柳绵:即柳絮。
[3] “天涯”句:语本《离骚》:“何所独无芳草兮,尔何怀乎故宇?”
[4] 声渐悄:渐渐没有声音。

【分析】

明毛晋汲古阁《宋六十名家词》本《东坡词》题本词为“春景”。上阕写晚春景色。起句“花褪残红青杏小”点明为暮春初夏时节。红花褪色凋零，是衰亡之景，然而词人又敏锐地注意到树上初生幼小的青杏若隐若现，一定程度上消解了悲春伤时之感。“燕子飞时，绿水人家绕”二句写眼前之景，宛然一幅清新明丽的江南暮春图景。“绕”字，一作“晓”。俞彦《爰园词话》：“古人好词即一字未易弹，亦未易改。子瞻‘绿水人家绕’，别本作‘晓’，为古今词话所赏。愚谓‘绕’字虽平，然是实境；‘晓’字无皈着，试通咏全章便见。”从词意上来说，“绕”较“晓”字更具实意，取绿水环绕人家之意，明朗生动，与飞燕均为动态画面，属于全词的环境描写，为下阕引入“墙里秋千”作铺垫。

“枝上柳绵吹又少，天涯何处无芳草”二句写柳絮纷飞的晚春之景，与开篇相呼应。此两句是千古佳句，最为人称道。“枝上柳绵吹又少”，着一“又”字，带有一种哀怨之情绵延不尽的意味，不免使人心生惆怅，朝云歌唱至此，也不禁“泪满衣襟”。“天涯何处无芳草”，词人随即笔锋一转而为豁达洒脱：天下之大，何愁没有芳草绿茵？一抑一扬，于伤感中见疏朗，情致深婉。屈原《离骚》中亦有：“何所独无芳草兮，尔何怀乎故宇？”

下阕写人之情事。“墙里秋千墙外道。墙外行人，墙里佳人笑”三句言明地点与人物。“墙里秋千”，与上阕“绿水人家”呼应。这三句看似墙里、墙外两两重复，但其实字里行间词人更突出对墙里佳人的描写，不写样貌神态，只言墙里佳人荡着秋千，不时传来欢声笑语，那么面对此情此景的行人又是怎样的心情呢？不禁让读者浮想联翩。

“笑渐不闻声渐悄，多情却被无情恼。”笑声渐消，独留行人在原地怅然若失。两句以叠字句对比作结，一“笑”一“恼”，一“无情”一“多情”。然何为多情？何为无情？《蓼园词选》评此词下阕：“‘柳绵’自是佳句，而次阕尤为奇情四溢也。”遣词错落有致，尤其是顶真手法的运用，使得下阕读来一气呵成，更增情趣。

水调歌头

【题解】

《水调歌头》是一首脍炙人口的千古名篇，是中秋词中最广为传诵的一首。《苕溪渔隐丛话》评此词：“中秋词，自东坡《水调歌头》一出，余词尽废。”可见其艺术成就之高。序云：“丙辰中秋，欢饮达旦，大醉，作此篇，兼怀子由。”可知《水调歌头》作于宋神宗熙宁九年(1076)八月十五日。时苏轼在密州任上已有两年，与弟弟苏辙分别已有七年未见，中秋佳节乘着酒兴，望月怀人挥笔作词。

丙辰中秋[1]，欢饮达旦[2]，大醉，作此篇，兼怀子由[3]。

明月几时有、把酒问青天[4]。不知天上宫阙[5]，今夕是何年。我欲乘风归去，唯恐琼楼玉宇[6]，高处不胜寒[7]。起舞弄清影[8]，何似在人间！

转朱阁[9],低绮户[10],照无眠。不应有恨,何事长向别时圆。人有悲欢离合,月有阴晴圆缺,此事古难全。但愿人长久,千里共婵娟[11]。

(龙榆生《东坡乐府笺》卷一,上海古籍出版社,2017 年版)

【注释】

[1] 丙辰:宋神宗熙宁九年,即 1076 年。

[2] 达旦:直到天亮。

[3] 子由:即苏辙,苏轼的弟弟。苏辙字子由。

[4] 把酒:端起酒杯。

[5] 宫阙:即宫殿。古时帝王所居宫门前有双阙,故称宫殿为宫阙。

[6] 唯恐:一作"又恐"。琼楼玉宇:指月中宫殿,仙界楼台。《大业拾遗记》:"瞿乾祐于江岸玩月,或谓此中何有?瞿笑曰:'可随我观之。'俄见月规半天,琼楼玉宇烂然。"是词人对明月的想象之语。

[7] 胜:承受、承担。

[8] 弄:玩耍、玩弄。

[9] 朱阁:红色的华丽楼阁。

[10] 绮户:雕饰华丽的门窗。

[11] 婵娟:指月亮。

【分析】

这首词围绕中秋望月驰思、想象,囊括了人世间的悲欢离合和对宇宙人生的哲思,景、情、思相互交融,是苏轼词的典范之作。全词以"月"为贯穿。上阕写把酒问月之遐想。"明月几时有、把酒问青天。"中秋佳节,皓月当空,词人举杯欢饮,追溯明月起源,陡然直入,可谓奇思妙语。问天非东坡独有,如张若虚《春江花月夜》:"江畔何人初见月?江月何年初照人?"李白《把酒问月》:"青天有月来几时?我今停杯一问之。"张诗更深邃,李诗更飘逸,苏词则多了几分豪迈,似在发问,又好似在感叹造物主之奇妙。

"不知天上宫阙,今夕是何年。"紧接上文,进一步去思考追问今昔天上何夕,词人的思绪在天上与人世之间反复徘徊,较之前更显词人对天上仙境的向往。自然引出下文"我欲乘风归去,唯恐琼楼玉宇,高处不胜寒",三句透露出矛盾心理。"归"字表明词人自诩天上人,是将仙境作为自己真正的归宿的。"唯恐"二字笔锋一转,词人的思绪又转入现实,仙境虽好,却"高处不胜寒"。看似矛盾,实际上恰恰表明了词人始终不能真正放下的复杂心态。"起舞弄清影,何似在人间。"词人月下独酌,醉后翩然起舞,人间起舞胜于天上孤寒,表现了词人对人世间的留恋。

下阕写望月怀人之哲思。"转朱阁,低绮户,照无眠。"写月光照户人无眠的场景。"转"和"低"形象生动地写明月已西沉,也暗含了时间的推移。词人因何而不眠?自然引出"不应有恨,何事长向别时圆!"为什么月亮总在人离别时长圆?看似无理,实则有情,写出了此刻词人的离愁别绪和对弟弟的思念。一个"长"字说明月圆人不圆的现象古今有之,这一问更是替天下所有离人发问,格局自大。

"人有悲欢离合,月有阴晴圆缺,此事古难全。"承接前面的发问而来,是答语。不论是人还是月，都是多变的，自古至今都是如此。如果说前文是在表达月圆人不圆的对立，那么这里便是将月与人进行交融，既是对月亮的开脱，也是对离人的宽慰，极富哲思，词的意境也由愁苦转向豁达。既然如此，自然不该对月亮多加诘问指责，词人的心绪在这里得到纾解。

“但愿人长久，千里共婵娟。”以两句美好祝愿作结，更显词人的超然气度。离别是难免的，那么希望远隔千里也能明月与共。“人长久”就时间言，“共婵娟”则就空间言。将全词的境界格调推向了高潮，遂成千古绝唱。

定风波

【题解】

《定风波》是一首纪行词，作于宋神宗元丰五年(1082)三月七日，即苏轼被贬黄州的第三年。序云：“三月七日，沙湖道中遇雨，雨具先去，同行皆狼狈，余独不觉。已而遂晴。故作此。”与《书吕道人砚》中所说的“元丰五年三月七日，偶至沙湖黄氏家”为同一事。其事虽琐，词人却妙笔生花，寄寓哲思，通过雨中潇洒徐行折射出乐观顽强的人生态度，语言明快而饶有理趣。

三月七日，沙湖道中遇雨[1]，雨具先去，同行皆狼狈，余独不觉。已而遂晴。故作此。

莫听穿林打叶声，何妨吟啸且徐行[2]。竹杖芒鞋轻胜马[3]，谁怕？一蓑烟雨任平生[4]。

料峭春风吹酒醒[5]，微冷，山头斜照却相迎。回首向来萧瑟处[6]，归去，也无风雨也无晴。

（龙榆生《东坡乐府笺》卷三，上海古籍出版社，2017年版）

【注释】

[1] 沙湖：在黄州(今湖北黄冈)东南，又名螺蛳店。

[2] 吟啸：吟诗与呼啸(嘬口哨声为啸)，形容闲放的样子。徐行：缓慢前行。

[3] 芒鞋：用芒茎外皮编织成的鞋，也泛指草鞋。

[4] 蓑：用草或棕毛做成的雨披。一作“莎”。

[5] 料峭：春风带寒的样子。

[6] 向来：刚才。萧瑟：草木被风吹而摇动的声音。一作“潇洒”。

【分析】

《定风波》写沙湖归途遇雨这样一件生活琐事，词序中交代了词作的缘由。上阕写突遇风雨，吟啸徐行。“莫听穿林打叶声，何妨吟啸且徐行”二句写词人途中突然遇雨淡然的态度，奠定全篇基调。“穿林打叶声”指雨点透过树林打在叶子上的风雨声，可见风急雨骤，再加上“雨具先去”，可见情况之狼狈。可即便如此，词人却用“莫听”“何妨”表现自己的从容，二词相互呼应，仿佛随口道出，还要“吟啸徐行”，更显倔强。这两句也与词中小序“同行皆狼狈，余独不觉”相契合。

“竹杖芒鞋轻胜马，谁怕？一蓑烟雨任平生”三句由眼前之风雨延伸到人生之风雨。只有竹杖芒鞋而无雨具，这是词人简装出行的真实写照，词人不仅不觉简陋，反而用一“轻”字传达出一种洒脱的态度，“谁怕”二字，一句反问，写怡然自若之貌。词人此时已无雨具，因此第三句中的“烟雨”并非指眼前风雨，而是虚指人生中的风雨，即经历的各种挫折和痛苦，由此这里的“一蓑”也并非实指雨具，而是指粗陋简朴的生活，词人借眼前景道心中情，虽然身陷困顿，也要处之泰然。

下阕写雨后初晴，心境的坦荡。“料峭春风吹酒醒，微冷，山头斜照却相迎”三句写雨过天晴之景。料峭，指春风带寒，刺激人陡然警觉。苏轼《送范德孺》诗中有“渐觉东风料峭寒，青蒿黄韭试春盘”句。“酒醒”，可见词人前面的议论与态度是带着酒意的。春寒料峭，词人微冷之余醉意已消。雨后斜阳相迎，一语双关，且运用了拟人的手法。既是眼前实景，也是词人心中的美好愿望，表现出词人乐观执着的心态。

“回首向来萧瑟处，归去，也无风雨也无晴”，将眼中景与心中情相结合，由眼前遇雨小事升华到人生哲思。萧瑟，指草木被风吹而摇动的声音。词人想要写的不仅是对眼前风雨的态度，更是面对人生坎坷，面对贬谪生涯时无谓晴雨、坦然处之的人生态度，立意高远。苏轼对这三句也尤为喜欢，他晚年流放到海南，又将这三句稍作修改，写成诗《独觉》：“潇然独觉午窗明，欲觉犹闻醉鼾声。回首向来萧瑟处，也无风雨也无晴。”

和子由渑池怀旧[1]

【题解】

《和子由渑池怀旧》是苏轼七律诗中的代表作。由诗题可知，是和其弟苏辙（字子由）之诗。宋仁宗嘉祐六年（1061）冬，26岁的苏轼出任陕西凤翔府签判，其弟子由送其到郑州，回到京城开封后作《怀渑池寄子瞻兄》寄给兄长，诗云：“相携话别郑原上，共道长途怕雪泥。归骑还寻大梁陌，行人已度古崤西。曾为县吏民知否？旧宿僧房壁共题。遥想独游佳味少，无言骓马但鸣嘶。”《和子由渑池怀旧》便是苏轼依照原韵的和作，比喻新奇，风格恣意。“雪泥鸿爪”的人生譬喻也是源自此诗。

人生到处知何似，应似飞鸿踏雪泥[2]。
泥上偶然留指爪，鸿飞那复计东西。
老僧已死成新塔[3]，坏壁无由见旧题[4]。
往日崎岖还记否，路长人困蹇驴嘶[5]。

（王文诰《苏轼诗集》卷三，中华书局，1982年版）

【注释】

[1] 渑池：县名，今河南省渑池县。

[2] 飞鸿：飞雁。

[3] 老僧：指奉闲和尚。新塔：佛教习俗，僧人死后火化，造塔埋骨。这里指奉闲和尚已经去世。

[4] 坏壁：指奉闲和尚的僧舍。旧题：苏辙原诗有自注云："昔与子瞻应举，过宿县中寺舍，题其老僧奉闲之壁。"

[5] 蹇驴：跛脚的驴子。苏轼自注云："往岁，马死于二陵，骑驴至渑池。"二陵：殽之南北两山，相距三十五里，又称二殽，在渑池县西。

【分析】

《和子由渑池怀旧》前四句由苏辙原诗"相携话别郑原上，共道长途怕雪泥"引起联想，生发对于人生的议论："人生到处知何似，应似飞鸿踏雪泥。"二句一问一答，妙喻人生。"飞鸿踏雪泥"的描述与苏辙原诗"共道长途怕雪泥"相呼应，并由实入虚，将人生比喻成雪泥鸿爪，感慨人生之飘忽，别开生面。

"泥上偶然留指爪，鸿飞那复计东西。"承接首联的比喻，飞鸿纵然会在雪泥上留下印记，但等到鸿飞雪化，一切仿佛都不曾存在过。寄寓了人生无定、际遇偶然的悲怀。同时，流水对单行入律，自然流畅，耐人寻味。前四句化用而来的"雪泥鸿爪"这一成语也被万口传诵。

后四句针对"渑池怀旧"诗题讲述了两件往事，以深化雪泥鸿爪之感慨。苏辙原诗颈联："曾为县吏民知否？旧宿僧房壁共题。"下有自注云："昔与子瞻应举，过宿县中寺舍，题其老僧奉闲之壁。""老僧已死成新塔，坏壁无由见旧题"，上句写奉闲和尚去世，下句写寺壁已坏，已无旧日题诗。苏辙与苏轼赴京应试路上途径渑池，投宿僧舍，曾一同壁上题诗。老僧，即奉闲和尚。如今奉闲和尚已经去世，壁上旧题也无从寻找。"往日崎岖还记否，路长人困蹇驴嘶。"二句忆当年应试路上骑着跛驴到达渑池的情景，苏轼自注云："往岁，马死于二陵，骑驴至渑池。"同时也是对苏辙诗中"遥想独游佳味少，无言骓马但鸣嘶"的应答。

推荐阅读书目

1. 冯应榴《苏轼诗集合注》，上海古籍出版社 2001 年版。
2. 王文诰《苏轼诗集》，中华书局 1982 年版。
3. 龙榆生《东坡乐府笺》，上海古籍出版社 2017 年版。

思考题

1. 谈谈苏轼的人格与精神世界的魅力。
2. 苏词对于词体的开拓及其成就有哪些？
3. 试论苏轼诗、文的创作成就。

第十六章　李清照

本章概要

李清照是中国文学史上最著名的一位女词人，于宋代词坛卓然一家。她不仅擅长作词，而且工诗善文，留下很多脍炙人口的篇章。她的作品，保存在《漱玉集》中。因为该集早已散佚，后人辑有《李清照集》。

一、李清照生平述略

李清照(1084—约1155)，自号易安居士，齐州章丘(今山东济南)人。“易安”来源于陶渊明《归去来兮辞》的“审容膝之易安”，意谓住所虽小而心境安适。父亲李格非，官礼部员外郎，是著名的文学家，与廖正一、李禧、董荣并称“后四学士”。家中藏书甚富。母亲王氏，一般认为是状元王拱辰的孙女，读书很多，也很擅长于写文章。但就新发现的王拱辰夫人《薛氏墓志铭》记载，李格非娶王拱辰之女应在其担任秘书省校对黄本书籍之时，而这时李清照已近十岁。据庄绰《鸡肋编》卷中所载，李格非初娶丞相王珪之孙女，应为清照之生母。但无论其生母为谁，都不影响她生长在学术氛围浓厚的家庭里，这对于她后来文学上的成就，自然有很大帮助。

李清照早有才名，为著名词人晁补之赏识。李清照十八岁时嫁给太学生赵明诚，赵明诚是当朝宰相赵挺之之子。李清照现存的逸句“炙手可热心可寒，何况人间父子情”，就是写给赵挺之的。当时李清照的父亲李格非提点京东刑狱，因在元祐党籍而罢官，李清照写诗向赵挺之求救。但可能是朝廷对于元祐党人处理过为严苛，赵挺之也难以援手，故而李清照表现出不满的情绪。

赵明诚酷爱金石，李清照与他有着共同的爱好，故而他们后来写出了《金石录》一书，成为中国金石学史上的开山之作。两人志同道合，年轻时有着美满的婚姻，过着幸福的家庭生活。但在李清照四十六岁的时候，赵明诚病故。不久金兵南下，宋室南渡，国破家亡之痛，集于一身。更令她伤心的是，她与赵明诚倾其心力与财力收藏的金石几乎全部丧失。李清照避难奔走江南，由越州至杭州，后来又到婺州金华。她的著名诗篇《题八咏楼》就写于金华：“千古风流八咏楼，江山留与后人愁。水通南国三千里，气压江城十四州。”尽管避难艰辛，诗中还是表现了豪迈的气概，也寓于国破家亡的深沉感慨。

南渡以后，李清照倾尽全力完成《金石录》的未了之事，最后含泪撰写了《金石录后序》。序中说:“今日忽阅此书,如见故人。因忆侯在东莱静治堂,装卷初就,芸签缥带,束十卷作一帙。每日晚,吏散,辄校勘二卷,跋题一卷。此二千卷,有题跋者五百二卷耳。今手泽如新,而墓木已拱,悲夫!”撰写后序之后,又经过十年的苦心经营,于绍兴十三年(1143)前后,将《金石录》表荐于朝廷。等到绍兴二十五年(1155)刊刻问世。李清照也就大约在这一年离开人世。

二、李清照的词与诗

李清照是南渡前后的女词人,在中国文学史上地位很高。李清照作词,恪守词的本色,吸收前人的创作技巧。她对花间词派、南唐词派的作词技巧运用得娴熟自如。著名的句子如“红藕香残玉簟秋”“梦回山枕隐花钿”“香冷金猊,被翻红浪”等,都来源于花间词派。“三杯两盏淡酒,怎敌他、晚来风急”“于今憔悴,风鬟霜鬓,怕见夜间出去”“人间天上,没个人堪寄”“生怕人离怀别苦,多少事、欲说还休”,都来源于南唐词派。

李清照词的最高成就更在于融合花间、南唐而呈现自己的特色。如《一剪梅》:

红藕香残玉簟秋,轻解罗裳,独上兰舟。云中谁寄锦书来,雁字回时,月满西楼。

花自飘零水自流。一种相思,两处闲愁。此情无计可消除,才下眉头,却上心头。

出于南唐词派,胜过南唐词派。首句“红藕香残玉簟秋”来源于李璟的“菡萏香销翠叶残”,但李清照加上了表现颜色的“红”字,又用了“玉簟”做了恰当的比喻,就使得词句更加鲜明,内涵也更加丰富。思念丈夫的愁情也在字里行间涌出。无怪乎陈廷焯在《白雨斋词话》卷二中赞叹说:“易安佳句,如《一剪梅》起七字云:‘红藕香残玉簟秋’,精秀特绝,真不食人间烟火者。”接着是“轻解罗裳,独上兰舟”,这是思念丈夫而不得相见,故而采取消愁的举动。但这种消愁举动是轻手轻脚地解开霓裳,换上休闲的服装,一个人上了木兰之舟,想飘摇于水上独自消愁。接着是回忆之笔,之所以有闲愁,是因为在“雁字回时,月楼西楼”的时候,得到“锦书”而引发相思。下片直接描写相思,“一种相思,两处闲愁”,忧愁中透露出与丈夫的心心相印。“才下眉头,却上心头”,表现出绵绵的情思无穷无尽。这样的情怀,感人至深。词中用“独”字,“轻”字,表现女性的动作,惟妙惟肖。以“雁”字、“月”字表现时间,将情感渗透于景物之中。以“花”和“水”拟人,隐寓愁之无限,以“眉头”与“心头”对比,将感情和盘托出,更加感人至深。

李清照后期所作的词,更融进了国破家亡的悲苦。代表作品是《声声慢》:

寻寻觅觅,冷冷清清,凄凄惨惨戚戚。乍暖还寒时候,最难将息。三杯两盏淡酒,怎敌他、晚来风急!雁过也,正伤心,却是旧时相识。

满地黄花堆积,憔悴损,如今有谁忺摘?守着窗儿,独自怎生得黑。梧桐更兼细雨,到黄昏、点点滴滴。这次第,怎一个愁字了得!

丈夫去世,宋室南渡,留给李清照的生活是孤苦伶仃,凄凉哀愁。这样的情感,词人用叠字“寻寻觅觅,冷冷清清,凄凄惨惨戚戚”表现出来,这已经把愁写到了极致,而要消愁就想到了饮酒,但古人的以酒浇愁对于李清照而言并不适合,就想到在九月的秋天采摘黄花,但黄花也难消愁,故而在结尾用一个“愁”字说尽心事。

李清照词的独特地位还在于形成了“易安体”。南宋词人侯寘有《眼儿媚·效易安体》：“花信风高雨又收，风雨互迟留。无端燕子，怯寒归晚，闲损帘钩。　弹棋打马心都懒，撺掇上春愁。推书就枕，凫烟淡淡，蝶梦悠悠。”辛弃疾有《丑奴儿近·博山道中效李易安体》：“千峰云起，骤雨一霎儿价。更远树斜阳，风景怎生图画？青旗卖酒，山那畔别有人家。只消山水光中，无事过这一夏。　午醉醒时，松窗竹户，万千潇洒。野鸟飞来，又是一般闲暇。却怪白鸥，觑着人欲下未下。旧盟都在，新来莫是，别有说话？”所谓“易安体”，其特点也就是宋张端义《贵耳集》卷上所言“以寻常语度入音律。炼句精巧则易，平淡入调者难”，清彭孙遹《金粟词话》所言“用浅俗之语，发清新之思”，在词中表现出“寻常”“浅俗”“平淡”的特点，又能够恪守音律，保持词的本色。但从学习易安体的侯寘和辛弃疾来看，他们在南宋以后属于清婉娴雅与豪放劲健的风格，总体上与李清照追求的词风并不相同，而他们都在努力学习李清照，说明李清照词的影响覆盖了各种风格的词人。

李清照在词的批评方面也有一定的贡献。她精通音律，又了解作词的艰苦，因此她对于词的批评也很有见地，作品主要有《词论》。她主张词既要铺叙，又要典重，既要情致，又要故实，并且特别强调音律，代表了北宋末年的词坛趋势。她认为“词别是一家，知之者少”。她评论柳永云：“逮至本朝，礼乐文武大备。又涵养百余年，始有柳屯田永者，变旧声作新声，出《乐章集》，大得声称于世；虽协音律，而词语尘下。”肯定柳永对于音律的贡献，但批评其词语尘下。评论晏殊、欧阳修、苏轼云：“至晏元献、欧阳永叔、苏子瞻，学际天人，作为小歌词，直如酌蠡水于大海，然皆句读不葺之诗尔。又往往不协音律，何耶？”认为他们学际天人，但作词句读不工，且不协音律。评论晏几道、贺铸、秦观、黄庭坚云：“后晏叔原、贺方回、秦少游、黄鲁直出，始能知之。又晏苦无铺叙，贺苦少典重，秦即专主情致，而少故实。譬如贫家美女，虽极妍丽丰逸，而终乏富贵态。黄即尚故实而多疵病，譬如良玉有瑕，价自减半矣。”虽然总体肯定他们了解“词别是一家”的奥妙，但仍有“无铺叙”“少典重”“少故实”的缺陷。这是一篇系统性的词论，在中国词学发展史上，具有重要地位。

李清照提出“词别是一家”之说，她也是躬于实践的，故而我们如果仅仅读她的词，就难以了解她文学风格的全貌。李清照虽以词名，但也工诗善文。其诗文与词相较，表现了不同的风格，互不交叉，这与她在《词论》中表现的文学思想是完全一致的，在中国文学史上是十分独特的存在。

诗的方面，李清照也是早露才华的。她十七岁就作了《浯溪中兴颂诗和张文潜二首》，其一云：

五十年功如电扫，华清花柳咸阳草。五坊供奉斗鸡儿，酒肉堆中不知老。胡兵忽自天上来，逆胡亦是奸雄才。勤政楼前走胡马，珠翠踏尽香尘埃。何为出战辄披靡，传置荔枝多马死。尧功舜德本如天，安用区区纪文字。著碑铭德真陋哉，乃令神鬼磨山崖。子仪光弼不自猜，天心悔祸人心开。夏商有鉴当深戒，简策汗青今具在。君不见当时张说最多机，虽生已被姚崇卖。

这首诗从浯溪中兴颂入手，描写唐朝由盛转衰的过程，写出了五坊小儿斗鸡、传送荔枝劳民、安史之乱爆发等史事，无论从史识还是诗艺，都达到了成熟的境地。有时候，她还以史为鉴，讽谕现实，如《夏日绝句》："生当作人杰，死亦为鬼雄。至今思项羽，不肯过江东。"赞扬项羽生为人杰，死为鬼雄，败而不降，宁死不愧的英雄气概。这些诗表现出她伤时感事、不忘现实的感情。她的诗流传下来的虽不多，却颇多感时忧国、慷慨雄劲之作。如"南来尚怯吴江冷，北狩应知易水寒"的佚句；又如"子孙南渡今几年，飘零遂与流人伍。欲将血泪寄山河，去洒东山一抔土"(《送胡松年使金》)，再如"南渡衣冠少王导，北来消息欠刘琨"(《失题》)，还有"少陵也是可怜人，更待来年试春草"的佚句。陈衍《宋诗精华录》说她的诗："雄浑悲壮，虽起杜韩为之，无以过也。"我们只有既读她的词，又读她的诗，才能全面了解她的人生态度与艺术特色。因为她的诗与词，风格是完全不同的。

名 篇 赏 析

声声慢

【题解】

《声声慢》是李清照所有词作中最负盛名的一首，堪称压卷之作。李清照词的具体创作时间，大多存在争议，但我们可以根据词意，推测出这首词创作的大致时间，当作于丈夫赵明诚去世之后。靖康之难后，李清照夫妇南下江宁，不久，赵明诚染病去世，李清照辗转流离，亡国之痛、丧夫之悲及孀居之苦，使得李清照的词风也变得凄婉愁苦。《声声慢》抒发的便是这样一种复杂的情绪。这首慢词将原本《声声慢》的曲调由押平声韵改为押入声韵，并多次使用叠字和双声字，使得整首词的节奏变得急促而又悲凉。

寻寻觅觅，冷冷清清，凄凄惨惨戚戚。乍暖还寒时候，最难将息[1]。三杯两盏淡酒，怎敌他、晚来风急。雁过也，正伤心，却是旧时相识。

满地黄花堆积[2]，憔悴损，如今有谁忺摘[3]？守着窗儿，独自怎生得黑。梧桐更兼细雨，到黄昏、点点滴滴。这次第[4]、怎一个愁字了得！

（王仲闻《李清照集校注》卷一，中华书局，2020 年版）

【注释】

[1] 将息：俗语，意为调养休息。

[2] 黄花：指菊花。《礼记·月令》："鞠有黄华。"陈澔注："鞠色不一，而专言黄者，秋令在金，金有五色而黄为贵，故鞠色以黄为正也。""鞠"本作"菊"。唐王绩《九月九日》："忽见黄花吐，方知素节回。"黄花，世以之称菊花。

[3] 忺(xiān)：想要。

[4] 次第：情形，光景。

【分析】

《声声慢》是一首悲秋伤人之作，全词通过对秋景的描绘，渲染出一种凄清愁苦的氛围，也融入自己内心无法纾解的愁思。词人是处于国破家亡、背井离乡的情形下写就这首词的，因此格局更为开阔，情感更为蕴藉深沉。

“寻寻觅觅，冷冷清清，凄凄惨惨戚戚”三句连用七组叠字，六双声，三叠韵，铿锵急促。张端义《贵耳集》评：“此乃公孙大娘舞剑手，本朝非无能词之士，未曾有一下十四叠字者。”巧妙地表现了词人此时的处境和心绪，且非常有层次感。“寻寻觅觅”写动作，简单四个字便刻画出一个无端寻觅、失魂落魄的词人形象，寻觅的结果是什么呢？“冷冷清清”，是对于周围环境的一个感知，空空荡荡，不禁让人感到若有所失。“凄凄惨惨戚戚”，精神恍惚中，词人的愁苦郁结便汹涌而来。三句由浅入深，由表及里，细腻自然地表现了词人怅然若失、悲哀愁惨的心境。一唱三叹，也将读者带入了这种愁苦的情绪之中。

“乍暖还寒时候，最难将息。三杯两盏淡酒，怎敌他、晚来风急。”写秋日难度，晚风难敌。将息，意为调养休息。词人不承接上文写内心愁苦，反而写天气变化无常，“最”字则加深了这种不堪忍受，可见不光心绪郁结，词人的身体也已十分虚弱。言淡酒不足以用来抵御急风，也是在含蓄地言自己借酒浇愁。

“雁过也，正伤心，却是旧时相识。”写北雁南归，勾起往事。可作三层理解，其一，大雁成群飞过，更反衬出词人此时孤寂冷清的处境。其二，大雁从北方飞来，词人也是北人南渡，因此言“旧时相识”，更增同是天涯沦落之感，透出思乡之情。其三，李清照词中多写雁，《一剪梅》中有“云中谁寄锦书来，雁字回时，月满西楼”语，词人与丈夫两地分离时曾用鸿雁传书，以寄相思。如今丈夫去世，又见鸿雁，怎能不让人伤心？三句看似平淡，却将伤心写到了极致。

“满地黄花堆积，憔悴损，如今有谁忺摘？”这两句由仰视雁过长天转到俯视庭院，看到菊花凋零满地，过渡巧妙自然。黄花，指菊花。陈澔《礼记集说》云：“鞠色不一，而专言黄者，秋令在金，金自有五色而黄为贵，故鞠色以黄为正也。”菊花枯萎惨败，正如自己一样面容憔悴，花不堪摘，人亦如是。李清照在词中常以菊花自比，如《醉花阴》中“帘卷西风，人比黄花瘦”。因此“憔悴损”，一语双关，既指花又指人，既是惜花也是自怜，给人一种物是人非之感。

“守着窗儿，独自怎生得黑。”两句用语浅俗，写凭窗独倚，待天黑后又如何面对孤独的长夜。“黑”字难押，在这里却押得自然妙绝，可见词人语言驾驭能力之高。“梧桐更兼细雨，到黄昏、点点滴滴”三句暗用白居易《长恨歌》：“春风桃李花开日，秋雨梧桐叶落时。”古人云：“梧桐一叶落，天下尽知秋。”因此梧桐象征着离别与凋零，再加上黄昏、细雨，三个意象的有机结合，视觉与听觉交织，尽显感伤落寞。

“这次第、怎一个愁字了得！”以问句抒发难以排解的愁怀。前文句句写愁，句句不言愁，层层铺叙，末以愁字收煞，全词愁绪到达高潮，却欲说还休。“次第”“怎”“了得”等口语朴素直白，表情达意却更真挚深沉。

一剪梅

【题解】

《一剪梅》，词牌名，源于北宋词人周邦彦的《一剪梅》，因词中起句为“一剪梅花万样娇”而得名，因李清照这首词有“红藕香残玉簟秋”句又名“玉簟秋”。此词是李清照早期闺情词的代表作，是在丈夫赵明诚宦游后表达离别相思之作，写离愁不落俗套，别出心裁，寄托了词人的一腔刻骨相思。《琅嬛记》载：“易安结缡未久，明诚即负笈远游。易安殊不忍别，觅锦帕书《一剪梅》词以送之。”从词意上看，这首词表现的是对丈夫的相思之情，未必是分别时所写。

红藕香残玉簟秋[1]。轻解罗裳[2]，独上兰舟[3]。云中谁寄锦书来[4]，雁字回时[5]，月满西楼。

花自飘零水自流。一种相思，两处闲愁。此情无计可消除，才下眉头，却上心头。

（王仲闻《李清照集校注》卷一，中华书局，2020 年版）

【注释】

[1] 红藕：红莲。玉簟：竹席的美称，指光泽如玉的竹席。

[2] 罗裳：罗裙。

[3] 兰舟：用木兰树所造的船只。《述异记》：“木兰洲在浔阳江中，多木兰树。昔吴王阖闾植木兰于此，用构宫殿也。七里洲中，有鲁班刻木兰为舟，舟至今在洲中。诗家云‘木兰舟’出于此。”

[4] 锦书：夫妻间往来的书信，也泛指书信。又称锦字。《晋书·列女传·窦滔妻苏氏》：“窦滔妻苏氏，始平人也，名蕙，字若兰，善属文。滔，苻坚时为秦州刺史，被徙流沙，苏氏思之，织锦为回文旋图诗以赠滔。宛转循环以读之，词甚凄惋，凡八百四十字。”后人因称夫妻间往来的书信为锦字或锦书，后来亦成为书信的美称。

[5] 雁字：成列而飞的雁群。雁群飞行时，常排列成“人”字或“一”字形，因称“雁字”。

【分析】

与李清照南渡之后所写《声声慢》等词中蕴含的国破家亡之愁不同，《一剪梅》属于早期词作，此处的愁是伤春、离别的闲愁，是独居思妇对于远方心上人的相思之愁。

上阕借景抒情，写怀远念归。“红藕香残玉簟秋。”开篇首句点明时令，即清秋时节。荷花凋残，竹席生凉，是清秋所见所感，用“红”“玉”修饰，遣词明丽，以“秋”字结尾则渲染了清冷的环境气氛。“红藕”也与下文“兰舟”暗合。“轻解罗裳，独上兰舟”写泛舟情状。“独上”表明独自一人，暗示离情。“云中谁寄锦书来，雁字回时，月满西楼”写别后雁字传书之遐想。“云中”一句直写相思之情。“雁字”二句落于景语，相传雁能传书，故词人产生了无限遐想。这三句景语皆情语，字里行间流露出对丈夫的思念之情。

下阕直抒胸臆，写离愁之深。“花自飘零水自流”一句承接上文“红藕”“兰舟”之景，既是实景，又让人联想到后主“流水落花春去也”句，融情于景。“花自飘零”一句有两种解法，一说词人自比落花，伤年华逝去，而“水自流”说的自然是远行的丈夫赵明诚。大好时光，却无法和丈夫一起度过，只能独自伤怀。一说词人埋怨花落、水流，不解自己的相思之苦。两种说法都表现出词人对于和丈夫分离的无可奈何和相思之情。

“一种相思，两处闲愁”由己及彼。此前都在言己之离愁，此处视角一转，想象丈夫也当为相思所苦，见两情相悦之意。“此情无计可消除，才下眉头，却上心头”三句语意再翻一层，眉头刚舒展，离愁又涌上心头。“才下”与“却上”，“眉头”与“心头”，对仗精巧，道出了相思之情的难以排遣。因此同样是写离愁，却能给人以耳目一新之感，故成为千古名句。李廷机评曰：“语意飘逸，令人省目。”（《草堂诗余评林》）

武陵春

【题解】

《武陵春》作于绍兴五年(1135)暮春，时李清照于浙江金华避难。黄盛璋《赵明诚李清照夫妇年谱》：“绍兴五年乙卯，清照五十二岁。春，清照在金华，作《武陵春》词。”绍兴四年(1134)秋冬之际，金人和伪齐南犯，李清照离开临安来到金华避难，此时丈夫赵明诚已经去世，连珍爱的金石文物也多半丢失，词人孑然一身，处境孤惨。在次年局势稍安时，李清照作此词，以排遣内心的愁苦情怀。

风住尘香花已尽[1]，日晚倦梳头。物是人非事事休。欲语泪先流。

闻说双溪春尚好[2]，也拟泛轻舟。只恐双溪舴艋舟[3]，载不动、许多愁。

（王仲闻《李清照集校注》卷一，中华书局，2020年版）

【注释】

[1] 尘香：落花让尘土沾染上了香气。

[2] 闻说：听说。双溪：水名，在浙江金华，有东港、南港两水汇于金华城南，故名。《浙江通志》卷一七引《名胜志》：“双溪，在城南，一曰东港，一曰南港。东港源出东阳县大盆山，经义乌西行入县境，又汇慈溪、白溪、玉泉溪、坦溪、赤松溪，经石碕岩下，与南港会。南港源出缙云黄碧山，经永康、义乌入县境，又合松溪、梅溪水，绕屏山西北行，与东港会与城下，故名。”

[3] 舴艋舟：小舟，两头尖如蚱蜢。张志和《渔夫》：“钓台渔父褐为裘，两两三三舴艋舟。”

【分析】

李清照此时已到中年，饱经战乱，漂泊无依，孀居已久，《武陵春》乃因暮春之景而感世伤怀所作，移情入景，语浅而情深。

上阕写看见残春不禁触动愁思。“风住尘香花已尽，日晚倦梳头”二句写风狂花残，日色已高，词人却倦怠打扮。第一句是所见，第二句是所为。“风住尘香花已尽”，点明是暮春时节。艺术手法上，词人有意避开了对狂风的正面描写，而是借狂风过后的一片狼藉暗示风势的凌厉，“花已尽”既是写实，也含蓄地表现了词人的惜春之情。这样的情景牵动着心绪，词人久久无心梳洗，顾影憔悴。“物是人非事事休。欲语泪先流”二句悲从中来。山河破碎，生离死别，往日美好如幻影一般消失，词人深感物是人非，万事俱休。

下阕写寻觅春光以求得到解脱。“闻说双溪春尚好，也拟泛轻舟。”意境一转，写春光尚好，词人欲泛舟游玩。“闻说”一句承上启下，“春尚好”使这句的节奏变得稍显明快轻松，“也拟”说明词人只是一时兴起，兴致不高。“轻舟”二字则为下句作铺垫。“只恐双溪舴艋舟，载不动、许多愁”，写愁重难载。在词人笔下，愁绪也有了重量，且愁重舟轻，化无形为有形，别出心裁。后人对此也多有效仿，如辛弃疾《水调歌头》“明夜扁舟去，和月载离愁”等。“只恐”承转之间，透出了词人微妙曲折的心路历程。从双溪到轻舟，再到载愁，词人一步步展开，逻辑严密，浑然天成。

醉花阴

【题解】

《醉花阴》作于李清照婚后与丈夫赵明诚两地分居时。时值重阳佳节，词人独居青州，深闺寂寞，故作此词以纾相思之苦。末尾三句，脍炙人口。《琅嬛记》卷中引《外传》载：“易安以重阳《醉花阴》词函致赵明诚。明诚叹赏，自愧弗逮，务欲胜之。一切谢客，忘食忘寝者三日夜，得五十阕，杂易安作，以示友人陆德夫。德夫玩之再三，曰‘只三句绝佳。’明诚诘之。曰：‘莫道不销魂，帘卷西风，人似黄花瘦。’正易安作也。”虽未必可信，也说明《醉花阴》艺术成就之高。

薄雾浓云愁永昼，瑞脑销金兽[1]。佳节又重阳[2]，玉枕纱厨[3]，半夜凉初透。

东篱把酒黄昏后[4]，有暗香盈袖。莫道不销魂[5]，帘卷西风，人似黄花瘦。

（王仲闻《李清照集校注》卷一，中华书局，2020年版）

【注释】

[1] 瑞脑：一种薰香名。又称龙脑，即冰片、龙涎香。金兽：金属兽形的香炉。唐罗隐《寄前宣州窦常侍》诗：“喷香瑞兽金三尺，舞雪佳人玉一围。”宋洪刍《香谱》：“香兽以涂金为狻猊、麒麟、凫鸭之状，空中以然香，使烟自口出，以为玩好。”

[2] 重阳：点明时令重阳节。农历九月初九，二九相重，称为“重九”，民间在该日有登高的风俗，所以又称登高节。

[3] 宝枕：即玉枕，最初指三国魏甄后的玉镂金带枕。纱厨：纱帐。

[4] 东篱：陶渊明《饮酒》诗中有“采菊东篱下，悠然见南山”之句，所以“东篱”代指菊花或菊圃。岑参《九日使君席奉饯卫中丞赴长水》诗：“为报使君多泛菊，更将弦管醉东篱。”

[5] 销魂：形容伤感至极。《文选》江淹《别赋》：“黯然销魂者，唯别而已矣。”一作“消魂”。

【分析】

词的上阕写词人独守空闺，夜半相思。“薄雾浓云愁永昼，瑞脑销金兽”二句写香炉缭绕，窗外暗淡灰蒙，词人独自守着香炉看着青烟袅袅，消磨时光。“永昼”指白日漫长，不堪忍受，“愁”字点题，奠定了全词基调。这二句虽然不是直接写相思离愁，但也可以看出词人内心苦闷。“佳节又重阳，玉枕纱厨，半夜凉初透”二句写重阳夜半辗转难眠之态。“佳节又重阳”，点明时令，承上启下，“又”字语气加重，见词人每逢佳节思念远方丈夫的愁苦。“玉枕纱厨，半夜凉初透”，九月天气转凉，却玉枕孤眠，纱帐独寝，夜不能寐。瑞脑、金兽、玉枕、纱厨，这些本是闺阁内让人倍感温馨之物，此时却更显寂寥冷清，渲染了萧瑟的意境和氛围。

下阕写黄昏赏菊，把酒消愁。“东篱把酒黄昏后，有暗香盈袖。”赏菊饮酒是重阳习俗，词人这句用东篱把酒的典故，却丝毫没有陶渊明的潇洒从容。黄昏时分，词人边饮酒边赏菊，染得满袖花香。然而这等美景乐事，却只有词人一人，自然也不复往日美好。这二句以乐景衬哀情，更彰显词人内心忧郁无法排解之苦。“莫道不销魂，帘卷西风，人似黄花瘦”三句写词人为情所困，日渐憔悴。“莫道不销魂”，以否定的语气写自己的黯然神伤，避免了平铺直叙，含蓄蕴藉。“帘卷西风”，本西风卷帘，颠倒生新，见秋风萧瑟之意。尾句“人似黄花瘦”堪称神来之笔，以人比花，既呼应前文写把酒赏菊，又以一个“瘦”字，一语双关写出了花之萧索与人之憔悴，堪称词眼，与首句“愁”字遥相呼应，更见相思之苦。秦观《如梦令》有“人与绿杨俱瘦”语，终归还是比不上易安此句精妙别致。

通篇遣词清雅，陈廷焯赞其“无一字不秀雅”（《云韶集》卷一〇）。

永遇乐·元宵

【题解】

《永遇乐》题为“元宵”，是李清照南渡以后居于临安所作的元宵节序词。两宋元宵之盛，冠绝前代，张灯夜游是元宵节最重要的习俗，两宋元宵词也多达三百余首。李清照《永遇乐》通过写青年、晚年分别在中州、临安所过的两次元宵的不同场景及心态的对比，表现出物是人非、国破家亡的凄凉悲愁。此词是李清照晚年词的代表作，深得同样经历亡国之痛的南宋词人的共鸣，如辛弃疾、刘过等人纷纷效仿。刘辰翁曾写同调词，词前小序自述：“诵李易安《永遇乐》，为之涕下。今三年矣。每闻此词，辄不自堪，遂依其声，又托之易安自喻。虽辞情不及，而悲苦过之。”

落日熔金[1]，暮云合璧，人在何处？染柳烟浓，吹梅笛怨[2]，春意知几许。元宵佳节，融和天气，次第岂无风雨[3]。来相召，香车宝马[4]，谢他酒朋诗侣[5]。

中州盛日[6]，闺门多暇[7]，记得偏重三五[8]。铺翠冠儿[9]，撚金雪柳[10]，簇带争济楚[11]。如今憔悴，风鬟霜鬓[12]，怕见夜间出去。不如向，帘儿底下，听人笑语。

（王仲闻《李清照集校注》卷一，中华书局，2020年版）

【注释】

[1] 落日熔金：形容落日像熔化的黄金。

[2] 吹梅笛怨：汉乐府《横吹曲》中有笛曲《梅花落》，旋律哀怨惆怅。《乐府杂录》："笛者，羌乐也，古有《梅花落》曲。"

[3] 次第：转眼，顷刻。

[4] 香车：华丽的车子。宝马：珍贵的马骑。韦应物《长安道》诗："宝马横来下建章，香车却转避驰道。"

[5] 谢：辞谢，拒绝。

[6] 中州：古豫州地处九州之中，称为中州，在今河南一带。中州盛日，指北宋汴京鼎盛时期。

[7] 闺门：内室的门，借指女子。

[8] 偏重：偏爱。三五：指元宵节。

[9] 铺翠冠儿：用翠鸟的羽毛为妆饰的帽子。《梦粱录》卷一记载元宵时节："官巷口、苏家巷二十四家傀儡，衣装鲜丽，细旦戴花朵□肩、珠翠冠儿，腰肢纤袅，宛若妇人。"

[10] 撚金：以金线捻丝用作装饰。雪柳：用绢或纸做成的头花。《东京梦华录》卷六"正月十六日"："市人卖玉梅、夜蛾、蜂儿、雪柳、菩提叶、科头圆子、拍头焦䭔。"《武林旧事》卷二《元夕》："元夕节物，妇人皆戴珠翠、闹蛾、玉梅、雪柳、菩提叶。"

[11] 簇带：宋时口语，簇，聚集丛聚。济楚：宋时口语，美好漂亮。

[12] 风鬟霜鬓：鬓发杂乱且斑白。

【分析】

这首词作于李清照晚年寓居临安时。张端义《贵耳集》载，李清照"南渡以来，常怀京洛旧事。晚年赋《永遇乐》词"。此时宋金已经议和，局势渐趋稳定，临安也日渐繁荣，然而经历过靖康之变亡国之痛的词人仍然无法释怀，选择以"元宵"为题怀念京洛旧事，书写今昔对比，意味深长。

上阕描写今年临安元宵节的情景。"落日熔金，暮云合璧，人在何处"三句写傍晚时分景色。"落日熔金，暮云合璧"连用两个比喻，对仗工整，蔚为壮丽。江淹《休上人怨别》诗有"日暮碧云合，佳人殊未来"句，"人在何处"便是承接这句而生发出来的，这里的"人"可以作两种理解，第一种是指此时已经去世的赵明诚，与江淹诗意吻合，表达了词人对丈夫的思念和缅怀，第二种是指形单影只的自己，黄昏时分的元宵景色绚丽夺目，一时之间让词人恍惚自己究竟身处何处，虽是元宵佳节，却漂泊他乡，令人不免心生唏嘘。

"染柳烟浓，吹梅笛怨，春意知几许"三句描绘早春节候。染柳，见烟雾朦胧之态。写梅，不直言梅，而以笛曲暗示，"怨"字切合全词基调。"春意知几许"点明时令。前六句叠用两对偶句加一单句的形式，形式上骈散结合，内容上情景交融，美景与悲情形成反差，耐人寻味。"元宵佳节，融和天气，次第岂无风雨。"三句写元宵佳节天气晴好。元宵佳节，风和日丽，本该好好赏游玩耍，然而词人笔锋一转，先扬后抑，言"次第岂无风雨"，不免让人失落丧气。这里有两层含义，第一层含义是，担心早春时节晴雨不定；第二层含义是，如今苟安一隅的南宋王朝看似恢复了往日的繁华，然而词人却对未来局势产生了深深的担忧，不免有好景不长的危机感，为接下来的辞谢邀约作铺垫。“来相召，香车宝马，谢他酒朋诗侣”三句写谢绝好友出游邀请。既是出于对天气的担忧，也是因物是人非而游兴阑珊，透出落寞之情。

下阕回忆昔年汴京盛日时的元宵节。“中州盛日，闺门多暇，记得偏重三五”三句回忆少女时期和好友出门欢度元宵的情景。“中州盛日”写国家祥和安乐，“闺门多暇”写自己未出嫁前的无忧无虑，因此格外看重元宵佳节。“铺翠冠儿，撚金雪柳，簇带争济楚”三句写汴京城元宵节仕女服饰之盛。济楚，宋时口语，美好漂亮。少女们都打扮得花枝招展，争妍斗艳，可见当时的热闹盛况，王朝何等繁华鼎盛，也正因此，才格外让人怀念。

“如今憔悴，风鬟霜鬓，怕见夜间出去”三句由回忆转入现实已白发苍苍的凄凉晚景，可见亡国之痛、丧夫之悲及孀居之苦给词人带来巨大的心理创伤。“不如向，帘儿底下，听人笑语”三句写词人透过帘子听他人欢声笑语，更反衬出词人的孤独凄凉境地。

推荐阅读书目

1. 王仲闻《李清照集校注》，中华书局 2020 年版。
2. 黄墨谷《重辑李清照集》，中华书局 2009 年版。
3. 徐培均《李清照集笺注》，上海古籍出版社 2002 年版。

思考题

1. 谈谈李清照词的艺术特色和成就。
2. 李清照《词论》提出词“别是一家”，请加以评述。

第十七章　纳兰性德

本 章 概 要

纳兰性德是清初词坛上的名家，《清史稿》称其"善诗，尤长倚声。遍涉南唐、北宋诸家，穷极要眇。所著《饮水》《侧帽》二集，清新秀隽，自然超逸"。少学花间，兼法南唐、北宋诸家，小令、长调兼工，以情胜，风格上婉约、豪放并有，在清初浙西词派和阳羡词派之外，别成一家。

一、纳兰性德生平述略

纳兰性德(1655—1685)，字容若，号楞伽山人。生于顺治十一年(1655)，满洲正黄旗人，大学士明珠长子。数岁即习骑射，稍长工文翰。年十七，补诸生，贡入太学(徐乾学《通议大夫一等侍卫进士纳兰君墓志铭》)。康熙十五年(1676)，中进士。以世家子，授三等侍卫，再迁至一等。曾多次扈从康熙巡游，深得眷睐(《清史稿・文苑传》)。康熙二十四年(1685)，寒疾遽发而亡，年仅三十一岁。

显赫的家世及内廷近侍的身份，形成了纳兰性格中谨慎、压抑、疏离的一面，"性周防，不与外廷一事"(韩菼《进士一等侍卫纳兰君神道碑》)。就其本性而言，则是真率、峻洁、不羁，"尝读赵松雪自写照诗有感，即绘小像，仿其衣冠。坐客期许过当，弗应也。乾学谓之曰：'尔何似王逸少！'则大喜"(《清史稿》)，以王谢子弟之风流自命。又自名词集为《侧帽词》，取自顾贞观《侧帽投壶图》。因此，顾贞观说："吾哥胸中浩浩落落，其于世味也甚淡，直视勋名如糟粕，势利如尘埃。其于道谊也甚真，特以风雅为性命，朋友为肺腑。"(《祭文》)这种真率的性情也影响了其词风。

"乌衣门第"之累与天性不羁之间的冲突贯穿于纳兰的一生。康熙二十三年(1684)九月至十一月，康熙首次南巡，纳兰随扈，途中作《江南好》数首应制。然在《与顾梁汾书》中却流露出另一番心境："人各有情，不能相强。使得为清时之贺监，放浪江湖。亦何必学汉室之东方，浮沉金马乎？""东方"，即东方朔，有雄才大志，然汉武帝仅以俳优视之。纳兰自比东方朔，可见其委曲心迹。顾贞观曾说："吾哥百欲试之才，百不一展；所欲建之业，百不一副。所欲遂之愿，百不一酬；所欲言之情，百不一吐。"(《祭文》)

纳兰虽身在高门广厦，常有山泽鱼鸟之思，如《摸鱼儿》："问人生、头白京国，算来何事消得。不如罨画清溪上，蓑笠扁舟一只。"又于府中置"渌水亭"为雅集之会，其所交游的汉人士大夫如顾贞观、陈维崧、姜宸英、严绳孙等“皆一时俊异，于世所称落落寡合者”（徐乾学《通议大夫一等侍卫进士纳兰君墓志铭》），或许即与这种矛盾的心境有关。诸人之中，纳兰与顾贞观（1637—1714）交情最笃，《金缕曲·赠梁汾》：

德也狂生耳！偶然间、缁尘京国，乌衣门第。有酒惟浇赵州土，谁会成生此意。不信道、遂成知己。青眼高歌俱未老，向樽前、拭尽英雄泪。君不见，月如水。

共君此夜须沉醉。且由他、蛾眉谣诼，古今同忌。身世悠悠何足问，冷笑置之而已！寻思起、从头翻悔。一日心期千劫在，后身缘、恐结他生里。然诺重，君须记！

“梁汾”即顾贞观的号，以狂生自许。“有酒惟浇赵州土”用李贺《浩歌》，疏狂峭直之态似嵇、阮一流。

于性情的相契之外，纳兰与严绳孙、姜宸英等人的交游也基于词学才华的欣赏。其中，顾贞观、陈维崧与朱彝尊并称“词家三绝”。顾贞观之友吴兆骞坐科场狱戍宁古塔，赋《金缕曲》二篇以寄，纳兰读后感叹：“山阳思旧，都尉河梁，并此而三矣！”遂应顾贞观所托，最终助吴兆骞得释归还。与诸人的交游唱和也影响了纳兰词的创作和词风，如《虞美人·为梁汾赋》：

凭君料理花间课，莫负当初我。眼看鸡犬上天梯，黄九自招秦七共泥犁。
瘦狂那似痴肥好，判任痴肥笑。笑他多病与长贫，不及诸公衮衮向风尘。

“莫负当初我”用殷浩“我与我周旋久，宁作我”之典（《世说新语·品藻》），戏谑笑浪，笔触辛辣、犀利。又将顾贞观比作黄庭坚，而自比秦观。这种词风与顾贞观、陈维崧、朱彝尊等人的词风是相近的。

二、纳兰词的艺术特质

纳兰一生多愁多病，《临江仙·永平道中》：“曾记年年三月病，而今病向深秋。卢龙风景白人头。药炉烟里，支枕听河流。”《拟古》：“予生未三十，忧愁居其半。心事如落花，春风吹已断。”颇似长吉“长安有男儿，二十心已朽。楞伽堆案前，楚辞系肘后”（《赠陈商》）。又敏感多情，《采桑子》：“海天谁放冰轮满，惆怅离情。莫说离情。但值凉宵总泪零。只应碧落重相见，那是今生。可奈今生。刚作愁时又忆卿。”新愁旧恨总难释怀，“只落得、填膺百感，总茫茫、不关离别”（《琵琶仙·中秋》）。纳兰尤似前辈诗人之中的长吉、义山，其词也多融化长吉、义山之诗情，如《如梦令》：“正是辘轳金井。满砌落花红冷。蓦地一相逢，心事眼波难定。谁省？谁省？从此簟纹灯影。”意境化自李贺《后园凿井歌》：“井上辘轳床上转：水声繁，弦声浅。情若何？荀奉倩。城头日，长向城头住。一日作千年，不须流下去。”写尽痴慕之感。

纳兰的情痴又带着明末以来的任情之风，究其源头则是魏晋风度，如《少年游》：“算来好景只如斯。惟许有情知。寻常风月，等闲谈笑，称意即相宜。”正如王戎所谓“情之所钟，正在我辈”。又《水龙吟·题文姬图》：“须知名士倾城，一般易到伤心处”“怪人间厚福，天公尽付，痴儿騃女”，与阮籍哭邻女之亡旨趣相通。又屡以荀粲自比，如《眼儿媚·中元夜有感》：“欲知奉倩神伤极，凭诉与秋擎。”“奉倩”即荀粲,汉末名臣荀彧之子,《三国志》:“妇有美色,病亡,痛悼不能已,岁余亦卒,时年二十九”。《世说新语·惑溺》:“荀奉倩与妇至笃,冬月妇病热,乃出中庭自取冷,还以身熨之。妇亡,奉倩后少时亦卒。”而魏晋名士的有情是以审美超越为内核的,《世说新语·任诞》:“桓子野每闻清歌。辄唤奈何!谢公闻之曰:‘子野可谓一往有深情。’”这种“情本”意识也增强了纳兰词的悲剧意味,并提升了其境界。

这种悲情意味又以悼亡词为最。康熙十二年(1673),十九岁的纳兰性德迎娶了两广总督卢兴祖之女卢氏,夫妻相得。康熙十六年(1677),妻子卢氏因难产而离世。这种天人永隔之痛萦绕于纳兰的余生之中,如《金镂曲·亡妇忌日有感》:

此恨何时已,滴空阶,寒更雨歇,葬花天气。三载悠悠魂梦杳,是梦久应醒矣。料也觉、人间无味。不及夜台尘土隔,冷清清、一片埋愁地。钗钿约,竟抛弃。

重泉若有双鱼寄,好知他、年来苦乐,与谁相倚。我自终宵成转侧,忍听湘弦重理。待结个、他生知己。还怕两人俱薄命,再缘悭、剩月零风里。清泪尽,纸灰起。

哀婉凄清之至。又《蝶恋花》:“辛苦最怜天上月。一昔如环,昔昔都成玦。若似月轮终皎洁,不辞冰雪为卿热。 无奈尘缘容易绝。燕子依然,软踏帘钩说。唱罢秋坟愁未歇。春丛认取双栖蝶。”这种悲情与执着使其词感人至深。顾贞观说:“纳兰性德词一种凄惋处,令人不忍卒读,人言我愁我始欲愁。”(《饮水词序》)

与朋友的寄赠之词中对朋友的失意痛苦于体察之中作真挚慰藉之语,如《金缕曲·寄梁汾》:

木落吴江矣。正萧条、西风南雁,碧云千里。落魄江湖还载酒,一种悲凉滋味。重回首、莫弹酸泪。不是天公教弃置,是南华、误却方城尉。飘泊处,谁相慰。

别来我亦伤孤寄。更那堪、冰霜摧折,壮怀都废。天远难穷劳望眼,欲上高楼还已。君莫恨、埋愁无地。秋雨秋花关塞冷,且殷勤、好作加餐计。人岂得,长无谓。

情感的真挚是纳兰词的最重要特质,谢章铤《赌棋山庄词话》就说:“纳兰性德以情胜。”(唐圭璋《词话丛编》)

纳兰论诗、论词也主情,不徒逞才,《渌水亭杂识》卷四:“诗乃心声,性情中事也。发乎情,止乎礼义,故谓之性。亦须有才,乃能挥拓,有学乃为虚薄杜撰,才学之用于诗者,如是而已。昌黎逞才,子瞻逞学,便与性情隔绝。”“今世之大为诗害者,莫过于作步韵诗。”用典也重在寄托,《渌水亭杂识》卷四:“唐人有寄托,故使事灵。后人无寄托,故使事板。”《眼儿媚》:“林下闺房世罕俦。偕隐足风流。今来忍见,鹤孤华表,人远罗浮。中年定不禁哀乐,其奈忆曾游。”几乎句句用典,却仍极空灵哀婉。咏物词也多寄托,如《临江仙·咏柳》:“飞絮飞花何处是,层冰积雪摧残。疏疏一树五更寒。爱他明月好,憔悴也相关。”

三、词学成就

纳兰天分极高,赵函《纳兰词序》:“纳兰成容若以承平贵胄,与国初诸老角逐词场……卓然冠乎诸公之上，非其学胜也，其天趣胜也。”(《通志堂集》)早年学花间派，《与梁药亭书》自称：“仆少知操觚，即爱《花间》致语，以其言情入微，音调铿锵，自然协律。”如《鹧鸪天》“背立盈盈故作羞，手挼梅蕊打肩头。欲将离恨寻郎说，待得郎来恨却休”写少女娇羞之状传神入微。又如《于中好》：

别绪如丝睡不成。那堪孤枕梦边城。因听紫塞三更雨，却忆红楼半夜灯。
书郑重，恨分明。天将愁味酿多情。起来呵手封题处，偏到鸳鸯两字冰。

都能得花间词之神。又推崇南唐后主词，《渌水亭杂识》卷四：“《花间》之词，如古玉器，贵重而不适用，宋词适用而少贵重。李后主兼有其美，更饶烟水迷离之致。”“贵重”指辞之精丽，“适用”则指向言情，“烟水迷离”则指悲哀空灵的美感。这也是纳兰词的特点，如《画堂春》：“一生一代一双人。争教两处销魂。相思相望不相亲。天为谁春。　浆向蓝桥易乞，药成碧海难奔。若容相访饮牛津。相对忘贫。”用典哀艳，意象精美，“天为谁春”正情痴之语，而又缥缈不似人间，无怪乎陈维崧赞叹说“哀感顽艳，得南唐二主之遗”(冯金伯《词苑萃编》)。

其小令得北宋之风，如《梦江南》：“昏鸦尽，小立恨因谁？急雪乍翻香阁絮，轻风吹到胆瓶梅。心字已成灰。”又《浣溪沙》：“谁道飘零不可怜。旧游时节好花天。断肠人去自经年。一片晕红才著雨，几丝柔绿乍和烟。倩魂销尽夕阳前。”大似晏几道。又《采桑子》：“冷香萦遍红桥梦，梦觉城笳。月上桃花。雨歇春寒燕子家。箜篌别后谁能鼓，肠断天涯。暗损韶华，一缕茶烟透碧纱。”梁启超《饮冰室文集》：“纳兰性德小词，直追后主。”长调则兼法东坡、稼轩，时不协律，同时又受顾贞观、陈维崧等人的影响，《再赠梁汾用秋水轩旧韵》：“高才自古难通显。枉教他、堵墙落笔，凌云书扁。……独憔悴、斯人不免。衮衮门前题凤客，竟居然、润色朝家典。凭触忌，舌难翦。”徐釚《词苑丛谈》：“词旨嵚崎磊落，不啻坡老、稼秆。都下竟相传写，于是教坊歌曲间，无不知有《侧帽词》者。”

就风格而言，纳兰伤怀悼亡之词以清丽、婉约、缠绵为主，如《寻芳草・萧寺记梦》：

客夜怎生过。梦相伴、绮窗吟和。薄嗔佯笑道，若不是恁凄凉，肯来么？
来去苦匆匆，准拟待、晓钟敲破。乍偎人、一闪灯花堕，却对着、琉璃火。

好用双关谐音法，如《满宫花》：“芙蓉莲子待分明，莫问暗中磨折。”含蓄蕴藉。又长于用叠字，排比中造成一种音调上的顿挫之感，如《眼儿媚・咏红姑娘》：“故宫事往凭谁问？无恙是朱颜，玉墀争采，玉钗争插，至正年间。”

至于怀古、行旅之词则近乎豪放。康熙二十一年(1682)，纳兰随行出关祭祖，写下了众多边地行旅词。姜宸英《纳兰君墓表》：“君虽跋涉艰险，归时从奚囊倾方寸札出之，叠数十纸细行书，皆填词若诗，略记其风土方物。虽形色枯槁不自知，反遍示客，资笑乐。”又尝奉使宣抚塞外。这些经历大大开阔了其胸襟和眼界，激发了其豪迈俊爽的一面。其中，如《蝶恋花・出塞》：

今古河山无定据。画角声中，牧马频来去。满目荒凉谁可语？西风吹老丹枫树。
从来幽怨应无数。铁马金戈，青冢黄昏路。一往情深深几许？深山夕照深秋雨。

实为怀古之词。感慨万端，即目抒怀，写尽荒凉之感。下片从杜甫《咏怀古迹五首》其三“一去紫台连朔漠，独留青冢向黄昏。千载琵琶作胡语，分明怨恨曲中论”中化出，加深了词境。此外，如《忆秦娥 · 龙潭口》：“山重叠。悬崖一线天疑裂。天疑裂。断碑题字，古苔横啮。风声雷动鸣金铁。阴森潭底蛟龙窟。蛟龙窟。兴亡满眼，旧时明月。”笔力峭健奇谲，似从杜、韩诗中出。这种引诗境入词境的做法，使得纳兰词呈现出一种浑阔苍茫之境，《临江仙 · 卢龙大树》：

雨打风吹都似此。将军一去谁怜？画图曾见绿阴圆。旧时遗镞地，今日种瓜田。

系马南枝犹在否？萧萧欲下长川。九秋黄叶五更烟。只应摇落尽，不必问当年。

起首即感慨沉深。“雨打风吹”用稼轩《永遇乐 · 京口北固亭怀古》：“风流总被雨打风吹去。”“将军一去”用庾信《哀江南赋序》：“将军一去，大树飘零。”“旧时”二句，无尽历史兴亡之感，已近于沉着浑至。对于纳兰的词学成就，以况周颐《蕙风词话》所评最为恳切：

容若承平少年，乌衣公子，天分绝高。适承元、明词弊，甚欲推尊斯道，一洗雕虫篆刻之讥。独惜享年不永，力量未充，未能胜起衰之任。其所为词，纯任性灵，纤尘不染，甘受和，白受采，进于沉着浑至何难矣。既自容若而后，数十年间，词格愈趋卑下。

“一洗雕虫篆刻之讥”，指纳兰词能破除清初词坛的因袭之风，有清新自然之气。所谓“好观北宋之作，不喜南渡诸家”（徐乾学），亦因北宋之词主情性，更近自然本色。至于“……纯任性灵，纤尘不染”，则兼情性的真率和格调的高华而言，如《浣溪沙》：“谁念西风独自凉。萧萧黄叶闭疏窗。沉思往事立残阳。被酒莫惊春睡重，赌书消得泼茶香。当时只道是寻常。”王国维《人间词话》盛赞其“以自然之眼观物，以自然之舌言情。此由初入中原，未染汉人风气，故能真切如此。北宋以来，一人而已。”贬之者，则批评其“意境不深厚，措辞亦浅显”（陈廷焯《白雨斋词话》）。

名 篇 赏 析

木兰花 · 拟古决绝词柬友

【题解】

“木兰花”，一作“木兰花令”。“拟古决绝词柬友”，一本无“柬友”二字。古辞《白头吟》：“皑如山上雪，皎若云间月。闻君有两意，故来相决绝。”言男子用情不专一，故与其相绝。后元稹有《古决绝词》三首，亦以女子口吻控诉男子的薄情，并表明决绝的态度。纳兰性德此词即模仿《古决绝词》,代言女子抒发被抛弃后的悲哀之情。但从"柬友"二字来看,似乎又是呈与友人的。友人为谁不详。

人生若只如初见,何事秋风悲画扇[1]。等闲变却故人心,却道故人心易变[2]。
骊山语罢清宵半[3],泪雨零铃终不怨[4]。何如薄倖锦衣郎[5],比翼连枝当日愿[6]。

(张草纫《纳兰词笺注》卷三,上海古籍出版社,2017 年版)

【注释】

[1] "何事"句: 用汉班婕妤的典故。班婕妤本为汉成帝妃子,后被赵飞燕谗害,退居冷宫。作《怨歌行》,以秋扇为喻抒发被弃之怨情。班婕妤《怨歌行》:"新裂齐纨素,皎洁如霜雪。裁为合欢扇,团团似明月。出入君怀袖,动摇微风发。常恐秋节至,凉飚夺炎热。弃捐箧笥中,恩情中道绝。"

[2] "等闲"二句: 谢朓《同王主簿怨情》:"故人心尚永,故心人不见。"

[3] "骊山"句: 此句用唐玄宗与杨贵妃月下感牛郎织女事而盟誓的典故。陈鸿《长恨歌传》:"玉妃茫然退立,若有所思,徐而言曰:'昔天宝十载,侍辇避暑于骊山宫。秋七月,牵牛织女相见之夕……时夜殆半,休侍卫于东西厢,独侍上。上凭肩而立,因仰天感牛女事,密相誓心,愿世世为夫妇。'"白居易《长恨歌》:"七月七日长生殿,夜半无人私语时。"

[4] "泪雨"句: 此处用唐玄宗思念贵妃作《雨霖铃》曲之典故。郑处诲《明皇杂录》补遗:"明皇既幸蜀,西南行初入斜谷,属霖雨涉旬,于栈道雨中闻铃,音与山相应。上既悼念贵妃,采其声为《雨霖铃》曲,以寄恨焉。"《雨霖铃》本为教坊曲,后亦用作词牌名。

[5] 锦衣郎: 指唐玄宗。薄倖: 薄情,指唐玄宗抛弃杨贵妃。

[6] "比翼"句: 白居易《长恨歌》:"在天愿作比翼鸟,在地愿为连理枝。"

【分析】

这首词虽为呈柬给友人的,但内容却是描写爱情的。上片开头二句"人生若只如初见,何事秋风悲画扇",抒发感慨,直击人心。一般情人之间都会希望彼此能够白头偕老,爱情能够天长地久。但是词人却说要是一切都像初识那样就好了,这样就不会有后来的抛弃了。这里使用了班婕妤受谗于赵飞燕的典故。《玉台新咏》载班婕妤所作《怨歌行》,写一旦天气转凉团扇便被丢弃在一旁,以喻宠尽被弃。为了不想品尝被抛弃的痛苦,宁愿只要刚开始的美好,可见女子之辛酸。"等闲变却故人心,却道故人心易变"二句承上文被抛弃之事,以女子的口吻埋怨男子: 明明是你轻易变心,却还要狡辩说人心本来就是容易变的。对方不仅抛弃了自己,连分手的时候也不够真诚坦荡,以此为理由来搪塞。话中满是委屈与无奈。从词中描写来看,这里的"故人"可以解释为旧日的情人,而如果从标题"柬友"二字来看,也可以理解为友人。

词作下片全用唐玄宗与杨贵妃的典故。据陈鸿《长恨歌传》,李、杨二人七月七日在华清宫长生殿,因感牛郎织女相遇之事,于是发誓愿世世成为夫妻。"骊山语罢清宵半"即言此。安史之乱爆发,玄宗逃往蜀地,半途兵变,杨贵妃被缢死于马嵬坡下。玄宗路途中于栈道雨中闻铃,因思念贵妃,采其声为《雨霖铃》。"泪雨零铃"此处用了双关义,既是言玄宗所制的曲调《雨霖铃》,也是言玄宗与杨贵妃死别之时的泪流满面。“终不怨”也可有多种解释。一种理解为张草纫所说：“句谓明皇虽闻铃声而悲，但为保全皇位，而抛弃爱妃，终无悔恨之心。”（《纳兰词笺注》）也有据《杨太真外传》的记载，杨贵妃在得知自己将死时说“愿大家好住。妾诚负国恩，死无恨矣，乞容礼佛”，认为“不怨”是说杨贵妃不怨恨以死谢罪。但此词终篇站在女子的角度进行诉说，而且以爱情为主题，故“终不怨”似指“杨贵妃虽被缢杀，但并不后悔于与玄宗的爱情”更为合适，这样与下文连贯起来也更为合理。末二句“何如薄倖锦衣郎，比翼连枝当日愿”是由李、杨之事，进而联系到自身。一方面词人使用“薄倖”二字，自然是认为唐玄宗之无情，虽有当日之盟誓，却还是抛弃了杨贵妃；但另一方面使用“何如”二字，其实是说“不如”，指对方还不如唐玄宗。李、杨二人好歹当时还有海誓山盟之日，而自己却连这一份美好也不曾拥有。

全词借汉唐典故抒发闺怨之情，虽不知其中影射之事，但也能体会到词人的真情。究其原因，一方面是词人以平常语道出了恋爱中常有的体会与感受，读来可以获得共鸣；另一方面词人在词作的构思表达上时出反语，以常人意想不到的角度进行思考，因而词作虽仅八句，却曲折婉转。陈维崧评价说：“饮水词，哀感顽艳，得南唐二主之遗。”（《词苑萃编》）此词正体现了纳兰词哀婉动人的一面。

蝶恋花

【题解】

此词为悼亡之作。纳兰性德原配卢氏，为两广总督卢兴祖之女，两人于康熙十三年(1674)成婚。但卢氏于康熙十六年(1677)五月三十日在产后不幸去世，纳兰性德为此十分哀痛。据叶舒崇所撰《卢氏墓志铭》，纳兰性德“于其没也，悼亡之吟不少，知己之恨尤深”。今存纳兰词中有许多悼念亡妻之作，这首《蝶恋花》即为其中较著名的一首。

辛苦最怜天上月[1]，一昔如环[2]，昔昔长如玦[3]。但似月轮终皎洁，不辞冰雪为卿热[4]。

无奈钟情容易绝，燕子依然，软踏帘钩说[5]。唱罢秋坟愁未歇[6]，春丛认取双栖蝶[7]。

（张草纫《纳兰词笺注》卷三，上海古籍出版社，2017 年版）

【注释】

[1]“辛苦”句：纳兰性德《沁园春》小序：“丁巳(1677)重阳前三日，梦亡妇淡妆素服，执手哽咽，语多不复能记。但临别有云：‘衔恨愿为天上月，年年犹得向郎圆。’妇素未工诗，不知何以得此也。觉后感赋长调。”

[2] 一昔：一夜。

[3] 玦：一种玉器，环型，有缺口。此处指缺月。

[4]“不辞”句：《世说新语 · 惑溺》记载：“荀奉倩与妇至笃，冬月妇病热，乃出中庭自取冷，还以身熨之。”

[5]“燕子”二句：李贺《贾公闾贵壻曲》诗云：“燕语踏帘钩，日虹屏中碧。”

[6]“唱罢”句：李贺《秋来》诗云：“秋坟鬼唱鲍家诗，恨血千年土中碧。”

[7]“春丛”句：化用梁山伯与祝英台化蝶之典故。《夹注名贤十抄诗》载罗邺《蛱蝶》诗：“俗说义妻衣化状，书称傲吏梦彰名。”夹注引《梁山伯祝英台传》：“……祭曰：君既为奴身已死，妾今相忆到坟傍。君若无灵教妾退，有灵须遣塚开张。言讫塚堂面破裂，英台透入也身亡。乡人惊动纷又散，亲情随后援衣裳。片片化为蝴蝶子，身变尘灰事可伤。”

【分析】

纳兰性德在原配卢氏亡后，曾作词《沁园春》以为悼念。从小序中得知，其在重阳前梦见卢氏，卢氏临别赠之以诗，称想化身为天上月，这样就可以月圆人圆，与丈夫相见。卢氏素未工诗，因而性德十分惊讶而且感慨。这首《蝶恋花》是从这一记忆出发进行悼念的。

上片围绕月亮来进行构思。开头“辛苦最怜天上月，一昔如环，昔昔长如玦”，说天上的月亮最为辛苦可怜，一月之中只有一两次能圆如环状，其他时候都为缺月，如同玦一样。词人之所以会这样想，也许是因为其亡妻说要以圆月的形式出现在其面前，故而想到圆月出现的次数实在是太少了。“但似月轮终皎洁，不辞冰雪为卿热”为作者的奇想：你既愿如月亮一样终年皎洁相照，我也愿意竭心尽力以报答你的一片痴心。后一句似用荀奉倩典。《世说新语·惑溺》：“荀奉倩与妇至笃，冬月妇病热，乃出中庭自取冷，还以身熨之。妇亡，奉倩后少时亦卒。”

下片词人从幻想中回到现实。“无奈钟情容易绝”，点明妻子已经离去的事实，自己的钟情已无处安放。“燕子依然，软踏帘钩说”是说燕子依然轻软地踏在帘钩上，呢喃叙语。此处是以自然事物的循环往复，反衬出妻子已经不在人世的悲哀。“唱罢秋坟愁未歇”化用了李贺“秋坟鬼唱鲍家诗”的诗句，表明自己虽然已经哀悼过妻子的亡灵，但是仍然无法消解内心的满怀愁绪。结尾“春丛认取双栖蝶”则用梁山伯与祝英台的典故，希望自己死后能与故妻一起化为蝴蝶，在花丛中双宿双飞。

纳兰性德另有三首《蝶恋花》亦为悼念卢氏所作。几首词都写得凄婉悲凉。如“断带依然留乞句，斑骓一系无寻处”，又如“不恨天涯行役苦，只恨西风，吹梦成今古”，又如“休说生生花里住，惜花人去花无主”。钱仲联《清词三百首》评价这几首《蝶恋花》：“秋坟鬼唱，化蝶双栖，斑骓无寻，梦成今古，暗香飘尽，惜花人去等，都是死别之词。缠绵悱恻，哀怨凄厉，诚如杨芳灿所云‘思幽近鬼’（《饮水词序》语）者。”

长相思

【题解】

这首词为纳兰性德描写边塞之作。康熙二十一年(1685)二月十五日，纳兰性德扈从康熙皇帝东巡，自京城出发，前往永陵、福陵、昭陵等地告祭，二十三日出山海关。此词即作于前往山海关途中。词的上片描写了军队宿营、千帐灯火的壮观景象，下片则抒发了风雪交加之中自己对家乡的思念。

山一程，水一程，身向榆关那畔行[1]，夜深千帐灯。

风一更，雪一更，聒碎乡心梦不成[2]，故园无此声。

（张草纫《纳兰词笺注》卷一，上海古籍出版社，2017年版）

【注释】

[1] 榆关：即山海关，在今河北省秦皇岛市。那畔：那边。

[2] 聒：烦扰。柳永《爪茉莉·秋夜》："金风动、冷清清地。残蝉噪晚，甚聒得、人心欲碎。"

【分析】

纳兰词中除描写男女情长的作品外，也有一些描写塞外风光的词颇为著名，体现了其词缠绵婉约之外的另一种风貌。纳兰性德在担任侍卫职务期间，曾多次扈从康熙皇帝到北方辽宁、吉林一带巡视，故而目睹了塞外之景。其词如"一抹晚烟荒戍垒，半竿斜日旧关城"（《浣溪沙》）、"落日万山寒，萧萧猎马还"（《菩萨蛮》）都写得雄浑精劲，是难得之作。

这首词为纳兰性德随扈东巡所作。上片首两句写路途之遥远。行军队伍从京城出发，一路跋山涉水。"山一程，水一程"体现出山路和水路的反复交替，给人以无穷无尽之感，以此凸显出旅程之漫长。"身向榆关那畔行"指明行军的方向是山海关。自己每走一程路，向目的地是越来越近了，但另一方面离家乡却是越来越远了。"夜深千帐灯"所写为宿营之景。赵秀亭、冯统一《饮水词笺校》引高士奇《东巡日录》："二月丙申（十八日），驻跸丰润县城西。是夜云黑无月，周庐幕火，望若繁星也。"或为"夜深千帐灯"所本。这一句气象广阔，寥寥五字，写出了康熙皇帝此次东巡的宏大规模。故而王国维对此句有很高的评价："'明月照积雪''大江流日夜''澄江净如练''山气日夕佳''落日照大旗''中天悬明月''大漠孤烟直，黄河落日圆'，此等境界，可谓千古壮语。求之于词，唯纳兰容若塞上之作，如《长相思》之'夜深千帐灯'，《如梦令》之'万帐穹庐人醉，星影摇摇欲坠'差近之。"（《人间词话》）

下片所写思乡之情，实已由"夜深千帐灯"引出。词人夜不能眠，故而出帐观览，而失眠之原因又大半是远离家乡之孤独寂寞。正如严迪昌《清词史》所说："'夜深长帐灯'是壮丽的，但千帐灯下照着无眠的万颗乡心，又是怎样情味？一暖一寒，两相对照，写尽了一己厌于扈从的情怀。"于是"风一更，雪一更，聒碎乡心梦不成"将上片隐含的思乡之情挑明。词人本就因思念家乡内心不甚平静，而风雪声嘈杂不断，更是让自己心情焦躁，难以入睡。此处"一更"二字的重复出现，如上片的"一程"一样，体现出漫漫长夜中风雪的肆虐不断。"聒碎"二字形象生动，既是说风雪之声让自己无法进入梦乡，也是说风雪之声扰乱了自己思乡的情绪。结尾"故园无此声"，词人不禁感慨：在故乡是没有这种风雪声的。戛然而止，却掷地有声，体现了其对家乡的偏爱与依恋。在纳兰词中也有另外一些描写塞上风雪的作品，但主旨多与此处不同，如《采桑子·塞上咏雪花》是以雪花比喻高洁的品性。

纳兰性德擅长写作小令，从这首《长相思》中便可见一斑。在结构上，此词主要采用上片写景、下片抒情的方式。"夜深千帐灯"一句承上启下，以景带情。"一程"与"一更"的重复使用给人以深刻的印象，前者营造了空间上的推移，后者则营造了时间上的推移。在语言上，此词极少修饰，仅以简单的白描来表现词人的所见所感，却能传达出最真挚的情感。王国维评论说："纳兰容若以自然之眼观物，以自然之舌言情。此由初入中原，未染汉人风气，故能真切如此。"（《人间词话》）

青玉案·宿乌龙江[1]

【题解】

《青玉案》，词牌名，取自东汉张衡《四愁诗》中"美人赠我锦绣段，何以报之青玉案"一句。又名《横塘路》《西湖路》。俱为双调，有六十八字、六十七字、六十六字等不同体格。而本首为一体，六十五字，与诸体有所不同。其下片"别为多情设"句当为七字，故《瑶华集》《昭代词选》等将其录作"别离只为多情设"，旨与词谱相合。题中"乌龙江"为黑龙江。清吴桭臣《宁古塔纪略》："康熙三十年前，沿松花江而下三千里，俱设城郭，直至乌龙江而止。"何秋涛《朔方备乘》卷二十四引《圣祖御制福陵功圣德碑文》："北暨嫩江乌龙江，罔不臣服。"此词应为纳兰性德于康熙二十一年(1682)春随驾东巡祭祀长白山途中所作，词中所想念的香闺中人是纳兰此时的妻子官氏。

东风卷地飘榆荚[2]，才过了，连天雪[3]。料得香闺香正彻[4]。那知此夜[5]，乌龙江上，独对初三月[6]。

多情不是偏多别，别离只为多情设。蝶梦百花花梦蝶[7]。几时相见，西窗剪烛[8]，细把而今说[9]。

（张草纫《纳兰词笺注》卷三，上海古籍出版社，2017 年版）

【注释】

[1] 乌龙江：即黑龙江。

[2] 东风：春风。榆荚：榆树的果实。初春时先于叶而生，连缀成串，成熟时，果皮破裂而籽出。"东风卷地飘榆荚"即为春季景色。此句意即黑龙江一带的天气状况奇特，仿佛春天刚过，冬天就到来了。

[3] 才过了：承接上句的"东风"和后句的"连天雪"，突出黑龙江地区气候的多变，"连天雪"的寒冷天气也与本词抒发的相思之苦相呼应。

[4] 料得：预测到，估计到。香闺：此处指妻子居所。香正彻：房间的沉香已快燃尽。此句为词人遥想此时妻子居家的情景。

[5] 那知：怎么会知道。

[6] 初三月：既是作词的时间，也指初三的新月。唐代有拜新月的风俗，闺中女子拜新月来寄托相思，祈求爱情长久。此句的"初三月"也有思念的内涵。

[7] 蝶梦百花花梦蝶：用庄生梦蝶之典故，化用李商隐诗，但用以指夫妻二人相互思念，又添己意。

[8] 西窗剪烛：李商隐《夜雨寄北》："何当共剪西窗烛，共话巴山夜雨时。"指与所思念的妻子团聚。

[9] 细把而今说：遥想团聚之时细诉今日相思之意。

【分析】

这首词为扈从远行，念妻而作。上片写自己经历的气候变化及黑龙江早寒之景色，遥想妻子闺中场景，透露出孤单的心境。“东风卷地飘榆荚，才过了，连天雪。”三句写行至黑龙江经历的气候变化。东风卷地和榆荚飘落都是春日景象，而转眼间便是连天的飞雪。因纬度较高，黑龙江地区春季气温较低，初春仍会有降雪天气，因此本词描写的气候变化符合真实情况。词人用“才过了”连接春季和冬季两种完全不同的景色，一个“才”字突出了黑龙江地区气候的多变，同时也带有一定的情感色彩：词人此时远离京城，随驾东巡祭祀，刚刚经历过和煦的春日，转而感受到刺骨的寒冷，思念家乡的心情则变得更加强烈。天气的恶劣也与本词的相思之苦相呼应。与后句遥想家中闺房的情景形成对比，表现出词人外出的孤独和对妻子的思念。

“料得香闺香正彻”由前面的实景转入虚写，是词人遥想此时妻子居家的情景。画面既有视觉和嗅觉，立体可感，“正”字又表现出画面的动态性，格外真实。两个“香”字与前句所写的寒冷天气形成强烈对比，更透出词人对于家乡和妻子的无限眷恋。“那知此夜，乌龙江上，独对初三月。”写词人于黑龙江畔独对夜月，自抒寂寞之意。高士奇《东巡日录》载“四月庚辰（初三）……驻大乌喇虞村”，可知“初三月”符合纳兰随军停驻时写词的时间。“初三月”也是承载了深厚情感的诗歌意象，唐人如白居易就曾多次用“初三月”来寄托乡思，如“可怜九月初三夜，露似真珠月似弓”（《暮江吟》），“兽形云不一，弓势月初三。雁思来天北，砧愁满水南”（《秋思》）。联系词人此时的孤独心境，“初三月”的意象实际内涵丰富。

下片则委婉感叹饱受相思之苦的郁闷，接着以虚实交织的笔法写出对妻子的思念和对团圆景象的期盼。“多情不是偏多别，别离只为多情设。”为怨叹之音，而设思极奇。也许并非世间多情之人常有别离，而是上天总要用别离来考验多情之人。纳兰一生爱情多不长久，可谓情深不寿。此句的情感表达曲折有致，在怨叹的同时又表达真切的思念，颇为动人。

“蝶梦百花花梦蝶。”用庄生梦蝶之典故及李商隐诗，承上一句的感叹转而进入幻想的虚境，同时用曲折回绕的手法，将现实的孤单与遥想妻子的思念结合起来，与上片词相呼应。化实为虚，并有代言之意，将思念之情表达得更为深切。“几时相见，西窗剪烛，细把而今说。”三句是词人对团圆景象的想象和期盼。

送荪友

【题解】

严绳孙（1623—1702），字荪友，号秋水、勾吴严四，晚号藕荡渔人，无锡县胶山（今江苏无锡东北塘街道）人。以诗词书画闻名。与朱彝尊、姜宸英被誉为“江南三布衣”。康熙十二年（1673）即纳兰二十一岁时与严绳孙相识，并邀请他留居家中，从此交游甚密。康熙二十四年（1685），严绳孙辞官回到家乡无锡隐居，同年五月三十日，纳兰性德病逝。题目为“送荪友”，即为送严绳孙南归时的赠诗。由本诗“君行四月草萋萋”可见，严绳孙在暮春四月已经回到无锡家乡。纳兰还有诗《暮春别严四荪友》，词《水龙吟·再送荪友南还》，均与本诗同时所作。

人生何如不相识，君老江南我燕北[1]。
何如相逢不相合，更无别恨横胸臆。
留君不住我心苦，横门骊歌泪如雨[2]。
君行四月草萋萋，柳花桃花半委泥[3]。
江流浩淼江月堕，此时君亦应思我。
我今落拓何所止[4]，一事无成已如此。
平生纵有英雄血，无由一溅荆江水[5]。
荆江日落阵云低，横戈跃马今何时。
忽忆去年风月夜，与君展卷论王霸[6]。
君今偃仰九龙间[7]，吾欲从兹事耕稼。
芙蓉湖上芙蓉花，秋风未落如朝霞。
君如载酒须尽醉，醉来不复思天涯。

（纳兰性德《通志堂集》卷三，华东师范大学出版社，2019 年版）

【注释】

[1] 江南：这里指严绳孙家乡江苏无锡。

[2] 横门：长安城北西侧之第一门也，后泛指京门。此句指二人在城门送别情景。骊歌：先秦时有逸诗《骊驹》："骊驹在门，仆夫具存；骊驹在路，仆夫整驾。"客人临去时歌《骊驹》，后人因而将告别之歌称为"骊歌"。

[3] 萋萋：草茂盛生长貌。半委泥：花朵凋落在泥土里。

[4] 落拓：困顿的境遇。

[5] 无由：无因，无傍。荆江：中国长江自湖北省枝江至湖南省岳阳市城陵矶段的别称。这里指康熙十二年(1673)开始到康熙十七年(1678)结束的"三藩之乱"。康熙十三年(1674)年初，吴三桂固守湖南衡州，与清军大本营荆州隔江对峙。康熙十七年(1678)，清军集中兵力进逼长沙、岳州，吴三桂聚众固守。同年秋，吴三桂病死，形势陡变。清军趁机发动进攻，从此叛军一蹶不振，直到康熙二十年(1681)底，三藩之乱终于平定。溅荆江水：以热血洒荆江，指驰骋战场杀敌。

[6] 王霸：出自《孟子・滕文公下》："大则以王，小则以霸。"以仁义治天下者为王道，以武力结诸侯者为霸道。后用来指代政治之事。

[7] 偃仰：指生活悠然自得。九龙：旧称有才名的兄弟九人为九龙。这里是指严绳孙回乡安然处于兄弟友爱之中。

【分析】

纳兰自十九岁与严绳孙相识，严绳孙《进士纳兰君哀词》："始余以文字交于容若，时容若方举礼部，为应时之文，丙辰以后，旁观百氏。"又《祭纳兰性德文》："绳孙客燕，辱兄相招，下榻高斋，情同漆胶，迨今十年，不忘久要。"康熙二十年(1681)，严绳孙作《西苑侍直杂诗》二十首，纳兰作《西苑杂咏和荪友韵》二十首相和。康熙二十四年(1685)，严绳孙辞官回乡隐居，纳兰性德作《送荪友》《暮春别严四荪友》。同时还作有《水龙吟・再送荪友南还》。由诗中"芙蓉湖上芙蓉花，秋风未落如朝霞”一句，能够判断此诗应作于康熙二十四年(1685)的初夏，是纳兰在生命最后一段时间的怀思之作。此时的纳兰性德已经抱病，病痛的折磨与亲友的别离，让纳兰非常伤感，加之贯穿他生命始终的不得志之悲，使得本诗的感情格外沉痛。

全诗主要有三个层次，一是前十句，写送别之情景以及对友人的思念；二是中间八句，写自伤之情；三是最后六句，写严绳孙归乡之情景，以劝慰之句收束全诗。

“人生何如不相识，君老江南我燕北”二句开篇即感叹不如不相识，实际上是反语，写出诗人送别友人的不舍。严绳孙于康熙二十四年(1685)辞官回家乡隐居，此时他已经六十三岁，决心告别官场颐养天年，故曰“老江南”，同时也暗示着二人余生很难再相见。友人终老于“江南”，而自己居于“燕北”，南北之间，多少世事横亘其中，正如纳兰在《水龙吟·再送荪友南还》所感叹的：“人生南北真如梦，但卧金山高处。”

“何如相逢不相合，更无别恨横胸臆。”承接上句“何如不相识”，继续用反语，其实表达与严荪友相知交的情谊深厚。“别恨”二字实为本诗主题，即离别之愁。“横”，横亘之意，宋代诗人冯时行有“岁事横胸臆，年华入鬓蓬”(《除夕》)句，“横”字的使用与本句有异曲同工之妙，体现出离愁别恨淤塞心头，实在难以排遣。

“留君不住我心苦，横门骊歌泪如雨。”指二人在城门送别情景。“心苦”和“泪如雨”可见送别之时纳兰感情的沉痛。严绳孙《进士纳兰君哀词》中回忆：“岁四月，余以将归，入辞容若，时坐无余人，相与叙生平之聚散，究人事之终始，语有所及，怆然伤怀。久之别去，又送我于路，亦终无所复语。然观其意，若有所甚不释者，颇怪前此之别未尝有是。”可见纳兰在送别友人之时，已经预有生离死别之感伤，因而泪如雨下难以自持。“君行四月草萋萋，柳花桃花半委泥。”点明送别的时间，以景写情，充满诗人的主观情绪。纳兰眼中并非草木繁荣的春日生机，而是柳絮、桃花零落成泥的景象，可见其哀思之浓重。

“江流浩淼江月堕，此时君亦应思我。”前句描写了江水浩渺而明月倒映其中的壮阔景象，江水匆匆而逝，让人产生“逝者如斯夫，不舍昼夜”之感，与下文纳兰的惆怅相呼应。诗人想到与友人共睹一轮明月，对方应该也在想念自己。前文已诉自己的思念，此句用“亦”反过来写友人，情感抒发富有变化。同时此句与本诗中“忽忆去年风月夜”相呼应，同样是一个月明之夜，离别之后更忆从前。

“我今落拓何所止，一事无成已如此。”虽然此时的纳兰年仅三十，但病痛与离别加剧其自伤的情绪。正如他《拟古》诗自言：“予生未三十，忧愁居其半。心事如落花，春风吹已断。”从此句开始后八句，由送别之情景转为自伤之情。

“平生纵有英雄血，无由一溅荆江水。”此句写无法施展抱负的自伤。纳兰一生虽未征战沙场，却有着建功立业的雄心壮志。康熙十三年(1674)广西富川知县刘钦邻死于吴三桂的叛乱，纳兰性德写了《挽刘富川》一诗：“我生二十年，四海息戈矛。逆节忽萌生，新木起炎州。……余闻空太息，嗟彼巾帼俦。黯澹金台望，苍茫桂林愁。”可见其对时局的关切，也可作为理解此二句诗的注脚。

“荆江日落阵云低，横戈跃马今何时。”纳兰一生颇有怀抱，虽然出身仕贵，作为御前侍卫享有荣华，却难以真正施展能力，“横戈跃马”之情景更多地存于其想象之中，他的内心曲折也很难被他人理解。秦松龄于纳兰《与张纯修》手简题跋曰：“人谓容若贵公子耳，稍知之者，目为才人已耳，不知其志洁，其行芳，不但不以贵公子自居，并不肯以才人自安也。”这种“纵有”壮志而“无由”

施展之叹的忧愁也成为他诗词的基调。纳兰词中常借男女之情隐晦地表达人生的感伤，他的诗中自伤之情则表达得更加直接。

“忽忆去年风月夜，与君展卷论王霸。”此句是诗人怀想去年与严绳孙阔论时事之情景。昔日论王霸的二人都怀有建功立业的雄心，而此时严绳孙已经告老还乡，不再过问时政，与下句“偃仰九龙间”和“从兹事耕稼”形成对照，也暗示出纳兰自己心境的变化。“君今偃仰九龙间，吾欲从兹事耕稼。”上句指严绳孙回乡安然处于兄弟友爱之中。下句则表达想要远离政治，从事耕稼的愿望。以纳兰性德的性格，“事耕稼”并非他的人生追求，只是此时他身体病痛又深受离别之苦折磨，故心生此叹。

“芙蓉湖上芙蓉花，秋风未落如朝霞。”严绳孙为无锡人，故用芙蓉湖虚想其回乡悠悠之景，《暮春别严四荪友》中有相似的诗句：“芙蓉湖上月，照君垂长纶。”“君如载酒须尽醉，醉来不复思天涯”二句以对友人的劝慰之句收束全诗。若携酒归乡，只需尽情饮醉，忘却世事。既是对友人的寄语，更是纳兰的自我宽慰之句。

推荐阅读书目

1. 张草纫《纳兰词笺注》，上海古籍出版社 2017 年版。
2. 赵秀亭，冯统一《饮水词笺校》，中华书局 2005 版。
3. 纳兰性德《通志堂集》，华东师范大学出版社 2019 年版。

思考题

1. 纳兰词的艺术特质有哪些？
2. 谈谈纳兰词对李商隐诗的接受。

第十八章　龚自珍

本章概要

龚自珍是清代著名的思想家和文学家，他是“思想启蒙”的急先锋，“诗界革命”的先驱者。他的诗哀艳雄奇，沉郁瑰丽，是学人之诗与诗人之诗的统一，在近代诗史上占据崇高的地位。他的词既绵丽沉扬，又感慨愤激，在近代词史上也自成一家。

一、龚自珍生平述略

龚自珍(1792—1841)，字璱人，号定庵。初名自暹，字爱吾，更名巩祚。又名易简，字伯定。浙江仁和(今浙江杭州)人。嘉庆二十三年(1818)举人，主考官为著名汉学家王引之，中举后官内阁中书。二十四年始师事著名经学家刘逢禄。道光九年(1829)进士，中第九十五名，殿试列于三甲第十九名，不入优等，故不得入翰林，奉旨以知县用，呈请仍归中书原班。道光十五年(1835)擢宗人府主事。道光十七年(1837)改礼部主事。道光十九年(1839)乞养归里。道光二十一年(1841)春，执教于丹阳云阳书院。三月，父亲龚丽正去世，龚自珍又主持杭州紫阳书院讲席。是年九月二十六日，暴卒于丹阳云阳书院。

龚自珍从小练就了学人的本色。他的外祖父是著名小学家段玉裁，龚自珍十二岁就从外祖父段玉裁治《说文解字》。段玉裁七十九岁时给时年二十二岁的龚自珍写信说：“徽州有可师之程易田先生，其可友者，不知凡几也。如此好师友，好资质，而不锐意读书，岂有待耶？负此时光，秃翁如我者，终日读尚有济耶？万季野之戒方灵皋曰：‘勿读无益之书，勿作无用之文。’……何谓有用之书？经史是也。”龚自珍少年即承段玉裁的教诲，饱读经史，而且在经、史、子、集各部典籍之间，多所涉猎，博闻强识。二十八岁从刘逢禄治公羊学，从今文经学入手，经学大进。但科举考试多次失利，故而情怀不断压抑。道光九年(1829)虽然中第，但不入优等，仍然做及第前的内阁中书，故而积郁于心，愤懑不平，形之于诗，也就表现出独特的风格。

二、诗学思想

龚自珍具有明确的诗学思想，其核心集中在三个方面：首先是“崇真”。他在曾经说：“诗欲其真，不欲其伪。最初为真，后起非真；信于己者为真，徇于人者非真；足于己者为真，袭于人者非真。是故读书有真种子，作文有真血脉，而作诗有真气骨。得其真，则一花一木，一水一石，一讴一咏，皆有天趣，足以移人；失其真，则虽镂金错采，累牍连篇，吾不知其中何所有也。”（《射鹰楼诗话》卷一〇引）强调的是“真种子”“真血脉”“真气骨”。因为崇真，诗歌必须是情感的流露，是个性的体现。其次是“有原”。他在《送徐铁孙序》中说：“夫诗必有原焉，《易》《书》《诗》《春秋》之肃若沆若，周秦间数子之缜若峍若。……于是乃放之乎三千年青史氏之言，放之乎八儒、三墨、兵、刑、星气、五行，以及古人不欲明言，不忍卒言，而姑猖诙诡以言之之言，乃亦摭证之以并世见闻，当代故实，官牍地志，计簿客籍之言，合而以昌其诗，而诗之境乃极。”知其“有原”即本儒家六经，关乎九流十家、史书典籍。最后是诗与人为一。龚自珍《书汤海秋诗集后》说：“人以诗名，诗尤以人名。唐大家若李、杜、韩及昌谷、玉溪；及宋元眉山、涪陵、遗山，当代吴娄东，皆诗与人为一，人外无诗，诗外无人，其面目也完。”将诗与人的关系阐述得最为充分，诗的真实面目在于诗与人为一。他列举的一些唐宋大家，其高明处就在于诗与人为一，人外无诗，得一“完”字，诗写人，也写心，诗是心灵的感发，诗是人性的体现。着重强调独创，强调个性。他的《歌筵有乞书扇者》说：“天教伪体领风花，一代人材有岁差。我论文章恕中晚，略工感慨是名家。”也是说明诗与人的关系，诗要发出人的感慨，才能名家。

三、诗歌风格

龚自珍所处的时代一方面封建社会思想的禁锢仍然是主要趋势，另一方面清王朝的钳制逐渐失控，改革的潮流也在暗中涌动。龚自珍既在冲破禁锢也思考改革，又见满目凋敝而郁闷填膺。抒写愤懑和表现不平成为他诗歌创作的底色。最为著名的诗作就是《己亥杂诗》，其中一首云：“九州生气恃风雷，万马齐喑究可哀。我劝天公重抖擞，不拘一格降人材。”表现沉闷的氛围、腐朽的现状，而要改变这种现状，就应该不拘一格地录用人才。期待着一场风雷清扫大地，以打破沉闷迟滞的局面，出现新的生机。《铁君惠书，有“玉想琼思”之语，衍成一诗答之》：“我昨青鸾背上行，美人规劝听分明。不须文字传言语，玉想琼思过一生。”在政治重压之下，朋友也劝他韬光养晦以保全一生，免得在政治上惹祸。这也是龚氏所处环境与当时心态的描写。龚自珍在沉闷之中，忧国忧民，愤世嫉俗，《忏心》诗就表现这样的一种心态：“佛言劫火遇皆销，何物千年怒若潮。经济文章磨白昼，幽光狂慧复中宵。来何汹涌须挥剑，去尚缠绵可付箫。心药心灵总心病，寓言决欲就灯烧。”诗人所遇的是“劫火”“幽光”，抒写的是潮水般的愤怒和中宵时的狂慧，直接地高谈国事会带来处处忌讳，藏在心里最后又成为一块心病。这样的情绪来时汹涌，去时缠绵，时时在折磨着作者的心绪。这样的心绪，汹涌时化为剑气，缠绵时化为箫心，融入诗中，成为龚自珍诗特有的意象。他的《己亥杂诗》云：“少年击剑更吹箫，剑气箫心一例消。谁分苍凉归棹后，万千哀乐集今朝。”少年时剑气箫心的豪气，被中年时伤于哀乐所代替，心潮跌宕不平融于诗句之中。

龚自珍《己亥杂诗》说：“少年哀艳杂雄奇，暮气颓唐不自知。哭过支硎山下路，重钞梅冶一奁诗。”这首诗是龚自珍去支硎山祭拜舅氏段右白时所写下的文字。段右白之诗，少年时既哀艳绮丽，又雄浑奇伟，但到了晚年就有了颓唐之气，这在他自己可能也没有发觉。因段氏诗作多被自己焚毁，龚氏手中仅有《梅冶轩集》一卷，故而祭拜完毕之后，回家就抄写这本诗集，以表现对舅氏的怀念与崇敬。这里标举段右白“少年哀艳杂雄奇”，实际上也体现了龚自珍诗的风格特征。如他的《西郊落花歌》：

西郊落花天下奇，古来但赋伤春诗。西郊车马一朝尽，定庵先生沽酒来赏之。先生探春人不觉，先生送春人又嗤。呼朋亦得三四子，出城失色神皆痴。如钱塘潮夜澎湃，如昆阳战晨披靡。如八万四千天女洗脸罢，齐向此地倾胭脂。奇龙怪凤爱漂泊，琴高之鲤何反欲上天为？玉皇宫中空若洗，三十六界无一青蛾眉。又如先生平生之忧患，恍惚怪诞百出无穷期。先生读书尽三藏，最喜维摩卷里多清词。又闻净土落花深四寸，瞑目观赏尤神驰。西方净国未可到，下笔绮语何漓漓！安得树有不尽之花更雨新好者，三百六十日长是落花时。

全诗以生动的艺术比喻，歌颂了沉沦下僚的才士，从中可以看出作者自己的影子。写的是西郊落花，有感于美好事物的毁灭，诗人颇为伤感，写了这首伤春之诗，着实“哀艳”。诗人用了一连串的比喻，纵横捭阖，跌宕起伏，如钱潮涌起，如天女散花，如人之忧患，恍惚怪诞，比之佛典净土，落花四寸，瞑目观赏，神驰天外。这样的描写，是雄浑奇伟、激荡壮阔的。

龚自珍诗得到了当时和后世很高的评价。如沈其光《瓶粟斋诗话》曰：“定庵诗原本《风》《雅》，极命《庄》《骚》，有太白之才，昌黎之诣，温李之性情，乃成此一家之言。”丘炜萱《题龚定庵诗集后》云：“哀乐无端绝迹行，好诗不过感人情。定公四纪开新派，赢得时贤善继声。”肯定了龚自珍的诗歌有“开新派”之功。实际上，后来黄遵宪提倡“诗界革命”即来源于龚自珍的影响。

晚清维新派领袖张之洞曾作《学术》诗评龚自珍：“理乱寻源学术乖，父仇子劫有由来。刘郎不叹多葵麦，只恨荆榛满路栽。”自注：“二十年来，都下经学讲《公羊》，文章讲龚定庵，经济讲王安石，皆余出都以后风气也，遂有今日，伤哉！”虽然张之洞不赞同龚自珍影响下的文章风气，但以此可以看出龚自珍学术融化于创作在其身后产生的巨大影响。

四、词作内容

龚自珍词现存 150 余首。他十九岁开始填词，二十一岁成《怀人馆词》《红禅词》。三十二岁刊定《定庵别集》，收录《无著词选》《怀人馆词选》《影事词》《小摩挲词》。四十九再作《庚子雅词》。

相较于诗作，龚自珍的词作稍逊一筹，但也体现出自己的风格。《己亥杂诗》说：“不能古雅不幽灵，气体难跻作者庭。悔杀流传遗下女，自障纨扇过旗亭。”是对自己词作的夫子自道，说自己的词作缺乏古雅，气体不足。而谭献评论龚词称“绵丽沈扬，意欲合周、辛而一之，奇作也”(《复堂日记》二)，这样的词作当然能够自成一家。上文论诗，引龚自珍自己诗句“略工感慨是名家”，他的词也是如此，是他情绪的感发，而这些情绪是受到时事的触动而激发的。龚自珍的词与他的诗歌一样，表现出对于时事的关注，进而发出感慨，但仍然表现郁闷愤激的情怀。如《台城路》：

吴棉已把桃笙换，流光最惊羁旅。蜡屐寻山，黄泥封酒，小有逢迎今雨。怀沙辍赋。梦不到南州，邓林夸父。且逐寒潮，金阊一角饯秋去。

觉来谁与相遇。有卷中姚合，楼上孙楚。催我归舟，鸳鸯牒紧，莫恋闲鸥野鹭。青溪粥鼓。道来岁重寻，须携箫侣。多谢词仙，低回吟冶句。

此时龚自珍客居南京，因为友人促其退归触发其“身世难寄”的感慨，并用屈原怀沙的典故、夸父逐日的神话，表现自己一腔热血，但遭遇穷途末路，既缺乏屈原投江自沉的勇气，也没有夸父逐日的决心，只好在郁闷中撰词以报答友人的劝慰。又如《减字木兰花》：

人天无据，被侬留得香魂住。如梦如烟，枝上花开又十年！
十年千里，风痕雨点斓斑里。莫怪怜他，身世依然是落花。

开头“人天无据”四字就凝聚了诗人的无限感慨和不平之气。盛时难再，年华易逝，一晃又过了十年，身世即如落花，沦落无可振作。身世之叹当中，也流露出时代悲哀的酸楚之泪。

龚自珍还以写情词著名。如《如梦令》词：“本是花宫么凤。降作人间情种。不愿住人间，分付药炉烟送。谁共。谁共。三十六天秋梦。”“人间情种”是龚自珍的自白。他的词涉及情的方面特别精彩。如《天仙子》词：“古来情语爱迷离。恼煞王昌十五词。楚天云雨到今疑。铺玉版，捧红丝。删尽刘郎本事诗。”迷离的情语就是龚自珍情词追求的风格。前期情词如《浪淘沙》：

好梦最难留，吹过仙洲。寻思依样到心头。去也无踪寻也惯，一桁红楼。
中有话绸缪，灯火帘钩。是仙是幻是温柔。独自凄凉还自遣，自制离愁。

全词追溯自己曾经的情缘，上阕描写梦中与一位女郎相会，梦后寻思，似乎是在熟悉的红楼。下阕描写梦回人醒，景物依旧，那个美好的梦境已不属于自己。词从梦写起，然好梦难留，留下者只有扑朔迷离的惆怅。后期的情词如《定风波·五月十二日即事》：

十里榴花一色裙。三吴争赛楚灵均。吴舞传芭如楚舞。儿女。中流箫管正纷纷。别有高楼人一个。独坐。背灯偷学制回文。许我幽寻凉月下。闲话。去年今日未逢君。

有学者考证这首词是龚自珍后期庚子年端午期间赴苏州寻觅灵箫之事。他衷心期待的是在江南十里榴花、中流箫管中的一个人，因为这个人与词人相许幽约，而词人去年寻觅未逢，故今年又到苏州专访。词中表现的环境，幽约的心态，寻觅不见的惆怅，都在字里行间流露。

名篇赏析

咏史

【题解】

这首诗作于道光五年(1825)十二月，其时龚自珍因母丧去官，客居昆山。昆山为东南富庶之地，却被权贵和商人把持，他们钩心斗角，争名逐利，苟安自保，使得社会风气日益败坏。龚自珍因作《咏史》，借咏史以抒泄愤懑、抨击现实。

金粉东南十五州[1]，万重恩怨属名流[2]。
牢盆狎客操全算[3]，团扇才人踞上游[4]。
避席畏闻文字狱[5]，著书都为稻粱谋[6]。
田横五百人安在[7]，难道归来尽列侯[8]？

（王佩静校《龚自珍全集》第九辑，上海古籍出版社，1991年版）

【注释】

[1] 金粉：花钿与铅粉，妇女妆饰用品，后用以比喻繁华绮丽的生活。清吴伟业《残画》："六朝金粉地，落木更萧萧。"十五州：唐宋时期东南十四州，分别为润州、苏州、杭州、越州、湖州、婺州、明州、常州、温州、台州、处州、衢州、严州、秀州。明代以后南京为江宁府。刘基《悲杭城》："忆昔江南十五州，钱塘富庶称第一。"

[2] 名流：名声流传的知名人士，名士之辈。这里特指社会上流连声色、醉心功名、沽名钓誉的头面人物。

[3] 牢盆：本为古代煮盐器具，这里借指盐商。狎客：陪伴权贵游乐的人。《陈书·江总传》："总当权宰，不持政务，但日与后主游宴后庭，共陈暄、孔范、王瑗等十余人，当时谓之狎客。"

[4] 团扇才人：指占据高位、不学无术、高谈阔论而百无一能之贵族子弟。团扇：圆形有柄的扇子。古代宫内多用之，又称宫扇。才人：本指宫中女官，这里是对贵族子弟和轻薄文人的贬称。

[5] 避席：离席而伏于地。古人席地而坐，为了表示对对方的尊敬和自己的谦逊，往往离开座席而伏于地，或者站起来恭听。如《孝经》所载"曾子避席"的典故，是说曾参侍孔子坐，子曰："先王有至德要道，以顺天下。民用和睦，上下无怨。汝知之乎？"曾子避席曰："参不敏，何足以知之？"文字狱：古时谓统治者为迫害知识分子，故意从其著作中摘取字句，罗织成罪。

[6] 稻粱谋：本指禽鸟寻觅食物，这里比喻人谋求衣食。杜甫《同诸公登慈恩寺塔》诗："君看随阳雁，各有稻粱谋。"

[7] 田横五百人：《史记·田儋列传》："乃复使使持节具告以诏商状，曰：'田横来，大者王，小者乃侯耳；不来，且举兵加诛焉。'田横乃与其客二人乘传诣洛阳。……未至三十里，至尸乡厩置，横谢使者曰：'人臣见天子当洗沐。'止留，谓其客曰：'横始与汉王俱南面称孤，今汉王为天子，而横乃为亡虏而北面事之，其耻固已甚矣。……'遂自刭。……五百人在海中，使使召之。至则闻田横死，亦皆自杀，于是乃知田横兄弟能得士也。"

[8] 列侯：古代爵位，秦称彻侯，居二十等爵制之首，西汉沿置，然为避汉武帝刘彻讳而改称列侯。

【分析】

这首诗是借古讽今之作，且以讽今为主。首联描写江南名流的总体特点，颔联描写江南名流的趋炎附势，颈联讽谕清王朝的高压政策，尾联讽谕清王朝的怀柔政策。

首联点出东南和名流两个关键词，东南是地域，名流是人物。"万重恩怨"是江南名流最显著的特点。东南是金粉之地，富庶繁华，名流汇集。但这些名流之间的关系，却是万重恩怨。这些所谓名流，掌握着东南丰富的资源，但他们为了名利，依附权势，钩心斗角，排挤倾轧，造成了无穷的恩恩怨怨，把社会搞得腐败不堪。中间两联四句，分别从四个方面描写东南名流的状态。

第一种状态是"牢盆狭客操全算"。描写商界的名流依附权贵，操纵着东南的命脉，垄断着东南的经济。牢盆，本为古代煮盐器具，这里借指盐商。这些人过着豪华奢侈的生活，而要保持这样的生活，就必须依附权贵，趋炎附势，因而这句诗揭示了清代名流官商结合的特点。

第二种状态是“团扇才人踞上游”。描写贵族的名流占据高位、不学无术而又自命清高。“团扇”和“才人”本意都与宫廷有关。团扇是宫妃所执，才人是宫中女官。团扇才人比喻权贵子弟，他们自诩名流，居于上游，占据高位。这两类名流，掌控资源，据有权势，官商结合，过着纸醉金迷的生活。

第三种状态是“避席畏闻文字狱”。描写文人在高压之下苟且偷生的状态。这些文人因为害怕文字狱而畏首畏尾，选择避席。避席本是中国古代交往的一种谦逊的礼节，但龚自珍《咏史》诗所说的“避席”，是在文字狱重压下的无奈选择。文人避席的行为，并不是出于本心或是出于敬意，而是一种明哲保身之举。因此，这句诗既揭露清朝文字狱的苛刻与残酷，又批判东南的上流文人为保全性命而苟且偷生的行为。

第四种状态是“著书都为稻粱谋”。描写学者名流著书只为糊口而已。儒家提倡“三立”，即立德、立功、立言。“立言”指著书立说，以文载道，垂范后世，曹丕更称“文章乃经国之大业，不朽之盛事”。这些东南名流著书却只是为了“稻粱”之谋。表面上是批评东南名流中读书人的苟且之状，实际上是揭露清朝文字狱重压之下读书人的艰难处境。诗中描写东南名流的第三、第四种状态较第一、第二种状态更深一层。

尾联是正面咏史，咏汉代的田横。《史记·田儋列传》载，秦末混乱，齐国贵族田横以齐国旧地自立为王。楚汉相争刘邦消灭项羽后，派遣使者招田横到洛阳。田横赴洛阳途中，因觉事刘邦为耻而自杀，其部下五百人亦皆自杀而死。对于这一联，人们有不同的理解，或解释为东南名流中缺少像田横五百人那样有骨气的人。实际上这一联的重点是最后一句“难道归来尽列侯”，是针对刘邦派遣使者招安田横时所说的话：“田横来，大者王，小者乃侯耳。”龚自珍这一联是反其意而用之，是说田横这五百人如果不死，难道归顺刘邦都能够封为列侯吗？这显然是不可能的。因此，这两句讽刺的矛头是对准最高统治者的，提醒人们不要相信统治者推行的一些怀柔政策，因为这些政策往往是一些骗局。

己亥杂诗（其五）

【题解】

己亥，指清道光十九年（1839）。《己亥杂诗》是龚自珍辞官回乡途中所作，皆为七言绝句，题材丰富，涉及政治、文化、社会等不同角度，表达了诗人对现实的黑暗种种强烈的不满、忧虑、怅惘等复杂情感。本诗是此组诗中的第五首，抒发了诗人辞官离开京城之时内心的失落，同时又有自勉的纷乱情绪，是《己亥杂诗》中最为脍炙人口的作品之一。“落红不是无情物，化作春泥更护花”一联更是篇中警策，历来被无数读者传唱。

浩荡离愁白日斜[1]，吟鞭东指即天涯[2]。

落红不是无情物[3]，化作春泥更护花。

（王佩静校《龚自珍全集》第十辑，上海古籍出版社，1999 年版）

【注释】

[1] 浩荡：广大貌。离愁：离别的愁思。
[2] 吟鞭：诗人的马鞭。用以代指行吟的诗人。
[3] 落红：落花。

【分析】

道光十九年(1839)春末，龚自珍辞官回乡。在此之前，诗人客居京城达二十年之久，还乡之时，已经蹉跎半生了。吴昌绶《定庵先生年谱》："先生官京师，冷署闲曹，俸入本薄，性既豪迈，嗜奇好客，境遂大困，又才高触动时忌。"可以想见，在这样的背景之下，诗人的离官其实充满了大志难酬的无奈与流光易逝的怅惘。

首句"浩荡离愁白日斜"，开篇抒情，声势夺人。以"浩荡"写离愁，是标新之语。历来诗中写离愁多缠绵而忧郁，诗人却作新奇语，"浩荡"一语磅礴吞吐，悲慨中有豪迈。"离愁"不再是"剪不断，理还乱"的线条，而是弥漫天地之间。紧接着"白日斜"三字，抒情急转为写景，日斜西山的典型意象，刻画出惨淡的氛围，呼应前文之离愁，结合诗人之身世，惘然、消沉、颓唐的情感已然道出。对句叙事，说明诗人离京出行，返乡之归程。"天涯"二字写出路途遥远，也侧面烘托出行走在这道路上诗人心中的迷茫与低落。

后半转写落红，"落红"是春末之时常见景物，满腹愁绪的诗人见此零落情景，思绪万千，竟从中领悟出一些人生的哲理：残红飘落是无奈之举，但是并非因为无情，恰恰相反，正是因为有情，情深如许，落红甘愿奉献自己，化作春泥，为花枝最后提供一份助力。这种献身的悲壮与春光的迷离，营造了充满美感与哲理的诗境。如同天光乍破，在浩荡离愁之中射入了一线光明。落红也是诗人境遇的投射，老大辞官，只身飘零，但对国家与社会深沉的热爱却不会因为自身处境的变化而有丝毫的退却。诗人借落红吐露心曲：即便卑微渺小之至，仍甘愿付出最后的心力。正是在这份明悟之中，诗人与自我达成了和解。

夜坐二首(其二)

【题解】

这首诗是龚自珍七律组诗《夜坐二首》其二，作于道光三年(1823)春，时龚自珍在北京，准备参加癸未科会试。作者怀才不遇，并有感于当时"左无才相，右无才史，阃无才将，庠序无才士……当彼其世也，而才士与才民出，则百不才督之缚之，以至于戮之"的政治现状，心情苦闷忧愤，有感而发，写下这组诗。

沉沉心事北南东[1]，一睨人材海内空[2]。
壮岁始参周史席[3]，髫年惜堕晋贤风[4]。

功高拜将成仙外[5]，才尽回肠荡气中[6]。

万一禅关砉然破[7]，美人如玉剑如虹[8]。

（王佩静校《龚自珍全集》第九辑，上海古籍出版社，2013 年版）

【注释】

[1]“沉沉”句：谓关心国家，心事沉重。北南东，泛指四方，东西南北。

[2]睨：斜眼注视。

[3]“壮岁”句：壮岁，三十岁。《释名·释长幼》：“三十曰壮。”周史，泛指史官，《史记·老庄申韩列传》：“老子者……周守藏室之史也。”龚自珍于嘉庆二十五年(1820)以举人任内阁中书，道光元年(1821)参与国史馆重修《清一统志》的工作，时年三十岁。

[4]“髫年”句：谓惋惜自己童年时候受到晋代贤者之风的感染。

[5]“功高”句：谓希望在文、武两方面树立功勋。功高拜将，用韩信典，《史记·淮阴侯列传》：“诸将皆喜，人人各自以为得大将。至拜大将，乃韩信也，一军皆惊。”成仙外，用张良典，《史记·留侯世家》：“留侯乃称曰：‘家世相韩，及韩灭，不爱万金之资，为韩报仇强秦，天下振动。今以三寸舌为帝者师，封万户，位列侯，此布衣之极，于良足矣。愿弃人间事，欲从赤松子游耳。’乃学辟谷，道引轻身。”

[6]“才尽”句：谓在诗词创作中将才能消磨殆尽。回肠荡气，形容作品感人，此指诗词创作，龚自珍《与吴虹生书》：“遇合二字甚难，遇而不合，镜中徒添数茎华发，集中徒添数首惆怅诗，供读者回肠荡气。”

[7]“万一”句：禅关，禅法的门关，这里指清廷和国人的思想禁锢。砉然，恍然大悟的样子。

[8]“美人”句：人能够像美玉一样，剑气能够像长虹一样，形容突破思想的禁锢之后，国家人尽其才的美好状态。

【分析】

这首诗是龚自追怀平生的自勉之作。首联基调阴郁沉重。“沉沉心事北南东”，写诗人怀着一腔救国的心愿却不得实现，只徒然东飘西荡。“一睨人材海内空”，写诗人少年便英豪自诩，睥睨天下。《北齐书·平秦王归彦传》：“归彦既地居将相，志意盈满，发言陵侮，旁若无人。”

颔联所谓“壮岁始参周史席”，指的是龚自珍三十岁才在内阁充国史馆校对官，老子曾为“周守藏室之史”，自比老子，可见自我期许颇高。然而，相对于他的雄心抱负，这种微末无势的职位是远不够理想的。他将自己郁郁不得志的政治遭遇归结于早年的经历，认为自己少时熏染了魏晋名士之风，而阮籍、嵇康等贤士狂放不羁、桀骜不驯的个性，成为他日后融入政治生活的思想阻碍。然而龚自珍仍然称呼这些狂士为“贤士”，可见“惜堕”二字并非真心实意的懊悔，其言下之意是时局容不下自己这样的“贤士”，故作者的思想感情是痛苦且矛盾的。

颈联是理想与现实的对比。上联“功高拜将成仙外”谈的是他的理想，而“才尽回肠荡气中”写的则是现实。汉朝的武将韩信、谋士张良都是古代仁人志士中建功立业的楷模，他们辅佐刘邦开辟大汉天下，成就伟业。而自己却耽于诗词，荒废了才情，虽呕心沥血地作出令人回肠荡气的诗歌，但这终究不是诗人真正的志向所在，也无济于挽救时局。这一联颇有自嘲之意，所谓“才尽回肠荡气中”，显然并非龚自珍所愿。但他空有拳拳报国之心，却没有机会报效国家，也是时势所迫、无可奈何的结果。因此，这一联的情感并非灰心丧气，而是忧愤难平。

前三联情感沉郁中有激昂疏狂，尾联则以禅语一转收结，呈现了龚自珍为人豪放俊发的一面。龚自珍一生由儒家的积极入世，至中年功业理想受挫之后转作名士放达之态。功名、游仙乃至辞采风流皆已经过，终以打通禅关自期，可谓龚自珍对自己一生出处行藏的深刻追怀。末联之中实又蕴含着光风霁月的境界。

金缕曲·癸酉秋出都述怀有赋

【题解】

《金缕曲》，词牌名，又名《贺新郎》《乳燕飞》。癸酉，嘉庆十八年(1813)。该年四月，诗人进京应顺天乡试，未第。七月，元配段美贞卒于徽州。词人离京归家，已不及见。

我又南行矣！笑今年鸾漂凤泊，情怀何似[1]？纵使文章惊海内，纸上苍生而已[2]，似春水干卿何事[3]？暮雨忽来鸿雁杳，莽关山一派秋声里[4]。催客去，去如水。

华年心绪从头理。也何聊看潮走马，广陵吴市[5]？愿得黄金三百万，交尽美人名士[6]，更结尽燕邯侠子[7]。来岁长安春事早，劝杏花断莫相思死[8]。木叶怨，罢论起[0]。

(店壁上有“一骑南飞”四字，为《满江红》起句，成若干首，名之曰《木叶词》，一时和者甚众，故及之。)

(王佩静校《龚自珍全集》第十一辑，上海古籍出版社 1999 年版)

【注释】

[1] 鸾漂凤泊：身世沦落、漂泊不定，亦比喻夫妻或情侣离散，此处兼有二义。

[2] 纸上苍生：苍生国计都不过一纸空言。

[3] 似春水干卿何事：南唐宰相冯延巳《谒金门》：“风乍起，吹皱一池春水。”宋代马令《南唐书·冯延巳传》：“元宗(李璟)尝戏延巳曰：‘吹皱一池春水，干卿何事？’”即事不关己之意。

[4] 关山：关隘山岭。

[5] 看潮走马：看潮：指广陵观潮。枚乘《七发》：“将以八月之望，与诸侯远方交游兄弟，并往观涛乎广陵之曲江。”走马：骑马疾走。曹植《名都篇》：“斗鸡东郊道，走马长楸间。”广陵：今江苏扬州。吴市：吴都的街市，指今江苏苏州。二者是当时吴越之地的繁华都市。

[6] 黄金：指燕昭王筑台，上置千金，延揽天下名士。此处表示希望有大量金钱结交天下朋友。美人名士：《古诗十九首·东城高且长》：“燕赵多佳人，美者颜如玉。”韩愈《送董邵南游河北序》：“燕赵古称多感慨悲歌之士。”

[7] 燕：指周朝燕国，国都蓟，在今北京。邯：指邯郸，赵国都城，今河北邯郸。古称燕赵之地多侠士。

[8] 断莫：千万不要。

[9] 木叶怨：树叶飘落之悲。罢论：罢休的议论。

【分析】

这首词咏怀酣畅淋漓，将眼前景与心中事融合，透着满纸的沉痛悲哀与不甘失意之情。

上阕写词人落第出都，满目秋景，感慨万千。“我又南行矣！”开篇喟然一叹先声夺人，心中的百结愁肠迸发而出，感情真挚而深厚，振起全词。词人在嘉庆十五年(1810)应顺天乡试，由监生中副榜第二十八名，充武英殿校录。对于想要经世致用、心气高傲的词人而言，这个乡试成绩远远不够，于是在嘉庆十八年(1813)又去考了一次，再次落第，铩羽而归。这个“又”字道出了词人不甘、无奈的心情。

“笑今年鸾漂凤泊，情怀何似？”写自己的遭际。去年四月，词人与段玉裁的孙女段美贞于苏州结婚，一同返回杭州。今年四月，词人赴京赶考，段美贞留居龚父的徽州官舍，南北离居。今年七月，段美贞病殁，词人返家却未及见最后一面。“笑”中充满了苦涩与悲哀，笑他为了功名而抛舍新婚燕尔，笑他想赈济苍生却连“敲门砖”都没有，也许还笑天意弄人，可谓百感交集。

“纵使文章惊海内，纸上苍生而已，似春水干卿何事？”反用杜甫《宾至》“岂有文章惊海内，漫劳车马驻江干”之意，即使自己文章写得天下闻名，不能中第，无法实行，对于天下苍生没什么实际作用。后两句接续上句，却更为悲慨愤懑。朝廷自有定夺谋略，与区区词人也没什么关系。这番直抒胸臆的话，流露出词人对科举的深深失望，中举与否，他都做不成一番理想的事业。

“暮雨忽来鸿雁杳，莽关山一派秋声里。”转而写景，秋色在古典诗词中往往表现为萧瑟凄凉，此时也正好与词人的心境相符。从眼前骤然飘来的“暮雨”到杳杳远飞的“鸿雁”，一直远到苍莽的“关山”，整个天地都笼罩在这种低沉肃杀的“秋声”之中。“催客去，去如水。”这萧索的秋声催促词人赶紧南下回家，不要留恋京城，借拟人的秋声写词人的失意——他在这里什么都没有。

下阕是词人对自己未来人生的所感所想。“华年心绪从头理。”词人此时才二十二岁，回想科举的坎坷与生活的意外，一腔热情犹在，却不再是只凭意气行事了，于是“从头理”，理自己的心情与未来的人生。“也何聊看潮走马，广陵吴市？”广陵看潮与吴市走马，将典故巧妙地融入词人南下归家的现实路线，枚乘《七发》写广陵观潮具有“澡概胸中，洒练五藏，澹澉手足，颒濯发齿，揄弃恬怠，输写淟浊，分决狐疑，发皇耳目”的治病效果，曹植《名都篇》有“斗鸡东郊道，走马长楸间”的欢乐，表现了词人收拾心情、畅快冶游的愿望。

“愿得黄金三百万，交尽美人名士，更结尽燕邯侠子。”写出词人的豪情壮志，希望自己有很多的金钱，结交天下有识之士，可以施展经世治国的抱负。燕赵古地，正是如今的京城及周边，是词人出都经过之地，现实与想象合二为一。

“来岁长安春事早，劝杏花断莫相思死。”由秋及春，遥想来年北京的杏花又是早早地开了。又劝杏花千万不要太思念自己，反言自己落第是不会再来的了。“木叶怨，罢论起。”回到眼前秋景，树叶飘零，一片萧瑟。词人的《木叶词》不见于集中，大体与这首词一般，都是说着罢休之意。

湘月·壬申夏泛舟西湖述怀有赋时予别杭州盖十年矣

【题解】

《湘月》，为南宋姜夔自度曲，取原词湘江烟月之意为名。双调一百字，前后段各十句，均第三、五、八、十句用仄韵。姜夔《湘月·五湖旧约》词序：“丙午七月既望……大舟浮湘，放乎中流，山水空寒，烟月交映，凄然其为秋也。……予度此曲，即《念奴娇》之'鬲指'声也，于双调中吹之。'鬲指'亦谓之'过腔'，见《晁无咎集》，凡能吹竹者便能过腔也。"

本词作于嘉庆十七年(1812)。此年初，龚自珍考充武英殿校录，始为校雠之学。其父龚丽正由礼部郎中简放为徽州知府，全家离京南下。四月，龚自珍随母归宁苏州，并与舅父段䁖之女段美贞完婚。婚后与之同至杭州，泛舟西湖而作此词。段玉裁《经韵楼集》卷九《龚自珍妻权厝志》："嘉庆壬申四月，自珍从母归宁，婚于苏，同至杭。"别杭州盖十年，嘉庆六年(1801)八月初三日，自珍随母段驯及叔父龚守正由水路离京返杭，九月二十三日抵达；八年(1803)七月十四日，复随父母乘粮船抵京。由嘉庆八年至十七年，恰为十年，故云。

天风吹我[1]，堕湖山一角，果然清丽[2]。曾是东华生小客[3]，回首苍茫无际。屠狗功名[4]，雕龙文卷[5]，岂是平生意[6]。乡亲苏小[7]，定应笑我非计[8]。

才见一抹斜阳，半堤香草[9]，顿惹清愁起[10]。罗袜音尘何处觅[11]，渺渺予怀孤寄[12]。怨去吹箫，狂来说剑[13]，两样销魂味。两般春梦[14]，橹声荡入云水。

（王佩静校《龚自珍全集》第十一辑，上海古籍出版社，1999年版）

【注释】

[1] 天风：即风。《周易·小畜·象》"风行天上"，故称。唐戴叔伦《夏日登鹤岩偶成》诗："天风吹我上层冈，露洒长松六月凉。"

[2] 清丽：清秀美丽。

[3] 东华：明清时中枢官署设于宫城东华门内，因以借称中央官署，又泛指朝廷或京城。生小：犹幼小。嘉庆二年(1797)夏，自珍随母进京，时年六岁。后常年居于京师，至本年春全家南下止，故云。

[4] 屠狗：宰狗。后亦泛指出身低微者或位卑的豪杰之士，《史记·樊郦滕灌列传》："舞阳侯樊哙者，沛人也，以屠狗为事。"

[5] 雕龙：雕镂龙纹，比喻善于修饰文辞。《史记·孟子荀卿列传》："驺衍之术迂大而闳辩，奭也文具难施；淳于髡久与处，时有得善言。故齐人颂曰：'谈天衍，雕龙奭，炙毂过髡。'"裴骃集解引刘向《别录》："驺衍之所言五德终始，天地广大，尽言天事，故曰'谈天'。驺奭修衍之文，饰若雕镂龙文，故曰'雕龙'。"自珍本年初考充武英殿校录，始为校雠之学，故云。《已亥杂诗》其四七自注："嘉庆壬申岁，校书武英殿，是平生为校雠之学之始。"

[6] 平生：一生，此生，有生以来。

[7] 乡亲苏小：乡亲，谓同乡的人。苏小，谓苏小小，南朝齐时钱塘名伎。南宋时亦有名苏小者，清赵翼《陔余丛考》卷三九《两苏小小》："南齐有钱塘妓苏小小，见郭茂倩《乐府》解题。南宋有苏小小，亦钱塘人。其姊为太学生赵不敏所眷，不敏命其弟娶其妹名小小者，见《武林旧事》。"自珍为浙江仁和(今杭州)人，家族世居杭州，故云。唐韩翃《送王少府归杭州》："吴郡陆机称地主，钱塘苏小是乡亲。"

[8] 非计：非良策，失策。

[9] 香草：含有香气的草，借以喻忠贞之士。《楚辞·离骚》："何昔日之芳草兮，今直为此萧艾也。"汉王逸《楚辞章句序》："《离骚》之文，依诗取兴，引类譬喻。故善鸟香草，以配忠贞；恶禽臭物，以比谗佞。"

[10] 清愁：凄凉的愁闷情绪。

[11] 罗袜：丝织的袜子。音尘：谓踪迹。曹植《洛神赋》："体迅飞凫，飘忽若神。陵波微步，罗袜生尘。"

[12] 渺渺：幽远貌。苏轼《前赤壁赋》："于是饮酒乐甚，扣舷而歌之。歌曰：'桂棹兮兰桨，击空明兮溯流光。渺渺兮予怀，望美人兮天一方。'"

[13] 说剑：《庄子》有《说剑》篇，谓赵文王喜剑，养剑士令其日相搏击，死伤甚众，以致国衰。庄子受太子悝请往说之，云有天子之剑、诸侯之剑、庶人之剑，奉劝文王既居天子之位，应喜好"制以五行，论以刑德……匡诸侯，天下服"的天子之剑，而不应如当下沉迷于庶人之剑。后以此指谈论武事。龚自珍《漫感》诗："一箫一剑平生意，负尽狂名十五年。"《丑奴儿令・沉思十五年中事》词："沉思十五年中事，才也纵横，泪也纵横，双负箫心与剑名。"

[14] 春梦：春天的梦，比喻易逝的美好或无常的世事。

【分析】

本词系词人回乡泛舟西湖时触景生情，倾吐自身怀才不遇、宏图难展的苦闷之慨。正当青春年华，踌躇满志之时，词人却仅中式第二十八名副贡生、充武英殿校录，做了一名小小的校书官，难以实现匡君辅国的宏愿，自然是大失所望的。《己亥杂诗》其四十七："终贾华年气不平，官书许读兴纵横。荷衣便识西华路，至竟虫鱼了一生。"正同一感慨。词人归返杭州，泛舟湖上，也就难免愁肠满腹、感慨万千。

起首三句交代游湖之事，本是诗家惯例，却不作寻常语。用戴叔伦"天风吹我"语，想象雄奇，笔调遒劲。"果然"带有童年记忆重现之意，既流露重赏美景、如愿以偿的欣慰，也暗寓对故乡与童年的深切眷恋。现实与过往在未改的西湖风光中交汇，不免令词人感叹十年旅居京华，去时志得意满、自许甚高，归时却是马齿徒增、一事无成。"苍茫无际"，极言湖水之浩渺空阔，既反衬出自珍自身之渺小，亦与其无穷无尽的忧思相映。

以下三句直抒胸臆：现今的低劣功名和书生事业，岂是平生志愿？"屠狗"用樊哙事，极言地位之低；"雕龙"用驺奭事，极言文章之丽，正是词人自况，亦见悲愤之深切。次年作《金缕曲・癸酉秋出都抒怀有赋》云"纵使文章惊海内，纸上苍生而已，似春水干卿何事"，与此一脉相承。末二句承前而来，用韩翃诗典，设言长眠西子湖畔的"乡亲苏小"，是即景生情之语，既可见词人的近乡情怯，也可在激愤中嗅到一抹独属故乡的柔情。而设想对方"定应"嘲笑自身的"非计"，自嘲之中不无对现实的无可奈何之感，愁绪更添一分深沉。

过片三句情景交融，视角重归现实。眼前夕阳西下、香草凋零，既渲染出一片萧瑟凄凉之气，亦应合"香草美人"的传统，令人不觉想到时局的衰败与君子的消损。二者共同惹起词人的"清愁"。"才见""顿"极言触景生情之速。以下皆紧扣"清愁"，无论是曹植之洛水女神，抑或苏轼之赤壁美人，皆是可望而不可即的政治理想的投射。连用二典，又进一步言"何处觅""孤寄"，既契合泛舟水上的现实环境，又寄寓着更为深切的迷茫与孤寂。随后则以"箫""剑"对举，前者象征着幽思柔意，后者则代表着壮志豪情，二者共同构成了词人的人格底色。此处更用《庄子・说剑》典，点明匡君辅国、经世致用之内涵。然而吹箫是"怨"、说剑为"狂"，都非正常状态下的自我表达，本身已灌注了浓郁的悲剧色彩。加之美人"何处觅"，心怀"孤寄"，自是箫无人听、剑无人论，孤独与伤情臻于极致，诚可谓黯然"销魂"。也正如此，"吹箫""说剑"及其所象征的志意都如事了无痕的春梦，随着橹声消逝在西湖无边的云水之中。末句回归现实，以景结情，余味深长，留给后人以无尽的惆怅。

推荐阅读书目

1. 王佩静校《龚自珍全集》,上海古籍出版社 1999 年版。
2. 刘逸生、周锡䪖《龚自珍诗集编年校注》,上海古籍出社 2013 年版。

思考题

1. 试论龚自珍诗的艺术风格和成就。
2. 试论龚自珍词在清词史中的地位。

郑重声明

高等教育出版社依法对本书享有专有出版权。任何未经许可的复制、销售行为均违反《中华人民共和国著作权法》，其行为人将承担相应的民事责任和行政责任；构成犯罪的，将被依法追究刑事责任。为了维护市场秩序，保护读者的合法权益，避免读者误用盗版书造成不良后果，我社将配合行政执法部门和司法机关对违法犯罪的单位和个人进行严厉打击。社会各界人士如发现上述侵权行为，希望及时举报，我社将奖励举报有功人员。

反盗版举报电话　（010）58581999　58582371
反盗版举报邮箱　dd@hep.com.cn
通信地址　北京市西城区德外大街 4 号　高等教育出版社知识产权与法律事务部
邮政编码　100120

教学资源服务指南

扫描下方二维码，关注微信公众号“高教社极简通识”，学生可学习名校通识课，教师可学习教师培训课程、免费申请课件和样书、观看直播回放等。

名校通识课

点击导航栏中的“名校通识”，点击子菜单中的“课程专栏”，即可选择相应课程进行学习。

教师培训

点击导航栏中的“教师培训”，点击子菜单中的“培训课程”，即可选择相应课程进行学习。

教学资源服务指南

课件申请

点击导航栏中的“教学服务”，点击子菜单中的“资源下载”，注册并填写相关信息即可申请课件。

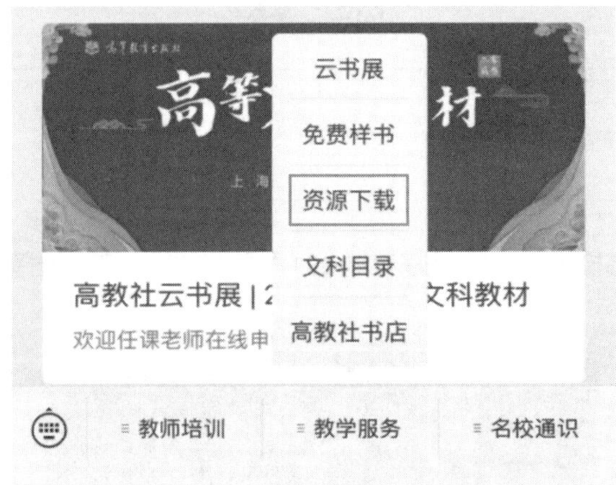

样书申请

点击导航栏中的“教学服务”，点击子菜单中的“免费样书”，填写相关信息即可免费申请样书。

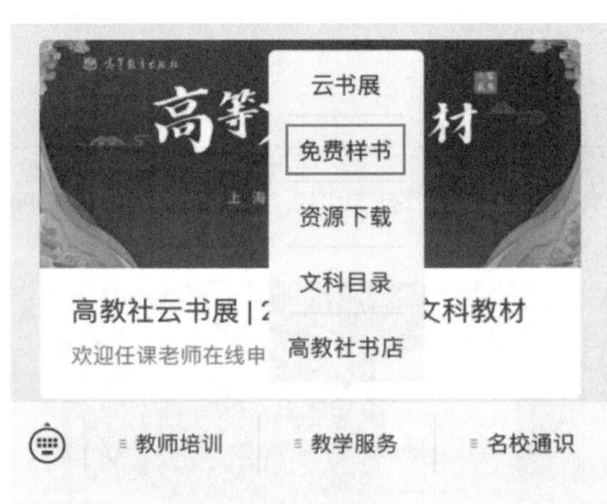